冷戰時期的歐洲
0 Miles 100 200 300
0 Kilometers 200 300
20°E
30°E
50°N
40°N
瑞典
波羅的海
莫斯科
易北河
柏林
東德
波蘭
蘇維埃社會主義
共和國
紐倫堡
捷克斯洛伐克
多瑙河
慕尼黑
維也納
喀爾巴阡山脈
匈牙利
阿爾卑斯山
奧地利
伯松尼山脈
布達佩斯
多瑙河
外西凡尼亞
布雷德湖
塞吉斯奧拉
朱利安阿爾卑斯山
朱布亞納
斯洛維尼亞
札格瑞布
羅馬尼亞
普羅葉許帝
塔戈維斯特
斯納格布湖
波河
威尼斯
波士尼亞
赫塞哥維納
貝爾格勒
阿特喜河
布加勒斯特
瓦拉基亞
克羅埃西亞
黑海
塞爾維亞
多瑙河
冷翠
塞拉耶佛
保加利亞
南斯拉夫
斯普利特
巴爾幹山脈
蒙地普齊亞諾
索非亞
阿西西
普羅伏迪夫
蒙特內哥羅
哈斯科伏
李拉
博斯普魯斯
布利亞
杜布羅夫尼克
李拉山脈
巴赫科伏
埃德恩
馬其頓
阿爾巴尼亞
恰普拉斯卡河
洛達普山脈
伊斯坦堡
（君士坦丁堡）
羅馬
亞德里亞海
馬摩拉海
義大利
拿坡里
希臘
土耳其
勒尼安海
愛琴海
雅典
西西里
地中海
克里特島
克諾索斯

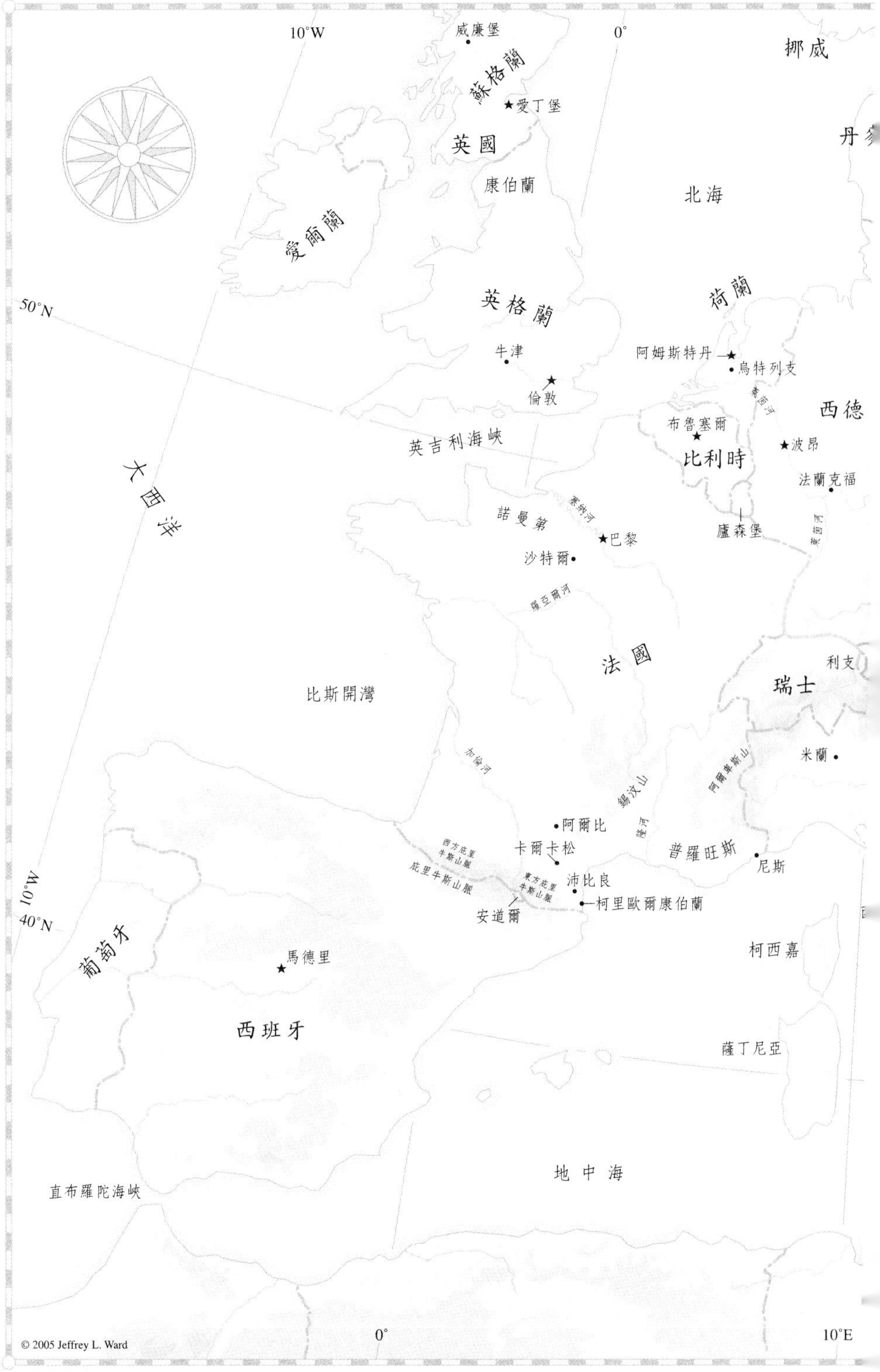
10°W
0°
威廉堡
蘇格蘭
愛丁堡
挪威
英國
康伯蘭
北海
愛爾蘭
50°N
英格蘭
荷蘭
牛津
倫敦
阿姆斯特丹
烏特列支
萊茵河
西德
布魯塞爾
比利時
波昂
英吉利海峽
大西洋
法蘭克福
塞納河
諾曼第
巴黎
盧森堡
沙特爾
羅亞爾河
法國
瑞士
比斯開灣
加倫河
錫汶山
阿爾卑斯山
米蘭
阿爾比
隆河
西方庇里牛斯山脈
庇里牛斯山脈
卡爾卡松
普羅旺斯
尼斯
東方庇里牛斯山脈
沛比良
安道爾
柯里歐爾康伯蘭
10°W
40°N
葡萄牙
馬德里
柯西嘉
西班牙
薩丁尼亞
地中海
直布羅陀海峽
0°
10°E

RECREATION

R12
歷史學家
The Historian
作者： 伊麗莎白・柯斯托娃（Elizabeth Kostova）
譯者：張定綺
責任編輯：李芸玫　美術編輯：何萍萍
法律顧問：全理法律事務所董安丹律師
出版者：大塊文化出版股份有限公司
台北市105南京東路四段25號11樓
www.locuspublishing.com

讀者服務專線：0800-006689
TEL：(02) 87123898　FAX：(02) 87123897
郵撥帳號：18955675　戶名：大塊文化出版股份有限公司

總經銷：大和書報圖書股份有限公司　地址：新北市新莊區五工五路2號
TEL：(02) 89902588　FAX：(02) 22901658
排版：帛格電腦排版印刷股份有限公司　製版：瑞豐實業股份有限公司
初版一刷：2006年9月
初版二十三刷：2016年10月

定價：新台幣 380元
Printed in Taiwan

歷史學家

The Historian

伊麗莎白・柯斯托娃（Elizabeth Kostova）
張定綺 譯

獻給我的父親，
是他最先告訴我這些故事的。

致讀者

下面這個故事我本來無意書諸文字。但最近一件驚人之事促使我回顧我這一生，也是幾位我至愛的人一生中最驚心動魄的插曲。這故事講的是我如何以一個十六歲的弱質少女去追尋我父親和他的過去，他如何追尋他至愛的導師以及他導師的過去，我們又如何一起陷入歷史最黑暗的幽徑。故事談到有些人在這場追尋中存活，有些人則否，原因何在。身爲歷史學家，我知道事實上沒有人能深入歷史的背面而活著回來。但我們面臨的危險不僅是深入歷史而已；有時歷史也會揮舞著黑暗的爪子，殘酷無情的撲向我們而來。

這些事件發生後，三十六年來，我的人生相對而言過得很平靜。我從事研究和平淡無奇的旅行、教學、交朋友、撰寫與個人無關的歷史著作、介入我托身的大學的大小事務。重新拾掇過去之際，我很幸運能參考書中所提到大部分私人文件的原稿，因爲多年以來它們一直屬我所有。我在適當時機將它們揉合在書中，並保持敘述的流暢，但有時我必須靠回憶彌補文獻之不足。雖然我呈現父親早年故事像是他親口所述，其實有很多材料取自他的書信，其中一部份內容跟他的口頭敘述重疊。

除了幾乎全本抄錄這些資料來源，我也嘗試所有回憶與研究的管道，有時重遊舊地，使褪色的記憶恢復光彩。這麼做的一大樂趣就是訪問——有時藉助通信——曾介入這兒談到的事件，尙在人世的少數學者。他們的記憶補充我手頭其他資料來源，有無上的價值。我的文本也從數個領域的年輕學者那兒獲益匪淺。

最後還有一項我在必要時依賴的資源——想像力。我做這方面的處理時極爲審愼，只在我確知想像極可能符合實情，而且縱使如此，也只在有憑有據的猜測能爲文獻提供適當背景時，才訴諸這一手段。遇到我無法解釋的事件或動機時，我也尊重這些元素不爲人知的事實，不強加解釋。對於這個故事中最遙遠的歷史，我盡可能透過學術研究方法詳加探討。書中帶到信仰伊斯蘭教的東方與尊奉猶太基督教的西方之間，宗教與領土的衝突，是現代讀者熟悉的切身之痛。

對於幫助我完成這個計畫的人，我怎麼都不足以表達適當的感謝，但我想在這兒至少提出幾位。對以下各位和其他很多人，我都要深深致謝：貝加勒斯特考古人類學博物館的萊杜•喬傑斯古博士、保加利亞科學院的伊凡卡•拉薩羅瓦博士、密西根大學的彼得•斯托伊契夫博士、大英圖書館孜孜不倦的館員、拉瑟福文學博物館及費城圖書館的各位館員、亞陀斯山索格拉佛修道院的維索神父，以及伊斯坦堡大學的賓格•博拉博士。

我把這個故事公諸於世，最大的心願就是它能找到至少一位讀者了解它實際上是什麼：它是發自內心的呼喊。觀察入微的讀者，我留下我的歷史給你。

寫於英國牛津
二〇〇八年一月十五日

第一部

這些文件的編排次序，讀完便不言自明。所有不必要的細節均已刪除，藉以凸顯此中歷史雖然跟後人信以爲眞的情況相去甚遠，卻是最不加油添醋的事實。所有事件的陳述絕無記憶錯誤之虞，因爲每一份保存下來的紀錄，都詳實記錄了當事人在事發當時的親身見聞。

——布蘭姆•史托克，《卓九勒》，一八九七年

1

一九七二年我十六歲。父親說，這種年紀跟他一起出外交任務還太年輕。他寧願我坐在阿姆斯特丹國際學校的教室裡專心上課；那幾年，阿姆斯特丹是他的根據地，我也把那個城市當家，淡忘了早年在美國生活的情形。現在回想起來，我直到十幾歲還那麼聽話似乎很奇怪，同世代的其他年輕人，都已經在試嗑各種藥物、抗議越南的帝國主義戰爭，但我自幼受到無微不至的呵護，就連我成年以後的學術生活，相形之下也像是層出不窮的冒險。最主要因爲我自幼失母，父親出於身兼母職的雙重責任感，格外悉心照顧我，對我的保護加倍周密。母親在我嬰兒時期就去世了，那是父親創辦「和平民主發展中心」之前的事。父親絕口不提她，每當我提出問題，他都一言不發，轉身走開；我從很小就知道，這個話題是他內心最大的痛楚。他的因應之策是竭盡所能把我照顧好、替我安排一連串的家庭女教師和管家——他撫養我從不吝惜金錢，雖然我們的日常生活相當樸素。

最後的一位管家是克雷太太，她打理我們位在舊城市中心、俯瞰拉姆運河的那間十七世紀連棟透天厝。每天放學後，克雷太太替我開門，在父親經常性出差期間扮演家長角色。她是英國人，比母親若還在世的年紀更大一些，雞毛撣子耍得好，卻拙於應付青少年；有時隔著餐桌看著她那張太過和善、一口牙齒特別長的臉，我覺得她一定在想著我母親，我因此恨她。父親不在家時，那棟漂亮的房子裡會有回音。沒人教我代數，沒有人稱讚我新買的外套、叫我過去給他一個擁抱，或驚訝地說我怎麼一下子長這麼高。我們的餐廳牆上，掛著一幅歐洲地圖，父親從圖上的某個地點回來時，身上總帶著另一個時空的味道，嗆鼻而疲倦。我們到巴黎和羅馬度假，馬不停蹄參觀每一個父親認爲我該看的地標，但我卻渴望一見那些曾讓他自我身旁消失的地方，那些我從未到過的陌生而古老的地方。

他不在家時，我往返學校，砰地一聲把書摔在擦得亮晶晶的門廳桌上。克雷太太和父親都不准我晚上出門，除非偶爾跟經過批准的朋友去看一部經過批准的電影，回想起來眞的很奇怪，我從沒有蔑視過這些規矩。反正我喜歡獨處；這是我自幼成長的氛圍，我樂在其中。我的成績很好，社交生活卻乏善可陳。同年齡的女孩讓我害怕，尤其外交圈裡那群唇槍舌劍、菸不離手的世故女生——跟她們周旋，我總覺得自己的裙子不是嫌長就是嫌短，甚至該穿完全不同的衣服。我也不懂男孩，雖然我對男人有些模糊的夢想。事實上，我一個人在父親書房裡最快樂，那是個精緻的大房間，位在我們房子的一樓。

父親的書房本來可能是個起坐間，但他只有讀書時才坐下，所以他覺得大書房比大起坐間更有用。很久以來他一直讓我隨意翻閱他的藏書。他不在家的時候，我會花好幾個小時在桃花心木的大書桌上寫功課，或瀏覽四壁的書架。我後來明白，放在某個最高層書架上那些東西，父親若非泰半遺忘，就是——更有可能——以爲我永遠爬不到那麼高；一天晚上，我不僅拿下來一本《西藏慾經》的翻譯本，還有一本非常古老的書和一個裝滿泛黃紙張的信封。

甚至到現在，我也說不出我爲什麼要去拿這些東西。但我在書的正中央看到的圖案和它散發出的歲月氣息，又發現那些紙張都是私人信件，都引起我濃厚的興趣。我知道我不該看父親或任何人的私人文件，我也很害怕克雷太太突然進來擦拭根本一塵不染的書桌——想必這就是我回頭瞄房門一眼的緣故。但我忍不住就站在書架旁邊，花了兩分鐘，看完了最上面那封信的第一段。

我親愛而不幸的繼承人：

不論你是誰，很遺憾地，可以想見你閱讀我不得不寫在這兒的紀錄時，會有什麼樣的反應。這份遺憾有些是爲了我自己——因爲如果這東西落到你手中，我一定是遇到不測，或許死亡，也可能陷入更可怕的處境。但我的遺憾同樣也是衝著你而來，這位我尚無緣認識的朋友，因爲唯有需要如此邪惡的資料的人，才可能會讀到這封信。即使你不是我名正言順的繼承人，你也很快就會步上我的後塵——不管你相不相信，我都要很痛心地將我罪惡的經驗傳承給你。我不知道這樣的命運爲什麼會落在我的頭上，但我希望終有一天能夠撥雲見日，找出個答案來——或許就是在我寫信給你的時候，也可能在往後的發展之中。

一九三〇年十二月十二日
牛津三一學院

就在這時，罪惡感——還有某種別的心情——使我倉促把信放回信封，但那天和接下來的一整天，我都想著它。父親返家後，我一直想找機會問他有關這封信和那本怪書的事。我等著他有空，可以跟我獨處，但那陣子他總是很忙，我找到的東西又帶著點什麼，使我感到遲疑。終於我要求他下次出差帶我同行。這是我第一次在他面前有所隱瞞，也是我第一次有所堅持。

父親很不情願地答應了。他跟我的老師和克雷太太討論後，提醒我，當他開會的時候，我得花很多時間做功課。我毫不意外；因爲當外交官的小孩本來就注定經常要等待。我收拾好我的藏青色行李箱，帶上了課本和太多雙乾淨的及膝長襪。那天早晨走出家門，我不是去上學，而是與父親一起遠行，我不作聲，但滿懷欣喜的依偎在他身旁，走向火車站。火車載我們前往維也納；父親討厭飛機，他說搭飛機旅行沒有旅行的感覺。我們在那兒住了短短一晚上旅館。另一列火車帶我們穿越阿爾卑斯山，經過家中地圖上每一塊用藍色和白色標示的高峰。在一個灰塵滿天的黃色車站外，父親發動租來的汽車，我摒住呼吸，直到我們進入那座他曾經對我描述過許多遍、我在夢裡都會看見的城市的大門。

斯洛維尼亞境內的阿爾卑斯山腳下，秋天來得早。還不到九月，持續好幾天的綿綿細雨就尾隨著豐碩的農作物收穫，忽如其來降臨，把城街村巷裡的樹葉紛紛催落。如今已五十多歲的我，每隔幾年就忍不住要漂泊到那兒，重溫我對斯洛維尼亞鄉村的第一個印象。這是個古老的國家。每年秋季它都變得更成熟一點兒，恆久如此，每次都從相同的三個顏色開始：綠色的風景，兩、三片黃葉飄入灰色的午後。我猜羅馬人——他們在這兒留下了城牆，西部海岸還有雄偉的競技場——也看到同樣的秋色，打同樣的寒噤。父親的車通過現存最古老的朱利安❶城池的大門時，我心情雀躍萬分。我有生以來第一次體會到，旅行者望見欲語還休的歷史迎面走來時的那種興奮。

因爲我的故事就從這座城市開始，姑且讓我用它的羅馬名字，稱它爲伊摩納，讓它跟那些捧著導覽手冊尋訪災難現場的觀光客保持一點距離。伊摩納建在銅器時代遺址上，瀕臨一條現在兩岸都是新藝術風格建築的河流。接下來兩天，我們閒逛走過市政廳、飾有銀質鳶尾花的十七世紀宅邸，和宏偉的市場建築漆成金色的厚實牆壁；從市場裡穿過幾道重重加栓的古老木門，便可沿著河畔的石階，拾級而下，走到水邊。幾個世紀以來，河運載來的貨物就在這兒吊上岸，供應全市所需。一度搭蓋了許多簡陋木屋的河岸，如今被徑圍粗大的梧桐樹——歐洲篠懸木——覆蓋，剝落的樹皮捲曲如髮，落入滾滾激流。

距市場不遠，城裡最大的廣場躺在陰沈的天空下。伊摩納就像它南歐的許多姊妹城市，變色龍般的前塵往事歷歷可見：維也納式的新藝術建築天空線，文藝復興時期東正教斯拉夫語系信徒興建的紅色大教堂，樸實的中世紀褐色小教堂有英倫三島的風味（聖派崔克曾派傳教士來此宣教，把新教義帶返地中海，回歸原點，走出一個完整的圓，所以這座城市在歐洲最古老的基督教歷史上有一席之位。）。門楣上、尖角窗緣上，鄂圖曼帝國的裝飾元素隨處可見。緊鄰市場有座奧地利式的小教堂，敲響了黃昏彌撒鐘。穿藍色棉布工

❶譯註：Julian，羅馬皇帝，361-363在位。

作服的男男女女，忙完一個社會主義的工作天，走在回家的路上，用雨傘遮蔽著手中的紙包。父親和我穿過一座兩端有銅鑄綠龍守護的美麗老橋，開車進入伊摩納市中心。

父親在廣場邊緣放慢速度，隔著傾盆大雨向上遙指說：「那兒有座古堡。我知道妳會想看。」我真的很想看。我歪著腦袋，努力伸長脖子，直到隔著濕透的樹梢瞥見古堡——市中心陡峭的小山上，矗立著殘破的褐色塔尖。

「十四世紀還是十三世紀？」父親思索道。「我對中世紀廢墟不在行，記不得哪個世紀了。但我們可以查查旅遊指南。」

「可以走上去探險嗎？」

「等我明天開完會再安排。那些尖塔看起來連小鳥停在上面都不安全，不過妳永遠不知道。」

他把車停進市政廳附近一個停車位，到另一側扶我下了車，很有紳士風度，戴皮手套的手摸來瘦骨嶙峋。「現在去旅館還嫌早。妳要喝杯熱茶嗎？或者我們去那邊那家小館子吃個點心。雨更大了。」他看一眼我的羊毛外套與裙子，遲疑地補了一句。我立刻取出他去年在英國買給我的防水斗篷。從維也納來此，乘了將近一天火車，雖然我們在餐車上吃過午餐，但我又餓了。

但真正招徠到我們生意的，並不是那家骯髒的小窗裡閃爍著紅藍二色霓虹燈，女侍一律足登深藍色厚底拖鞋，少不得還掛一幅板著臉直視每一個人的狄托同志❷照片的小吃館。我們在淋成落湯雞的人群中覓路前進，父親忽然發足狂奔。「這裡來！」我跟著他向前跑，帽兜晃動，我差點什麼都看不見。他找到了一家新藝術風格茶館的入口，涉水的鸛鳥橫渡有渦卷花紋的大窗戶，銅門鑄著上百朵荷花。沈重的門在我們身後闔攏，雨淡成霧，只剩窗上的蒸汽，隔著那群銀羽白鳥更顯得水意朦朧。「真不可思議，三十年了，這地方竟

❷譯註：Tito，1945-1980南斯拉夫的獨裁統治者。

然撐得下來。」父親邊脫雨衣邊說：「社會主義對它的瑰寶通常不會這麼仁慈。」

我們坐在靠窗的桌子上喝檸檬茶，沈甸甸的杯子拿在手中還覺得沸燙，大嚼塗奶油的白麵包夾沙丁魚，甚至還吃了好幾塊蛋糕。「最好別再吃了，」父親說。我剛開始厭煩他一遍一遍吹茶杯、企圖把茶吹涼的德行，也生怕他免不了要說，我們該停止吃東西，停止所有趣味盎然的活動，留下胃納裝晚餐。看著他那身斜紋呢外套配高領毛衣，整潔高雅的裝扮，我覺得他拒絕了人生每一場冒險，把全副精力投入外交。我想，他若能品味一點眞實人生，應該會快樂得多；跟他在一起，每件事都好嚴肅。

但我默然不語，因爲我知道他會討厭我的評語，而且我有事要問他。我得先讓他喝完他的茶，所以我往椅背上一靠，姿勢剛好維持在父親不至於拜託我坐有坐相的尺度邊緣。隔著銀珠飛濺的玻璃窗，我看見潮濕的城市在暮色漸濃中顯得越發陰沈，斜飛的雨絲中，行人腳步匆忙。本來應該坐滿象牙色薄紗長禮服的淑女，蓄八字鬍、穿絲絨領西裝紳士的茶館，卻空無一人。

「沒想到，開這趟車竟把我累壞了。」父親放下茶杯，指著雨中依稀可見的古堡說：「我們從那個方向來，山的那一邊。山頂上可以看見阿爾卑斯山。」

我還記得那群白雪皚皚的山峰，它們彷彿在這座城市的上空呼吸。現在山的這一邊，只有我們兩個。我遲疑一下，深深吸一口氣。「你能講一個故事給我聽嗎？」故事向來是父親提供給他無母的孩子的一大慰藉；有些取材自他在波士頓度過的快樂童年，有些取材自異國的旅行，有些是他即興的編造。但我最近厭倦了這些故事，它們好像不再像我曾經以爲的那麼引人入勝。

「跟阿爾卑斯山有關的故事？」

「不是，」我湧起一種莫名的恐懼。「我找到一個東西，想問問你。」

他轉過身，溫和的望著我，灰色眼睛上泛灰的眉毛輕輕揚起。

「在你的書房裡找到的，」我說。「對不起——我到處翻來翻去，找到一些文件和一本書。我沒看——多少。我以爲——」

「一本書？」他還是很溫和，察看杯子裡是否還有最後一滴茶，沒專心在聽。

「它們看起來——那本書很古老，中間印著一條龍。」

他身體前傾，坐著一動也不動，很明顯在發抖。這奇怪的姿勢使我頓時緊張起來。如果眞有一個故事，一定跟他以前說給我聽的那些故事都不一樣。他從眉毛底下瞪著我看，我很驚訝看到他那麼專注而悲傷。

「你生氣了嗎？」現在輪到我盯著杯子看了。

「沒有，親愛的，」他長嘆一聲，歎聲中彷彿有無比的傷痛。嬌小的金髮女侍替我們注滿杯子後，再度留我們獨處，他卻不知從何開始。

2

父親說，妳出生前，我在一所美國大學當教授，這妳是知道的。在那之前，我為了要成為教授苦讀多年。最初我想要讀文學。但後來我發現，我喜歡眞實的故事超過想像的故事。所有我讀過的文學故事都使我進入某種歷史的——探險。所以最後我選擇了歷史。妳對歷史也很感興趣，我很高興。

我還在做研究生的時候，有個春天的晚上，我在學校圖書館的卡座裡，在堆積如山的書籍中間獨坐到深夜。從書本上抬起頭，我看著書桌上方的書架，忽然發現有人在我自己的教科書中間塞了一本我從未見過的書。這本新來的書，在淺色皮革書脊上印著一條體態優美的小綠龍。

我不記得在任何地方見過這本書，所以把它取下來，隨手翻閱一下。封面是用柔軟的褪色皮革裝禎，內頁顯得很古老。一翻就翻到書的正中間，那是一幅跨頁的大型木刻版畫，有條展開雙翼，尾巴長而捲曲的龍，全身箕張，怒氣勃發，揮舞著利爪。龍爪裡抓著一個橫幅，上面只有一個用哥德式字母寫的字：卓九利亞（Drakulya）。

我立刻認出這個字，並聯想到當時我還沒讀過的那本布蘭姆・史托克的小說，我也想起小時候在我家附近電影院度過的那些晚上，貝拉・魯格西❸伏在某個小明星白嫩的脖子上作勢欲噬。但這個字的拼法與眾不同，這本書又顯然很古老。更何況我是個學者，對歐洲歷史有濃厚的興趣，瞪著書看了幾秒，我想起在哪兒讀到過：這個名字源自「龍」或「魔鬼」的拉丁文字根，本來是喀爾巴阡山區瓦拉基亞封地的領主伏拉德的

❸譯註：Bela Lugosi，1882-1956，原籍匈牙利的美國演員，作品以恐怖電影為主，尤其扮演吸血鬼卓九勒最出名。

敬稱，他有個外號叫「穿心魔」，因爲他喜歡用非人所能承受的酷刑，折磨他的臣民與戰俘。當時我研究的是十七世紀阿姆斯特丹的貿易，這種題材的書絕無可能混進我的書堆，所以我判斷是某個研究中歐歷史或封建象徵的人，不小心擱在那兒的。

我瀏覽這本書其餘的部分——看了一整天書下來，所有新來的書都像是朋友，充滿吸引力。令我更意外的是，其餘部分——那麼多精緻古老的象牙色紙張——都完全空白。甚至連書名頁都沒有，當然更沒有印刷地點與年月，沒有地圖、蝴蝶頁或其他插圖。書上沒有大學圖書館登記的痕跡，沒有卡片、蓋章或標籤。

我呆瞪著這本書又看了一會兒，把它放在書桌上，便走到一樓的卡片檔案櫃。那兒確實有張標題卡寫著：「伏拉德三世（穿心魔），瓦拉基亞，1431-1476——參見瓦拉基亞、外西凡尼亞及卓九勒。」我想該先查地圖；我很快發現瓦拉基亞和外西凡尼亞是兩個古老的地區，都在現今羅馬尼亞境內。外西凡尼亞看起來比較多山，西南與瓦拉基亞接界。我在書庫裡找到似乎是整座圖書館唯一與這題目有關的第一手資料：一八九〇年代出版，輯譯多種「卓九勒」研究小冊的一個單薄而古怪的英文本；原始的研究小冊都是一四七〇或一四八〇年代在紐倫堡印製的。紐倫堡一辭令我從心底泛起涼意；才不過幾年前，我曾很關注在那兒舉行的納粹領導人大審判。二次大戰正好在我到達役齡的前一年結束，我以錯過盛會的狂熱研究戰禍的餘波。這份小冊子的封面是一個男人的頭與肩部的木刻版畫，畫面很粗糙，他脖子粗短、深黑的三角眼、又長又翹的八字鬍，頭上戴帽，帽上插一根羽毛。筆觸雖然沒有技巧可言，卻出乎意料的生動。

我知道我該回去工作，但我情不自禁讀了書中一篇小冊子的開頭。它條列了卓九勒對自己的同胞和其他國家的人犯下的罪行。書中的描述我記憶猶新，但在此我不轉述——它讓人非常不安。我啪的一聲把那本小書合上，便回到我的卡座。十七世紀盤據我全副注意力直到午夜。我把那本怪書閤攏，留在書桌上，希望原主第二天找到它，就回家睡覺了。

早晨我要去聽課。熬夜工作使我很疲倦，但上完課，我喝了兩杯咖啡，就去繼續我的研究。那本古老的書還躺在原位，書頁翻開到那條盤旋的大龍。睡眠不足加上咖啡的刺激，看到它讓我怵目驚心，就如同舊式小說裡常見的筆法。我再翻翻這本書，這次更加仔細。中央圖案很明顯是木刻版畫，可能是中世紀的設計，研究古書製作的好範例。我想它可能值不少錢，說不定對某位學者也具有私人價值，因爲它顯然不是圖書館的書。

但以我當時的心境，我並不高興看到它。我不耐煩的把書闔上，專心寫我關於商人公會的論文直到黃昏。離開圖書館時，我把書拿到前面的櫃臺，交給一位館員，他答應會把書放進失物招領箱。

第二天早晨八點，我鑽進卡座，準備繼續寫那一章，書再度出現在我書桌上，書頁翻開，露出唯一的那幅猙獰的插畫。我有點不悅——或許圖書館員誤會了我的意思。我馬上把那玩意兒塞進書架，一整天都不讓自己再看它一眼。傍晚我要跟指導教授見面，我收拾文稿時，取出那本書，跟我要帶走的東西放在一堆。這只是心血來潮；我沒打算留下這本書，但羅熙教授日常以研究歷史謎團自娛，我想他會覺得這件事很有趣。以他淵博的歐洲歷史知識，說不定還能鑑定出這本書的來歷。

我習慣在羅熙下午授課結束後跟他見面，我喜歡在下課之前悄悄走進講堂，觀察他的一舉一動。這學期他教地中海古代史，我聽過幾堂課的結尾，每次都非常精彩而富有戲劇性，他把與生俱來的好口才發揮得淋漓盡致。這次我悄悄在後面的一個位子坐下時，正好趕上他討論亞瑟•伊凡斯爵士重新建構克里特島邁諾斯皇宮的過程告一段落，正要下結論。講堂是座光線黝暗的哥德式大禮堂，容納了五百個大學部的學生。室內鴉雀無聲，簡直像座大教堂。沒有人動彈，每一道目光都集中在台前那個修長的人影身上。

羅熙一個人站在燈光照耀的舞台上。有時他來回走動，大聲探討一些觀念，好像獨自在書房裡思考。有時他忽然停下腳步，定睛看著所有的學生，擺出雄辯的姿勢，彷彿要發表驚人的宣言。他眼裡沒有講桌，不屑用麥克風，也從來不需要筆記，只偶爾放些幻燈片，用一根長棒在巨大的銀幕上指指點點，提出他的論點。有時他太興奮，會張開手臂跑過半個舞台。有個傳奇說，他曾經因爲民主之花在希臘綻放而興奮得摔到台下，但他爬起身繼續授課，節奏分毫不亂。我一直沒敢問他，是否眞有此事。

今天他陷於沈思，背著手踱來踱去。「請記住，亞瑟•伊凡斯爵士建構邁諾斯國王的克諾索斯宮殿時，部分是以他在那兒的發現爲依據，但另一部份則是他憑空想像，亦即他心目中邁諾斯文明應有的模樣。」他凝視著我們上方的穹頂。「記錄很少，大部分材料不可知。他不囿於有限的正確資料，而是發揮想像，創造了完整得令人嘆爲觀止——卻也錯誤百出——的宮殿風格。這麼做錯了嗎？」

他在此停頓，帶著可說是憂傷的神情，望向那一片人海，一顆顆頭髮蓬亂、七翹八豎、剪得狗啃似的腦袋，故意穿成落拓不羈的外套，和一張張熱切、年輕的男孩臉孔（別忘了，那時代這種大學的大學部只招收男生，雖然，我親愛的女兒，以妳的背景，大概還是想讀什麼學校都進得去）。五百雙眼睛回望著他。「我把這問題留給你們思考。」羅熙教授微微一笑，忽然轉過身，走出了光圈。

所有的人都吁了一口氣；學生開始談笑，收拾隨身物品。羅熙通常講完課就去坐在舞台邊上，若干比較狂熱的門徒會急忙上前去問他問題。他會很嚴肅而和善地一一作答，直到最後一個學生離開，然後就輪到我上前跟他打招呼。

「保羅，我的朋友！我們找個地方去翹起腳來講荷蘭文。」他親熱地拍拍我的肩膀，我們一塊兒走出教室。

我總覺得羅熙的辦公室是個有趣的地方，因爲它跟一般人想像中瘋狂教授的研究室截然不同：書整齊的砌在書架上，窗邊有個非常先進的小型咖啡機，滿足他的日常需求，書桌上點綴的盆栽植物從不缺水，他的衣著也總是很整齊，斜紋呢長褲搭配潔淨無瑕的襯衫和領帶。他的臉是活潑開朗的英國典型，輪廓分明，眼珠子湛藍；有次他告訴我，他從移民到薩賽克斯的托斯卡尼父親那兒，只遺傳到對美食的愛好。看著羅熙的臉，就會看到一個宛如白金漢宮衛兵換班般井然有序的世界。

他的思維卻又是另一回事。雖然經過長達四十年嚴格的自我訓鍊，他還是會爲殘留的過去而激動不已，尚未解決的疑難仍令他焦慮。他的作品題材形形色色如百科全書，出版界給他的讚譽遠超過學術界的推崇。他一部接一部寫作不輟，前後兩部作品往往屬於完全不相關的領域。結果各學科的學生都來向他求教，我能獲得他做我的指導教授，是公認的幸運兒。他也是我這輩子最親切、和藹的朋友。

「怎麼樣？」他打開咖啡機，示意我坐另一把椅子，問道：「你的大作進度如何？」

我給他報告了過去幾週的進度，關於十七世紀烏特列支與阿姆斯特丹間的貿易情形，我們發生一點小爭執。他把上好的咖啡倒進白瓷杯待客，我們一起舒展四肢，他坐到大書桌後面。室內瀰漫一種照例在這個季節的這種時刻降臨、令人心情舒坦的昏暗，不過隨著春意漸深，它到來的時刻也一天天越發晚了。然後我想起我的古物獻禮。「我帶了一件有趣的東西來給你看，老羅。有人誤把一件相當噁心的東西遺忘在我的卡座上已經兩天了，我想借來給你看看也無妨。」

「拿來吧，」他放下精巧的杯子，伸手接過我的書。「裝訂很好，封面可能是一種厚犢皮，書脊上還燙印了圖案。」書脊上有什麼東西讓他通常都很開朗的眉毛皺了起來。

「打開來，」我建議。我無法理解，爲何在我等待他重複我看到一本幾乎完全空白的書的經驗時，我的心忽然一陣狂跳。書在他熟練的手裡翻到正中間。他坐在書桌後面，我看不見他看到什麼，但我知道他看到了東西。他臉色忽然變得很凝重——靜止的臉，我從未見過他這種表情。他慢慢翻過其他書頁，向前，向後，就像我一樣，但凝重沒有變成驚訝。「是的，空白的。」他把書攤在桌上。「完全空白。」

「是不是很奇怪？」我手中的咖啡涼了。

「而且很古老，但空白不是因爲書未完成。只是可怕的空白，爲了凸顯中央的裝飾。」

「是啊，是啊，就好像中間那頭怪獸把周圍其他東西都吃掉了。」這是個輕率的意念，但我說得愈來愈慢。

羅熙好像沒辦法把眼光從攤開在面前的圖形挪開。好容易他下定決心把書闔上，攪動著咖啡，卻一口也沒喝。「這是你在哪兒找到的？」

「嗯，我告訴過你，兩天前有人意外把它放在我卡座裡。我想我應該立刻把它交到善本書庫，但我眞的以爲它是私人物品，所以沒那麼做。」

「哦，你以爲的沒錯。」羅熙瞇起眼睛看著我。「它確實是私人的東西。」

「所以你知道是誰的嗎？」

「知道。是你的。」

「不，我是說，我只不過在我的卡座——」他臉上的表情阻止我說下去。他看起來老了十歲，或是窗外透進來的朦朧光線施了魔法。「你說它是我的，什麼意思？」

羅熙緩緩站起身，走到書桌後方的角落，爬上兩級墊腳凳，取下一本深色封面的小書。他站在那兒把書端詳了一會兒，好像不願意交給我似的。然後才遞過來說：「你對這個有什麼看法？」

書很小，封面是看起來年深月久的天鵝絨，像一本彌撒禱告書或每日事誌❹，書脊和封面上都沒有書名。它有一個古銅色的扣環，用力一壓就能打開。這本書也是輕易就翻到中間。那兒也有一幅跨頁圖畫，畫的正是我的——我稱之爲我的——龍，這兒的畫滿到書頁邊緣，龍爪作勢欲撲，張開血盆大口，露出森森利齒，同樣有條橫幅，以同樣的哥德式字母寫著相同的字。

「當然，」羅熙說：「我花了功夫，鑑定了這東西的年代。它是中歐的設計，約一五一二年印製——所以你知道，書中如果有文字，很可能會以活字版印刷。」

❹譯註：Book of Days 是種特定類形的出版品，針對日曆上的每一天各設一個章節，收集在這一天出生的歷史人物，介紹與這一天有關的節慶、人物、史跡、故事、文章、趣味性的統計資料等，可能還搭配每日金句或勵志短文，編纂成書。這種寫作方式的首創者為美國人羅伯•張伯斯（Robert Chambers, 1801-1871）。

我慢慢翻閱脆弱的內頁。第一頁沒有標題——沒有，我早就知道了。「多麼奇怪的巧合。」

「它的背面有鹽水侵蝕的痕跡，可能在黑海上航行過。甚至史密松尼博物館也無法告訴我它在旅途中遇到了什麼。你知道，我還眞不嫌麻煩，做了化學分析。花了三百元，我得知這東西一度擺在一個有很多岩石灰塵的地方，那可能是一七〇〇年以前的事。我還專程跑到伊斯坦堡企圖查訪它的來歷。但最奇怪的還是我得到這本書的方式。」他伸出一隻手，我很樂於把這本又老、又脆弱的書交還。

「這是你買來的嗎？」

「我做研究生的時候在書桌上發現它的。」

我渾身打了個冷戰。「你的書桌？」

「我在圖書館的卡座。我的學校也有那種東西。這種傳統可以回溯到十七世紀的修道院，你知道。」

「你從哪兒——它從哪兒來？一份禮物？」

「可能。」羅熙露出一個古怪的微笑。他好像在壓抑某種難以出口的情緒。「再來一杯嗎？」

「好啊，這樣最好，」我唇乾舌燥地說。

「我費盡心思都找不到它的原主，圖書館查不出它的來歷。甚至大英博物館圖書館也沒有看過這種書，還出了一個可觀的價格要買它。」

「但是你不願意出售。」

「沒錯，我喜歡謎題，這你是知道的。所有眞正的學者莫不如此。幹這一行最大的報酬就是正視歷史說：『我知道你是誰，你騙不了我。』」

「所以它是什麼？你想這個較大的版本是同時代同一位印刷家印製的嗎？」

他用手指敲打著窗台。「我已經很多年沒再想這件事，或者該說我盡量不那麼做，雖然我總是有點——感覺它存在，壓在我肩頭。」他對書架上那本書原來的同伴中間出現的空隙比個手勢。「最上面那排書都是我的敗績。都代表我寧可不去想的事。」

「好吧，也許我們終於替它找到一個伴。你可以把事情拼湊得更完整。這兩本書不可能沒有關係。」

「它們不可能沒有關係。」雖然有新煮的咖啡提神，他的話卻彷彿空洞的回音。那年頭，我因爲睡眠不足和勞心過度。常有一股不耐煩和略嫌狂熱的情緒。「你其他的研究呢？不會只有化學分析吧。你說你企圖查訪——」

「我企圖查訪它的來歷。」他再次坐下，用瘦小但看起來很務實的手捧住咖啡杯。「恐怕我欠你的不僅是一個故事而已。」他低聲說。「或許我欠你一個道歉——你會明白是爲什麼——雖然我絕不會故意把這種東西傳承給我的任何一個學生。不會給大部分的學生，不管怎麼說。」他的微笑很和藹，但我覺得笑容裡帶著憂傷。「你聽說過穿心魔伏拉德？」

「是啊，卓九勒。盤據喀爾巴阡山的一位封建領主，還有人以爲他就是貝拉•魯格西。」

「就是他——或者該說他是其中的一個。在這個最讓人敬而遠之的成員掌權之前，他的家族已經有悠久的歷史。你離開圖書館時有沒有查一下他的資料？有嗎？壞兆頭。我的書以那麼怪異的方式出現時，我也查了那個字，就在當天下午——那個名字，還有外西凡尼亞、瓦拉基亞、喀爾巴阡。立刻成爲揮之不去的夢魘。」

我不知道這是否暗示著讚美——羅熙喜歡用功的學生——但我沒多計較，唯恐不必要的評語打斷他的故事。

「說到喀爾巴阡山。那對歷史學家一直是個神秘的所在。奧卡姆❺的一個學生曾旅行到那兒——我想是騎驢——將見聞寫成一本有趣的小書，叫做《懼怕的哲學》。當然，卓九勒的故事一再被壓抑，所以往往研

❺譯註：William of Occam，1295-1349，十四世紀英國哲學家。

究不出什麼名堂。他是瓦拉基亞領主，十五世紀的統治者，鄂圖曼帝國和他自己的臣民都恨他入骨。他確實是中世紀歐洲暴君當中最心狠手辣的一個。據估計，他至少殺了兩萬名他的瓦拉基亞和外西凡尼亞同胞。卓九勒的意思就是卓古爾之子——可以解釋成龍的兒子。他的父親被神聖羅馬帝國皇帝西格斯蒙德封爲「龍騎士團」的一員——那是一個捍衛帝國，對抗鄂圖曼土耳其人的組織。事實上，有證據顯示卓九勒小時候，他的父親曾談了一筆政治交易，把他交給土耳其人當人質，卓九勒就從旁觀土耳其人施酷刑的手法中，培養出殘酷的品味。」

羅熙搖搖頭。「總而言之，伏拉德在跟土耳其人打仗時戰死，也有可能被他自己的士兵誤殺，葬在斯納格布湖中一座小島上的修道院，該地現在由我們實施社會主義的友邦羅馬尼亞統治。與他相關的記憶都成了傳奇，由迷信的農民代代相傳。十九世紀末，有個心理變態，文章濫情的作家——布蘭姆•史托克——把卓九勒這名字賦予一個他自己發明的怪物，一個吸血鬼。穿心魔伏拉德的殘酷雖然駭人聽聞，但他當然不是吸血鬼。史托克的書裡完全沒提到伏拉德，雖然他筆下的卓九勒曾經談到他的家族與土耳其人作戰的光榮歷史。」羅熙嘆口氣。「史托克收集了一些與吸血鬼有關的民間傳說——也包括外西凡尼亞，雖然他從未到過那裡。事實上，伏拉德•卓九勒統治的是瓦拉基亞，是跟外西凡尼亞接壤的鄰國。二十世紀好萊塢接手，延續神話的生命，使它復活。好了，我的稗官野史就講到這兒爲止。」

羅熙把杯子放在一旁，雙手合攏。有一會兒功夫，他好像說不下去。「我可以拿這段傳奇開玩笑，反正它已商業化得無藥可救，但我的研究結果卻無法等閒視之。事實上，我覺得不應該將它出版，一方面因爲在那則傳奇的陰影下，我覺得這題材不會得到嚴肅的看待。而且還有另一個理由。」

我心頭不由得一愣。羅熙無所不出版；這是他的生產力，他的才華的表現。他要求學生以他爲榜樣，什麼都不浪費。

「我在伊斯坦堡的發現嚴重到不能輕忽。或許我把這則資訊——我可以誠實的這麼稱呼它——保密的決定是個錯誤，但我們每個人都有自己的迷信。我剛好有歷史學家的迷信。我很害怕。」

我瞪大眼睛，他嘆一口氣，好像不願意往下說。「你知道，中歐與東歐，也就是伏拉德•卓九勒的發源地，一直有人研究他，留下豐富的檔案。但他的事業始於殺戮土耳其人，我發現還不曾有人到鄂圖曼世界去找與卓九勒傳奇有關的材料。所以我趁研究希臘古代經濟之便，秘密繞道去了趟伊斯坦堡。對了，所有與希臘有關的材料我都毫無保留地出版了。」

他沈默了一會兒，轉頭望著窗外。「我想我該直截了當告訴你，我在伊斯坦堡的收藏中發現了何種我後來盡可能不去回憶的東西。畢竟你繼承了一本這種漂亮的書。」他把手沈重地壓在疊在一起的兩本書上。「如果我不把這一切告訴你，你可能會步我的後塵，說不定承擔更大的風險。」他對著桌面露出一個苦笑。「起碼我可以幫你省下不少申請獎助金的時間。」

我喉嚨發乾，一個哈哈硬是梗在那兒出不來。他到底在說什麼？我想或許我低估了老師某種怪誕的幽默感。也許這是一場精心設計的惡作劇——他恰巧收藏了兩本那種令人望而生畏的古董書，他把其中一本放進我的卡座，算準了我會拿來給他看，我也果眞傻裡傻氣這麼做了。但在他書桌正常的燈光下，他臉色忽然變得灰白，一天未刮的鬍碴子形成陰影，抽光了他臉上的血色和眼睛裡的幽默感。我湊身向前：「你到底想告訴我什麼？」

「卓九勒——」他頓了一下。「卓九勒——伏拉德——穿心魔——還活著。」

「天啊，」父親看一眼手錶忽然道：「妳怎不提醒我？就要七點了。」

我把冰冷的手塞進藏青色外套裡。「我也不知道，」我道：「但是求你繼續講，不要在這個節骨眼上停止。」一時之間，父親的臉顯得很不眞實；我從來沒想到他會這樣——我不知道該怎麼說。心理不平衡？他因爲講述這個故事而失去平衡好一會兒嗎？

「講這麼長的故事有點晚了。」父親拿起茶杯，又放下。我注意到他的手在發抖。

「拜託你說下去，」我道。

他不理會我。「總而言之，我不知道我是嚇著了妳還是讓妳厭倦。或許妳寧可聽一個直接講龍的故事。」

「這故事裡也有龍，」我說。我也很想相信這故事是他編的。「有兩條龍呢。起碼明天再多講一些好嗎？」

父親揉揉手臂，好像在給自己取暖，我明白他現在眞的非常不願意往下講。他臉色陰沈、封閉。「去吃晚餐吧。我們可以先把行李放在突里斯特旅館。」

「好啊，」我道。

「反正我們再不走，他們也會趕我們出去。」我看見金髮女侍站在吧台旁邊；她好像不在乎我們留下或離開。父親掏出皮夾，抽出幾張背面總是印著露出豪邁笑容的礦工或農夫、褪了色的大型紙鈔，將它們撫平，放在錫盤上。我們繞過鑄鐵的桌椅，走出了覆滿蒸汽的大門。

夜色濃重的降臨——寒冷，起霧、潮濕的東歐夜晚，街道上幾乎不見人跡。「帽子戴好，」父親照例說。我們正要踏出腳步，走到雨水沖刷過的梧桐樹下，他忽然停住，把我拉到他張開的手臂後面，做出保護的姿勢，就好像有輛車從我們面前飛駛而過。但附近沒有車，街道在靜靜的雨滴和昏黃的燈光下，很有田園情調。父親機警的左盼右顧，我卻什麼人也沒看見，不過我的視線被帽子擋住了一部份。他站著聆聽，頭微偏，身體像石柱般靜止。

然後他沈重的吐出一口氣，我們向前走，談著到了突里斯特要點什麼樣的晚餐。

那趟旅行沒再提到卓九勒。我不久就明白父親恐懼的模式；他只能斷斷續續把這故事講給我聽，吐露時他不求有戲劇效果，只希望能保留點什麼——他的力量？他清明的神智？

3

回到阿姆斯特丹的家，父親變得異常沈默而忙碌，我不安的等候機會再詢問他有關羅熙教授的事。家中那間用深色原木嵌板裝潢的餐廳裡，克雷太太每晚跟我們一起吃晚餐，她從餐台替我們端食物，但除此之外，她就像自家人一樣上桌跟我們共餐，我憑直覺知道，有她在場，父親不會告訴我更多他的故事。如果我到書房裡找他，他立刻就詢問我一天過得如何，要求看我的功課。我們從伊摩納回來後沒多久，我偷偷檢查過書房裡的架子，書和信都已經從高處消失；我不知道他把它們放到哪兒去了。如果輪到克雷太太休假，他會提議我們一起去看電影，有時他會帶我到運河對岸嘈雜的店鋪去喝咖啡吃點心。可以說他在迴避我，只除了偶爾我坐在他身邊讀書，等待可以發問的空檔時，他會伸手摸摸我的頭髮，臉上流露難以捉摸的悲傷。這種時刻，我實在開不了口要求他講故事。

父親下次去南方出差時帶我同行。他只有一場會議，而且是非正式的會議，幾乎不值得這麼長途跋涉，但他說，他要我去看看那兒的風景。這次我們搭火車到比伊摩納更遠的地方，然後換乘巴士前往目的地。父親有機會都盡可能使用當地的交通工具。現在我旅行的時候，經常因爲想起他而放棄租車，改搭公共汽車。

「妳到了就會明白——拉古薩不適合開車，」我們抓著巴士司機身後的金屬桿時，他告訴我：「盡量坐前面，比較不容易暈車。」我用力抓緊橫桿，直到手指關節泛白；這個新地區有許多岩山，淺灰色的巨岩矗立如山，穿梭它們中間彷彿騰雲駕霧。有次我們以毫釐之差跟岩石擦身而過，父親喊道：「我的天！」其他乘客卻神態自若。走道對面有個穿黑衣的老婦人坐著打鉤針，她的臉包在隨著巴士晃動而起伏的圍巾裡。

「注意看，」父親說：「妳馬上就會看見這條海岸線上絕美的風景。」

我用心看著窗外，心中巴望他不要老是覺得有必要給我那麼多指示，但我還是把岩石堆成的山丘和高居山頂的岩石村落，都盡可能看進眼裡。就在日落前一刻，我的努力有了回報，我看到一個女人站在路旁，可能是在等反方向的巴士。她個子很高，穿著厚重的長裙和緊身背心，頭上戴一個極美的髮飾，像用歐干紗做的蝴蝶。她獨自兀立亂石間，灑滿一身斜陽，身旁地上有個籃子。若非我們經過時她把美麗的頭轉過來，我一定以爲她是尊雕像。她的臉是個皎白的橢圓，距離太遠我看不清五官。我給父親描述她時，他說她穿的應該是達爾馬西亞地區的土著服飾。「一頂大帽子，兩側有翼？我看過那樣的照片。妳可以說她是個幽靈——她大概住在很小的村子裡。我想這一帶大多數年輕人都穿牛仔褲了。」

我繼續把臉貼在窗上。幽靈沒再出現，但我沒漏看一眼周遭的奇景：在我們腳下，遠處的拉古薩是一座象牙色的城市，被陽光燒熔的大海，圍繞著城牆拍出浪花，銅牆鐵壁的中世紀城砦裡有比黃昏天空更紅豔的屋頂。這座城市坐落在一片圓形的大半島上，看起來它的城牆對來自海上的暴風雨毫不畏懼，也不怕攻擊，彷彿一個巨人涉水走過亞得里亞海岸。然而從公路的高處下望，它又顯得那麼渺小，像一件手工雕刻品，不成比例的放在山腳下。

兩小時後，我們終於抵達拉古薩，這兒的大街鋪著大理石，被幾百年來的鞋印磨得平潤光滑，映著四周商店與豪宅潑灑出來的燈火閃閃發亮，像一條寬闊運河的水面。我們走入老城的市中心，走到街道瀕臨海港的那頭，全身一鬆，歪倒在咖啡館的椅子上，我轉臉迎風，嗅著浪花氣息以及——在那麼晚的季節有點奇怪——橘子熟透的味道。海與天空都差不多黑了。漁船在海港另一端開闊的水面上舞動；風爲我帶來海的聲音、海的氣味以及一種新鮮的溫柔感。「是啊，南方，」父親滿足地說。「如果妳在這兒有條船，夜晚的天空又晴朗得適宜航行。妳可以靠星星定位，從這裡航行到威尼斯、阿爾巴尼亞海岸，或航進愛琴海。」

「駕帆船到威尼斯要多久？」我攪動茶杯，微風把蒸汽吹向大海。

「哦，如果是中世紀的船，起碼一星期吧，我想。」他對我微笑，暫時放鬆。「馬可波羅在這片海岸出生，威尼斯人經常入侵。事實上，妳可以說，我們坐在世界的大門口。」

「你上次來這兒是什麼時候？」我這才開始相信父親有前半生，他在我出世前已經存在。

「我來過好幾次。大概有四、五次之多。第一次是很多年前，我還是個學生。我的指導教授建議我趁留學的機會，從義大利來拉古薩看看，純爲了欣賞這片奇景——我告訴過妳，有年夏天我在翡冷翠學義大利文。」

「你說的那位教授是羅熙教授？」

「是的，」父親警覺的看我一眼，然後又回到他的威士忌上。

有一小陣沈默，只聽見上方的遮陽篷被不合時宜的暖風吹得劈啪作響。酒吧與餐廳裡隱約傳來觀光客交談、杯盤碰撞和薩克斯風、鋼琴的聲音。更遠處的黑暗港灣裡，有船隻潑水聲。最後父親說道：「我該跟妳多講一些他的事。」他仍然沒在看我，但我彷彿在他的聲音裡聽見一道纖細的裂縫。

「我很想聽，」我謹愼地說。

他啜飲一口威士忌：「妳對故事很頑固，不是嗎？」

頑固的是你，我很想說，但克制自己；我要的是故事，不是爭吵。

父親嘆口氣：「好吧。我明天會告訴妳更多他的事，等大白天，我不這麼疲倦，我們抽出時間到城牆上散步的時候。」他用酒杯比著旅館上方灰白色發光的城堞。「那是更好的說故事時間。尤其那個故事。」

上午，我們坐在海浪上方一百碼處，浪花從四面八方撞擊這城市龐大的地基，噴出白色的泡沫。十一月的天空還像夏天那麼明亮。父親戴上太陽眼鏡，看清楚手錶，摺起介紹下方赤瓦建築的小冊子，讓一群德國觀光客從我們旁邊走過，直到聽不見我們談話的距離外。我眺望著大海，視線越過一個植有樹林的小島，直到模糊的藍色海平線。威尼斯船曾經來自那個方向，帶來戰爭或貿易。它們金紅二色的旗幟在同樣燦爛的晴空下撲騰。我等候父親開口時，有股與學術全然無關的恐懼在心頭翻攪。或許我想像中出現在海平線上的那些船，不盡然是一支多采多姿的遊行隊伍。爲什麼要父親開口會如此困難？

4

我告訴過妳，父親清了一、兩下喉嚨說，羅熙教授是位優秀的學者，也是位眞摯的朋友。我不要妳對他有任何其他想法。我知道我可能犯了錯誤，我先前告訴妳的事，會使他聽起來——瘋狂。妳還記得他告訴我一件非常難以置信的事。我聽了很吃驚，對他充滿懷疑，雖然我看到他表情誠懇而包容。他說完以後，就用一雙明察秋毫的眼睛看著我。

「你究竟是什麼意思？」我一定在口吃。

「我重複一遍，」羅熙教授加強語氣說：「我在伊斯坦堡發現，卓九勒直到今天還活在人間。最起碼直到那時是如此。」

我瞪著眼看他。

「我知道你一定以爲我瘋了，」他露出明顯的憐憫神態說。「我可以告訴你，任何人在歷史裡東翻西揀，長久下來都可能發瘋。」他嘆口氣。「伊斯坦堡有個很少人知道的資料館，是一四五三年從拜占庭手中奪得這城市的蘇丹，穆罕默德二世建立的。這裡保存各種雜七雜八的文件，大部分是後來土耳其人在節節敗退，帝國疆界不斷縮小期間收集的。但它也包括一批十五世紀後期的文獻，我從中找到幾份地圖，號稱能找到一個邪惡之墓，墓中埋的是一個殺害土耳其人的屠夫，我猜這人就是伏拉德•卓九勒。事實上，地圖共有三張，按由大而小的比例顯示同一塊區域，提供的細節愈來愈周詳。這幾張地圖上沒有可資辨識、或跟任何我認得的地方聯想的特徵。圖上註記的文字以阿拉伯文爲主，檔案管理員告訴我，它們的繪製日期在十五世紀末。」他拍拍那本跟我發現的怪書十分相似的小書。「寫在第三幅地圖正中央的文字，是一種非常古老的斯拉夫方言。只有通曉多種語言的學者才有辦法研判它的內容。我盡我所能，卻沒有把握。」

說到這裡，羅熙搖搖頭，似乎還在遺憾自己的能力有限。「我全心全意投入這個發現，把暑期研究克里特島古代貿易的正務丟在一邊，眞是違反常理。但我想我坐在伊斯坦堡那個又熱、又黏的圖書館裡的時候，已經不可理喻了。還記得我隔著髒兮兮的窗戶可以看見聖蘇菲亞教堂的宣禮塔。我在那兒工作，面前的書桌上，擺著那套土耳其人解讀伏拉德王國的線索，埋頭查字典，抄一大堆筆記，還親手臨摹所有的地圖。

「長話短說，有一天下午，我正在描繪最令人困惑的第三幅地圖，即將畫到那個細心標示出來的邪惡之墓的位置。你還記得，一般都以爲穿心魔伏拉德是葬在羅馬尼亞，斯納格布湖中小島的修道院裡。這張地圖跟其他兩張一樣，沒有顯示任何有島嶼的湖泊——倒是有一條河流過這區域，河身在中央部分顯得特別寬。藉伊斯坦堡大學一位教阿拉伯文和鄂圖曼語的教授幫忙，我已經把地圖四邊所有文字都翻譯了出來——全是關於邪惡本質，意味深長的格言，好幾句出自古蘭經。地圖上隨處寫著一些乍看像斯拉夫方言的地名，用畫得很粗糙的山嶺圍繞起來，它們很像謎語，可能是暗示眞實地點的密碼：八棵橡樹谷、偷豬村等等——奇怪的鄉土名字，我一點也不懂其中含意。

「地圖正中央，在邪惡之墓應該座落的位置上，有一條畫得很粗糙的龍，頭部上方畫了一座城堡，看起來好像龍戴著王冠。這條龍往北望，就跟我的——我們的——書上那條一樣，我猜它一定是隨著卓九勒傳奇傳入土耳其的。龍的下方有人寫了一些很小的字，我一開頭以爲那是阿拉伯文，就跟地圖邊緣那些格言一樣。但用放大鏡仔細觀察，我忽然發現，這些符號其實是希臘文，我沒來得及考慮圖書館規範，就大聲把它翻譯出來——其實圖書室裡空蕩蕩沒有別人，除了我，就只有那個百無聊賴的圖書館員，不時走進走出，擺出要確認我沒有偷東西的神氣。那一刻，我完全獨處。我把那些毫芒字跡唸出來時，它們彷彿在我眼前晃動：『以邪惡爲居所者在此。讀者，一個字便能起他於地下。』

「就在那一刻，我聽見樓下門廳裡有扇門砰然關上。傳來沉重的腳步聲往樓上走。我腦海裡仍盤旋著許多轉瞬即逝的念頭，但是：放大鏡剛告訴我，這幅地圖不像其他兩幅比較普通的地圖，曾經有三個人用他們各自的三種不同語言，分別在上面做過註記。他們的筆跡跟使用的語言都截然不同。年深月久的墨水顏色也不一樣。然後我忽然有一個領悟——你知道，學者那種經過幾個星期細心研究磨練出來、幾乎萬無一失的直覺。

「在我看來，這幅地圖最初應該只有中間的部分以及圍繞它四周的山巒，再加上寫在正中央的那句希臘文。那些斯拉夫方言可能稍後才標上，用來指認它周邊的地點——而且是用密碼。然後不知怎麼回事，它落入鄂圖曼人之手，用古蘭經的經句把它包圍起來，看起來好像是收納或禁錮中央那則不祥的信息，或者是用符咒抵抗黑魔法。但如果真是如此，又是哪個通曉希臘文的人，最先在地圖上加註，甚至把它畫出來的呢？我知道卓九勒在世時，拜占庭王朝的學者使用希臘文，但鄂圖曼世界的大多數學者卻不用這個語言。

「驗證這個理論的難度可能遠超出我的能力，但我還沒來得及把它寫下來，書庫另一頭的門忽然打開了。一個身材高大、體格健壯的男人走進來，快步從書架前走過，走到我正伏案工作的那張桌子另一端停下。他擺明了要來打擾我，我很確定他不是圖書館的人。不知爲什麼原因，我覺得好像應該站起來，但出於某種自尊，我就是不願意那麼做；這人如此突兀而蠻橫地闖入，起身就像對他卑躬屈膝了。

「我們互相瞪著對方的臉，我從未如此吃驚過。在那麼一個神秘的環境裡，這個男人很明顯的格格不入，他長得很英俊，照土耳其或斯拉夫南部的方式打扮得很得體，沈重的八字鬍略微下垂，身穿量身定做的黑色西服套裝，與西方商業人士無異。他的眼睛挑釁的迎上我的眼神，那麼長的睫毛長在那麼一張嚴肅的臉上有點噁心。他的膚色泛黃，但毫無瑕疵而非常滑嫩，他的嘴唇殷紅。『先生，』他以低沈而充滿敵意，帶有土耳其口音的英語，幾乎像在咆哮的說：『我不認爲你獲准做這種事。』

『做什麼事？』我的學術怒火立刻上升。

『做這種研究。你在使用土耳其政府的機密檔案。請給我看你的證件好嗎？』

『你是誰？』我以同樣冷酷的聲調問：『我可以看你的證件嗎？』

「他從外套內層口袋取出一個皮夾，打開攤在桌上，放在我面前，然後啪地一聲收起。我只有足夠時間看到一張象牙白色的卡片，上面有一大串土耳其頭銜。這個人的手是很令人不舒服的蠟白色，留著很長的指甲，手背上長一層黑毛。他冰冷的說：『文化資源部。據我所知，你來查閱這些文件之前，沒有跟土耳其政府做任何文化交流的安排。對吧？』

『當然不對。』我取出一封國家圖書館的公文給他看，文中賦予我在該館伊斯坦堡任何一個分支機構的研究權。

『這不夠，』他把公文扔在其他文件上。『恐怕你必須跟我來。』

『去哪兒？』我站起身，現在我覺得用雙腳站立較有安全感，但我希望他不要把我的舉動視爲服從。

『警察局，有必要的話。』

『這太荒唐了，』我已經學會跟公務員打交道時，若有疑慮就一定要提高音量。『我是牛津大學的博士候選人，大英帝國公民，我到這兒第一天就向本地大學登記，取得這封信，證明我的身份。我不接受訊問，不論是警察——或是你。』

『我明白了，』他露出一個讓我腸子打結的笑容。我讀過一點關於土耳其監獄和偶爾遭他們監禁的西方人的報導，雖然我還不太清楚自己惹上了什麼樣的痲煩，但我知道自己的處境很危險。我希望那個來回走動的圖書館管理員能聽見我的聲音，過來叫我們安靜。但我隨即想到，這位持有令人害怕的公務證件的仁兄能進來找我，不消說是他們的功勞。或許他的地位眞的很高。他向前靠過來。『讓我看看你在這兒做什麼。請讓開。』

「我走到一旁，他低頭察看我的工作，闔上我的字典閱讀封面，臉上仍掛著那抹令人不安的微笑。隔著桌子他仍很有威脅感，我注意到他有股奇怪的體味，像是用香水掩飾惡臭卻不怎麼成功。最後他拿起我正在臨摹的那幅地圖，動作忽然變得輕柔，幾乎是很溫柔地將它拿在手中。他看它的神情好像不需要花時間細看就知道它是什麼，雖然我認爲這是裝腔作勢。『這是你的檔案資料，是嗎？』

『是的，』我憤怒地說。

『這是土耳其政府非常寶貴的財產。我不認爲你需要把它拿到外國使用。就是這張紙，這張小地圖，讓你千里迢迢從英國大學跑來伊斯坦堡？』

「我本來想反駁說我還有別的任務，用其他方面的學術研究誤導他，但我又立刻想到，這麼做只是招來更多訊問。『是的，就這麼簡單。』

『簡單？』他態度變得比較溫和。『哼，我想你這份東西會暫時被沒收。對外國研究者而言眞是可惜。』

「我氣壞了，站在那兒，我的答案已近在眼前，同時我又慶幸當天早晨我沒把小心臨摹的喀爾巴阡老地圖帶去，我本來打算第二天開始拿兩幅圖比較。它們藏在我留置旅館的皮箱裡。『你完全無權沒收我獲准研究的資料，』我咬牙切齒說：『我一定會馬上向國家圖書館申訴。還有英國大使館。不管怎麼說，你根據哪一點否決我研究這些文件的權利？只不過幾張默默無聞的中世紀歷史文件。它們跟土耳其政府的利益毫無關係。這一點我很確定。』

「那個官員站在那兒，目光投向遠方，好像聖蘇菲亞教堂的尖塔排列成一個他從未見過、新鮮有趣的角度。『這是爲你自己好，』他冷漠地說：『那個東西最好留給別人研究。下次吧。』他動也不動站在那兒，臉朝著窗外，好像希望我順著他目光去看某個東西似的。我出於一種孩子氣的固執，就是不看，因爲這可能是一種詭計，所以我直勾勾瞪著他，等著。然後我就看見了，好像他刻意要讓油膩膩的天光照在上面似的，他的脖子從價格昂貴的襯衫衣領露出來的部份，在肌肉發達的喉頭旁邊，有兩個褐色的結痂嵌在黝黑的肉裡，不是新傷，但也還沒有完全痊癒，好像他曾經被雙兩根尖銳的荊棘刺中，或被刀尖割傷。

「我退後一步，避開那張桌子，心想自己一定因爲讀了太多變態的材料而發瘋了，我神智錯亂了。但光線很正常，這個穿深色羊毛西服的男人也很眞實，甚至包括他古龍水底下那股沒洗澡加上汗水再加上某種別的東西的氣味。什麼都沒有消失，也沒有改變。我無法把眼光從那兩個半痊癒的小傷口挪開。過了幾秒鐘，他從那深深吸引他的景象轉回頭，對自己看到的——或我看到的——東西似乎很滿意，再次露出笑容：『爲你自己好，教授。』

「我站在那兒，無言以對，看他拿著捲好的地圖走出房間，聽著他的腳步聲在樓梯上漸行漸遠。幾分鐘後，一個年長的圖書館員走進來，他有一頭蓬亂的灰髮，拿著兩個舊檔案，收藏在較低的架子上。『請問，』我對他說，聲音差點卡在喉嚨裡出不來。『請問一下，這件事眞是太無禮了。』他困惑地抬頭看我。『那個人是誰？那個官員？』

『官員？』圖書館員遲疑著。

『我要請你爲我出一份公文，證明我有權閱讀這些檔案。』

『可是你已經獲得授權了呀。』他息事寧人的說。『我親自替你登記的。』

『我知道，我知道，那你得抓住他，逼他歸還地圖。』

『抓住誰？』

『那個什麼部派來的人——就是剛上來的那個。不是你讓他進來的嗎？』

「他從灰髮底下迷惑地看著我。『剛才有人進來？過去三小時沒有人進來過。我就坐在樓下入口處。很不幸，來我們這兒做研究的人很少。』

『那個人——』我欲言又止。我忽然成了一個瘋狂比手劃腳的外國人。『他拿走了我的地圖。我是說，圖書館的地圖。』

『地圖嗎，教授先生？』

「『我本來在研究一張地圖。今天早晨我向櫃臺借出來的。』

「『不會是那張吧』他指著我的桌面，正中間有一張很普通的，我從未見過的巴爾幹半島公路圖。五分鐘前它還不在那兒。圖書館員回去把第二份檔案歸回原位。

「『算了，』我盡快把書收好，離開了圖書館。站在車水馬龍的街頭，看不見那位官員的影子，雖然有幾個身高、體型跟他類似，穿差不多西裝的人，拎著手提箱匆匆從我身旁走過。我回到旅館，發現我的房間不對勁，我的東西被移動過了。我最初臨摹的那批老地圖以及我當天用不到的筆記都不見了。我的皮箱被重新整理過。旅館工作人員說他們毫無所悉。我整晚睜著眼睛聆聽外面的聲音。第二天我就打包所有的髒衣服和字典，搭船回希臘去了。」

羅熙教授再次合攏雙手，看著我，彷彿很有耐心在等我表示不信他的話。但我忽如其來的震驚是因爲相信，而非懷疑。「你回希臘？」

「是的，我把伊斯坦堡的回憶拋在腦後，過完剩下的暑假，雖然它隱含的意義不容我忽視。」

「你離開是因爲你——受驚嚇？」

「我嚇壞了。」

「可是後來你還是做了很多研究——或委託別人做——關於你那本奇怪的書？」

「是的，主要是史密松尼的化學分析。但這件事沒有結論——又受到其他一些影響——我就放棄了這件事，把書放在架上。最後是在那個位置。」他對書架最高處那個樊籠比個手勢。「很奇怪——我偶爾還會想起那些事，有時我的記憶好像非常清晰，又有時只剩零星片段。不過我想，即使最恐怖的記憶也會因反覆溫習而磨損。又有些階段——每次大約幾年——我完全不願意想這件事。」

「但你眞的相信——這個脖子上有傷口的男人——」

「換做你會怎麼想，如果他站在你面前，而你又知道自己神智很清醒？」他靠著書架而立，語氣忽然變得很強硬。

我嚥下最後一口冷咖啡；渣滓很苦。「你沒有再嘗試釐清那幅地圖的意義，還有它的來歷？」

「從來沒有。」他似乎停頓了一下。「沒有。這是我確定完成不了的少數研究之一。但我有個理論，這條恐怖的學術蹊徑，就像很多沒那麼恐怖的研究一樣，靠一人之力只能獲得一點點進展，然後就由別人接手，每人貢獻一生的一點時間。或許幾百年前就有三個這樣的人，繪製地圖，加上註記，這就是他們的研究，雖然我承認，那些抄自古蘭經的符咒經句，或許不能提供有關穿心魔伏拉德眞實埋骨所在的進一步知識。當然這也可能都是胡說八道。也很可能羅馬尼亞民間傳說沒有錯，他就葬在島上那座修道院裡，像任何善良的靈魂一般在那兒長眠——雖然他跟善良沾不上邊。」

「可是你不那麼認為。」

他又開始遲疑。「學術研究必須持續。在每個領域，不分善惡，這是必然的。」

「你有沒有設法到斯納格布去親自看一眼？」

他搖搖頭。「沒有。這個研究我已經放棄了。」

我放下冷掉的杯子，注視著他的臉。「可是你保留了一部份資訊，」我步步進逼的猜測。

他再次伸手到最高層書架，取下一個封了口的牛皮紙袋。「當然。誰會把研究成果完全銷毀？我根據記憶複製了那三張地圖，也搶救了其他的筆記，就是那天我在圖書館記下的那些。」

他把未拆開的信封放在書桌上，放在我倆之間，以一種在我看來跟它內容的恐怖不配的溫柔輕撫著它。或許是因為這種不搭，或窗外的春日暮色已深，黑夜已臨，我覺得更加緊張。「你不認為這可能是一種危險的傳承嗎？」

「我向上帝祈禱我可以說不是。但也許危險只限於心理的層次。只要我們不對恐怖懷著太多不必要的擔憂，生活會更健康美好。你知道，人類歷史充滿惡行，或許我們想到這些行爲時，應該目中含淚，而不是著迷得眼花撩亂。事過那麼多年，我甚至不確定伊斯坦堡的記憶是否眞有其事，我也不想再回去。更何況，我覺得我已經把所有我想知道的資料都帶走了。」

「你是說，進一步研究所需要的資料嗎？」

「是的。」

「但你還是不知道誰會繪製那樣一幅顯示墳墓所在的地圖？」

「沒錯。」

我伸手去拿那個牛皮紙袋。「我拿這個東西會不會需要一串念珠，或其他什麼，某種護身符？」

「我相信你可以憑藉自身的善良，道德意識，隨你怎麼稱呼它——我願意相信我們大多數人都有這種能力。我不會隨時隨地都在口袋裡塞幾顆大蒜，不會的。」

「你認爲心靈解毒劑的效力更強大。」

「是的。我努力這麼相信。」他臉色很悲傷，幾乎可說是哀戚。「或許我沒有使用那些古老的迷信是項錯誤，但我想我是個理性主義者，我要堅持這一點。」

我抓住紙袋。

「這是你的書。這本書很有趣，祝你幸運找到它的來源。」他把那本皮革封面的書遞給我，我覺得他臉上的哀傷與輕鬆的口吻不合。「隔兩週再來見我，我們再討論烏特列支的貿易。」

我一定愁眉苦臉；這時就連我的博士論文聽起來也變得不眞實。「是啊，好吧。」

羅熙撤走咖啡杯，我手指僵硬的收拾手提包。

「最後一件事，」我轉身要告辭時，他嚴肅地說。

「什麼？」

「我們以後再也不要談這件事。」

「你不想知道我的進展?」我張口結舌,覺得無依無靠。

「可以這麼說。我不想知道。除非,當然,你惹上了麻煩。」他以一向親切的方式握住我的手。他臉上有種我沒見過的眞正的悲傷,然後他似乎強迫自己露出一個微笑。

「好吧,」我說。

「兩週後見,」我走出去時,他顯得幾乎很開心的喊道。「寫一個完整的章節來,要不然就給你好看。」

父親停下來。我感到既驚訝又尷尬,因爲我看到他眼中有淚光。即使他不開口,那滴閃閃發光的情緒也會讓我追問不下去。「妳知道,寫博士論文眞是件可怕的事,」他故作輕鬆狀說。「無論如何,或許我們不該講這麼多。這是一個曲折的老故事,顯然每件事結果都很好,因爲我在這兒,不再是個鬼氣森森的教授,妳也在這兒。」他擠擠眼睛;他心情逐漸好轉。「以結局而言,這是個快樂的結局。」

「但中間可能還發生過很多事,」我好不容易擠出一句話。陽光只照耀我的皮膚,溫暖不了被寒冷的海風吹得冰涼的骨髓。我們伸展手腳,朝著下面的城鎭東張西望。一批新來的觀光客已忙碌的沿著城牆從我們身旁走過,或站在遠處的小亭子,對海上的島嶼指指點點,或擺姿勢給同伴拍照。我瞥一眼父親,他正眺望著大海。隔著一群群觀光客,離我們已經很遠的前方,有個我先前沒注意到的男人,他身穿深色毛料西裝,長得很高,肩膀寬闊,走得很慢,但我們已經不可能追上他。我們在那座城市見過其他穿黑色羊毛西裝的高大男人,但不知什麼緣故,我就是不由自主一直盯著這個人看。

5

因爲在父親面前不能自由自在發問，所以我決定自己做點研究的工作，有天放學後，我獨自跑到大學圖書館。我的荷蘭文還過得去，法文和德文都學過好幾年，圖書館裡收藏的英文書爲數也不少。圖書館員彬彬有禮，經過幾番羞澀的對話，我就找到了需要的資料：父親提過的那本，在紐倫堡出版，有關卓九勒的小冊子。這個圖書館沒有收藏原始版本——那種版本非常罕見，管理中世紀收藏的年長館員對我解釋，但他在中世紀日耳曼文獻摘錄中，找到原文的英譯。「那是妳想要的嗎，親愛的？」他微笑著問道。他有一張在荷蘭人中間不常看到的，非常白晰而清秀的臉——直視對方的藍色眼睛，頭髮好像永遠不會變白，只是顏色轉淡。我父親的父母住在波士頓，我還是小女孩時他們就去世了，但我想我很願意有一位像他這樣的爺爺。他又補充道：「我叫約翰•賓勒茨。需要幫助隨時可以來找我。」

我說這本書正合需要，**dank u**（謝謝你），他拍拍我肩膀就悄然走開了。我重看當時我在那個空蕩蕩的房間裡抄錄的第一段筆記：

> 主後一四五六年，卓九勒做了一件可怕而怪異的事。他被任命爲瓦拉基亞領主時，把來到他境內學語言的年輕男孩全部燒死，共有四百名。他把一個大家族以穿心刑處決，還把很多自己的人民剝光衣服，活埋到肚臍的部位，然後用武器投射他們。他還把一些人烤熟後剝皮。

第一頁下端有個腳註。註釋的字體非常小，我差點沒注意到。仔細閱讀，我發現它是「穿心刑」一字的解釋。它聲稱這種刑罰是穿心魔伏拉德從鄂圖曼人那兒學來的。他執行穿心刑的方式是用一根削尖的木棒，從肛門或性器官向上穿入人體，木棒有時會從口腔或頭頂穿出。

我花了一分鐘，嘗試對這些字句視若無睹；然後闔上書，又花了幾分鐘設法把它忘記。但那天我收拾筆記本，穿上大衣回家時，讓我最難以忘懷的不是卓九勒猙獰的形象，或有關穿心刑的描述，而是這些事眞的——顯然——曾經發生過。我覺得，只要我專心聆聽，就會聽見那些男孩或同時赴死的「大家族」慘叫。父親很注重我的歷史教育，卻忘了告訴我一件事：歷史上的可怕時刻都是眞實的。事隔數十年，我現在懂得這個他始終沒能告訴我的道理。只有歷史本身能讓妳相信這樣的眞相。一旦看到眞相——眞正看到——妳就再也無法掉頭不顧。

那天晚上，我回到家，覺得有股惡魔似的力量，我向父親提出質疑。他在書房裡讀書，克雷太太在廚房清理碗盤。我走進書房，關上身後的門，站在他椅子前面。他拿著他最心愛的一本亨利•詹姆斯的作品，這代表他有壓力。我站著一言不發，直到他抬起頭。「嗨，」他說，微笑著拿起書籤。「要問代數習題嗎？」他的眼神已經開始焦慮了。

「我要你把故事講完，」我說。

他沈默著，手指輕敲著椅子的扶手。

「爲什麼不繼續講給我聽？」我有生以來第一次發現自己對他構成威脅。他注視著剛闔上的書。我知道我正以一種我無法理解的方式殘酷待他，但這件血淋淋的工作已經展開，我一定要完成。「你有事情瞞著我。」

他終於抬頭看我，神色之間有種無法測度的悲哀，他的臉在閱讀燈的光線裡劃出一道一道深刻的鴻溝。

「不對，我沒有。」

「我知道的比你以爲的多，」我說，其實我曉得那只是孩子氣的激將法；如果他追問，我也不想說出我知道些什麼。

他合攏雙手，撐著下巴。「我知道妳知道，」他說。「因爲妳有點知道，所以我必須通通告訴妳。」

我驚訝的瞪著他。「那就快講呀，」我氣勢凌人的說。

他再次低下頭。「我會講給妳聽的。我能夠的時候就講。但不可能一次講完。」忽然他爆發開來：「一次講完我受不了！對我有耐心！」

但他看我的眼神是乞求，而不是責難。我走到他身旁，抱住他低垂的頭。

托斯卡尼的三月很冷，還會颳大風，但父親認爲，經過米蘭長達四天的協商——我一直都知道他對「協商」很執著——應該到那兒的鄉間做趟短期旅行。這次我無需主動要求他帶我同行。我們開車南下赴米蘭途中，有天早晨他提議道：「翡冷翠很棒，尤其是觀光淡季。總有一天我要帶妳去看看。但妳先得多了解一點它的歷史和繪畫，才能眞正有所體會。托斯卡尼的鄉村卻很實在。它對眼睛既是一種休息，又是一種刺激——去了就知道。」

我點點頭，在租來的飛雅特車乘客座上挪個舒服的姿勢。父親對自由的熱愛會傳染，我喜歡每當我們前往一個新地方，他鬆開襯衫領口和領帶的方式。他讓飛雅特平順行駛在北方公路上。「不管怎麼說，我答應馬西莫和裘莉雅帶妳來，已經很多年了。在這麼近的距離經過卻不去拜訪，他們不會原諒的。」他往後靠，伸長雙腿。「他們有點怪——我想該說是特立獨行，但非常親切。妳有膽嗎？」

「我說過我有的，」我答道，我寧可跟父親獨處，沒興趣探望陌生人，外人在場會引出我與生俱來的羞澀，但他似乎迫不及待跟老朋友聚首。不管怎麼說，我在飛雅特的震動中昏昏欲睡；搭乘火車使我疲倦。那天早晨有個魔咒降臨我身上，就是遲來得讓醫生擔憂，又使克雷太太笨手笨腳在我行李箱裡塞了一大包棉墊的月經。在火車廁所上第一眼看到變化來臨時，我驚訝的眼淚奪眶而出，好像有人傷害了我；我的棉質內褲上明顯的血跡，看起來就像殺人兇手的指印。我什麼也沒跟父親說。散落著小村莊的河谷與遠山，彷彿從車窗外流逝而過的全景畫，漸遠漸變得模糊。午餐時，我仍然渴睡，我們在一個全是咖啡館與昏暗酒吧的小鎮用餐，門口附近聚集著卷曲身軀或伸著懶腰的街貓。

但是當我們跟暮色一起盤旋上山，駛向環繞我們四周，宛如壁畫風景的二十個小山城中的一個時，我卻完全清醒了。黃昏的風勢強勁，流雲如飛，地平線上只露出一隙晚霞——父親說，地中海在那個方向，還有直布羅陀海峽和其他我們有一天可能會去的地方。我們上方是個建築在石柱支架上的城鎮，街道幾乎垂直，巷子裡砌著狹窄的石階。父親開著車七彎八拐，直到經過一家光線從門口流洩到潮濕的石板街道上的小餐館。然後他小心翼翼沿著山坡往下開。「應該在這裡，如果我沒記錯。」他在守護神似的黝黑柏樹中間，彎進一條高低不平的小巷。「蒙地佛利諾可別墅，蒙地沛杜托鎮。這個鎮就叫蒙地沛杜托。記得嗎？」

我記得。我們在早餐時察看過地圖，父親用手指繞過他的咖啡杯：「西埃納在這裡。這是重點城市。它屬於托斯卡尼省。我們經過這兒，然後一進入翁布利亞省，就到了蒙地普齊亞諾，這是有名的古城，下一座山就是我們要去的蒙地沛杜托鎮。」這些名字同時進入我腦海，蒙地的意思就是山，我們在山嶺之間向一座大型的娃娃屋前進。彩繪的小山像阿爾卑斯山的孩子，我已經在阿爾卑斯山間旅行過兩次了。

在將臨的黑暗中，別墅顯得很小，用原石砌成的低矮農舍，一叢叢柏樹和橄欖樹簇擁著它紅色的屋頂，兩根東歪西倒的石柱標示門前的小徑。一樓的窗戶裡燈火通明，我忽然覺得餓了、累了，滿懷一種我必須在主人面前掩飾的年輕人的任性。父親從後車廂取出我們的行李袋，我跟著他沿著小徑走去。「連叫門鈴都還是老樣子，」他滿意的說，拉一下入口處一根短繩，在暮色中撫平一下自己的頭髮。

應門的男人像股旋風衝出來，擁抱我父親，用力拍他的背，咂巴有聲親吻他兩邊的面頰，稍微把身體欠得太低來握我的手。他的手很大、很溫暖，他就用那隻手摟著我肩膀，帶我進去。前廳的屋樑很低，擺滿了老家具，他像農場動物似的大吼：「裘莉雅！裘莉雅！快點！貴客到啦！快來啊！」他的英語說得很有力，充滿自信，音節分明，響亮。

我立刻喜歡上那個滿臉笑容走進來的高大婦人。她頭髮已灰白，但閃亮如銀絲，束在容長臉蛋的腦後。她先對我微笑，並沒有彎腰迎合我。她的手跟丈夫一樣溫暖，她也親吻父親兩邊的面頰，搖著頭，說了一串溫和的義大利話。「還有妳。」她用英文對我說：「妳自己一個房間，很好的房間，好嗎？」

「好，」我同意，我很喜歡這樣，並希望它安全的貼近父親的房間，最好還能眺望周邊的山谷，欣賞我們好容易爬上來的陡峭山景。

在石砌的餐廳裡用畢晚餐，大人都靠著椅背嘆氣。父親說：「裘莉雅，妳的烹飪技術一年比一年好。全義大利最棒的廚子。」

「亂講，帕奧羅，」她的英文有牛津和劍橋的腔調。「你就喜歡信口開河。」

「也許是那瓶奇揚第酒作祟。瓶子借我看看。」

「我再替你倒一杯，」馬西莫插嘴道。「妳在學校都讀些什麼，可愛的女兒？」

「我們學校什麼都學，」我拘謹地說。

「我想她最喜歡歷史。」父親告訴他們。「她也是好觀光客。」

「歷史？」馬西莫替裘莉雅的酒杯注滿暗紅如血的酒，然後輪到他自己。「就像你和我，帕奧羅。我們替你父親取了這個名字，」他轉過頭爲我解釋：「因爲我受不了那些單調的英文名字。抱歉，就是沒辦法。帕奧羅，我的朋友，你知道我聽說你放棄學術生涯，改行到全世界跑單幫、作說客，我差點沒死掉。原來他喜歡講話超過喜歡讀書啊，我對自己說。這世界損失了一位偉大的學者，那就是妳父親。」他沒有徵詢父親就給我倒了半杯酒，又取來桌上的水瓶，兌了半杯水。我開始喜歡他了。

「現在輪到你亂講了，」父親心滿意足地說。「我喜歡旅行，如此而已。」

「啊，」馬西莫搖著腦袋：「你啊，教授先生，你說過要成爲他們之中最偉大的。而且你那個基金會也不是頂成功，我聽說。」

「我們需要的是和平與外交的啓迪，不是鑽研沒有別人在乎的小問題，」父親微笑著反駁。裘莉雅在備餐台上點起一盞燈籠，關掉電燈。她把燈籠拿到餐桌上，開始切一個我稍早盡量不瞪著眼一直看的蛋糕。刀鋒下，它的表面像黑曜石般閃閃發光。

「歷史上沒有小問題。」馬西莫對我擠擠眼睛。「更何況連偉大的羅熙都說你是他最優秀的學生，我們其他人要討好他都沾不上邊。」

「羅熙！」

我來不及克制就脫口而出。父親不安的隔著蛋糕看著我。

「所以妳也知道妳父親學術成就的傳奇囉，小姑娘？」馬西莫滿滿塞了一嘴巧克力。

父親又看我一眼。「我告訴過她幾個當年的故事，」他道，我聽得出潛伏在他聲音裡的警告。過了一會兒我才想到，他的話可能是針對馬西莫而不是對我說的，因爲馬西莫的下一句話讓我渾身打了個寒戰，好在父親很快把話題轉移到政治，解除了危機。

「可憐的羅熙，」馬西莫說。「可悲的好人。眞奇怪啊，想到那麼熟悉的一個人怎麼會這樣——噗——就消失了。」

□

第二天早晨，我們坐在小鎮最高處陽光普照的廣場上，外套扣得緊緊的，手裡拿著導覽小冊，看著兩個像我一樣應該在上學的男孩。他們在教堂門口踢足球，來回運球，尖聲喊叫，我則耐心在等待。我已經等了一個上午，等到參觀完那個說話含糊不清的無聊導遊說是具有「布魯內勒斯基❻風格」的幾個陰暗小教堂，以及那個用幾百年來的市立穀倉充當接待室的市民廣場。父親嘆口氣，把手中兩瓶包裝得很漂亮的橘子汁遞給我一瓶。「妳有事要問我，」他有點怏怏不樂的說。

「不對，我只想知道羅熙教授的事，」我把吸管插進瓶裡。

「我就想是這麼回事。馬西莫提起那件事眞是太冒失了。」

我害怕聽到答案，但我非問不可。「羅熙教授死了嗎？馬西莫所謂失蹤是這個意思嗎？」

父親望著灑滿陽光的廣場對面的咖啡館和肉店。「第一個問題：是。第二個問題：不是。呃，這是個很悲慘的故事。妳眞的想聽？」

我點點頭。父親很快四下張望一眼。我們坐在一張從一棟精美的老式豪宅延伸出來的石板長凳上，廣場上除了那兩個跑得飛快的男孩四下無人。「好吧，」他終於道。

❻譯註：Fillippo Brunelleschi 是十五世紀活躍的義大利建築家。

6

妳知道，父親說，羅熙教授把那包文件交給我的那個晚上，他在辦公室門口微笑目送我離開，我才轉過身就有種感覺，我應該拖延著他，或至少回去再跟他多聊一會兒。我以爲這念頭只是受方才那段奇怪的交談內容影響，因爲我這輩子眞的沒談過更奇怪的事，所以馬上把它拋開。這時兩位跟我同系的研究生，正好與高采烈談著話從旁經過，他們趁羅熙教授把門關上前，跟他打了個招呼，就跟在我身後，快步走下樓梯。他們生氣勃勃的談話使我覺得人生又一切如常，雖然我內心仍然忐忑不安。那本龍圖案的書灼燙的放在我的提包裡，現在又加上羅熙一包密封的筆記。我不知道是否應該當天晚上就獨自坐在我的小公寓桌前，把它看上一遍。但我已經很疲倦；不論它內容爲何，我都覺得無力面對。

我盼望早晨天一亮，我就會恢復理智和自信。說不定一覺醒來，我連羅熙的故事都不再相信，然而我也很確定，相信與否，它都會在我心頭縈繞不去。我自問，這怎麼可以——我到了室外，經過羅熙教授窗下，不由得抬頭張望他仍然亮著燈的研究室——我怎能不相信我的指導教授的學術功力？這豈不連我們一起完成的所有工作都受到質疑嗎？想到我博士論文的開頭幾章，精心校對過的打字稿，整整齊齊一堆堆疊放在家中的書桌上，我不禁心頭一震。如果不相信羅熙教授的故事，我們還能一起工作嗎？我該假設他發瘋了嗎？

或許因爲我走過羅熙窗下時心裡正想著他，所以特別清楚的意識到他辦公室的燈仍然開著。總而言之，我走回住處時，可說是踏著從他窗戶投到街上的光圈，一步步往前走，但它們——那些光圈——卻在我腳下熄滅了。一切都發生在瞬間，驚懼的戰慄倏然流遍我全身，從頭到腳。前一分鐘我還心不在焉的踩進他的燈光投下的光圈，下一分鐘我就全身僵冷，無法動彈。我幾乎是同時意識到兩件匪夷所思的事。第一件，雖然我在這條路上走過不下千遍，但我從不曾在這排哥德式教學大樓旁的人行道上看到過這種光圈。我沒看過它是因爲它從前是看不見的。現在之所以看得見它，是因爲所有的街燈忽然都熄掉了。我獨自一人站在街頭，我最後一個腳步的餘音是這一帶唯一的聲音。除了十分鐘前我們坐著談話的那間研究室射出一塊塊的亮光，街道整個是黑的。

我意識到的第二件事（如果發生次序眞的有先後之分的話），就在我停下腳步的當兒凌空而來，使我失去了行動能力。我說凌空而來，是因爲它就這麼闖入我的視覺，沒有透過理性或直覺。就在那一刻，就在我僵立在它路徑上不能動彈的同時，我的導師窗戶裡的光滅了。或許妳認爲這很尋常：下班時間，最後離開大樓的教授把燈關掉，路燈暫時失靈的街道也隨著變得更加昏暗。但事實不是這樣的。我感覺到的不僅僅是窗戶裡有盞普通的檯燈被關掉而已，而是好像有個東西撲到我身後的窗戶上，遮蔽了光源。街上頓時黑得什麼也看不見。

有一會兒我停止了呼吸。我恐懼而笨拙的轉身，望向那幾扇黑暗的窗，它們高高在黑暗的街上幾乎完全看不見，我衝動的往回跑。我剛才出來的那扇門拴得死緊。整棟建築的這面牆沒有一絲光。這種時刻，大門很可能設定成只能出不能進——這絕對很正常。我站在那兒，正猶豫著要不要去試其他的門戶，忽然，街燈又都亮了起來，使我不知所措。跟在我身後走出來的那兩個學生都不見影蹤；我猜他們大概走別個方向離開的。

接著又有一群學生笑語喧嘩的經過；街道不再顯得荒涼一片。羅熙既然已經關了燈，鎖上辦公室的門，應該馬上就會出來，他若發現我還等在這兒，我該如何應對？他說過他不想再討論這件事。既然他已經宣布這個話題——以及所有變態的話題——告一段落，站在台階上的我，要如何解釋這種有違常理的恐懼？我面紅耳赤立刻轉身，趁著還沒被他發現趕快回家。到了家，我把信封留在提包裡，拆都沒拆就上床睡了——雖然睡得很不安穩——直到天明。

接下來兩天都很忙，我不讓自己看羅熙那些文件；事實上，我把所有神秘怪誕都置之度外。所以第二天傍晚，同系的一位同學在圖書館把我攔下時，我不禁大吃一驚。「你聽說羅熙的事嗎？」他問。我匆匆走過時，他一把撈住我手臂，把我拖到一旁。「帕奧羅，等一下！」沒錯，妳猜對了——正是馬西莫。他在做研究生的時候就是個大塊頭兼大聲公，嗓門恐怕比現在還響。我用力反握他手臂。

「羅熙？什麼事？他怎麼了？」

「他不見了。失蹤了。警察在搜他的辦公室。」

我急忙跑到他的研究大樓，整棟房子現在看來很正常，被午後的陽光照得有點迷濛，到處是剛下課的學生。二樓羅熙的辦公室前面，一個市警局的警員正在跟系主任和幾位我沒見過的人交談。我趕到的時候，兩個穿黑外套的人正走出教授的書房，把門牢牢關上，向樓梯和教室的方向走去。我擠過人群詢問那名警員：「羅熙教授在哪兒？他出了什麼事？」

「你認識他嗎？」警員從筆記本上抬起頭問道。

「我是他的指導學生。前天晚上我來過這兒。是誰說他失蹤的？」

系主任走過來，握一下我的手。「你對這件事有任何了解嗎？他的管家中午打電話來說，他昨晚和前天晚上都沒有回家——沒吃晚餐和早餐，也沒事先打電話通知。她說他從來沒做過這種事。今天下午的系務會議他沒出席，也沒先打個電話照會，這也是他從來沒做過的事。有個學生來報告說，他約好在羅熙會見學生的時段來看他，但他準時赴約，羅熙的辦公室卻上了鎖，而且人也一直沒出現。今天排的課他也沒去上，所以我決定請人來開鎖。」

「他在裡面嗎？」我盡量保持呼吸正常。

「不在。」

我茫然推開他們，向羅熙門口走去，但警員拉住我手臂。「別急，」他說：「你說你前天晚上在這裡？」

「是的。」

「你最後看見他是什麼時候？」

「大概八點半。」

「當時你看見有別人在附近嗎？」

我想了一下。「有的，兩個本系的學生——我想是柏川和艾利亞斯，一起往外走。他們跟我同時離開。」

「很好。查證一下，」警員對一名手下說。「你注意到羅熙教授的行為有任何反常之處嗎？」

我能怎麼說？確實是有的——他告訴我吸血鬼眞的存在，卓九勒伯爵混跡我們中間，我有可能透過他的研究繼承他的詛咒，然後我看到他的燈光被遮蔽，彷彿有一隻巨大的——

「沒有，」我說。「我們見面談我的論文，然後聊天到八點半。」

「你們一起離開嗎？」

「沒有，我先走。他送我到門口，然後回辦公室。」

「你離開這棟建築的時候，有沒有看到任何可疑的人或物？聽見任何聲音？」

我再次感到遲疑。「沒有。什麼也沒有。對了，所有的街燈同時停電。這一帶漆黑一片。」

「是的，已經有人報案。但你眞的沒聽見任何聲音，或看見任何不尋常的東西？」

「沒有。」

「截至目前爲止，你是最後一個見到羅熙教授的人。」這位警察堅持道：「多想想。你跟他在一起的時候，他有沒有奇怪的舉止，或說什麼奇怪的話？談到沮喪、自殺？有沒有提到要外出、遠行？」

「沒有，完全沒有這種事，」我誠實的說。警察以嚴厲的眼光看著我。

「我要登記你的姓名、住址。」他把所有項目紀錄下來，然後轉向系主任說：「你能爲這個年輕人作保嗎？」

「他告訴你的資料不會錯。」

「好吧，」警察對我說。「我要你跟我到裡面來，告訴我你有沒有看到任何不尋常的事。尤其是跟兩天前不一樣的地方。不要觸摸任何東西。坦白說，這種案子多半的結果都在意料之內，家人有緊急事故或輕微的精神崩潰——他可能過兩天就回來。我看過一百萬次了。但既然書桌上有血跡，我們就不能冒險。」

書桌上有血跡？我兩腿不由得一軟，但我打起精神，慢吞吞隨著那名警官走進室內。房間跟過去幾十次我在大白天看到它的情形一樣：整潔、愉快，殷勤好客的家具布置，書籍和紙張整齊的砌在茶几和書桌上。我走近一點。書桌那頭，褐色的吸墨紙上有一灘黑色的痕跡，暈開、被吸收、靜止在那兒很久了。警察把一隻手搭在我肩上扶著我。「失血的份量不足以導致死亡，」他說。「也許是嚴重的流鼻血，或某種出血現象。跟你在一起的時候，羅熙教授流過鼻血嗎？那天晚上他有任何不適嗎？」

「沒有，」我說。「我從來沒見過他——流血——他也從來不跟我談他的健康問題。」我忽然驚詫的警覺，我的措辭有種概括的意味，好像一切都已成定論，不會再變化。想起羅熙心情愉快的站在辦公室門口目送我，我就激動得喉嚨哽噎。難道他一時心情不穩，用什麼方式割傷了自己——甚至可能是故意？——然後匆匆離開研究室，並把門上鎖？我試著想像他在公園裡徬徨無助，說不定又冷又餓，或搭上一輛巴士，前往某個隨機挑選的目的地。這都不可能。羅熙性格堅強，比我認識的任何人都更清醒、冷靜。

「注意看看四週，」警察鬆開我肩膀。他在密切觀察我，我也意識到系主任和其他人在我們身後的門口圍觀。我忽然明白，除非出現其他證據，否則只要羅熙教授被謀殺，我就涉嫌重大。但柏川和艾利亞斯可以爲我作證，正如我可以爲他們作證。我仔細打量房間裡每一件東西，試圖看穿它們。這完全是徒勞；所有的東西都很眞實、正常、穩定，羅熙卻全然不在了。

「沒有，」最後我說：「我看不出任何改變。」

「好的，」警察推著我往窗口走。「現在你往上看。」

高高在我們頭頂，書桌上方粉刷成白色的天花板上，有一道長約五吋的黑色污痕，兩側漫開，彷彿一個指向窗外的箭頭。「那個看起來也像是血跡。別擔心；可能是羅熙教授的，但也可能不是。天花板太高了，一般人要碰到它很不容易，即使有墊腳凳都很困難。我們會把所有的東西送去化驗。現在請你仔細想想。羅熙有沒有提到那天晚上有鳥飛進來？或你離開的時候有沒有聽到任何聲音，可能像是什麼東西飛進來。你記憶中當時窗戶是開著的嗎？」

「沒有，」我說。「他沒有提到任何那樣的東西。窗戶關著，我很確定。」我瞪著那道污痕，挪不開視線；我覺得好像只要我夠專注，就能從它可怕的符號中讀出什麼象形的線索。

「我們有好幾次小鳥飛進室內的經驗，」系主任在我們身後貢獻意見。「鴿子。牠們偶爾會從天窗飛進來。」

「有可能，」警察說。雖然我們沒有發現鳥糞，但絕對有可能。」

「或者蝙蝠，」系主任道。「蝙蝠怎麼樣？這種老房子裡什麼樣的動物都有。」

「嗯，也有可能，尤其如果羅熙試著用掃把或雨傘把那東西趕出去，不小心傷了牠，」另一位站在門口的教授說。

「你曾經在這兒看見過蝙蝠，或小鳥？」警察再次問我。

紛亂的思緒使我花了好幾分鐘才凝聚出一個簡單的字眼，通過枯乾的嘴唇。「沒，」我道，但我幾乎沒聽懂他的問題。我的目光沿那道黑色污痕靠內側的一端，勾勒出一道軌跡，找到它的來源。羅熙教授書架最高的一層，他存放所謂「失敗」計畫的地方，少了一本書。前天晚上他把那本神秘的書放回原處，但現在那兒的圖書中間卻出現一條黑色的空隙。

系上的人再次帶我出去，拍著我肩膀，叫我不用擔心；我一定蒼白得跟打字紙一樣。我轉身看著那位警員，他最後一個出來，正在關門上鎖。「有沒有可能羅熙教授已經進了醫院，萬一他割傷自己，或被人傷害的話？」

警察搖搖頭：「我們查詢過各家醫院，也做了初步調查。沒有他的蹤跡。爲什麼？你認爲他可能割傷自己嗎？你不是才說過他沒有自殺或沮喪傾向的嗎？」

「哦，他確實是如此，」我深呼吸一口氣，覺得兩腿又有了力氣。不管怎麼說，天花板太高，他不可能把自己的手腕湊上去——如果這叫做安慰，實在讓人樂觀不起來。

「好啦，各位，我們走吧。」他轉向系主任，兩人低聲交談著離開。圍在辦公室四周的人群紛紛散去，我走在最前面，我現在亟需一個安靜的地方坐下來。

古色古香的大學圖書館大廳，我最喜歡的座位上還留有著春日午後最後一抹陽光的暖意。附近有三、四個學生在閱讀或低聲交談，這個學者的避風港散發出我熟悉的安詳氣氛，浸潤我的骨髓。圖書館的大廳四壁都是鑲嵌彩色玻璃的窗戶，有幾扇開向自修室或修道院式的迴廊與院落，所以各色人等走進走出，或圍著大橡木桌做功課，都逃不過我的視線。平凡的一天即將告一段落；不久太陽就要抛棄我腳底的石板，把這個世界留給朦朧薄暮——距我上次跟導師對坐聊天，即將屆滿四十八小時。現下在這兒，學術與活動佔了上風，黑暗退居一旁。

我該告訴妳，當年我讀書的時候，通常喜歡一個人獨處在修道院般的寂靜之中，不受干擾。我已經描述過我常待的小隔間，它位於書庫樓上，我在那兒擁有自己的一片小天地，我也在那兒找到那本幾乎一夜之間改變我人生與思考方式的怪書。兩天前的同一個時間，我在那兒用心閱讀，忙碌而無所畏懼，我趕著讀完有關荷蘭的書，準備跟我的指導教授做一場愉快的討論。我腦子裡只有黑勒與何伯特前一年寫的那本烏特列支經濟史，以及我要如何寫一篇文章駁斥他們，或許我可以不動聲色從自己的博士論文截取一個章節，省時省力。

事實上，我對歷史的想像不外乎那些天眞而有點貪婪的荷蘭人，爲著商會的些許小紛爭絮絮叨叨，或叉腰站在瀕臨運河的門口，看著新進貨物一箱箱吊送到他們兼充倉庫的住家頂樓。浮現在我腦海中的過去印象，必定是看到這些人氣色紅潤，被海風吹得精神抖擻的臉，個個鋒芒外露、精明幹練，聽到他們精工打造的船隻咿呀搖晃，聞到香料、瀝青、碼頭污水的氣味，被他們在採購與議價場合的機巧應變逗得莞爾而笑。

但歷史似乎也可能是截然不同的東西，濺血的痛苦不會一夜之間痊癒，甚至幾世紀都做不到。今天我的研究屬於新的種類——對我而言很新鮮，但對於羅熙和同一片黑暗的學術叢莽裡，披荊斬棘的很多其他人卻非如此。我不要待在寂靜的書庫裡，只偶爾聽見遙遠的樓下傳來疲憊的腳步聲，我要在大廳裡，在愉快的低語和喧嘩聲中，開始這項新研究。我要在年輕的人類學家、頭髮斑白的圖書館員、滿腦子回力球或新球鞋的十八歲小毛頭、微笑的大學部學生和無傷大雅帶點瘋癲的榮譽教授——舉凡黃昏時刻在校園裡走動的人——毫無猜疑的眼光底下，開啓我作爲歷史學家的下一階段。我再瞥一眼熱鬧的大廳，迅速撤退的陽光，正門入口那幾扇不斷開開關關的黃銅鉸鍊大門。然後我拿起陳舊的手提包，掀開蓋子，取出一個塞得滿滿的厚重深色信封，上面有羅熙親筆的字跡。寫的是：留待下一個。

下一個？兩天前的晚上，我沒有細看。他的意思是把信封裡的資訊保留到他下次繼續做這計畫，探索黑暗的堡壘？或者「下一個」指的是我？這是否可以證明他瘋了？

打開信封，我看到一堆厚度與大小不一的紙張，很多都因爲年深月久而發黑、脆裂，有些是密密麻麻打著字的半透明航空信紙。資料眞不少。我決定先把它們分類。我走到卡片櫃旁邊距我最近的一張杏黃色大書桌。周圍的人夠多，都是友善的陌生人，但我取出文件，把它們排列在桌上之前，還是狐疑的回頭張望。

兩年前，我整理過湯瑪斯・摩爾爵士❼的一部份手稿，還有老阿柏雷許❽從阿姆斯特丹寄出的信件，不久前我還曾幫忙為一套一六八〇年代的法蘭德斯帳冊編目。作為歷史學家，我知道，檔案資料能提供什麼樣的知識，它本身的排列次序是極為重要的一環。我掏出一枝鉛筆，一張紙，按照取出的順序，把所有文稿列成清單。第一項是放在最上面的那些航空信紙。字打得非常整齊，大多是信函的格式。我小心地把它們疊成一落，暫且不讓自己細看內容。

第二項是一張地圖，以有點僵硬而一絲不苟的手工繪製。符號和地名已經有點褪色，畫在一張看起來像從外國出品的舊筆記本撕下來的厚紙上。接著還有另兩張類似的地圖。然後是三頁凌亂的手寫筆記，用墨水書寫，乍看不難讀。我把這些東西歸為一項。接著有一份印刷的英文傳單，歡迎旅客來「浪漫的羅馬尼亞」，從它裝飾藝術的風格判斷，可能是一九二〇年代或三〇年代的出品。再來是一家旅館住宿與用餐的發票。旅館位在伊斯坦堡。然後有一張大型的巴爾幹半島公路的老地圖，雙色印刷，印得有點不清不楚。最後一件東西是一個象牙色的小信封，密封，外面沒有說明。我以大動作把它放在一旁，碰都沒碰封口。

就這樣了。我把褐色大信封倒過來，甚至搖一搖，連裡頭有隻死蒼蠅都逃不過。這麼做的時候，我忽然第一次產生了一種後來我從事所有與此有關的活動時都陪伴著我的感覺：我覺得羅熙就在我身旁，他以我的縝密周詳為榮，彷彿他的靈魂還活者，透過他親自訓練我的治學方法，對我說話。我知道他做研究的速度很快，但他從不濫用任何材料，也不忽略任何細節——所有不論收藏在離家多遠處的文件與檔案；不論在他同事眼中多麼不合時宜的觀念。他的失蹤，還有——我激動的想著——他需要我幫助，忽然使我們幾乎成了同儕。我也覺得，他一直都承諾要給我這樣的結果，這樣的平等，而且他一直在等待我的修行功德圓滿的時刻。

❼譯註：Sir Thomas More，1478-1535，英國政治家及作家，著有《烏托邦》闡釋他心目中的理想政府。

❽譯註：elder Albrecht指德國文藝復興畫家杜勒（Albrecht Durer）的父親，他本身是一位金匠。

現在我已經把每一件聞起來很乾燥的物品放在面前的桌子上。我從信件開始，這些在航空信紙上打得密密麻麻的信件，錯誤和更正都很少。每封信都有一份副本，好像已經依照時間順序排好。每封信都細心標好日期，都是距今二十多年的一九三〇年十二月。每封信的發信地址都是牛津大學三一學院，沒有更詳盡的地址。我先瀏覽第一封信。信中敘述他發現那本神秘之書的經過，以及他在牛津做的初步調查。最後簽名是「你悲傷的巴托羅繆・羅熙敬上」。信的抬頭——我畢恭畢敬捧著信紙，雖然手有點顫抖——開始就很親切的說：「我親愛而不幸的繼承人——」

父親忽然停止不說，他聲音顫抖得那麼厲害，我識相的在他強忍著情緒往下說之前把頭轉開。透過無言的默契，我們拉緊上衣，漫步穿過這個著名的小廣場，假裝對教堂的立面很感興趣。

7

父親接連好幾個星期都沒再離開阿姆斯特丹，這期間我覺得他以一種新的方式在跟蹤我。有天我放學回家比平常晚，發現克雷太太在跟他通電話。她看到我，立刻叫我去接電話。「妳到哪裡去了？」父親問。他從「和平民主發展中心」的辦公室打電話來。「我打來兩次，克雷太太都說沒看到妳。妳讓她很困擾。」

眞正困擾的是他，我知道，雖然他聲音保持和緩。我說：「我在學校附近一家新開的咖啡館裡讀書。」

「好吧，」父親說：「下次妳要晚回家，打個電話讓克雷太太或我知道，就這樣。」

我不想答應，但我說我會打電話。那天晚上，父親提早回家吃晚餐，還大聲朗讀狄更斯的小說《孤星血淚》（Great Expectations）給我聽。然後他取出我們的老相本，我們一起看照片：巴黎、倫敦、波士頓、我的第一雙溜冰鞋、小學三年級結業式、巴黎、倫敦、羅馬。總是只有我，站在萬神殿或拉歇斯神父墓園門口，因爲父親負責拍照，而我們只有兩個人。九點鐘，他檢查過所有門窗，就吩咐我上床就寢。

下次我晚回家時，確實給克雷太太打了電話。我跟她解釋，我跟同學一起做功課、喝茶。她說沒問題。我掛掉電話，獨自前往大學圖書館，我想，管理阿姆斯特丹中世紀收藏的館員約翰•賓勒茨已經習慣看到我了；至少每次我有新問題去詢問他，他都露出嚴肅的微笑，他經常問起，我的歷史報告進度寫到哪兒了。賓勒茨先生替我在一部十九世紀作品中找到一段我特別感興趣的文字，我花了很多時間把它抄錄下來。現在我位於牛津的書房裡，收藏了一冊那本著作——幾年前我在書店裡再次找到那本書：傑林爵士寫的《中歐史》。這麼些年來，我對這本書有種感情上的依戀，雖然每次翻開書，也不免有種蒼涼之感。我腦海中還常浮現自己稚嫩光潔的手把書中文字抄在學校筆記本上的情景：

伏拉德•卓九勒不僅手段殘酷，膽識更非常人所能及。一四六二年鄂圖曼蘇丹穆罕默德二世揮軍進攻瓦拉基亞，他竟率騎兵渡過多瑙河，夜襲敵軍陣地。這次偷襲中，卓九勒殺死數千名土耳其士兵，蘇丹僅以身免，但鄂圖曼帝國衛隊最後還是擊退了瓦拉基亞部隊。

與他同時的歐洲封建大領主遺留的史料不見得比他少——很多人的事蹟比他還豐富，當然眞正談得上豐功偉業的，畢竟還是少數。與卓九勒有關的資訊之所以不尋常，在於它們綿延不絕——也就是說，他並沒有像其他歷史人物一樣死去，新的傳奇層出不窮。在英國接觸得到的少數資料來源，都直接或間接牽涉到其他資料，駁雜的程度令歷史學家深感好奇。似乎他還在世時，就已經在歐洲惡名昭彰——以歐洲地域之廣大，與英國相較又那麼分崩離析，當年政府之間只能靠驛馬或船互通消息，貴族的殘酷暴行也不算罕見，這可說是了不起的成就。卓九勒的陰影並未因他一四七六年神秘死亡，且以奇怪的方式下葬而銷匿，卻反而更加蓬勃延續，直到遇見西歐啓蒙運動的光芒才遁形。

有關卓九勒的討論到此爲止。這一天我做夠了歷史探索，漫步到英國文學書區，我驚喜的發現一冊布蘭姆•史托克的《卓九勒》。事實上，我跑了好幾趟才把它讀完。我不知道我能不能把書借出去，但即使能借，我也不想帶它回家，否則我不知道該把書藏起來，或小心放在家人可能視若無睹的地方。我轉而決定坐在圖書館窗前一張搖搖晃晃的椅子上閱讀《卓九勒》。如果向窗外眺望，我可以看見我最喜歡的辛格爾運河，岸上有花市，行人在小攤上買鯡魚做的點心。那是個隱密的好位子，一排書架的背面替我擋住室內其他讀者的視線。

在那兒，在那張椅子上，我沈醉在史托克筆下輪番出現的哥德式恐怖與維多利亞式甜美愛情的故事中。我想從這本書獲得什麼，自己也不清楚；根據父親的說法，羅熙教授認爲這本書並不能提供眞正卓九勒的資訊。我認爲書中那位風度翩翩卻邪惡可憎的卓九勒伯爵，即使跟伏拉德•卓九勒沒什麼共通之處，也是個令人難忘的角色。羅熙相信活在歷史軌跡中的卓九勒，在現實世界擁有不死之身。我不知道小說的力量是否能使這麼奇怪的事眞正發生。畢竟，羅熙有所發現時，《卓九勒》已出版很多年。另一方面，伏拉德•卓九勒早在史托克出世四百年前，就已經蔚爲一股邪惡勢力。這眞的讓人很困惑。

羅熙教授不是說過，史托克的吸血鬼傳說裡有很多資訊都很正確嗎？我沒看過吸血鬼電影——父親不喜歡任何類型的恐怖片——所以小說中提到的習俗我都前所未聞。照史托克的說法，吸血鬼只能在日落到日出這段時間加害人類。吸血鬼長生不死，吸食凡人的血液，並將他們變成像他一樣的不死族。他可以變身成蝙蝠、狼或煙霧；用大蒜花和十字架可以趕走他；如果趁他白晝在棺中沈睡時，用一根木棒釘穿他心臟，或塞滿他一嘴的大蒜，就可以消滅他。用銀子彈打穿他心臟，也能致他於死。

這些描述本身都嚇不了我；一切都彷彿太遙遠、太迷信而離奇。但每次讀完一個段落，我小心記下頁碼，把書放回架上時，整個故事總有一點令我念念難忘。這意念尾隨著我，走下圖書館的樓梯，跨過運河上的橋樑，直到家門口。史托克想像出來的卓九勒特別喜歡一種受害者：少女。

春天來臨時，父親說他比往年更渴望去南方；他要我也去看看那兒的美景。反正我也快放春假了，他在巴黎的會議只耽擱幾天。我學會不催促他，不論是去旅行或講故事；他準備好的時候，下個機會就自然來臨，但永遠、永遠不會是我們在家的時候。我相信那是因爲他不想把黑暗的魅影帶進我們的家。

我們搭火車到巴黎，然後開車南下去塞文國家公園。早晨我用愈來愈流利的法文完成兩、三篇作文，寄回學校。我還保留了一篇；雖然時隔數十年，如今翻閱少作，還能喚回那年五月無從解讀的法國心情給我的攪拌在乳酪裡。

感覺，不叫青草而叫香草的百草氣味馥郁芬芳，好像全法國的植物都可以做成神奇的菜餚，充當沙拉配料，

我們停在路旁的農場，採購比任何餐廳所能供應更美味的野餐：盒裝的新鮮草莓在陽光下閃閃發亮，好像不需要清洗；圓柱形的山羊乳酪重得像啞鈴，外面裹一層粗糙的灰黴，好像在地窖的地板上滾過似的。父親喝深色的紅酒，沒有標籤，一瓶索價不到一個法郎，每餐喝完他都重新塞好木塞，跟一個用餐巾細心包好的小玻璃杯一起攜帶。我們把一方方黑巧克力塞進前一個小鎮買來的、整條剛出爐的麵包，當甜點搶著吃。我開心得肚子痛，父親也遺憾的說，回到正常生活他得重新開始節食。

沿著公路，我們穿過法國東南，我記不得走了一天或兩天，來到涼爽的山區。父親說這兒是「東方庇里牛斯山」，他在野餐時打開地圖說：「好多年來，我一直想來此重遊。」我用手指追蹤我們走過的路，發現我們距西班牙出乎意料的近。這一認知——加上「東方」這個美麗的字眼——讓我心情起伏。我們已接近我熟悉的世界的邊緣，我第一次想到，有朝一日我可能走到距它愈來愈遠的地方。父親想看一座特別的修道院，他說：「我想我們今天晚上可以趕到它山腳下的一座小鎮，明天早晨走路上山。」

「它在很高的地方嗎？」我問。

「大概在半山腰，山替它阻擋各式各樣的入侵者。它建於西元一千年。難以置信——這個小地方是從岩石裡挖出來的，即使最虔誠的進香客，也覺得旅途辛苦。但妳會發現修道院下面的那個小鎮也一樣可愛。那是個古老的溫泉勝地，非常迷人。」父親說話時臉上帶著微笑，但他手卻忙著，三兩下就收好了地圖。我有預感他不久就會告訴我另一則故事；這次說不定不需要我催。

那天下午我們的車開進勒班恩，我眞的喜歡上了它。那是個規模頗大、黃土色的岩石小村，蓋在一座小山頭上。庇里牛斯的崇山峻嶺聳峙在它上方，除了通往下方河谷和農場的一條最寬的馬路，全鎭都籠罩在山的陰影裡。灰塵撲面的小廣場四周，滿身塵埃的梧桐樹被修剪成四方形，不能為步行的鎮民和守著攤位，賣

手鉤桌布、瓶裝薰衣草精油的老婦人提供樹陰。從這兒我們可以望見小鎮上方那座石砌的教堂，成群的燕子飛來飛去，教堂的塔尖漂浮在群山龐大的陰影裡，一道迤邐的黑暗隨著日落，一條街一條街延伸過去。

鎮上有家建於十九世紀的旅館，我們在一樓餐廳裡暢飲冷湯，然後吃了小牛排。我們的餐桌緊鄰著吧台，餐廳經理一腳踩在吧台的金屬擱腳架上，信口問起我們旅途的情形。他很客氣，也很友善，從頭到腳穿一身黑，一張窄臉，皮膚曬成很深的橄欖色。他的法語說得斷斷續續，夾雜很多我從來沒聽過的方言，我聽懂的遠不及父親多。父親翻譯給我聽。

「啊，當然——我們的修道院，」經理回答父親的問題說：「你知道聖馬太每年夏季吸引八千位訪客？是啊，眞的如此。他們都好和氣、安靜，很多外國基督徒徒步上山，眞正的古法朝聖儀式。他們早晨都自己鋪床，來去之間我們幾乎沒感覺。當然，還有很多人是爲了溫泉而來。你們喜歡溫泉吧，不喜歡嗎？」

父親說，我們只住兩晚就要北返，明天我們打算整天都待在修道院。

「你們知道，本地有很多傳奇，有些眞的值得一聽，而且都是眞的。」經理露出微笑，他的長臉頓時顯得好看多了。「小姐聽得懂嗎？她可能有興趣聽聽。」

「我聽得懂，謝謝，」我有禮貌的用法語說。

「好極了。我來講一個。妳不介意吧。請儘管享用小牛肉——趁熱吃才好吃。」這時餐廳的門被推開，一對一望即知住在當地的老夫婦，滿面笑容走進來，選了一張桌子。「晚安，晚安，」經理輪流用法文和西班牙文打招呼。我疑惑的看父親一眼，他哈哈大笑。

「是的，我們這兒混合得很厲害，」經理也笑起來說。「我們像一盤沙拉，來自不同文化。我祖父的西班牙文很好——完美——他已經是老頭子了，還去加入他們的內戰。我們愛這兒的每一種語言。我們不要炸彈、不要恐怖份子，不像巴斯克人。我們不是罪犯。」他怒目四望一眼，好像有人反對他似的。

「等下給妳解釋，」父親悄聲說。

「所以，我要給妳講一個故事。我很自豪鎮上的人封我做本鎮的歷史學家。吃吧。我們的修道院建於公元一千年，這妳是知道的。事實上應該是九九九年，因爲挑選這地點的僧人準備迎接世界末日，妳知道，他們以爲末日會在第一個千禧年降臨。然後他們之中有個人，在睡夢中看見聖馬太從天堂走下來，把一朵白玫瑰放在他們面前的山峰頂端。第二天，他們爬上山，用禱告奉這座山爲聖地。很美——妳一定喜歡。但這一則傳說不偉大，這只是修道院創建的開始。

「所以當修道院和它的小教堂完工剛好滿一個世紀的時候，有位信仰最虔誠，負責帶領年輕人的僧人，才不過中年就神秘去世了。他名叫米迦勒•德庫札。同道都爲他深深哀悼，將他葬在地下墓窖裡。妳知道，我們這裡的墓窖最有名，因爲它是全歐洲最古老的晚期羅馬式建築❾。眞的！」他用修長的手指輕扣吧台。「眞的！有人說這榮譽應歸沛比良鎮外的聖彼得修道院，但他們是爲了搶觀光客生意而撒謊。

「不管怎麼說，這位偉大的學者葬在墓窖裡，不久就有一個詛咒降臨在修道院。幾位僧侶死於一種奇怪的瘟疫。他們一個接一個被發現死在修院的迴廊裡——那迴廊眞美，你們看了一定喜歡。這兒有歐洲最美的迴廊。話說回來，死去的僧侶被發現時都像幽靈一樣蒼白，好像血管裡一滴血都沒有。大家都懷疑是中毒。

「終於有一位年輕的僧人——他是去世的那位大師最鍾愛的學生——他違抗嚇壞了的院長的戒命，深入墓窖，把他的老師掘出來。大家發現，這位大師還活著，但又不是眞正活著，你們知道我的意思。一個不死族。他夜晚起來，奪取同道的性命。爲了把這個可憐人的靈魂送到他該去的地方，他們從山中的祭壇取來聖水，然後用一根很尖的木棒——」他比了一個很戲劇化的手勢，讓我明白那根木棒有多尖。我專注的看著他，聆聽他古怪的法語，盡我所能在心裡把他的故事拼湊起來。父親已停止爲我翻譯，他的叉子落到盤中，

❾譯註：Romanesque晚期羅馬式建築，指十世紀末到十三世紀歐洲流行的建築式樣，大量採用圓頂、拱門及厚牆等元素。

發出噹一聲脆響。我抬頭只見他臉色煞白，跟桌布一樣顏色，目瞪口呆看著我們的新朋友。

「我們可不可以——」他清清喉嚨，用餐巾擦了好幾下嘴唇。「請上咖啡好嗎？」

「但你們還沒有吃沙拉呢，」店主顯得很沮喪。「風味絕佳啊。本店今晚供應巧克力桃子冰淇淋，還有很好的乳酪，還爲小姐準備了蛋糕。」

「當然，當然，」父親倉皇的說。「通通拿上來吧，好的。」

□

我們走到位在最下方那個滿天砂塵的廣場，只聽見擴音機音樂鬧得震天價響；某種地方劇藝正在上演，約莫十個小孩穿著令我聯想到《卡門》的戲服。小女孩扭動身體，甩著長及腳踝的黃色塔夫綢蛋糕裙，小腦袋優雅的在蕾絲面紗下搖晃。小男孩跺著腳，或跪下，或神氣活現的繞著女孩轉圈。每個男孩都穿短短的黑外套和緊身褲，手拿一頂天鵝絨帽。我們聽見樂聲忽遠忽近，伴隨著類似甩鞭子的爆裂聲，走得愈近，聲音愈響。幾個觀光客流連在旁，看舞者跳舞，空曠的噴泉旁排列著折疊椅，父母和祖父母坐在椅子上，每當男孩的跺腳聲或音樂出現高潮，他們就熱烈鼓掌。

我們只停留了幾分鐘，就轉進一條上坡路，這條路從廣場通往小丘上的教堂。父親對快速西沈的太陽視若無睹，但我覺得這一天彷彿猝然死亡，而它的死決定我們腳步的快慢，曠野裡的光線一剎那間通通沈沒，我一點也不意外。途中可見暗藍色的庇里牛斯山在地平線上，清晰無比的輪廓逐漸溶入暗藍的天空。站在教堂腳下遠眺，景觀無比遼闊——不像我至今依然夢見在義大利小鎮看到的風景那麼令人暈眩，卻更加廣大無邊：平原與小山集合成丘陵，丘陵上升爲黑色的高峰，隔斷整片遠方世界的視線。我們腳下，小鎮的燈光次第點亮，街巷中有人走動、談笑，牆後的小花園傳來彷彿康乃馨的香味。燕子在教堂鐘塔裡飛進飛出，不斷盤旋，彷彿要用空氣的線條勾勒出某個看不見的東西。我注意到其中有一隻，喝醉般混在其他燕子之間，不停的橫翻筋斗，彷彿沒有重量，動作卻笨拙而遲緩，我發現牠是唯一的一隻蝙蝠，在逐漸昏暗的光線裡依稀可辨。

父親嘆口氣，背倚著牆，抬起一隻腳，踩在一根矮石柱上——是拴騾馬的樁子，還是方便人騎上牲口的墊腳石？他大聲詢問，等於是爲我解說。不論這根柱子有什麼作用，它對著這片風景數百年，看過不計其數次日落，還有最近這幾年城牆裡那幾條街道和咖啡館用電燈取代燭光的變化。父親享用完一頓豐盛的晚餐，在清新的空氣裡散了個步，顯得輕鬆起來，斜倚在那兒，但我覺得他的放鬆是刻意的。我不敢問，餐廳經理的故事爲何引起他那麼奇怪的反應，但這使我理解到，埋藏在父親心裡的故事，遠比他起了頭講給我聽的那些故事更可怕。這一次，他講故事不需要我催促；好像爲了逃避某種更恐怖的東西，他寧願講故事。

8

我親愛而不幸的繼承人：

根據教會曆法，今天是聖露西亞節，讓我稍感安慰，她是光明的守護聖人，是維京商人從南義大利帶回故鄉的神祇。當一年之中最短、最冷的日子迫近時，還有什麼比光明與溫暖更能保護我們，幫助我們抵禦存在於內心和外界，永遠揮之不去的黑暗呢？我還活著，熬過又一個無眠之夜。如果我告訴你，我現在就寢時都會在枕頭底下放一個大蒜花環，或我無神論的脖子上掛著一枚小小的金十字架，能稍微抒解你的困惑嗎？我當然沒那麼做，但你要假設我採用這些保護的形式也無不可；因爲我使用的是知識與心理上的替代品。而後者，已成爲我日夜不可或缺的依賴。

繼續紀錄我的研究：是的，去年夏天我改變旅行計畫，加入伊斯坦堡這一站；我之所以更改行程，是受一小張羊皮紙的影響。凡是在牛津和倫敦找得到，與我那本神秘空白小書上的卓九利亞有關的一切資料，我都已經看完。我做了一札有關這題材的筆記，心情忐忑的未來讀者啊，你會在我的信裡找到它。你讀下去就會知道，我後來又將這些筆記稍做擴充。希望它不但能指引你，也能保護你。

赴希臘前夕，我實在很想拋開這種毫無意義的研究，我何苦在一本沒來由出現的來書裡追蹤一個沒來由的符號。我很清楚知道，我這麼做乃是把它當作命運對我的一項挑戰，但我甚至不相信命運，我很可能是基於學術上好大喜功的心態，才往歷史上追溯卓九利亞這個難以捉摸的邪惡字眼，只爲了想證明，隨便什麼題材我都有本事追根溯源。事實上，最後那天下午，我把乾淨的襯衫和風塵僕僕的遮陽帽收進行李時，眞是天人交戰，幾乎想放棄這整件事。

但照例，我投入太多功夫爲旅行做準備，所以稍微領先預定進度，在最後一次入睡、趕早班火車前，還剩下一點時間。我大可以去金狼酒店點一杯黑啤酒，看看我的好友賀吉斯是否在那兒，不幸我身不由己繞了一點遠路，我先到善本書收藏室梭巡最後一趟，查閱那兒的一個檔案（雖然我不期待挖到什麼寶），在鄂圖曼項目下，我找到一條我認爲跟伏拉德•卓九勒生存時代有密切關係的記載，因爲我注意到其中列舉的文獻主要採集自十五世紀中期到晚期。

當然，我暗自揣測，我不可能讀遍那個時期歐洲和亞洲的所有資料；那得花很多年——幾輩子——而且據我想，這麼無頭蒼蠅似的追逐，恐怕連一篇相關的文章也找不到。但我卻沒有前往氣氛歡樂的酒吧——許多倒楣的學者墜入萬劫不復之境，都是源於這樣的錯誤——卻向善本書收藏室走去。

我輕易就找到那份裝在盒子裡的檔案，包括有四、五個壓扁的鄂圖曼卷軸，都是校方在十八世紀獲得的捐贈。每個捲軸都寫滿了阿拉伯字。檔案上的英文說明讓我確知，這不是我心目中的藏寶窟。（我立刻參考英文，因爲我的阿拉伯文知識極爲有限，而且至今也沒什麼進步。一個人能學的語言種類不可能太多，除非放棄一切，專攻語言。）三個捲軸是穆罕默德二世對安納托利亞人民課稅的清單。最後一卷列的是從塞拉耶佛和斯科皮熱等城市收到的稅，算是比較接近我的目標，如果我把卓九勒盤據的瓦拉基亞當作目標的話，但以那個時代而言，這兩個城市跟他佔有的地區仍有相當可觀的距離。我嘆口氣，把它們收好，考慮我還來得及趕到金狼，享受一段短暫的快樂時光。就在我整理羊皮紙，放進厚紙板檔案匣時，最後一個捲軸背面卻有一小片字跡吸引了我的視線。

那是一個很短的清單，信筆塗鴉，隨手寫在塞拉耶佛和斯科皮熱官方呈奉蘇丹的報告書上。我好奇的閱讀。它似乎是紀錄幾筆開銷——採購物品的名稱列在左方，不知是哪種貨幣的金額數字，工整的寫在右邊。我興趣盎然的讀著：「五頭年幼山獅進貢蘇丹陛下，四十五。」「兩條鑲寶石的金腰帶獻給蘇丹，二百九十。兩百張羊皮獻給蘇丹，八十九。」接下來的最後一項，卻使我捧著那張歲月悠久羊皮紙的手臂，汗毛全都豎了起來：「從龍騎士團取得地圖與軍事記錄，十二。」

你會問，如果我的阿拉伯文眞的像我剛才承認的那麼蹩腳，怎麼可能一眼就看懂這些字呢？我才思敏捷的讀者，你保持清醒的頭腦，細心閱讀我精心撰寫的紀錄，我爲此祝福你。這些潦草的字跡，這份中世紀的備忘錄，是用拉丁文寫的。它下方還有個模糊的年份，將整個內容烙印在我腦海裡：一四九〇。一四九〇年時，如果沒記錯，龍騎士團已經瓦解，被鄂圖曼大軍擊潰；伏拉德・卓九勒已去世且入土十四年，根據傳說他葬在斯納格布。所謂龍騎士團的地圖、紀錄、秘密——不論這個含混的句子怎麼解釋——買得很便宜，非常便宜，跟鑲滿珠寶的腰帶或成捆的臭羊毛皮不成比例。或許它們是最後一刻才加到這個商人的採購單上，作爲一件玩物或征服者的政治採樣，用來討好或取悅博學的蘇丹，他的父親或祖父曾經對滋擾帝國邊境的野蠻龍騎士團，表示有限度的欽佩。我這位商人是往來巴爾幹的行商，會寫拉丁文，通曉一點斯拉夫語或拉丁方言？他顯然受過很好的教育，因爲他會寫字，說不定是個精通三、四種語言的猶太商人。不論他是誰，我都要因爲他信手記下這幾筆開銷而向他的遺骨致謝。如果他派出運送戰利品的駱駝隊一路平安，順利抵達蘇丹的宮殿，如果——最不可能的期許——這批文件在蘇丹裝滿珠寶、銅器、拜占庭琉璃、異教徒的聖物、波斯詩集、猶太秘法的經典、地圖、天文圖的寶庫裡保存下來——

我到櫃臺去，圖書館員正在檢視一個抽屜。「請問一下，」我說：「你們有依照國家分類的歷史檔案清單嗎？例如——土耳其境內的檔案？」

「我知道你要找什麼，先生。是有這樣的清單，專供大學和博物館使用，不過內容並不完整。我們這裡沒有——去總圖書館的櫃臺可以拿到。他們明天早上九點開館。」

我記得我要搭的那班前往倫敦的火車，十點十四分才開。只要花十分鐘瞄一眼，就知道有哪些可能性。只要找到穆罕默德二世或他繼位者的名字——嗯，反正我本來也不是那麼急著去羅德斯島。

深感悲痛的巴特羅繆•羅熙敬上
一九三〇年十二月十三日
寫於牛津大學三一學院

圖書館挑高的圓頂大廳裡，時間彷彿停頓，雖然各種活動仍在我周圍進行。我從頭到尾讀完了一封信，但它下面還疊著至少四封信。我抬頭張望，高層窗戶外透著深邃的湛藍：暮色已降臨。我必須在薄暮中獨自走回家，我像個受驚嚇的孩子想著這事。再次我有股衝動，想急忙趕到羅熙的辦公室去用力敲門。他一定會坐在書桌前的昏黃燈光下翻閱手稿。我再次感到迷亂而困惑，像任何痛失至交好友的人，覺得整個狀況與現實脫節，我在心智上無法面對這種事。事實上，我迷惑的程度不亞於害怕，慌亂加深了我的恐懼，這樣的處境中，我分辨不出正常的自我。

我一邊思索這件事，一邊低頭看著桌上一疊疊整齊的文件。我這樣把它們分類放置，佔用了很大的空間。可能因爲如此，沒有人試圖在我對面或這張桌子的任一個位子上坐下。我正遲疑著該不該把所有資料收拾起來，回到家再繼續時，忽然有個年輕女子走過來，在桌子的一端坐下。我迴目四顧，看到書目櫃周邊的桌子都坐滿人，堆著別人的書、打字稿、裝目錄卡的抽屜和筆記本。我知道她沒有別的地方可坐，但我忽然覺得有必要保護羅熙的文件；我生怕它們被陌生人無意瞥見。它們一望即知很瘋狂嗎？或者是我瘋了？

我正打算整理那些文件，小心保持原來的次序，把它們收到一旁，就像在自助餐廳裡，碰到陌生人滿懷歉意來跟你擠坐一桌的狀況，我虛情假意裝出本來就想離開的姿態，客氣而慢吞吞的開始收拾——我忽然注意到那位年輕女子打開一本書，豎在面前。她已經閱讀到中間部分，筆記本和鋼筆都放在手邊。我吃驚的從書的標題看到她的臉，然後又看到她放在旁邊的另一本書。然後又回去看她的臉。

那是一張年輕的臉，長得很清秀，但已有少許歲月的痕跡，眼睛周圍的淡淡紋路和掩飾不住的倦怠，就跟我每天早晨在鏡中看到的自己彷彿，我知道她也一定是個研究生。那張臉優雅而瘦削，彷彿從中世紀的祭壇繪畫裡走出來的，只不過顴骨稍寬，顯得有點憔悴。她的氣色有點蒼白，但只要曬一星期太陽，就會轉為橄欖色。她垂著睫毛看書，堅定的嘴唇和開朗的眉宇，因為眼神追逐著書上的字而顯得很機警。她黑得像煤炭的頭髮散落在額前，比當年流行的那種靠大量髮膠固定的髮型顯得更有活力。在這個有無數可能的地方，她讀著的那本書——我再看一眼，再次感到訝異——竟然是《喀爾巴阡山》。壓在她的黑毛衣袖子底下的則是布蘭姆•史托克的《卓九勒》。

就在這一刻，年輕女子抬起頭，迎上我的目光，我才察覺我正目不轉睛盯著她看，這一定讓她很不悅。事實上，她給我那深深的一眼——雖然她的眼睛深處也有一種奇怪的琥珀色澤，像蜂蜜——充滿了敵意。我不是個招蜂引蝶的男人；事實上我個性有點孤僻。但我還算夠識相，所以會自覺慚愧，連忙試圖解釋。後來我才明白，她的敵意源自經常被人盯著看的漂亮女子的自衛機制。我立即說：「對不起，我沒辦法不注意到妳的書——我是說，妳正在閱讀的那本。」

她漠然瞪著我，挑起黑色的眉毛，書仍攤在面前。

「妳知道，我研究的是同一個題目，」我不肯放棄。她的眉毛挑得更高了一點，但我指指面前的文件。「不，真的。我正在讀關於——」我看看面前這堆羅熙的資料，忽然啞口無言。她眼皮乜斜露出的輕蔑，使我臉孔發熱。

「卓九勒？」她嘲諷的說。「你拿到的似乎是第一手資料。」她有一種我無法辨識的濃重口音，她的聲音很輕，但那是因為圖書館的緣故，一旦拋開忌憚，就會發揮真正的威力。

我嘗試換一種策略。「妳讀那本書是為了解悶？我是說，自娛？或妳是在做研究？」

「解悶？」她仍把書攤開，或許只是用所有可能的武器來使我喪膽。

「呃，那題目很不尋常，如果妳已經讀到喀爾巴阡山，妳對這題目的興趣一定很濃厚。」自從碩士口試以後，我就沒有說話這麼快過。「我本來打算要借那本書。事實上，兩本都要借。」

「眞的嗎？」她說。「爲什麼？」

「呃，」我決定孤注一擲。「我拿到這些信——來自一個很不尋常的歷史資源——其中提到卓九勒。它們談的都是卓九勒。」

些許的興趣出現在她眼睛裡，琥珀的光芒獲勝，不怎麼情願的照耀在我身上。她坐在椅上的姿勢稍微軟化一點，帶點男性化的輕鬆，但手並沒有從書本上移開。我有種感覺，這個姿勢我曾經看過幾百遍，這種放鬆張力，開始思考，準備交談的姿勢。我在哪裡看過呢？

「那些信寫的是什麼？」她輕聲細語用外國口音問。我遺憾的想到，我應該先自我介紹再開始對話的。但不知什麼緣故，我覺得不能在這個節骨眼上重頭來過——不能突然伸手要求跟她相握，告訴她我在哪個系等等。我想到，既然我從來沒見過她，她一定不是讀歷史系，除非她是別所大學轉來的新生。我該爲了保護羅熙而撒謊？我心亂如麻的決定不要這麼做。只要把他的名字從整個方程式剔除就得了。

「我跟某人做研究，他——碰到一些問題，他在二十多年前寫了這些信。他把信交給我，以爲我有可能幫助他脫離目前的——狀況——這牽涉到——他的研究，我是說，他本來在做的研究——」

「我懂了，」她冷淡而客氣的說。她站起身，收拾書本，刻意顯得不慌不忙。最後她拿起手提包。她站著的高度跟我想像的一樣高不可攀，肌肉有點發達，肩膀很寬。

「妳爲什麼要研究卓九勒？」我絕望地問。

「嗯，我必須說，這不關你事。」她簡單扼要對我說，便轉過身：「不過我正計畫一趟旅行，但我不知道什麼時候會成行。」

「去喀爾巴阡山？」這整個對話忽然讓我亢奮起來。

「不。」她不屑的丟出這個字。然後，她好像克制不住脫口而出，但語氣中的輕蔑卻使我沒有勇氣接腔：「去伊斯坦堡。」

「我的天，」父親忽然對著群星閃爍的天空說。最後一隻燕子掠過我們上空飛回巢裡，燈火搖曳的小鎮在山谷裡安靜下來。「我們明天還要登山，不能老坐在這兒。進香客必須早早就寢。這一點我很有把握。天一黑就該上床了。」

我挪動一下雙腿；一隻腳已經麻了，教堂圍牆上的石塊忽然覺得刺人，非常不舒服，尤其想到馬上可以躺在床上。我的腳在無數小針刺戳下，蹣跚走回旅館。我心裡洶湧著不滿，比腳底的刺痛更尖銳。父親太快結束他的故事，每次都這樣。

「看啊，」父親從我們待著的地方直指前方，說道：「我相信那就是聖馬太修道院。」

我隨著他的手勢望向龐大、黑暗的山影，看見半山腰有一盞小而穩定的光。它附近沒有任何其他光源；沒有任何其他居所。它就像一大塊重重疊疊的黑布上唯一的一點螢火，位置很高，但並不接近山巔——懸掛在小鎮與夜空之間。「是的，我相信修道院就在那裡，」父親又說一遍。「明天我們要眞正去登山，山中有路，但很崎嶇。」

我們沿著沒有月光的街道向前走，我心頭湧起一陣從高處墜落、離開很高的地方而起的悲哀。我們在老鐘塔旁轉彎之前，我回頭看了一眼，把那小小的光點銘刻在記憶裡。它就在那兒，在一棟黑色九重葛覆蓋的房子上方發光。我佇立了一會兒，用心看著它。然後，就那麼一次，那光閃爍了一下。

9

我親愛而不幸的繼承人：

我要儘快結束我的故事，你得從中汲取重要訊息，我們兩個才都有機會——唉，最起碼是保存性命，最好還能繼續擁有善良悲憫的人性。身為歷史學家的憾事，就是發現苟且偷生也是一種生存。人類最卑鄙的衝動可以維持好幾個世代，好幾百年，甚至一千年。但我們畢生心血的結晶，卻往往在人生結束時隨我們一起消逝。

不過且往下說吧：從英國赴希臘是我最順利的一趟旅行。克里特島博物館館長親自到碼頭來歡迎我，他邀請我暑假重遊此地，參加一座邁諾斯❿古墳的開掘工作，兩位我多年來一直想謀面的美國古典學者跟我住同一棟宿舍。他們鼓勵我到他們任教的大學謀一個新出缺的教職——條件跟我的背景完全符合——而且對我的工作不絕口的稱讚。我很容易就接觸到所有我感興趣的收藏，包括一些私人收藏品。每天午後，博物館關閉，全鎮都在午休，我就坐在有藤蔓遮陰的美麗陽台上，補充我的筆記，同時為其他幾種我打算稍後展開的工作找靈感。在那麼單純、美好的環境裡，追查卓九利亞一字的來歷，就彷彿一個病態的幻想，我考慮把它完全放棄。我隨身帶著那本古老的書，不願跟它分開，但我已經一整個星期沒打開它了。總而言之，我覺得脫離了它的魔法。但就是有種東西——歷史學家對貫徹始終的狂熱，也可說是天生喜歡追根究柢——敦促我

❿譯註：Minoan civilization是以古希臘神話中克里特島邁諾斯王（Minos）之王朝為中心的文明，繁榮期在紀元前三千年至一千五百年之間。

堅持原來的計畫，到伊斯坦堡過幾天。現在我必須告訴你，我在那邊的圖書館裡唯一的一場冒險。我敘述的事件當中，有幾樁你可能覺得無法採信，這是其中的第一樁。不過我還是要拜託你看完。

一九三〇年十二月十四日
寫於牛津大學三一學院

父親說，於是我聽從他的要求，讀完了每一個字。那封信再次告訴我羅熙在穆罕默德二世的圖書館裡令人毛骨悚然的經歷——他如何在那兒找到一張寫有三種語言，很可能指示穿心魔伏拉德埋骨之地的地圖，那張地圖如何被一個長相陰毒的官員搶走，以及那名官員脖子上兩個浮腫的小傷口。

敘述這段故事的時候，他的寫作風格遠不及前兩封信那麼緊湊而克制，東拉西扯，還犯了許多小錯誤，好像他打字時的心情很不穩定。雖然我也感到不安（因爲我深夜獨自一人在公寓裡讀信，鎖了門，還疑神疑鬼的拉上窗簾），我注意到他解說這些事件使用的語言；跟他兩天前給我講的內容非常貼近。就好像這故事深深簪入他的心靈，幾乎四分之一個世紀以後，還是可以掏出來，歷歷如繪朗讀給新的聆聽者聽。

還剩三封信，我迫不及待開始看下一封。

我親愛而不幸的繼承人：

從那個醜陋的官員奪走地圖的那一刻起，我的運氣就開始走下坡。我回到房間，發現旅館經理把我的物品都搬到一個又小又骯髒的房間，因爲我原來那個房間一角的天花板塌了下來。搬運過程中，我的一部份資料失蹤了，還有一對我非常喜歡的金袖扣也不知去向。

坐在狹小的新房間裡，我立刻努力憑記憶把有關伏拉德•卓九勒的史料筆記重謄一遍——憑記憶重繪我在檔案裡看到的地圖。然後我儘速離開那地方回希臘去，我在那兒繼續做克里特島的研究，因爲我現在有額外的時間可資運用。

坐船回克里特島一路驚濤駭浪，險象環生。有陣像法屬地中海沿岸著名的焚風般既炎熱又狂暴的風，不停吹襲全島。我原來的房間被別人住去了，我找到的住處陰暗而有濃重的霉味，眞是不舒服到極點。我的美國同行已經離開。和善的博物館館長生病了，而且似乎沒有人記得他曾經邀請我參加開掘一處古墓的活動。我盡可能繼續有關克里特島的寫作，但搜遍筆記也沒什麼靈感。我的神經因爲當地居民的原始迷信而越發不安，這些迷信我上次來訪都沒有察覺，雖然它們在希臘很普遍，我不可能沒有接觸過。希臘正如很多其他地區，傳統上相信未經妥善下葬，或腐化特別緩慢的屍體都會變成吸血鬼（vrykolakas），意外遭到活埋的人更是不在話下。克里特島酒館裡的老頭子，似乎寧可講他們兩百一十個吸血鬼的故事，而不願爲我解釋哪兒可以找到相同的陶瓷碎片，或他們的祖父曾經打撈過哪艘古代沈船，把哪些寶物據爲己有。有天傍晚，我讓一個陌生人請了一杯當地特產，取了個怪名字叫做「喪失記憶」的酒，結果次日我難過了一整天。

事實上，回到英國前一切都不順利，回程途中一路風雨交加，我從來沒有那麼嚴重暈船過。

我把這些狀況都記錄下來，以防萬一它們對我還有其他方面的影響。最起碼，這可以讓你理解我抵達牛津時的心理狀態：我筋疲力盡，感到絕望害怕。鏡中的我顯得蒼白消瘦。每次我刮鬍子傷到自己（我在緊張笨拙中經常做這種事），都不由得心頭一緊，想起那個土耳其官員脖子上血痕半乾的小傷口，並愈來愈懷疑我的記憶是否清楚。有時某種目標未能完成的感覺，某種怎麼也理不清的企圖，把我糾纏得幾乎要發瘋，我覺得寂寞，心中充滿無以名之的渴望。總之，我的神經處於一種我從未經驗過的狀態。

當然，我盡可能照常生活，絕口不跟任何人提這些事，並照舊悉心準備下學期的課程。我寫信給我在希臘認識的美國古典學者，暗示我很有興趣赴美任教，即使短期教職也可以，只要他們能幫我找到工作。我即將取得學位，我愈來愈覺得需要重頭開始，我想換個環境對我有益。我也寫完了兩篇從考古與文學證據研究克里特島陶器製作的短篇論文。我盡量發揮與生俱來的自制力，一天天過下去，隨著時間過去，我也鎮定下來。

回國第一個月，我不僅嘗試壓抑所有與這趟不愉快旅行有關的記憶，也盡可能避免重拾我行李箱裡那本古怪的小書，擯斥任何研究它的興趣。然而隨著信心恢復，我的好奇心又違反我心意的蓬勃起來，有天傍晚，我拿起那本書，著手整理我在英國和伊斯坦堡做的筆記。後果——從那時開始，我眞的把它視爲後果——來得非常直接、恐怖而悲慘。

我必須在此停筆，勇敢的讀者；我實在無法繼續往下寫，暫時辦不到。我求你，不要停止閱讀，要繼續看下去，我明天一定嘗試繼續寫。

深感悲痛的巴特羅繆•羅熙敬上

一九三〇年十二月十五日

寫於牛津大學三一學院

10

我成年後常有機會體驗時間帶給旅行者的特殊禮物：渴望重遊舊地，費盡心機回到一度邂逅的奇景，再次體驗發現的狂喜。有時我們甚至會尋找某個本身並不特別值得稱道的地方——我們要找到它，只因爲我們記得它。如果眞的找到，一切當然都不復舊觀。做工粗糙的木門還在原位，但變得小多了；天氣陰霾，沒有陽光普照；時序是春季，不是秋天；我們落了單，當年那三個朋友不在身旁。或情況更糟：當年孤獨一人，如今身邊多了三個朋友。

年紀幼小的旅行者對這種事所知甚少，但在我親身體會前，我在庇里牛斯山東麓的聖馬太鎮，從父親身上看到它的效應。我知道他多年前到過那兒，我透過他感覺到重複的神秘，那不是一種清晰無誤的閱讀。奇怪的是，這個地方比我們到過的所有其他地方都更使他茫然若失。帶我出遊前，他曾經單獨去過一次伊摩納，也去過好幾次拉古薩；他也曾數度到過馬西莫和裘莉雅的石砌別墅，享用愉快的晚餐，但是在聖馬太，我感覺他眞的渴望來這個地方，爲某些我挖掘不出的原因，時時刻刻想念著它，私下重溫這兒的回憶。他現在還是不肯告訴我原因，只高聲預言，小徑到了修道院牆腳下會有個轉彎，他還知道哪扇門通往聖堂、迴廊、以及墓窖。這種記憶細節的能力對我並不新鮮；我看過他在知名的大教堂裡找到正確的門戶，在叉路口轉對彎、進入古老的食堂，選對正確的林蔭碎石車道、向正確的警衛室購買門票，甚至還記得他在什麼地方喝過最美味的咖啡。

聖馬太與眾不同，因爲他的反應裡有種不一樣的警覺，對圍牆和牆裡的步道彷彿不敢正視。他非但沒有照例自言自語：「啊，那扇門上有個特別精緻的山牆；我果然沒記錯」，反而像是在逐一清點他閉著眼就數得出來的景物。我們還沒有爬完那片密植柏樹、幽深而陡峭的山坡，走到正門口，我忽然恍然大悟，他記憶這個地方依賴的不是建築上的細節，而是發生過的事件。

一個穿褐色長袍的修士站在木門旁，默默分發導覽小冊給觀光客。「我告訴過妳，這個修道院還在運作，」父親用平淡的語氣說。雖然修道院在我們身上投下濃濃的陰影，他還是戴上太陽眼鏡。「為了減少人潮和喧嘩，他們每天只開放幾小時。」走到修士面前，他露出微笑，伸手取了一份小冊，用非常客氣的法文說：「感謝——我們拿一份就好。」就憑這一點，憑著孩子對父母的正確直覺，我有十足的把握，他上次來這兒，不僅是觀光而已，雖然他對這兒名列觀光指南的史跡文物瞭若指掌。我確信，他曾經在這兒遭遇過一些重大的事。我的第二個印象就像第一個印象般轉瞬即逝，但更加鮮明：他打開導覽小冊，一腳踏進門內，踩上石板地時，表現得太漫不經心，只顧低頭閱讀，忽略了門楣上的怪獸（這通常都會吸引他的視線），我看得出，他對我們即將進入的聖所，仍懷著舊日的情緒。那情緒——有個念頭電光石火般切入我的直覺——那情緒不是悲痛就是恐懼，或兩者可怕的綜合。

聖馬太修道院位於海拔四千呎的高處——不要被高空中盤旋的鷹隼迷惑，這片圍牆裡的風景離海不遠。峰巔的紅屋瓦顯得高處不勝寒，這座修道院好像直接從岩壁裡長出來的，在某種意義上這也是事實，因為它最早的禮拜堂，是紀元一千年時從岩石裡鑿出來的。修道院入口有晚期羅馬式建築遺風，也受到為奪取這座山峰而鏖戰數世紀的伊斯蘭教影響：方正的石砌大門頂端，有伊斯蘭式的幾何圖案飾邊和兩個面目猙獰，張口咆哮的基督教怪獸浮雕，可能是獅子、熊、蝙蝠或獅鷲獸——帶有任何不可思議血統的異獸。

門裡是窄小的聖馬太教堂和精巧的迴廊，即使在這麼高的地方也種著玫瑰花的圍籬，周邊一圈曲折的紅色大理石柱，看起來是那麼單薄，彷彿一位藝術大力士徒手捏出來的。走進露天庭院，陽光潑灑在石板地上，頭上忽然出現藍色的蒼穹。

但走到裡面，第一個引起我注意的是滴水的聲音，在這種高而乾燥的地方，非常出乎意料又很悅耳，然而那水聲就像山間小溪般自然。聲音來自修道院的噴泉，從前的修道士都繞著這噴泉踱步沈思：它有個紅色的六角形大理石水盆，平坦的外緣刻有浮雕裝飾，雕著一個跟環繞我們四周一模一樣的小迴廊。大水盆靠六根紅色大理石柱托起（中間還有另一根支柱，我猜泉水就從那兒湧入）。水盆外圍有六個出水口，讓泉水流進下面的水池。它發出的樂聲令人沈醉。我走到迴廊外側，坐在一道矮牆上，這兒下望幾千呎都毫無遮攔，只見纖細一線的白色瀑布映著壁立的蒼翠森林。我們雖高居峰頂，周圍卻環伺著高不可攀的東方庇里牛斯山巨影。遙遠的瀑布無聲墜落，如煙如霧，我身後卻有座活生生的噴泉，錚錚瑽瑽響個不停。

父親在我身旁的矮牆上坐下來。他臉上的表情很古怪，還伸手攬住我肩膀，他極少有這種舉動。他輕聲道：「修道院的生活看起來很安詳，事實上很困難，有時候還很邪惡。」我們一起眺望那萬丈深谷，晨光還沒有照進谷中，使它顯得格外深不可測。有什麼東西懸掛在我們下方的空中，發出反光，父親指向它之前，我就知道那是什麼：一隻掠食鳥悠閒的在山壁上找食物，像一片銅箔懸浮在那兒。

「蓋在比老鷹還高的地方，」父親沈思道。「妳知道，老鷹是個非常古老的基督教象徵，聖約翰的象徵。馬太——聖馬太——是天使，路加是公牛，聖馬可當然就是有翼的獅子。妳在亞得里亞海沿岸到處都看得見那頭獅子，因爲他是威尼斯的守護聖人。他手裡拿一本書——如果書是打開的，代表那尊石像或浮雕竣工的時代，威尼斯處於承平時期。如果書闔攏，代表那時期威尼斯有戰爭。我們在拉古薩一處大門上見過他——記得嗎？——那次他的書是闔起來的。現在我們看到老鷹在守護這個地方。這麼說吧，它確實需要守護。」他皺起眉頭，站起身，蹣跚走開。我很驚訝的發現，他對於來到這地方感到後悔，眼淚幾乎奪眶而出。「我們到處看看好嗎？」

我們沿著墓窖的台階往下走時，我又看到父親流露那種令人不解的恐懼。我們已經專心看完了迴廊、幾處小禮拜堂、大教堂的本堂和飽經風吹雨打的廚房建築。墓窖是我們自助導覽的最後一站，父親在教堂裡提到，這兒是心理變態狂的最愛。站在張開巨口的樓梯前面，他的步履似乎有點太過謹慎，以致於我們拾級而下，走進這個大岩洞時，他不用抬起手臂，我就決定走在他身後。黑暗的泥土裡騰起一股凜冽的寒氣，直撲我們而來。其他遊客都已參觀完這個景點，走向別處，只剩我們兩人。

「這就是第一座教堂的岩洞，」父親多此一舉的用鎮定如常的聲音再解釋一遍。「這座修道院的勢力逐漸強大，有能力加蓋其他房舍時，僧侶們就往上方開闊的空間擴張，在老教堂上方建了新教堂。」粗大的柱子上有石雕的燭台，燭光把黑暗分隔成一段段。東側的弧形後堂裡雕出一個十字架；它漂浮在石頭的祭壇或石棺——分辨不出何者——上，彷彿一個陰影。沿著墓穴兩側，還有兩三具石棺，窄小而原始，沒有任何記號。父親深深吸一口氣，張望一下這個位在岩石內部的大洞穴。「建寺的院長和後來幾位院長的長眠之所。我們的參觀到此爲止。好了，去吃飯吧。」

向外走時，我遲疑了一下。心頭湧起一股衝動，想詢問父親對聖馬太知道些什麼、又記得些什麼。我有點心慌，但他的背影，裹在黑色麻料西裝裡的寬闊肩膀，表達的意思就像說話一樣明白：「等一等。每件事都有一定的時機。」我很快望一眼老教堂另一頭那座石棺。它的造型很粗糙，在穩定的光線裡毫無動靜。不論裡面藏著什麼，都已經是過去的一部份，再怎麼猜測都是枉然。

而且，我無須猜測也已經知道一些其他的事。午餐時我會在修道院的階梯式露台上聽故事。那露台巧妙的設計在修士宿舍下方，可能距墓窖很遠，但就像這次來訪，它一定會使我更接近埋伏在父親心中的恐懼。爲什麼馬西莫冒失的提起之前，他不肯告訴我羅熙失蹤的事？爲什麼餐廳經理告訴我們死屍復活的傳奇時，他會張口結舌，臉色蒼白。不論是什麼東西盤據父親的記憶，這地方都使他無法再掩飾，這兒應該是個神聖多於恐怖的地方，但對他而言卻充滿恐怖，所以他必須挺起肩膀與它對抗。正如羅熙說的，我必須努力收集屬於我自己的線索。我會在聆聽故事之中變得更聰明。

11

我再次前往阿姆斯特丹那所圖書館時，發現我不在的時候，賓勒茨先生真的替我找到了一些資料。我放學後直接趕到閱覽室，書包還來不及放下，他就微笑著抬起頭，用流利的英語說：「妳來了，小歷史學家。我有些資料妳可能用得著。」我跟他走到他的辦公桌前，他取出一本書，告訴我說：「這不是一本老書，但裡面有些非常古老的故事。讀起來不見得很愉快，孩子，但是或許對妳寫報告有幫助。」賓勒茨先生替我找了個座位，我感激的看著他穿毛衣的背影走遠。有人信任我，把可怕的東西交給我，讓我很感動。

書名叫做《喀爾巴阡故事集》，是本默默無聞的十九世紀作品，作者是英國民俗採風家羅伯•狄格比，自費出版。狄格比在序裡敘述他浪跡蠻荒未闢的崇山峻嶺和更蠻荒的語言之間的親身經歷，不過也有幾則故事是他參考德國和俄國的資料得來。他的故事充滿蠻荒情調，文字頗爲浪漫；多年以後我細讀這本書，發現他的版本比晚近的民俗蒐藏家和翻譯的故事更爲引人入勝。書中有兩則與「卓九勒大公」有關的故事，我熱切的閱讀。第一則敘述卓九勒喜歡坐在遭受他穿心酷刑的臣民屍首中間，在戶外大吃大喝。有一天，一個僕人公然在卓九勒面前抱怨屍臭味太難聞，大公便令手下把這個僕人也施以穿心刑，免得臭味繼續冒犯這個垂死僕人的鼻子。狄格比敘述的版本略有變化，他說卓九勒大吼大叫，下令取一根相當於其他受刑者所使用三倍長的穿心木杜，對付這個倒楣的僕人。

第二個故事同樣血腥。它敘述穆罕默德二世有次派兩名使者來見卓九勒。大使沒有在他面前脫下頭巾。卓九勒要他們解釋爲何如此藐視他，他們答稱這是他們國家的習俗。「那我就幫你們更加堅守你們的習俗吧，」大公道，便把他們的頭巾釘在他們頭上。

我把這兩則簡短的故事抄在我的筆記本上。賓勒茨先生回來探視我的進度時，我問他有沒有可能讀到卓九勒同時代人留下的紀錄，有沒有這樣的資料。「當然可以，」他嚴肅的點點頭。但那時他已經要下班了，他答應有空就會找找看。或許在那之後──他微笑著搖搖頭──或許下次我該選個比較愉快的題目，好比中世紀建築。我答應他──也微笑著──我會考慮。

世界上沒有比萬里無雲，炎熱，涼風徐來的威尼斯更充滿活力的地方了。船隻在潟湖裡款擺輕搖，好像不需要水手就能自行出發探險；建築物精雕細琢的門面在陽光下更顯得光彩奪目；連水波都泛出清新的氣息。整座城市像灌飽海風的船帆，一艘沒有碇泊的船，舞動著，準備漂流到遠方。聖馬可廣場邊緣的海水在快艇的餘波中澎湃有聲，彷彿鐃鈸齊鳴，製造出一種歡快卻粗俗的音樂。若在有北方威尼斯之稱的阿姆斯特丹，遇到這麼愉快的天氣，全城都會洋溢新希望。但在這兒，一天就在裂痕斑斑的完美中結束──比方偏僻角落裡一座長滿雜草的噴泉，本來應該盡情揮灑的水花，變成鐵鏽色的涓涓細流，沿水盆邊緣滴落。聖馬可的馬在閃耀的陽光下畏首畏尾。總督府的杜廊也髒得讓人看不順眼。

我對這種漏洞百出的節慶氣氛嘖有煩言，父親笑了起來。他說：「妳對氣氛很敏感。威尼斯慣常在眾人面前以光鮮亮麗的面目出現，稍微邋遢一下她不會在意，反正全世界的人都湧到這兒來崇拜她。」他對我們四周的露天咖啡座比個手勢──我們僅次於佛羅理安咖啡廳⓫最喜歡的地方──成群滿身大汗的觀光客，帽子和粉彩襯衫在水面吹來的微風中拂動。「等黃昏再看吧，妳不會失望的。舞台布景需要比較柔和的光線。看到它的改變，妳會大吃一驚。」

我啜飲著橘子汁，暫時舒服得不想動；等待愉快的驚喜來臨，完全符合我的生活目標。這是秋季正式來

⓫譯註：Florian's是威尼斯的咖啡名店，一七二零年創立於威尼斯的聖馬可廣場，深受觀光客喜愛。

臨前最後一波熱浪。秋天到了，學校課業會加重，如果我運氣好，可以跟著父親四處奔走，但在他忙於協商、妥協、討價還價之際，我必須把握空檔做點功課。今年秋季他又要去東歐，我已經在遊說他帶我同行。

父親把啤酒一飲而盡，翻著導覽書。「有了，」他忽然宣布。「這兒是聖馬可，妳知道，威尼斯跟拜占庭世界做了好幾個世紀的死對頭，它擁有強大的海權。事實上，威尼斯從拜占庭巧取豪奪很多寶物，包括那些該放在旋轉木馬上的動物。」我從遮陽簷下望向聖馬可大教堂，一群銅馬彷彿拖曳著厚重的穹頂向前奔跑。教堂的主堂在熾烈陽光下似乎瀕臨融化——灼熱得光彩奪目，令人無法逼視，珍寶堆砌的煉獄。父親道：「更何況，聖馬可有部份是模仿伊斯坦堡的聖蘇菲亞大教堂設計的。」

「伊斯坦堡？」我狡猾的說，在玻璃杯裡掏冰塊。「你是說它跟聖蘇菲亞很像？」

「是啊，當然聖蘇菲亞曾經被鄂圖曼帝國佔有，所以它外圍有宣禮塔，裡面有鐫刻伊斯蘭經文的巨大圓匾。在那兒眞的可以目睹東方和西方的衝擊。但頂端又有那麼一座兼具基督教和拜占庭兩種元素大圓頂，就像聖馬可一樣。」

「跟這兒一模一樣？」我指著廣場對面問。

「是的，非常類似，但更雄偉。那地方的氣魄令人不敢逼視。會讓妳喘不過氣。」

「哦，」我說。「我再點一杯飲料好嗎，拜託？」

父親忽然瞪著我看，但已經太遲了。這下被我知道，他親自去過伊斯坦堡。

12

我親愛而不幸的繼承人：

這個節骨眼上，我敘述的歷史幾乎已經追上了現實，只剩一點最新發展需要補述。我希望一切到此爲止，想到這麼恐怖的事，未來說不定還會發生，我眞是無法忍受。

我已經提到，後來我還是再度拿起那本奇怪的書，像一個上癮難以自拔的人。我這麼做之前曾經告訴自己，我的人生已恢復正常，我在伊斯坦堡的經歷雖然離奇，但並非不可能解釋，應該只是我的腦筋因旅途疲憊把事態誇大了而已。所以我眞的又拿起那本書，我想我該完全據實告訴你那一刻發生的事。

那是十月一個下雨的黃昏，距今不過兩個月。新學期已開始，用畢晚餐，我愉快的獨坐房裡，消磨了一個小時。我在等我的朋友賀吉斯，他只比我大十歲，已經當了導師，我非常喜歡他。他手腳不夠輕靈活潑，卻是個脾氣極好的人，他犀利敏銳的機智經常被表示歉意的聳肩動作和善良羞澀的笑容掩蓋，我很慶幸他把聰明才智都用於研究十八世紀文學，而不是拿來對付同事。若非他生性羞澀，我相信他若能跟十八世紀文豪阿迪生、史威夫特、頗普等人平起平坐，流連那個時代倫敦的幾家咖啡館，一定會得其所哉。他的朋友不多，從來沒有正眼看過他親戚以外的女性，他也從不想涉足牛津鄉下以外的地方，他喜歡在鄉間散步，偶爾憑靠著圍籬看牛群吃草。從他那顆大腦袋、肥厚的手和溫柔的褐色眼睛，就可以看出他溫和的秉性。他給人的印象就像一頭牛，或一隻獾，直到機智的諷刺忽然破空而來。我喜歡聽他談論他的研究，這時他的口氣總是既謙遜又熱烈，他總不忘鼓勵我繼續我自己的研究。他的名字——呃，你在任何圖書館稍做搜尋都找得到，因爲他替一般讀者重新發掘了好幾位英國的文學天才。但我姑且就稱呼他賀吉斯吧，這是我發明的化名，讓他在這篇敘述裡保留應有的隱私和尊嚴。

那個特別的晚上，賀吉斯要拿兩篇我根據克里特島的研究擠出來的文章初稿還給我。出於我的要求，他替我看過、改過；雖然他對我描述的古代地中海貿易正確與否無法置一詞，但他的文筆猶如天使，就是那種運用文字精確到夠資格在針尖上跳舞的天使，他常指點我如何潤飾文字。我期待半小時友善的批評，然後來一杯雪莉酒，享受知己朋友在爐邊伸長雙腿，互問近況的美好時光。我當然會和盤托出我神經飽受驚嚇，尚未完全痊癒的經過，但我們可能還有無數其他的話題。

等待的時候，我把爐火撥旺一點，添了一塊木材，擺出兩個杯子，瀏覽一下桌面。我把書房兼做客廳，確保這房間整潔、舒適，與它堅固的十九世紀家具相稱。那天下午，我完成了不少工作，六點鐘吃完送到房裡來的晚餐，然後整理完最後一批文稿。黑夜來得很早，帶來一陣天昏地暗的驟雨。我覺得這是個極具魅力的秋日黃昏，不算很陰沈，所以當我想找本書讀個十分鐘，不經意摸到那本我一直在迴避的書時，心頭也只微微一震，興起微弱的警覺。我把它塞在我書桌上方的書架裡，跟其他比較不構成干擾的物品放在一起。我坐在桌前，碰觸那像麂皮般柔軟的古老封面，深藏內心的快感油然而生，於是我翻開了書。

立刻，我有一種奇怪的感覺。有股味道從書頁中冒出來，那不是古老的紙張和脆裂的羊皮該有的淡淡書香。那是一種腐敗的惡臭，令人作嘔的可怕味道，像是肉放久了腐爛的臭味。我從來沒發現它有這種味道，湊上去再聞聞，覺得難以置信，然後把書闔攏。我等了一下又把書打開，再次那種反胃的惡臭從書頁裡湧出來。那本小書在我手中彷彿有生命，然而它有死亡的氣息。

這洶湧翻騰的臭氣，使我憶起從歐陸返鄉途中，所有令人崩潰的恐懼。我集中精神才讓情緒鎮定下來。老書會霉爛，這是事實，我曾經帶著這本書經過風雨，這或許可以解釋臭味的來源。也許我該把它拿回善本書收藏室，請他們教我如何清理或消毒。

要不是我刻意規避自己對這令人不快的東西的反應，我應該老早把它放下，收回原處。但現在，許多星期以來的第一次，我強迫自己去看中間那幅跨頁插圖，翅膀箕張的龍在橫幅上方咆哮。忽然間，我以驚人精確的新角度，看到某種東西，第一次認出它。我本來不算一個眼光犀利的人，但我的感官忽然變得靈敏，讓我看清整條龍的輪廓，牠張開的翅膀和捲曲的尾巴。我從伊斯坦堡帶回來的筆記，被我丟在抽屜裡不聞不問已久，如今基於好奇心，我急忙去翻閱。我手忙腳亂找到我要的那一頁；從筆記本上撕下來的一頁紙，有我在圖書館裡描摹的地圖，我找到的第一張地圖的複本。

你該記得，地圖一共有三幅，按照比例由大而小，顯示同一個不知名的地區，細節一張比一張放大。雖然我毫無藝術訓練，但從我謹慎的臨摹可以看出一個非常明確的輪廓。它怎麼看都像一隻有翅膀的怪獸。有條很長的河向西南流，像龍尾巴一般捲曲起來。我仔細端詳那幅木刻畫，心跳得很奇怪。龍尾巴上有尖刺，像個箭頭，指著——我差點就高聲嘶喊，把幾個星期來擺脫執念的努力忘得一乾二淨——地圖上惡魔之墓的位置。

兩幅圖中視覺上的雷同太驚人，不可能是巧合。我當初在圖書館怎麼沒看出來，那幾幅地圖上的區域，都有我的龍蓄勢待發、翅膀大張的形狀，就好像牠從上空投影在地圖上似的？我出發旅行前苦思不解的木刻畫，一定蘊藏特殊的意義，一個訊息。它設計的目的就是威脅與恐嚇，爲了紀念某種力量。但努力研究不懈的人也可能從中找到線索；它的尾巴指著墳墓，就好像用手指著自己：這是我。我在這裡。誰在那裡，那個中央的位置，在那個惡魔之墓裡？龍用尖利恐怖的爪子高舉著答案：卓九利亞。

我喉嚨深處有股苦澀的緊張，像嚐到自己的血。我所受的訓練警告我，必須克制，不能輕下結論，但我有種比理性更深的信念。這些地圖沒有一幅像斯納格布，也就是公認穿心魔伏拉德下葬的地方。這當然代表穿心魔——卓九勒——在別的地方安息，某個傳說未曾記錄的地方。但這樣的話，他的墓究竟在何處呢？我忘形的大聲問。爲什麼它的地點要保密呢？

正當我坐在那兒，試圖把這些碎片拼湊在一塊兒時，我聽見宿舍走廊裡傳來熟悉的腳步聲——賀吉斯親切、慢條斯理的步伐——我分心想著，該把這些文件收起來，走到門口，倒雪莉酒，打起精神，準備愉快的交談。我半站起身，收拾紙張，忽然聽見一片寂靜。就像演奏音樂時出了錯，某個休止符多延長了一拍，以任何和弦都做不到的方式，使聽眾停頓在那裡。熟悉、溫暖的腳步停在我房門口，但賀吉斯沒有像往常那樣敲門。那明顯被遺漏的拍子在我心頭迴響。在紙張窸嗦聲和雨滴打在望出去已一片漆黑的窗户上方承霤裡的啪達聲之外，我聽見嗡的一聲——血液衝進我耳鼓的聲音。我扔下書，急忙跑到門口，抽掉插銷，把門拉開。

賀吉斯在那兒，但他躺在擦得一塵不染的地板上，他的頭後仰，身體歪向一側，好像被一股強大的力量擊倒。我想到我沒有聽見他喊叫或跌倒的聲音，不禁神經抽緊，湧起一陣噁心。他眼睛大睜，瞪著我身後。在無限漫長的一秒鐘裡，我以爲他死了。然後他的頭開始移動，他發出呻吟。我蹲在他身旁。「賀吉斯！」

他再次呻吟，眼皮快速眨動。

「你聽見我嗎？」我啞聲道，因爲他還活著大大鬆了一口氣，差點哭出來。就在那一刻，他的頭抽搐著轉過來，露出脖子側面一道血淋淋的傷口。傷口不大，但看起來很深，好像有隻狗跳起來，撕掉他一塊肉，鮮血大量湧出，從領口沿著肩膀流到地面。「救命啊！」我大喊。我猜那條裝著橡木嵌板的走廊，自從幾個世紀前完工以來，還不曾有人使出這麼大力氣打破它的寧靜。我也不知道這麼做到底有沒有用；這是大多數研究生跟校長共進晚餐的日子。然後走廊另一頭有扇門開了，傑瑞米•佛瑞斯特教授的侍僕小跑步過來，他名叫隆諾•艾格，是個好人，事後他就離開了宿舍。他好像一眼就了解整個狀況，他瞪大眼睛，然後跪下用自己的手帕紮住賀吉斯脖子上的傷口。

「來，」他對我說。「我們得扶他坐起來，把傷口抬高，希望他別處沒受傷。」他小心的上下摸索賀吉斯僵硬的身體，我的朋友沒表示抗議，我們就讓他靠著牆。我用肩膀支撐著他，他沈重的靠著我，眼睛閉著。「我去請醫生，」隆諾話畢就消失在走廊裡。我用一根手指試著賀吉斯的脈搏；他的頭靠在我肩上，但他的心跳似乎很穩定。我不由得嘗試叫醒他。「怎麼回事，賀吉斯？有人攻擊你嗎？你聽見嗎？賀吉斯？」他睜開眼睛看著我。他的頭歪向一邊，半張臉顯得遲鈍、淤青，但他說話很清楚：「他說要告訴你……」

「什麼？誰？」

「他說要告訴你，不准冒犯他。」

賀吉斯的頭又倒下來頂著牆壁，那裝著英國最好頭腦的大好頭顱。我抱住他，手臂起了雞皮疙瘩。「誰？賀吉斯？誰告訴你的？是他傷害你的嗎？你看見他嗎？」

唾沫從他口角流出，他的手在身側抽搐。

「不准冒犯，」他從喉嚨裡發出聲音。

「躺著別動，」我勸慰他。「別說話。醫生再過幾分鐘就到。盡量放鬆，留口氣。」

「天啊，」賀吉斯喃喃道。「頗普和頭韻。甜美的仙女。贊成。」

我瞪著他，腸胃緊縮。「賀吉斯？」

「《秀髮劫》」賀吉斯彬彬有禮說。「毫無疑問。」⓬

安排他住院的大學醫生告訴我，賀吉斯受傷之後中了風。「受驚引起的。他脖子上的傷口，」他在賀吉斯病房門外說：「看起來是某種鋒利的東西造成的，最可能是鋒利的牙齒，動物的牙齒。你沒養狗吧？」

「當然沒有。宿舍裡不准。」

醫生搖搖頭。「真奇怪。我相信他在到你房間途中遭受某種動物攻擊，驚嚇引起本來就隨時可能發作的中風。他精神已經完全錯亂，雖然他還能說連貫的句子。恐怕那傷口會引起調查，但我猜想我們會發現禍首

⓬譯註：The Rape of the Lock為上文提到的頗普（Alexander Pope，1688-1744）之作品，是十八世紀英國文學，亦即賀吉斯研究範疇中很有份量的一首長詩。

是某人的惡犬。想想看，他到你的住處會走哪條路線。」

調查沒有滿意的結果，但我也沒有被起訴，因爲警察找不到動機，也沒有我傷害賀吉斯的證據。賀吉斯無法作證，他們最後以「自殘」結案，在我看來，這種有損他名譽的論斷，其實是可以避免的。有天我去療養院探望賀吉斯時，低聲要求他回想這些字句：「不准冒犯我。」

他用毫無好奇之色的眼睛看著我，用懶散、浮腫的手指撫摸脖子上的傷口，說：「就這樣吧，鮑斯威爾。」⓭他表情相當愉快，幾乎是幽默。「否則就滾吧。」幾天後他就去世了，因爲那天晚上他又發作了一次中風。療養院報告說他身上沒有外傷。校長來通報我這消息時，我暗中發誓，我會不眠不休爲賀吉斯之死復仇，只要我能想出方法。

我沒有心情紀錄我們在三一學院的小教堂爲他舉行追思禮拜的痛苦細節，男童詩班詠唱讚美詩安慰生者的歌聲，他的老父壓抑的嗚咽聲，我心中對無作用的聖餐儀式的悲憤。賀吉斯葬在多塞特郡的故鄉，我在一個暖和的十一月天獨自去掃墓。墓碑上刻著願他安息，如果讓我挑選，我也會選同樣一句話。讓我安慰的是，教堂墓園極爲安靜，牧師談到賀吉斯之死時語氣平和，就像談論任何當地的優秀人物。我在大街上的酒吧，雖然我千方百計暗示再三，也沒有打聽到與英國吸血鬼有關的傳聞。畢竟賀吉斯只遭到一次攻擊，據史托克描寫，要讓一個活人感染不死族的毒素，需要連續好幾次攻擊。我相信他的犧牲只是一個警告——對我。或許也包括你，不幸的讀者，你覺得呢？

⓭譯註：鮑斯威爾（James Boswell，1740—1795）仰慕十八世紀的辭典編纂家約翰生（Dr. Samuel Johnson，1709-1784），長年追隨約翰生身邊，記錄他的言行，完成一本傑出的傳記。亦引伸為忠實的仰慕者、學生，或為至交好友寫傳記的人。

深感悲痛的巴特羅繆•羅熙上
一九三〇年十二月十六日
寫於牛津大學三一學院

父親攪動杯子裡的冰塊，好像爲了穩定自己的手不得不找點事做。午後暑熱漸散，轉爲沈靜的威尼斯黃昏，觀光客和建築物的陰影長長的拖曳在廣場上。一群鴿子不知受了什麼驚嚇，從石板地上驚飛而起，在上空盤旋一圈，便結伴飛走。我喝了好幾杯冷飲，終於感覺到沁入骨髓的寒意。遠處有人哈哈笑，我聽見海鷗在比鴿子更高的地方長唳。我們坐著沒動，一個穿白襯衫、牛仔褲的年輕人小跑步過來搭訕。他一邊肩膀上掛一個帆布袋，襯衫上沾染著斑斑點點的顏料。「買畫吧，先生？」他對父親微笑道。「你跟小姐是今天我畫裡的明星喲。」

「不用，不用，謝謝，」父親不假思索道。廣場和小巷裡到處都是這種自稱藝術系學生的人。這已經是那天第三次有人向我們推銷威尼斯風景了；父親看都沒看那幅畫一眼。年輕人仍帶著微笑，或許至少要聽幾句讚美才願意走開，他把畫舉起來給我看，我同情的點點頭。不一會兒他就蹒跚走開，找尋別的觀光客去了，我卻無法動彈，凝視著他的背影。

他給我看的畫是一幅色彩豐富的水彩。主題是我們坐的這家咖啡館，位在佛羅理安咖啡廳旁邊，明亮而閒適的午後景色。我想畫家一定坐在我後面，距咖啡座很近的地方；一團濃彩，我認出是我的紅草帽，過去一點兒，模糊的褐色和藍色人影是父親。這是一幅悅目的即興之作，呈現出夏日的慵懶，一般觀光客可能很樂意留下來，紀念在亞得里亞海邊度過完美的一天。但我一眼望去，卻見到父親身後有個人影，寬闊的肩膀，黑髮，在遮陽棚與桌布的鮮豔色彩之間，剪出一個鮮明的黑色側影。但我記得很清楚，那張桌子整個下午都空著。

13

我們下趟旅行又是往東走，越過朱利安阿爾卑斯山⓮。這兒有個小鎮叫科斯坦傑維卡，意思是生長栗子樹的地方，在這個季節果然到處長滿了栗子，有些已經落在地上，走在石板路上，一不小心就會跌倒在長滿尖刺的針果上，十分危險。曾經是前奧匈帝國官員住宅的市長公館前面，滿地都是這種看起來很猙獰的果殼，像一群小刺蝟。

父親和我慢慢向前走，享受這溫暖的小陽春向晚——本地方言把這種天氣稱做吉卜賽夏天，這是商店裡一名婦人告訴我的——我想到不過幾百公里之遙，所謂的西方世界，跟這個位在伊摩納以南的東歐小鎮已有天壤之別。這兒商店裡的所有貨品看起來都差不多，店員在我看來也都一模一樣，穿著寶藍色工作外套，戴花朵圖案的圍巾。隔著一半空蕩蕩的櫃臺可以看到他們金色或不銹鋼假牙的亮光。我們買了一塊龐然大物的巧克力，陪襯包括義大利香腸、全麥麵包、起司的野餐，父親拎著好幾瓶我最喜歡的納蘭卡⓯，一種令我聯想到拉古薩、伊摩納、威尼斯的柳橙口味的飲料。

昨天他在札格瑞布開完最後一場會議，我也完成歷史作業畫龍點睛的最後一筆。現在父親要求我還要學德文，我對此本來就有興趣，根本不需要他堅持；我的德文課從明天開始，用一本阿姆斯特丹外文書店買來的讀本當教材。我得到一件新的綠色短裙洋裝和一雙黃色的中統襪，父親因為那天早晨外交官之間口耳相傳

⓮譯註：Julian Alps位在義大利和南斯拉夫之間。
⓯譯註：Naranca為克羅埃西亞語「柳橙」，也是飲料品牌。

的某種我無法理解的笑話而滿臉笑容，納蘭卡的瓶子在我們的網袋裡發出清脆的碰撞聲。前方有座低矮的石橋，跨越科斯坦河。我快步跑過去，搶看第一眼，我喜歡獨自享受那一刻，甚至不要父親在旁。

河水流到距橋不遠處有個大轉彎，然後就從視線中消失了，河灣環抱一座小小的城堡，一座只有別墅那麼大的斯拉夫式古堡，幾隻天鵝在城牆下泅水，或在河岸上梳理羽毛。我正看得出神，一個穿藍色外套的女子推開樓上的窗戶，抖動撣灰的抹布，分成一格格的玻璃在陽光下閃耀。橋下許多株小柳樹簇擁成叢，燕子在堆在樹根上的泥團裡飛進飛出。我看到古堡花園裡有張石凳（距離天鵝群不算太近，我直到少女時代都還很怕天鵝），圍繞在栗子樹和圍牆投下的愜意陰影中。父親乾淨的西裝在那兒不虞弄髒，他可以坐比預期更久的時間，不論他是否願意，可能都會多談一點。

父親取出一條棉紗手帕，邊擦拭手指頭上的臘腸油漬邊說，我在公寓裡讀信時，心底有個與羅熙失蹤這整件可悲的案子無關的問題，不斷在騷擾我。我把敘述他的朋友賀吉斯可怕遭遇的那封信放下時，有一會兒難過得無法清晰地思考。我闖入一個病態的世界，跟我多年來熟悉的學術圈有天壤之別，我一直以爲理所當然、實事求是的歷史敘述之下，竟然埋藏了這樣的一個世界。以我身爲歷史學家的經驗，死者永遠保持他們讓人敬而遠之的死亡狀態，中世紀發生過很多恐怖的史實，但都不是超現實事件。卓九勒是一位多采多姿的東歐傳奇人物，我童年的電影賦予他新生命，一九三〇年是希特勒在德國取得獨裁權柄之前三年，他發動的恐怖暴行在人類歷史上可說無出其右者。

因此有一瞬間，我覺得噁心、受到污染，我很氣我失蹤的導師把這些卑污的意象傳承給我。另一方面，他信中懺悔、善良的語氣又打動著我，我對自己的不忠感到良心不安，羅熙依賴我——只有我；如果我基於學術原則不肯拋開心中的懷疑，說不定就再也沒有機會見到他了。

還有另外一件事讓我不安。我頭腦稍微清醒後，才想到原來是圖書館遇到的那名女子，我幾個小時前才見過她，但感覺上好像已經過了幾天。我記得她聽我解釋羅熙的信件時，眼中亮起不尋常的光芒，還有她專注時像男人般糾結在一起的眉頭。那麼多張桌子，那麼多個夜晚，她爲什麼偏偏挑中今晚，到我身旁來讀關於卓九勒的書？她爲什麼提起伊斯坦堡？羅熙信中提到的一切使我深受震撼，我願意進一步擱置我的懷疑，否定巧合，相信有某種更強大的力量在幕後運作。有何不可？如果我相信某件超自然的事會發生，當然就可以相信更多類似的事；這很合理。

我嘆口氣，拿起羅熙的最後一封信。讀完這封信，就只剩下藏在那個無害的信封裡的其他資料要看，然後一切就靠我自己了。那女孩出現代表什麼呢——可能沒什麼大不了的，不是嗎？——我沒有時間調查她的身份，或爲何我們都對玄秘之學發生興趣；說起來，其實我對這種事眞的一點興趣都沒有。我唯一感興趣的就是找到羅熙。

最後一封信跟其他幾封都不一樣，是手寫的——用黑色墨水寫在抄筆記用的橫格紙上。我把信打開。

我親愛而不幸的繼承人：

好吧，我不能繼續假裝著你不存在，在某處等待著有朝一日把我的生命從瓦解的邊緣解救出來。因爲我有新情報可以補充到我假設你已經詳讀過的資料，我想我應該把這杯苦汁倒滿。「一知半解最危險，」我的朋友賀吉斯一定會說。但他已經不在人世，他之所以喪生，就如同我打開門，親自下毒手，然後叫救命一樣。但下手的當然不是我。如果你已經讀到這兒，應該不至於懷疑我的話。

但幾個月前，我終於開始懷疑自己的力量，理由就是賀吉斯令人憤恨難平而可怕的死亡。我幾乎是直接從他的墳前逃往美國；我抽空前往多塞特探望他長眠之所那天，已取得新教職，正在收拾箱籠。我決定赴美，恐怕讓牛津幾位師長很失望，我的父母則非常難過。我來到一個更爲明亮的新世界，學期開始得比較早（我只拿到三個學期的聘書，我打算爭取更長的任期），學生持一種牛津所沒有的開放而務實的態度。即使經歷過這一切，我還是無法完全拋開我跟那位不死族的因緣。結果呢，很顯然，他也不願放過我。

你還記得，賀吉斯遭受攻擊那晚，我出乎意料發現，我那本可怕的書中間的木刻版畫具有何種意義，我也用伊斯坦堡找來的地圖證實，所謂惡魔之墓就是伏拉德•卓九勒的墓。我也像在伊斯坦堡那座圖書館時一樣，大聲提出我最後一個疑問——那麼，他的墓究竟在哪裡呢？——於是第二次，某個可怕的生物被召喚出來，牠用我親愛的朋友的生命向我發出警告。或許只有自命不凡得反常的人才會挺身與自然力量——在此該說是超自然力量——抗衡，但老實告訴你，這樣的懲罰激怒我的程度超越了恐懼，至少暫時是如此，使我矢言無論如何都要找出最後的線索，只要我還有一口氣在，就不會放過我的追獵者。這古怪的念頭縈繞我心頭，就像我出版下一篇論文，或在這所氣氛愉快、讓我疲憊的心覺得有依歸的新大學取得終身教職的慾望一樣。

一個學期過去，我已適應教學生活，打算短期回到英國探望雙親，並且把博士論文交給那家對我愈來愈器重的倫敦出版社，我再次從歷史與超自然兩方面追蹤卓九勒的氣味，不論他究竟屬於哪一邊。在我看來，我的下一份工作就是進一步了解我那本奇怪而古老的書：它從何而來，由誰設計，年代多久遠。我把它送交史密松尼博物館的圖書館（很不情願，我得承認），我問題的特異之處讓他們搖頭，他們暗示我的諮詢超出他們能力的極限，花費將極爲可觀。但我很頑固，我認爲，既然賀吉斯已提前至少五十年躺進教堂墓園，只要他的仇未報，那麼不論我從我祖父繼承的財產，或我在牛津儲蓄的菲薄資金，就不許有一文錢花在我的衣食娛樂上。既然想像所能及最壞的狀況都已經發生，我不再忌憚後果；起碼在這一點上，邪惡勢力判斷錯了。

所以接下來發生的那件事之所以令我改變心意，讓我充分了解恐懼的眞諦，並非因爲它手段殘酷，而是它巧妙無比。

我的書交給史密松尼博物館，是由一個身材矮小，名叫霍華•馬丁的書籍收藏專家處理，他人很和氣，但不愛講話，他盡心盡力處理我的個案，彷彿對我的整個故事十分了解。（這麼說不對——回頭想想，如果他知道我的故事，說不定我第一次造訪時就會請我滾蛋。）他顯然只看出我對歷史的狂熱，出於同情而樂意幫助我。他提供的服務非常好，非常徹底，他把實驗室交給他的資料充分吸收，像他這種人在牛津比待在華府官僚氣濃重的博物館辦公室更適合。我很佩服他，尤其因爲他精通古騰堡⑯崛起前後兩百年間歐洲書籍的製作過程。

他把所有能做的研究都完成以後，寫信通知我去取全套結果，他還要當面把書照我交給他的原樣，交還到我手上。第二天早晨。我搭火車南下，順便略事觀光，比約定時間提前十分鐘來到他辦公室門口。我的心怦怦跳，我的嘴唇發乾；我迫不及待再次摸到我的書，聽他敘述這本書的來歷。

馬丁先生打開門，帶著些許微笑，引我進門。「很高興你能來，」他用缺少抑揚頓挫，但已成爲我在這世界上最樂於聽見語言的美式口音說。

我們在他堆滿各式手抄本的辦公室裡就坐。面對著他，我立刻被他容貌的改變嚇了一大跳。我幾個月前見過他短短一面，還記得他的長相，他給我寫的那些工整而專業的信，絲毫沒有透露他患病的消息。但現在他變得蒼白瘦削，憔悴得皮膚灰黃，他的嘴唇有種不自然的猩紅。他體重減輕很多，過時的西裝鬆垮垮的垂掛在單薄的肩膀上。他微駝著背，身體前彎，好像痛苦或虛弱得無法站直。他的生命力好像被抽乾了。

我試著告訴自己，上次我來去匆忙，後來只跟這個人通信來往，現在才有機會近距離，或更有同情心地觀察他。但我就是無法擺脫在極短時間內目睹他快速衰朽的感覺。我暗地裡安慰自己，他可能遭逢不幸，或罹患惡疾，某種發展快速的癌症。當然，基於禮貌，我不可能當面批評他的外表。

「嗯，羅熙博士，」他一派美國作風的說。「我相信你不知道你一直擁有的這本小書是件無價之寶。」

「無價之寶，」他不可能知道它對我的價值，全世界所有的化學分析都做不到。它是我復仇的關鍵。

⑯譯註：Gutenberg，1398-1468，德國活字版印刷術發明人。

「是的，它是中歐中世紀印刷一個罕見的例子，非常有趣，也很不尋常。我很滿意得知它可能在一五一二年前後印製，可能在布達或瓦拉基亞。根據這個日期可以確定，它晚於匈牙利馬提亞斯國王印製的《路加福音》，但是早於一五二〇年印製的匈牙利版新約聖經，如果它當時已經存在，就可能對後者有影響。」他在嘎吱作響的椅子上挪動一下。「有可能你書裡的木刻畫確實對一五二〇年的新約聖經有影響，因爲後者書中有類似的插畫，有翼的撒旦。但無從求證。總之，這樣的影響會很有意思，不是嗎？我是說，目睹有人用這麼魔性的東西點綴聖經。」

「魔性？」聽別的人用譴責的口吻批評那幅插畫讓我覺得很滿意。

「當然。你提供我卓九勒的傳奇，但你想我的研究會到此爲止嗎？」

馬丁的語氣是那麼平坦愉快，那麼美國味，但我花了一會兒才反應過來。我從未聽人用那麼平淡的語氣敘述那麼邪惡的事。我瞪著他，深感困惑，但那種口吻已經消失，他面無表情。他正在翻閱一疊他從檔案夾裡取出的文件。

「這是我們的化驗報告，」他說。「我替你做了一份清樣，還有我附加的補充說明，我想你會覺得有趣。他們說的跟我剛告訴你的大致相同——對了，有兩點有趣的額外事實。從化學分析看來，這本書曾經有很長的時間存放在有大量岩石灰塵的環境裡，可能是在一七〇〇年之前。還有，後半本書曾經沾染過鹽水——可能在航海中接觸到海水。我猜可能是黑海，如果我們對它製作地點的猜測沒有錯，但當然還有很多種其他可能。恐怕我們對你的追尋所能提供的協助就這麼多——你是不是說你在寫一本有關中世紀歐洲的歷史？」

他抬頭以輕鬆、和善的笑容看我，這種表情出現在那麼一張憔悴的臉上感覺很古怪，我頓時發覺兩件事，使我坐在那兒涼透骨髓。

第一件是我從來沒跟他提過什麼寫中歐中世紀歷史的事；我說過我需要有關這本書的資料，完成一本與穿心魔伏拉德，亦即傳奇中的卓九勒有關的資料的書目。霍華•馬丁是個做事很精細的圖書館管理員，正如同我在學術方面也很審愼，所以他絕對不會不經意犯下這種錯誤。我原先的印象中，他是個擅長記憶細節有如照相機的人，我每當遇到這種天賦異稟的人都會特別注意，打從心底佩服他們。

我當時發現的第二件事就是，或許因爲他罹患的不論何種疾病——這個可憐蟲，我差點就在心裡喃喃自語——他微笑時，嘴唇顯得衰弱而有氣無力，因此他的上排犬齒暴露出來，而且太過醒目，使他整張臉予人一種不舒服的感覺。我對伊斯坦堡那名官員記憶猶新，雖然我看不出馬丁的脖子有任何異狀。我壓抑內心的震撼，從他手中接過書和記錄，他又說：「順便告訴你，那幅地圖眞了不起。」

「地圖？」我呆住了。我所知唯一跟我目前探索有關的地圖就是那三幅依比例放大的地圖，但我從來沒有跟這個陌生人提過它們的存在。

「你是自己畫的嗎？顯然它不古老，我不認爲你是一位藝術家。尤其一點也不變態，如果你不介意我這麼說。」

我瞪著他，無法理解他的話，因爲害怕洩露什麼，所以也不敢問他的用意。難道我把我描的草圖遺留在書裡？這麼做多愚蠢啊。但我確信我把書交給他之前，曾經仔細檢查過，書中沒有夾任何紙片啊。

「嗯，我把它夾回書裡了，所以它還在原位，」他安慰我道。「現在，羅熙博士，如果你樂意，我可以帶你去我們的會計部門，或者我安排把帳單寄到府上。」他替我開門，再次露出職業化的詭異笑容。我當時的心境不適合當場翻開手裡的書檢視，而且我從走廊裡的光線看出，馬丁的古怪笑容，甚至他的疾病，可能都是我的想像；他膚色正常，只不過因爲多年埋首故紙堆中，背有點駝，如此而已。他站在門旁，伸出一手，做出誠懇的華府告別手勢，我跟他握手告別，嘴裡嘟噥著我希望帳單寄到我任教大學的地址。

我提高警戒走到他辦公室看不見的地方，然後走出那條走廊，最後脫離那座包羅他和他同事工作成果的紅色大城堡。進到外界的新鮮空氣裡，我快步越過鮮綠的草坪，挑一張長椅坐下，努力把外表和心情都調整到無所謂的境界。

那本書以它一貫的邪惡柔順在我手中攤開，我徒勞無功的翻尋某張會令我大吃一驚的紙片。重頭翻尋第二遍時我才找到它——以複寫紙複製，線條非常纖細，好像有人拿著我的第三幅，也是最隱秘的秘密地圖，替我把所有神秘的線條臨摹下來。斯拉夫方言的地名都跟我記憶中的地圖一模一樣——偷豬村、八棵橡樹谷。事實上，這幅圖只有一個地方是我沒看過的。在惡魔之墓的名稱下方，有墨水寫的非常整齊的拉丁文字跡，跟所有其他筆跡都一樣。字跡在墳墓所在位置上方排列成拱形，證實它跟這個地點絕對有關，我看到它寫著，巴特羅繆•羅熙。

讀者，要說我是個懦夫，儘管請便，但那一刻我我眞的斷了所有念頭。我是個年輕的教授，我住在麻州劍橋市，我在那兒授課，跟我的新朋友共餐，每星期寫家書給我年邁的雙親。我不戴大蒜或十字架，也不會一聽見走廊裡有腳步聲，就在胸前畫十字。我有比那更好的庇護——我不再在那個可怕的歷史十字路口挖掘。某種東西見我安分下來，一定覺得很滿意，因爲沒有再進一步的不幸事故困擾我。

現在，如果你寧可選擇保持清醒，繼續照你記憶中的方式過活，不讓它變得動盪不安，身爲一位學者，你要以何種方式度過餘年最恰當？我知道賀吉斯不會要求我一頭栽進黑暗魔域。然而，如果你會讀這些信，就代表傷害已經降臨。你也必須選擇。我把我所知與這惡魔有關的所有片段都交給你。知道我的故事以後，你能拒絕對我伸出援手嗎？

你悲痛的巴特羅繆•羅熙

一九三一年八月十九日

樹下的陰影不斷拉長，變得宛如一張巨口，父親用他的好鞋子踢著腳下一枚刺栗果。我忽然有種感覺，如果他是個粗人，這一刻他一定會對地上吐一口口水，宣洩口中的苦澀。然而他卻努力吞嚥，擠出一抹微笑。「天啊！我們聊的是什麼啊？今天下午我們還眞愁眉苦臉呢。」他試圖微笑，但他看我的眼神卻透著憂慮，好像某種陰影可能降臨在我身上，特別挑中我，毫無警訊的把我當場攫走。

我讓冰冷的手鬆開長椅的扶手，也努力裝出輕鬆的神情。什麼時候開始，這種事需要努力了呢？我很想知道，但爲時已晚。我在替他做他的工作，使他分心，就像從前他千方百計轉移我的注意。我藉著耍點小脾氣達到目的——不能過份，否則他會懷疑。「我又餓了，我要吃眞正的食物。」

他的笑容正常了許多，他的好鞋子在地面上頓一下，紳士風度的伸手扶我從長凳上站起身，開始收拾納蘭卡果汁空瓶和其他野餐殘餘物。我也努力收拾我那份垃圾，同時鬆了一口氣，因爲這代表他會帶著我儘快回到市區，毫不留戀古堡的景觀。在故事將近尾聲時，我曾經轉回頭一次，看見高層的窗口，有個體型威武的黑色人影，取代了先前的清潔老婦。我連珠砲似的扯著當下想到的任何事。只要父親沒有看見它，就不會發生衝突。也許我們兩人都可以安全。

14

有段時間我一直沒去大學圖書館，一部份因爲在那兒做研究，總讓我有種古怪而緊張不安的感覺，另一方面因爲我覺得，我一放學就不見人影，已讓克雷太太啓了疑竇。我還是遵守承諾，每次都打電話通知她。但根據她在電話上愈來愈遲疑的口吻，我可以想見她曾侷促不安地跟父親討論此事。在我看來，她對人類劣根性的了解有限，猜也猜不出什麼名堂，但是父親可能另有一套令人尷尬的揣測——大麻？男朋友？有時他望著我的眼神那麼焦慮，我眞的不想再添他的煩惱。

但畢竟誘惑還是太大，我決定擱置心中的不安，重返圖書館。這次我假裝約班上一個很無趣的女孩去看電影——我知道管理中古圖書的賓勒茨星期三上晚班，而且當天父親有個會議——克雷太太還來不及說什麼，我就披上新大衣出門了。

晚上去圖書館感覺很奇怪，尤其當我發現大廳裡照例擠滿了滿面倦容的大學生，中古圖書部卻空盪無人。我悄悄走到賓勒茨先生辦公桌前，發現他正在翻閱一堆新書——沒什麼我會感興趣的，他殷勤的對我微笑說，因爲我只喜歡可怕的東西。但他確實留了一本書給我——爲什麼我那麼久不來看？我微弱的道歉，他笑道：「我擔心妳發生了什麼事，或者妳聽我的勸告，換了一個比較適合年輕小姐的題目。但妳讓我對這題材發生了興趣，所以我替妳找到這本書。」

我感激的接過那本書，賓勒茨先生說他要去工作室，他會儘快回來看我是否需要協助。他曾經帶我去過一次工作室，一個有窗的小房間，在閱覽室後方，圖書館員在那兒修補珍貴的老書或爲新書貼標籤。他離開後，閱覽室顯得前所未有的安靜，但我熱切的翻開他給我的書。

挖到寶了，我當下想道，不過現在我知道那只是相當基本的資料，與十五世紀拜占庭歷史有關——邁可•杜卡斯所著《土耳其拜占庭史》的翻譯本。杜卡斯對伏拉德•卓九勒與穆罕默德二世的戰爭娓娓道來，我就在那張桌子上，第一次讀到穆罕默德一四六二年入侵瓦拉基亞，長驅直入卓九勒拋棄的首都塔戈維斯特時，親眼目睹景象的著名描寫。杜卡斯說，在城外迎接穆罕默德的是「成千上萬根木柱，像掛水果一般掛著死屍。」這座死亡花園的中央，是卓九勒安排的重頭戲：穆罕默德的愛將哈姆薩，跟其他人一樣木柱穿心，身上「披著他那件薄薄的紫衫」。

我想起穆罕默德蘇丹的檔案，就是羅熙到伊斯坦堡去探索的那個。瓦拉基亞大公是蘇丹的眼中釘、肉中刺——這無庸置疑。我想多讀一點跟穆罕默德有關的資料一定很有用；或許關於他的資料可以說明他跟卓九勒的關係。我不知道從何著手，但賓勒茨先生答應儘快回來幫我。

等得不耐煩，我想不如自己去找他，就在這時，我聽見閱覽室後方傳來異動。那砰的一聲與其說是實際的聲音，倒不如說是地板傳來的震動，像是一隻小鳥全速撞上擦得亮晶晶的窗戶。我直覺的一驚，向那不論何種震動傳來的方向望去，我身不由主就奔往閱覽室後方的工作室。隔著門上的小窗，我看不見賓勒茨先生，這讓我暫時安心一點，但我打開木門，卻看見地板上有條腿，穿著灰色的長褲，連接到一具扭曲的身體，藍色毛衣歪歪扭扭套在被猛力扭轉的軀幹上，淺灰色的頭髮染滿鮮血，臉——天可憐見，有一半被擋住——被砸爛了，小部分血肉沾在書桌角落。有本書顯然剛從賓勒茨先生手中掉落；它躺在地板上，就像他一樣。牆壁上，書桌正上方有一大片血跡，中間有個大而完美的手印，就像小孩的手指畫。我竭盡力量不讓自己出聲，所以當尖叫迸裂出來時，好像是別人的聲音。

我在醫院住了兩晚——出於父親的堅持，照顧我的醫生是一位老朋友。警察第三次來詢問我時，父親態度溫和，表情凝重，有時坐在床畔，有時叉著手臂站在窗口。我沒有看到任何人走進閱覽室。我一直安靜的坐在桌前閱讀。我聽見有東西倒地的聲音。我跟那位圖書館員沒有私交，但我很喜歡他。警察向父親保證我沒有嫌疑；只不過我是最可能算得上證人的人。但我沒有目睹任何事，沒有人走進閱覽室——這一點我很確定——賓勒茨先生也沒有喊叫。他身體上沒有任何傷口；只不過有人抓住這個可憐人的腦袋去撞桌角。這需要非凡的力量。

警察搖搖頭，感到很困惑。牆壁上的手印不是圖書館員造成的；他手上一滴血也沒有。而且手印不但跟他的手不符，指紋也很奇怪，有不尋常的磨損的痕跡。應該很容易比對——警察在父親面前講了很多話——問題是檔案裡沒有這種指紋。這案子不好處理。阿姆斯特丹已經跟他小時候熟悉的面貌大不相同——現在有人把腳踏車扔進運河，還有去年發生在那個妓女身上的恐怖案子——父親用眼色阻止他往下說。

警察離開後，父親再次在床畔坐下，第一次問我到圖書館去做什麼。我解釋說我在做功課，我喜歡放學後到那兒做功課，因爲閱覽室很安靜、很舒服。我很害怕他接著就要問我，爲什麼挑上中世紀收藏室，但他沈默下來，我鬆了一口氣。

我沒有告訴他，在我尖叫、圖書館陷入混亂之際，我直覺的把賓勒茨先生臨死時手拿著的那本書，塞進我的書包。警察進入閱覽室時，當然搜索過我的書包，但他們對那本書不置一詞——他們怎麼會注意到它呢？書上沒有血跡。那是一本十九世紀出版的法文書，介紹羅馬尼亞的教堂，它落在地上，攤開的那頁正好是斯納格布湖教堂，由瓦拉基亞的伏拉德三世斥鉅資興建。根據教堂後堂凸室平面圖下方的簡短說明，傳統認爲他的墓就在這座教堂裡，位於祭壇前方。但作者指出，斯納格布一帶的居民另有一套說法？我很好奇，但沒有其他關於這座教堂的資料。後堂的平面圖也看不出什麼異常之處。

父親小心翼翼的坐在醫院病床邊緣，搖著頭。「從今以後我要妳在家裡做功課，」他低聲說。我眞希望他沒說這句話；我本來也不會再走進那座圖書館了。「如果妳覺得難過，克雷太太可以陪妳睡同一個房間。妳想來看醫生，我們隨時可以再來。告訴我就是了。」我點點頭，雖然我寧願跟那段關於斯納格布教堂的描述獨處，也不要克雷太太在旁。我思索著要不要把那本書扔進我們的運河——跟警察口中的腳踏車相同下場——但我知道我遲早會想要重新翻開它，在明亮的白晝閱讀它。我這麼做可能不僅是爲自己，也爲了像祖父般慈祥的賓勒茨先生，目前他正躺在市內某處的停屍間。

幾個星期後，父親說他覺得出外旅行可能對我的神經有益，我知道他眞正的意思是不想把我留在家中，帶我同行他比較放心。他解釋說，法國人希望在那年冬季展開跟東歐談判前，能先跟他基金會的代表磋商，我們要去跟他們做最後一次晤面。這也是地中海沿岸最值得一遊的時光，成群結隊的觀光客已經離開，但景色還沒有變得荒涼。我們仔細研究地圖，很高興的發現法國人捨棄了他們通常會選擇的巴黎，挑中西班牙邊界附近一處隱密的度假村——靠近精緻美麗的柯里歐爾，父親竊喜道，還有其他類似的好所在。我提醒他，往內陸再走一小段路，就是勒班恩和東方庇里牛斯山的聖馬太，但一聽這話，父親臉上就起了陰霾，他轉而沿海岸尋找別的有趣的地名。

我們在投宿的旅館陽台上吃早餐，置身清新空氣中的感覺那麼美好，父親跟其他穿黑西裝的男人到會議廳去時，我留連在那兒，老大不情願的取出課本，三不五時便掉頭眺望幾百碼外那片碧藍的海水。我正在啜飲第二杯帶著苦味，靠一塊方糖，外加成堆的新鮮麵包才能下嚥的歐陸巧克力。照在老房子上的陽光，在乾爽的地中海氣候裡，予人永恆的感覺，永遠清澈的光，好像從來沒有暴風雨敢接近這些海灣。從我坐的地方可以看見幾艘老式帆船，在美麗的大海邊緣浮漾，有群顯然是一家人的小小孩，跟著母親，拿著水桶，穿著（在我看來）奇形怪狀的法國式泳裝，走到旅館下方的沙灘上。海灣在我們右側呈一個大弧度，突起幾座鋸齒狀的山峰。一座山頂上有個荒廢的城堡，顏色跟岩石雷同，枯草與橄欖樹徒勞無功的往它身上攀爬。清晨天空扣人心弦的蔚藍，一路延伸到它後方。

我忽然心頭湧起一種不能隸屬這個地方的痛楚，我妒忌那群心滿意足得讓人無法忍受，有母親陪伴的孩童。我沒有母親，也不能過正常生活。我甚至抓不住「正常生活」的眞正意義，但就在我翻開生物學課本，找尋第三章的開端時，我隱約想著，那大概就是住在固定的地方，有母親和父親，每天晚上共進晚餐，有個家，旅行意味著偶爾到海濱度假，不是永無止境游牧民族般的生活。我怒目瞪著那些拿著小鏟子鑽進沙堆的孩子，確信這些小生物也永遠無須面對來自歷史陰暗面的威脅。

然而，低頭看著他們光滑的小腦袋，我知道他們確實也受到威脅；只不過他們不自知而已。我們都很脆弱。我顫抖一下，瞥一眼手錶。再過四小時，父親和我就要在這個陽台上吃午餐。然後我再讀一點書，五點鐘過後，我們會一起到點綴著近處地平線的那座廢棄古堡附近散步——父親說，從那兒可以看到海灣另一頭的柯里歐爾，海水沖刷的小教堂。一天下來，我學了更多代數，幾個德文動詞，讀完一章玫瑰戰爭的歷史，然後——是什麼？在那片乾燥的峭壁上，我會聽父親講下一段故事。他不大願意說，低頭望著地上的沙礫，或用手指敲打幾個世紀前開採出來的石塊，迷失在自己的恐懼當中。只有靠我來繼續研究它，把碎片拼湊完整。下面有個孩子尖聲叫喊，我一驚，打翻了可可。

15

父親說，我讀完羅熙的最後一封信，心頭泛起一種新的悲傷，好像他第二度失蹤。但現在我確信，他的失蹤跟警方假設的什麼搭巴士去哈特福，或某個遠在佛羅里達州（或倫敦）的親戚生病等等，都沒有關係。我拋開雜念，專心閱讀他留下的其餘文件。先閱讀，充分吸收。然後做一份編年表，開始——慢慢來——找尋結論。我不知道羅熙在訓練我的時候，是否已預感到此舉可能保障他求生的機會。這就像一場高難度的期末考——我眞誠的希望這不會是我們兩人的末日。雖然我告訴自己，讀完所有資料前，我不做任何計畫，但我已大致有個概念，知道自己可能必須採取何種行動。於是，我再次拆開那個褪色的包裹。

接下來三份文件都是地圖，正如羅熙所說，每幅地圖都是手繪，看起來也都不比那些信件古老。當然：這就是他在伊斯坦堡圖書館檔案室看到的那幾幅地圖，他在那場恐怖的奇遇後，憑記憶製作的副本。第一幅地圖上，我看到大片山巒，用許多倒V形的記號表示。山嶺形成兩個從東到西的半月形，橫跨整頁，在西側仍有密集的山峰。地圖北側有條寬闊的河彎彎流過。看不見任何城市，不過西側山裡有三、四個小小的X記號，可能代表城鎮。這幅地圖上沒有地名，但羅熙——筆跡跟最後一封信相同——在邊緣上寫道：「不信且以非信徒身份死去的人，眞主、天使與眾人的詛咒降臨他們身上。（古蘭經）」另外還有幾個類似的段落。我不知道這張圖上的河，是否就是他認爲他書上的龍尾象徵的那條河。不過不對；他指的是比例最大的那幅地圖，圖一定在這兒。我詛咒害我無法目睹原始地圖的種種因素——每一件事；儘管羅熙的記憶力過人、字跡工整，但原始文件和複製本之間難免有遺漏和舛誤。

下一幅地圖的焦點集中於第一幅地圖裡的西部山區。我再次看到三個X記號，標示的位置與第一幅圖中相同，這兒出現一條較小的河，蜿蜒流過山間。仍然沒有地名。這幅地圖最上端有羅熙的字跡：「（同樣的古蘭經句，重複）。」好吧，那時候的他，已經跟我認識他的時候同樣細心了。但這兩幅地圖給的輪廓都太簡略、粗糙，無法跟我見過或研究過的任何地區聯想在一起。沮喪像發燒般在我體內升起，我費力的將它壓抑下去，強迫自己專心。

好在第三幅圖比較有意義，雖然現階段我還不確定它能告訴我什麼。它大致的輪廓的確跟我和羅熙的龍書上刻畫的凶猛怪獸類似，不過若沒有羅熙的發現，我可能不會馬上注意到此事。這幅地圖上有相同的倒三角形山嶺。這裡的山畫得非常高，形成南北走向的山脈，有條河蜿蜒流經山中，注入一個類似水庫的地方。這爲什麼不可能是羅馬尼亞斯納格布湖，就如卓九勒墳墓的傳奇所說？但，正如羅熙指出，這條河較寬的部分沒出現小島，它也怎麼看都不像一個湖。X記號仍然出現，這次旁邊有細小的斯拉夫字母。我猜它們就是羅熙提到過的小村莊。

我看到這幾個分散的村莊中間勾勒出一個方塊，羅熙在裡面寫道：「（阿拉伯文）殺死土耳其人的惡魔之墓。」方塊上方畫了一條精緻的小龍，頭頂一座城堡做爲王冠，下面寫著更多希臘字母，以及羅熙的英文翻譯：「以邪惡爲居所者在此。讀者，一個字便能起他於地下。」這幾句話有種不可思議的力量，像一句咒語，我情不自禁張口高聲朗誦，但我立刻咬緊雙唇，制止自己。可是它們卻在我腦海裡產生一種類似詩句的節奏，令人厭惡的迴盪了好幾秒鐘才停歇。

我把地圖放在一旁。看到它們讓人心生恐懼，就跟羅熙描述的一樣，更奇怪的是這些並非原始版本，而是他自行仿造的副本。這徹底證實他告訴我的一切絕非虛構，繪製這些地圖的動機也不是惡作劇。這整件事，除了他的信，沒有別的第一手資料。我用手指敲打著書桌。今晚我書房裡的鐘，發出的滴答聲似乎特別響亮，百葉窗外面泰半黝暗的市區似乎也太靜止，我好幾個小時沒有進食，兩腿痠痛，但我不能就此停頓。我瞄一眼那幅巴爾幹半島的公路地圖，表面上看不出什麼不尋常之處——沒有任何手寫的記號。羅馬尼亞的觀光小冊也平凡無奇，雖然它的英文翻譯有很多奇怪的句子，例如：「請享用我們青翠而驚人的農村」。剩下需要檢視的項目就只有羅熙親筆抄的筆記，和一個從開始就引起我注意的小信封。我本來打算把那個信封留到最後才拆，因爲它是密封的，但我已經等不及了。我從書桌上的紙堆裡找出拆信刀，小心拆開封口，抽出一張筆記用紙。

又是那第三幅地圖，畫著彎曲的龍形河流和崇山峻嶺。這幅圖以黑色墨水複製，跟羅熙的版本一樣，但筆跡略有不同——仔細觀察，你會發現它複製得不錯，但稍嫌拘謹、過時、華而不實。雖說我讀過羅熙的信，看到它跟這地圖另一個版本最大的不同時，應該早有心理準備，但我仍覺得如受雷殛：以方塊標示的墓地位置和它的守護龍上方，有這麼一排字：巴特羅繆•羅熙。

我壓抑種種假設、恐懼、論斷，用意志力強迫自己把那張紙放在一旁，開始閱讀羅熙的筆記。前兩項他顯然抄自牛津大學和大英博物館圖書館的檔案，其中內容他都已經講給我聽了。有一個伏拉德•卓九勒生平事蹟與戰功的簡表，還有一張表列出幾個世紀來，提及卓九勒的若干文學與歷史文獻。接下來還有一頁寫在不同的筆記紙上，記錄的日期是他赴伊斯坦堡之行。「根據記憶謄寫，」他快而端正的筆跡寫道。我知道這就是他在檔案室遭遇那件事後，匆匆抄下的資料，他憑記憶畫下地圖後，隨即前往希臘。

這份筆記列出伊斯坦堡圖書館收藏，穆罕默德二世時代留下的文獻——至少是羅熙認爲跟他的研究有關的部分——三張地圖、記載喀爾巴阡對抗鄂圖曼戰役的捲軸、以及那一帶邊界上鄂圖曼商人的貨物交易帳冊。這些東西在我看來，意義都不大；但我不知道羅熙被那個相貌獰惡的官員打斷時，他的研究到底做到哪個階段，他提及的記錄戰役和貿易帳目的捲軸，是否包含穿心魔伏拉德死亡或下葬的線索？羅熙有沒有眞正看完這些東西，或他只來得及列出檔案中可能有用的資料，然後就被嚇跑了？

但檔案圖書館文獻清單上的最後一項東西，讓我大吃一驚，所以我拿著它多看了幾分鐘。「書目，龍騎士團（部分爲捲軸）。」讓我驚訝且沈吟良久的原因在於，這是一則非常沒有價值的資訊。羅熙習慣把筆記抄得鉅細靡遺，不需要多做解釋；他常說，筆記就該這麼寫才有用。他簡簡單單只寫「書目」二字，指的是圖書館已經把館藏的所有龍騎士團資料，列出一份清單嗎？如果是這樣，爲何「部分爲捲軸」呢？這材料本身一定也非常古老，我猜——或許是早在龍騎士團活躍的時代就收藏了。這張紙上還有很多空白，爲什麼羅熙不進一步解釋呢？難道他已證實這份不明書目與他的追尋無關？

種種思緒，牽涉到一個那麼遙遠、羅熙那麼多年前去查過資料的檔案圖書館，根本不像是追查他下落的線索，我氣鼓鼓扔開那張紙，忽然對這種猜謎遊戲式的研究感到厭煩。我希望馬上獲得答案。其實，除了戰爭記錄、帳冊，以及那份古老書目的內容之外，羅熙都鉅細靡遺的跟我分享他的發現。這已經很讓人意外，因爲羅熙一貫的作風都是言簡意賅；更何況，他很奢侈的（如果可以用這個字眼）以長篇大論的信，做了很多解釋。然而我所知仍然很有限，只知道自己下一步可能必須採取的行動。現在大信封令人沮喪的完全空了，最後這批文件提供的訊息，我都已經從他信中得知，沒什麼額外的補充。我也想到，必須儘快開始行動。我經常通宵熬夜不睡，再花一個小時，我或能整合羅熙過去遭受的生命威脅，從中找出一點頭緒。

我站起身，覺得全身關節僵硬，落落寡歡的走到小廚房去煮點湯喝。我伸手去取乾淨的鍋子時，突然發現我的貓沒有來享用我通常跟牠一塊兒吃的晚餐。牠是一隻流浪貓，我常懷疑我並非牠唯一的主人。但每到晚餐時間，牠都會等在我窄小的廚房窗口，從火災逃生梯向裡張望，讓我知道牠想吃該牠的那罐鮪魚，或偶爾我龍心大悅時，特別招待牠的一盤沙丁魚。我逐漸樂於看到牠跳進我沒有生氣的公寓，伸著懶腰，放肆的叫喚著邀人憐愛。吃完東西，牠經常出去溜達一會兒，然後回來睡在沙發一頭，看我燙襯衫。有時我覺得在牠滴溜滾圓的黃眼睛裡看到一抹溫柔，雖然那也可能是憐憫。牠非常強壯，肌肉發達，一身黑白相間的柔軟毛皮。我叫牠林布蘭。想到牠，我拉開窗簾，把窗推開，喚牠的名字，等待貓足躍上窗沿的輕巧聲音，但只聽見市區傳來遙遠的車聲。我低下頭，向外探望。

牠的身軀怵目驚心，非常詭異，好像牠玩耍中滾到那兒，忽然癱瘓了。我溫柔小心把牠抱進廚房，立刻注意到斷裂的脊椎和軟塌塌的腦袋。林布蘭的雙眼睜得我從未見過那麼大，牠的嘴張開像要發出恐懼的咆哮，牠的前爪箕張，爪尖外露。我立刻知道，牠絕不可能自己墜落在那兒，那麼精確的掉在窗台上。殺死這樣一隻貓需要又大又強壯的掌握——我撫摸牠柔軟的毛皮，憤怒從恐懼底下湧起——加害者一定會被抓甚至被咬得很慘。但我的朋友已經無可挽回的死了。我輕輕把牠放在廚房地板上，胸腔裡充滿一股火辣辣的恨意，然後我才發覺，手中牠的遺體還是溫暖的。

我反轉身子，把窗戶關好，鎖上插銷，然後瘋狂思索下一步怎麼辦。我該如何保護自己？窗戶都已上鎖，門也都上了雙重栓。但我對於來自過去的恐怖了解多少？它會像霧一般從門縫底下滲入室內？或震碎玻璃，直接闖入？我四下張望找尋武器。我沒有槍——但槍一向對付不了吸血鬼電影裡的貝拉•魯格西，除非主角有一枚特製的銀子彈。羅熙的建議是什麼？「我不會隨時隨地都在口袋裡塞幾顆大蒜，不會的。」還有：「我相信你可以憑藉自身的善良，道德意識，隨你怎麼稱呼它——我願意相信我們大多數人都有這種能力。」

我在廚房一個抽屜裡找到一條乾淨毛巾，輕輕裹好我朋友的屍體，將牠放在前門口。明天我會埋葬牠，如果明天照常來臨的話。我打算把牠埋在公寓的後院——掘一個深坑，狗挖不到的地方。現在我幾乎吃不下什麼東西，但我還是做了一碗湯，還切了一片麵包配著吃。

然後我再次坐在書桌前，整理羅熙的文件，將它們整齊放回原來的信封。我把我那本神秘的龍書放在最上面，小心不讓它翻開。我在這堆東西上面，又放了一本赫曼的經典之作《阿姆斯特丹的黃金時代》，這一直是我最喜歡的書之一。我打開我的論文筆記，攤在書桌正中央，又把一份介紹烏特列支商會的小冊子放在面前，這是從圖書館影印來的，我還沒有瀏覽。我把手錶放在手邊，看到指針指著十一點三刻，讓我興起一陣迷信的戰慄。明天，我告訴自己，我要去圖書館蒐集有助應付未來日子的資料，以最快的速度讀完。多了解一點有關銀針、大蒜花圈、十字架的用途，絕對沒有壞處，既然村夫野婦已經用這些偏方對抗不死族，長達數百年。這最起碼也是對傳統有信心的表現。目前我只有羅熙的忠告，但只要羅熙幫得上忙的事，他還沒有讓我失望過。我拿起筆，埋頭讀我的小冊子。

集中注意力對我從來沒有這麼困難過。我全身每一條神經都似乎在對室外的某個魔物提高警戒，如果可以這麼稱呼它的話，我好像是用心靈而非耳朵聆聽它在窗外梭巡。我努力使自己堅定的處於一六九〇年的阿姆斯特丹。我抄下一個句子，緊接著下一句。距午夜四分鐘。「蒐集荷蘭水手生活的軼事。」我在紙上寫道。我想著那些商人，在他們已經很古老的公會裡團結一致，從他們的生活與貨物之中牟取最大利益，每天落實他們相當單純的責任意識，用經商盈餘建立照顧窮人的醫院。距午夜兩分鐘，我寫下小冊子作者的名字，以便進一步查閱資料。我在筆記上寫著：「探討商人對市內印刷廠的影響。」

我手錶上的秒針猛然一跳，我也跳了起來。只差一點點就十二點了。印刷廠可能極其重要，我知道，強迫自己坐在那兒，不得回頭張望，如果其中有幾家是在商會控制之下，那就更加重要。商會是否眞的買下某幾家印刷廠的控制權，甚至獨資經營？印刷業者也有自己的工會嗎？當時的環境下，荷蘭知識份子對出版自由持何種看法？對印刷廠所有權有何影響？我對這題目發生了興趣，暫時忘懷我的危機，試著回想我讀過有關阿姆斯特丹與烏特列支早期出版業的資料。忽然我覺得空氣完全靜止，然後緥緊的氣氛如琴弦啪地一聲斷裂。我看一眼手錶，十二點過三分。我呼吸恢復正常，筆也流暢滑過紙張。

監視我的那個東西並沒有我擔心的那麼聰明，我想道，仍小心翼翼工作不輟。顯然不死族根據外表做論斷，我表現出接受藉由林布蘭傳達的警告，專心做我例行的工作。我不可能長時間掩飾我眞正的行動，但今晚我外在的表現是我唯一的護身符。我把檯燈挪近一點，把心思投注到十七世紀，又工作了一小時，加深撤退到工作之中的印象。我一邊假裝振筆疾書，一邊跟自己討論。羅熙最後一次遭受威脅是一九三一年，他自己的名字被寫在穿心魔伏拉德的墳墓上方。兩天前，羅熙並沒有死在自己的書桌前，然而我如果不夠小心，說不定會輪到那種下場。他也沒有像賀吉斯那樣，受傷倒在走廊裡。他被綁架了。他可能躺在別的地方等死，當然，但在確知結果之前，我必須希望他還活著。從明天開始，我必須親自找到那座墳墓。

父親坐在那座古老的法國古堡上眺望大海，就像他隔著聖馬太的深谷注視老鷹翱翔盤旋。「我們回旅館去吧，」他終於道。「白晝已經變短了，妳注意到了嗎。我可不想日落以後在這兒被堵到。」

我按捺不住，挑釁的問：「堵到？」

他嚴肅的看我一眼，好像在斟酌怎麼作答可以降低風險。最後他說：「山路很陡峭。我可不想摸黑穿過那片樹林。妳呢？」他也會挑釁，我明白了。

我低頭往下看，銀色的橄欖樹叢已經變成灰白色。每棵樹都顯得扭曲，掙扎著要抓住一度保護它——或它們的祖先——免於阿拉伯火炬的古堡廢墟。「嗯，」我答道：「我也不想。」

16

十二月初，我們再次上路，夏季那幾趟地中海之旅的慵懶情調變得很遙遠。亞得里亞海的勁風拂亂我的頭髮，我喜歡這種感覺，喜歡它的笨拙魯莽；就像一頭粗手大腳的野獸，硬要往港灣裡每樣東西上攀爬，吹得現代化旅館前面的旗幟劈啪作響，猛力拉扯著木板步道兩旁梧桐樹的枝梢。「什麼？」我喊道。父親指著皇宮的最高層，又說了幾句聽不清楚的話。我們一起扭頭觀望。

晨光中，戴克里先⓱一手興建、線條優美的堡砦矗立在我們上方，為了看到它的最高處，我差點仰天摔倒。美麗的廊柱之間的空隙大部分都被填滿了——稍早父親解釋給我聽，很多人瓜分這棟建築當住家，所以它的正面到處可見羅馬人從其他建築物洗劫來的大理石，產生補丁似的奇怪效果。地下水或地震又留下許多條長長的裂縫。堅韌的小植物，甚至有幾棵樹，從裂隙裡長出來。風拍打著三三兩兩沿碼頭散步的水手的寬衣領，他們的臉襯托著白色制服呈古銅色，理成小平頭的黑髮閃亮如鋼絲刷。我跟著父親繞過這棟建築，踩著掉落地面的黑胡桃和梧桐樹落葉，走到它後方羅列著紀念碑而有尿臊味的廣場。我們正前方聳立一座奇形怪狀的塔，迎風而立，裝飾得像塊蛋糕，一個又高又細的結婚蛋糕。這兒安靜多了，我們無須再喊叫。

「我一直想看這個，」父親用正常聲音說。「妳有興趣爬上塔頂嗎？」

我一馬當先，精力十足跑上鐵製階梯。我不時從大理石方孔裡瞥見碼頭附近的露天市場，那兒的樹已變色成金褐，對照之下，海邊的柏樹色澤偏黑而不像綠色。愈爬愈高，我看見腳下海港裡湛藍的海水，度假的

⓱譯註：Diocletian，284-305為羅馬皇帝。

水手小小的白色人影，在露天咖啡座之間徘徊。我們旅館的後面可以望見遠方丘陵起伏，像一個個箭頭指著使用斯拉夫語的內陸，待會兒父親就要介入在那兒蔓延的低盪⓲漩渦。

我們在最高一層屋頂下停步喘口氣。只有一層鑄鐵甲板支撐我們不致墜地；從這兒我們可以透過蛛網般交錯的階梯一直看到地面，我們剛經由這些梯階爬上來。從石砌的窗格望出去，周遭的世界無限延伸，每處開口都低得足以讓粗心大意的遊客跌下九層樓，摔到下面廣場的鋪地石板上。我們挑選正中央的長椅坐下望海，靜靜坐著，安靜到有隻褐雨燕飛進來，牠的翅膀頂著強勁的海風彎成弓形，轉眼消失在屋簷下。牠喙間有什麼燦然發光的東西，當牠飛進來時正巧反映到水面上的陽光。

父親說：讀完羅熙文件的次日，我醒得很早。我從來沒像那個早晨那麼高興看見陽光的。我第一件處理的事很感傷，就是埋葬林布蘭。然後我毫不流連，在圖書館一開門時就趕到那兒。我要花一整天時間爲下一個來臨的夜晚做好準備，抵擋來自黑暗的下一波攻勢。許多年來，夜晚對我一直很友善，像一個我可以安靜閱讀和寫作的繭。現在它是個威脅，無所遁逃的危險就在距我不過幾小時外。過不久我可能還得出外旅行，要做各式各樣的準備。我懊惱的想著，要是能早點知道自己要去哪兒，情況或許會簡單一點兒。

圖書館的大廳很安靜，只聽見圖書館員各忙各的腳步聲在迴響；這麼早幾乎沒有學生來，我起碼可以清靜半小時。我一頭鑽進圖書目錄的迷宮，掏出筆記本，逐一抽出我需要的抽屜。有幾本關於喀爾巴阡的書，一本外西凡尼亞民間故事集。一本談吸血鬼的書——古埃及傳說。我不知道世界各地的吸血鬼是否都相同。埃及吸血鬼像不像東歐吸血鬼？那是考古學家的研究，不適合我，但我還是把那本埃及民俗研究的索書號抄下來。

⓲譯註：détente 為冷戰用語，指國際間緊張的局勢轉趨緩和。

然後我查卓九勒。目錄裡的主題與書名混雜在一起，介於「阿里•卓布」與「龍在亞洲」之間，起碼該有一筆紀錄，也就是布蘭姆•史托克所著《卓九勒》的書名卡，我昨天看到那個黑髮年輕女子正在閱讀的那本。或許這樣的經典作品，圖書館會收藏兩冊。我立刻就需要它：羅熙說它是史托克研究吸血鬼傳奇的心血結晶，或許能提供一些我用得著的護身術。我從前翻到後，又從後翻到前，但就是沒有「卓九勒」這個條目——沒有，什麼也沒有。我不預期傳奇成為學術研究的重要主題，但總該有這麼一本書登錄在某處吧。

然後我看到，介於「阿里•卓布」和「龍」之間，確實應該有東西的。抽屜底部殘留一小片碎紙屑，顯然至少有一張卡片被抽掉了。我連忙去看「史」字首的抽屜。那兒也不見史托克的條目——只有更多粗心大意偷竊的痕跡。我頹然坐在最近的一張木凳上。這太奇怪了。為什麼有人要毀掉這幾張特定的卡片呢？

最後借出這本書的人是那個黑髮女孩，這一點我知道。她要消滅自己借過這本書的證據嗎？但如果她要偷或藏這本書，為何又公然在圖書館裡閱讀呢？抽掉卡片的一定是別人，也許是個不願意別人在這兒查到那本書的人，但動機是什麼呢？不論是誰下的手，手法都太倉促，沒有清理乾淨殘跡。我再次從頭思索。書目是神聖不可侵犯的；任何學生把裝卡片的抽屜留在外面不放回原位，被工作人員或圖書館員逮著，都會訓斥一頓。所以破壞目錄的行為當然要動作快，把握附近無人的空檔。如果犯下這種罪行的不是那個年輕女子，那麼她可能也不知道有人不願意這本書出借。書就有可能還在她手中。我連跑帶走衝往櫃臺。

這座圖書館興建的年代，正值羅熙即將完成他在牛津的研究同時期，古典哥德式建築復古風格臻於顚峰，我一直欣賞它美麗中帶詼諧的情趣。要到櫃臺，我必須經過一段很長的教堂式大廳。借還書櫃台位於眞正教堂祭壇應在的位置，上方有聖母——該說是知識之母——的壁畫，她身穿藍色長袍，臂彎裡抱一大落天國之書。在這兒借書就像領聖體一樣神聖。但是今天，這套安排對我而言卻是最諷刺的笑話，我跟圖書館員說話時，努力不去看聖母漠然的臉，盡量不流露慌亂的心情。

「我要找一本目前不在架上的書，」我開始道：「我想知道它是否借出，什麼時候歸還。」

圖書館員身材矮小，面無笑容，約六十歲，放下工作，抬起頭。「請告訴我書名。」她道。

「《卓九勒》，作者是布蘭姆•史托克。」

「請等一下，我看它在不在。」她翻檢一個小盒子，面無表情。「抱歉。借出去了。」

「哦，眞不幸，」我眞心誠意地說。「什麼時候歸還？」

「還有三個星期。昨天才借出的。」

「恐怕我等不了那麼久。妳得知道我在教一門課……」這麼說通常效果奇佳。

「我們很歡迎你把它列入指定參考書，」圖書館員冷冰冰地說。她轉過精心梳理的滿頭灰髮，背對著我，一副要回去工作的模樣。

「也許被我的學生搶先借去預習了。如果妳能告訴我借書人的名字，我可以親自跟他聯絡。」

她嚴厲地審視我。「平常我們不這麼做的，」她道。

「這是緊急狀況，」我據實以告。「老實告訴妳吧。我馬上要用那本書裡的一個段落出考題，而且呢——呃，我把我自己那本書借給一個學生，卻被他弄丟了。這是我的錯，但妳知道這種事難免會發生的，學生嘛。我早該考慮到的。」

她的表情軟化了一點，幾乎有點同情我。「眞糟糕，不是嗎？」她點點頭說。「我們每學期都丟一大堆書，眞的。好吧，我看看能不能幫你找到姓名，可別到處張揚說是我洩露的，好嗎？」

她轉身去翻尋身後的一個櫃子，我站在那兒反省我忽然發現自己擁有的雙重人格。從什麼時候開始，我學會這麼流利的撒謊？這給我一種略帶忐忑的樂趣。我站在那兒時，發現有個原本站在大祭壇後面的圖書館員挨近過來，盯著我看。他是個瘦削的中年男子，我常在圖書館裡看到他，他只比這位女同事略高一點兒，衣著寒酸，斜紋呢外套，領帶上有污漬。或許因爲我曾經注意過他，所以他外貌上的改變讓我大感意外，嚇了一跳。他氣色很差，非常憔悴，好像患了重病。「我可以效勞嗎？」他忽然問，好像擔心如果不來招呼我，我就會從櫃臺偷竊什麼東西似的。

「哦，不用了，謝謝你，」我指指那位女館員的背影說：「已經有人在幫我忙了。」

「我明白了，」他走到一旁，女館員拿著一張小紙條回來，把它放在我面前。就在那一刻，我不知道該往哪裡看才好——我一陣眩暈，紙條好像在眼前浮動。因爲那第二個圖書館員站在一旁，他低頭察看一堆歸還到櫃臺、有待整裡的書。他彷彿近視的低頭湊在書上時，綻了線的領口便露出一截脖子，我看見上面有兩個雖然結了痂卻顯得狼籍的傷口，些許血跡在傷口下方的皮膚上形成交錯的花紋。然後他站直身子，抱著書走開了。

「這就是你要的嗎？」女館員問我。我低頭看她遞過來的紙條。「你看，這就是史托克《卓九勒》的卡片。館藏只有一本。」

那個形容猥瑣的男館員忽然把一本書掉到地上，砰的一聲震得大堂裡滿是回音。他挺起身子直瞪著我，那一刻之前，我從沒見過那麼充滿仇恨與警戒的眼光。「這就是你要的書，對吧？」女館員不放鬆的追問。

「哦，錯了，」我說，我思路飛轉，努力把持住自己。「妳一定誤會了。我找的是吉朋的《羅馬帝國衰亡史》。我告訴過妳，我教的一門課用它當教材，我們需要多保留幾本。」

她鎖緊眉頭。「但是我以爲——」

即使是在那麼不愉快的時刻，我還是不願意傷她的感情，因爲她曾經給我那麼大的通融。「沒關係，」我說。「也許是我查得不夠仔細。我再去書目櫃那兒看個清楚。」

但一提到「書目」二字，我就知道自己露出了馬腳。那個男館員眼睛瞇得更細，輕輕移動他的頭，就像一頭盯著獵物動態的野獸。「非常感謝，」我禮貌的小聲說，就走開了。沿著寬闊的走道向前走時，我可以感覺那雙鋒利的眼神一路鑽進我的背脊。我僞裝了一會兒檢索書目的姿態，就闔攏手提包，快步走出圖書館，這時用功的學生已絡繹進來，做他們晨間的功課了。我在室外盡可能選陽光最燦爛的地方，找一張長凳坐下，背倚著新哥德式的圍牆，這樣我看得見四周來去的每一個人。我需要五分鐘坐下來思索——羅熙總告訴我們，思考的效益決定於時機的拿捏，與花多少時間無關。

但排山倒海而來的資訊多得我來不及消化。在那令人眼花撩亂的一刻，我不僅瞥見圖書館員受傷的脖子，也看到搶先我一步借走《卓九勒》的人的名字。她名叫海倫•羅熙。

風很冷，風勢也變強了。父親在此停頓，從相機包裡取出兩件防水夾克，我們一人一件。他總把它們捲成很小一團，跟照相裝備、帆布帽和一個小急救包放在一起。我們一言不發，把夾克罩在外套上，他繼續往下說。

□

坐在暮春的陽光下，看著大學慢慢甦醒，展開新的一天，我忽然妒忌起所有那些形色如常、步履匆忙的學生和教職員。他們把明天的考試當作重大的挑戰，系裡的人事糾葛足以構成精彩的戲劇，我尖酸的想道。他們不能理解我的困境，也不能給我任何援助。我忽然覺得好孤單，孤立在我的系所、我的宇宙之外，一隻被逐出蜂巢的工蜂。想起來眞覺得不可思議，才不過四十八小時，我就陷入這樣的處境。

我得清晰的思考。首先，我親眼看到羅熙告訴我的情形：有個與羅熙面臨的威脅無關的人——一個不愛乾淨、行爲怪誕的圖書館員——脖子上有咬痕。就這麼假設吧，我對自己開始相信如此荒唐的事幾乎要放聲大笑，但我告訴自己，姑且假設我們那位圖書館員被吸血鬼咬過吧，而且是最近發生的事。不過兩天前的晚上，羅熙被挾持離開他的辦公室——我提醒自己，還流了血。如果卓九勒在此肆虐，他感興趣的對象除了學術界的菁英（我聯想到可憐的賀吉斯），似乎也包括圖書館和檔案室的管理員。不對——我坐直身子，忽然想通了其中的模式——他專門挑中那些接觸與他的傳奇有關檔案的人。最先是伊斯坦堡那個從羅熙手中搶走地圖的官員。史密松尼的研究員也包括在內，我想到羅熙的最後一封信。然後還有一直處於威脅之下的羅熙，他持有一本「珍奇善本書」，還看過其他可能有關的文件。然後是那位圖書館員，雖然我還無法證實這位老兄經手過卓九勒的文獻。最後——我嗎？

我拎起手提包，快步走向學生活動中心的公共電話亭。「請接大學查號台。」就我目光所及，沒有人跟蹤我來此，但我還是關上門，對經過的人都充滿戒備。「請問海倫•羅熙小姐的電話有登錄嗎？是的，她是研究生，」我冒險一試。

接線生說話簡潔；我聽見她慢慢翻動紙張。「女研究生宿舍有一位H•羅熙，」她道。

「這就對了。非常感謝。」我抄下號碼，重新撥號。舍監接聽，她聲音尖銳，非常戒備。「羅熙小姐？是嗎？請問你是那位？」

哦，天啊。我沒考慮到還有這一關。「我是她哥哥，」我趕快說。「她告訴我撥這個號碼可以找到她。」

我聽見腳步聲走遠，更爲輕快的腳步走回來，拿起電話的窸窣聲。「謝謝妳，路易斯小姐，」一個遙遠的聲音說，好像要打發人走。然後她的聲音傳入我耳鼓，我聽見我在圖書館聽過的那個低沈、有力的聲音。「我沒有哥哥，」她道。聽起來像一個警告，而不是單純的事實陳述。「你是誰？」

父親在寒風中搓搓雙手，衣袖摩擦像縐紋紙般發出沙沙聲。海倫，我想道，雖然我不敢大聲複述這名字。我一直喜歡這名字；它讓我聯想到某種勇敢而美麗的東西，像我從前在美國家中有一本兒童版的《伊里亞德》史詩，卷頭插畫是帶有前拉斐爾畫派⑲神韻的特洛伊的海倫。最重要的是，它是我母親的名字，而父親一向絕口不提她。

我熱切注視著他，但他已經在說：「下面那些咖啡館供應熱茶。我要來一杯。妳呢？」我第一次注意到他的臉──英俊、機智的外交官的臉──堆積著濃鬱的陰影，圍繞在他眼睛四周，使他鼻子彷彿受到擠捏，好像他一直沒睡夠。他站起身，伸伸腰，然後我們望向兩旁令人暈眩的觀景窗，看了最後一眼風景。父親把我拉近一點，好像擔心我會摔下去。

❶❾譯註：Pre-Raphaelite 是羅塞蒂（Dante Gabriel Rossetti）為首的英國畫家在一八四八年組成的協會，畫風強調忠於自然，效法早於拉斐爾的義大利畫家。

17

才待了一天我就看出，雅典使父親既緊張又疲倦。我自己的心情卻非常興奮：我喜歡腐朽與生命力結合的感覺，各個廣場、公園、露出地面的古代紀念碑、正中央擺座獸欄囚禁一頭獅子的植物園、高聳的衛城基地四周蓋滿庸俗的餐廳雨篷，這一切都被廢氣噴個不停、塞得水洩不通的車陣包圍。父親答應我，一等他有空我們就去登高觀景。這是一九七四年的二月，將近三個月來，他第一次遠行，他不怎麼願意帶我同行，因爲他不喜歡在街上耀武揚威的希臘軍人。我則計畫盡量享受每一分鐘。

同時，我在旅館房間裡努力做功課，不時瞟一眼唯一的窗戶外面建滿寺廟的山岡，好像經過兩千五百年，它們還會突然長出翅膀飛走，剝奪我前去探索的機會。我看得見蜿蜒上山，通往帕德嫩神廟的大小道路和巷弄。那是一條緩慢的長路——沿途有白粉牆房舍和賣檸檬水的灰泥小屋，小徑上分佈幾家老菜場或廟口廣場，然後迴轉繞經一個鋪瓦片屋頂的社區。我從骯髒的窗戶只能看到這個迷宮的一部份。走到山頂會換到不同的視野，望見衛城居民每天坐在家門口就看到的景致。我在這兒想像著，滿目廢墟與市區建築遙遙相望，亞熱帶的花園，盤旋的街道，金頂或紅瓦的教堂在暮色中格外突出，像一顆顆彩石掉落在灰色的沙灘上。

更遠的地方可以看到公寓建築的遙遠的屋脊，比這家旅館更新的旅館，前一天我們搭火車經過的綿延郊區。再過去會有什麼，我只能猜測：太遠了無法想像。父親會用手帕擦擦臉。我偷看他一眼就知道，到了山頂，他不僅會爲我指點古代遺跡，也會讓我多看到一點他自己的過去。

父親說，我選的那家小餐廳距校園夠遠，讓我覺得可以脫離那個鬼頭鬼腦圖書館員的勢力範圍（照規定他工作時不能開溜，但他可能會到外面用餐），但又不至於遠到我約她去見面顯得不合情理，至少不是個斧頭殺人魔會把幾乎不認識的女人約去的荒涼所在。我不確定自己是否預期她會因懷疑我的動機而故意遲到，但海倫確實比我早到，所以我推開小餐廳的門時，看見她已坐在遠處的角落裡，解開藍色的絲巾，正脫下白色的手套——別忘了，那還是一個即使最不賣弄姿色的女學者，也要穿戴許多迷人而未必實用的配件的時代。她的頭髮光滑的挽在腦後，用髮夾固定，所以她轉頭看我時，我覺得比前一天在圖書館時，更有被看個通透的感覺。

「早安，」她冷冰冰地說。「我替你點了咖啡，因為電話上聽來你好像很疲倦。」

這讓我覺得她有點自做主張——她怎麼會知道我疲倦的聲音跟精神抖擻的聲音有什麼不一樣，萬一我的咖啡涼了怎麼辦？但我還是自我介紹姓名，跟她握手，努力掩飾不安的心情。我想立刻問她的姓氏來歷，但我覺得最好等候恰當的時機。她的手柔軟而乾燥，握在我手中覺得很冷，好像仍戴著手套。我拉出她身旁的椅子坐下，雖然目前的工作是捕獵吸血鬼，但我真希望身上的襯衫夠乾淨。她穿男式白襯衫配黑外套，顯得很嚴肅，卻是潔淨無瑕。

「我為什麼就覺得會再碰到你？」她的口吻幾乎是羞辱。

「我知道妳會覺得奇怪，」我坐直身子，盡可能直視她眼睛，沒把握是否來得及在她憤而起身離開前，把所有問題問完。「真對不起。這不是惡作劇，我也不是要騷擾妳或干擾妳工作。」

她順服的點點頭。注意看她的臉，我很驚訝發現她的輪廓——當然也包括她的聲音——既醜陋又優雅，這讓我打起精神，好像這個發現使她更有人性。「今天早晨我發現一件怪事，」我懷著新的自信開始說：「所以我才會突然打電話給妳。妳向圖書館借的那本《卓九勒》還在手頭嗎？」

她反應很快，但我更快，因為我早在期待她會退縮、本來已夠蒼白的臉孔完全失去血色。她戒備的說：「在啊。我跟圖書館借的書，關你什麼事？」

我不理會她的挑釁。「是妳把目錄櫃裡所有跟這本書有關的卡片都撕掉的嗎?」

這次她的反應眞實而毫不僞裝。「我什麼?」

「今天早晨我去目錄櫃查一些資訊——有關一個我們似乎都在研究的題目。我發現所有跟卓九勒或史托克有關的卡片都被人抽掉了。」

她綳緊臉,瞪著我看,她的醜相完全浮現,眼神明亮如炬。但就在那一刻,自從馬西莫高聲通報我羅熙失蹤的消息以來,我第一次覺得無比輕鬆,終於卸下了孤單寂寞的重擔。她可以嘲笑我虛張聲勢,但她沒這麼做,也沒有皺眉或表示困惑。最重要的是,她完全不像在玩弄詭計,我絲毫沒有跟敵人對話的感覺。雖然她力持鎭定,但她臉上只透露一種情緒:一種微妙而起落不已的恐懼。

「昨天早晨卡片還在,」她慢慢說,好像正放下武器,準備協商。「我先查《卓九勒》,有一項,只有一本。然後我想知道他們有沒有收藏史托克的其他作品,所以我也查了他的名下。那兒有好幾項,《卓九勒》也包括在內。」

侍者冷淡的把咖啡端到桌上,海倫看也不看就把她那杯拉到面前。我忽然非常懷念羅熙,他的咖啡遠比這兒高明許多——他殷勤的待客之道。對了,我還有其他問題要問這個奇怪的年輕女子。

「顯然有人不希望妳——我——任何人——借閱這本書。」我壓低聲音,注意她的反應。

「這是我聽過最荒唐的事,」她強烈反駁,同時把糖放進杯中攪動。但這句話似乎連她自己都不相信,我趁勝追擊。

「書還在妳手上嗎?」

「是啊,」她的咖啡匙墜落,發出不得體的撞擊聲。「就在我書包裡。」她低頭一瞥,我看到她前一天隨身攜帶的手提包放在她身旁。

「羅熙小姐,」我說:「請原諒,我恐怕接下來的話會讓妳覺得我瘋了,但我眞的相信,有人很明顯不希望妳持有那本書，持有它對妳很危險。」

「你怎麼會這麼想？」她問道，拒絕接觸我的眼神。「你認爲誰不願意我持有那本書？」她面頰上再度湧上一抹淡淡的暈紅，她帶著罪惡感，低頭看自己的杯子；只能以這種方式描述──她顯得滿懷罪惡感。我恐懼的懷疑她是否站在吸血鬼那一邊：吸血鬼新娘，我驚恐的想，星期天的午場電影飛快的一格格在我眼前播映。烏黑的頭髮很符合，濃重而無法辨識的口音，蒼白的皮膚上如黑莓漬印的嘴唇，品味高雅的黑白配裝扮。我堅決把這意念逐出腦海：那是幻想，太一廂情願迎合我過敏的情緒。

「妳眞的認識某個不希望你持有那本書的人嗎？」

「沒錯，確實是如此。不過那不關你的事。」她瞪我一眼，又低頭看她的咖啡。「你找那本書又是爲了什麼？你要我的電話，可以直接問我，根本不必這麼費事。」

這下子輪到我臉紅了。跟這個女人談話就像坐著不動等著挨巴掌，她出招毫無邏輯可言，所以你無從知道什麼時候會被打一記。「我沒打算要打電話給妳，直到我發現那些卡片被抽掉。我還以爲妳會知道是怎麼回事。」我不自然的說。「我迫切需要那本書。所以我到圖書館去察看有沒有第二本可供借閱。」

「結果沒有，」她氣鼓鼓地說：「所以你就十足有藉口打電話跟我要書。你想要我跟圖書館借的書，爲什麼不預約？」

「我現在就要，」我頂回去。她的語氣開始讓我冒火。我們可能都有嚴重的危機，她卻斤斤計較這次晤面的緣由，一口咬定我要勾搭她，然而事實並非如此。我提醒自己，她不可能知道我的困境多麼嚴重。我猜想，如果我告訴她全盤經過，她未必會認爲我發瘋。但這麼做也可能帶給她更大的危險。我情不自禁大聲嘆口氣。

「你要恐嚇我放棄這本書？」她的語氣緩和了一點，我瞥見她堅定的嘴角有些許笑意。「我看這就是你的企圖。」

「不，不是這樣的。但我想知道，妳認爲誰有可能不希望妳借閱這本書。」我放下杯子，直視坐在對面的她。

她不安的聳一下薄羊毛外套底下的肩膀。我看到一根長髮沾在她的衣襟上，是她自己的頭髮，但映著黑色衣料卻發出古銅色光澤。她似乎下定決心要吐露什麼。「你是誰？」她突如其來問道。

我決定從學術角度作答。「我是本校的研究生，讀歷史。」

「歷史？」非常迅速，幾乎是憤怒的質問。

「我在寫有關十七世紀荷蘭貿易的博士論文。」

「哦，」她沈默了一下。「我讀考古人類學，」最後她道。「但我對歷史也很感興趣。我研究巴爾幹半島與中歐的風俗與傳統，主要是我的祖國」——她把音量降低一點，但很可悲，沒有保密的成分——「羅馬尼亞。」

輪到我退縮了。眞的，這一切都愈來愈奇怪了。「這就是妳讀《卓九勒》的動機？」我問。

她的微笑讓我很感意外——潔白匀稱的牙齒，對這麼一張強硬的臉有點嫌小，眼睛亮了起來。然後她又抿緊雙唇：「我想你可以這麼說。」

「這不算回答我的問題，」我堅持。

「幹嘛回答？」她聳聳肩。「你百分之百是個陌生人，還想搶我從圖書館借的書。」

「妳可能有危險，羅熙小姐，我不是要威脅妳，但我很嚴肅。」

她眯起眼睛看著我。她說：「你在隱瞞某些事。你告訴我，我就告訴你。」

我從來沒見過這樣的女人，更不要說跟她們交談。她充滿鬥志，絲毫沒有打情罵俏的意味。我覺得她的話就像一池冷水，我來不及考慮後果就跳了進去。

「可以。但妳先回答我的問題，」我模仿她的口氣說。「妳認爲誰有可能不要妳接觸那本書？」

「巴特羅繆•羅熙教授，」她說，音調充滿諷刺和厭惡。「你讀歷史。可能你聽說過他？」

我張口結舌。「羅熙教授？什麼——妳是什麼意思？」

「我已經回答了你的問題，」她道。她坐直身子，拉拉外套，把一隻手套重新疊在另一隻手套上，彷彿完成一件大事的模樣。有個念頭在我心中轉瞬而過，她的話產生這麼大的影響，讓我結結巴巴說不出話，似乎令她頗感得意。「現在輪到你告訴我，這麼裝神弄鬼，說一本書會帶來危險，究竟是什麼意思。」

「羅熙小姐，」我道。「拜託一下，我會告訴妳一切。盡我所能。但是請妳先說明妳跟羅熙教授是什麼關係。」

她彎下腰，打開書包，取出一個小皮匣。「我抽煙你不介意吧？」我第二度看到她拋開女性化的防禦姿勢，流露男性化的閒適自在。「來一根嗎？」

我搖搖頭；我討厭香菸，雖然我差點就想從她清瘦、光緻的手中接下一支。她吸了一口菸，手勢非常熟練，然後若有所思道：「我不知道我爲什麼要把這種事告訴陌生人，大概是這個地方的寂寞影響了我。而且你看起來不像個愛嚼舌根的人，雖然天曉得我們系裡有一大堆這種人。」她語氣裡帶著少許怨懟，她的外國口音在這些字句中清楚的湧現。「但如果你遵守諾言……」她臉容一整，挺起上身，挑戰似的用手中香菸指著我。「我跟大名鼎鼎的羅熙教授關係很簡單。或者說應該很簡單。他是我父親。他在羅馬尼亞找尋卓九勒時遇見我母親。」

我的咖啡整個潑翻在桌上、我腿上以及我那件反正本來也不怎麼乾淨的襯衫上，也濺到她臉頰上。她用一隻手擦掉，瞪著我。

「我的天，眞對不起，眞對不起，」我拿著我們兩人份的餐巾，試圖清理。

「看來你眞的嚇了一大跳，」她不動如山，說道：「那麼你一定認識他囉？」

「是的，」我說。「他是我的指導教授。但他從來沒告訴過我有關羅馬尼亞的事，而且他——他從來沒告訴過我他有家眷。」

「他不會告訴你，」她聲音的森冷讓我不寒而慄。「我從來沒見過他，你知道，雖然我相信只是遲早而已。」她往椅背上一靠，粗魯地拱起肩膀，擺出警告我不得靠近的神態。「我只見過他一次，距離很遠，在上課的時候——試想，第一次見到自己的父親是在那種場合，那種距離之外。」

我把濕透了的餐巾揉成一團，把濕答答的餐巾、咖啡杯、咖啡匙，桌上所有的物品推到一旁。「爲什麼？」

「那是個很奇怪的故事，」她道。她看著我，但並沒有顧影自憐，反而是在評估我的反應。「好吧，這是個始亂終棄的愛情故事。」這句話用她那種口音說出來，感覺很奇怪，雖然還不至於讓我發笑。「也許不能稱之爲奇怪。他在我母親的村子裡遇見她，享受有她爲伴一小段時間，幾星期後就離開她，只留下英國的一個地址。他離開後，我母親發現自己懷孕了，然後她靠住匈牙利的姊姊幫忙，在我出生前逃到布達佩斯。」

「他從來沒告訴過我他去過羅馬尼亞，」我喉嚨沙啞得不像自己的聲音。

「不奇怪，」她恨恨的吸了一口菸。「我母親從匈牙利寫信給他，寫到他留下的地址，告訴他有關孩子的事。他回信說他不知道她是誰，如何找到他的姓名，他也從來沒去過羅馬尼亞。你能想像有這麼殘酷的事嗎？」她彷彿要用那雙變得又大又黑的眼睛看入我內心。

「你是哪一年出生的？」我一點也沒考慮到，向一位女士提出這種問題起碼該先道個歉；她跟我過去認識所有的人都那麼不一樣，常理好像完全不適用。

「一九三一年，」她淡然道。「我母親曾經有次帶我回羅馬尼亞住了幾天，那時我對卓九勒還一無所知，但即使在那時候，她就已經不肯回外西凡尼亞。」

「我的天，」我低聲對著美耐板的桌面說。「我的天。我以爲他什麼都告訴我了，但他沒提起這件事。」

「他告訴過你——什麼？」她立刻追問。

「爲什麼妳不跟他見面？他不知道妳在這兒嗎？」

她用古怪的眼神看我，但毫不扭捏地說：「這是一個遊戲，我想你可以這麼說。只是我的幻想。」她頓了一下。「我在布達佩斯大學的成績不錯。事實上，他們認爲我是個天才。」她宣布的口吻略帶一點謙虛。她的英文極好。我第一次發覺——好得匪夷所思。也許她眞的是天才。

「我母親連小學都沒有畢業，說來很難相信，雖然她後來受了點教育，但我十六歲就進了大學。當然我母親給我講過我的身世，即使東歐鐵幕消息封閉，但我們都知道羅熙教授著作等身——邁諾斯文化、地中海神秘宗教、林布蘭的時代。因爲他在著作中同情英國社會主義，我們的政府准許他的作品流通。我中學一直學英文——你想知道原因嗎？爲了可以用原文閱讀羅熙博士的作品。要找到他人在哪裡也不困難，你知道；我常凝視著印在書衣上的那所大學的名稱，發誓有朝一日要到那裡去。我考慮過每一件事。我培養所有正確的政治脈絡——開始的時候我要僞裝，我要向英國學習光輝的勞工革命。時機來臨時，獎學金隨我挑選。最近我們在匈牙利享有較多的自由，雖然每個人都沒把握蘇聯還會容忍多久。說穿了，他們也不過是另一種穿心魔。總之，我先到倫敦，待了六個月，然後四個月前，申請到來這兒做研究的獎助金。」

她吐出一團灰色煙霧，沈浸在思緒中，但她的眼神始終沒有離開我身上。我不禁想道，海倫用如此嘲諷的口吻談論她的政府，恐怕受政治迫害的機率還大於被卓九勒追殺。或許她已經向西方投誠。我決定以後有機會再問她這件事。還有以後嗎？還有她母親後來怎麼了？會不會這一切都是她在匈牙利編出來的，爲了跟知名西方學者的聲譽掛勾？

她卻在想她自己的一套。「不是很美嗎？失散多年的女兒成功立業，找到父親，快樂團圓。」她笑容裡的怨毒讓我胃部抽搐。「但我的盤算不盡然是如此。我來這兒是爲了讓他聽說我，純屬意外——我的出版，我的演講。屆時我倒要看看，他是否能繼續逃避自己的過去，像忽視我母親那樣忽視我的存在。還有關於卓九勒——」她用香菸指著我。「我母親，保佑她單純的靈魂，幸好她想到了，她告訴過我一些這方面的事。」

「告訴過妳什麼？」我有氣無力地問道。

「告訴過我羅熙針對這個題目做的特殊研究。我一直都不知道，直到去年夏天我出發赴倫敦前夕。他們就是這麼遇見的；他在村子裡到處詢問有關吸血鬼的傳說，她聽她父親和一班老朋友講過一些本地吸血鬼的事——照那個時代的規矩，男人是不興在公共場合跟年輕女孩交談的，你知道。但我想他也沒有更好的辦法。他是歷史學家，你知道——不是人類學家。他到羅馬尼亞尋找穿心魔伏拉德的資料，我們親愛的卓九勒伯爵。你不覺得很奇怪嗎？」——她忽然湊過身來，臉跟我貼得非常之近，但姿態非常兇惡，毫無引誘之意——「你不覺得他從來沒出版過這方面的著作很奇怪嗎？一個字也沒有，這你一定知道。爲什麼？我問自己。像他這麼一位知名的歷史探索者——他探索女人的功力想必也不差，誰知道他另外還有多少個天才女兒——做了這麼不尋常的研究，爲什麼沒出版片紙隻字？」

「爲什麼？」我問，文風不動。

「我告訴你好了。因爲他要把它留做偉大的壓軸。這是他的秘密，他的狂熱。除此之外，還有什麼能讓一位學者保持緘默？但會有個意想不到的結果等著他。」她可愛的笑容變成一抹我非常無法消受的獰笑。「你不會相信自從得知他這個小小的嗜好之後，我在一年之內下了多少功夫。我還沒有跟羅熙教授聯絡，但我很謹愼的讓全系的人都知道我的專業所在。這個題材最有份量的著作被別人搶先出版——而且還是一個跟他同姓的人。太美妙了。你知道，我到了這兒以後，就冠上他的姓——我的學術筆名，你可以這麼說。更何況，我們東歐人不喜歡其他國家的人竊取我們的傳統，濫加評論；他們通常都會曲解原意。」

我一定發出很大聲的呻吟，因爲她停頓了一下，對我皺眉頭。「今年暑假結束的時候，我會比全世界所有的人都更了解卓九勒傳奇。這本書你要就拿去好了。」她打開書包，取出那本書，無禮的公然把那本書砰地一聲，摔在我倆之間的桌面上。「昨天我不過是想查點資料，又沒時間回家去拿我自己那本。你要知道，我根本不需要它。這不過是小說罷了，書裡整個該死的情節我幾乎都會背了。」。

父親大夢初醒般四下看一眼。我們默不作聲站在衛城上已經一刻鐘了，雙腳紮根在古文明的峰頂。我對那些高大渾厚的立柱讚嘆不已，看到地平線上最遙遠的風景，竟是一片連綿、枯乾的山巒，在這日落時分，陰森的包圍著城市虎視眈眈，也讓我大感意外。但當我們開始往山下走，他也從冥思中醒轉，詢問我是否喜歡這偉大的景觀時，我花了好幾分鐘才整頓好思路作答。我心頭一直縈繞著昨晚那一幕。

我到他房裡的時間比平常略晚，拿我做完的代數功課給他看，結果發現他在寫字，就如同常有的晚上，忙著檢討一天下來的會議記錄。但昨晚他的坐姿非常靜止，頭幾乎垂到桌面，趴在一些文件上，而不是像平時那樣坐得筆挺，很有效率的逐頁翻閱。我從門口看不出他是專心瀏覽剛寫完的東西，或只是努力撐著不打瞌睡。他的身形在毫無裝潢的客房牆壁上投下一個極大的陰影，一個昏迷的人伏倒在更濃暗的書桌黑影上。要不是我知道他多麼疲倦，對他伏案的姿勢也很熟悉，那一瞬間，我可能會以爲，他已經死了。

18

歡快、晴朗的天氣，像山頂的天空般無際無涯的白晝，跟春天一起降臨，尾隨我們來到斯洛維尼亞。我問起是否有時間重遊伊摩納——我已經把它跟我人生稍早的一個階段聯想在一起，有截然不同的味韻，有一個開端，正如我前面提到過的，像這樣的地方總讓人渴望重遊——父親連忙說行程太趕，我們在伊摩納北方的一個大湖畔參加會議後，就得趕快回阿姆斯特丹，免得我功課落後。雖然這種問題從來沒有發生過，但父親總擔著心。

我們抵達時，布雷得湖風光正明媚。它注入一個冰河末期的阿爾卑斯山谷，爲早期的游牧民族提供休息之所——他們在水上搭建茅草屋。現在它像群山掌握中的一塊碧玉，晚風中湖面漾起白色的漣漪。有處較高的湖岸邊，矗立一座傲視群倫的峭壁，崖頂棲息一座斯洛維尼亞的著名古堡，已由觀光局以罕見的優雅品味重建復舊。它的城垛俯瞰一座小島，島上有典型奧地利式的樸實紅瓦教堂，像隻鴨子浮在水面，每隔幾小時就有船開往島上。旅館照例是鋼骨帷幕建築，社會主義觀光模型第五號，我們第二天就逃出來，沿著湖的南端散步。我告訴父親，我非得參觀那座每次用餐都看見、主宰整個遠景的古堡不可，我已經受不了再等候二十四小時了，他呵呵笑道：「要去就去吧。」低盪的新進展比他團隊所預期的更好，自從來到這兒，他額頭上的紋路已放鬆了幾條。

所以第三天一大早，我們溜出重複審訂前一天已審訂過內容的外交會議，搭乘環湖小巴士到達古堡站，然後下車，步行到山頂。古堡用色澤像褪色人骨的褐石建造，經過長期荒廢，石頭幾乎都黏結在一起。我們通過第一條走道，進入議事廳（我猜是這麼個地方），我不禁驚呼：透過水晶玻璃，湖水表面在千呎下閃閃發光，被太陽照成白茫茫一片。古堡彷彿只靠腳趾的力量緊扣著懸崖邊緣。下方小島上紅黃二色的教堂，停泊在岸邊的鮮豔小船，與紅黃相間、相映成趣的小花圃，無盡的藍天，我相信一定令數百年來的觀光客賞心悅目。

但這座從十二世紀以來，岩石已磨得十分光滑的古堡，雖然每個角落都架著成堆的戰斧、長矛、手斧，卻好像輕輕一碰就會坍塌——這是湖的本質。早期的湖居者從他們易燃的茅草屋向天空發展，終於選擇與老鷹一起棲息在這種地方，接受一位封建領主統治。即使經過巧妙的重建，這個地方仍吐納著老邁的生命。我從令人目眩神迷的窗口轉回視線，走進下一個房間，看到一口有玻璃罩的木棺，裡面躺著一個早在基督教出現前很多年就已去世的瘦小女子，一枚固定斗篷用的銅質別針，放在她已開始碎裂的胸骨上，青銅戒指在她指骨上滑動。我低下頭，湊到棺蓋上看她，她忽然從深邃如孿生坑洞的眼框裡對我微笑。

古堡外的階梯式陽台上供應用白磁壺裝的茶，這是個做觀光客生意的優雅賣場。茶很好，味道濃郁，紙包的方糖塊起碼這一次沒放到變味。父親手掌緊握著鑄鐵桌的邊緣；手指關節泛白。我轉頭望向湖面，然後替他再倒一杯茶。「謝謝妳，」父親道。他眼中有種疏遠的痛苦，我再次注意到，這些天來他更憔悴了，也瘦了；是否該去看個醫生？「聽我說，親愛的，」他道。他稍微轉過去一點兒，以致我只能看見他的側面映著懸崖和粼粼湖光的美景。他頓一下：「妳考慮把它們寫下來嗎？」

「這些故事？」我問。我的心一陣緊縮，加快了跳動的速度。

「是的。」

「爲什麼？」我終於反問。這是個成年人的問題，絲毫不摻雜孩子氣的任性。他看著我，我想道，他眼神中所有的疲憊底下，充滿了善良和傷痛。

「因爲如果妳不寫，可能我就必須寫，」他道。然後他轉頭喝他的茶，我看得出，他不願意再談這件事。

那天晚上，在緊貼他隔壁那個乏善可陳的旅館房間裡，我開始把他告訴我的一切都寫下來。他總說我的記憶力好極了——記性太好，有時他會這麼說。

第二天早晨，父親告訴我，他想安安靜靜坐個兩、三天。我很難想像他當眞坐著不動，但我看見他的黑眼圈，我也覺得休息一下對他有益。我不禁擔心他出了什麼事，有種無言的新焦慮壓在他心上。但他只告訴我，他渴望再度看到亞得里亞海岸。我們搭快車南下，沿路的站名同時用拉丁字母和斯拉夫字母標示，然後又經過一些只用斯拉夫字母標示的車站。父親教我認這種新字母，我一路拼寫站名自娛，每個站名看起來都像能夠打開秘密門戶的密碼。

我告訴父親我的想法，他露出一點笑容，靠在車廂椅背上，膝上擱著公事包，上面總攤開一本書。他的眼光經常從工作飄向窗外，我們可以看見年輕男子駕著耕耘機，後面拖著犁，有時是馬拉著滿滿一車各式各樣的貨物，老婦人彎腰在廚房外的園圃裡施肥、除草。我們再次南行，大地在我們匆匆經過中變爲成熟的金色和綠色，然後升高變爲灰色的岩山，然後在我們左側降落爲碧海。父親深深嘆口氣，但那是滿足的嘆息，而不再是這些天愈來愈常聽見的那種短促、疲倦的歎聲。

我們在一個忙碌的商業小鎭下車，父親租了一輛車，沿著曲折盤桓的濱海公路往前開。我們忽而望向一側的海水——伸展向地平線彼端的黃昏靉靆——忽而又望向另一側，只剩框架直指天空的鄂圖曼軍事廢墟。「土耳其人佔有這片土地很長、很長的時間，」父親沈思道。「他們以多種殘酷的手段入侵，但統治手法以帝國而言，可說相當寬容——幾百年下來，也算是很有效率。這一帶土地很貧瘠，但提供他們制海權。他們需要這些港口與海灣。」

我們停車的小鎭瀕臨大海；小港口裡停著成排的小漁船，在半透明的波浪彼此輕輕碰撞。父親想住在附近的島上，他招手叫來一艘小船，船主是個老人，戴著一頂黑色的鴨舌帽。雖然時間已經這麼晚，海風還很溫暖，噴濺到我手上的浪花氣息清新，也不冷。我靠著船首，覺得好像一尊破浪神。「小心，」父親說，用手撫平我背後的毛衣。

船夫把我們送抵島上的碼頭，這兒有個古老的村莊，還有一座優雅的石砌教堂。他扔一條繩索，纏住碼頭上的木樁，伸出一隻粗糙的手，扶我上岸。父親付他一些那種五顏六色的社會主義鈔票，他碰一下帽沿致謝。他爬回船上的座位，又轉過身用英語問：「你的女孩？女兒嗎？」

「是的，」父親答道，顯得有點意外。

「我祝福她，」男人簡單的說，在距我較近的空中畫了一個十字。

父親替我們找到可以眺望大陸的房間，然後我們在靠近碼頭的露天餐廳吃晚餐。夜幕逐漸降臨，我看到第一批星辰出現在海面上。一陣比下午清涼許多的微風，送來了我已學會喜歡的各種氣味：柏樹、薰衣草、迷迭香、百里香。「爲什麼好聞的味道在天黑以後會變得更濃？」我問父親。我眞的想知道答案，但這也可以拖延我們討論任何其他事的時間。我需要在一個有燈光和人語聲的地方慢慢康復，起碼讓我暫時不要再看到父親衰老而顫抖的手。

「會嗎？」他心不在焉的問，但這讓我鬆了一口氣。我抓住他的手，讓它們不要再顫抖，他把雙手合攏，仍漫不經心的把我的手握在掌心。他還年輕，還不到衰老的時候。大陸上山巒的剪影映在水中，彷彿在舞動，俯瞰著沙灘，幾乎也可以俯瞰我們的島。將近二十年後，沿海這些山區爆發內戰時，我閉上眼睛回憶這片山，感到很訝異。我無法想像這幾座山坡上住的人會多到可以打仗。我當初看到這片山，它們完全沒有開發，荒無人跡，只有空蕩蕩的廢墟，守護著唯一一座瀕臨大海的修道院。

19

海倫・羅熙把《卓九勒》一書摔在我倆之間的桌面上——她顯然以爲這是我們衝突的重心——我幾乎預期咖啡廳裡的其他人會跳起身往外跑，或有人大喊一聲：「啊哈！」然後衝過來殺死我們。當然這些事都沒發生，她坐在那兒看著我，掛著同樣怨懟又樂在其中的表情。我一個字一個字問自己，有沒有可能這個生來就憎恨羅熙，企圖對他採取學術報復的女子，親手傷害他，造成他失蹤呢？

「羅熙小姐，」我力持鎭定，從桌上取了書，將它封面朝下，放進我的手提包，然後說：「妳的故事很不尋常，我必須承認，我得花一點時間才能消化這一切。但我必須告訴妳一件非常重要的事。」我深深吸一口氣，然後再吸一口氣。「我很了解羅熙教授。他擔任我指導教授已經兩年了，我們相處時間很多，在一起交談，工作。我相信只要，如果妳能——見到他，就會發現他遠比妳想像的善良而親切——」她做了個動作，好像要說話，但我趕快往下說。「事實上，問題在於——我根據妳談論他的方式推斷，妳還不知道羅熙教授——令尊——已經失蹤了。」

她瞪著我看，我從她臉上看不出任何做作，只有困惑。所以這消息令她意外。我心頭的痛苦緩和了一點。「你這話什麼意思？」她問。

「我的意思是，三天以前的晚上，我照例跟他談話，但第二天他消失了。警方正在找他。他顯然是從辦公室失蹤的，甚至可能在那兒受了傷，因爲他桌上有血跡。」我簡單敘述了那天晚上發生的事，從我把我那本奇怪的小書帶去給他看開始，但沒提羅熙告訴我的故事。

她看著我，表情因困惑而扭曲：「你在耍什麼花招騙我嗎？」

「不，絕對沒有。完全不是這樣。出事以後，我吃不下也睡不著。」

「警方怎會毫無線索？」

「就我所知是沒有。」

她的表情忽然變得很凌厲。「你呢？」

我遲疑著。「有可能。說來話長，而且還在不斷發展之中。」

「且慢，」她定睛看著我。「昨天你在圖書館裡讀那些信，你說它們跟某位教授遇到的問題有關。你說的就是羅熙？」

「是的。」

「他有什麼問題？」

「雖然我知道的不多，但我不想害妳牽涉到這種不愉快甚至危險的事。」

「你答應過，我回答完你的問題後，你就要回答我的問題。」如果她有一雙藍眼睛，這一刻她看起來就像羅熙的雙胞胎。我覺得現在看得出兩人的相似之處，很奇妙的組合，羅熙明快的英國輪廓加上黝黑、強壯的羅馬尼亞框架，雖然這也很可能只是她一心一意以他女兒自居產生的效果。但如果他堅決否認去過羅馬尼亞，她又怎麼可能是他的女兒？最起碼他說過，他不曾去過斯納格布湖。另一方面，他的文件裡卻保留了一份羅馬尼亞簡介。現在她正怒目瞪著我，羅熙可從來沒做過這種事。「現在要阻止我發問已經太遲了。那些信跟他失蹤有什麼關係？」

「我還不確定。但我可能用得著專家的協助。我不知道妳在研究過程中發現了些什麼——」再次，她豎起眉毛，警戒的瞪著我。「我確信羅熙失蹤前，已經自認有生命威脅。」

她似乎正在努力理解這些消息，這個一直只被她當作挑戰象徵的父親失蹤的消息。「生命威脅？來自何處？」

我放手一搏。羅熙曾經要求我不可把他瘋狂的故事透露給系裡的人。我沒那麼做，但現在，出乎意料之外，我有機會取得專家的協助，這個女人可能已經擁有我要花好幾個月學習的知識；她自命比羅熙懂得更多，這也可能是事實。羅熙一直很重視專家的協助——好吧，這就是我現在要爭取的事。原諒我吧，我向世間的善良勢力祈禱，如果這麼做會給她帶來危險。更何況，這中間有套奇怪的邏輯。如果她當眞是他的女兒，她就有權知道他的故事。「卓九勒對妳有什麼意義？」

「對我的意義？」她皺起眉頭。「一個觀念嗎？我復仇的管道，我想。永遠的恨意。」

「是，這我了解。但卓九勒對妳還有其他方面的意義嗎？」

「你到底什麼意思？」我無法判斷她是逃避或實話實說。

「羅熙，」我仍帶著猶豫說：「令尊相信卓九勒仍活在人間。」她瞪著我。「妳有什麼看法？」我問道。「妳覺得瘋狂嗎？」我等著聽她哈哈大笑，或像上次在圖書館一樣拂袖而去。

「很有趣，」海倫緩緩答道。「正常情形下，我會說那是鄉野奇談——跟一位滿手血腥的暴君有關的迷信。但奇怪的是我母親也完全相信同樣的事。」

「妳母親？」

「是的。我告訴過你，她自幼生長在農家。她繼承了那些迷信，雖然她可能不像她父母那樣深信不疑。但，位望重士林的西方學者，爲什麼？」她確實是一位人類學家，沒錯，雖然做出這種不遠千里的尋仇之舉。她能立刻從個人疑問中抽離出來，從事知性思考，讓我很佩服。

「羅熙小姐，」我說，忽然打定了主意。「不知什麼緣故，但我確定妳凡事都喜歡親自察看。妳何不讀一讀羅熙教授的信？但我先要向妳提出最坦誠的警告，就我所知，所有接觸過他這批文件的人，都蒙受某種威脅。如果妳不害怕，儘管讀讀看。這可以幫我們雙方節省時間，省得我還要說服妳相信這故事的眞實性，我自己對這一點是深信不疑的。」

「幫我們雙方節省時間?」她輕蔑地重複我的話。「你對我的時間有什麼計畫?」

我絕望到不在乎被嘲弄。「妳可以用比我更有知識的眼光讀這些信。」

她用拳頭頂著下巴，似乎在考慮我的建議。最後她道：「好吧。你抓住了我的弱點。我當然無法抗拒進一步了解羅熙老爹的機會，尤其我因此可以領先他的研究。但我警告你，如果被我發現他根本是個瘋子，你別想從我這兒爭取同情。那就算我走運，在我還來不及透過公平競爭折磨他之前，他就會被關進瘋人院。」

她露出一個不能稱之爲笑容的笑容。

「很好。」我把她最後那句話和那個獰笑置之度外，強迫自己不要盯著她的犬齒看，我已經注意到那幾顆牙齒沒有長得特別長。但在我們完成交易之前，我還得撒一個謊。「眞抱歉我沒把信帶出來。我今天特別沒有勇氣帶著它們到處跑。」事實上，我怕死了把它們留在公寓，所以它們都藏在我的手提包裡。但要是我公然在餐廳裡把它們拿出來，恐怕就死定了——這種事眞的可能發生。我不知道會不會有人在旁監視我們——好比那個恐怖圖書館員的同黨?我還有另一個理由，雖然我很不喜歡這麼做，但我還得考驗她。我還摸不清海倫•羅熙的來歷，我必須確定她絕沒有貳心——有沒有可能，她會把敵人的敵人當作朋友?「我必須回家去拿。我也要求妳必須當著我的面讀信；紙張已經很脆弱，而且它們對我很珍貴。」

「好吧，」她無所謂地說。「我們約明天下午見面?」

「那會來不及。我要妳馬上看到信。眞抱歉。我知道這聽起來很奇怪，但妳讀完信就會知道情況有多緊急。」

她聳聳肩膀。「只要不要花太多時間。」

「不會的。妳可以到——聖瑪麗教堂跟我見面嗎?」透過這個考驗，我至少可以發揮羅熙教我的周詳考慮。海倫毫不退縮地看著我，嚴厲而嘲弄的表情沒改變。「在榆樹街，兩條街的距離——」

「我知道那地方，」她道，拿起手套細心戴好。她重新繫上藍色圍巾，絲巾在她脖子上閃耀琉璃的光華。「幾點?」

「給我三十分鐘回去拿文件，然後到那兒跟妳碰面。」

「教堂見。好的，我先到圖書館去拿一份我今天需用的論文。拜託你要準時——我很忙的。」她穿著黑外套，瘦削而強壯的背影，出了餐館的門。我發覺已經太遲，她付清了我們兩人的咖啡帳單。

20

父親說：聖瑪麗教堂是棟樸素的維多利亞式建築，位在老校區邊緣。我從它門前經過數百次，從來沒有進去過一次，但現在我把天主教堂當做對抗恐怖怪物的幫手。天主教不是天天舉行耶穌寶血與肉身復活的儀式嗎？它不是處理迷信的專家嗎？大學周邊那些友善而單純的基督新教的教堂能提供多少協助，我還相當懷疑；它們看起來就是擋不住不死族。我認爲那些坐落在市區的綠草坪上，外觀方正、氣派的新教教堂，碰到歐洲吸血鬼一定束手無策。它們只會燒女巫——只夠對付鄰居。當然，我會在我不情願的客人之前趕到聖瑪麗教堂。她會露面嗎？這是考驗的前半部。

幸好聖瑪麗教堂的門開著，它以深色護壁板裝潢的內部，散發出地板蠟和灰塵的味道。兩個老婦人，都戴著插滿假花的帽子，正在前方木雕祭壇上把眞花插好。我有點手足無措的走進來，坐在最後一排長椅上，這樣我能看見所有走進來的人，卻不至於馬上被看見。等待很漫長，但教堂內部的寧靜和老婦人低聲交談的聲音，讓我稍覺平靜。昨晚熬夜，我第一次感覺疲倦。終於前門那九十高齡的鉸鍊動了，海倫•羅熙站在門口，遲疑了一下，回頭看看身後，然後走了進來。

她站在那兒，任兩側的窗戶在她身上投下土耳其藍和紫色。我看到她對著鋪有地毯的門口張望。沒看到人，她走向前。我注意觀察她有沒有畏縮，她堅定的臉上，皮膚或氣色有沒有出現邪氣的皺紋——任何徵兆。我不知道會是什麼，任何對教堂這個自古以來的卓九勒大敵過敏的跡象。我半信半疑的想，或許維多利亞式老教堂也擋不住黑暗勢力。但這棟建築對海倫顯然有某種力量，因爲過一會兒，她就穿過窗子投下的斑爛色塊，向設在牆上的聖水盆走去。我看著她脫下手套，將一根手指伸到盆裡，然後碰觸自己的額頭，不禁對自己的偷窺行徑引以爲恥。她的手勢很溫柔；從我坐的地方看去，她臉上表情很嚴肅。好吧，我這麼做是爲了羅熙。現在我完全可以確定，海倫不是吸血鬼，不論她表現得多麼不友善，甚至有時還很兇惡。

她走到教堂中段，看到我站起身嚇了一跳。「你把信帶來了嗎？」她悄聲說，眼神指責的瞪著我。「我一點鐘要回系辦公室。」她又四下張望一遍。

「怎麼了？」我立刻問，我的手臂因緊張的直覺而刺痛。過去兩天以來，我好像已經發展出某種畸形的第六感。「妳害怕什麼？」

「沒什麼，」她道，仍在說悄悄話。她把兩隻手套緊緊捏在一隻手裡，襯著黑色外套，看起來像一朵花。「我只是好奇——剛才有別人進來嗎？」

「沒有，」我也四下張望。除了祭壇獻花的老婦人，整間教堂都空盪盪的，顯得很安詳。

「有人跟蹤我，」她還是小聲說話，她的臉頰被濃密的黑髮包圍，有種古怪的表情，混合了懷疑與虛張聲勢。我第一次覺得很想知道，爲了學習她那種獨特的勇氣她付出了多少代價。「我覺得有個男人在跟蹤我。他長得又瘦又矮，衣著很破舊——斜紋呢外套，綠色領帶。」

「妳確定？妳在哪兒看見他？」

「在書目櫃那兒，」她低聲道。「我去核對你說卡片失蹤的事。我不知道該不該相信。」她就事論事的語調中毫無歉意。「我在那兒看見他，接下來我就只知道他跟蹤我，一直來到榆樹街，但距離保持得很遠。你認識他嗎？」

「是啊，」我煩惱地說。「他在圖書館工作。」

「圖書館？」她似乎期待我繼續往下說，但我實在說不出我在那個男人脖子上看到傷口的事。這太難以置信，太奇怪了；她聽到這種話，一定會認爲我精神有毛病。

「他好像對我充滿懷疑。妳一定要避開他。」我說：「我以後再告訴妳有關他的事。來吧，請坐，放輕鬆。信在這兒。」

我替她在鋪了絲絨椅墊的長凳上找了個位子，然後打開手提包。她的表情立刻變得很專注，她小心翼翼拿起那包東西，就像我前一天一樣，畢恭畢敬取出那些信。我很好奇這給她什麼樣的感受，看到她心目中的父親的手跡，雖然她對這個父親的感覺一直只有憤怒而已。我隔著她肩膀看信。是的，筆跡堅定、仁慈、端正。或許這已經使他在女兒心目中隱約有了人性。然後我覺得不該再看下去，所以我站起身。「我在附近走走，妳看多久都沒關係。如果需要我解釋或幫助——」

她心不在焉點點頭，眼睛盯著第一封信，我便走開了。我看得出她會善待我寶貝的文件，而且她已經在以最快的速度閱讀羅熙寫下的內容。接下來半小時，我欣賞了祭壇的雕刻、教堂裡的繪畫、講壇上綴流蘇的掛幔、疲倦母親抱著活潑嬰孩的大理石像。有幅畫特別引起我的注意：一個前拉斐爾畫派風格、長得像食屍鬼的拉撒路⑳，從墳墓裡蹣跚走出，投入他姊妹的懷抱，他的腳踝呈灰綠色，從墳墓裡穿出來的衣服骯髒不堪。他那張經過百年來香燻煙蒸的臉，堆滿怨恨與疲憊。耶穌基督不耐煩的站在墓穴入口、伸出雙手，也長著一張只看得見邪惡、貪婪、飢渴的臉。我眨眨眼，掉頭看別處。睡眠不足顯然使我的腦筋中毒了。

「我看完了，」海倫在我身後說。她說話很小聲，臉色蒼白而疲倦。她說：「你說得對。信中完全沒提到他跟我母親交往的事，甚至沒提到他的羅馬尼亞之行。這方面跟你說的一模一樣。我不懂。那一定是同時期發生的事，同一趟歐洲之旅，因爲我剛好在那之後九個月出生。」

「很抱歉。」她凝重的臉沒有要求同情，但我感到哀戚。「但願我能提供妳一些線索，但妳是知道的，我也無法解釋。」

⑳譯註：Lazarus的故事參見新約聖經《約翰福音》第十一章，拉撒路是馬大與瑪麗亞的兄弟，病死後四天，已下葬，耶穌仍使他復活。

「起碼我們相信彼此，不是嗎？」她直視我的眼睛。

我很驚訝的發現，雖然處於這一切傷心與恐懼之中，我竟然還會覺得快樂。「是嗎？」

「是的。我不知道那種叫做卓九勒的東西是否眞的存在，或它到底是什麼，但你說羅熙——我父親——覺得自己有危險，我相信你。他顯然很多年前有過這種感覺，所以他看見你那本小書，很可能再度產生這種感覺，那是一種令人不安的巧合，也是來自過去的提醒。」

「妳對他的失蹤有什麼看法？」

她搖搖頭。「當然有可能是精神崩潰。但我現在明白你的意思。從他的信可以看出一種」——她猶豫了一下——「理性而無畏的人格，就像他其他的作品。更何況，你從歷史學家的著作當中可以看到很多東西。我非常了解他。他的書都是穩定、清晰的思維的成果。」

我帶她走回我放信件和手提包的地方；即使只離開幾分鐘，我也會擔心它們。她已經所把有物品整齊的收回信封裡——我相信一定也照原來的秩序排好了。我們一塊兒坐在長椅上，幾乎像好朋友。

「就假設有某種超自然的力量造成他失蹤吧，」我大膽建議。「我不能相信自己會說這種話，但就當作是討論的起點吧。妳覺得下一步該怎麼辦？」

「呃，」她慢呑呑說。她的側面在黯淡的光線中距我很近，輪廓清晰而深思熟慮。「我不知道這在現代化調查中對你有多大幫助，但根據卓九勒傳奇的說法，你必須假設羅熙遭到吸血鬼攻擊，而且被帶走了，他可能會殺死羅熙，但更有可能對他施以不死族的詛咒。遭到三次攻擊，你的血跟卓九勒或他徒黨的血混合後，就會永遠變成吸血鬼，你知道。如果他已經被咬過一次，你最好儘快找到他。」

「但世界何其大，卓九勒爲什麼會在這兒出現？又爲什麼要綁架羅熙？爲什麼不乾脆攻擊他，把他變成吸血鬼，同時不讓別人發現他的改變？」

「我不知道，」她搖著頭說。「這跟傳說不符，這件事很不尋常。如果眞有超自然因素居間作祟，那一定是因爲羅熙引起卓九勒特殊的興趣。甚至可能對他構成威脅。」

「妳認爲我找到那本小書，拿去給羅熙看，跟他的失蹤有關嗎？」

「從邏輯的角度看，這麼想很荒謬。但是──」她拿起手套，放在著黑裙的腿上折好。「我不知道我們是否疏忽了別的消息來源。」她忽然張口結舌。我默默感激她用了「我們」這字眼。

「怎麼了？」

她嘆口氣，把折好的手套又攤開。「我母親。」

「妳母親？但她怎會知道──」我剛要開始提出一連串問題，忽然光線一亮、一陣微風襲來，使我轉過頭去。從我們坐的位置可以看見教堂大門，卻不虞被門口的人看見──當初我特別挑中這優越的地點等候海倫。現在有隻手從門縫裡伸進來，然後是一張瘦骨嶙峋的臉。那個長相詭異的圖書館員，正向教堂裡窺視。

在安靜的教堂裡，看到那個圖書館員的臉出現在門縫中，我眞的無法形容當下的感覺。我忽然聯想到一頭嗅覺靈敏的野獸，行動鬼祟而喜歡東聞西嗅，好比黃鼠狼或大耗子。海倫在我身旁也愣住了，瞪著大門。他隨時會嗅出我們的氣味。但我們還有一、兩秒鐘的空檔，我盤算著，我悄無聲息用一隻手拿起手提包和那堆文件，另一隻手牽起海倫──沒時間徵求她同意了──拉著她從長椅末端，閃到教堂一側的走道上。那兒有扇門是開著的，通往一個小房間，我們躲進去，我把門輕輕關上。雖然門上有個鐵製的大鎖孔，卻沒法子從裡面上鎖，我心頭一緊。

小房間裡的光線比主堂更暗。正中間有個洗禮用的聖水盆，牆邊有一、兩張鋪了墊子的長凳。海倫與我無言對望。我無法解讀她的表情，只知道其中警戒與挑戰的意味並不亞於恐懼。我們不靠說話或比手勢，便一起輕手輕腳走到聖水盆後面，海倫一手扶著聖水盆，穩住身體。又過了一會兒，我再也靜不下來；我把文件交給她，回到鑰匙孔那兒。小心透過鑰匙孔往外看，我看到圖書館員從一根柱子後面走過。他眞的很像一隻黃鼠狼，尖著臉孔向前張探，沿著一排排長椅仔細搜索。他轉向我這個方向，我稍微退後一點。他似乎在研究我們藏身處的那扇門，甚至向前走了一、兩步，然後又往後退。忽然有件淡紫色的毛衣遮住了我的視線。是整理祭壇的一位婦人。我聽見她的聲音，隱隱在說：「你需要協助嗎？」她口氣很和善。

「呃，我在找人，」圖書館員的聲音尖銳像口哨，在教堂淨地顯得格外響亮。「我——妳看見有位年輕女士走進來嗎，穿黑色套裝？黑頭髮？」

「哦，有啊。」這和善的婦人也開始四下張望。「有個像你描述的人，剛才還在。她跟一位年輕男士一起坐在後排。但她顯然已經不在了。」

黃鼠狼轉到東又轉到西。「有沒有可能她躲在這兒某個房間裡？」他顯然是個不會旁敲側擊的人。

「躲？」淺紫毛衣的婦人也轉往我們這個方向。「我相信不會有人躲在我們的教堂裡。你要我打電話給神父嗎？你需要協助嗎？」

圖書館員倒退幾步。「哦，不用，不用，」他道。「我一定弄錯了。」

「你要一份我們的介紹小冊嗎？」

「哦，不要。」他沿著走道倒退著走。「不了，謝謝妳。」我看到他窺探了最後一眼，然後就出了我的視界。傳來沈重的喀搭一響，然後砰的一聲，前門在他身後關上。我朝海倫點點頭，她無聲輕歎，鬆了一口氣，但我們還是在室內又等了幾分鐘，隔著聖水盆看著彼此。海倫先低下頭，眉頭緊鎖。我知道她一定想著，自己落入這種狀況究竟是怎麼回事，它眞正的意義何在。她的頭髮光潤，像烏檀木一樣黑——她今天又沒戴帽子。

「他在找妳，」我壓低聲音說。「也許他找的是你。」她指指我手中的包裹。

「我有個奇怪的想法，」我緩緩道。「也許他知道羅熙在哪兒。」

她再度皺起眉頭。「反正這一切都無從解釋，又有何不可？」她喃喃道。

「我不能讓妳回圖書館，或妳的房間。他會到那兩個地方去找妳。」

「讓我？」她不滿道。

「羅熙小姐，拜託。妳想成爲下一個失蹤的人嗎？」

她沈默了。「那你打算怎麼保護我？」她聲音中有嘲弄的口吻，我想到她與眾不同的童年，她在母親腹內逃出匈牙利，政治的敏感度使她得以遠渡重洋，來到世界的另一端展開學術的報復。當然，前提是她告訴我的故事必須都是眞的。

「我有個主意，」我慢條斯理說。「我知道這聽起來——沒有尊嚴，但如果妳願意配合，我會放心一點。我們可以從這座教堂拿一些——符咒。」她挑起眉毛。「我們來找些東西，蠟燭或十字架什麼的，回家——我是指我的宿舍——路上再買些大蒜，」眉毛挑得更高。「我是說，如果妳願意陪我回去，然後妳可以——也許我明天會遠行，但妳可以——」

「睡沙發？」她戴回手套，雙臂交叉在胸前。我覺得自己臉紅了。

「既然知道妳被追獵，我當然不能讓妳回宿舍去，也不能去圖書館。而且我想，我們還有更多事情要討論。我想知道，妳認爲令堂——」

「我們在這兒就可以討論，」她冷冰冰地說。「至於那個圖書館員，我不認爲他有辦法跟蹤我到我的房間，除非——」她一邊臉頰上有個酒渦，或那只是諷刺的表情？「除非他已經有本事變身成蝙蝠。你得知道，舍監不准吸血鬼進我們的房間，男人也一樣。更何況，我還巴不得他跟蹤我們回圖書館呢。」

「巴不得？」我吃了一驚。

「我知道他不會在這兒跟我們談，在教堂裡不可能，他很可能在外面等著我們。我正打算跟他算帳」——她的英語又變得流利無比——「因爲他干預我借書的權利，而且你不是說他知道我——羅熙教授的下落。何不將計就計，讓他跟蹤我？我們在路上可以談我母親的事。」我一定表現出很沒把握的樣子，因爲她忽然笑了起來，露出一口潔白、整齊的牙齒。「他不會在大白天撲到你身上的，保羅。」

21

教堂外面沒有那個圖書館員的蹤跡。我們閒閒走向圖書館——我的心跳得很快，雖然海倫看起來很鎮定——我們口袋有兩枚從教堂門廳取來的十字架（「每個兩角五分，請自取」）。讓我失望的是，海倫沒提到她的母親。我有種感覺，她好像只是暫時配合我的瘋狂，一走到圖書館她就會消失無蹤，但她再次出乎我意料之外。「他在後面，」離開教堂，走了兩條街後，她低聲道。「我們轉彎的時候我看見他，不要往後看。」我壓抑下一聲驚呼，我們繼續往前走。她說：「我要去圖書館上層的書庫，十一樓怎麼樣？那是第一個眞正安靜的區域。不要跟我上去，如果我們分散落單，他跟蹤我的可能性比較大——你比較強壯。」

「妳不可以那麼做，」我低聲道。「查探羅熙的下落，是我的問題。」

「查探羅熙的下落，偏偏就是我的問題，」她低聲答道。「拜託不要以爲我在幫你忙，荷蘭商人先生。」我斜眼瞪她一眼。我覺得已經滿習慣她直率的幽默，她修長挺拔的鼻子兩側，面頰形成調皮而開心的弧度。「好吧，但我會緊跟在他後面，如果妳遇到有麻煩，一轉眼我就會趕來，伸出援手。」

我們在圖書館門口，裝出互道珍重的告別姿態。「祝你的研究順利，荷蘭人先生，」海倫伸出戴手套的手與我握別。

「妳也一樣，小姐。」

她繼續向前走。我閃身到目錄櫃之間，隨便抽出一個抽屜，裝做忙碌的樣子：「《賓漢》到本篤教團」。我埋頭翻目錄卡時，仍看得到借還書櫃台；海倫拿到一張進入書庫的許可證，她穿著黑外套的身材高䠷苗條，悍然無畏讓背部暴露在整個圖書館大堂的視線下。然後我看見那個圖書館員鬼鬼祟祟沿著大堂一邊的牆壁走進來，盡量利用另半邊的書目檢索區隱藏身形。海倫朝著書庫入口走去時，他正站在H字母一帶。我對書庫很熟悉，幾乎天天在那兒進出，但它大開的門戶從來沒像現在這麼對我意義重大。書庫的門白天總是敞開的，但有個警衛檢查入庫許可證。一會兒功夫，海倫黑色的身影就消失在鑄鐵樓梯上。那個圖書館員在G字母區又停留了一會兒，然後從外套口袋掏出一張卡片——我這才想到，他有圖書館工作人員的識別證——對警衛虛晃一下，隨即不見了影蹤。

我連忙到借還書櫃台前。「我要到書庫去，麻煩一下，」我對值班的婦人說。我沒見過她——她動作非常慢——我覺得她圓滾滾的小手，好像在那些黃色小紙片裡翻了一輩子，才終於挑出一張給我。我終於進入那扇門，輕手輕腳上樓梯，一路抬頭望。在每一層樓，你都可以透過金屬梯階看到更上一層樓，但不能看得更遠。我上方沒有那個圖書館員的蹤跡，沒有聲音。

我爬上第二層樓，經過經濟學與社會學。三樓空曠無人，只有個人閱讀區有幾個學生。到了四樓，我開始擔心。太安靜了。我不該讓海倫充當這次行動的誘餌。我忽然憶起羅熙的朋友賀吉斯的故事，不由得加快了腳步。五樓——考古學與人類學——坐滿了學生，大學部的學生參加某種研習會，壓低聲音在比對筆記。有他們在，我稍微放下心；再上去兩層樓，應該不至於發生什麼壞事。我在六樓聽見樓上有腳步聲，我在七樓——歷史——停留了一下，不確定如何進入書庫而不被人察覺。

我對這層樓太熟悉了；它是我的王國，我可以告訴你每間個人閱讀室和每張椅子、每排大開本藏書的位置。最初，歷史書區好像跟其他樓層一樣安靜，但過了一會兒，我聽見書庫一角傳來壓低聲音的談話聲。我躡足走過去，經過巴比倫和亞述，盡可能放輕腳步。然後我聽出海倫的聲音。我確定那是海倫，然後有個令人不舒服的尖銳聲音，想必是那個圖書館員。我的心猛烈跳動。他們在中世紀書區，這一帶我很熟悉，我已經近到可以聽清楚他們的對話，只不過我不敢冒險走到下一排書架盡頭去張望。他們好像就在我右邊的書架後面。「是這樣嗎？」海倫以充滿敵意的口氣問。

尖銳的聲音再度響起。「妳無權察看這些書，小姐。」

「這些書？大學的財產？你有什麼資格沒收大學圖書館的書？」圖書館員的聲音既憤怒卻又試圖甘言誘惑。「妳不需要看那些書浪費時間。它們不是妳這樣的年輕小姐該讀的好書。只要妳今天把書還回來，就不會有事。」

「你爲什麼這麼急著要那些書？」海倫的聲音堅定而清晰。「它們是否跟羅熙教授有關，可能嗎？」我退縮在英國封建制度後面，不確定該縮起腦袋或高聲喝采。不論海倫對這件事有何看法，起碼她感興趣。顯然她不認爲我瘋狂。她也願意幫助我，即使只是爲了收集羅熙的資料，達成她自己的目標。

「教授——誰呀？我不知道妳是什麼意思，」圖書館員反駁道。

「你知道他在哪兒嗎？」海倫毫不放鬆的追問。

「小姐，我根本聽不懂妳在說什麼。但我要妳歸還那些書，圖書館對那些書有別的計畫，否則妳的學業受影響，後果自負。」

「我的學業？」海倫嗤之以鼻。「我現在不可能歸還那些書。我要用它們做重要的研究。」

「那我就必須強迫妳歸還。書在哪裡？」我聽見腳步聲，好像海倫在後退。我差點就要衝到書架那頭，掄起介紹西妥教團寺院的對開本痛打那隻黃鼠狼，但海倫忽然出了新招。

「這樣好了，」她道：「你告訴我羅熙教授的情報，或許我可以讓你分享——」她頓了一下：「一幅我最近看到的小地圖。」

我的胃一下子下沈七層樓。地圖？海倫在想什麼？爲什麼她要洩露這麼重要的消息？地圖可能是我們最危險的資產，如果羅熙對它意義的分析正確，它也是我們最重要的資產。不對，應該說是我個人最危險的資產，我糾正自己。難道海倫騙我？我靈光一現：她要使用地圖，搶先找到羅熙，完成他的研究，利用我奪取他的知識，將成果出版，使他暴露於——這些意念如電光石火一閃而過，因爲緊接著圖書館員發出一聲咆哮。「地圖！妳有羅熙的地圖！我殺了妳也要拿到地圖！」海倫驚呼一聲，然後一聲慘叫、有人倒地聲。

「放下那個東西！」圖書館員尖叫。

我腳不沾地直撲他身上。他的小腦袋撞及地面，發出砰聲巨響，連我的腦子都震動了。海倫蹲在我身旁。她臉色煞白，但看起來非常鎮定。她高舉著那個花兩角五分從教堂裡買來的銀色十字架，在他口吐白沫在我身下掙扎時，用十字架對準他。圖書館員很弱小，我沒花幾分鐘就壓制住他——算我運氣好，因爲過去三年來，我一直埋首脆黃的荷蘭文件，沒有鍛鍊身體。他在我掌握中不住踢騰，我用雙膝壓住他的腿。「羅熙！」他嘶喊道。「不公平！應該我去才對——輪到我了！地圖給我！我等了那麼久——我爲這個目的做了二十年研究！」他開始抽泣，發出悲慘、噁心的聲音。他前後搖晃腦袋，我看見他領口的兩個傷口，兩個結痂的穿刺孔。我盡可能遠離那部位。

「羅熙在哪裡？」我咆哮道。「馬上告訴我們，他在哪裡——你有沒有傷害他？」海倫把小十字架湊上來，他把臉轉開，在我膝下縮成一團。即使在這種時刻，看到這個符號對這個生物的影響，還是令我很驚訝。這是好萊塢、迷信，或歷史？我不知道他爲什麼能走進教堂——但我也記得，他確實沒靠近祭壇和教堂裡的小禮拜堂，而且好像也畏懼照顧祭壇的婦人。

「我碰都沒碰他！我什麼都不知道！」

「哼，才怪，你知道的。」海倫湊得更近。她的表情很兇惡，但她很蒼白，我也注意到她空出的那隻手緊緊護著自己的脖子。

「海倫！」我的驚呼恐怕很大聲，但她揮揮手，不要我介入，圓睜怒目，瞪著圖書館員：「羅熙在哪裡？你等這麼多年爲的是什麼？」他開始退縮。「我要把這個放在你臉上，」海倫道，把十字架逐漸放低。

「不要！」他尖叫。「我告訴妳。羅熙不想去。我想去。這不公平。他帶走羅熙，不帶我！他強迫他走——我心甘情願去服侍他，幫助他，編目錄——」他忽然捂住自己的嘴吧。

「編什麼目錄？」我加把勁，把他的頭壓在地上。「誰帶走羅熙？你把他藏在什麼地方？」

海倫把十字架放在他鼻子上，他又開始抽泣。「我的主人，」他呻吟道。海倫在我身旁，深深吸一口氣，向後坐在腳跟上，好像情不自禁被他的話嚇退了。

「你的主人是誰？」我更用力壓住他的腿。「他把羅熙帶去哪裡？」

他的眼睛冒出火花。那景象很嚇人──那樣的扭曲，正常的人形幻化為具有可怕意義的象形文字。「就是應該讓我去的地方！到墳墓去！」

也許是我鬆懈了控制，也許因為供詞使他忽然變得強壯──後來我想到，也可能出於對自己可能面臨的下場的恐懼。不管為什麼，他忽然掙脫一隻手，像蠍子般反手突擊，把我扣住他肩膀的手腕向後扭轉。那種疼痛尖銳得非人所能忍受，我用力抽回手臂。我還來不及理解發生了什麼事，他就逃走了，我急忙沿著樓梯直追下去，乒乒乓乓經過大學部學生的討論會和下面樓層安靜的知識領域。但我被自己仍抓在手中的手提包阻礙。從追逐的一開始，我心頭就閃過一個念頭，我不願意放開它。或把它拋給海倫。她告訴他地圖的事。她是叛徒，他咬過她，即使只是很短暫的一下。她已經中毒被污染了嗎？

這是我第一次也是最後一次，在圖書館的大堂裡發足狂奔，奔跑時我只隱約看到驚訝的臉孔紛紛轉向我這邊。沒看到那個圖書館員的蹤跡。他可能逃到後面的任何區域，我絕望的想道，任何只有圖書館員可以出入的地下編目室或工具間。我推開沈重的前門，這棟建築物有雙邊開啓，非常巨大的哥德式大門，但從來沒有全面打開過，大家都從開在大門上的一道小門進出。我驀然停在台階上。午後的陽光使我眼前發黑，好像我也生活在地底世界，蝙蝠與鼠輩出沒的洞穴裡。圖書館門前的馬路上停著幾輛車，繁忙的交通停頓了，有個穿女侍制服的女孩在人行道上哭泣，指著什麼東西。有人在尖叫，兩個男人跪在一輛停下汽車的前輪旁邊。那個黃鼠狼似的圖書館員，一條腿從汽車底下伸出來，扭曲成一個無法想像的角度。他一隻手臂抱頭，臉朝下躺在人行道上，身邊有一小灘血，就此長眠了。

22

父親不大願意帶我去牛津。他說他要在那兒待六天，這樣我又好幾天不能上學。我很訝異他竟然願意把我留在家中；自從我發現那本有惡龍圖案的書以後，他就不曾那麼做。他已經做好防範，可以放心留下我嗎？我指出，沿南斯拉夫海岸旅行那趟，花了將近兩星期，我的功課也沒有絲毫退步。他說教育爲先。我指出，他經常強調讀萬卷書不如行萬里路。我拿出最近的成績單，好幾科都拿最高分，誇張其詞的歷史老師在我的報告上評道：「妳在歷史研究方面有超乎常人的洞察力，尤其以妳的年齡而言。」我把這番評語牢記心中，經常在睡前複誦，把它當做定心咒。

父親露出遲疑的神情，以一種特殊的方式把刀叉放下，我早已知道，這動作代表的不是第一道菜可以撤走，而是用餐程序暫時停頓。他說他會忙於工作，沒法子好好帶我參觀，他不想把我關在什麼地方，浪費了我對牛津的第一印象。我說我寧願關在牛津，也比跟克雷太太關在家裡好——我們說這話時壓低聲音，雖然她沒在家用晚餐。我說，更何況我已經夠大了，可以自己到處走動。他說他就是不確定該不該讓我同行，因爲這次的會談一定很——緊張。可能不太適合——他說不下去，我知道原因何在。正如同我不能暢所欲言要去牛津的眞實動機，他也說不出內心深處不讓我去的理由。我不能告訴他，眼看著他眼睛周圍一圈黑影，疲倦得頭都抬不起來的模樣，我不忍心他脫離我的視線。他也不能大聲反駁，他在牛津可能不安全，所以我跟他在一起也可能不安全。他沈默了一、兩分鐘，然後非常溫和的問我，今晚甜點吃什麼，我把克雷太太乏善可陳的黑醋栗米布丁端出來，她每次到英國文化中心去看電影時，都會留下這玩意兒，算是對我們的補償。

我想像中，牛津是個安靜而綠草如茵的地方，像是露天的大教堂，身穿中世紀古裝的導師們到處走來走去，每人身旁跟著一個學生，聽他們講授歷史、文學、晦澀的神學。事實卻是這地方活潑得讓人大吃一驚：猛按喇叭的摩托車、橫衝直撞的小汽車，差點沒撞上過馬路的學生，成群觀光客對著人行道上的一個十字架拍照，這是四百年前兩位主教受火刑的現場，當時還沒有人行道。導師和學生一樣穿著令人失望的現代服飾，導師大多穿羊毛衫配深色法蘭絨長褲，學生則穿牛仔褲。我們下了巴士，走在布羅德街上，我不無遺憾的想著，四十幾年前羅熙還在牛津時，這地方至少在衣著方面還比較有威嚴。

然後我看到我在那兒見到的第一所學院，在晨光中矗立在圍牆裡，造型完美的瑞德克理夫館就在它附近，我一眼望去，還以爲那是個小型天文臺。它後面可以望見一座褐色大教堂高聳的尖塔，沿馬路有道圍牆，古老得連牆上生出的青苔都像古董。我簡直無法想像，當初這道牆剛砌好的時候，在這條街上行走的人，看到我們會作何感想——我穿紅色短裙、針織白長襪、背著書包，父親穿深藍色外套、灰色長褲、黑色高領毛衣、戴呢帽，我們各自拉著一個小行李箱。「到了，」父親宣布，我很開心的轉向開在青苔牆上的一扇門。門上了鎖，我們等在門口，直到一個學生替我們拉開鑄鐵柵欄的門。

父親到牛津，爲的是在一個美國與東歐政治關係的研討會上演講，這時正值雙方關係解凍，前景一片大好。由於這場會議是牛津大學主辦，我們應邀住在一位學院院長的私人住宅裡。父親解釋說，院長都是仁慈的獨裁者，負責照顧住在各學院的學生的生活。我們穿過黑暗、低矮的入口，走到學院四方形中庭廣場燦爛的陽光底下，我才第一次想到，不久我也要讀大學了，我偷偷在手中的書包提把上用手指打個叉，默默許願，到時候我也要替自己找一個像這樣的避風港。

我們周圍的地面，都鋪著載滿歲月痕跡的石板，其間穿插著濃陰的大樹——莊嚴、憂傷的老樹，有的樹下擺著長凳。學院主建築門前，有一小片完美的長方形草坪和細細一泓水池。這是牛津最古老的學院之一，十三世紀由愛德華三世斥資興建，它最新的附加建築是伊麗莎白時代的建築師所設計。就連那塊精心修剪的草坪也令人肅然起敬；我當然不曾看到任何人踏上去過。

我們繞過草坪與水池，一進門就找到了門房辦公室，然後被帶到校長住宅隔壁一組相連的套間。這幾個房間一定是學院原始設計的一部份，雖然已經看不出它們最初的用途；房間的天花板很低，牆上鑲嵌著深色護壁板，狹小的水晶玻璃窗。父親的房間有藍色的帷幔。我對自己的房間滿意到極點，床的上方有印花棉布做的天篷。

我們稍微整理一下行李，在我們合用的浴室裡，用淺黃色臉盆洗淨風塵僕僕的臉，便去拜見詹姆斯院長，他在位於這棟建築另一頭的辦公室裡等我們。他是個親切和藹的人，頭髮斑白，一邊顴骨上有條糾結的疤痕。我喜歡他溫暖的握手方式，和那雙外突頗為明顯的栗色大金魚眼裡的表情。他對我陪父親來參加討論會，似乎一點不以為怪，甚至建議我當天下午，跟他的學生助理到學院各處逛逛。他說他的助理是位殷勤的年輕紳士，知識也很豐富。父親說我當然可以去；屆時他忙著開會，我大可趁此機會看看這地方的寶物。

下午三點，我迫不及待去赴約，一手拿著新買的貝雷帽，一手拿著筆記本，因為父親建議我把參觀經驗記錄下來，寫成一篇作業。我的導遊是個大學部學生，淺色頭髮，體型瘦長，詹姆斯院長介紹他的名字是史蒂芬•巴利。我喜歡史蒂芬纖細得可以看到藍色靜脈的手，和厚重的漁夫毛衣——我大聲讚美時，他說這種衣服叫做「套頭毛衣」（jumper）。走在他身旁，在中庭裡漫步，給我一種暫時被那個菁英社群接納的感覺。這也我有生以來第一次，隱約意識到性別歸屬的顫動，有種捉摸不定的感覺，像是我如果在我們並肩而行時，把手塞進他手中，那麼我一向熟悉的現實藩籬，就會開啓一扇門，而且從此再也不會關上。我已經解釋過，我一直受到無微不至的呵護——我現在了解，我被保護得太好，以致快滿十八歲了，我還不知道自己的生活領域是多麼有限。我走在一個英俊的大學生身旁時，心頭叛逆的顫動就如同一縷從異國文化傳來的樂聲。但我緊抓著筆記本和童年不放，問他為什麼中庭要鋪石板而不鋪草皮。他低頭對我微笑：「嗯，我不知道。從來沒有人問過這問題。」

他帶我去餐廳，這兒天花板很高，是個有都鐸式木樑的大通倉，擺滿一排排木桌，他帶我去看羅徹斯特侯爵㉑年輕時在這兒用餐，刻在桌子上的髒話。大廳兩側都是彩繪玻璃，每扇窗中間都有一則頌揚善行的模範故事：湯瑪斯•貝克特㉒跪在垂死者床畔，穿長袍的神父布施熱湯給一排瑟縮的窮人，中世紀的醫生包紮傷者的腿。羅徹斯特桌位上方的那幅畫面我看不懂，一個脖子上戴著十字架的男人手拿一根棍子，彎腰看著一堆像是黑色破布的東西。「哦，這確實很奇怪，」史蒂芬告訴我。「我們以此爲榮。妳看，這個男人是我們學院早期的導師，他用一根銀棒刺穿吸血鬼的心臟。」

我瞪著他，一時之間說不出話來。「那時候牛津有吸血鬼嗎？」我終於問道。

「這我不清楚，」他微笑道。「傳統上相信，本學院早期的學者曾經出力保護這個地區免受吸血鬼之害。事實上，他們收集了很多與吸血鬼有關的民間傳說，稀奇古怪的材料，在馬路對面的瑞德克理夫館還看得到。據說有一度導師反對學院收藏有關神秘宗教的書，所以這種書都被送到其他地方，後來也一直留在那兒。」我忽然想起羅熙，不知他是否看過這批古老藏書的一部份。「有沒有辦法查到過去學生的姓名——我是說——大概——五十年前？研究生？」

「當然可以，」我的同伴隔著木桌好奇的看著我。「需要的話我可以幫妳去問院長。」

「哦，不用了，」我覺得臉紅了起來，這是我年輕時候的一大困擾。「不是什麼重要的事。但我想——我可以看看那些有關吸血鬼的民間傳說嗎？」

「妳喜歡嚇人的東西，是嗎？」他似乎覺得這很有趣。「沒多少可看的，妳知道——只有一些對開本的

㉑譯註：Earl of Rochester 共有三位，此處可能指 John Wilmot，1647-1680，他是英王查爾斯二世的好友，生活淫佚放蕩，愛寫諷刺詩，三十三歲就死於梅毒與酗酒。

㉒譯註：Thomas Becket，1118-1170，一一六二年就任坎特伯利大主教，出任主教前，他是英王亨利二世的密友，一起吃喝玩樂，但出任主教後，他就致力爭取教會的利益，不惜與英王為敵，終於一一七〇年在坎特伯利大教會遇刺喪生。

古書和幾本皮面精裝書。但沒問題。我們先去參觀大學圖書館——妳一定不能錯過——然後我帶妳去瑞德克理夫館。」

圖書館當然是大學的精華所在。從那無知的一天開始，我到過牛津大學幾乎每一所學院，對其中幾所瞭若指掌，來去它們的圖書館、教堂、餐廳，在課堂上授課，在會客室裡喝茶。我有十足把握說，所有圖書館都不及我看過的第一座學院圖書館，只除了抹大拉學院的小教堂裡，那些超凡出眾的裝飾或可比擬。我們先走進一間四壁全是染色玻璃窗，像挑高的植物栽培室的閱覽室，室內的學生就像採集來的稀有植物，圍繞著年代幾乎跟學院本身一樣古老的桌子而坐。天花板垂下奇形怪狀的吊燈，各個角落都設有台座，放置亨利八世時代傳下的巨大地球儀。史蒂芬指點給我看一面牆壁上的書架，陳列著許多冊第一版的《牛津英漢字典》；其他架上擺滿了漫漫數世紀以來的地圖、古老的貴族名錄和英國歷史著作，還有從學院成立以來，歷年使用過的所有拉丁文和希臘文的教科書。房間正中央有一套巨大的百科全書，放在巴洛克風雕刻的木架上，靠近下一個房間的入口處有個玻璃櫃，裡面有本幾乎像化石的老書，史蒂芬告訴我，那是一本古騰堡聖經㉓。我們上方的圓形天窗很像拜占庭教堂的開放式圓天窗，釋入一道道長長的陽光。成群的鴿子在頭頂盤旋。滿是灰塵的光線輕觸學生閱讀的臉和桌上翻開的書頁，拂過他們厚重的套頭毛衣和嚴肅的臉孔。這是學習的樂園，我祈禱有一天能入學就讀。

下個房間是個非常大的廳，有好幾個陽台和螺旋形的樓梯，古董玻璃的高窗。所有派得上用場的牆面都砌滿了書，從最高層到最底層，從石質地面到穹圓的天花板。我看到精工打造的皮革裝訂、黑黝黝的檔案夾、一堆堆暗紅色的十九世紀小開本，連綿好幾英畝。我真想知道，這麼多書裡寫的是什麼？我看得懂裡頭

㉓譯註：Gutenberg Bible由古騰堡1454-1455年在德國Mainz用活字印刷術印製，是聖經最有名的古版本，也是西方圖書大量生產的起點。

的東西嗎？我手指頭發癢，很想從架上取下幾本，但我連封面都不敢碰。我不確定這兒究竟是圖書館，還是博物館。我四處張望的當兒，一定所有情緒都赤裸裸寫在臉上，因爲我忽然看到我的嚮導正看著我微笑，一臉興味盎然的表情。「不錯吧，嗯？妳一定是個小書蟲。我們走了吧，妳已經看到了最好的部分，我們可以去瑞德克理夫館了。」經驗過圖書館的安靜，外面明亮的天空和嘈雜、飛馳而過的車輛，比平時更難忍受。但我得感謝它們帶來一件突如其來的禮物；因爲我們匆忙過馬路的時候，史蒂芬牽起我的手，儘快把我拉到安全的地方。對別人而言，他可能是個專斷的大哥哥，我想，但那隻乾燥、溫暖的手掌的觸感，卻送進我心裡一個癢酥酥的訊號，在他放開我的手以後，仍在那兒閃爍發光。我偷看一眼他毫無變化的愉快側影，可以確定這個訊號完全是單向的。但對我而言，接收到它已經足夠了。

每個崇拜英國的人都知道，瑞德克理夫館是英國建築中的一大傑作，美麗而奇怪的一個裝書的大桶。它一側離街道很近，但其餘各面都有寬廣的草坪圍繞。儘管輝煌的圓形內室擠了一大群吵鬧的觀光客，我們還是非常安靜的走進去。史蒂芬指點了建築設計上的幾種特色，那是所有英國建築課必教，也是每本觀光指南必列的內容。這實在是一個很美也很令人感動的地方，我一邊東張西望，一邊想著，把邪惡的傳說收藏在這麼一個地方眞奇怪。「在這兒。」他指著牆上一個從書的懸崖上切出的入口。「裡頭有個小閱覽室。我只來過一次，但我記得他們把吸血鬼藏書都放在這裡。」

這個陰暗的房間眞的很小，也很安靜，遠離下面觀光客製造的噪音。架上塞滿大型書冊，封面已變成焦糖的枯褐色，像古老的骸骨般一觸即碎。群書之間有個裝在鍍金玻璃盒裡的骷髏人頭，證實這批收藏恐怖的本質。事實上，房間小到只能在正中間容納一張閱讀桌，我們進入時，差點撞上那張桌子。也就是說，我們忽然跟坐在那兒，翻閱一冊大對開本，並振筆疾書，在紙上抄筆記的學者面面相對。他從書上抬起頭來，眼睛黝黑深凹，眼神驚訝而迫切，但又那麼聚精會神。那是我父親。

23

大學圖書館前面的街上，圍著救護車、警車和看熱鬧的人群，把圖書館員的屍體移走，我在混亂中呆立了一會兒。眞太可怕，無法想像，即使最令人厭惡的人，生命也會出乎意料戛然而止，但接下來我擔心的是海倫。人群聚集得很快，我東推西搡找尋她。她先找到我時，我眞是放下心頭一塊巨石，她用戴手套的手從背後拍拍我肩膀。她臉色很蒼白，但神態如常，用絲巾緊緊裹著脖子，看到她柔滑的頸項讓我打個寒噤。「我等了幾分鐘，就跟著你下樓，」她在嘈雜的人群中說。「我要謝謝你來幫助我。這人是個畜生。你眞的很勇敢。」

我很訝異她也會有那麼親切的表情。我低聲說：「眞正勇敢的是妳。而且他傷害了妳。」我盡量不公然用手指她的脖子。「他有沒有——」

「有，」她輕聲說。我們直覺的緊靠在一起，免得別人聽見我們交談。「他在樓上向我撲來時，咬了我的喉嚨。」有一會兒她嘴唇彷彿在顫抖，幾乎落下淚來。「他沒吸多少血——來不及。也不怎麼痛。」

「可是妳——」我結結巴巴，難以置信。

「我想不會感染，」她道。「幾乎沒流什麼血，我已經盡量把傷口合攏。」

「我們該去醫院嗎？」我話才出口就後悔了，但只有一部份是因爲她瞪我那令人膽寒的一眼。「或我們可以想辦法治療？」我幻想可以像處理毒蛇咬傷一樣吸出毒液。她臉上忽然出現的痛苦表情，使我的心一陣絞痛。然後我想起她洩露地圖秘密的背叛。「可是妳爲什麼——」

「我知道你在想什麼。」她立刻打斷我，她的口音變重了。「但我想不出對付那頭畜生更好的誘餌，我要看他的反應。我無論如何都不會把地圖或任何資料交給他的，我向你保證。」

我狐疑的打量著她。她的表情很嚴肅，嘴唇耷拉下來，形成一個憂傷的弧。「不會嗎？」

「我保證，」她簡單地說。「更何況」——諷刺的笑容緩和了痛苦的扭曲——「我沒有跟人分享對我有用的東西的習慣，你呢？」

我無法作答，但她神情中有某種東西，確實減輕撫了我的憂慮。「他的反應很有趣，不是嗎？」她點點頭。「他說本來應該輪到他去墳墓，而羅熙是被某人帶走的。這很奇怪，但他確實好像知道我的——你的指導教授——在哪裡。我很難接受卓九利亞這套玩意兒，但或許某個詭異的神秘教派綁架了羅熙教授，這有可能。」輪到我點頭，雖然我顯然比她更相信卓九勒。

「你現在打算怎麼辦？」她純屬好奇的問。

我還沒想好該怎麼回答，就脫口說道：「去伊斯坦堡。我確信那兒至少有一份文件，羅熙一直沒機會細看，裡頭可能有關於墳墓的資訊，說不定就是卓九勒位於斯納格布的墓。」

她笑了起來。「何不到我美麗的家鄉羅馬尼亞去度個假？你可以手拿一根銀針去探索卓九勒的古堡，或親自到斯納格布去。我聽說那兒風景美麗，適合野餐。」

我有點不高興的說：「聽著，我知道這一切都很奇怪，但我必須盡我所能追查羅熙失蹤的線索。妳很清楚知道，美國公民不可能直接進入鐵幕去找人。」想必是我的忠誠讓她有點不好意思，因為她沒答腔。「但我確實想請妳幫個忙。我們離開教堂的時候，妳提到妳母親可能知道一點有關羅熙追蹤卓九勒的事。妳指的是什麼？」

「我只是說，他們剛見面的時候，他告訴過她，他到羅馬尼亞是為了研究卓九勒傳奇，而她自己相信這個傳奇。也許她對他在那兒研究的情形，知道的比告訴我的更多——我不確定。她不大願意談這件事，我追蹤我親愛爹地的小嗜好，可不是在家庭的懷抱裡，而是透過學術管道。我該從她那兒多打聽一些親身經驗才對。」

「以人類學家而言，這樣的疏忽還眞奇怪，」我促狹的頂她一句。現在我又相信她站在我這邊了，我鬆了一口氣，覺得可以盡情抱怨。她的表情也因覺得好笑而開朗起來。

「被你說中了，福爾摩斯。下次見到她我會問她。」

「那會是什麼時候？」

「再過兩年吧，我想。我寶貴的簽證不允許我在東、西方之間隨意來去。」

「妳難道不打電話或寫信給她嗎？」

她瞪著我。「哦，西方人眞無知，」最後她道：「你以爲她有電話？你以爲我寫的信不是每封都先有人拆開讀過。」我挨了罵，沈默下來。

「你那麼想看的那份文件是什麼，福爾摩斯？」她問。「是不是那份跟龍騎士團有關的書目？我在他文件中最後那張表上看到的。那是他唯一沒有詳細說明的東西。你要找的就是那個？」

她當然一猜就對。她的智力讓我覺得高深莫測，我恨不得能在更好的氣氛下與她交談。另一方面，我不怎麼喜歡她每猜必中，所以我反問：「妳爲什麼要知道？爲了妳的研究？」

「當然，」她嚴肅地說。「你回來的時候會再跟我聯絡嗎？」

我忽然覺得很疲倦。「回來？我還不知道自己會陷入什麼樣的處境，更不要說什麼時候可以回來。也許我到達我要去的天曉得什麼地方時，會被吸血鬼打敗。」

我說這話本來有諷刺的意味，但說話的時候，我覺悟這整個處境多麼不眞實；我在這兒，就像過去千百次一樣，站在圖書館前面的人行道上，只不過這一次我是跟一位羅馬尼亞人類學家談論吸血鬼——好像我對他們深信不疑——我們目擊救護車司機和警察趕到這個雖然不是由我造成，卻與我多少有關的死亡現場。我盡量不看他們執行這可怕的任務。我想到我該儘速離開這一帶，但不能讓人看出我的倉促。這個節骨眼上，我承擔不起被警方偵訊的後果，即使只是問幾個小時話也不行。我有很多事要做，而且得馬上進行——我需要去土耳其的簽證，這可能要到紐約去申請，還要買一張飛機票，我還必須在家裡保留一套我手頭所有資料的副本，以策安全。我這個學期沒有授課，眞是謝天謝地，但我必須對系裡做個交代，也要給我父母一番解釋，免得他們擔心。

我轉向海倫說：「羅熙小姐，只要妳能保密，我保證一回來就儘快跟妳聯絡。還有什麼妳要告訴我的嗎？妳能想到什麼方式我可以在離開前聯絡到令堂的嗎？」

「連我自己都聯絡不到她，除非寫信。」她無奈的說。「況且她不會說英語。兩年期滿我回家的時候，一定會親口問她這些事。」

我嘆口氣。兩年就太遲了，遲得難以想像。想到要跟這位才認識幾小時的奇怪同伴分開，我已經有種焦慮，她是除了我以外，唯一知道羅熙失蹤內幕的人。此後我就要到一個我想都沒想過的國家去孤軍奮鬥。但這件事勢在必行。我伸出手：「羅熙小姐，謝謝妳兩天來對我這個無害的瘋子百般容忍。如果我平安回來，一定會讓妳知道——我是說，也許——如果我能把令尊安全帶回來——」

她用戴著手套的手做了一個含混的手勢，好像她對羅熙能否平安回來根本無所謂，但接著她把手放進我手中，我們誠心誠意握手。我彷彿覺得，與她堅定相握是我跟過去熟知的世界最後一次接觸。她道：「再見。我祝福你的研究贏得最大的收穫。」她轉身消失在人群中——救護車司機正在關門。我也轉過身，走下台階，穿越廣場。離開圖書館約一百呎時，我停下腳步回頭看，希望能隔著圍觀救護車的人群，再看一眼她黑色套裝的背影。讓我意外的是，她正向我跑來，幾乎就要追上了。她很快跑到我身旁，我看到她臉頰泛起紅寶石般的嫣紅。她的表情很急切。「我在想，」她道，然後停住。她似乎深深吸了一口氣。「這對我的一生比任何其他事都更重要。」她的目光直接，充滿挑戰意味。「我不確定該怎麼做，但我想要跟你一起去。」

24

父親對於沒去開會而跑到牛津的吸血鬼藏書庫，提出幾個可愛的藉口。他以一貫的熱情，握著史蒂芬•巴利的手，說是會議取消了。父親說，他閒逛到這個以前常來的老地方——說到這兒，他住了口，差點咬自己的嘴唇，然後重新嘗試。他要找個清靜的地方（這我倒很相信）。他對於有史蒂芬在場，對於身材高大、健康洋溢、從羊毛衫裡散發青春活力的史蒂芬滿懷感激，非常顯而易見。畢竟，要是我自己一個人來撞見他，父親要怎麼對我說呢？他能怎麼解釋，甚至不能裝作不經意的闔攏手底下那本書？現在他正這麼做，但已經太遲了；我已經看到厚重的象牙白色書頁上印著醒目的章名：「普羅旺斯與庇里牛斯山區的吸血鬼」。

那天晚上，我躺在院長家中那張搭著印花棉布天篷的床上，睡得很不好，每隔幾小時就從奇怪的夢境醒來。有次我看見我和父親房間之間的浴室門縫底下透出亮光，這讓我安心。但有時他沒在睡覺，而在隔壁房間裡輕聲活動的念頭，使我忽然驚醒。天快亮時，紗帳外灰濛濛的天光逐漸顯現，我最後一次醒來。

這次是寂靜驚醒了我。每件東西都太靜止了：廣場上樹木隱約的輪廓（我從窗簾邊緣向外探望），我床畔高大的衣櫃，最主要還是隔鄰父親的臥房。倒不是說我預期他會這麼早起身；他最可能做的事的就是睡覺——也許打幾聲小鼾，如果他仰臥——試著消除前一天的憂慮，延後這一天包括演講、討論與辯論的繁忙行程。我們旅行時，他總在我已經起身後，過來輕敲我的房門，催我快點兒出去，陪他趁早餐前散個步。

這天早晨，寂靜毫無來由地給我一種壓力，我從大床上爬下來，穿好衣服，把一條毛巾搭在肩膀上。我要去浴室盥洗，順便聆聽父親夜間的呼吸。我輕敲浴室的門，確定他不在裡面。我走進去，站在鏡子前面擦臉時，寂靜變得更深沈。我把耳朵湊在他房門上。他眞的睡得很沈。我知道，打斷他好不容易得來的休息，是沒心肝的舉動，但驚慌開始向我手腳擴散。我輕敲房門。裡面毫無動靜。多年以來，我們互不干擾對方的隱私，但現在，我在浴室窗口透入的灰濛濛晨光中，轉動他房門的把手。

父親的房間裡，沈重的窗簾是拉上的，所以我花了好幾秒鐘才分辨出家具和掛畫的輪廓。寂靜使我頸背上的皮膚輕輕顫抖。我向床走近一步，對他說話。但上前一看，床十分平整，比黑暗的房間更黑暗。房裡空空如也。我吐出摒住的一口氣。他到外面去了，很可能一個人去散步，需要獨處，需要時間思考。但某件事促使我開亮床旁的燈，以便把周圍的情形看個清楚。一圈光暈裡，有封題名給我的信，信上還壓著兩件讓我大吃一驚的物品：一枚繫在堅固鍊子上的小小銀色十字架，還有一球新鮮大蒜。還沒看到父親寫了些什麼，光是這兩件東西出現，我的胃就開始打結。

我親愛的女兒：

很抱歉如此讓妳意外，但我因新的任務必須馬上離開，不想在深夜裡驚動妳。我只需離開幾天，希望是如此，我已經跟詹姆斯院長安排妥當，委由我們的年輕朋友史蒂芬•巴利送妳安抵家門。校方給他兩天假，他今晚就會護送妳回阿姆斯特丹。我本來想請克雷太太來接妳，但她因爲妹妹患病，所以又到利物浦去了。她會設法今晚到家跟妳會合。無論如何，妳都會受到妥善的照顧，我相信妳也會明智的照顧自己。我不在時，無需爲我擔心。這件事必須保密，但我會儘快回家，到時再給妳說明。目前這段時間，我全心全意拜託妳，無時無刻都要戴上十字架，並且在每個口袋裡裝些大蒜。妳知道我從來不強迫妳接受任何宗教或迷信，兩者我都仍然堅決不信。但我們面對邪惡勢力時，必須盡可能採納它的遊戲規則，妳已經知道這些規則的範疇。我以父親的心請求妳，這期間絕不可忽視我的希望。

他的署名滿含親情溫暖，但我看得出他寫得很倉促。我的心跳得很快，我馬上把鍊子繫在脖子上，把大蒜掰開，分裝在衣服口袋裡。父親的作風就是這樣，我打量著房間想道，在無聲的匆忙中離開學院，還記得把床鋪得這麼整齊。但他爲什麼這麼匆忙？不論這次的任務是什麼，絕不是一樁簡單的外交出使，否則他會告訴我實情。他經常必須處理專業上的緊急狀況；我曾經目睹他毫無預警的趕到歐洲另一頭去處理危機，但他總會告訴我他要去哪兒。這次，劇跳的心告訴我，他不是爲執行任務而離開。更何況他這個星期應該待在牛津，發表演講和參加會議。他不是個輕易背棄義務的人。

不對。他忽然失蹤一定跟他最近承受的壓力有關——我終於想通自己一直擔著心的就是這件事。而且還有昨天瑞德克理夫館的那一幕，父親沈浸在——他倒底讀的是哪本書？哪兒啊，他到底去了哪兒？不帶我同行，要去哪兒呢？我記憶中，這是這麼多年來第一次，許多年來父親身兼母職，庇蔭著我，不讓我承受沒有母親、沒有兄弟姊妹、沒有祖國的孤寂——第一次，我自覺像個孤兒。

□

院長非常仁慈，我拎著收拾好的行李箱，手臂上搭著雨衣去見他。我向他解釋，我已做好獨自旅行的準備。我要他放心，我很感激他主動表示要派一個學生送我回家——越過整個英吉利海峽——我永遠不會忘記他的好意。我對此覺得懊惱，不嚴重但很清晰的懊惱——在一整天的旅程中，有史蒂芬•巴利坐在火車廂對面，向我微笑，會是多麼愉快。但我必須這麼說。幾個小時之內，我就安全到家了，我重複道，努力壓抑住心頭浮現的一幅紅色大理石水盆裡裝滿會唱歌的水的畫面，唯恐被這位滿臉和氣笑容的老先生看穿我的心思，甚至從我臉上的表情看出端倪。我很快就會平安到家，如果他需要進一步保證，到達時我可以打電話給他。再說，當然，我不厭其煩的補充道，父親過幾天也就回家了。

詹姆斯院長確信我有能力獨自旅行；我看起來就像個獨立的女孩，毫無疑問。只不過他不能——他對我露出更溫和的笑容——他不能收回對我父親的承諾，父親是他的多年老友。我又是父親最無價的寶貝，他不能毫無妥善保護就把我送走。說眞的，這不是爲了我，我必須了解，而是爲了父親——我們得迎合他一點。我還沒來得及再申辯，甚至還來不及思索，爲何院長會自稱是父親的多年老友，我卻以爲他們是兩天前才認識的，史蒂芬就出現了。我沒有時間考慮種種疑竇，史蒂芬就站在那兒，一副跟我也是多年老友的模樣，穿好外套，拎著行李，沒有比看到他更讓我懊惱的事了。我懊惱這會害我繞上多麼大的一個圈，但也不盡然那麼不開心。我不可能說不歡迎他實事求是的微笑，或那句：「讓我暫時放下工作啊，妳眞是！」

詹姆斯院長頭腦清楚得多。「你還是在工作，孩子，」他對史蒂芬說：「我要你一抵達阿姆斯特丹就打電話回來，我也要跟管家通電話。這兒是你的機票錢和餐費，記得帶收據回來」他栗色的眼睛閃爍了一下。「這不代表你不能在火車站替自己買點荷蘭巧克力。也替我買根巧克力棒。不及比利時的產品好，但也還不錯。你們走吧，多用腦筋。」接著他嚴肅的跟我握手，給我一張他的名片。「再見了，親愛的。妳想讀大學的時候再回來看我們。」

走出辦公室，史蒂芬替我拿起行李箱。「我們走吧。我們搭十點半的火車，不過還是早點動身比較好。」

我發現院長和父親已考慮到所有的細節，我不敢預期到家以後，還要擺脫多少重枷鎖。但現在我有別的事要做。「史蒂芬，」我道。

他笑了起來：「哦，叫我巴利好了，大家都這麼叫我，我太習慣這種稱呼，聽到我本來的名字會讓我起雞皮疙瘩。」

「好吧，」今天他的笑容特別有感染力。「巴利，我——離開之前，我可以拜託你幫一個忙嗎？」他點點頭。「我想再去一次瑞德克理夫館。那兒太漂亮了。我——我還想看吸血鬼收藏。我都沒來得及細看。」

他呻吟一聲。「我就知道妳喜歡恐怖的玩意兒。好像是家族遺傳。」

「我知道。」我覺得自己的臉又紅了。

「好吧，那我們就很快的看一眼，但接下來就得趕快了。如果沒搭上火車，詹姆斯院長會拿木棒刺穿我的心臟。」

瑞德克理夫館今天早晨很安靜，我們快步爬上擦得雪亮的樓梯，往我們昨天嚇了父親一跳的那個陰森的小閱覽室跑。走進那個小間時，我強把淚水吞下；才不過幾小時前，父親還坐在這裡，他眼中有種奇怪而遙遠的神采，現在我卻連他身在何處都不知道。

但我還記得他把那本書歸在架上哪個位置，趁我們談話時，裝做若無其事，把它放在左側架上。我手指拂過書架的邊緣，巴利站在一旁（空間太擠，我們要不貼著彼此站立都不可能，我眞巴不得他到陽台上去逛逛），滿懷好奇的旁觀。那本書該在的位置留下一個洞，像缺了一顆牙齒。我呆住了：我父親絕無可能偷書，那麼是誰拿走了呢？好在不一會兒我就發現，那本書就在伸手可及的地方。我上次來過後，顯然有人移動過它。是父親回來看第二眼嗎？或另外有人把它從書架上取下？我懷疑的看一眼玻璃盒裡的骷髏頭，但它只漠然以解剖學的表情回望我。然後我小心翼翼把書取下，書很高，封面裝訂呈骨灰色，上端突出一根黑色的絲帶。我把它放在桌上，只見封面用法文寫著：《中世紀的吸血鬼》，黑吉杜克男爵著，一八八六年，布加勒斯特。

「妳看這種變態的垃圾做什麼？」巴利在我身後窺探。

「交學校的報告，」我輕聲道。這本書分成若干章，跟我記得的一樣：「托斯卡尼的吸血鬼」、「諾曼地的吸血鬼」等等。我終於找到正確的一章：「普羅旺斯和庇里牛斯山區的吸血鬼」。哦，上帝啊，我的法文夠好嗎？巴利開始看錶。我用手指引導，一行一行往下讀，盡量不碰觸漂亮的字體或象牙色的紙張。「普羅旺斯農村裡的吸血鬼——」父親到底來這兒找什麼？他埋頭閱讀這一章的第一頁。「還有一則傳說……」我把頭湊上去。

從那一刻起，我曾多次重複當時的初體驗經驗。在那之前，我對書寫法文的涉獵一直以實用爲主，幾乎像寫數學習題一樣。我理解一個新片語，只不過把它當作下一個練習的橋樑。我從來不知道忽然理解的靈光顫動，新語言從字句到大腦往心靈移動的方式，從萎頓開始泳動，在眼前忽然變得生氣勃勃，理解跨出幾乎力大無窮的一大步，電光石火而快樂無比的意義釋放，字句在一陣強光熱力的閃動中，擺脫印刷的軀殼。從那時起，曾經跟我一起體驗這種時刻的伴侶何其之多：德文、俄文、拉丁文、希臘文還有——僅短短一小時——梵文。

但那第一次的經驗啓發了後來所有的經驗。「『還有一則傳說……』」我吁出一口氣，巴利忽然彎腰閱讀這些字句。但他大聲翻譯出來的內容，我已能用心掌握：「『還有一則傳說，最偉大也最危險的吸血鬼卓九勒並非在瓦拉基亞地區獲得他的法力，而是透過東庇里牛斯山區聖馬太修道院裡的邪魔外道。這座修道院隸屬本篤會，創建於主後一千年。』這到底是什麼玩意兒？」巴利問道。

「要交給學校的報告，」我重複道，但我們的目光很奇異的在書的上方接觸到，他看著我，好像第一次見到我。「你的法文很好嗎？」我謙卑地問。

「當然，」他微微一笑，再次低下頭看著書。「『據說卓九勒每隔十六年就要重返這座修道院，向他的發源地致敬，並更新使他得以死後再生的力量。』」

「請繼續，」我抓住桌子的邊緣。

「沒問題，」他道。「『十七世紀初，由普羅旺斯的皮埃爾弟兄計算出來的數字顯示，卓九勒會在五月的半月之日造訪聖馬太。』」

「現在月亮是什麼形狀？」我訝然問，但巴利也不知道。接著沒再提及聖馬太；下半頁引述了一份沛比良教堂紀錄一四二八年當地羊群騷動的文件；語焉不詳，看不出撰文的教士究竟把問題歸咎於吸血鬼或偷羊賊。「奇怪的記載，」巴利發表感想。「妳的家人以閱讀這種東西爲樂嗎？妳要聽賽浦路斯的吸血鬼的故事嗎？」

這本書其他部分似乎都與我的目的無關，巴利再次看錶時，我傷感的從滿牆極具吸引力的圖書前轉過身。

「嗯，眞愉快啊，」我們下樓時巴利道。「妳是個很不尋常的女孩，不是嗎？」我不大懂他的意思，但我希望這是一句讚美。

在火車上，巴利談他的同學逗我開心，那些人不是狂妄無比就是替人受過。然後他幫我把行李提到船上，渡過油汪汪的灰色海峽。那天晴朗而寒冷，我們坐在室內的塑膠椅上躲避寒風。「學期中我睡得不多，」巴利告訴我，隨即把大衣捲成一團，塞在肩膀底下，開始呼呼大睡。

我覺得他睡個幾小時無所謂，因爲我有很多事要思考，包括實際和學術兩方面的事。我當下的問題與歷史事件之間的銜接無關，而是克雷太太。她一定會盡忠職守，在我們阿姆斯特丹家中的客廳裡等候，對父親和我充滿令人窒息的關懷。有她在，我起碼整晚上都不能出門，而如果我第二天放學後不馬上回家，她會像餓狼般緊追不捨，說不定還動員半個阿姆斯特丹的警力做她後援。況且還有巴利。我瞥一眼他的睡相；他很克己的對著自己的外套打鼾。明天我去上學時，巴利就要回來搭渡輪，我得小心，可別在半路上撞見他。

我們到達時，克雷太太果然在家。巴利陪我站在門口，等我找我的鑰匙；他伸著脖子對古老的商人舊宅和閃閃發光的運河讚賞不已——「太棒了！那麼多林布蘭畫裡的臉孔滿街走！」克雷太太忽然打開門，把我拖進去時，他差點沒跟上。我看到他的彬彬有禮控制了局面，眞是鬆了一口氣。他們兩人到廚房去打電話給詹姆斯院長時，我連忙飛奔上樓，回頭喊說我要洗把臉。事實上——這念頭使我的心溢滿罪惡感，急速跳動

——我打算立即洗劫父親的堡壘。我待會兒再考慮如何應付克雷太太和巴利。現在我必須找出我認爲一定是藏在那兒的東西。

我們的透天厝建於一六二〇年，二樓有三間臥室，父親欣賞這種有黑色木樑的狹窄房間，因爲他說它們令他有種感覺，好像這兒仍住滿最初住在這兒的那些勤勞單純的老百姓。他住最大的房間，擺滿令人激賞的荷蘭古董家具。他把斯巴達式家具跟鄂圖曼式地毯與床帷揉合在一起，一幅梵谷的小張素描，十二件來自法國農舍的銅盤，全部陳列在一面牆上，反射著來自下方運河的閃光。我現在明白那是個多好的房間，不僅因爲它展現的折衷品味，也因爲它修道院式的簡潔風格。這兒沒有一本書，書都放在樓下書房裡。那張十七世紀的椅子，椅背上也從來沒掛過衣服；從來沒有報紙玷辱過那張獨霸一方書桌的桌面。這兒沒有電話，甚至也沒有鐘——父親習慣一清早工作。這純粹是一片生活空間，一個睡眠、醒來、可能也禱告的房間——雖然我不知道是否有人在這兒禱告過——跟它全新的時候一模一樣。我愛這個房間，但很少進來。

現在我輕手輕腳像小偷似的走進來，關上門，打開他的書桌。有種可怕的感覺，就像打開棺材的封緘，但我片刻不停，把格子裡的每件東西取出來，翻動抽屜，但邊翻邊把每樣東西都小心放回原位——他朋友寄來的信，他的高級鋼筆，有他姓名縮寫字母的便條紙。最後我的手摸到一個密封的包裹。我恬不知恥把它拆開，看到裡面寫著幾行字，指名給我收，並告誡我只有在父親意外身故或長期失蹤的情形下，才可以讀所附的信。我豈不是看著他夜夜伏案寫作，每當我靠近就用手遮擋嗎？我貪婪的抓緊包裹，關上抽屜，把新發現的寶藏帶回我自己房間，一路努力聆聽樓梯上有沒有克雷太太的腳步聲。

包裹裡滿滿都是信，每封信都折疊整齊，放進信封，寫上家中的地址，收信人是我，好像他本來打算從別處一封一封寄給我似的。我把這些信照秩序排好——哦，我不知不覺也學會了一些東西——小心拆開第一封信。日期寫的是六個月前，開始的時候好像不僅是字句，而是發乎內心深處的吶喊。「我親愛的女兒」——他的筆跡在我眼睛底下顫抖——「如果妳讀到這封信，原諒我。我已經去尋找妳母親了。」

第二部

我到了什麼樣的地方，跟什麼樣的人共處？我踏上一場何等陰森的冒險？……我揉搓自己的眼睛，捏自己的身體，看我是否醒著。這一切都像是可怕的惡夢，我恨不得忽然醒來，發現自己在家，黎明正努力從窗户鑽進來，感覺就如同工作過勞一整天的次日早晨，這是我常有的經驗。但我的肉體對擠捏的考驗有回應，我的眼睛也沒有受騙。我真的很清醒，周圍都是喀爾巴阡人。我現在除了耐心等待早晨到來別無他法。

——布蘭姆‧史托克，《卓九勒》，一八九七年

25

阿姆斯特丹火車站是我熟悉的地標——我進出這裡總有好幾十次。但我從沒有獨自來過，我從沒有獨自到任何地方旅行過，所以我坐在長椅上，等候往巴黎的晨快車時，脈搏跳動的速度不斷加快，不盡然是爲父親擔憂的緣故——這是我第一次嚐到完全自由的滋味，一股節節升高的元氣油然產生。克雷太太在家洗早餐碗盤，以爲我在上學途中。業已整裝去渡輪碼頭候船的巴利，也以爲我在上學途中，不會來礙事。我對於欺騙善良而乏味的克雷太太感到很抱歉，跟巴利分開更讓我遺憾，他突如其來發揮騎士風度，在門口台階上親吻我的手，還送我一條他買的巧克力棒，雖然我提醒他，我想吃荷蘭糖果隨時買得到。我想所有這些麻煩結束時，我可能會寫信給他——但那麼久以後的事還眞難說。

眼前阿姆斯特丹的清晨，輝煌明亮，在我四周變化萬千。即使像這樣的一個早晨，沿著運河從我家走到火車站，途中還是有很多東西讓我感到安心，烤麵包的香氣、運河潮濕的味道，周遭事物雖然談不上優雅，但在忙碌中仍保持潔淨的感覺。我坐在火車站的長椅上，把隨身的行李重新檢視一遍：換洗衣服、父親的信，從廚房拿的麵包、乳酪、鋁箔包果汁。我搜刮了廚房裡充裕的現金——做一件壞事不如乾脆做二十件——把我的錢包塡滿。這會讓克雷太太馬上有警覺，但也沒別的法子——我不可能爲了從我那個孩子氣的沒幾文存款的帳戶提錢，流連到銀行開門。我帶了保暖的毛衣、雨衣、護照、一本在長途火車上打發時間的書，還有我的法文袖珍字典。

我還偷了別的東西。我從門廳的珍玩櫃裡拿了一柄銀刀，它混雜在父親早年爲成立基金會而東奔西走，出使天南地北帶回來的紀念品之間。當年我還太小，不能跟他一起旅行，他把我留在美國委託不同的親戚照顧。這把刀鋒利得讓人心驚肉跳，還有個裝飾華麗的把柄，插在一個同樣鑲金嵌玉的鞘裡。這是我在家中唯一見過的武器——父親不喜歡槍，他的收藏品味不包括刀劍戰斧。我對於如何應用這麼小的刀保護自己毫無概念，但有了它在皮包裡，讓我更有安全感。

快車入站時，車站裡已擠滿了人。那時的我跟現在一樣，認爲不論你有再大的煩惱，再沒有比火車進站——尤其是歐洲的火車，更尤其是南下的歐洲火車——更讓人開心的事了。我人生的那個階段，正好是二十世紀最後四分之一的開始，還聽過最後一批翻越阿爾卑斯山的蒸汽火車的汽笛聲。我上了車，抓緊書包，幾乎露出微笑。我還有好幾個鐘頭，我用得著這段時間，不是讀我的書，而是詳讀父親寫給我的那些寶貴信件。我相信我選擇的方向是正確的，但我需要思考它爲什麼是正確的。

我找到一個安靜的車廂，把我座位旁靠走道的窗簾拉上，希望不要再有人進來。但過了一會兒，還是有個穿藍色大衣、戴藍色帽子的中年婦人推門進來，不過她對我露出一個微笑，便抱著一堆荷蘭文雜誌安頓下來。我坐在舒服的角落裡，看著古老的市區和綠意盎然、小巧玲瓏的郊區，在軋軋車聲中經過。我再次打開父親的第一封信，雖然我已經把開頭幾句話牢記心中，那些字句以急切而堅定的筆跡，勾勒出驚人的形勢、意想不到的地點和日期。

我親愛的女兒：

如果妳讀到這封信，原諒我。我已經去尋找妳母親了。許多年來，我一直以爲她死了，現在我對這件事不再有把握。這種不確定感幾乎比哀傷更糟，或許有一天妳會明白；它日夜折磨我的心。我不曾給妳講有關她的事，這是我嚴重失職，我知道，但我們的故事太痛苦，講給妳聽實非易事。我一直打算等妳再長大一點，更能了解這種事，不至於太受驚嚇的時候，就講給妳聽。雖然就驚嚇的程度而言，它帶給我的恐懼是那麼龐大、永無止境，這其實是我給自己找的最不成理由的藉口。

過去幾個月來，我盡量試著一點一滴告訴妳我的過去，彌補我的失職，我打算逐步把妳的母親帶進故事裡，雖然她走進我的生命是件相當突兀的事。但現在我生怕來不及在遭到滅口——不能再告訴妳任何事——或再度被沈默箝制之前，把所有妳該知道的、妳自己的身世告訴妳。

我曾經給妳講過我做研究生時的生活，那是妳出生之前的事，也告訴過妳，我的指導教授如何在向我透露一些秘密後離奇失蹤。我還告訴過妳，我如何遇見一個名叫海倫的年輕女子，她跟我一樣渴望找到羅熙教授，甚至意願比我更強烈。每一個靜下來的機會，我都試著把故事向前推展，但現在我覺得，我應該把剩下的故事寫出來，把它安全的付諸筆墨。現在妳必須閱讀，而不是在遍布巉岩的山頭或某個安靜的廣場，在隱蔽的港口或舒適的咖啡館裡聽我敘述，只能怪我講得不夠快，開始得也不夠早。

寫這封信的時候，我正眺望著一個古老港口的燈光，妳在隔壁房間不受干擾、什麼也不知道，安然沈睡。我工作了一整天，已經非常疲倦，然而必須著手撰寫這篇敘述的念頭，讓我更覺得疲倦，這是一件悲傷的義務，一個不得已的防範措施。我認為我還有幾星期，說不定幾個月，這期間我可以親口繼續我的故事，所以我不再重述我們在不同國家散步時，我已經講過給妳聽的部分。過完這段時間——幾星期或幾個月——我就不敢確定了。這幾封信是幫助妳度過孤獨的保險單。最壞的情況下，妳會繼承我的房子、我的錢、我的家具和書，但我相信妳珍惜我手中這些文件，會遠超過所有其他物品，因為它們包含了妳自己的故事，妳的歷史。

我為什麼不把這段歷史一口氣通通說給妳聽，把該做的事做完，給妳完整的資料呢？答案仍應歸咎我的軟弱。但也因為過於簡化的版本，就只是一個打擊而已。我不希望妳承受那麼大的痛苦，即使它跟我自己的痛苦相較，不過千萬分之一。更有甚者，如果我一口氣講完，妳可能不會完全相信，就好像若非羅熙教授的回憶變成我的親身經歷，我也不可能完全相信他的故事一樣。還有，最後一點，哪個故事眞能濃縮到只剩純粹事實的成分呢？因此，我每次只講一小段。我現在只能憑運氣猜想，這些信到達妳手中時，我已經講完了多少。」

父親的猜測不準確，他接續故事的地方跟我已經知道的部分之間有道鴻溝。我難過的想道，海倫•羅熙出乎意料的決心跟他一起去做調查，他有什麼反應，還有他們從新格蘭到伊斯坦堡旅途中有趣的細節，我可能永遠不得而知了。我很好奇，他們怎麼打通重重法律關卡，克服政治敵意，取得簽證，通過海關？爺爺奶奶都是和藹、講理性的波士頓人，父親稟告這一突如其來的遠行決定時，可曾撒了什麼樣的謊？他跟海倫照原定計畫立即前往紐約市嗎？他們在旅館住同一個房間嗎？我尚處於青春期的心智，既回答不了這疑竇，也無法不去想它。最後我只好把他們想像成他們年輕時代的電影裡的角色，海倫惴惴不安躺在雙人床上，父親愁眉苦臉去睡高背扶手椅，除了鞋子，什麼也沒脫，時報廣場的霓虹燈在窗外一閃一閃，招徠行人去做下三濫的勾當。

「羅熙失蹤六天後，我們在一個多霧的週間日，從艾鐸魏德機場飛往伊斯坦堡，在法蘭克福換機。第二班飛機次日清晨著地，我們跟所有其他旅客一起被帶下機。那時我已經到過西歐兩次，但在我看來，那些城市跟這兒是全然不同的星球——一九五四年的土耳其，比今天更像另一個世界。前一分鐘我還縮手縛腳擠在不舒服的飛機座位上，用熱毛巾擦臉，下一分鐘我們就站在機外，踩在同樣熱呼呼的柏油路面上，籠罩在不熟悉的氣味、灰塵以及排在我前面的那個阿拉伯人在風中翻飛的圍巾裡——那條圍巾老是被風吹到我嘴上。海倫看到我對這一切的不適應，站在我旁邊噗嗤笑出聲來。她在機上已經梳好頭髮，補好唇膏，經過一夜折騰，仍顯得精神抖擻。她脖子上圍著那條絲巾；我仍然沒看見她受傷的情形，也不敢要她取下圍巾。『歡迎來到廣大的世界，美國佬，』她微笑道。這次是個眞誠的笑容，不是她扮慣的鬼臉。

「坐計程車進城途中，我更加訝異。我不清楚自己對伊斯坦堡預期什麼——也許什麼也不預期，因爲我以極短的時間籌備這次旅行——但這座城市美得讓我喘不過氣。它那種『一千〇一夜』的特質，無論多少猛按喇叭的汽車、多少西式打扮的商人都無法抵銷。我想，建立在這兒的第一座城市君士坦丁堡，是拜占庭帝國的首都，也是羅馬帝國信奉基督教以後的第一個首都，一定光輝美麗得匪夷所思——羅馬的財富與早期基督教神秘主義的結合。我們在老城的阿赫梅德蘇丹區找到宿處的時候，我已眼花撩亂的看到數十座清眞寺和宣禮塔、掛滿精美織品的市集，甚至還瞥到一眼有許多圓頂和四座尖塔的聖蘇菲亞大教堂，漂浮在半島的上空。

「海倫也沒有來過這裡，她默不作聲，專心觀察每樣東西，在計程車上，她只有一次轉向我說，鄂圖曼帝國曾經在她的祖國留下數不清的痕跡，目睹這個大帝國的泉源——我相信她用的是這個字眼——感覺好奇怪。這成為我們在那兒日常生活的一大主題——她對所有早已熟悉的事物，都有簡短而尖刻的評語：土耳其地名、在一家露天餐廳吃到的大黃瓜沙拉、有一個尖角的拱窗。這對我產生奇怪的影響，好像是一種雙重經驗，等於我同時見到伊斯坦堡和羅馬尼亞，後來我們逐漸興起是否該去一趟羅馬尼亞的念頭時，我覺得好像是我透過海倫眼睛看到的過去，引導我到那兒。但這是後話，暫且不提。

「穿過外面的陽光與灰塵，房東的前廳眞是清涼，我感激的坐在門口的椅子上，讓海倫用她說得極好，但口音有點怪的法文訂下兩個房間。房東太太是個喜歡旅客、顯然也學了不少外國語言的亞美尼亞婦人，她沒聽過羅熙住過那家旅館的名字。或許它多年前就消失了。

「海倫喜歡當家作主，我想，那就讓她得其所哉吧。我們之間有個不成文，卻嚴格遵守的默契，就是帳單都由我出錢。我從老家的銀行把戔戔無幾的存款全部提領出來：羅熙值得我付出所有的努力，即使失敗也無所謂。必要時我可以一文不名的回家。但我知道海倫是外籍生，很可能身無分文，三餐不繼。我已經注意到，她似乎只有兩套衣服，跟幾件款式很拘謹的襯衫搭配。『是的，我們要相鄰的兩個房間，』她用法語告訴那位相貌清奇的亞美尼亞老婦人。『我哥哥「龍伏」（ronfle）時很可怕。』

『「龍伏」是什麼意思？』我在客廳裡問她。

『打鼾，』她毫不留情的說。『你眞的很會打鼾，你知道。我在紐約的時候沒眨過眼。』

『闔眼，』我糾正她。

『好嘛，』她道。『把門關好，拜託你。』

「不論打不打鼾，我們都需要睡眠消除旅行的疲勞，然後才能做別的事。海倫想立刻去找檔案圖書館，但我堅持先休息，然後吃頓飯。所以我們第一次到迷宮似的、到處可以瞥見迷人的花園或天井的街道上探索時，已經快要傍晚了。

「羅熙信中沒有提到檔案圖書館的名字，我們交談時，他只提到『伊斯坦堡有個很少人知道的資料館，是穆罕默德二世建立的』。談到他在伊斯坦堡所做研究的那封信，補充說明這地方隸屬於一座十七世紀興建的清眞寺。除此之外，我們只知道，他從窗戶可以望見聖蘇菲亞大教堂，這個圖書館不只一層樓，而且一樓可以直通大街。我出發前，在家鄉的大學圖書館仔細搜尋過這麼一個檔案圖書館的資料，卻沒有結果。我不明白羅熙爲何不在信中說明這個檔案室的名稱；遺漏這種細節不像他的爲人，但也許他不想記憶這種事。我把他所有的文件隨身攜帶，放在手提包裡，包括他列出的在那兒找到的文件的清單，還有最後那個不完整的句子：『書目：龍騎士團。』搜索這整個城市，在這座宣禮塔和寺廟圓頂組成的迷宮裡，找尋羅熙那行神秘字句的來源，說大海撈針還不足以形容希望的渺茫。

「我們唯一能做的就是把目標轉向聖蘇菲亞教堂，這兒原來是拜占庭帝國的大教堂。走到它附近，絕無可能過寶山而不入。所有的大門敞開著，宏偉的殿堂吸引我們跟其他遊客入內，彷彿被海浪捲進一個大岩洞。我不禁遙想過去一千四百年來，這兒香火鼎盛，進香客源源不絕，就像現在的我們一樣。進到裡面，我慢慢走到中央，仰著脖子欣賞這片寬廣而神聖的空間，著名的螺旋圓頂與拱形柱，天光從高窗湧入，高處角落懸掛著有阿拉伯書法的盾形圓匾，清眞寺重疊在教堂之上，教堂重疊在古代廢墟之上。拱頂高高在距我們很遠的上方，模擬拜占庭的宇宙觀。我一時之間不知自己身在何處，只覺得不可思議。

「回顧那一刻，我知道我埋首書堆太久，大學窄小的環境把我的心不斷壓縮。忽然進入這座拜占庭大建築——歷史的一大奇蹟——我的靈魂跳脫出所有的侷限。從那一刻起，我就知道，不論發生什麼事，我再也不可能回到從前的小格局。我要追隨人生向上提升，跟它一起向外擴張，就像這片無比廣大的室內空間，不斷向上向外膨脹。我的心跟它一起膨脹，這是我跟荷蘭商人一起漂泊時從未有過的感覺。

「我看著海倫，發現她同樣深受感動，她像我一樣仰著頭，黑色的捲髮遮住了衣領，她通常戒備而憤世嫉俗的臉，換成一種蒼白而出塵脫俗的表情。我情不自禁伸出手，握住她的手。她用力回握，那是一種我第一次跟她握手時，已經體會到的堅定而風骨嶙峋的抓握。換做別個女人，這可能意味著屈服或賣弄風情，愛情的默許；但對海倫而言，這只是一個簡單而有力的手勢，就像她的凝視或拒人於千里之外的姿勢。過了一會兒，她似乎恢復清醒：她放開我的手，但絲毫沒有尷尬的感覺，我們一起在教堂裡徘徊，欣賞精緻的講壇、亮晶晶的拜占庭大理石。我費了很大力氣才想到，我們停留在伊斯坦堡期間，隨時可以重遊聖蘇菲亞大教堂，我們來此最重要的任務是找尋檔案圖書館。海倫顯然有相同的想法，因爲我向入口走去時，她也跟過來，我們穿過人群，又回到大街上。

「『檔案圖書館不可能離這兒太遠，』她說。『聖蘇菲亞太大了，據我看，這塊地區幾乎任何一棟房子都看得見它，甚至從博斯普魯斯海峽對岸都看得見。』

「『我知道。我們必須找別的線索。信上說檔案圖書館隸屬一個十七世紀興建的小清眞寺。』

「『城裡到處都是清眞寺。』

「『沒錯，』我翻閱倉促購買的旅行指南。『就從這一家開始好了——大蘇丹清眞寺。穆罕默德二世和他的朝臣可能會到那兒做禮拜，建於十五世紀末，他把圖書館設在那兒很合情理，妳覺得呢？』

「海倫覺得値得一試，我們就步行過去。一路上我繼續翻查旅遊書。『聽聽這個。書上說伊斯坦堡是拜占庭語，意思是大城。妳看，就連鄂圖曼人也毀滅不了君士坦丁堡，只能把它重新命名——改一個拜占庭名字。書上還說，拜占庭帝國從三三三年維持到一四五三年——權力盛極而衰的過程多麼漫長啊。』

「海倫點點頭，沈重的說：『這部分的世界如果沒有拜占庭，簡直無法想像。而且，你知道，羅馬尼亞幾乎無處沒有它的痕跡——每座教堂、壁畫、修道院，我認爲甚至在一般老百姓臉上，都看得到它。在某種意義上，它在那兒比在這兒更貼近你的眼睛，因爲這裡的表層還沈澱了大量鄂圖曼統治的殘餘。』她臉上湧起一陣陰霾。『穆罕默德二世一四五三年征服君士坦丁堡，是歷史大悲劇。他用大砲轟倒所有的城牆，派軍隊進入，燒殺擄掠三天三夜。士兵在教堂的祭壇上強姦少男少女，這種暴行甚至發生在聖蘇菲亞。他們偷走聖像和所有神聖的寶物，把其中的黃金融化。還把聖徒遺骸扔到大街上餵狗。在那之前，這是有史以來最美麗的城市。』她把手舉到腰部，緊握成拳。

「我沈默無語。不論多久以前爆發過何等殘酷的暴行，這座城市依然美麗，有微妙而豐富的色彩，美輪美奐的圓頂和宣禮塔。我開始了解，爲何五百年前那段惡行對海倫而言那麼眞實，但這跟我們現下的生活到底有什麼關係？我忽然有種感覺，或許我千里迢迢，跟這個高深莫測的女人來到這個神奇的地方，找尋一個可能只是搭巴士到紐約逛逛的英國人，根本就沒有意義。我忍下這個念頭，轉而嘗試開她玩笑。『妳怎麼懂這麼多歷史？我還以爲妳是人類學家呢。』

『沒錯，』她正色道：『但是要研究文化必須先知道它的歷史。』

『那妳爲什麼不乾脆當歷史學家算了？那樣還是可以研究文化呀，在我看來。』

『也許吧。』她變得拒人於千里之外，不肯跟我眼光接觸。『我只是想研究一個還沒有被我父親佔領的學科。』

「金黃的暮色中，大清眞寺仍然對觀光客和信徒開放。我試著用蹩腳的德文跟入口的警衛搭訕，那是個橄欖色皮膚，滿頭捲髮的青年——拜占庭人就長這副模樣嗎？——但他說裡面沒有圖書館，也沒有檔案室，沒有這種東西，他也從來沒聽說附近有這種設施。我們請他給個建議。

「他想了半天，要我們去試試大學。至於小清眞寺，這一帶有上百個。

『今天要去大學已經太遲了，』海倫對我說。現在輪到她研究旅遊指南。『明天我們可以去看看，詢問穆罕默德時代留下的檔案室的消息。我想這是最有效率的辦法。我們去看君士坦丁堡的舊城牆吧。從這兒過去，可以走一段城牆呢。』

「我跟著她穿街走巷，她負責找路，旅遊書拿在她戴手套的手中，小小的黑皮包掛在她手臂上。腳踏車在我們身旁穿梭而過，鄂圖曼長袍跟西方服飾混雜，外國汽車跟馬車爭道。放眼望去，只見穿黑色背心和手鉤小圓帽的男人、穿花色鮮豔襯衫和燈籠褲的婦女，人人頭上纏著圍巾。他們拎著購物袋和籃子、布包、裝雞的籠子、麵包、鮮花。街道流洩著生命——相信一千六百年來一直是如此。沿著這些街道，信奉基督教的羅馬皇帝曾經在扈從、教士隨侍之下，從皇宮到教堂去領聖體。他們曾經是強大的統治者，偉大的藝術贊助者、工程師、神學家。其中有些人很難伺候——動不動砍掉廷臣的腦袋、刺瞎家族成員的眼睛，羅馬本土的傳統作風。這也是最初拜占庭政治展演的舞台。如此說來，這種地方出現一、兩個吸血鬼也不算反常。

「海倫在一道半成廢墟、非常高的石砌圍牆前停下腳步。商店簇擁在牆根下，許多無花果樹把樹根深深掘進牆側；城堞上方沒有一朵雲的天空，逐漸褪成古銅色。她輕聲說：『看君士坦丁堡圍牆的遺跡。你可以看出它完整的時候是多麼雄偉。書上說，那時候牆腳下就是大海，所以皇帝可以從皇宮直接出海。那邊那垛牆就是競技場的一部份。』

「我們站在那兒瞪著眼看，直到我再次發覺我又把羅熙整整遺忘了十分鐘。『我們找個地方吃晚飯，』我忽然道：『已經過七點了，今晚我們得早點休息。我決心明天一定要找到檔案室。』海倫點點頭，我們默默走回老城的市中心。

「我們在距民宿不遠的地方找到一家餐廳，室內裝飾著銅製花瓶和精緻的磁磚，前面拱窗底下擺著桌子，所謂窗，只是個開口，沒有裝玻璃，我們可以坐在那兒看行人在外面街上走過。等候晚餐送上來時，我驚訝的初次發現一個我一直沒注意到的東方世界的大不同點：所有匆匆走過的人其實根本不匆忙，不過就是步行而已。在這兒看起來匆忙的步伐，換在紐約或華盛頓，不過是稀鬆平常在人行道上散步而已。我把這點觀察告訴海倫，她諷刺的笑道：『沒那麼多錢可賺，也就沒有人會橫衝直撞去搶錢。』

侍者替我們端來麵包、一碟爽口的優格拌黃瓜、裝在玻璃瓶裡、氣味芳香的濃茶。經過一天疲勞，我們開懷大吃，剛開始享用串在木籤上的烤雞時，有個蓄銀色八字鬍、滿頭銀髮，身穿整潔灰色西裝的男人走進餐廳，朝四周打量了一眼。他坐在我們隔壁的桌位，把一本書放在盤子旁邊，低聲用土耳其語點好菜，然後好像被我們進食的愉悅吸引，湊過頭來，露出一個友善的微笑。『兩位喜歡我們的鄉土食物，我知道。』他用帶有口音但非常純正的英文說。

『沒錯，』我驚訝的答道：『太好吃了。』

『我來猜猜看，』他英俊和善的臉孔正視著我，繼續道：『你不是英國人。美國人嗎？』

『是的，』我道。海倫默不作聲，切著雞肉，用戒備的眼光看著我們的同伴。

『啊，猜對了。眞好。你們到我們美麗的城市來觀光？』

『是啊，沒錯，』我隨聲附和，暗中希望海倫起碼表現得友善一點；敵意可能會引起懷疑。

『歡迎來伊斯坦堡，』他和顏悅色笑道，舉杯向我們敬酒。我回敬他的好意，然後他笑著說：『原諒我這個陌生人多問，但你們這趟來最喜歡哪兒呢？』

『很難決定。』我喜歡他的長相，很難不據實以告。『最讓我印象深刻的是東方與西方融合在一個城市裡。』

『睿智的觀察，年輕人，』他嚴肅地說，用白色的大餐巾輕拭一下鬍鬚。『這樣的融合既是我們的瑰寶，也是我們的詛咒。我有同事花了一輩子光陰研究伊斯坦堡，但他們說，雖然他們一直都住在這兒，卻沒有足夠的時間探索整個城市。這是個不可思議的城市。』

『請問你從事什麼行業？』我禮貌地問，雖然我從海倫靜止不動的姿態判斷，她隨時都會在桌子底下踩我一腳。

『我是伊斯坦堡大學的教授。』他用同樣威嚴的口吻說。

『哦，多麼幸運啊！』我喊道。『我們——』就在這時，海倫一腳踩了下來。她穿的是那年頭所有女人都穿的包跟鞋，這一腳踩得很重。『我們眞是幸會，』我把句子講完。『請問你教哪門課？』

『我的專長是莎士比亞，』我們的新朋友說，小心的開始吃面前的沙拉。『我教研究所最高階的英國文學。我的學生都很優秀，不瞞你說。』

『眞是太好了，』我努力找話說。『我也在讀研究所，不過我在美國讀的是歷史。』

『很有意思的領域，』他鄭重其事地說。『你在伊斯坦堡會看到很多引起你興趣的事。請問你讀哪所大學？』

「我告訴了他，海倫板著臉在旁鋸她的晚餐。

『好學校，我聽說過，』教授道。他從瓶裡啜飲一口茶，敲敲盤子旁邊的書。『這樣好了！』最後他道。『你們既然來了伊斯坦堡，何不參觀一下我們的大學？我們在學術界也很有聲望，而且我很樂意為你和你美麗的妻子做嚮導。』

「我聽見海倫輕哼一聲，急忙替她掩護。『這是我妹妹——我妹妹。』

『哦，請原諒，』莎士比亞學者在位子上對海倫一鞠躬。『敝人賓格•柏拉博士，敬候差遣。』我們自我介紹——該說我負責介紹，因為海倫頑固的堅持沈默。我看得出，她不喜歡我用眞名，所以我連忙替她改姓史密斯，這種笨拙的抉擇使她眉頭皺得更深。我們互相握手致意，接著我們除了邀請他過來共桌用餐就別無選擇了。

「他客氣的推辭了一下，但只是一下下，就搬過來與我們同坐，把沙拉和玻璃瓶都端了過來，隨即高舉茶瓶。『敬兩位，歡迎來我們的好城市，』他有模有樣喊了聲：『耶！』甚至海倫也露出笑容，雖然她仍一言不發。賓格歉意地對她說：『請原諒我放肆，我很少有機會跟英文為母語的人練習說英文。』他還沒有發現她的母語不是英文，不過我看他可能永遠不會發現，因為她在他面前一個字也沒說。

「『你怎麼會想到要專攻莎士比亞？』恢復用晚餐時，我問他。

「賓格輕聲說：『哦，說來話長。家母是個很特別的女人，聰明絕頂，熱愛語言，也是一位退出的工程師』——我懷疑他真正的意思是『傑出的』——『她在羅馬大學讀書的時候認識我父親。他呢，性情樂天，是研究義大利文藝復興時期的學者，特別熱中於——』

「就在這十分有趣的一刻，街上忽然有個年輕女子從拱窗裡探頭進來，打斷了我們的談話。雖然我沒見過眞正的吉卜賽人，只看過圖片。但她看起來就像個吉卜賽，皮膚黝黑、輪廓分明，身穿色彩鮮豔的破舊衣服，胡亂修剪的黑頭髮圍繞在犀利的黑眼睛四周。她可能十五歲或四十歲；瘦削的臉孔看不出年紀。她手裡抱著許多紅色與黃色的花束，顯然想要我們購買。她把幾束花推到我面前，開始用刺耳的聲音對我叨唸。海倫露出厭惡的表情，賓格也很不悅，但那女人堅持不走。我正要掏出皮夾，打算送海倫——當然帶有玩笑的意味——一束土耳其鮮花，那吉卜賽女人忽然轉身面對她，手指著她厲聲大罵。賓格嚇了一跳，通常什麼也不怕的海倫也往後退縮。

「賓格見她的動作，忽然來了精神；他半站起身，發出憤怒的咆哮，痛罵吉卜賽女人。從他的口氣和手勢不難理解，他堅決要她趕快離開。她怒目看著我們每一個，然後就像來時一般，轉瞬消失在人群中。賓格再次坐下，瞪大眼睛看著海倫，隔了一會兒，他在外套口袋裡東翻西揀，取出一個很小的物體，放在她的餐盤旁邊。那是一塊約一吋長的扁平藍石頭，鑲在白色和淺藍色背景上，大略像個眼睛。海倫乍看到這東西，臉色忽然煞白，卻彷彿基於直覺，伸出手，用食指輕觸它一下。

「『這到底怎麼回事？』我無法不因文化局外人的處境感到煩躁。

「『她剛說什麼？』海倫第一次對賓格說話。『她說的是土耳其語還是吉卜賽語？我聽不懂。』

「我們的新朋友遲疑一下，好像不願意重複那女人的話。他含混不清地說：『土耳其語。也許我還是不告訴妳比較好。她說那種話很冒失，而且很奇怪。』他興趣盎然的注視著海倫，但我覺得他和藹的眼神裡也帶著隱約的畏懼。他緩緩解釋道：『她用了一個我不會翻譯的字眼。她說：「離開這兒，羅馬尼亞的狼之女兒。妳和妳的朋友會給我們的城市帶來吸血鬼的詛咒。」』

「海倫嘴唇都白了，我克制立刻握住她手的衝動。『只是巧合，』我安慰她說，她瞪我一眼；我在教授面前說太多了。

「賓格看看我，又看看海倫，再看回來。『這眞的很奇怪，高貴的朋友，』他道：『我想我們採取任何行動之前，必須先談談。』

雖然我對父親的故事很有興趣，但我在火車座位上差點打瞌睡；昨晚我先把所有的信讀完一遍，熬到很晚，所以非常疲倦。陽光普照的車廂裡有種脫離現實的感覺，我轉頭看著窗外，眺望井然有序的荷蘭農田流逝。火車每到一個小鎭，進站與出站時，都會經過一連串小小的菜園，在陰霾的天空下顯得特別翠綠，這是成千上萬懶得管別人閒事的人的後花園，他們房屋都背對鐵路。綠油油的田野風光在荷蘭幾乎可以從早春持續到初雪，靠空氣與大地的濕氣，以及四面八方映著陽光的江河湖泊滋潤。我們已經通過一大片運河與橋樑交織的地區，現在行經許多頭母牛和牠們疆界分明的草原。鐵道旁的道路上有對氣度雍容的老夫婦騎著腳踏車，不一會兒就隱沒在草原後面。很快我們就抵達比利時，我從經驗知道，旅途中只要打一個小瞌睡，就會完全錯過這個國家。

我把信緊緊抓在膝上，但我的眼皮已經開始往下掉。坐我對面那個和藹的婦人已經捧著雜誌睡著了。我眼睛才閉上一分鐘，車廂的門忽然砰地打開，一個氣急敗壞的聲音傳來，一個高瘦的身影插在我和我的白日夢中間。「哼，好大的膽子！我就知道。我搜遍每個車廂找妳。」來的是巴利，邊擦拭額上汗水，邊皺著眉頭瞪我。

26

巴利氣壞了。我不能怪他，但事情出現這樣的轉折，對我很是不便，我也有點生氣。更讓我氣惱的是，第一波不悅消散後，我竟暗地裡鬆了一口氣；看到巴利之前，我一直沒意識到，我在那班火車上覺得多麼孤單，走向未知，走向可能找不到父親的更大寂寞，甚至走向永遠失去他的無邊廣大的寂寞。只不過幾天前，巴利還是個陌生人，但現在看到他的臉，我只覺得親切無比。

但這一刻他滿臉怒容。「妳見鬼了打算去哪兒？妳讓我追得好苦——妳到底想做什麼？」

我暫時對他最後一個問題置之不理。「我沒打算讓你擔心，巴利。我以為你搭渡輪去了，永遠不會知道。」

「是啊，以最快速度回到詹姆斯院長那兒，告訴他妳安然待在阿姆斯特丹，然後接到妳失蹤的消息。哼，到時候看他怎麼修理我，」他一屁股坐在我身旁，叉起手臂，交疊起兩條長腿。他隨身帶著他的小行李箱，額頭上麥稈色的頭髮全都豎了起來。「妳是怎麼回事？」

「你為什麼跟蹤我？」我反問。

「今天早晨渡輪因為修理而誤點。」他似乎已經按捺不住露出一點微笑。「我餓得像隻老虎，所以我往回走幾條街，找個地方吃麵包喝茶，然後我就看到妳往另一個方向走，遠遠在街道另一頭，但我不敢確定。我還以為自己有幻覺，說眞的，所以我沒當一回事，買好早餐。然後良心開始譴責我，因為如果那是妳，我的麻煩就大了。所以我連忙趕往那個方向，就看到了火車站，然後妳上了這班火車，我差點心臟病沒發作。」他又怒目瞪我。「妳今天早晨惹的麻煩也夠了。我為了買車票跑來跑去——我身上的荷蘭幣差點不夠

——然後找遍了火車找妳。現在已經開了這麼遠，我們不能馬上下車了。」他瞇起明亮的眼睛望向窗外，又看看我腿上那一大疊信。「妳可不可以解釋一下，爲什麼妳沒去學校，而坐在開往巴黎的快車上？」

我能怎麼辦？「對不起，巴利，」我誠惶誠恐說。「我一點也不想把你拖進這件事。我眞的以爲你早就心安理得在回去見詹姆斯院長的路上。我根本沒打算給你添麻煩。」

「怎麼說？」他顯然在等候更有啓發性的情報。「所以妳只不過是想去巴黎超過想上歷史課？」

「嗯，」我欲言又止，拖延時間。「我父親給我一封電報，說他很好，我隔幾天可以去跟他會合。」

巴利沈默了一下。「抱歉，這種話沒辦法解釋任何事。如果妳接到電報，應該是昨晚的事，那我應該會聽說。而且妳父親有『不好』嗎？我還以爲他只是出差。妳讀的這些是什麼？」

「說來話長，」我慢呑呑道：「我知道你已經認定我很奇怪——」

「妳奇怪極了，」巴利不悅的打斷我。「但妳最好告訴我，妳在搞什麼鬼。我們在布魯塞爾下車，搭下班車回阿姆斯特丹前，妳還有時間。」

「不！」我沒打算那麼尖叫。對面打盹的女士似乎在睡夢中受到驚擾，我放低了音量。「我必須去巴黎。我不會有事的。你願意的話，也可以在那兒下車，今晚回倫敦。」

「我在那兒下車，呃？意思是說，妳到了那兒還不下車？這班火車還要去哪兒？」

「不，它只到巴黎——」

他再次叉起手臂，做出等待的姿勢。他比父親還難纏。說不定他比過去的羅熙教授更難纏。我眼前出現巴利站在教室講台上的畫面，雙臂抱胸，眼光逐一掃過不幸的學生，冷酷無情的說：「什麼導致彌爾頓對撒旦的墮落做出那麼可怕的結論？還是大家都沒有預習？」[24]

我呑一口口水。「說來話長，」我更加低聲下氣，又重複一遍。

「我們有的是時間。」巴利道。

「海倫、竇格和我坐在餐廳的小桌子上面面相覷，我覺得我們之間油然而生一種親人般的情誼。或許爲了拖延一點時間，海倫拿起竇格擺在她餐盤旁邊那塊小藍石，舉起來給我看。『這是個古老的象徵，』她道：『這是抵擋邪惡之眼的護身符。』我伸手接過，上頭還有她手上的暖意，又將它放下。

「但竇格的注意力並沒有因此分散。『女士，妳是羅馬尼亞人嗎？』她保持沈默。『如果是眞的，妳在這兒要小心。』他壓低音量：『警察可能對妳很感興趣。我們的國家跟羅馬尼亞並不友善。』

『我知道，』她冷冰冰的說。

『但那個吉卜賽女人怎麼會知道這事？』竇格皺起眉頭。『妳又沒跟她說過話。』

『我不知道，』海倫無奈的聳聳肩膀。

「竇格搖搖頭。『據說吉卜賽人能看見常人看不見的東西。我一直不相信，但──』他打住話頭，用餐巾輕拭一下自己的八字鬍。『她還提到吸血鬼，眞奇怪啊。』

『是嗎？』海倫反問。『她一定是個瘋子。吉卜賽人都是瘋子。』

『有可能，有可能。』竇格沈默下來。『但我覺得她說話的方式很奇怪，因爲那是我的另一項專長。』

『吉卜賽人嗎？』我問。

『不，親愛的先生──是吸血鬼。』海倫和我都瞪著他，小心不接觸彼此的眼神。『莎士比亞是我一生的事業，但吸血鬼傳奇是我業餘的嗜好。我們有古老的吸血鬼傳統。』

「那是──呃──土耳其傳統？」我驚奇地問。

㉔譯註：指英國詩人彌爾頓（John Milton），1608-1674，創作的長詩《失樂園》（Paradise Lost）。詩中敘述猶太基督教神話的善、惡天使大戰與上帝創世的故事，被譽為英語文學最偉大的史詩。

『哦，這傳統起碼可以回溯到埃及，我親愛的學術同行。但在伊斯坦堡這兒——別的不說，有個故事竟然說，拜占庭最嗜血的幾位皇帝都是吸血鬼，他們把基督教領聖體的儀式視為暢飲凡人鮮血的邀請。不過我不相信有這種事。我認為這論調是後來才出現的。』

『哦——』我不願表現出太強烈的興趣，倒不是害怕賓格跟黑暗勢力掛勾，而是唯恐海倫又要在桌子底下踢我。但她也目不轉睛瞪著他。『卓九勒的傳奇又如何？你聽說過嗎？』

『聽說？』賓格冷哼一聲。他的黑眼睛放光，把手中的餐巾扭成一個結。『你們知道卓九勒眞有其人，是個歷史人物？事實上，就是妳的同胞，女士——』他向海倫低頭行個禮：『他是十五世紀的封建諸侯，統治喀爾巴阡山區西部。不是個値得敬仰的人，妳知道。』

海倫和我猛點頭——我們克制不住自己。起碼我辦不到，海倫則似乎太專注於賓格的話，情不自禁。她微微俯身向前聆聽，黑眼睛跟他一樣煥發異彩。平時蒼白的面頰泛起暈紅。雖然我自己也很興奮，但我注意到，很多次就在像這樣的時刻，她原本粗獷的容貌會忽然變得絕頂美麗，從裡到外亮了起來。

『這麼說吧——』賓格似乎越說越起勁。『我不想讓你們厭煩，但我有個理論。卓九勒是伊斯坦堡歷史上非常重要的人物。眾所周知，他還是個孩子的時候，在加里波利成為穆罕默德二世的階下囚，後來並被帶到更東邊的安那托利亞——他的父親把他交給穆罕默德的父親穆拉德二世，做為和平條約的人質，從一四四二年到一四四八年，漫長的六年。卓九勒的父親也不是什麼好人。』賓格輕笑一聲。『負責看守小男孩卓九勒的衛兵都是酷刑高手，他從旁觀察，學到的可多了。但，我的好先生們』——高談闊論之間，他似乎暫時忘卻了海倫的性別——『我的理論是，他也在他們身上留下了他的記號。』

『此話怎講？』我的呼吸變得急促。

『從大約那個時候開始，伊斯坦堡就有吸血鬼出沒的紀錄。我的觀點——還沒有出版，很不幸，而且我也無法證實——是他最初的受害者是鄂圖曼人，說不定就是那些跟他做朋友的衛兵。我認為，他留下污染，遺害我們的帝國，然後它跟著征服者一起進入君士坦丁堡。』

「我們瞪著他，張口結舌。我想到，根據傳說，只有死人才會成為吸血鬼。這代表卓九勒小時候就在小亞細亞殺人，早在那時已經成為不死族，或他只不過自幼嗜好人血這種褻瀆的飲料，並且使別人認同他的行為呢？我決定把這疑問暫時擱置，等我對竇格的了解夠深再問他。『哦，這只是我的怪癖，說眞的。』竇格又露出眞誠的笑容。『請原諒我得寸進尺，我老婆總說我令人無法忍受。』他客氣的先做個敬酒的動作，才從小瓶裡啜飲一口。『但是看老天爺份上，有一件事我拿得出證據！我可以證明蘇丹像怕吸血鬼一樣怕他！』他指著天花板。

『證據？』我重複他的話。

『對呀！這是我幾年前發現的。蘇丹對卓九勒興趣濃厚，所以卓九勒死在瓦拉基亞後，蘇丹就收藏了若干與他有關的文獻與財寶。卓九勒在他自己的國家裡，殺死了不計其數的土耳其士兵，蘇丹為此對他深惡痛絕，但這不是他特別為卓九勒建立檔案室的動機。不是的！蘇丹甚至在一四七八年寫了一封信給瓦拉基亞的巴夏㉕，要求他盡其所有，提供與卓九勒有關的作品。為什麼？因為——這是他說的——他要建立一個圖書館，以便跟卓九勒死後散播在他的城市之中的邪惡對抗。懂了嗎，要不是蘇丹相信卓九勒死後會回來，怎麼還怕他？我找到一份巴夏寫給蘇丹的回信副本。』他握拳捶一下桌面，對我們微笑道：『我甚至也找到他為了與邪惡對抗而建立的圖書館。』

「海倫與我坐著動也不動。這巧合古怪到令人無法忍受。最後我冒險提出一個問題：『教授，你說建立這套收藏的蘇丹，就是穆罕默德二世嗎？』

「這次輪到他瞪著我們看。『天啊，你眞是一位優秀的歷史學家。你也對敝國這個時期的歷史感興趣

㉕譯註：Pasha是土耳其對高階行政官員的稱呼。

嗎？』

『哦——很有興趣，』我道：『我們——我很想看看你找到的這個檔案室。』

『當然，』他道。『這是我的榮幸，我會帶你去。我妻子聽說有人要看一定很意外。』他輕笑一聲。『可是，天啊，它本來所在的那棟美麗的建築，爲了蓋公路局的辦公大樓，已經被拆除了——哦，那是八年前的事。那是棟可愛的小房子，距藍色清眞寺不遠。眞可惜。』

我覺得血液衝上臉。原來如此，難怪我們找羅熙的檔案圖書館那麼困難。『但裡面的文件——』

『不用擔心，仁慈的先生。我親自出馬，確保它們成爲國家圖書館的收藏品。即使別人都不像我這麼欣賞它們，也一定要保存下去。』一道陰影劃過他的臉，自從他罵走那個吉普賽女人，這還是他今晚第一次露出這種表情。『我們的城市仍然需要對抗的邪惡，就像其他地方一樣。』他對著我倆，看過來又看過去。『如果你喜歡稀奇的老玩意兒，我很樂意明天帶你們去。今晚圖書館當然已經關門了。我跟有資格授權你們閱讀這批收藏的圖書館長很熟。』

『眞謝謝你，』我不敢看海倫。『爲什麼——你又怎麼會對這個與眾不同的題目發生興趣的呢？』

『哦，說來話長，』賓格正色答道。『我不能用那麼無聊的事來煩你們。』

『我們一點也不煩，』我堅持道。

『你們眞仁慈。』他沈默了幾分鐘，用拇指與食指摩挲著叉子。我們坐的那個磚砌的亭子外，猛按喇叭的汽車在擁擠的街道上閃躲腳踏車，行人像舞台上的角色穿梭走過——女人穿飄逸的大花裙、披巾和搖曳的金耳環，或穿黑色洋裝、染一頭紅髮；男人都穿西裝打領帶、白襯衫。帶鹹味的微風吹拂到我們桌前，我想像著來自歐亞大陸各地的船舶，載著奇珍異寶來到帝國的核心——先是基督徒，然後是伊斯蘭教徒——在這座牆垣一直延伸到海裡的城市靠岸。卓九勒藏在密林深處、舉行千百種奇怪而野蠻儀式的堡壘，跟這個四海一家的古老城市，似乎確有天壤之別。無怪他憎恨土耳其人，他們也憎恨他。然而伊斯坦堡的土耳其人，以他們雕金、冶銅、纖絲的技藝，以他們的市集、書店和不計其數的禮拜建築，一定比藏身邊疆、負隅頑抗的卓九勒，與這座城市裡被他們征服的、信奉基督教的拜占庭人有更多雷同之處。從文化核心的角度看來，卓九勒根本就是偏遠森林裡的剪徑強盜、鄉下食人魔、中世紀的老粗。但我也記得，在家鄉看過百科全書上他的照片——木刻版畫中他氣質優雅，蓄八字鬍，打扮宛如朝臣。眞是矛盾。

「賓格再次開口時，我還沈浸在這幅畫面中。『告訴我，朋友，你們又為什麼會對卓九勒的話題這麼感興趣？』他把問題丟給我們，帶著紳士風度——或是猜疑？——的微笑。

「我看一眼海倫。『是這樣的，我博士論文的背景就是十五世紀的歐洲研究，』我道，但我的不坦白立刻變成懲罰，因為在某種意義上，這個謊言可能已經變成事實。天曉得我什麼時候才會回頭完成我的論文，我想道，寫論文的大忌就是把題目擴大。『你呢？』我緊迫追問。『你又怎麼會從研究莎士比亞跳到吸血鬼？』

「賓格微笑著——看起來似乎帶著悲傷，他沈默的坦率更加深了我的愧疚。『哦，那是件很奇怪的事，發生在很久以前。當時我正在寫第二本與莎士比亞悲劇有關的書。我在我們大學的英國室，一個小——你們是怎麼說的？——隔間裡，每天寫一點，然而有一天，我發現一本我從來沒見過的書。』他帶著那個悲傷的笑容轉向我。我渾身的血液立刻全面凍結。『這本書跟所有其他的書都不一樣，是一本空白的書，非常古老，正中央有一條龍，還有一個字「卓九利亞」。之前我從來沒聽說過卓九勒。但那幅畫很奇怪，給人很深刻的印象。所以我想，我要知道這是什麼。然後我求知若渴，試圖了解所有的事。』

「坐在我對面的海倫也僵住了，但這時她動了一下，顯得很熱衷。『所有的事嗎？』她低聲重複道。」

巴利和我即將抵達布魯塞爾。我花了很長時間——雖然感覺上好像才幾分鐘——才盡可能簡單清楚的把父親講給我聽的、他在研究所經歷的事，轉述給他聽。巴利的眼光越過我，望著窗外小巧的比利時房屋和花園，它們在陰沈的天氣裡顯得很悲傷。愈近布魯塞爾，我們不時看見教堂的尖塔，或老工廠的煙囪映著一抹陽光。那個荷蘭婦人靜靜打著鼾，雜誌掉在地板上她的腳旁。

我正要開始敘述父親最近的輾轉難眠，他不健康的蒼白和奇怪的行徑時，巴利轉過頭來面對著我。「這實在太奇怪了，」他道。「我不知道我爲什麼我要相信這麼瘋狂的故事，但我眞的相信。總而言之，我願意相信。」我很驚訝第一次看到他表情這麼嚴肅，我只看過他的幽默，還有發一小頓脾氣的樣子。他像天空碎片般澄藍的眼睛瞇得更小：「有趣的是，它讓我聯想到一件事。」

「什麼事？」他接納我的故事，讓我心情寬慰，差點高興得昏倒。

「呃，這就是奇怪之處。我想不起來是什麼。跟詹姆斯院長有關。但到底是什麼呢？」

27

巴利坐在火車廂裡沈思，修長的手指托著下巴，徒勞無功的追憶某件跟詹姆斯院長有關的事。終於他抬頭看我，那張氣色紅潤的窄臉，露出認眞的表情還眞好看，我看呆了。少了那份讓人厭煩的樂天，他的臉令人聯想到天使，或諾桑比亞㉖修道院裡的僧人。不過當時這些念頭只是隱約浮起；經過一段時間才變得清晰。

「這樣吧，」他說：「在我看來，只有兩種可能性。要麼妳瘋了，那麼我得守著妳，把妳平安送回家。要麼妳沒瘋，那麼妳會招惹一大堆麻煩，我還是得守著妳。我明天得回去上課，不過我會想辦法處理。」他嘆口氣，看我一眼，又往後靠在椅背上。「我有種感覺，巴黎不是妳的終點站。能否告訴我，然後妳要去哪裡？」

「在伊斯坦堡那家氣氛愉快的小餐廳裡，博拉教授就算是隔著桌子，迎面甩我們兩個一人一巴掌，也不會比他當著我們的面透露他的『怪嗜好』更令人吃驚。但就算那是個巴掌，也大大有益；這下子我們完全清醒了。我因時差帶來的不適霍然而癒，對於尋找更多有關卓九勒墳墓資訊的無助感，也頓時消散。我們來對了地方。說不定——我的心踉蹌了一下，但不是因爲希望的雀躍——說不定卓九勒的墓就在土耳其境內。

㉖譯註：Northumbria 是英格蘭東北部一個地區，凱爾特人七世紀在此建有王國。這裡自古就是宗教中心，是早期基督教在英倫三島傳教的重鎮。

「我不曾考慮過這種可能性，但現在我覺得，這麼想也不無道理。畢竟羅熙曾經在這兒受到卓九勒的黨羽嚴詞警告。有沒有可能那名不死族守護的不僅是檔案，也包括墳墓？有沒有可能賓格剛提到的吸血鬼猖獗，就是因爲卓九勒的遺骸仍盤據這座城市？我回想我所知有關穿心魔伏拉德的生平與傳奇。如果他少年時代曾經被監禁在這兒，難道沒有可能他死後重返早期酷刑教育的現場？他可能對這地方有股鄉愁，就像很多人退休後會回到童年居住的城鎮一樣。如果史托克小說中記錄的吸血鬼習性可以信任的話，那個惡魔絕對可以自由來去任何地方，把墳墓安排在任何他喜歡的地方；故事說他躺在棺材裡，旅行到英國。他難道不能用別的手段來到伊斯坦堡，在肉骨凡胎銷毀後，晝伏夜行，潛入派遣大軍壓境，奪取他塵世性命的帝國的心臟？用這種方式報復鄂圖曼人，眞是太痛快了。

「但我還不敢向賓格提出這些問題。我們剛認識這個人，我還不確定能否信任他。他似乎很眞誠，但他如此突兀的出現，與我們同桌共餐，大談他的『嗜好』，實在太過巧合，讓人放不下心。現在他在跟海倫交談，而她也開始跟他說話。『不，親愛的女士，我並沒有眞的知道卓九勒生平「所有的事」。事實上，我的知識一點也不周全。但我猜測他對我們的城市有非常大的影響力，而且那是邪惡的力量，所以我不斷研究。而你們呢，我的朋友？』他眼光犀利的從海倫掃到我身上。『你們似乎對我的題目滿感興趣的。你的論文題目到底是什麼，年輕人？』

『十七世紀荷蘭的重商主義，』我有點僵硬的說。我覺得很難自圓其說，而且我已經開始懷疑，這個題目是否太平淡無奇。畢竟過去數百年來，荷蘭商人並沒有潛伏在暗處伺機攻擊別人，竊取他們不朽的靈魂。

『哦。』賓格的表情有點困惑。但他還是說：『好吧，如果你也對伊斯坦堡的歷史有興趣，明天早晨可以跟我一起去看穆罕默德蘇丹的收藏。他是個很精彩的古代君主，除了我最喜歡的那批文件之外，還收集了很多有趣的東西。我得回家去陪我老婆了，她一定快要崩潰了。我在外面待得太晚了。』他露出微笑，好像他妻子這種狀態很値得期待似的。『她一定會歡迎你們明天來跟我們共進晚餐，這也是我的願望。』我猶豫了一下，他意思是說，土耳其妻子還是像古代傳說中那麼遵守三從四德，或他的妻子跟他一樣好客？我等著海倫嗤之以鼻，但她安靜的坐著，注視著我們兩人。『那麼，朋友——』竇格準備離開，他不知從哪兒掏出一點錢——這是我的感覺——把錢塞在餐盤底下。然後他敬了我們最後一次茶，把瓶中餘汁一飲而盡。『明日再相會。』

『我們到哪兒跟你會見？』我問。

『哦，我會到這兒來接你們。就約上午十點怎麼樣？很好。祝兩位有個愉快的夜晚。』他一鞠躬便離開了。過了一會兒我才發現，他幾乎沒吃晚餐，卻連他自己帶我們的飯錢都結清了，還送給我們一個抵抗邪惡之眼的護身符，放在白色桌布中央閃閃發光。

「那天晚上我經過旅途和觀光勞頓，熟睡得像死人一樣。城市的聲音吵醒我時，已經六點半了。我的小房間光線很暗。剛清醒時，我環顧四周刷成白色的粉牆、簡單又有點異國風味的家具、洗臉台上鏡子的反光，覺得奇怪而迷惑。我想到羅熙也曾浪跡伊斯坦堡，住在別家旅店——是在哪兒呢？——他的行李遭到搜索，他臨摹的珍貴地圖被搶走，我的記憶歷歷如繪，好像是我的親身經歷，或現在正身歷其境。隔了一會兒我才發覺，房裡很安靜，一切井然有序；我的皮箱放在五斗櫃上沒有被翻動，我的手提包和所有寶貴的內容物，都放在床畔我伸手可及的地方，也沒有人動它。即使睡夢中，我也意識到裡面有那本古老、沈默的書存在。

「然後我聽見海倫在公用的浴室裡放水和走動的聲音。聽了一會兒，我想到這麼做好像在窺探她，覺得很可恥。爲了掩飾自己的感覺，我連忙起身，打開我房間裡洗臉盆的水龍頭，打濕臉孔和手臂。鏡中我的臉——那時候甚至在我自己眼裡，我也顯得年輕、生澀，親愛的女兒，那實在是一種筆墨無法傳遞的感覺——一切如常。長途旅行使我眼光有點無神，但仍保持警覺。我用那年頭人人都在用的髮油，梳理一下頭髮，使它平滑光澤，穿上皺巴巴的長褲和外套，裡面換了件乾淨而有點皺的襯衫，打上領帶。就在我對鏡整理領帶的時候，浴室裡的聲音停了，過了一會兒，我取出修面用具，強迫自己輕敲幾下房門。沒有人應聲，我便走進去。海倫用的一種刺鼻的廉價古龍水，可能是她從老家帶來的，殘留在小房間裡，我幾乎已逐漸喜歡上這種味道了。

「那家餐廳供應的早餐，包括裝在長柄銅壺裡的濃咖啡——非常濃——搭配麵包，很鹹的乳酪、橄欖，還有一份我們讀不懂的報紙。海倫默不作聲用餐，我則嗅著從侍者的角落飄過來的香菸味，坐在那兒沈思。今天早晨這兒空蕩蕩的，只有幾縷陽光從拱窗裡射進來，但戶外的晨間車流使室內洋溢著愉快的聲音，窗前走過的人或是衣冠楚楚去上班，或提著滿籃的生鮮蔬果。我們直覺的挑了一張盡可能遠離窗子的桌子。

『教授要再兩個小時才會到。』海倫往第二杯咖啡裡倒了一大堆糖，用力攪動。『我們怎麼辦？』

我說：『我正想著，也許我們可以走回聖蘇菲亞教堂。我想再看看那地方。』

『有何不可？』她低聲道。『既然來了，當個觀光客也不錯。』她看來有充分的休息，我注意到她換了一件乾淨的淺藍色襯衫，配黑色套裝，這是我第一次看她在黑白配之外穿有色彩的衣服。照例她圍著圍巾，遮住被圖書館員咬過的脖子。她帶著嘲諷而警覺的表情，但我有種感覺——雖然無從求證——她已經習慣我坐在對面，張牙舞爪的防禦姿態已放鬆了許多。

「我們出外時，街上滿是人和汽車，我們夾雜其間，漫步穿過老城中心，走進一個市場。每條過道都擠滿了人——穿黑衣的老婦人站在那兒，手捏著七彩的高級絲綢；服飾鮮豔、頭戴面紗的年輕女子，爲著我前所未見的水果討價還價，或仔細端詳一盤盤的金飾；白髮或禿頂上扣著鉤針編織小帽的老翁，正在閱讀報紙，或彎腰審視一排木雕的煙斗。有些人手裡拿著念珠。我到處望去，都看見英俊、精明、輪廓分明、橄欖色皮膚的臉孔、不停比著手勢、指指點點、笑容裡不時露出幾顆金牙。周圍一片果決、自信、議價的聲音，偶爾傳來一陣笑聲。

「海倫掛著她若有所思，嘴角下撇的笑容，打量著四周的陌生人，好像他們很討她歡心，又好像她覺得已經看透了他們。對我而言，這幕景象讓我很愉快，但又有一份警覺，我知道這種意識出現在我身上還不滿一星期，如今我只要置身公共場合就有這種感覺。我會不斷在人群中搜索，不時偷窺一眼身後，研究別人臉上究竟帶著善意或惡意——甚至還覺得受監視。這是種不舒服的感覺，在活潑對話形成的和諧氣氛中，形成一個刺耳的雜音；我不是第一次疑惑，這是否受到海倫憤世嫉俗態度的感染。我也好奇她這種態度是與生俱來，或應該歸咎她生長在一個警察國家。

「不論來源爲何，我覺得這種偏執的心態，對過去的我是種冒瀆。一個星期前，我還是一個正常的美國大學研究生，對自己的學習成果雖不滿意，卻還可以接受，縱使我假裝質疑所屬的文化以及其他所有的一切，其實在內心深處，我對自己的文化的繁榮與高道德標準相當自豪。現在我非常眞切的意識到，冷戰是怎麼回事，它已化身爲海倫和她充滿幻滅的立場；在我的血管裡還意識到一場更古老的冷戰。我想到羅熙，一九三〇年夏季，檔案圖書館的冒險還沒有打擊得他潰不成軍，逃出伊斯坦堡之前，他也曾在這些街道上信步漫遊，而他予我的感覺非常眞實——不僅那個我熟悉的羅熙，還有他信裡呈現的年輕時代的羅熙。

「海倫拍拍我手臂，示意我看一個攤棚前面，兩個老人面對面坐在一張小木桌前。『看啊，那就是你們閒暇理論❷❼的實證。』她道：『才早晨九點鐘，這些人就已經在下西洋棋了。眞奇怪，他們爲什麼不玩塔伯拉棋（Tabla），那是這個地區最受歡迎的遊戲。我相信他們下的是西洋棋。』果然沒錯，兩個老人正在把棋子擺在看起來很破舊的木製棋盤上。黑白對抗，武士與城堡捍衛他們的君主，小卒列陣相對——全世界都是一樣的佈局，我想道，停下腳步來觀戰。『你會下棋嗎？』海倫問道。

『哦，當然，』我有點不耐煩的說。『我常跟我父親下。』

❷❼譯註：The Theory of Leisure 是美國經濟學家威卜蘭（Thorstein Bunde Veblen，1857-1929）提出，認為任何社會中，常人都以從事沒有生產力、無須體力勞動的活動，來證明自己的生活過得很優裕。

『哦。』她語音有點酸溜溜，我想到時已經太遲了，她小時候沒機會接觸這樣的課程，她用自己的方式跟父親——或該說她心目中他的形象——對奕。但她似乎沈浸於歷史的回顧。『這不是西洋棋，你知道——這是印度傳來的古老遊戲——波斯文叫它做沙瑪（shahmat）。我想翻譯成英文的意思是「將軍」。這個字前半部的Shah，意思是「國王」。這是國王之戰。』

「我看著兩個老人開始下棋。他們用彎曲多節的手指挑選第一批戰士。他們不停講著笑話——大概是很老的朋友。我可以站在那兒看一整天，但海倫沈不住氣離開了，我只好跟上去。我們經過時，老人似乎第一次注意到我們，困惑的抬頭望一眼。我想到我們顯然看起來像外國人，雖然海倫的臉可以完美的揉合到四周的臉孔之間。我很想知道這盤棋會下多久——說不定整個上午——誰是贏家。

「他們旁邊的小攤才剛開張。只是個簡陋的棚子，搭在市集邊緣一棵古老的無花果樹下。一個穿白上衣黑長褲的年輕男人，用力拉開攤棚的門與簾子，在外面排好桌子，陳列他的商品——書。成堆的書擺在檯面上，從地上的板條箱裡滿出來，排列在店裡的書架上。

「我快步走過去，年輕的店主點頭招呼，露出微笑，好像不分國籍，他都能辨識愛書人。海倫拖著腳步跟過來，我們站在那兒一本本翻閱總有十幾種語言的書籍。它們大部分是阿拉伯語或現代土耳其語；有些用希臘字母或斯拉夫字母書寫，其他還有英文、法文、德文和義大利文。我找到一本希伯來文的書和一整架子的拉丁文的古典名著。大多印刷都很粗糙，裝訂也很拙劣，布面裝訂已經翻得很破爛。有幾本封面很煽情的新平裝書，還有幾本書看起來非常古老，尤其是阿拉伯文的作品。海倫翻著一套看來像是德文詩集的書，喃喃道：『拜占庭人也很愛書。說不定他們曾經在這個地點買過書。』

「年輕店主做好開張的準備，走過來招呼我們：『說德文？英文？』

『英文，』我很快應道，反正海倫不會答腔。

『我有英文書，』他帶著討人喜歡的笑容說。『沒問題。』他臉很瘦，表情豐富，有雙很大的綠眼睛和很長的鼻子。『還有倫敦和紐約來的報紙。』我謝了他，問他有沒有古書。『有啊，很老的。』他遞給我一本十九世紀出版的莎士比亞戲劇《無事自擾》——看起來很不値錢，破舊的布面裝訂。我很好奇這本書從哪家圖書館流落出來，經過什麼樣的旅程——好比，以布爾喬亞氣息濃厚的英國曼徹斯特市爲起點——來到這古老世界的十字路口。出於禮貌，我把書翻了一下，交回給他。『不夠老嗎？』他微笑著問。

「海倫在我身後探望，現在她意有所指的看了一眼手錶。我們連聖蘇菲亞教堂都還沒去呢。我說：『是的，我們該走了。』

「年輕的書商手拿著書，彬彬有禮鞠了個躬。我看著他，有種似曾相識的感覺讓我很困惑，但他已轉過身去，爲另一位顧客服務，那是個跟下棋老人可以湊一組三胞胎的老頭兒。海倫推一下我手肘，我們便離開那家店，目標更明確的繞過市集邊緣回旅店去。

「走進小餐廳，不見半個人影，但幾分鐘後，竇格便來到門口，向我們點頭微笑，問我們晚上睡得可好。今天早晨，雖然天氣很熱，他卻穿一套羊毛質料的橄欖綠色西裝，一副興奮得幾乎無法克制的模樣。他捲曲的黑髮抹了油，往後梳平，鞋子也擦得雪亮，他快步領路，帶我們走出餐廳。我再次注意到他是個精力充沛的人，有這麼一位嚮導，我覺得放心多了。我的心情也愈來愈興奮。羅熙的文件安全的放在我的手提包裡，說不定再過幾小時，我追查他下落就會有新的進展。最起碼，再過不久，我就有機會拿他的摹本跟他多年前看過的原始文件做一比較。

「我們尾隨竇格穿過街道時，他一路爲我們介紹，穆罕默德蘇丹的檔案雖然仍受到國家保護，卻沒有保存在國家圖書館的主建物裡。它現在放在一個神學校改建的分館裡，神學校是傳統的伊斯蘭學校，土耳其國父凱末爾在全國推動教育與宗教分離政策時，關閉了這些學校，而這所學校舊址目前就收藏了國家圖書館有關帝國歷史的珍本書與善本書。我們除了穆罕默德蘇丹的收藏，還會看到鄂圖曼帝國擴張勢力數百年間的其他檔案。

「這個圖書館分館是棟精緻的小房子。我們從開在大馬路旁、飾有銅釘的木門入內，窗戶上有大理石鑲嵌的細紋裝飾，陽光穿過就形成美觀的幾何圖形，許多墜落地面的星形與八角形的明暗區塊，點綴著黝暗的玄關地板。竇格教我們在入口櫃臺塡寫訪客登記表（我注意到海倫寫下的字跡根本無法辨識），並以誇張的姿勢簽了名。

「然後我們走進這座書庫唯一的房間，一片很大而安靜的空間，上面是個綠、白二色馬賽克鑲嵌的穹頂。中間一長排擦得亮晶晶的書桌，三、四個研究者已經在工作。四壁不僅陳列著書，還有許多木製的抽屜與箱子，天花板垂掛下來的電燈安裝了精巧的銅燈罩。館長年約五十歲，身材瘦削，手腕上掛一串念珠，見到竇格就放下工作走過來，用雙手拉著竇格的手跟他握手。他們聊了一會兒——我聽到竇格提到我們大學的名字——然後圖書館員用土耳其語招呼我們，露出微笑，並且鞠躬爲禮。『這位是伊羅山先生，他歡迎你們來到本館。』竇格露出得意的表情對我們說。『他很想「綁住」你們。』我乍聽嚇了一跳，海倫佯笑一聲。『他馬上替你們去取穆罕默德蘇丹的龍騎士團文件。但首先我們應該舒舒服服坐下，等他回來。』

「我們挑了一張書桌坐下，刻意跟其他研究者保持距離。他們好奇的瞥我們一眼，隨即回頭工作。等了一會兒，伊羅山先生捧著一個大木箱回來，箱子上了鎖，上面還刻著阿拉伯字母。我問教授：『這寫的是什麼？』

「『啊！』他用指尖觸摸箱蓋。『寫的是：「邪惡在此」——嗯——「邪惡在此居住——禁閉。用神聖古蘭經的鑰匙鎖住它。」』我的心一跳；這句子跟羅熙描述他在神秘地圖的邊緣看到，而且他在從前存放這批資料的舊檔案室裡大聲朗讀的字句十分類似。他信中沒提到這個箱子，但也許他根本沒看到它，圖書館員只把文件交給他。也有可能它們是在羅熙來過之後，才改爲以箱子收藏的。

「『這箱子有多老？』我問竇格。

「他搖搖頭。『我不知道。我這位朋友也不知道。但因爲它是木頭做的，所以我想不可能上溯到穆罕默德蘇丹的時代。我朋友有次告訴我，』他朝伊羅山先生的方向微笑，伊羅山莫名其妙也報以微笑。『這批文件是在一九三〇年裝進箱子的，爲了確保安全的緣故。他之所以知道，是因爲他跟前任圖書館長討論過這件事。我這位朋友做事向來一絲不苟。』

「一九三〇年！我跟海倫對望一眼。很可能羅熙開始寫信——一九三〇年十二月——給日後的不知名對象時，他檢視過的文件就基於安全考量，收在這口木箱裡。一個普通的木製容器可以防老鼠與潮濕，但什麼理由促使那時代的圖書館員，把龍騎士團的文件鎖在綴有神聖警告的箱子裡呢？

「賓格的朋友取出一串鑰匙，用其中的一支開鎖。我差點笑了出來，想起故鄉現代化的目錄櫃，大學圖書館系統裡的數千冊珍本書，取閱多麼方便。我從來沒想到做研究還會用到一把老鑰匙。它在鎖孔裡發出喀搭一聲。『好了，』賓格低聲道，圖書館員離開。賓格對我們微笑——我覺得他的表情很悲傷——掀起箱蓋。」

火車上，巴利剛讀完父親寫的前兩封信。看到信攤在他手中，我的心就揪緊起來，但我知道父親權威的聲音能說服巴利，而我軟弱的語調只能讓他半信半疑。「你去過巴黎嗎？」我問他，一部份爲了掩飾自己的情緒。

「該算是有吧，」巴利不耐煩的說。「我上大學前在那兒讀過一年書。我母親要提高我的法文程度。」我很想問問，他的母親是個怎樣的人，爲什麼會對兒子有這種令人欣羨的要求，還有，擁有母親是怎麼回事，但巴利再度埋頭讀信。他說：「妳父親一定是位好老師。這比我們在牛津上的課有趣多了。」

這爲我打開了另一片天空。牛津的課程乏味？怎麼可能？巴利滿腦袋都是我想知道的事，他是來自我甚至無從想像的那麼廣大的世界的信差。這時有位列車長沿著走道匆匆走來，打斷了我的思緒。他邊走邊喊：「布魯塞爾！」火車已開始減速。再過幾分鐘，我們就從窗口望見布魯塞爾火車站。海關官員登上火車。只見外面的人快步向各自的火車跑去，鴿子在月台上找尋食物碎屑。

或許因爲我私下很喜歡鴿子，所以我定睛盯著人群看，忽然發現有個人影站在那兒動也不動。一個穿黑色長大衣的高個兒女人，靜悄悄站在月台上。她用黑色絲巾包頭，烘托出一張雪白的臉。她離我稍嫌遠一點，看不清五官，但我瞥見黑色的眼睛和紅得有點不自然的嘴唇——或許塗了鮮豔的口紅。她的側影有點怪異，衣著跟當時流行的迷你裙和難看的厚底長靴格格不入，她足登一雙黑色包頭細跟高跟鞋。

但從一開始引起我注意，而且在火車啓動前一直盯著她不放的，卻是她那種警覺的神態。她在密切檢查我們的列車，由上而下。我直覺的從窗口縮回來，巴利疑惑的看著我。那女人顯然沒看見我們，雖然她朝我們的方向踏出了半步。然後她似乎改變心意，轉而仔細打量另一列剛進站、停靠在對面月台的火車。她嚴肅、筆直的背影有種無以名之的力量，使我無法挪開眼光，直到我們再次出站，她也消失在人群中，好像從來不曾存在過。

28

這次換成我昏昏睡去，醒來的時候，我發現自己依偎在巴利身邊，我的腦袋靠著他藏青毛衣的肩頭。他望著窗外，父親的信都整齊的塞回信封，放在他腿上，他兩腿交叉，他的臉——就在我上方不遠處——對著窗外流逝的風景，我知道現在外面一定是法國的鄉村了。我睜開眼睛，就看見他削瘦的下巴。低頭望去，我看見巴利的手輕輕捏著所有的信。我第一次注意到他會咬指甲，我也有這種習慣。我再次閉上眼睛裝睡，因爲他溫暖的肩膀眞的很讓人安心。但接著我擔心他不喜歡我靠著他，或我呼呼大睡的時候，口涎流在他的毛衣上，所以我趕緊坐正。巴利轉頭看看我，眼中滿是遙遠的思緒，也可能只是裝滿窗外的風景，這一帶不再是平原，換成丘陵起伏的法國農業區。隔了一分鐘，他微笑起來。

「穆罕默德蘇丹的寶箱掀開，一股我熟悉的氣味湧出來。這是非常古老的文件的味道，羊皮或牛皮，幾個世紀來的灰塵，歲月侵蝕已久的書頁。這也是那本正中間印著一條龍的空白小書、我的書的味道。我一直不敢像對待我經手的其他古書一樣，直接把鼻子湊上去聞——我害怕，我擔心它的書香隱藏著某種噁心的味道，或更可怕，那氣味含有某種力量，某種我不願吸入的邪惡瘴氣。

「竇格輕手輕腳取出箱內文件。每一件都包著泛黃的皺紋紙，形狀和大小各不相同。他將它們逐一攤開，放在我們面前的桌子上，說道：『先讓我展示這些文件，根據我對它們的了解，爲你們解說。然後或許你們會想坐下來，看個仔細，你們說呢？』好啊，也許我們會想看個仔細——我點點頭，於是他拆開一個捲軸，在我們注視下，小心翼翼的展開。這是一幅羊皮卷軸，附有木製的軸柄，跟我看慣的林布蘭時代的世界裡，那種扁平的大尺寸書本和裝訂成冊的帳本很不一樣。羊皮紙的邊緣裝飾著彩色幾何圖案的花邊，有深藍、猩紅或燙金。手寫的內文讓我很失望，都是阿拉伯字母。我不確定自己預期什麼；這份文件來自一個使用鄂圖曼語言、書寫阿拉伯文字的帝國核心，他們說希臘文是爲了唬弄拜占庭人、講拉丁文是爲了攻破維也納城的大門。

「竇格讀懂我的表情，連忙解釋：『這份資料，我的朋友，是跟龍騎士團作戰軍費開銷的帳本。它是多瑙河南岸的一個城市裡，一名替蘇丹備辦軍需的官員寫的——換言之，就是一份業務報告。要知道，十五世紀時，卓九勒的父親伏拉德•卓九爾讓鄂圖曼帝國花了很多錢。這位官員採購了盔甲和——你們怎麼稱呼那東西的？——半月彎刀，裝備捍衛喀爾巴阡山西界的三百名士兵，防範當地人民叛變，他還替他們買了馬。這兒』——他用修長的手指指著捲軸末端——『這裡寫著，伏拉德•卓九爾是筆大開銷，也是個——呃，討厭的傢伙，害總督花費大筆他不願意花的錢。總督很抱歉，也很苦惱，他以阿拉之名祝福至高無上的陛下萬歲。』

「海倫和我互望一眼，我想我從她眼中讀到我自己也感覺到的震懾。這段歷史就像我們腳下鋪著磁磚的地面，或我們手掌下的木頭桌面一樣實在。遭遇這些事的人確實曾經活過、呼吸過、感覺過、思考過，就像我們一樣——而有一天，我們也會像他們一樣死去。我別開頭，再也不忍看她堅強的臉上閃過的情緒。

「竇格把捲軸收好，打開第二包，裡面又有兩個捲軸。『這是瓦拉基亞總督的信，他承諾把所能找到跟龍騎士團有關的資料，都送交穆罕默德蘇丹。這是一四六一年多瑙河沿岸，靠近龍騎士團控制區一帶的貿易記錄。這塊地區的邊界很不穩定，經常在變動，你們可以想見。這兒列出總督希望用他境內出產的羊毛交換絲、香料、馬匹。』接下來兩個捲軸內容都差不多。然後竇格拆開一個小包裹，裡面是平面的羊皮紙，畫有線條。『地圖，』他道。我不由自主伸手去取手提包，裡面有羅熙描摹的地圖和筆記，但海倫幾乎看不出的輕輕搖一下頭。我懂她的意思——我們認識竇格的程度，還不到可以把所有秘密攤在他面前。時機未至，我修正自己的心態；何況他也沒有把他掌握的情報通通交出來。

「『我一直看不懂這份地圖怎麼回事，朋友，』竇格告訴我們。他的聲音透露出遺憾，他若有所思的用手捋著八字鬍。我細看那張羊皮紙，心情一振，這跟羅熙複製的第一張地圖如出一轍，只是顏色褪了點，長長連成半月形的山脈，北方有彎曲的河流。『這跟任何我研究過的地區都不像，也無法得知地圖的——怎麼說？——縮尺比例。』他把圖放在一旁。『這兒還有一張地圖，好像是剛才那張圖的放大版。』我知道這麼說沒錯——我已經都看過了，內心的興奮不斷升高。『我相信這就是前一張圖西側的高山，不是嗎？』他嘆口氣。『但沒有進一步的資訊，你看得出地圖上沒什麼標示，只除了古蘭經上抄下來的幾句話，還有這句奇怪的箴言——我曾經仔細把它翻譯出來過——意思好像是：「此處他住在邪惡中。讀者，用你的話起他於地下。」』

「我伸出一隻震驚的手攔住他，但竇格的話出口太快，我完全沒防備。『不要！』我大叫，但已經來不及了，竇格驚訝的瞪著我。海倫從我們一個看到另外一個，在大廳另一頭伏案工作的伊羅山先生也轉過頭來看我。『對不起，』我小聲說。『只是我看到這些文件太興奮了。它們眞——有趣。』

「『哦，我很高興你認爲它們有趣，』表情嚴肅的竇格差點露出一個笑容。『這幾句話確實有點奇怪。它們會讓人——怎麼說？——嚇一跳。』

「就在這一刻，走廊裡傳來腳步聲。我緊張的四下張望，差點以爲卓九勒親自現身，不論他以何種面目出現，但來者不過是個矮小的男人，戴白色小圓帽，一把亂蓬蓬的灰鬍子。伊羅山先生到門口去招呼他，我們回頭繼續看我們的文件。竇格從箱子裡取出另一張羊皮紙。『這是這裡的最後一份文件了。我一直看不懂這是什麼。圖書館目錄把它列爲龍騎士團的書目。』

「我的心劇跳一下，我看到海倫臉上也湧現血色。『書目？』

「『是的，我的朋友。』竇格輕輕把它攤在我們面前的桌上。它看起來非常古老，瀕於脆裂，用希臘文寫成，字體很端正。最上端參差不齊，好像一度是幅較長的捲軸，只有下半截被撕下來。這份手抄本上沒有任何花邊裝飾，只有一排排端正的字跡。我嘆口氣。我從來沒學過希臘文，而且在我看來，恐怕非得精通這種語言的高手，才能讀懂文件的內容。

「竇格好像看穿了我的煩惱，從他自己的手提包裡取出一本筆記。『我請敝校的一位拜占庭專家把這份文件翻譯出來，他對拜占庭語言和文獻有非常豐富的知識。這是一份文學作品的清單，不過其中大部分我都從來沒有看到別處提起過。』他翻開筆記本，挑出一頁。上面寫滿整齊的土耳其文。這次輪到海倫嘆氣了。竇格拍一下額頭。『哎呀，一百萬個對不起，』他道。『來，我們一邊看，我一邊翻譯給你們聽，可以嗎？「希羅多德的《戰俘待遇》、菲瑟烏斯的《理性與酷刑》、奧利金《第一原則論》、大優錫米烏斯《天譴者的命運》、干特的顧本德《本性論》、聖湯瑪斯•亞奎納斯《薛西佛斯》」你們瞧，這裡選的書都很奇怪，有些書極為罕見。我那位拜占庭專家的朋友告訴我，如果早期基督教哲學家奧利金這篇過去不為人知的論文，至今還保存在某處，那可真是個奇蹟——奧利金大部分作品都銷毀了，因為他被指控為異端。』

『那方面的異端？』海倫顯得很感興趣。『我確定在什麼地方讀過有關他的事。』

『他被控在這篇論文中主張，根據基督教的邏輯，即使撒旦也可以獲得救贖而復活。』竇格解釋道。『要唸下去嗎？』

『如果你不介意。』我說。『你能一邊唸，一邊幫我們用英文寫下來嗎？』

『榮幸之至，』竇格捧著筆記本坐下，掏出一支鋼筆。

『妳對此有什麼想法？』我問海倫。她的表情比任何字句都明白：我們大老遠跑來就為了一份亂七八糟的書單。我低聲對她說：『我知道現在還看不出意義，但我們且看會有什麼發展。』

『好了，朋友，讓我唸下面幾本書名。』竇格得意洋洋邊寫邊說。『它們幾乎都跟酷刑、謀殺或某種不愉快的事有關，聽了就知道。「伊拉斯謨《刺客的財富》、亨利庫斯•寇帝烏斯《食人者》、帕多瓦的喬其歐

《天譴者》。」』

「『這些作品都沒有註明出版時間嗎？』我低頭看著文件說。

「竇格嘆口氣。『沒有。而且有些著作我怎麼也找不到其他參考資料，但就我找得到的部分而言，沒有一本是在一六〇〇年以後完成的。』

「『但那就晚於卓九勒的生存年代了，』海倫道。我有點驚訝的看著她：我倒沒有想到這一點。這個觀點很簡單，但很實際，也很令人困惑。

「『是的，親愛的女士，』竇格抬頭看著她說。『這些作品當中最晚近的，要到他死後一百多年才寫成，也晚於穆罕默德蘇丹之死。唉，我一直找不到任何資訊，說明這份書目爲何成爲穆罕默德蘇丹收藏品的一部份。想必是後來有人增補進去的，或許是在這批收藏來到伊斯坦堡很久以後。』

「『但是早於一九三〇年，』我指出。

「竇格犀利的望我一眼。『那是這批收藏裝箱上鎖的日期。』他道：『你爲什麼這麼說，教授？』

「我覺得臉紅了起來，一方面因爲自己說得太多，海倫擺出認爲我的愚昧無藥可救的表情，掉轉頭不看我，另一方面因爲我還不是教授。我沈默了一會兒；我向來不喜歡撒謊，親愛的女兒，只要能避免，我絕不做那種事。

「竇格盯著我不放，我非常不安的覺得，這一刻之前，我還沒有眞正領教到，他那雙攀滿友善魚尾紋的黑眼睛，可以變得多麼凌厲。我深深吸一口氣，決定稍後再設法跟海倫談出個結果。我一直都信任竇格，如果他知道更多事，或許也能提供我們更多協助。但爲了爭取緩衝時間，我低頭注視他爲我們翻譯的那分書目，然後又看一眼他翻譯時依據的土耳其譯文。我不敢正視他的眼睛。究竟我們知道的事能在他面前透露多少？如果我把羅熙在此間的遭遇和盤托出，他會不會懷疑我們開他玩笑，或神智不清？但正好因爲我感到猶豫，垂下目光，我忽然看到一樣奇怪的東西。我的手飛快伸向那份希臘文原始文件，有關龍騎士團的書目。

它不完全是希臘文。我可以清楚看懂名單上的最後一個條目：巴特羅繆•羅熙。它後面跟著一個拉丁文的句子。

「『我的天！』我的驚呼聲干擾了整個房間裡所有默默工作的研究人員。我發覺已經太遲了。仍然在跟那個戴小圓帽的長髯男子交談的伊羅山先生，困惑的轉頭朝我們望來。

「竇格也猛然一驚。海倫連忙湊過來。『怎麼回事？』竇格伸手去取文件。我還在瞪著眼看；要追隨我的目光很容易。然後他跳了起來，發出一聲可說是我的驚呼的回音，那麼明顯相同的回應，使我在所有這些怪事之間，突然覺得放下心來。『我的天，羅熙教授！』

「我們三個人面面相對，好一陣子，沒有人開口。我壓低聲音對竇格說；『你認識那個名字？』

「竇格從我看到海倫。『那麼你們呢？』最後他問道。」

巴利的笑容很和善。「妳一定累壞了，否則不會睡得那麼沈。我也很累，只要想到妳的處境多麼不好收拾。如果妳把這些事告訴別人，他們會怎麼說——我指的是任何其他人？比方，對面那位女士。」他對我們貪睡的旅伴示意，她沒在布魯塞爾下車，顯然要一路睡到巴黎。「或者警察。所有的人除了認定妳發瘋，不會有別種想法。」他嘆口氣。「妳真的打算一個人旅行到法國南部？我希望妳告訴我確切的地點，不要讓我猜，這樣我就可以打電報給克雷太太，替妳招來最大的痲煩。」

輪到我微笑了。同樣的話題我們已經討論了很多遍。

「妳眞是頑固得要命，」巴利呻吟道。「我從來沒想到一個小女孩會這麼難應付——尤其如果我把妳一個人留在法國的荒郊野外，詹姆斯院長會怎麼對付我。」這種話差點讓我淚水奪眶而出，但他接下來的話卻在眼淚形成之前就把它烘乾了。「起碼我們換搭下一班火車之前，還來得及吃午餐。北站有最美味的三明治，我們可以把我的法郎花光。」他選擇的代名詞使我的心溫暖起來。

29

即使搭乘現代化的火車，只要走進宛如旅行大競技場的北站，看到那讓人聯想到撐裙緔架，直上雲霄的古老鋼骨和玻璃，採光充足的美，就覺得一步走進了巴黎。巴利和我下了火車，提著行李，站了幾分鐘，把這一切吸入眼簾。起碼我是在那麼做，雖然我之前曾經來過幾趟這個車站，但都是跟父親旅行，過巴黎不入。車站裡迴盪著種種回音，火車煞車聲、交談聲、腳步聲、口哨聲、鴿子拍翅疾飛聲，錢幣撞擊聲。一個戴黑色鴨舌帽的老人從我們面前經過，臂上搭一個年輕女子。她一頭紅髮梳成漂亮的髮型，塗著粉紅色唇膏，我想像了一會兒，跟她易位而處會是什麼感覺。哦，長成那副嬌嬈模樣，做個巴黎女郎，長大成人，穿上高跟長靴，胸部豐滿，還有一個風度翩翩的老藝術家陪在身旁！然後我想到，他可能是她的父親，於是我覺得非常寂寞。

我轉向一副正在暢飲這裡的氣味而非觀看風景的巴利。「天啊，我好餓，」他嘀咕道。「既然來了，就得找點好吃的。」他熟門熟路往車站的一個角落衝去；結果證明他不僅路徑摸得滾瓜爛熟，甚至那家店的芥末和各種口味的薄片火腿，他都瞭若指掌，沒一會兒，巴利還來不及坐在我找到的長凳上，我們就啃起包在白紙裡的兩份大號三明治了。

我也餓了，但我最擔心的是接下來怎麼辦。我們既然下了火車，巴利大可利用任何一具公共電話通知克雷太太和詹姆斯院長，或甚至整隊的警察，給我戴上手銬，押回阿姆斯特丹。我戒備的看著他，但他的表情完全被三明治擋住了。他好容易抬起頭來，喝一小口柳橙汽水時，我說：「巴利，我要請你幫我一個忙。」

「又怎麼了？」

「拜託你不要打電話。我是說，求求你，巴利，不要出賣我。無論如何我都要繼續往南走。你能了解，我在找到父親的下落，知道他遇到什麼事以前，絕無可能回家的，是嗎？」

他沈重的啜一口汽水。「我了解。」

「求求你，巴利。」

「妳當我是什麼人？」

「我不知道，」我迷惑的說。「我以為你很氣我離家出走，可能還覺得有責任報告我的行蹤。」

「妳想想看，」巴利說：「如果我真的照章辦事，現在一定在返校的路上，明天就可以坐在教室裡上課——還要挨詹姆斯一頓好罵——然而現在呢，我卻陪在妳身旁，擱淺在這裡，受俠義精神和好奇心驅策，刻不容緩的護送一位淑女到法國南部。你以為我會錯過這種事嗎？」

「我不知道，」我重複的說，但心中充滿感激。

「我們最好打聽一下，往沛比良的下班車是什麼時候。」巴利毅然決然把三明治包裝紙折起來。

「你怎麼知道？」我驚奇的問。

「哼，妳自以為很神秘。」巴利又一副氣鼓鼓的模樣。「吸血鬼藏書裡那篇東東不是我替妳翻譯的？妳除了去東方庇里牛斯山那座修道院還會去哪兒？法國地圖我還不夠熟嗎？好啦，別愁眉不展了。這會讓妳的臉失去活力，」於是我們挽著手，往外幣兌換處走去。

「賓格以無疑很熟悉的口吻唸出羅熙的名字，我忽然覺得天旋地轉，繽紛灑落的色彩和形狀，組合成一幅複雜而荒謬的畫面。就好像我在看一部熟悉的電影，忽然有個從未出現過的角色，毫無來由的走進銀幕，天衣無縫加入整個行動。

『你們認識羅熙教授？』賓格用同樣的聲調又問了一遍。

「我仍然說不出話來，但海倫顯然做了個決定。『羅熙教授在我們大學歷史系任教，他是保羅的指導教授。』

『但這太難以相信了，』賓格緩緩說道。

『你認識他？』我問。

『我沒見過他，』賓格說。『但我透過最不尋常的管道聽說過他。我想我必須把這個故事講給你們聽。請坐，朋友。』他雖然覺得不可思議，仍做了個客氣的手勢，示意我們坐下。海倫和我方才都跳了起來，現在我們又在他身旁坐定。『這中間有些環節太不尋常了——』他脫口便說，但似乎又覺得有必要解釋。『多年以前，我剛開始對這個檔案著迷時，我要求圖書館員提供我所有相關的資訊。他告訴我，就他記憶所及，沒有其他人看過這檔案，但他的祖先——我意思是說，前任的館長——知道一些事。所以我去拜訪老館長。』

『他還在世嗎？』我喘著氣問。

『哦，沒有了，我的朋友。很遺憾。當時他已經老得不得了，我想我們交談的一年後他就去世了。但他的記憶非常好，他告訴我他把這批收藏鎖起來，因爲它們給他一種不好的感覺。他說有位外國教授看過它，然後就變得很——怎麼說——不安，幾乎瘋了，忽然從房子裡跑出去。老館長說，這件事發生幾天後，有天他獨自坐在圖書館裡工作，抬起頭忽然發現有個身材高大的男人正在察看同一批文件。當時是晚上，圖書館已經關閉，沒有人進來，通往街道的大門也上了鎖。他不明白這個人是怎麼進來的。他以爲自己也許沒把門鎖好，也沒聽見這個人上樓，雖然這似乎不可能。然後他告訴我說』——賓格湊過身來，聲音壓得更低——『他告訴我說，他走到這男人身旁，詢問他在做什麼時，那人抬起頭而且——這麼說吧——有血絲從他口角流下來。』

「我心中湧起一股強烈的厭惡，海倫也聳起肩膀，好像在克制身體的顫抖。『起先老館長不願意告訴我這件事。我想他是害怕我認爲他神智有問題。他告訴我，看到這景象他覺得快要暈倒，但再看一眼，那男人已經不見了。但資料仍凌亂的放在桌上。第二天，他就到古董市場買了這個聖箱，把文件裝在裡面。他把它們鎖起來，據他說，他擔任館長期間，沒再因爲它們惹上麻煩。他也沒再見到那個奇怪的男人。』

『那麼羅熙呢？』我問道。

『呃，你知道，我決心追蹤這故事的每一條線索，所以我問他那位外國教授的名字，但他除了那姓氏好像義大利人以外，什麼也不記得。他叫我有興趣的話，可以去查一九三〇年的登記簿，我這位在這裡工作的朋友特准我這麼做。我查了一番，就找到羅熙教授的名字，而且發現他來自英國牛津大學。所以我寫了封信到牛津給他。』

『他有回信嗎？』海倫目不轉睛瞪著竇格。

『有的，但他已經不在牛津了。他去了一所美國大學——貴校，雖然我們剛開始交談的時候，我沒有把事情銜接起來——他很久以後才收到我的信，然後回信給我。他說他很抱歉，但他對我提到的檔案一無所知，也幫不上忙。兩位到我家晚餐時，我可以拿信給你們看。是戰前不久寄到的。』

『眞奇怪。我不懂。』我喃喃道。

『說眞的，奇怪的事還不止於此呢，』竇格急切的說。他轉向桌上的羊皮紙、書目，用手指輕觸底端羅熙的名字。我看著它，再次注意到名字後面寫的字。我確信那是拉丁文，不過我只在大學一、二年級修過拉丁文，學得不好，而且也差不多忘光了。

『這裡說些什麼？你看得懂拉丁文嗎？』

「我鬆了口氣，竇格點點頭。『寫的是：「巴特羅繆•羅熙。『油壺裡的精靈——鬼魂。』」

「我的思緒飛如電轉：『我聽過這句話，我想——我確信這是他今年春天正在寫的一篇文章的標題。』

我頓一下。『大約一個月前他拿給我看過。跟希臘悲劇和希臘劇場有時應用在舞台上充當道具的物品有關。』

海倫專注的的看著我。『那是——我確信那是他最新的作品。』

「『這眞是太、太奇怪了，』賨格道，我聽得出他聲音裡帶有眞正的畏懼。『這份書目我看過很多遍，卻從來沒有看過這個條目。有人添加了羅熙的名字。』

「我無法置信的看著它。『找出來是誰幹的，』我咬牙切齒說：『我們必須查出是什麼人在這些文件上動了手腳。你上次來是什麼時候？』

「『大約三星期前，』賨格愁眉苦臉的說。『且慢，等一下，我先去問伊羅山先生。你們別走。』但他才站起身，細心的圖書館長就注意到了，迎上前來。他們很快交談了幾句。

「『他怎麼說？』我問。

「『爲什麼他早沒想到要告訴我？』賨格哼聲道。『昨天有個男人來看這個箱子。』他向他的朋友提出更多問題，伊羅山先生指指門口。『就是那個人，』賨格也指著門口道。『他說就是剛才進來的那個人，他們剛在談話。』

「我們都立刻轉過身，圖書館長又比了一次手勢，但爲時已晚。那個戴白色圓帽的灰鬍子小老頭已經不見蹤影了。」

巴利翻遍口袋，苦著臉說：「好吧，我們得把我所有的錢都換成法郎，包括詹姆斯院長給我的錢，還有幾磅是我的零用錢。」

「我也帶了錢，」我道：「從阿姆斯特丹帶來的。南下的火車票錢我來出，我想我可以負擔我們的餐費和宿費，起碼可以撐個幾天。」但我私底下想著，不知道我負不負擔得起巴利的食量。這麼瘦的人吃得下這麼多，眞是奇怪。那時我也瘦，但以巴利剛才那種速度，一口氣解決掉兩份三明治，是我無法想像的。我想金錢方面的憂慮一直壓在我心頭，直到我們實際來到換匯櫃臺，一個穿藏青色外套的年輕女子，對著我們從頭到腳打量了一遍。巴利向她詢問匯率，不一會兒她就拿起電話，轉過頭去對著聽筒說話。「她幹嘛那麼做？」我緊張的低聲問巴利。

他訝異的看著我。「她在查問匯率還是什麼的，」他道。「我不知道，妳覺得呢？」

我無法解釋。或許受父親的信傳染，但現在我看每件事都覺得可疑。就好像有看不見的眼睛在跟蹤我們。

「賓格似乎比我鎮定得多，他急忙跑到門口，消失在小小的門廳裡。沒多久他就搖著頭回來，心事重重的告訴我們：『走掉了。我在街上沒看到他的蹤影。他消失在人群裡。』

「伊羅山先生似乎在道歉，賓格跟他說了幾句話，然後又轉向我們說：『根據你們的研究，有任何理由認為有人跟蹤你們嗎？』

『跟蹤？』我有充分的理由這麼想，但對方是誰，我毫無概念。

「賓格嚴厲的看著我，我想起昨晚出現在我們桌旁的吉卜賽女人。『我的館長朋友說，那個男人要看我們正在看的文件，他發現有別人使用非常生氣。他說那個男人說土耳其語，但有個口音，他認為他是外國人。所以我才問有沒有人跟蹤你們。朋友，我們先離開這兒，大家保持警覺。我已經告訴我的朋友小心保護這些文件，注意任何其他來看它們的人。如果那人再回來，他會設法查清楚他是誰。或許我們離開後，他很快就會回來。』

『但那些地圖！』把這些寶物留在箱裡讓我很擔心。更何況，我們得到什麼資訊呢？我們甚至還沒有開始解決那三幅地圖的謎團，雖然我們站在這兒，看到它們奇蹟般真實的擺在圖書館的桌上。

「賓格又轉向伊羅山先生，相顧一笑，似乎代表他們交換了某種默契。『不用擔心，教授，』賓格對我說。『所有這些東西我手上都有影本，安全的放在我家裡。何況我的朋友絕不會容許原件發生任何事故。你們可以信任我。』

「我很願意這麼做。海倫探究的看著我們兩位新相識，我不知道她心裡有什麼打算。『好吧，』我道。『來吧，朋友。』竇格把文件收回箱子裡，他處理這批資料的溫柔恭敬，讓我覺得自嘆弗如。『我看我們有很多事要私下討論。我帶你們回家，我們可以在那兒談。我也可以給你們看我收藏的另外三件與這題目有關的資料。我們在街上不要談這種事。我們要盡量醒目的離開，而且』——他指指館長——『善後工作就交給我們最優秀的大將。』伊羅山先生跟我們一一握手告別，小心翼翼鎖好箱子，將它搬走，消失在大廳另一頭的書架後面，這時我才情不自禁吁了一口氣。我無法擺脫羅熙的命運仍藏在那口箱子裡的感覺，就好像（最好不要）羅熙本人被埋葬在裡面，我們卻無法把他救出來。

「於是我們走出那棟建築，在台階上站了幾分鐘，假裝交談，蓄意引人注目。我的神經瀕於崩潰，海倫臉色蒼白，竇格卻神態自若。他悄聲道：『如果那個鬼祟的小人躲在附近，一定會知道我們離開了。』他伸出手臂給海倫扶，她出乎我意料之外，毫不抗拒就接受了，我們一起穿過擁擠的街道。已到午餐時刻，烤肉和麵包出爐的香味，從四面八方傳來，還混合了一種陰濕的味道，可能來自煤煙或燃燒柴油，到現在我還不時會突如其來想起這味道，它對我而言，就意味著東方世界。我想道，不論接下來發生什麼事，都會是另一個謎，就如同這整個地方——我看看四周人群中的土耳其臉孔，矗立每條街道盡頭又高又細的宣禮塔，掩映在無花果樹間古寺的圓頂，堆滿神秘商品的店鋪——是個謎。其中最大的一個謎，再度拉扯我的心使它痛楚：羅熙在哪兒？他是否在這裡，在這個城市裡，或在遠方？活著，還是死了，或介於兩者之間？」

30

四點〇二分，巴利和我登上往沛比良的南下快車。巴利先把他的旅行袋扔上陡峭的階梯，爬上去，再伸手拉我上去。這班車的乘客比較少，火車開動後，我們找到的車廂仍是空的。我累了；如果我在家，這時候克雷太太會安排我坐在廚房餐桌前，給我一杯牛奶和一塊蛋糕。有一瞬間我懷念起她煩人的監督。雖然有四個位子可選，巴利卻在我身旁坐下，我把手伸到他裹著毛衣的臂彎裡。他說：「我該做功課。」但他沒有馬上打開課本；我們漸漸加速離開市區，有太多東西可看。我想起以前跟父親來此的每一次經驗——爬蒙馬特山、去植物園看那隻垂頭喪氣的駱駝。現在它卻像一個我從未見過的城市。

看著巴利蠕動嘴唇讀彌爾頓，讓我昏昏欲睡，他說要去餐車喝下午茶時，我睏倦的搖搖頭。「妳不行了，」他笑著對我說。「那就留在這兒睡一下，我把書帶去看。妳餓的時候我們再一起去吃晚餐。」

幾乎他一走出車廂，我眼皮就闔上了，再睜開眼時，我發現自己像個小孩般卷縮在椅子上，足踝縮到棉布長裙底下。有人坐在我對面的位子上看報，但那不是巴利。我立刻坐起身。那人看的是法文的世界報，報紙打開，遮住他大半個人——我看不見他的頭部和上半身。他旁邊的位子上放著一個黑色的皮革公事包。

極短的一瞬間，我以爲那是我父親，心中湧起一陣感激和迷惑。然後我看見那個男人的鞋子，黑色的皮革擦得很亮，鞋尖有雅致的打孔圖案，眞皮鞋帶尾端抽了細穗流蘇。這男人兩腿交疊，穿一條毫無瑕疵的黑色西裝褲和非常高級的黑色眞絲襪子。這不是父親的鞋；事實上，那雙鞋（或裝在裡面的腳）有點不對勁，雖然我說不出爲什麼會有這種感覺。我覺得這個陌生男人不該在我睡著的時候進來——這種行爲本身就讓人不舒服，我希望他沒注意我熟睡的樣子。我惴惴不安想道，有沒有可能起身打開車廂的門而不引起他注意。

忽然我發現，他拉下了走道那邊的窗簾。現在火車上走動的人都看不見我們。或者那是巴利臨離開前拉上的，讓我放心入睡。

我偷看一眼手錶。快五點了，窗外的景物開闊起來，我們已經來到法國南部。報紙後面的男人太過靜止，我不由得顫抖起來。過了一會兒，我終於想通自己害怕的原因。我醒來已經過了很多分鐘，但在我觀察與聆聽這段期間，他連一頁報紙都沒有翻動。

「竇格住的公寓位在伊斯坦堡另一區，瀕臨馬摩拉海，我們從繁忙的艾米諾紐港搭渡輪前往，海倫扶著欄杆看追著船飛翔的海鷗，又回頭眺望令人讚歎不已的古城天空線。我走過去，靠她身旁站，竇格爲我們指點周遭的尖塔和圓頂，他的聲音雄渾，壓過隆隆的引擎聲。下船後我們發現他居住的區域比我們看過的其他地區都現代化，但所謂現代化，在此的意義是指十九世紀。我們沿著愈來愈安靜的街道，向遠離渡船碼頭的方向走去，看到了我全然不識的第二個伊斯坦堡：高大垂陰的樹木，用高級石材和木材搭建的房屋，彷彿從巴黎移植過來的公寓建築，整潔的人行道、點綴著盆栽花卉和飛檐。只偶爾穿插些許伊斯蘭帝國的痕跡，一截荒廢的拱門、孤伶伶的清眞寺、二樓突出形成騎樓的土耳其式房屋。但到了竇格住的那條街，典雅的西方風格便贏得壓倒性優勢。後來我在其他城市——布拉格與索非亞、布達佩斯與莫斯科、貝爾格勒與貝魯特——也看到類似的區域。東方世界到處都在借用這種借來的優雅。

「『請進，』竇格在一排老房子前面停下腳步，帶我們走上寬可容兩人的台階，然後先察看一個寫有「博拉教授」字樣的小信箱——顯然是空的。他打開門走進去。『請進，歡迎光臨寒舍，這兒的一切都請盡量使用。很抱歉內人外出了——她在托兒所當老師。』

「我們先進入一個光亮的木頭地板和牆板圍繞的門廳，我們學竇格的樣，脫下鞋子，換上他遞給我們的繡花拖鞋。然後他帶我們進入客廳，海倫讚嘆的發出一聲輕喚，我情不自禁應聲附和。房間裡灑滿令人心情暢快的綠色光線，還揉合了少許柔和的粉紅光和黃光。過了一會兒我才看出，這是陽光經過外面濃密的樹木過濾，再射入掛有白色老蕾絲窗紗的兩扇大窗戶產生的效果。房間裡的家具美輪美奐，低矮的桌椅用深色木頭雕刻，鋪著華麗的椅墊，三面牆都擺著堆滿蕾絲軟墊的長凳。雪白的牆壁上掛著伊斯坦堡的版畫與繪畫，一個戴土耳其帽老人的畫像、一個穿黑色西裝年輕人的畫像，一張鑲了鏡框的阿拉伯書法。有很多張褪色泛黃的伊斯坦堡照片、好幾個擺滿銅製咖啡用具的櫃子。角落裡堆滿好些個顏色鮮豔的彩釉花瓶，插滿玫瑰花。腳下是厚厚的地毯，有猩紅、玫瑰紅、淺綠等色澤。房間正中央擺一個附腳架的大圓盤，擦得雪亮，卻是空的，彷彿在等候下一頓晚餐。

『太美了，』海倫轉向我們的主人說，讓我想起每當誠懇軟化她嘴角和眼角的堅硬線條時，她就顯得多麼美。『簡直就像《一千〇一夜》。』

賽格微微一笑，對這句讚美隨手一揮，但他顯然覺得很受用。『是我太太布置的』他道：『她熱愛傳統藝術和手工藝品，她的家族傳給她不少好東西。說不定還有一點兒穆罕默德蘇丹時代的古董呢。』他對我微笑說：『我的咖啡煮得沒她好——這是她說的——但我會盡力而為。』他安排我們坐下，靠得很近，坐在矮家具上，我心滿意足欣賞這些歷經時間考驗，已成為舒適象徵的物品：墊子、長榻、當然也少不了英文直接稱之為鄂圖曼（ottoman）的擱腳凳。

賽格盡力而為的成果是一頓午餐，他從門廳對面的小廚房裡把食物端出來，我們很想幫忙，卻被他堅決拒絕。他怎麼可能在那麼短時間內弄出一頓飯，讓我很好奇——恐怕是早就做好的吧。他用托盤端出醬料和沙拉、一碗甜瓜、一碗蔬菜燉肉，鐵叉串起的烤雞肉，這國家到處都看得見的黃瓜優格泥、咖啡，還有堆得小山似的澆了杏仁和蜂蜜的甜點。我們開懷大吃，賽格不斷敬菜，直到我們開始呻吟。他說：『說真的，可不能讓我老婆以為我餓著了你們。』接著是一杯水，旁邊盤子裡放著一些甜味的白色物體。海倫嘗了一下說：『玫瑰精，好吃。羅馬尼亞也有。』她把那種白色的糊加在杯裡飲用，我也有樣學樣。我不確定這種加味水稍後對我的消化有什麼影響，但現在不是擔心這種事的時候。

「我們吃得肚子快要漲破，只能往後仰靠在低矮的長榻上──我現在知道它們的用途了，供大吃大喝後休息復元之用──竇格滿意的看著我們。『你們眞的吃飽了？』海倫哈哈笑，我低聲呻吟，但竇格仍然堅持把我們的水杯和咖啡杯倒滿。『好極了。現在我們來談談剛才沒有機會談的事。首先，我聽說你認識羅熙教授眞的很驚訝，但我還不明白你們之間的關係。他是你的指導教授嗎，年輕人？』他坐在鄂圖曼腳凳上，滿懷希望的湊向我們。

「我看一眼海倫，她微微點一下頭。我不知道是否玫瑰精油舒緩了她的猜疑。『是這樣的，博拉教授，恐怕到目前爲止，我們沒有完全對你開誠布公。』我承認道：『但請你諒解，我們負有特殊的任務，不知道該相信誰。』

「『我明白了，』他笑道。『或許你們比自己以爲的更聰明。』

「這話讓我遲疑，不敢再說。但海倫再次點點頭，於是我繼續道：『羅熙教授對我們很重要，不僅因爲他是我的指導教授，而是因爲他告訴我們──告訴我──的一些資訊，也因爲他──呃，他失蹤了。』

「竇格的目光凌厲如刀。『失蹤嗎，我的朋友？』

「『是的。』我頓了一下，便把我跟羅熙的關係，我論文的進展，以及我在圖書館卡座上發現的那本怪書。我開始描述那本書時，竇格從座位上跳起來，雙手握在一起，但沒說話，只是聽得更專注。我繼續敘述我如何把書帶去給羅熙看，他又如何告訴我，他也有一本同樣的書。三本書，我停下來喘口氣，想道。現在我們知道有三本這種奇怪的書──三是個魔法數字。它們之間雖然必定有關係，然而到底是什麼關係呢？我把羅熙告訴我的，關於他在伊斯坦堡做研究的情形，如實轉述──竇格聽了直搖頭，好像很迷惑──也提到他發現古地圖的輪廓跟龍的形狀一模一樣。

「我告訴竇格，羅熙如何消失，以及他失蹤那晚，我在他窗下走過時，看到的詭異陰影，我如何開始靠自己的力量找尋他的下落。說到這兒，我再度停頓一下，爲的是看看海倫作何表示，因爲我不能未徵得她同意就洩露她的故事。她挪動一下，依靠在矮榻深處，靜靜看著我，然後出乎我意料之外，她接過話頭，用她低沈、有時有點沙啞的嗓音，把告訴過我的每件事，都原原本本講給竇格聽——關於她如何出生，她個人對羅熙的復仇計畫，她如何全心鑽研卓九勒的歷史，她又如何計畫到這座城市來追蹤他的傳奇。竇格的眉毛一直挑高到抹了油的髮際線邊緣。她的措辭、深沈而條理分明的算計、過人的智慧，甚至她露出在淺藍色衣領上的嫣紅面頰，都使他臉上浮現愛慕的神色——也許這只是我的錯覺，但自從第一次遇見竇格起，我心中第一次對他產生小小的敵意。

「海倫講完，我們默然對坐，好一會兒沒有人說話。射入這美麗房間的綠色陽光，環繞在我們四周彷彿變得更深沈了一些，一種更強烈的不眞實感爬上我心頭。終於竇格開口說道：『兩位的經驗眞是太不可思議了，我很感激你們告訴我這一切。我很遺憾聽到妳親人的不幸故事，羅熙小姐。但我仍然想不通，羅熙教授爲何覺得有必要寫信告訴我，他對我們的檔案一無所知呢，這似乎是撒謊，不是嗎？但這件事太可怕了，這麼一位優秀的學者失蹤了，羅熙教授因爲某件事受懲罰——說不定我們坐在這兒的時候，他正在受苦。』

「我腦子裡的無力感忽然一掃而空，好像一陣涼風吹來，把它完全帶走。『但你爲什麼對這件事這麼有把握？如果眞是這樣，我們又怎麼找到他？』

「『我是個理性主義者，跟你一樣，』竇格冷靜的說：『但你說羅熙教授那天晚上告訴你的事，我憑直覺就深信不疑。此外，檔案圖書館的老館長告訴過我，確實有外國研究者在圖書館裡被嚇跑，我也在登記簿上找到羅熙教授的名字，這都可以證明他的話是眞的。尤其又出現那種妖魔，身上有——』他頓住。『現在又發生這麼難以想像的事，他的名字，還有他的論文的題目，添加在檔案裡的書目上。那行字怎麼加上去的，我眞想不通！你們來伊斯坦堡是對的，道友們。如果羅熙教授在這兒，我們會找到他。我一直就懷疑卓九勒的墓可能在伊斯坦堡。在我看來，如果最近有人把羅熙的名字加到那份書目上，他在這裡的可能性就很大。

你認爲卓九勒的墳墓裡可以找到羅熙。這件事上我願意全力支持你。我覺得義不容辭。』

『現在我有個問題要問你，』海倫瞇起眼睛看著我們說。『博拉教授，昨晚你爲什麼會出現在我們用餐的地方？在我看來，我們剛到伊斯坦堡，正在找尋你這麼多年來一直在研究的檔案時，你就出現，未免太過巧合。』

賨格站起身，從邊桌的抽屜裡取出一個小銅盒，向我們敬煙。我回絕了，但海倫接過一支，賨格替她點燃。他也爲自己點了一根煙，再次坐下，他倆互相凝視著對方，有一會兒，我有種微妙的置身局外之感。那種煙有股淡雅的香氣，顯然是上等貨色；我很好奇這是否就是聞名美國的土耳其奢侈品。賨格輕吐一口煙，海倫踢掉拖鞋，把腿縮到身下，好像早已習慣東方式的墊子。我從來沒看過她在殷勤款待下表現得輕鬆優雅的這一面。

賨格終於說道：『我怎麼會到那家餐廳去遇見你們？我也問了自己好多遍這個問題，因爲我也沒有答案。但我可以誠實的告訴你們，我的朋友，我在你們近旁的桌位落坐時，並不知道你們是什麼人，也不知道你們來伊斯坦堡做什麼。事實上，我常光顧那家餐廳，因爲那是老城區我最喜歡的一個地方，課程中間的空檔我常到那兒散步。那天我什麼也沒考慮就走進去了，當我看到兩個陌生人，忽然覺得寂寞，不想再獨自坐在角落裡。我妻子常說，我這人愛交朋友的習性怎麼也改不了。』

「他微微一笑，把手中香菸的灰撣在一個銅盤裡，然後把盤子推向海倫。『但這種習慣也不算太壞，不是嗎？不管怎麼說，我得知你們對我的檔案有興趣，覺得既驚訝又感動，現在我聽到你們神奇的經歷，我覺得在伊斯坦堡這地方我可以幫得上忙。話說回來，你們又怎麼會去到我最喜歡的餐廳？我爲什麼會帶著我的那本書去吃晚餐？我看得出妳懷疑我，女士，但我沒辦法回答，只能說這場巧合帶給我希望。「冥冥中自有定數」——』他若有所思看著我們兩人，他的表情開誠布公，毫無隱瞞，而且顯得非常悲傷。

「海倫把一口土耳其香菸噴入迷濛的陽光，然後說『好吧。就讓我們希望是如此。但現在，我們要拿希望怎麼辦？我們看到了地圖的原件，也看到了保羅一直希望看到的龍騎士團書目。接下來怎麼辦？』

「賓格忽然道：『跟我來。』他站起身，午後的慵懶忽然煙消雲散。海倫撳熄香菸，也站起身，她的袖子拂過我的手。我也跟了上去。『請先到我的書房來一下，』賓格打開古董羊毛與絲綢的層層帷幔之間的一扇門，畢恭畢敬讓到一旁。」

31

我非常、非常靜止的坐在火車上，瞪著坐在我對面那個男人手中的報紙。我覺得應該稍微動一動，盡量表現得自然，甚至不妨引起他注意，但他是那麼的動也不動，我開始覺得連他呼吸的聲音都聽不到，因此自己的呼吸也變得困難。過了一會兒，我最恐懼的事成眞了：他沒有放低報紙就開始說話。他的聲音跟他的皮鞋或做工完美的西褲一樣；他說的英文帶一種我分辨不出什麼地方的口音，不過也有一點法文腔──或者我把它跟在世界報的版面上跳動、在我痛苦的凝視下自行重組的新聞標題攪混了？可怕的慘劇發生在高棉、阿爾及利亞，和好些個我聽都沒聽過的地方，這一年我的法文進步太多了。但這個男人在印刷的版面後面發話，他的報紙一分一釐都沒有移動。我聽著覺得全身針刺般疼痛，我無法相信自己聽見的話。他的聲音平和，很有教養。他只提出一個問題：「妳父親在哪兒，親愛的。」

我奮力跳離座位，衝到門口；我聽見身後報紙落地的聲音，但我全副心思放在門栓上。門沒上鎖。我在無比恐懼中把門打開，頭也不回便向剛才巴利前往餐車的方向奔去。幸好一路上的車廂裡都有人，他們的窗簾拉開著，書、報紙、野餐籃放在身旁，我狂奔而過時，他們的臉好奇的轉過來。我甚至沒辦法停下來聽聽身後是否有追趕的腳步聲。我忽然想起，我們的皮箱遺留在車廂裡，放在頭頂的置物架上。他會把它們拿走？搜索它們？我的皮包倒在手頭；我睡覺時把它纏在手腕上，我在公共場合總是這麼做。

巴利在餐車裡，坐在最後面的角落，他點了茶和其他幾種吃食，書攤在寬敞的桌面上。他過了一會兒才意識到我的存在，從他的小王國抬起頭。我的模樣一定很狂亂，因爲他立刻把我拉到座位上。「怎麼了？」

我把臉貼著他的脖子，努力不讓自己哭泣。「我睡醒時，我們的車廂裡有個男人在看報，我看不見他的臉。」

巴利伸手撫摸我的頭髮。「看報的男人？妳爲什麼這麼驚慌？」

「他不讓我看到他的臉，」我悄聲說，回頭張望餐車的入口。那兒沒有人，沒有穿黑西裝的人進來搜索。「但他躲在報紙後面對我說話。」

「然後？」巴利好像忽然喜歡上了我的捲髮。

「他問我，我父親在哪兒。」

「什麼？」巴利猛然坐直。「妳確定嗎？」

「是啊，他說英文。」我也坐直身子。「然後我就跑出來了。我想他沒有跟蹤我，但他在火車上。我不得不把我們的行李丟在那兒。」

巴利咬嘴唇；我差點以爲他蒼白的皮膚會流出血來。然後他招手叫侍者過來，跟他商量了一會兒，隨即從口袋裡掏出一筆可觀的小費，放在茶杯旁邊。他說：「下一站停靠布洛瓦，還有十六分鐘就進站。」

「我們的行李怎麼辦？」

「妳帶著妳的皮包，我帶著我的皮夾。」巴利忽然停住，瞪著我：「那些信——」

「在我皮包裡，」我趕快說。

「謝天謝地。我們可能必須放棄其他行李，不過無所謂。」巴利牽起我的手，我們穿過餐車末端的門——我很意外，這兒竟然是廚房。方才那個侍者連忙跟進來，指示我們待在冰櫃附近一個凹入的小空間裡。巴利指給我看：旁邊有扇門。我們在那兒站了十六分鐘，我緊抓著皮包。我們站在那塊狹小的空間裡，像兩個難民般，緊緊擁抱在一起似乎是再自然不過的事。忽然我想起父親的臨別禮物，伸手去摸：十字架掛在我脖子上，我知道它很醒目。難怪那人舉著報紙不肯放下。

終於火車放慢速度，煞車一震，發出刺耳的聲音，我們停下來了。侍者壓下把手，我們身旁的門開了。

他對巴利露出一個同謀的微笑；他可能以爲這是一場愛情追逐的喜劇，憤怒的父親追上火車，企圖把不聽話的女兒抓回家，類似這樣的情節。「下車，但盡可能貼近車廂，」巴利壓低聲音告誡我，我們一起慢慢下到平交道上。這個車站是灰泥建築，寬敞明亮，周圍有銀色的樹陰，微風吹來，感覺溫暖而甜美。「妳看見他嗎？」

我往火車前方一直看去，終於看見很遠的前面，混在下車的乘客群中有個寬肩、高大的黑衣人影，整個人一望就覺得不對勁，一股陰森的邪氣使我反胃。他戴著一頂黑帽子，帽沿壓得很低，看不見臉孔，手中拎著一個黑色公事包，還拿著一卷白色的東西，可能是報紙。「是那個人，」我盡可能不用手指點，巴利立刻拉著我爬回階梯上。

「別讓他看見妳。我會看著他往哪邊去。他正在東張西望呢。」巴利負責守望，我打定主意躲在車內，心跳得飛快。他把我的手臂抓得很緊。「好了——他往另一個方向走。不對，他又回來了。他正在往車窗裡看。我想他打算回到車上。天啊，他還眞冷靜——看錶。他上了階梯。又下來，現在往我們這方向走來。預備——我們回車上去，必要的話，從車尾跑到車頭也在所不惜。預備好了嗎？」

就在這時，風扇呼呼轉動，車身猛然一震，巴利咒罵道：「該死，他又上車了。我想他知道我們沒眞的下車。」巴利忽然用力把我拉下階梯，站到月台上。火車在我們身旁又是一震，緩緩啓動。有幾個乘客把車窗打開，身體倚在外面抽煙或眺望景觀。我看到這些人之中，幾節車廂外，有顆黑色的腦袋轉向我們，一個挺起胸膛的男人——我感覺他滿腔冷酷的憤怒。然後火車駛過一個彎道，加快速度。我轉身面對巴利，我們瞪著對方。這個鄉下小站，這個法國的荒郊野外，除了坐在車站裡的幾個村民，我們全然是孤單的。

32

「在我想像中，竇格的書房做為一個鄂圖曼學者的靜修所，一定也裝潢成如夢似幻的東方情調，但我完全猜錯了。他帶我們進入的房間比客廳小得多，但也有很高的天花板，開了兩扇窗，採光明亮。兩面牆壁從地板到天花板都排滿了書。窗子兩旁掛著垂到地面的黑色天鵝絨窗簾，一幅獵人騎馬趕著獵犬狩獵的掛毯，給整個房間添一分中世紀的輝煌。書房正中間的桌子上，砌著成堆的英文參考書；書桌旁邊的古玩櫃裡，有一套龐大的莎士比亞全集。

「但竇格書房給我的第一印象，並非英國文學佔得壓倒性的優勢；反而我立刻意識到一股黑暗的勢力，一種揮之不去的執念，逐漸掩蓋了英國文學較溫和的影響力。這種力量化身為一張臉孔，忽然跳到我眼前，這張臉無所不在，書桌後面掛的一張版畫、桌上的筆筒、牆上的一張繡片、一個卷宗的封面、窗旁掛的一張素描，紛紛桀傲不馴的迎上我的目光。每張臉都是同樣的人，雖然可能媒材有異，擺的姿勢也不同，但總是那張臉頰瘦削、蓄著八字鬍的中世紀臉孔。

「竇格注視著我。他嚴肅的說：『啊，你們知道這是什麼人。你們看得出，我收集各種形式的他。』我們並肩而立，注視著書桌後面鑲框的版畫。那是我在家鄉看過的一張木刻畫的複製品，但因為這張臉是正面像，所以那雙黝黑的眼睛彷彿能鑽到我們的眼睛裡。

「『你從哪裡找到這麼多不同的畫像？』我問。

「『所有找得到的地方，』竇格指指桌上的卷宗夾。『有時我從古書裡面把它們臨摹出來，有時我在古董店或拍賣會上遇到它們。只要開始注意，就會發現他的畫像仍在我們城市裡流通，而且數量大得令人難以置信。我覺得，只要收集齊全，就能從他眼睛裡讀懂我那本奇怪的空白書的秘密。』他笑了一聲。『但這些木刻版畫太粗糙，太——只有黑與白。我對它們不滿意，所以最後我找了我的一個畫家朋友，替我把它們綜合成一幅畫。』

「他領我們走到窗旁的一個壁龕前，那兒掛了一幅也是黑天鵝絨做的短簾，拉起來遮住裡面的東西。甚至在他伸手拉動捲簾繩之前，我就有一種恐懼感，製作精美的簾子在他手下掀開時，我的心好像整個翻轉了過來。天鵝絨打開，露出一幅眞人大小、栩栩如生的油畫，畫的是一個壯碩、威猛年輕人的頭部與肩部。他頭髮很長，濃密的黑色捲髮垂到肩上。臉孔絕頂英俊而殘酷，筆挺修長的鼻子，鼻孔翼張。在下垂的黑色八字鬍底下，兩片紅唇弧度優美而飽含肉慾，但又抿得很緊，好像極力克制面頰的抽搐。他的顴骨很高，頭戴墨綠色天鵝絨尖角帽，前方插著一根棕白二色的羽毛，濃密的黑眉毛壓在帽子底下。這張臉生氣勃勃，但完全沒有慈悲，洋溢著力量與警覺，卻顯得非常不穩定。一雙眼睛是全畫最懾人的特徵：它們定睛看著我們，帶有強大到幾乎活生生的穿透力道，看了一會兒我就忍不住挪開眼睛，讓自己喘息片刻。站在我身旁的海倫，向我靠過來一點，但與其說是尋求安慰，倒像是給我支撐。

『我的朋友是位非常優秀的畫家，』竇格輕聲說。『你們看得出我爲什麼要把畫掛在簾子後面。我工作的時候不喜歡看到它。』我覺得該說是他不喜歡被這幅畫盯著看才對。『想像中，一四五六年前後，卓九勒展開他在瓦拉基亞爲時最長的統治期間時，應該就是這幅相貌。他當時二十五歲，以他出身的文化而言，算是受過良好的教育，精通騎術。往後二十年間，他殺死了將近一萬五千個自己的人民——有時是出於政治因素，但多半只是以旁觀他們死亡爲樂。』

「竇格拉上窗簾，我很慶幸那雙明亮而可怕的眼睛熄滅了。『我還有別的新奇玩意兒要給你們看，』他指著靠牆一個木櫃說。『這是龍騎士團的封印，我在老城海港附近一個古董市場找到的。這是一把銀製的匕首，來自鄂圖曼統治早期的伊斯坦堡。我相信它是用來獵捕吸血鬼的，因爲鞘上刻有這類的說明字樣。至於這些鎖鍊和長釘呢』──他示意我們看另一口櫃子──『恐怕都是拷問的刑具，可能在瓦拉基亞製造。還有這個，朋友們，這可是件稀世寶物。』他從書桌邊緣拿起一個嵌工精致的木盒，打開鎖扣。裡面層層疊疊泛黃的白緞上，擺了幾件看起來像外科手術用具的鋒利工具，還有一柄銀製小手槍和銀刀。

『這是什麼？』海倫欲待伸手去摸，卻又縮了回來。

『這是貨眞價實捕獵吸血鬼的工具，有一百年了。』賓格自豪的說。『我相信它來自布加勒斯特。我有位古董收藏家朋友，幾年前替我找來的。這種東西很多──十八、十九世紀專門賣給到東歐旅行的旅客。它本來還有大蒜，放在這個位置，但我習慣把大蒜掛起來。』他用手一指，我看到門口兩旁編成辮狀的乾大蒜，恰好正對他的書桌，心頭不禁又是一震。我興起的第一個念頭，就如同幾星期前跟羅熙交談時的感想一樣，就是博拉教授的思維不僅面面俱到，恐怕也是個瘋子。

「許多年後，我終於對自己這種第一反應有更清楚的了解，賓格書房對我而言，活脫就像卓九勒城堡的一個房間，一個應有盡有的中世紀刑具倉庫，這讓我提高警覺。我們歷史學家對凡是在某種意義上足以反映自我，甚至反映某些若非透過學術工具，我們雅不欲探究的東西，都懷著濃厚的興趣，這是不爭的事實；同樣的，因爲我們浸淫在興趣之中，它們也日漸成爲我們的一部份。這件事發生幾年後，我訪問一所美國大學──不是我的母校──被引介給一位美國第一代研究納粹德國的歷史大師。他住在校園邊緣一棟舒適的房子裡，家中不僅收集了許多與他的研究主題有關的書籍，還有很多第三帝國的官方瓷器。他養了兩頭體型巨大的狼狗，不分日夜巡視前院。在他家客廳裡與其他教職員把酒言歡時，他非常堅決的告訴我，他蔑視希特勒的罪行，希望以盡可能最詳盡的細節將它通通揭發給文明世界知道。我提早離開那個派對，小心翼翼從那兩隻大狗身旁走過，怎麼也揮不去心中的反感。

『或許你們覺得這太過份了，』賓格有點歉意的說，好像已經看到我的表情。他仍指著那些大蒜說：『只是我不喜歡毫無防護的坐在這兒，被古老的邪惡意念包圍，你們了解嗎？現在，讓我展示我邀請你們來看的東西。』

「他要我們在鋪著織錦緞椅墊，搖搖欲墜的椅子上坐下。我那張椅子的椅背，好像鑲嵌了一根——會是骨頭嗎？我不肯靠上去。竇格從書架上取下一疊厚厚的檔案，他從中取出我們在圖書館看到過的文件的手抄副本——跟羅熙的摹本類似，不過這一批製作得更仔細——然後又取出一封信，他把信遞給我。這是一封打字的信，印有大學的徽章，由羅熙簽名——那簽名絕對無誤，我想道；那盤繞曲折的字母B和R，我已經太熟悉了。寫這封信的時候，羅熙也確實在美國任教。寥寥幾行字，大意跟竇格所說一般無二；羅熙自稱對穆罕默德蘇丹的檔案一無所知。他很抱歉讓博拉教授失望，並祝福他的研究一帆風順。這眞是一封令人不解的信。

「接著竇格取出一本用舊皮革裝訂的小書。我幾乎沒法子不立刻伸手去取，但我極力克制，等待竇格溫柔的翻開它，先爲我們展示前後的空白頁面，最後才亮出中央那幅我們早已熟悉的圖畫：戴王冠的龍張開邪惡的翅膀，用利爪扣著寫有那個充滿威脅的字眼的橫幅。我打開隨身不離的手提包，取出我自己那本書。竇格把兩本書並排放在書桌上。我們兩人都拿自己的寶貝跟對方的邪惡禮物比較，我們都看到兩條龍一模一樣，雖然他的龍印刷滿溢到紙張邊緣，顏色較深，我的色澤較淡，但確實是一樣的，同一條龍。甚至連龍尾巴尖附近的污斑都一樣，就像是木刻版在那兒有塊不平坦之處，每次印刷都會沾到一點油墨。海倫默不作聲對著它們沈思。

「『不可思議，』竇格終於吐出一口長氣說。『我做夢也想不到有這麼一天，我會看到第二本這樣的書。』

「『而且聽說有第三本存在，』我提醒他。『這是我親眼看見的第三本這種書，別忘了。羅熙的版畫也是一樣的。』

「他點點頭。『這代表什麼意義呢，我的朋友？』但他已經把他的地圖副本放在我們的書旁邊，伸出一根粗大的手指頭，比劃著山川河流與龍形輪廓。『不可思議，』他喃喃道。『我怎麼沒想到，眞的很相似。龍就是地圖，但又是什麼的地圖呢？』他兩眼放光。

『這就是羅熙希望在這裡的檔案中找尋的答案，』我嘆口氣道。『如果他後來能進一步採取行動，找出其中的意義就好了。』

『也說不定他已經這麼做了，』海倫用深思的聲音說，我轉過身，正想問她這句話的用意。就在這時，編成辮子形狀的兩串大蒜中間的門忽然開了，我們兩人都跳了起來。但站在門口的不是可怕的鬼魂，而是一個身材嬌小、滿面笑容的綠衣婦人。她就是竇格的妻子，我們站起身跟她見禮。

『午安，親愛的。』竇格一把把她拉進來。『這兩位是我的朋友，美國來的教授，我跟妳提過的。』

『他誇張的替我們做了周延的介紹，博拉太太帶著親切的笑容跟我們一一握手。她個頭只有竇格一半大，長睫毛底下是一雙綠眼睛，秀氣的鷹鉤鼻，一頭濃密的紅色捲髮。『很抱歉我不能早點來跟你們見面，』她英文說得很慢，咬字發音很謹愼。『恐怕我先生沒有給你們準備食物，是嗎？』

『我們連忙申辯，我們被餵得很飽，但她猛搖頭。『博拉先生沒什麼好東西招待客人，我要——修理他！』她對丈夫揮舞纖細的拳頭，竇格顯得開心極了。

『我最怕老婆，』他心滿意足告訴我們。『她兇得像亞瑪遜女戰士。』站在博拉太太身旁像座鐵塔似的海倫，對著他們兩人微笑；他們眞是一對討人喜歡的搭檔。

『而且現在呢，』博拉太太道：『他還拿他可怕的收藏品來煩你們。眞是對不起。』不到一分鐘，我們又坐回外面客廳的長榻上，博拉太太替我們倒咖啡。她長得很漂亮，有種小鳥依人的韻味，約摸四十歲，賢慧文靜。她會說的英語很有限，但她說得很得體而富有幽默感，似乎她丈夫經常帶說英語的客人回家。她衣著淡雅，儀態雍容。我想像她任教的幼稚園，孩子們圍繞在她身旁——恐怕都有她下巴那麼高。我很好奇她跟竇格有沒有自己的子女；房間裡沒看到孩子的照片，或任何有小孩的跡象，可是我不想探詢。

「『我先生有沒有帶你們參觀我們的城市？』博拉太太在問海倫。

『有啊，看了一部份，』海倫答道。『恐怕我們已經佔用了他很多時間。』

『不——是我佔用了你們的時間，』竇格神情愉快的啜飲咖啡。『但我們有很多工作要做。親愛的』——他轉向妻子說——『我們要找一位失蹤的教授，所以我可能要忙個幾天。』

『失蹤的教授？』博拉太太鎮定的望著他微笑。『好吧。但我們得先用晚餐。請你們留下來用晚餐好嗎？』她轉向我們。

「我眞的再也吃不下任何東西，我小心的不讓眼神接觸到海倫的眼睛。但她似乎覺得這很正常。『謝謝妳，博拉太太。妳太客氣了，但我想我們得回旅館去，因爲我們五點鐘在那兒有個約會。』

「有嗎？我很困惑，但我配合她演戲。『對了，有別的美國朋友要過來喝一杯。但我們希望很快能跟兩位再見面。』

「竇格點點頭。『我會盡快把我書房裡可能有用的資料重看一遍。我們必須考慮卓九勒的墓就在伊斯坦堡的可能性——說不定地圖畫的是市內某個地區。我有幾本市區地圖，還有些朋友收藏完備的伊斯坦堡資料。我今晚就爲兩位研究所有的可能性。』

『卓九勒，』博拉太太搖著頭。『我喜歡莎士比亞超過卓九勒。那方面的興趣比較健康。而且』——她淘氣的對我們使個眼色——『莎士比亞付我們的帳單。』

「他們隆重的送我們離開，竇格要我們承諾明天早上九點在民宿跟他碰頭。他會把所有找得到的新資料帶去，我們會再到圖書館去看看有什麼新發展。同時他警告道，我們必須提高警覺，多方提防被人跟蹤或其他的危險。竇格很想親自送我們回住處，但我們向他保證，我們可以自行搭渡輪——下班船二十分鐘後出發——回去。博拉夫婦送我們到門口，手牽著手站在台階上高聲送別。我們沿著無花果和菩提樹的林陰道向前走，途中我回望了一、兩次。『他們的婚姻眞幸福。』我對海倫說，但立刻感到後悔，因爲她照例冷哼一聲。

「『少胡思亂想，美國佬，』她道。『我們有新任務呢。』

「一般情形下，她這麼稱呼我，我會一笑置之，但這次有點什麼，使我不由自主打了個寒噤，轉身看著她。今天下午的離奇訪問，牽引動了一個念頭，一個我一直企圖壓抑到最後一刻的念頭。海倫轉過頭來，若無其事平視著我，我再也無法迴避的看到她鮮明秀麗的輪廓，與竇格藏在簾子後面那幅栩栩如生的驚人畫像之間的相似點，怵目驚心。」

33

往沛比良的快車完全消失在銀色樹陰和村舍屋頂後面，巴利聳聳肩膀。「好啦，他在火車上，我們不在。」

「是啊，」我道：「但他清楚的知道我們在哪兒。」

「不會很久，」巴利大步走到售票口——有個人彷彿站在那兒就睡著了——但沒多久他就像打敗了的公雞般走回來。「下一班開往沛比良的火車，要等到明天早晨，」他向我報告。「開往較大城鎮的巴士，明天下午才有班次。這兒唯一的出租房間，在村外半公里的一個農場上。我們可以到那兒過夜，明天早上回來搭火車。」

我要麼發脾氣，要麼大哭一場。「巴利，我不能等明天早晨搭火車去沛比良！我們損失太多時間了。」

「說眞的，沒有別的選擇，」巴利不悅的對我說。「計程車、汽車、農用卡車、驢車、徒步，我全問過了——妳還有什麼別的點子？」

我們蹣蹣穿過村莊。已近黃昏，這種慵懶、溫暖的天氣，我們在住家門口或花園裡看到的每一個人，似乎都不怎麼清醒，好像中了什麼符咒。我們走到那家農場，只見外面掛一塊手寫的招牌，還有雞蛋、乳酪、葡萄酒的價目表。出來接待的婦人一路在圍裙上擦著手，看到我們似乎毫不意外。巴利介紹我說是他妹妹，她只溫順的微笑，並不多問，也不介意我們沒有行李。巴利問她有沒有兩人住的房間，她吸著氣說：「oui，oui，（法文：有，有）」好像在自言自語。農場前的空地塵土飛揚，只有幾朵花和幾隻刨土的母雞，屋簷下有一排塑膠水桶，石砌的穀倉和房子以一種友善而隨興所至的方式排列在四周。這婦人說，我們可以在房子後面的花園裡用晚餐，我們的房間就在花園旁邊，屬於這棟建築最古老的部分。

我們默默隨著女主人穿過低矮的農家廚房，走進一個小廂房，原先可能是廚房幫工的臥室。房間兩側各擺一張小床，中間隔著一個極大的木製五斗櫃，這讓我鬆了一口氣。隔壁是盥洗室，彩繪的馬桶和臉盆。所有的東西都乾淨無瑕，窗簾上了漿，一面牆上掛的古董刺繡，被陽光曬得泛白。我趁巴利付錢給婦人的時候，進盥洗室去用冷水洗把臉。

我出來的時候，巴利建議去散個步；還要一小時她才能把晚餐做好。起先我不想離開農場的庇護，但外面的小路在廣闊的樹陰下顯得很清涼，我們經過一片看起來曾經蓋得很華麗的房屋的廢墟。巴利拔身翻過圍牆，我也跟進去。石塊都倒塌在地上，原始的牆垣就像地圖，一座殘留的破敗塔樓，讓人緬懷這地方過去的繁華。半開的穀倉裡堆著些乾草，好像這棟建築還有儲藏物品的功能，畜欄裡有根粗大的樑柱，已經坍落下來。

巴利坐在廢墟裡看著我。「哼，我看得出妳很生氣，」他語帶挑釁說。「我把妳救出迫在眉睫的危機，妳不當一回事，但接下來的不便，妳完全不願意承擔。」

他說話這麼苛刻，我一時間氣得說不出話，好容易迸出一聲：「你怎敢，」便往亂石堆裡跑去。我聽見巴利站起身，追在我後面。

「妳寧願留在火車上嗎？」他用比較心平氣和的聲音問。

「當然不是，」我不肯面對他。「但你跟我一樣知道，我父親可能已經趕到聖馬太了。」

「但卓九勒，或隨便那是誰，還沒到那兒呀。」

「他已經領先我們一天了，」我望著田野的另一頭反駁道。遠方一排白楊的樹梢頭，露出村中教堂的屋頂；眼前的風景寧靜如畫，只缺幾頭山羊或母牛。

「別的不說，」巴利道（我討厭他那種訓話的口吻）：「我們根本不知道火車上那個人是誰。說不定他不是正主兒。根據妳父親信上說的，那壞蛋有不少爪牙，不是嗎？」

「那更糟，」我道。「如果那是他的爪牙，那麼他可能已經到達聖馬太了。」

「或者，」巴利頓住，我知道他打算要說：「或者他已經來到這兒，在我們四周待機而噬。」

「我們確實很清楚的讓大家看見我們在哪兒下的車。」我道，替他省了麻煩。

「現在又是誰在說氣話了？」巴利走到我身後，笨拙的伸出一隻手臂，樓住我的肩膀，我想到，他這麼說最起碼代表他相信父親的故事。掙扎著留在眼眶裡的淚水湧了出來，滾下我的面頰。「沒事啦，別哭，」巴利道，我把頭靠在他肩上，他的襯衫有陽光和汗水的溫暖。過了一會兒，我放開他，我們回到農舍的花園去吃我們默默無語的晚餐。

「回旅店途中，海倫都一言不發，所以我就藉著觀察路上的行人，研判他們有無敵意來打發時間，我三番兩次回頭張望，察看有沒有人跟蹤我們。回房之際，我轉念想起，我們對於尋找羅熙仍毫無概念，不禁十分沮喪。就憑一份書目，其中的書大部分都不存在，對我們有什麼幫助？

「才剛走進旅店，海倫就唐突的說：『到我房間來。我們需要私下談談。』這種毫無少女矜持的作風，換個時空一定會讓我想入非非，但此刻她表情非常嚴肅而堅決，我唯能好奇她有什麼盤算。總之，她當時的表情毫無勾搭的意味。在她房間裡，床鋪得很整齊，她的幾件物品都收在看不見的地方。她坐在窗口，示意我坐另一把椅子。『聽著，』她卸下手套，脫掉帽子說：『我一直想著一件事。似乎我們尋找羅熙的行動遇到了眞正的障礙。』

「我沈重的點點頭：『過去半個小時，我也在爲這問題煩惱。但也說不定賓格可以從他朋友那裡替我們問到一些資訊。』

「她搖搖頭。『這根本是抓鴨。』

『抓瞎，』我糾正她，心情低落。

『抓瞎，』她修正道。『我想我們忽略了一個非常重要的消息來源。』

我瞪著她：『那是什麼？』

『我母親，』她平淡的說。『我們在美國的時候，你問我有關她的事是對的。我整天都想著她。她早在你之前認識羅熙教授，自從她告訴我，他是我父親以來，我始終不曾好好向她問過有關他的事。我不知道自己爲什麼不問，只不過那對她而言，眞的是個痛苦的話題。還有』——她歎了口氣——『我母親是個單純的人。我認爲她不可能幫助我進一步了解羅熙的作品。甚至當她告訴我羅熙相信卓九勒存在時，我也沒再追問——我知道她多麼迷信。但現在我想，她可能知道一些能幫助我們找到他的線索。』

她才說了幾句，我心中的希望就油然升高。『但我們怎麼能跟她談呢？我記得妳說過她沒有電話。』

『她確實沒有。』

『那——怎麼辦？』

海倫把兩隻手套捏在一起，輕輕拍打著自己的膝蓋。『我們必須當面見她。她住在布達佩斯郊外的一個小鎮。』

『什麼？』這下子輪到我不悅了。『哼，說得簡單。我們就去買張火車票，就憑妳的匈牙利護照和我的不得了——美國護照，順道去妳親戚家聊聊卓九勒。』

『不速之客，』海倫笑起來。『沒必要生氣，保羅。』她道：『你沒聽過有句俗諺說：「不入虎穴，焉得虎子。」』

我只好笑笑。『好吧，』我說：『妳有什麼計畫？我發現妳點子很多。』

『是的，我是有計畫。』她把手套撫平。『事實上，我是希望我阿姨會有計畫。』

『妳阿姨？』

「海倫望向窗外，望著馬路對面老房子古意盎然的灰泥牆面。已經快黃昏了，令我著迷的地中海光線色澤加深，為整個城市的每個表面敷上一層金色。『我阿姨從一九四八年就在匈牙利內政部工作，頗有點地位。我就是靠她才取得獎學金。在我們國家，做什麼事都要靠叔伯姑舅阿姨的關係。她是我母親的大姊，因為她和她丈夫幫忙，我母親才能從羅馬尼亞逃到匈牙利，早在我出生前，她——我阿姨——已經住在匈牙利了。我們很親近，我阿姨跟我，隨便我要求什麼，她都會幫忙。她不像我母親，她有電話，我想打電話給她。』

「『妳是說，她可以把妳母親弄到電話機旁，跟我們談話？』

「海倫呻吟一聲。『天啊，你以為我們可以在電話上跟她們討論引起爭議的秘密？』

「『對不起，』我道。

「『不，我們必須親自過去。我阿姨會安排。這樣我們可以跟我母親面對面交談。更何況』——某種比較溫柔的感情摻進她的聲音——『她們會很高興見到我。離這兒也不很遠，我已經快一年沒見到她們了。』

「『好吧，』我說。『為了羅熙我做什麼都願意，雖然我很難想像就這麼跳著華爾滋進入共黨統治的匈牙利。』

「『哈，』海倫道：『那麼要你想像跳著華爾滋（這是你說的）進入共黨統治的羅馬尼亞，就更不可能了。』

「這下子輪到我沈默了。『我知道，』過了一會兒我才說道。『我也在考慮這件事。如果卓九勒的墓不在伊斯坦堡，那還可能會在哪兒？』

「我們默坐了一會兒，兩人都迷失在思緒中，彼此的距離無比遙遠，最後海倫起身說：『我去看看房東太太能不能讓我們在樓下打電話。我阿姨馬上就要下班回家了，我希望盡快跟她聯絡。』

「『我可以跟妳一塊兒去嗎？』我問道。『畢竟這件事也跟我有關。』

『當然，』海倫戴上手套，我們下樓在房東的客廳裡找到她。我們花了十分鐘向她說明我們的需求，所幸多付幾個土耳其里拉，外加承諾付清全額電話費，就打通了關節。海倫坐在客廳裡的椅子上，撥了一長串迷宮似的號碼。最後我看到她臉孔亮起。『電話鈴在響，』她對我微笑，那美麗而坦率的笑容。『阿姨會氣死，』她道。然後她臉色一整，變得十分警覺。『艾娃嗎？』她說：『我是艾倫娜呀！』

「我仔細聆聽，發現她說的必定是匈牙利語。至少我還知道，羅馬尼亞語屬於羅曼語系，我想我應該能聽懂幾個字。但是海倫說話像快馬奔馳，而且是我的耳朵連一秒鐘都駕馭不住的芬蘭—烏戈爾語（Finno-Ugric）的烈馬。我懷疑她跟家人是否仍用羅馬尼亞語交談，或許他們在同化的壓力下，已經捨棄了那一段人生。她的聲調起落有致，有時被一個微笑打斷，有時眉頭輕蹙。她的艾娃阿姨在電話另一頭似乎有很多話要說，有時海倫專心聆聽一會兒，然後又吐出一串那種萬馬奔騰的奇怪音節。

「海倫彷彿忘了我的存在，但她忽然抬眼看著我，勝利的輕點一下頭，露出淺淺的微笑，似乎這番對話的結果很順利。她對著聽筒微笑，掛了電話。房東立刻走過來，一副很擔心電話帳單的模樣，我立刻掏出事先講妥的金額，並額外添了一點，放在她伸出的手掌心。海倫已經往房間走，並示意我跟上去；我認為她這麼故做神秘沒有必要，但我又懂什麼呢？

『快告訴我，海倫，』我一屁股坐下，便開始哀求。『我等不及了。』

『好消息，』她鎮定的說。『我就知道阿姨一定會幫我的。』

『妳到底怎麼跟她說的？』

「她咧嘴笑道：『沒什麼啦，電話上能講的不多，而且只能說正經事。但我告訴她，我跟一位同事來伊斯坦堡從事學術研究，我們需要去布達佩斯五天，找尋研究結論。我說你是位美國教授，我們要聯名寫一篇論文。』

『題目是什麼？』我有點緊張的問。

『鄂圖曼佔領期間歐洲各國的勞工關係。』

『還不壞。但我對這個題目一無所知。』

『沒關係，』海倫好像從整潔的黑裙上撣掉一些線頭。『我會講一點給你聽。』

『妳還眞像妳父親。』她的博聞強記忽然讓我聯想到羅熙，我不假思索這話就脫口而出。我趕快瞥她一眼，唯恐冒犯了她。我發現這是我第一次發乎內心的把她當作羅熙的女兒看待，好像從某個連我自己都沒有察覺的時刻開始，我就接受了這個觀念。

「令我很意外的，海倫神色一黯。『這可以作爲遺傳基因的影響比環境強的論證』她只回應了這麼一句話。『總之，艾娃阿姨聽起來很生氣，尤其當我告訴她，你是美國人的時候。我知道她會不高興，因爲她總嫌我太衝動、太愛冒險。當然我也確實是那樣。而且她一定得表現很生氣的樣子，這樣在電話上聽起來比較恰當。』

『比較恰當？』

『她必須替她的工作和地位著想。但她說她會幫我們安排，她叫我明天晚上再打電話給她。就這樣。我阿姨很聰明，我相信她一定想得出辦法。有消息後，我們再去買伊斯坦堡到布達佩斯的來回票，也許搭飛機。』

「我在心裡嘆口氣，想著可能的花費，以及這種情形下我那點錢可以撐多久，但我只說：『在我看來，她必須有本事創造奇蹟，才有可能一帆風順把我弄進匈牙利。』

「海倫笑了起來。『她確實會創造奇蹟。所以我才沒有待在家鄉，在我母親村子的文化中心工作。』

「我們再次下樓，彷彿有默契般漫步到街上。我說：『現在沒什麼事可做。我們必須等明天賓格和妳的阿姨回話。我必須承認，這麼等待很難熬。目前我們可以做什麼呢？』

「海倫站在街頭逐漸濃郁的金色光線中，思索了一會兒。她已經戴上了手套和帽子，但落日餘暉稍許染紅了她的黑髮。最後她說：『我想多看看這座城市，畢竟我很可能再也不會回到這兒。再去一次聖蘇菲亞好嗎？我們可以趁晚餐前在那附近走走。』

『好啊，我也想那麼做。』我們一路沒再交談，一直走到大教堂前面，但是當我看到教堂的圓頂和宣禮塔成爲街景的主體，只覺得我倆之間的沈默變得更深沈，我倆之間的距離也更貼近。我不知道海倫是否有同感，也不知道是否因爲我們如此渺小，所以容易受那座龐大教堂的魔力宰制。我想到前一天竇格告訴我們的事──他相信卓九勒對這個偉大的城市施了吸血鬼詛咒。『海倫，』我道，雖然我很不願意打破寂靜。『妳不認爲他有可能埋葬在這裡嗎──在伊斯坦堡？這可以解釋穆罕默德蘇丹爲何在他死後仍感到焦慮，不是嗎？』

『他嗎？是啊，』她點點頭，好像認可我不在街上提到他名字。『這觀念很有意思，但若眞是如此，穆罕默德難道會不知道，竇格又怎麼找不到證據？我無法相信這種事能隱瞞幾個世紀之久。』

『也很難相信穆罕默德會容許他的大敵葬在伊斯坦堡，如果他知道的話。』

她似乎仍在考慮這件事，但我們已幾乎到達聖蘇菲亞大教堂的入口。

『海倫，』我緩緩道。

『什麼事？』我們在人群中停下腳步，觀光客與進香客推擠著擁入寬廣的大門。我緊靠她身旁以便低聲交談，幾乎湊在她耳畔說話。

『如果墳墓在這裡，就代表羅熙也在這裡。』

她轉身凝視我的臉。她兩眼放光，黑色的雙眉之間有纖細的歲月與憂慮的紋路。『那是當然，保羅。』

『我在導遊指南中讀到，伊斯坦堡也有地下廢墟──墓窖、貯水池之類的──就像羅馬。我們至少還有一天才離開──或許我們可以跟竇格談談這件事。』

『這主意不壞，』海倫低聲說。『拜占庭皇帝的宮殿一定有地下區域。』她幾乎露出微笑，但她的手卻撫著脖子上的絲巾，彷彿那兒有什麼東西讓她苦惱。『不管怎麼說，宮殿的遺跡裡一定滿是邪惡的鬼魂——刺瞎堂兄弟眼睛的皇帝之類的東西。正好是物以類聚。』

「因爲我們密切的閱讀寫在彼此臉上的思維，一起考慮著這將牽涉到何等奇異的大規模狩獵行動，所以我一開始沒注意，忽然出現一個緊盯著我看的人影。更何況，他不是一個高大猙獰的妖魔，而是個瘦小平凡的人，混在人群中毫不起眼，徘徊在大約二十呎外的教堂牆邊。

「然後我突然一驚，認出早晨在圖書館見到的那個、蓄一蓬亂糟糟的灰鬍子、戴白色鉤針小帽、穿土褐色上衣與長褲的瘦小學者。但接下來那一刻，我感到更大的震撼。那人犯了個錯誤，他太專注的看著我，使我能隔著人群迎面看見他。然後他就不見了，像幽靈般消失在歡樂的觀光客群中。我衝上前去，差點推倒海倫，但沒有用。那個人消失了；他看到我看到他。他那張介於難看的鬍鬚和簇新的帽子之間的臉，千眞萬確是我在老家的大學看見過的一張臉。我最後見到它時，它被覆蓋在一張被單底下。就是那個死去的圖書館管理員的臉。」

34

我有幾張父親剛好在離開美國去找尋羅熙教授之前不久拍攝的照片，不過孩提時代我第一次看見這些照片時，對過去發生的事毫無所悉。其中有一張我在幾年前配了鏡框，現在掛在我書桌上面，是正值黑白照片逐漸被彩色相片排擠到邊緣時期拍攝的黑白照片。它呈現我不曾目睹的父親的一面。他直視攝影機，下巴微微抬起，好像正要回應攝影師說的某句話。我永遠不會知道攝影師是誰了；我也忘了問父親是否記得。絕不可能是海倫，但或許是別的朋友，研究所的同學。一九五二年——照片背面只有父親親筆寫的日期——他已經做了一年研究生，也已經開始研究荷蘭的商人。

照片裡的父親，從背景的哥德式石砌研判，似乎在校園裡某棟大樓旁拍照。他一隻腳輕快的踏在長凳上，一隻手扶腿，另一隻手臂悠閒自在垂在膝旁。他穿一件白色或淺色的正式襯衫，打斜紋領帶，黑色有摺的長褲，皮鞋很亮。他身材跟我記憶中他後來的樣子差不多——中等身高，中等肩寬，討人喜歡但並不特別出眾的整潔儀表，這一點他到中年也一直維持得很好。他深凹的眼睛在照片中呈灰色，但實際是深藍色。深目濃眉、高顴骨、隆鼻、微笑時會咧開的闊嘴厚唇，他的長相其實有點像猴子——獸類智慧的外觀。如果照片有彩色，他抹了油的頭髮在陽光下應該呈赤銅色；我知道那顏色，因爲他曾經描述給我聽。我認識他以來，我記憶所及，他頭髮一直是白色。

「那天晚上，在伊斯坦堡，我整晚不能入眠。別的不說，第一次看到一張活生生的死人臉孔，當下的恐懼，以及企圖對我看到的事做一合理的解釋——光是那一刻就足夠我睡不著。另一方面，知道死去的圖書館員看到我，然後消失無蹤，讓我十分不放心手提包裡的文件。他知道海倫和我擁有地圖的複本。他出現在伊斯坦堡，是因爲他在跟蹤我們，或因爲他已經知道地圖的原本在這兒？或，如果他還沒有靠自己的力量解讀這一點，他是否掌握某種我所不知的情報？他至少看過一遍穆罕默德蘇丹收藏中的文件。他是否已看到地圖的原件，而且已經將它們複製？我無法解答這些疑惑，想到這怪物多麼渴望取得我們那份地圖，當初在校內圖書館的書庫裡，他如何撲到海倫身上，爲了地圖不惜勒死她，我也不敢冒險入睡。想到他咬過海倫，說不定對她食髓知味，我就更加緊張。

「如果這一切還不足以讓我那天晚上整夜瞪著眼睛，等候著時間的腳步變得愈來愈安靜，距我不遠處——雖然也不算非常貼近——還有一張沈睡的臉，使我無法成眠。我堅持海倫睡我床上，而我坐在陳舊的沙發上。即使我眼皮下垂，但想起那張清晰而陰森的臉孔，我就滿心焦慮，冷水澆頭般精神大振。海倫本想待在她自己的房間——萬一房東發現我們的安排會作何感想？——但我逼著她滿心不甘願的同意，在我的監護下入睡。或許我看過太多電影、讀過太多小說，所以認定凡是深夜獨處的少女，都有可能成爲惡魔的下一個獵物。海倫很快就睡著了，我從她眼睛下的黑圈看得出她的疲倦，而且我隱約察覺到她也很害怕。只要她有些許恐懼，就比任何女人嚇得嚎啕大哭，都更讓我擔驚受怕，在我血管裡注入一種神秘的咖啡因。或許也因爲她平常那副目中無人、昂首挺胸、信心十足的模樣，變得有氣無力而軟化，使我覺得有必要撐開眼皮。她側身而臥，一隻手放在我的枕頭下面，捲髮與枕頭的潔白對比，顯得更黑。

「我無心讀書或寫字。當然也不想打開我的手提包，而且海倫睡著的時候，我已經把它塞到床底下去了。但時間一分一秒過去，走廊裡沒有詭異的爬抓聲，鑰匙孔裡沒有發出異響，門縫底下沒有鑽入無聲的煙霧，窗外也沒有翅膀拍打的聲音。終於黯淡的房間變得灰濛濛，海倫舒了口氣，彷彿也意識到新的一天來臨。然後一縷陽光從百葉窗隙裡射進來，她翻了個身。我拿起外套，盡可能不出聲的從床底下把手提包拖出來，然後輕手輕腳走出房間，到樓下會客室去等她。

「還不到六點，但屋裡某處已傳來濃郁的咖啡香，我很意外的看到竇格坐在一張鋪了繡墊的椅子上，腿上擱著一個黑色的檔案夾。他顯得神清氣爽，十分清醒，我走進去時，他跳起身跟我握手。『早安，我的朋友。謝天謝地我這麼快就找到你。』

『我也謝天謝地你在這兒，』我答道，一屁股坐在他旁邊的椅子上。『但什麼風這麼早就把你吹來了呢？』

『哦，我有消息等不及要告訴你。』

『我也有消息要告訴你，』我沈重的說。『你先請，博拉教授。』

『叫我竇格，』他不經意的糾正我。『你看。』他動手解開綁檔案夾的繩子。『正如我答應過你的，昨晚我把手頭的資料整個看過一遍，圖書館的檔案我都有副本，這你是知道的，我也收集了很多伕拉德在世時和他死後不久，發生在伊斯坦堡的一些事件的不同記載。』

「他嘆口氣。『有些紀錄提到發生在市內的神秘案件，死亡、吸血鬼的謠言。我盡可能從書本上收集有關瓦拉基亞龍騎士團的資訊。但昨晚我怎麼也找不到什麼新鮮的材料。於是我打電話給我的朋友沙立姆•艾克壽，他沒在大學工作——他自己開一家店——但他很有學問。他對書的知識在伊斯坦堡無人能及，尤其是所有敘述本城歷史與傳奇的書。他為人很慷慨，花了大半個晚上陪我在他的書房裡搜尋。我要他幫我找任何有關十五世紀末，來自瓦拉基亞的人埋葬在伊斯坦堡的蛛絲馬跡，或任何能跟瓦拉基亞、外西凡尼亞或龍騎士團沾得上邊的墳墓的線索。我還給他看——不是第一次——我的地圖副本，還有我那本有龍圖案的書，我把你的理論解釋給他聽，說是這些圖案代表地點，也就是穿心魔墳墓的所在地。

『我們一起翻閱了很多、很多頁伊斯坦堡的歷史，還看了一些老畫片，以及他從各地圖書館與博物館抄來的各種資料的筆記。這個沙立姆•艾克壽眞是勤快。他沒有妻子、沒有家人、沒有其他興趣。他被伊斯坦堡的故事吞掉了。我們工作到很晚，因為他的私人圖書館大到連他自己都看不完，他也沒法子告訴我可能發現什麼東西。最後我們找到一件奇怪的東西——一封信——收錄在一本十五、六世紀蘇丹的朝廷命官與各地帝國前哨站往還的公文書信集裡。沙立姆•艾克壽告訴我，他從安卡拉一個舊書商手中買到這本書，它在十九世紀印行，是我們伊斯坦堡一位對那時代所有紀錄都有興趣的歷史學家編纂的。沙立姆說，這可能是這本書碩果僅存唯一的一本了。』

「我耐心等候，從竇格鉅細靡遺的敘述中體會所有這些背景資料的重要性，他雖然研究文學，但若轉行當歷史學家，一定也會成績斐然。

「『不過呢，沙立姆雖然沒看過別的書提及這本書，但他相信其中複製的文件都不是——英文怎麼說？——僞造的，因爲他看到過其中一份公文的原始版本，也收藏在我們昨天去過的那家圖書館。他也對那批檔案非常著迷，不瞞你說，我經常在那裡遇見他。』他露出一個微笑。『再回頭說這本書，就在我們的眼睛都累得都快要閉上，天也快亮的時候，我們發現了一封對你們的研究可能非常重要的信。編者認爲它寫於十五世紀後期。我把內容替你翻譯在這裡。』

「竇格從檔案夾裡取出一張筆記用紙。『這封信提到的另一封較早的信沒有收藏在書裡，很可惜。天曉得它可能已經湮滅了，要不然我的朋友沙立姆應該老早就找到它了。』

「他清清喉嚨，大聲唸道：『致最可尊敬的盧梅利•卡迪亞斯克——』他頓一下。『這是巴爾幹半島的首席軍法判官，你知道的。』我可不知道，但他點點頭，繼續唸道：『可敬的閣下，屬下已遵照您的指示做進一步調查。若干僧人收到我們事先談妥的金額後，表現極爲配合，屬下也親自察看了那座墳墓。這群人當初呈報的內容均爲事實。他們無法提供進一步的解釋，只一再重申內心的恐懼。屬下建議就此事在伊斯坦堡展開新的調查。屬下留下兩名衛士在斯納格布監視一切可疑活動。奇怪的是此地並無瘟疫流行的消息。敬奉阿拉之名聽您差遣。』

「『署名者是誰？』我問道。我的心跳得很快；縱使一夜沒睡，我也非常清醒。

「沒有署名。沙立姆認爲可能原始公函上的簽名被撕掉了，可能是意外，但也可能爲了保護寫信者的隱私。」

「『也可能一開始就沒有署名，爲了保密起見，』我建議道。『書裡沒有其他信提到這件事？』

「『沒有。沒有前因，沒有後果。只有一個斷片，但盧梅利•卡迪亞斯克的地位很高，所以這件事一定很重要。找到這封信後，我們在我朋友收藏的其他書籍和文件裡又努力找了很久，但都沒有找到相關資料。他告訴我，就他記憶所及，他在有關伊斯坦堡歷史的其他記載裡，從未見過斯納格布這個字。他幾年前看過一遍這些信——主要是因爲我告訴過他，卓九勒的追隨者據說把他埋葬在這地方，我們搜尋文件時，他才特別注意到這個地名。所以也有可能他在別的地方看到過這個字，卻不記得了。』

「『我的天，』我說，倒不是因爲艾克壽先生在別處看到過這個字的渺茫可能，而是因爲這件事把我們周圍的伊斯坦堡，跟遠在天邊的羅馬尼亞連接起來，令人覺得躍躍欲試。

「『是啊，』賓格開心的笑了，好像我們討論的是早餐的菜單似的。『巴爾幹半島的執法人員會爲發生在伊斯坦堡的事憂心忡忡，甚至派專人到斯納格布去調查卓九勒的墳墓。』

「『但，該死的，他們究竟查到了什麼？』我握緊拳頭，捶一下椅子的扶手『那兒的僧侶究竟呈報了什麼？他們爲什麼恐懼？』

「『我也有完全相同的困惑，』賓格安慰我。『如果伏拉德•卓九勒平靜的長眠在那兒，爲什麼千里之外的伊斯坦堡，還有人防備他？如果伏拉德眞的葬在斯納格布，而且一直是如此，爲什麼那些地圖跟那個地區怎麼也對不上？』

「他的問題一針見血，我唯有佩服。『還有一個問題，』我說：『你認爲卓九勒確實有可能埋在伊斯坦堡？這可以解釋穆罕默德在他死後爲什麼仍不放心，而且從那時起，伊斯坦堡就傳說有吸血鬼爲害嗎？』

「賓格雙手握拳，捧在胸前，並伸出一根大拇指頂著自己的下巴。『這是個很重要的問題。我們需要幫助才能解答，說不定我的朋友沙立姆幫得上忙。』

「有一會兒，我們坐在旅店陰暗的大廳裡，默默無語注視著對方，咖啡的香味在我們周圍流轉，新朋友在古老的目標下聯手。然後竇格站起身來。『顯然我們必須找更多、更深入的資料。沙立姆說，只要你們準備好，他可以帶我們一起去檔案圖書館。他熟悉那兒從十五世紀開始的伊斯坦堡資料，很多我都沒怎麼看過，因爲它們偏離我對卓九勒的興趣太遠。我們可以一起檢視。只要我打電話通知伊羅山先生，他一定很樂意在圖書館開放之前，把所有資料拿給我們看。他就住在圖書館對面，可以在沙立姆上班前替我們開門。但羅熙小姐在哪兒？她起身了嗎？』

「他這番話在我腦海裡飛快掀起一連串混亂的意念，所以我一時之間竟不知道該先處理哪個問題。竇格提起他的圖書館長朋友，使我忽然想起我的圖書館員敵人，我看到那封信太興奮，差點把他給忘了。現在我得說服竇格相信我見到一個已死之人，雖然他相信歷史上有吸血鬼存在，或許能推而廣之，也相信現代有吸血鬼，但進一步取信竇格仍是一樁古怪詭異的任務。同時他問起海倫，我也想起我把她單獨留在房裡，時間已長到不可原諒的地步。我希望讓她醒來時擁有隱私，也預期她會盡快尾隨我下樓。爲什麼她到現在還沒出現？竇格還在滔滔不絕：『說到沙立姆啊，他眞是從來不睡覺的，他去喝晨間咖啡去了，因爲他不想當個不速之客——啊，他來了！』

「旅店門上的掛鈴一聲輕響，一個瘦削的人影走了進來，順手把門帶上。我本來以爲會看到一個道貌岸然的人物，一個穿正式服裝的老人，但沙立姆•艾克壽年紀很輕，身材矮小，穿著寬大而有點邋遢的深色長褲和一件白色上衣。他快步向我們走來，眼神熱切而專注，表情似笑非笑。我直到握住他清瘦的手，才認出那雙綠色的眼睛和細長的鼻子。我見過這張臉，而且是在近距離見到。我又花了一分鐘，才想起我們見面的時間與地點，因爲我眼前忽然出現那隻纖細的手遞過來一本莎翁劇本的景象。他就是市場旁那家小小的舊書店的老闆。

『我們已經見過面了！』我喊道，他也幾乎同時喊出類似的話，說的好像是一種土耳其語與英語混合的語言。賽格對著我們看過來，看過去，顯然覺得很困惑，我解釋以後，他笑了起來，然後搖搖頭，表示不可思議。『太巧了，』他只能說。

『你們準備好出發了嗎？』賽格示意艾克壽坐下，但他只揮揮手。

『還不行，』我說。『如果你們不介意，我去看看羅熙小姐，問她什麼時候可以跟我們一起走。』

賽格憨憨的點點頭。

我在樓梯上差點撞上海倫——我一步跨三級，她抓緊欄杆，免得被我撞倒。『哎喲！』她不悅的說。『看老天爺份上，你想幹什麼？』她揉著手肘，我努力克制自己對於手臂碰到她黑色套裝和結實肩膀的遐思。

『找妳啊，』我說：『對不起——撞痛妳了嗎？我有點擔心，因爲妳一個人在樓上太久了。』

『我沒事，』她語氣溫和了一點。『我有些想法。博拉教授還有多久會到？』

『他已經來了。』我連忙報告：『而且還帶來一個朋友。』

海倫也認出那個年輕的書店老闆，他們斷斷續續聊了一會兒，賽格則忙著打電話給伊羅山先生，他對著聽筒大聲叫喊。他回來時對我們解釋道：『有場暴風雨，每逢下雨這個地區的電話線就有點不清不楚。我朋友現在就可以到圖書館跟我們見面。不過他聲音好像生病了，也許是感冒，但他答應馬上過去。妳要咖啡嗎，女士？我會在路上替妳買幾個芝麻麵包。』他親吻海倫的手，我看得很不痛快，然後我們就急急出門了。

「我本來希望拉著賽格走在後面，這樣我就可以私下告訴他，我家鄉來的那個邪惡圖書館員在此出現的事；我覺得我無法在陌生人面前解釋這種事，尤其賽格又說過，他並不認同獵捕吸血鬼這種事。但走完了一條街，賽格一直熱烈的跟海倫交談，我看著她不斷對他露出那難能可貴的笑容，又惦記著應該立刻讓他知道的重要情報，眞是雙倍的難過。艾克壽先生走我旁邊，不時瞄我一眼，但大部分時間他都沈浸在自己的思緒裡，我覺得好像不該用早晨街道多美麗之類的閒話打擾他。

「我們發現圖書館大門已經開了——賓格微笑說，他就知道他的朋友很準時——一行人靜靜走進去，賓格很有紳士風度的讓海倫先行。有精緻馬賽克拼嵌的小門廳裡空無人跡，登記簿攤開著等候今天的訪客。賓格替海倫把門拉開，她走進安靜、黝暗的大廳一段距離後，我聽見她倒抽一口氣，看見她忽然停下腳步，我們的朋友跟在她身後，差點被絆倒。早在我看到實際狀況前，就有什麼東西使我後頸的毛髮豎立起來，然後出於另一個因素，我粗魯的推開賓格，衝到海倫身旁。

「館長正等著我們，他動也不動站在房間正中央，臉轉過來，好像熱切期待我們到來。但這不是我們預期的那個友善的人影，也沒有替我們取出我們想再看一遍的木箱，或某一疊塵封的伊斯坦堡歷史手稿。他臉色蒼白，好像生命已被汲乾——根本就是生命已經汲乾。這不是賓格的館長朋友，而是我們的圖書館員，眼神機警而明亮，嘴唇紅得極不自然，望著我們的眼光飢渴如焚。他的眼光一投射到我身上，我在書庫裡曾經被他猛力擰到背後的手臂就一陣抽痛。他飢渴的尋求什麼東西。就算我心情夠平靜，能夠揣摩那是什麼樣的飢渴——是尋求知識或其他什麼——也沒有時間思考。我還來不及搶到海倫和那惡鬼中間，她就從外套口袋裡掏出一把手槍，向他發射。」

35

「後來，我透過包括一般人所謂正常生活在內的很多情境，對海倫有更多了解後，她還是不斷令我感到意外。通常她最令我吃驚的，就是她的心智可以在極短的時間裡，把各種因素綜合在一起，這樣的聯想通常會產生我現在要花很長時間培養的洞察力。她知識的淵博寬廣，也讓我眼花撩亂。跟海倫一起生活，驚喜層出不窮，我逐漸把它們視爲家常便飯，我對她讓我出其不意的能力，愉快的上了癮。但她給我最大的意外，莫過於那次在伊斯坦堡，她忽然開槍射擊那個圖書館員。

「但是我根本來不及吃驚，因爲他向一旁蹣跚了幾步，抓起一本書向我們丟來，差一點打中我的頭。書打中我左邊的一張桌子，我聽見它落地的聲音。海倫又開了一槍，她走上前一步，穩健的瞄準手法看得我摒住呼吸。然後那惡魔的奇怪反應讓我一驚。除了在電影裡，我從沒見過任何人中槍。電影裡的這種場面啊，我倒是看得多了。我十一歲就看過上千個印地安人死在槍下，後來則有各式各樣的騙子、銀行搶匪、壞蛋，包括二戰期間好萊塢狂熱的爲了槍斃而特地製造出來的大批納粹份子。但這次槍擊，眞正的這次，奇怪之處在於，雖然那圖書館員的襯衫在胸骨下方出現一個黑色的污點，他並沒有痛苦的用手壓住傷口。第二槍只擦過他肩膀；他已經在奔跑，然後他猛然一躍，衝進大廳後方的書庫。

「『有門！』竇格在我身後喊道。『那裡有扇門！』我們全都追過去，忽而被椅子絆倒，被迫在桌子中間繞來繞去。瘦小靈活的艾克壽第一個跑到書架那兒，隨即不見蹤影。我們聽見格鬥聲、嘩啦一響、門砰的關上，然後就看見艾克壽先生搖搖晃晃從一堆脆弱的鄂圖曼手稿底下爬出來，半邊臉隆起一個紫青的腫塊。竇格跑到門邊，我也跟上去，但門關得很緊。我們把門弄開，只看到一條巷子，除了一堆木箱空無人跡。我們小跑步在周圍迷宮似的巷道裡找了一圈，但沒有找到那個惡魔或他逃逸的痕跡。賨格盤問了幾個行人，沒人看見我們要找的人。

「我們心不甘情不願的從後門回到圖書館，發現海倫正用手帕壓著艾克壽的面頰。槍不見了，手稿已整齊的疊好，放回架上。我們走進來時，她抬頭望，說道：『他昏過去一會兒，但現在已經沒事了。』

「賨格跪在他朋友身旁。『我親愛的沙立姆，你的包腫得好大啊。』

「沙立姆‧艾克壽虛弱的笑笑。『我被照顧得很好，』他道。

「『我看得出，』賨格表示同意。『女士，妳的嘗試我很敬佩。但企圖殺一個死人是白費力氣。』

「『你怎麼知道？』我張口結舌。

「『哦，我就是知道。』他正色道。『我認得那種臉。那是不死族的臉。再沒有別張像那樣的臉。我看過它。』

「『我用的當然是銀子彈，』海倫稍微用力的把手帕壓在艾克壽先生臉上，讓他把頭靠在她肩上。『但你們是看見的，他動了，我沒命中他心臟。我知道我冒很大的險』──她深深看我一眼，但我讀不懂她的想法──『可是你們知道我的計算沒有錯。平常人這樣中彈早就重傷了。』她嘆口氣，調整一下手帕。

「我迷惑不解，輪流看著他們每一個人。『妳一直把槍帶在身旁？』我問海倫。

「『哦，是的。』她把艾克壽的手臂拉到自己的肩膀上。『來，幫我扶他站起來。』我們一起拉他起身──他輕得像個小孩──讓他站穩腳步。他微笑點點頭，婉拒我們的扶持。『是的，我會把槍帶在身邊，只要我覺得──不放心。買一、兩顆銀子彈也不是很困難的事。』

「『那倒是眞的，』賨格點頭道。

「『可是妳在哪兒學會那樣的槍法？』我對於海倫在那麼短的時間內掏槍瞄準，仍覺得難以置信。

「海倫笑了起來。『在我的國家，教育注重專精。』她道：『我十六歲參加少年軍的射擊比賽還得過獎。我很高興學過的東西還沒有忘記。』

忽然賓格大叫一聲，開始拍打自己的額頭。『我的朋友！』我們都瞪著他。『我的朋友——伊羅山！我把他給忘了。』

「我們不花一秒鐘就聽懂他的意思。沙立姆‧艾克壽似乎完全恢復了，第一個衝進他受到傷害的書庫，我們其他人也趕快分散到長方形的房間各處，察看桌子底下和椅子後面。開頭幾分鐘，搜索毫無所獲，但不久我們聽見沙立姆的喊聲，大家連忙跑去找他。他跪在書庫裡一座很高的書架底下，架上堆滿了各種箱子、袋子、一卷卷的捲軸。裝龍騎士團文件的木箱放在他身旁地板上，裝飾精美的蓋子敞開，一部份內容物散落在地上。

「伊羅山先生仰天躺在這些古物之間，蒼白而靜止。他的頭歪向一側。賓格跪下來，把耳朵貼著伊羅山胸口。過了一會兒他說：『謝天謝地，他還在呼吸。』然後，經過進一步檢查，他指著他朋友的脖子。就在襯衫領口上方，鬆弛、蒼白的肉裡有一道很深而參差不齊的傷口。海倫在賓格身旁跪下。我們都沈默了一會兒。雖然羅熙描述過多年以前質問過他的那名土耳其官員，雖然海倫也在故鄉的圖書館受了傷，我還是難以相信眼前的情景。伊羅山臉色極爲蒼白，幾乎呈灰色，他的呼吸淺而短促，除非用心傾聽，否則根本聽不見。

『他中毒了，』海倫輕聲說。『我想他失血也很嚴重。』

『該詛咒的一天！』賓格的表情很痛苦，他把朋友的手放在自己的兩隻大手中間。

海倫第一個重新打起精神。『我們要理智的思考。這可能只是他第一次遭受攻擊。』她轉向賓格問道：『昨天我們來的時候，你完全沒看到他身上有這個。』

「他搖搖頭。『他很正常。』

『那就好了，』她伸手到外套口袋裡，我瑟縮了一下，唯恐她又要把手槍掏出來。但她取出一個大蒜頭，放在館長胸口。雖然整個氣氛很凝重，但竇格露出一個微笑，也從自己口袋裡取出一個大蒜頭，放在她的蒜頭旁邊。我無法想像她哪兒弄來的大蒜──或許是趁我們逛市場，我專心看別的景物時買的？『我看偉大的心靈都有相同的想法，』海倫對他說。然後她取出一個紙包，將它打開，露出裡面的銀色十字架。我認得那是在我們大學附近的天主堂買的，她在圖書館書庫的歷史書區遭攻擊前，曾用它鎮攝那個邪惡的圖書館員。

「這一回竇格輕揮一下手阻止她。『不，不，』他道：『我們這兒有自己的一套迷信。』他從外套的不知哪個口袋，取出一串木頭念珠，就是我在伊斯坦堡街頭看到人手一串的那種。這串念珠末端有個雕刻的圓牌，刻著阿拉伯字母。他把圓牌輕輕湊到伊羅山唇畔，這位圖書館長的臉扭曲了一下，好像不由自主感到厭惡。那表情看起來很恐怖，好在只出現一瞬，然後他睜開眼睛，皺起眉頭。竇格俯在他身上，輕聲說土耳其話，並碰觸他的前額，然後給傷者喝了一點他又不知怎麼從外套裡變出來的一個小瓶子裡的東西。

「過了一會兒，伊羅山先生便坐起身，四下張望，摸著脖子，好像還覺得疼痛。當他用手指摸到那個血痕宛在的小傷口，就把臉埋在掌中開始抽泣，哭聲令人心碎。

「竇格用一隻手臂摟著他的肩膀，海倫也伸出一隻手按著館長的手臂。我不由得想到，這是一個小時之內我第二度看到她無限溫柔的照顧受傷的人了。竇格用土耳其話詢問一些問題，幾分鐘後，他往後趺坐在自己腳跟上，看著我們其他人說；『伊羅山先生說，今天一大早有個陌生人進入他的公寓，當時天還是黑的，威脅著除非他把圖書館的門打開，否則就殺死他。我早晨打電話給他的時候，那個吸血鬼就在旁邊，但他不敢告訴我。陌生人聽到電話是誰打來的以後，就說他們必須馬上趕到圖書館。伊羅山先生不敢不服從，一到這兒，那人就逼他打開木箱。箱子一開，那惡魔就撲到他身上，把他壓倒在地上──我朋友說他非常強壯──把他的牙齒嵌進伊羅山先生的脖子。他就只記得這麼多。』竇格悲傷的搖搖頭。伊羅山先生忽然抓住竇格的手臂，說了一大串土耳其話，似乎在哀求他什麼。

「竇格沈默了一會兒，然後握住他朋友的手，把念珠放在他手裡，低聲給了他一個答案。『他告訴我，他知道只要被那個惡魔再咬兩次，他自己就會變成惡魔的同類。他囑咐我如果發生這種事，就要我親手殺死他。』竇格轉過頭，我覺得好像看到他眼睛裡有淚光閃爍。

「『不會弄到這種地步的，』海倫的表情很堅決。『我們要找到這場瘟疫的禍源。』我不知道她指的是那個邪惡的圖書館員，或卓九勒本人，但我看到她下巴的線條，就幾乎相信我們早晚會順利把兩者都消滅。我曾經有一次注意到她那種表情，看到它我就想起在故鄉那家小餐廳裡，我們第一次談到她的身世。當時她矢言要找到她欺騙的父親，當著學術界揭開他的假面具。眞不知道這一切是出於我的想像，或在某個她自己都沒注意的時刻，她的使命已經發生了改變。

「本來在附近晃來晃去的沙立姆•艾克壽，走過來跟竇格說了幾句話。竇格點點頭：『艾克壽先生提醒我，我們來此有工作要做，他說得對。其他研究者不久就要來了，我們要麼把圖書館鎖起來，要麼就要對公眾開放。他提議他今天不去開店，在這兒擔任圖書管理員。但首先我們必須清點這些文件，察看損失的情形，更重要的是，我們必須找個地方讓我的朋友休息。還有，艾克壽先生要趁其他人不在場，給我們看檔案裡的某件東西。』

「我馬上動手收拾散落地面的文件，我最大的恐懼立刻獲得證實。『地圖原件不見了，』我心情沈重的向大家報告。我們搜遍書庫，但那個奇怪的龍形區域的地圖眞的失蹤了。我們只能認定那個吸血鬼在我們趕到前，就已經把地圖藏在身上。這想法很讓人沮喪。我們當然還握有羅熙和竇格繪製的副本，但原圖對我而言，代表解答羅熙所在位置的關鍵，是到目前爲止最接近目標的線索。

「除了失去這件寶物的打擊，我不禁又想到，那個邪惡的圖書館員可能在我們之前揭開其中的秘密。如果羅熙在卓九勒墓中，不論墓在何處，邪惡的圖書館員都很有機會先找到他。我對搶救我愛戴的指導教授，感到雙倍的迫切，也感到雙倍的絕望。但很奇怪的，我又突然想到，至少，海倫仍穩穩當當的在我身旁。

「竇格與沙立姆在被害的館長身旁商議了一會兒，似乎又問了他一個問題，後者撐起上半身，虛弱的指著書庫後方。沙立姆立刻鑽進那一區，幾分鐘後，他拿了一本小書回來。這本書封面的紅色皮革顯得很破舊，正面印有金色的阿拉伯文字。他把書放在附近的桌上，逐頁翻尋，找了好一陣子，才招手示意竇格過去，這時竇格正脫下他的外套，折成枕頭狀，墊在他朋友頭部下方。伊羅山現在似乎舒服了一點。我話到舌尖，想建議叫輛救護車，但我覺得竇格似乎很清楚自己在做什麼。他起身走到沙立姆身旁，兩人熱烈討論了幾分鐘，我跟海倫都迴避著對方的眼光，我們都巴不得有新發現，也都擔心會再次失望。終於竇格叫我們過去

「『這就是沙立姆本來要給我們看的資料，』他嚴肅的說。『事實上我不確定它跟我們的研究是否有關，但我可以把內容唸給你們聽。這本書在十九世紀初期編纂，編者的名字我從未聽過，據說是幾位研究伊斯坦堡歷史的專家。他們在書中收集了這個城市屬於我們之初，紀錄生活實況的所有文字——也就是從一四五三年，穆罕默德蘇丹攻下這個城市，確定以此地做爲他帝國的首都開始。』

「他指著一頁龍飛鳳舞的阿拉伯文，我第一百遍想到，人類的語言就連拼音字母都如此歧異，構成難以克服的溝通障礙，這是件多麼可怕的事，我瞪著那頁鄂圖曼的印刷文字，理解力陷入一片象徵符號的荊棘，彷彿站在一道不可能超越的魔法圍牆外。『根據艾克壽的記憶所及，這兒有段不知名人士撰寫的筆記，記錄一四七七年發生的一件事——沒錯，我的朋友，那正是卓九勒在瓦拉基亞戰死的次年。這兒說，那年伊斯坦堡爆發一場瘟疫，伊瑪目教長在埋葬瘟疫死者時，不得不用木棒刺穿屍首的心臟。文中還提到一群來自喀爾巴阡山——艾克壽因這一點記得這本書——的僧侶，他們坐騾車進城，在伊斯坦堡一家修道院掛單，住了九天九夜。整個記錄就這麼多，看不出其間有什麼關連——沒再提到這批僧人或他們最後的下落。只不過因爲文中提到喀爾巴阡這個字，所以我朋友希望我們知道有這回事。』

「艾克壽強調的點點頭，但我不由得嘆口氣。這段文字有種奇怪的迴響：它觸動我的心，卻又不能給我

們的問題指點任何方向。一四七七這個年份確實很特殊，但也可能純屬巧合。出於好奇心，我向賓格提出一個問題：『既然伊斯坦堡已經在鄂圖曼控制之下，為什麼還有修道院可以提供基督教僧侶寄宿呢？』

『問得好，我的朋友，』賓格冷靜的答道。『但我必須告訴你，鄂圖曼統治開始的時候，伊斯坦堡本來就有很多教堂和修道院。仁慈的蘇丹允許它們繼續存在。』

「海倫搖搖頭。『但他先前已經放縱軍隊摧毀市內大多數的教堂，或把它們改成清眞寺。』

『確實，蘇丹征服這座城市時曾准許軍隊擄掠三天，』賓格承認道。『但如果這城市從一開始就向他投降而不頑抗的話，他就不會這麼做——事實上，他曾經提出一個全面的和平協議。史書上也寫到，當他進入君士坦丁堡，目睹軍隊造成的傷害——建築物被破壞、教堂遭到褻瀆、老百姓喪命——不禁為這座美麗的城市哭泣。此後他就允許相當數量的教堂繼續運作，並賜給拜占庭居民很多優惠待遇。』

『他還把五萬多人發配為奴，』海倫冷冷插入一句。『別忘記。』

「賓格給她一個欽佩的微笑。『女士，妳眞是太厲害了。但我只想說明我們的蘇丹不是惡魔。他們對於征服的地區通常都相當寬大，以那個時代的標準而言。只不過征服的過程不怎麼愉快就是了。』他指著圖書館另一頭說：『偉大的穆罕默德就在那兒，如果妳願意去打個招呼。』雖然海倫執拗的不肯動，我倒走過去看了一眼。鑲在框裡的畫像——顯然是廉價的複製水彩畫——是個坐姿的壯碩男子，頭戴紅白二色的頭巾。他皮膚很白，鬍子經過精細的修剪，有飛揚的眉毛和褐色的眼睛。他手中拿一朵玫瑰，湊在大鷹鉤鼻前面，邊嗅著花香邊眺望遠方。在我看來，他比較像個蘇非神秘學者而不像辣手無情的征服者。

『那樣的形象很令人意外，』我說。

『是的，他熱烈贊助藝術與建築，在這兒興建了很多美麗的建築。』賓格用粗大的手指輕敲一下面頰。『怎麼樣，我的朋友，你們對沙立姆找到的記載有什麼看法？』

「我禮貌的說：『很有趣，但我看不出它對於我們尋找墳墓有什麼幫助。』

「『我也看不出，』賓格坦承。『不過我注意到，這段文字跟我今天早晨讀給你聽的那封公文有相似之處。斯納格布墳墓的騷動不論詳情如何，也發生在同一年──一四七七年。我們已經知道卓九勒死在前一年，斯納格布忐忑不安的修士，有沒有可能是同一批僧人，或同屬某個跟斯納格布有淵源的僧團呢？』

『有可能，』我同意，『但這都是猜測。記錄中只提到一批來自喀爾巴阡山的僧侶。那個年代，喀爾巴阡山恐怕到處有修道院。我們怎麼能確定他們來自斯納格布修道院？海倫，妳有什麼看法？』

「我一定讓她嚇了一跳，因爲我發現她正以一種我從來沒有在她臉上看過的、若有所思的表情盯著我看。但這表情轉瞬即逝，快到我相信它一定是我單方面的想像，或她剛好在思念母親，或想著我們即將成行的匈牙利之旅。不論她心裡想什麼，她的反應都很快。『是的，當時喀爾巴阡的修道院很多，保羅說得對──沒有進一步資訊，我們不能把這兩批人聯想在一起。』

「賓格顯得很失望，他正想說什麼，卻被急促的喘息聲打斷。聲音來自仍枕著賓格的外套，躺在地板上休息的伊羅山先生。『他昏過去了，』賓格喊道：『我們卻像喜雀般吱吱喳喳──』他把大蒜湊到他朋友的鼻子前面，伊羅山哼唧了幾聲，稍微清醒一點。『快，我們必須帶他回家。教授，女士，幫個忙。我們叫計程車帶他回去。在那兒，我跟我妻子可以照顧他。沙立姆就留在圖書館──開門時間快到了。』他用土耳其語連珠砲似的對艾克壽下了幾個命令。

「然後賓格和我就把蒼白、衰弱的伊羅山從地板上抬起來，兩人一起扶持著他，小心將他扛出後門。海倫拿起賓格的外套跟在後面，我們穿過小巷，不久便走到早晨的陽光下。太陽照上伊羅山的臉，他瑟縮了一下，躲在我肩膀後面，用一隻手遮住眼睛，彷彿要閃避一記迎面而來的重擊。」

36

在布洛瓦的農舍度過的那個晚上，巴利睡房間另一頭，是我有生以來最清醒的一晚。我們九點就上床就寢，因爲那個地方除了聽雞咯咯叫，或看著天色在東倒西歪的穀倉上方逐漸黯淡，實在沒什麼事可做。我很意外的是，農場上居然沒有電力——「妳沒注意到這兒沒有電線嗎？」巴利問道——農婦道晚安前，留給我們一個提燈和兩支蠟燭。燭光下，擦得晶亮的舊家具陰影變得極爲高大，對我們虎視眈眈，牆上的刺繡織品也在輕輕晃動。

巴利打了幾個呵欠，和衣在一張床上躺下，馬上就呼呼睡去。我不敢向他效法，但也不放心蠟燭燒上一整夜。終於我把蠟燭吹熄，只留下提燈，我們周圍的影子立刻變得更深沈恐怖，農場裡的黑暗也從窗戶逼近。葡萄藤刮著窗玻璃沙沙作響，樹木好像都往我們這邊湊過來，可能是貓頭鷹或鴿子發出的低微雜音，聽在縮在床上成一團的我耳裡格外的怪異。巴利好像在很遠的地方；稍早我對這兩張床相距甚遠感到慶幸，這樣同處一室不至於太尷尬，但現在我巴不得被迫跟他背靠背睡在一起。

我在那兒躺了夠久，一直保持固定的姿勢，開始覺得寒意的時候，看到一道柔和的光線漸漸從窗口爬到地板上。月亮升起了，有了月光，我覺得恐懼輕鬆了點，好像有老朋友作伴似的。我努力不去想父親；換做別趟旅行，說不定會是他穿著有派頭的睡衣，躺在另外那張床上，他的書丟在一旁。他會第一個注意到這座農舍，會知道它中間那部分可以追溯到這地區被羅馬帝國統治㉘的時代，還會跟和善的女主人買三瓶葡萄

㉘譯註：羅馬人在紀元前一世紀至五世紀佔有今法國南部，建Aquitaine省。

酒，跟她聊聊葡萄園。

躺在那兒，我情不自禁想著，如果父親活不過他的聖馬太之行，我該怎麼辦。我不可能再回阿姆斯特丹，我想道，獨自在我們的房子裡，天天面對克雷太太，如常生活；那只會讓我碎掉的心更痛苦。根據歐洲學制，我要進大學還要等兩年。那之前誰會收留我呢？巴利會回去過他原來的生活；我不可能冀望他繼續爲我煩惱。詹姆斯院長的影子掠過我心頭，他深沈、哀戚的微笑，眼睛周圍和善的魚尾紋。然後我想到裘莉雅與馬西莫，他們翁布利亞的別墅，我看到馬西莫爲我斟酒——「妳學什麼呀，可愛的女兒？」——裘莉雅說最好的房間給我住。他們沒有子女；他們愛我的父親。如果我的世界崩潰，我要去投靠他們。

我吹滅了提燈，覺得勇敢了點，踮著腳尖去窺看外界。我只看得見月亮，半輪明月掛在流雲片片的夜空。一個我再熟悉不過的影子從月亮上掠過——不對，它一閃即逝，只不過是朵雲，不是嗎？展開的翅膀，捲曲的尾巴？它立刻消失不見了，但我立刻跑到巴利床上，抵著他一無所覺的背，顫抖好幾個小時，

「搬動伊羅山先生，並且把他安頓在竇格東方情調的客廳裡——他蒼白但很安詳的躺在一張長椅上——耗費了一整個上午。博拉太太中午從學校返家時，我們仍在那兒。她輕快的走進來，戴著手套的纖纖小手裡，各拎一袋剛買的菜。今天她穿一身黃色連衣裙，戴著綴花朵的帽子，看起來活像一朵迷你水仙花。雖然她看見我們這麼多人圍繞著一個躺平的人站在客廳裡，仍露出新鮮甜美的笑容。我覺得她丈夫隨便做什麼，好像她都不會意外；也許這就是經營婚姻的成功秘訣。

「竇格用土耳其語爲她解釋了情況，她愉快的表情先是被明顯的懷疑取代，然後當他溫柔的展示新客人脖子上的傷口，又變得驚慌失措。她看了我和海倫一眼，表現無聲的不悅，好像這是她第一次接觸邪惡知識似的。然後她握起圖書館長的手，我根據不久前的經驗知道，那隻手不僅蒼白，還很冰冷。她把手握了一下，擦擦眼睛，便很快走進廚房，我們隱約聽見鍋碗碰撞的聲音。不論發生什麼事，病人都必須吃得好。竇

格說服我們留下來用餐，我很意外的是，海倫竟然跟著博拉太太進廚房去幫忙。

「我們確定伊羅山先生舒適的躺下休息後，竇格把我拉到他怪裡怪氣的書房裡去。我看到那幅畫像密實的藏在簾幕後面，不禁鬆了口氣。我們坐了一會兒，討論目前的狀況。我忍不住問：『你覺得你們夫妻把他留在這兒安全嗎？』

『我會做好萬全的準備。如果他一、兩天之內好轉，我會安排一個地方給他住，找人看著他。』竇格拉了把椅子給我坐，自己坐在書桌後面。我想道，這跟去羅熙的研究室很像，只不過羅熙的辦公室氣氛愉快，有生氣勃勃的盆栽和熱騰騰的咖啡，這個地方卻是古怪而陰森。『我不預期會遭到進一步攻擊，如果眞有這種事，我們的美國朋友會面臨強大的抵抗。』看著書桌後他魁梧的體格，我很容易就採信他的話。

『我很抱歉，』我說。『我們好像給你添了很多麻煩，教授，甚至把這個惡魔輸入到你家門口。』我大略爲他說明我們遇到那個投入惡魔陣營的圖書館員的經過，包括我前一天晚上在聖蘇菲亞大教堂看到他的情形。

『太不尋常了，』竇格說。他目露凶光，一副很感興趣的模樣，手指輪番敲打著書桌的桌面。

『我還有個問題要問你，』我道。『今天早晨你在圖書館裡提到，你看過像他一樣的臉。這是什麼意思？』

『啊，』我淵博的朋友叉起雙手，放在桌面上。『是的，我要告訴你這件事。已經很多年過去了，但我還記得很清楚。事實上，事情發生時，距我收到羅熙教授聲稱他對這批檔案一無所知的回信，才不過幾天。我上完課，在收藏檔案的圖書館待到傍晚——當時它仍放在舊的圖書館大樓裡，還沒有搬到現在的新址。我記得我正在收集資料，準備寫一篇有關莎士比亞一篇失傳作品的論文。那是個名叫《塔什卡尼國王》的劇本，有人認爲背景雖然是虛構，卻是以伊斯坦堡爲藍本的。或許你聽說過？』

「我搖搖頭。

「幾位英國歷史學家在作品中曾引用這個劇本。從他們筆下，我們得知原始劇本裡有個名叫卓可勒的邪惡鬼魂，出現在用武力奪得一個美麗而古老的城市的君王面前。鬼魂說，他雖曾經跟這個君王爲敵，但這次他是來恭賀他的嗜血成果。然後他慫恿君王暢飲這座城市居民的血，他們已經變成君王的臣民了。這段文字讓人毛骨悚然。有人說它不可能出自莎士比亞的手筆，但我」——他信心十足的拍一下桌子——「我相信只要引文沒有錯，那樣的遣詞用字只有莎士比亞才寫得出，而且那座城市就是伊斯坦堡，換了個冒牌土耳其名字叫塔什卡尼。」他湊過身來說：『我還相信那個看到鬼魂現身的君王，就是穆罕默德二世，君士坦丁堡的征服者。』

「我脖子上的寒毛根根豎立。『你覺得這有什麼意義——我是說，從卓九勒的生平來看？』

「『這麼說吧，我的朋友，卓九勒傳奇在一五九〇年就能滲透到信奉基督新教的英國，我覺得很有趣，它太強大了。更有甚者，如果塔什卡尼眞的是伊斯坦堡，也足以證明穆罕默德的時代，卓九勒對這城市的影響多麼眞實。穆罕默德一四五三年進據這城市。那時被囚禁在小亞細亞多年、充當人質的年輕卓九勒，回到瓦拉基亞不過五年，沒有確鑿的證據顯示他有生之年，曾經重返我們這地區，不過有些學者認爲，他曾經親自向蘇丹朝貢。我不認爲這件事可以求證。我的理論是他把吸血鬼留在這兒，如果他生前沒辦到，死後也辦到了。但是』——他嘆口氣——『文學與歷史的界線往往很模糊，我又不是歷史學家。』

「『你絕對是歷史學家，』我畢恭畢敬的說。『你採集的歷史線索如此之多，研究做得如此完備，眞讓我佩服。』

「『你很仁慈，年輕的朋友。言歸正傳，有天晚上，我正在撰寫這個理論的論文——它從未出版，唉，因爲我投稿的期刊宣稱內容太迷信——我工作到很晚，在圖書館待了三小時，我到一家餐廳去吃點波雷克酥㉙。你吃過波雷克酥嗎？』

「『還沒有，』我承認。

『一定要盡快找機會嚐嚐——那是我們的國菜。話說我走進這家餐廳。外面天已經黑了，因爲當時是冬季。我挑了張桌子坐下，等候上菜的時候，我從文稿中取出羅熙教授的來信，重讀一遍。我已經提到過，我收到這封信才幾天，它讓我很困惑。侍者把我的晚餐送來，他把盤子放下時，我剛好瞥見他的臉。他目光低垂，但我覺得他好像忽然看到我正在讀的那封信，羅熙的名字寫在最上端。他機靈的看了兩、三眼，然後一下子就收斂掉臉上所有的表情，但我注意到他閃到我身後，把另一個盤子放到桌上，然後躲在我背後繼續偷看我的信。

『我無法理解這種行爲，但我覺得非常不舒服，所以我不發一言，把信折好，準備開始用晚餐。他沒說什麼就走開了，但我不能不趁他在餐廳裡走來走去的時候注意看他。他身材高大，肩膀很寬，體型壯碩，黑色頭髮全部往後梳，有很大的黑眼睛。他本來應該是個很英俊的人，要不是有那股——英文怎麼說？——邪氣。一整個小時，他都沒再來理我，甚至在我已經吃完晚餐以後。我取出一本書，讀了一會兒，然後他忽然走過來，在我桌上放下一杯熱茶。我沒有點茶，所以頗感意外。我不知道他是送錯了，還是免費贈品。他把茶放下時說：『你的茶，我有注意，很燙唷。』

『然後他直視我的眼睛，他的臉在我看來眞是說不出的恐怖。氣色非常蒼白，有點發黃，好像——怎麼說——裡面已經腐敗了。他的眼睛在兩道濃眉底下又黑又亮，像野獸的眼睛。他的嘴唇像紅色的蠟，牙齒很白很長——在那麼一張病態的臉上，顯得異樣的健康，甚至詭異。他彎腰奉茶時露出微笑，我可以聞到他奇怪的體味，讓我覺得噁心，幾乎要昏倒。你可以笑我，朋友，但若換個場合，其實我一直滿喜歡那種味道的——就是舊書的味道。你知道那種味道嗎——就是羊皮紙、皮革，還有——別的東西？』

「我知道他的意思，我一點都沒有嘲笑他的慾望。

㉙譯註：borek是中東特色食物，用油酥麵皮包裹乳酪或肉餡，做成類似春捲或咖哩角的形狀後炸熟食用。

『他不久便走開了，從容不迫往餐廳後面的廚房走去，我待在那兒，隱約有種感覺，好像他想給我看什麼東西——或許是他的臉？他要我把他看個清楚，但我又說不出自己爲什麼那麼害怕。』賓格的臉色變得很蒼白，往後靠在他中世紀的椅子上。『爲了鎮定自己的神經，我從桌上的糖罐裡舀了一些糖，放進茶杯，拿起茶匙攪拌一下。我一心只想喝口熱茶，讓自己鎮定下來，但接著發生了一件非常——非常奇怪的事。』

「他的聲音愈來愈低微，好像已經開始後悔爲什麼要講這個故事。我對那種感覺再熟悉不過，所以點點頭鼓勵他：『請繼續講下去。』

『現在說起來好像很奇怪，但我說的都是事實。蒸汽從杯子裡升起——你知道攪拌熱飲時，熱汽也會跟著迴轉嗎？——我攪拌那杯茶的時候，升起的蒸汽幻化成一條小龍，在我的杯口上迴轉。它在那兒停留了幾秒鐘才消失。我親眼看見，非常清晰。你可以想像我的感覺，先是不相信自己，然後我趕快收拾好文件，付了帳離開。』

「我口很乾。『後來你有再看見那個侍者嗎？』

『再也沒有過。我好幾個星期沒再去那家餐廳，最後終於好奇心佔了上風，有天天黑後我又去了那兒，但沒看到他的影蹤。我甚至向另一個侍者打聽他，那個侍者說，他只在那家餐廳工作了很短一段時間，他也不知道他姓什麼。他說那人名叫阿克瑪。我再沒有聽到他的消息。』

『你認爲他的臉顯示他是——』我說不下去。

『我被嚇壞了。憑我當時的經驗，我只能說這麼多。但當我看見你們——如你所說——引進的那個圖書館員的臉，我覺得似曾相識。那不僅是一張死亡的臉。那種表情好像意味著——』他轉過頭，不安的看了一眼那個掛有卓九勒畫像、現在隱藏在厚厚的帷幕後面的凹龕。『你的故事有一點讓我受到很重的打擊，我從你剛才的敘述中得知，這個美國圖書館員從你們上次見到他開始，又向靈魂永劫不復的深淵墜落得更深。』

『你這話什麼意思？』

『他在你們老家攻擊羅熙小姐時，憑你的力量就可以打倒他。但據我那位今天早晨遭他攻擊的圖書館朋友說，他非常強壯，我朋友個子並不比你小。而且那個惡魔從我朋友身上吸了不少血，天哪。而且我們看到的這個吸血鬼是在白天活動，所以他還沒有完全異化。我猜測那個妖魔第二次被吸取生命之血，是在你們學校或來到伊斯坦堡之後的事，如果他在這兒有同黨，那麼他很快就會獲得第三次邪惡的進階，永遠成爲不死族的一員。』

『是的，』我道。『我們若找不到那個美國圖書館員，就無法對付他。所以你必須非常小心的看守你的朋友。』

『我會的，』竇格心情鬱悶的強調。他沈默了一會兒，又轉向他的書架，一言不發從書架上抽出一本大畫冊，封面上寫著拉丁字母。『羅馬尼亞文，』他告訴我。『這本收集的都是外西凡尼亞和瓦拉基亞教堂的照片，由一位最近才去世的藝術史學家拍攝。他翻拍的很多教堂影像，後來都在戰火中毀滅，我眞覺得很遺憾。所以這本書格外珍貴。』他把這本書放在我手中。『你何不翻到第二十五頁？』

「我照辦了。我看到一張跨頁彩圖，原作是一幅壁畫。曾經收藏這幅壁畫的教堂，有張小型黑白照片嵌在頁面上；是棟優美的建築，有螺旋形的鐘塔。但眞正引起我注意的是那幅大圖。左邊有隻凶猛的龍在空中飛翔，牠的尾巴不僅扭了一圈，而是盤起兩圈，令人害怕的金色巨眼怒睜，口噴烈焰。牠似乎即將撲下來攻擊右邊的獵物，是一個身穿鎖子甲、頭戴條紋頭巾，瑟縮成一團的男人。那人驚恐的採半蹲姿勢，一手執阿拉伯彎刀，一手拿一塊圓盾牌。起先我還以爲他站在一片奇怪的植物中間，但仔細一看，原來他腳邊都是人，形成一片小樹林，每個人都被木棒穿心，扭曲著身體，豎立在地面上。其中一部份戴著頭巾，就跟站在他們中間的巨人一樣，但其他人則穿著平凡的農民服裝。還有人穿華麗的錦緞，帶高頂毛皮帽。有金髮，也有黑髮；貴族蓄棕色的長鬚；甚至還有幾個穿黑袍、戴高帽的教士或修士。有好些個梳辮子的婦女、裸體的男孩和嬰兒。甚至還有一兩隻動物。他們表情都很痛苦。

「竇格注視著我。『這座教堂是卓九勒第二次執政時斥資興建的。』他低聲道。

「我站在那兒對著圖畫又看了一會兒。直到我再也受不了，把書闔上。竇格從我手中接過書，放回原位。他轉回頭時，表情非常凶猛。『現在，我的朋友，你打算怎麼找羅熙教授？』

「直接了當的問題像一把刀切入我心中。『我還在努力把所有的資訊拼湊起來。』我緩緩承認。『雖然你昨晚跟艾克壽先生慷慨相助，但我覺得我們知道的還不夠多。或許卓九勒死後化身別的面目，在伊斯坦堡出沒，但我們怎麼能知道他是否葬在這裡，是否仍在墳墓裡。這一切對我還是無解。至於我們的下一步，我只能告訴你，我們打算到布達佩斯去幾天。』

「『布達佩斯？』我幾乎可以看見各種揣測一一在他的闊臉上閃過。

「『是的。你記得海倫告訴過你關於她母親和羅——她父親——的故事。海倫確信她母親可以告訴我們一些她以前沒告訴海倫的情報，所以我們要當面跟她母親談談。海倫的阿姨是一位政府要員，我們希望她會替我們安排一切。』

「『啊，』他差點露出了笑容。『謝天謝地我們有當高官的親朋好友。你們什麼時候走？』

「『明天或後天。我們會在那兒待五到六天，我想，然後回這裡來。』

「『很好。你們一定要隨身把這個帶上。』竇格忽然站起身，從櫃子裡取出他前一天給我們看過的那套捕獵吸血鬼的工具。他把它直接放在我面前。

「『但這是你的寶貝，』我抗議道。『更何況這可能通不過海關。』

「『哦，你千萬不可在海關面前出示這玩意兒。你一定要極其小心的把它藏好。檢查一下行李箱，看看能否把它藏在內襯裡面，或最好請羅熙小姐攜帶。他們搜索女性的行李通常都不會太徹底。』他點點頭表示鼓勵。『但除非你們帶著它，否則我放不下心。你們在布達佩斯的時候，我會查遍各種古書，盡量幫你們忙，但你們要獵捕的是一個惡魔。從現在開始，就把它放在你的手提包裡吧——它又薄又輕。』我不再多說什麼，接過那個木盒，將它跟我的龍書放在一起。『你訪問海倫的母親時，我負責在這兒找尋所有與墳墓沾得上邊的線索。我還沒有放棄這構想。』他瞇起眼睛又說：『這理論可以解釋，爲什麼從我們討論的那時代開始，那種瘟疫就爲害我們的城市。如果我們不但能加以解釋，還能終結它——』

「就在這時，他書房的門開了，博拉太太探頭進來，叫我們去用午餐。那頓飯非常美味，就跟前一天一樣，但用餐的氣氛卻嚴肅多了。海倫默默不語，顯得很疲倦。博拉太太不作聲的分送食物，伊羅山先生雖然坐起來一會兒加入我們，卻吃得不多。但博拉太太逼他喝了不少紅酒，也吃了些肉，他彷彿恢復了一點元氣。甚至賓格也愁眉苦臉，顯得很沮喪。海倫和我盡到禮數，就趁早告辭了。

「賓格把我們送到公寓大門口，照例熱情的跟我們握手告別，要我們一確定旅行計畫就通知他，並承諾在我們回來後也會以同樣的熱誠款待我們。然後他對我點點頭，拍拍我的手提包，我知道他在暗示裡面有獵捕吸血鬼的工具。我也點頭回應，並對海倫做個手勢，表示我稍後會解釋。賓格揮著手，直到我們隔著菩提樹和白楊樹再也看不見他的身影。一離開他的視線，海倫就疲倦的把手臂插進我臂彎。風中飄來紫丁香的香味，有一會兒，在那條清幽的灰色街道上，踏過一道道有灰塵跳舞的陽光，我恍然以爲我們是在巴黎度假。」

37

「海倫當眞累了，我不情願的留她在旅店睡午覺。我不喜歡她一個人在那兒，但她指出，大白天可能已提供足夠的保障。就算那個邪惡的圖書館員知道我們在哪兒，也不大可能日正當中闖進上鎖的房間，而且她隨身帶著小十字架。得再等幾個小時，海倫才能打電話給她阿姨，在得到她的指示前，我們也無從安排行程。我把手提包交給海倫保管，強迫自己離開這一帶，我覺得如果勉強留下，假裝閱讀或設法思考，我一定會發瘋的。

「這似乎是個參觀伊斯坦堡其他名勝古蹟的好機會，所以我就朝著迷宮似的托普卡匹宮走去，這個包括許多圓頂的建築區，由穆罕默德二世規劃，作爲統治新拓展的疆域的核心。自從來到這城市的第一個下午，不論導遊指南的介紹或它遠觀的風姿，都很吸引我。托普卡匹涵蓋伊斯坦堡岬角很大一塊區域，三面環水：博斯普魯斯海峽、金角灣和馬摩拉海。我覺得如果錯過這地方，就等於錯過了伊斯坦堡鄂圖曼歷史的精髓。或許我再次偏離了找尋羅熙的使命，但我想羅熙自己若被迫無所事事幾小時，應該也會做同樣的選擇。

「我看遍了曾經有帝國的心臟在此搏動數百年的花園、庭院、涼亭，才失望的得知，這兒幾乎不展示穆罕默德時代的實物——只有幾件他寶庫裡的裝飾品，還有幾把被任意惡搞而缺口、斑駁的寶劍。想到這位蘇丹曾派兵與卓九勒大戰，他的警察人員還曾關心過斯納格布墳墓的安全，我就迫不及待渴望再看他一眼。我想到市場那兩個老人的棋戲，覺得這就像下沙瑪棋，只知道己方王棋的位置，對手的王棋在何處必須靠猜測，一樣困難。

「王宮裡有很多東西可看，我的思緒一直很忙碌。根據海倫前一天告訴我的，這個世界裡有超過五千名冠有『大纏巾』（Great Turban Winder）之類頭銜的僕人，把蘇丹伺候得無微不至；靠太監捍衛貞操的龐大後宮，實則是個華麗的監獄；十六世紀中葉出了一位英明君主蘇里曼，鞏固帝國根基，制訂法律，把伊斯坦堡打造成跟拜占庭統治時一樣輝煌燦爛的大都市。這位蘇丹就像前朝的皇帝一樣，每星期出宮，到聖蘇菲亞做禮拜——不過都挑選伊斯蘭的聖日星期五，而非星期天。這是個禮節嚴明、飲食豪奢的世界，有精美的紡織品和美麗而感性的磁磚畫，畫中大臣穿綠，侍從著紅，足登色彩繽紛的靴子，頭戴高聳入雲的頭巾。

「我印象最深刻的是海倫對土耳其近衛隊的描述，這是一支從帝國各地俘虜的男童之中挑選的精銳部隊。我過去也曾讀過有關他們的資料，這些孩子出生在塞爾維亞和瓦拉基亞等基督教國家，卻被當作穆斯林撫養，自幼被教導憎恨他們的同胞，當他們長大成人，就會像獵鷹般撲殺這些人。我不記得在什麼地方看過近衛隊的圖片，可能是一本畫冊。想起他們毫無表情的年輕臉孔，集合在一起以保護蘇丹為職志，不禁覺得四周的宮殿建築散發出森冷的寒意。

「我一個房間接一個房間參觀，油然想到年輕的卓九勒想必會成為優秀的近衛隊員。就這一點而言，帝國錯失了一個為它業已龐大的力量，更添一分殘酷色彩的好機會。我想他落入鄂圖曼控制的時候，年紀應該還很小，可能被羈留在小亞細亞，無法回到父親身邊。此後他就變得太過獨立，一個變節者，除了自己不效忠任何人，處決追隨自己的人跟殺戮土耳其敵人一樣不假思索。就像史達林——我很驚訝的發現，自己在眺望博斯普魯斯海峽時，腦海裡竟然蹦出這麼一個念頭。史達林是前一年死的，他殘民以逞劣跡的新報導，陸續在西方媒體上披露。我想起有則報導提到，史達林在戰爭爆發前夕，指控一位表面上看起來很忠貞的將領意圖推翻他。那位將領深夜在寓所被逮捕，然後倒懸在繁忙的莫斯科火車站橫樑上，連續好幾天，直到死去為止。上下火車的乘客都看到他，但沒有人敢朝他的方向看第二眼。過了一段時間以後，附近的居民對於這件事是否眞的發生過，都無法達成共識。

「諸如此類令人不安的念頭，跟著我走過宮殿裡一個個金碧輝煌的房間；所到之處，我都有種邪惡或危險的感覺，可能只因爲放眼望去，都是蘇丹無比權力的證據：狹窄的甬道、七彎八拐的走廊、裝有柵欄的窗戶、封閉的花園，非但沒有隱藏他毫無節制的權力，反而更加彰顯它。我處於這種混合肉慾與監禁，既優雅又壓迫的氣氛中，迫切需要一點喘息的空間，終於我又走到外圍的庭院，欣賞陽光照耀下的樹木。

「但即使在戶外，我也遇到一個恐怖的歷史陰影，導遊手冊說，這兒有個刑場，書中不厭其煩的描述蘇丹把他不喜歡的官員或任何人一律斬首處決的習慣。這些人的頭顱都掛在宮門口的長釘上示眾，以儆效尤。我厭惡的轉身離開，想道，蘇丹和瓦拉基亞的叛徒還眞是有志一同。在宮殿四周的花園裡散個步，讓我恢復了勇氣，西沈的陽光照在水面上，晚霞掩映中往來船隻都變成黑色的剪影，眼看著黃昏將至，我也該回海倫身邊，陪她一起等候阿姨的消息了。

「我回到旅店，海倫在大廳裡翻閱著英文報紙等我。她抬頭問道：『你的散步如何？』

「『毛骨悚然，』我道：『我去了托普卡匹宮。』

「『哦，』她把報紙折好。『錯過了我很遺憾。』

「『沒必要，外面的大世界情況如何？』

「她用手指劃過報上的頭條新聞。『毛骨悚然。不過我有好消息告訴你。』

「『妳已經跟妳阿姨談過了？』我在她旁邊一張塌陷的椅子上坐下。

「『是的，她眞了不起，總是如此。我相信到了那兒她一定會把我罵一頓，但是沒關係。重要的是她安排我們參加一個討論會。』

「『討論會？』

「『是的。眞的太棒了。這星期布達佩斯要舉行一場歷史學家的國際討論會。我們要以訪問學者的身份與會，她已經安排好簽證，我們在這裡就可以拿到。』她微微一笑。『顯然我阿姨的朋友當中有位布達佩斯大學的歷史學家。』

『討論會主題是什麼？』我有點擔心的問。

『一六〇〇年以前的歐洲勞工問題。』

『涵蓋的範圍還眞大。我猜我們是以鄂圖曼專家的身份參加囉？』

『眞聰明，大偵探。』

「我嘆口氣。『好在我去了一趟托普卡匹。』

「海倫對我微笑，但她是帶點嘲弄或眞的對我僞裝的本領有信心，我就不知道了。『討論會星期五開幕，所以我們要在兩天之內趕到那兒。我們整個週末都要聽演講，你也要發表一篇。星期天有自由活動時間，讓學者參觀布達佩斯的古蹟，我們就開溜去看我母親。』

『妳說我要做什麼？』我不由得怒目瞪著她，但她只撫平耳畔的一綹頭髮，對我露出一個更加無辜的笑容。

『哦，就是寫篇論文嘛。你要發表論文，這樣我們才有資格參加。』

『關於什麼的論文，拜託妳告訴我？』

『關於鄂圖曼帝國對外西凡尼亞和瓦拉基亞的影響吧，我想。我阿姨可是煞費苦心把它加到議程裡去的囉。不需要很長，因爲鄂圖曼帝國從來就沒有完全征服過外西凡尼亞，我覺得這題目很適合你，因爲我們對伏拉德都已經相當熟悉，當時他是抗拒土耳其入侵的主力。』

『說得容易，』我冷哼一聲。『對他很熟悉的恐怕是妳吧。妳要我站在一大堆國際學者面前談卓九勒？拜託妳想想，我的博士論文題目是荷蘭商人公會，而且還沒有完成呢。爲什麼不是妳來發表論文？』

『那太可笑了，』海倫雙手交握，放在報紙上。『我是——英文怎麼說？——老面孔了。那所大學每個人都認識我，對我的研究也聽了不知多少遍。找個老美來，感覺上整個活動顯得更盛大，他們會感謝我帶你去，即使是這種臨時突發狀況。有美國人到場，他們對於寒酸的大學宿舍、在最後一晚的盛宴中給大家吃罐頭豌豆的行爲，會覺得少尷尬一點。我會幫忙你完成論文——替你寫也沒關係，既然你那麼愛鬧彆扭——你可以在星期六報告。我想阿姨是說下午一點那場。』

「我呻吟一聲。她是我遇過最難纏的人。我想到，我跟她一塊兒在會議中出現，其實是比她所願意承認更大的政治負擔。『好吧，那麼瓦拉基亞或外西凡尼亞的鄂圖曼政策，跟歐洲勞工問題有什麼關係呢？』

「『哦，我們想辦法把勞工問題加進去。這是你無緣接觸的、根基紮實的馬克斯主義教育的優點。相信我，只要用心觀察，任何題目都跟勞工問題沾得上邊。更何況，鄂圖曼帝國擁有強大的經濟實力，伏拉德卻在多瑙河地區截斷他們的商業通路，阻撓他們取得自然資源。不必擔心——你的演講保證精彩。』

「『我的上帝，』我忍不住說。

「『不對，』她猛搖頭。『請不要求神拜佛。我們只談勞工問題。』

「這麼一來，我忍俊不住笑了，暗地裡對她那雙光芒四射的黑眼睛心折不已。『我只希望老家的人可別聽說這件事。我無法想像，我的論文考試委員會得知會作何感想。另一方面，我想羅熙可能會覺得這整件事很有趣。』我又笑了起來，想像著羅熙明亮的藍眼睛閃現惡作劇的光芒，然後忽然停下來。想到羅熙使我心情極端痛苦，我幾乎承受不起；我從最後見到他的那間辦公室，來到世界的另一頭，我有充分的理由相信今生再也見不到活著的他，或許永遠都不可能知道他發生了什麼事。有一瞬間，我瞥見永恆是多麼漫長而荒蕪，但我立刻把這念頭擯斥到一旁。我們要去匈牙利，訪問一個自稱在我認識他之前很久，在他熱切追蹤卓九勒的下落時，就認識他，且跟他關係很親密的女人。這是一個我們忽視不起的線索。即使我必須發表一篇冒牌論文才能成行，我也會硬著頭皮去做。

「海倫默默望著我，這不是我第一次覺得她有種讀出我心思的神秘能力。她替我肯定了這種感覺，因爲過了一會兒，她道：『値得的，不是嗎？』

「『是啊，』我把頭轉開。

『很好，』她柔聲道。『我很高興你會見到我阿姨，她人非常好，還有我母親，她也非常好，但方式不同。我也很高興讓她們見到你。』

「我很快瞥她一眼——她聲音裡的溫柔讓我的心突然一緊——但她的表情又恢復了一貫防衛森嚴的嘲弄。『那麼我們什麼時候出發？』我問道。

「我們明天早晨去拿簽證，後天上飛機，如果訂得到票。阿姨告訴我，明天我們必須在開門前趕到匈牙利大使館，按前門的門鈴——大約早晨七點半。我們可以直接從大使館到旅行社去買機票。如果沒有機位，我們就得坐火車，那花的時間就長了。」她搖搖頭，但我眼前忽然出現一幅噴著濃煙、軋軋前進的巴爾幹列車，蜿蜒經過一個又一個古老首都的畫面，一時之間，我倒希望所有航空公司都客滿，雖然我們可能因此損失很多時間。

『我猜妳像這位阿姨超過像妳母親，這麼說對嗎？』或許是心中那幕搭火車冒險的景象，使我對海倫露出微笑。

「她只遲疑了一下下。『又猜對了，大偵探。我很像阿姨，謝天謝地。但你會比較喜歡我母親——大多數人都如此。現在，我可以邀你跟我一起到我們最喜歡的店裡共進晚餐，並且趁用餐時間開始寫你的論文嗎？』

『當然，』我同意道：『只要附近沒有吉卜賽人。』我略帶誇張的伸出手臂給她扶持，她把報紙換到另一手，欣然接受。我們一起走進拜占庭街道金黃的暮色裡，我由衷的想道，這是多麼奇怪，雖然置身最怪異的處境，面臨一生中最棘手的難題，跟故鄉和熟悉的過去之間隔著最大的鴻溝，卻還能享受如此不容否認的快樂。」

一個陽光普照的早晨，我跟巴利在布洛瓦搭上開往沛比良的早班火車。

38

「星期五從伊斯坦堡飛布達佩斯的飛機很空，跟我們同機的有穿黑色西服的土耳其商人、穿灰色外套、說話口音咬牙切齒的馬札兒㉚官員，還有許多穿藍色大衣、面紗遮頭的老婦人——她們是去布達佩斯做清潔工，或她們的女兒嫁給匈牙利外交官？——我可以用來懊惱未能搭乘火車旅行的飛航時間其實很短。

「那種翻山越嶺搭乘鐵路，穿過無邊無際的森林，經過懸崖、河流與封建城鎮的旅行方式，要等到我後來的生涯才能實現，這妳是知道的，那以後我坐過兩次這條鐵路線。沿途的景觀變化，從伊斯蘭世界到基督教世界，從鄂圖曼帝國到奧匈帝國，從穆斯林到天主教徒到基督新教徒，總給我一種無比神秘的印象。目睹那些城鎮與建築的漸次改變，宣禮塔逐漸減少，圓頂的教堂卻不斷增多，加上森林與河岸的此消彼長，漸漸你會開始相信，從大自然本身可以讀到飽和的歷史。土耳其山麓跟馬札兒草原看起來眞的那麼不同？當然不會，然而因爲歷史告知心智，有這些差異存在，它們就橫亙眼前，怎麼也擦拭不掉。後來在這條路線上旅行，它祥和與浴血的意象輪番出現在我眼前——這是歷史觀點要的另一套把戲，善良與邪惡、和平與戰爭不斷造成撕裂。我想像著鄂圖曼人越過多瑙河入侵，或早期匈奴人從東方橫掃歐洲，互相矛盾的影像總是困擾著我：敵人的首級在營地裡堆積成山，雷動的歡呼聲中夾雜著勝利與仇恨，但然後，一名老婦人——也許是我在飛機上看見的，那些皺紋密佈的臉孔中最高齡的老祖母——替孫兒穿上保暖的衣服，伸手輕捏一把他光滑的土耳其小臉蛋，另一手則熟練的照顧著她燜煮的野味，不致燒焦。

㉚譯註：Magyar即匈牙利民族及其語言。

「但這些場景都要到以後才會出現，那趟搭機旅行，我對錯失地面的風景滿心遺憾，雖然我根本不知道會看到什麼，或它會挑起我什麼樣的心情。海倫的旅行經驗比較豐富，也不那麼容易興奮，懂得利用這機會在座位上打個盹。我們一連兩個晚上在餐廳裡開夜車，寫我要在布達佩斯討論會上發表的講稿。我必須裝出一副對伏拉德與土耳其人戰爭的歷史，懂得比實際上更多的派頭，但這還不足以說明我的心虛。我只能希望我唸完這些半生不熟的材料後，不要有人發問。不過海倫裝在腦袋裡的東西還眞是可觀，更讓我覺得不可思議的是，她自修卓九勒有如此成就，不過是基於一個渺茫的希望，企圖打擊她幾乎不可能相認的父親。她在睡夢中把頭靠在我肩上，我就讓她依靠，努力不吸入她的髮香——匈牙利洗髮精嗎？她累了；她睡著時，我保持文風不動坐著。

「透過機場計程車的窗戶，我對布達佩斯的第一印象就是它的壯麗。海倫事先告訴過我，我們會住在多瑙河東岸，也就是佩斯城，大學附近的旅館，但她顯然囑咐司機在到達目的地前，先沿著多瑙河開一段。前一分鐘我們正穿過富麗堂皇的十八、九世紀街道，不時出現一座充滿新藝術幻想色彩的建築，或數百年高齡的老樹，爲街道增色。下一分鐘就見到多瑙河在望。河面極寬——我完全沒想到是這麼壯觀的一條河——有三座跨河大橋。我們這邊的河岸上，是國會大廈壯麗雄奇的一大排新哥德式尖塔和圓頂，對岸矗立著分爲三個層次、巍峨龐大的皇宮側翼，和許多中世紀教堂尖塔。所有這一切中間，是寬闊的灰綠色河水，微風吹拂，映著陽光，掀起金鱗萬片。無垠的藍天覆蓋在圓頂、紀念碑、教堂上，將水波染成種種變幻莫定的色彩。

「我預期會被布達佩斯迷惑，會喜歡它，但我沒想到會如此震懾。它經歷過各式各樣的侵略者，結交過各式各樣的盟友，從羅馬人開始，到奧地利人爲止——或者應該是俄國人，我想起海倫尖酸的評語——但始終跟他們不一樣。既不太西化，也不像伊斯坦堡那麼東方，雖然有那麼多哥德式建築，卻也跟北歐迥異。我從窄小的計程車窗戶欣賞它特立獨行的輝煌。海倫也在看，過了一會兒，她轉向我。我興奮的心情想必有一部份流露在臉上，因爲她忽然哈哈大笑道：『我看得出，你喜歡我們這個小城。』我從她的諷刺口吻中聽出相當的自豪。然後她壓低聲音說：『卓九勒也是我們的一員——你可知道？一四六二年，馬提亞國王㉛把他囚禁在布達城外二十哩的一個地方，因爲他威脅到匈牙利在外西凡尼亞的利益。不過馬提亞王待他很客氣，不像階下囚，甚至賞賜給他一個匈牙利皇族出身的妻子，不過現在已經沒有人知道卓九勒的第二任妻子究竟是誰了。卓九勒以改信天主教表示他的感激，他們獲准在佩斯住了一段時間。他一獲釋離開匈牙利——』

「『我可以想像，』我說。『他就直接回瓦垃基亞，接收王位，然後就揚棄了他的新宗教。』

「『這麼說基本上正確，』她說。『你對我們的朋友愈來愈了解了。他最重視的就是取得並保有瓦拉基亞的王位。』

「計程車太快就繞回佩斯市的老城區，遠離河岸，但這兒有更多讓我張口結舌的奇景，我一點不以自己的少見多怪爲恥：設有陽台的咖啡館模擬著埃及或亞述帝國的光榮，適宜步行的街道擠滿活力充沛的購物者，路旁林立鑄鐵街燈、馬賽克拼嵌畫和雕刻，有大理石和青銅雕塑的天使與聖人、國王與皇帝，穿白色罩衫的小提琴家在街角演奏。『到了，』海倫忽然道。『這裡是大學區，那就是大學圖書館。』我伸長脖子，瞥見一棟黃色石砌的古典主義建築。『有機會我們會進去看看——事實上我打算去查點東西。我們的旅館在這兒，就在馬札兒街口。我得設法幫你弄一份地圖，免得你迷路。』

「司機幫我們把行李提到一棟灰色石砌，造型優雅，貴族氣派的房屋前面，我伸手扶海倫下車。她冷哼一聲道：『我就知道。他們每次開會都用這家旅館。』

「『看起來還不錯，』我大膽的說。

「『哦，是還可以啦。你可以選擇洗冷水澡或不洗澡，工廠加工過的食物，味道也不錯。』海倫從一把銀

㉛譯註：馬提亞國王的正式稱號是Matthias Corvinus，意為『正直的馬提亞』，他是匈牙利民族英雄匈亞提的次子，1443年出生於外西凡尼亞，1458年被推舉為王，他將文藝復興運動帶進匈牙利。

幣和銅幣中間挑出錢來付計程車費。

「『我還以爲匈牙利食物很棒，』我安慰她說。『我好像在哪兒聽說過。匈牙利燴牛肉和紅椒粉什麼的。』」

「海倫翻起兩眼望天。『提到匈牙利，人人都會想到燴牛肉。就好樣提起外西凡尼亞，大家就想到卓九勒一樣。』她笑起來。『不過你不用擔心旅館的食物。等到我阿姨家，或我媽媽家吃過飯，然後我們再來討論什麼叫匈牙利美食。』

「『我還以爲妳母親和妳阿姨是羅馬尼亞人，』我抗議道，但立刻就感到後悔；她臉色僵住了。

「『你愛怎麼想就怎麼想，美國佬。』她專橫的說，隨即在我還來不及替她提行李前，就提起了自己的行李。

「旅館的大廳非常安靜清涼，四壁都裝飾著更富裕的時代留下的大理石和鍍金製品。我覺得這地方很愉快，海倫沒什麼需要引以爲恥之處。過了一會兒我才想到，這是我到的第一個共產國家——迎賓櫃臺後面的牆上，掛著政府官員的照片，所有服務人員都穿著強調普羅意識的深藍色制服。海倫辦好登記手續，把我的房間鑰匙交給我。『我阿姨都安排好了』她滿意的說。『她還有一則電話留言說，她晚上七點來這兒跟我們碰頭，帶我們出去晚餐。我們要先去討論會報到，然後參加五點的歡迎酒會。』

「我有點失望，阿姨竟然不帶我們回家吃她親手做的匈牙利食物，讓我一窺菁英階級公職人員的生活，但我連忙提醒自己，我畢竟是個美國人，不該期待所有的人都對我敞開大門。我可能給他們帶來風險，至少也會造成尷尬。我想，其實我最好不要太招搖，免得爲東道主惹麻煩。能夠到這兒來已經很幸運，我最不希望就是給海倫和她的親戚增加困擾。

「樓上我的房間非常簡單清潔，只有高處的屋角飛舞著幾個胖嘟嘟的鍍金小天使，以及貝殼形的大理石臉盆，仍洩露出與現狀不甚協調的奢華舊痕。我在臉盆裡洗了手，對著它上方的鏡子梳理頭髮，從滿臉憨笑的巴洛克式天使望到那張鋪得一絲不苟，活像軍營搬來的窄床，不禁咧嘴一笑。我的房間安排在跟海倫不同的樓層——阿姨的先見之明——但起碼我有過時的小天使捧著奧匈帝國的花圈作伴。

「海倫在大廳裡等我，她不作聲，帶著我穿過旅館堂皇的大門，走到堂皇的街道上。她又穿上了那件淺藍色襯衫——我們旅行途中，經常在我已經勞頓到不成人形時，她的衣著看起來還是新洗過、熨過，我不得不承認這是東歐人特具的才能——頭髮挽在腦後，盤了一個鬆鬆的髮髻。我們向大學走去時，她陷入沈思。我不敢問她想些什麼，但過了一會兒，她主動告訴我。『這麼突兀的回來，感覺眞奇怪，』她瞟我一眼說。

『還有一個陌生的美國人在旁？』

『還有一個陌生的美國人在旁，』她喃喃複述，聽起來不像恭維。

「大學的校舍氣派十足，有幾棟帶有我們稍早見過的圖書館的影子，海倫示意我們此行的目的地已至，我心情非常忐忑，那是一棟大型的古典式建築，二樓四周飾有雕刻的人像。我停下腳步，抬頭瞻仰它們，讀出其中幾個以馬札兒語法拼寫的名字：柏拉圖、笛卡爾、但丁，他們都戴著月桂冠，披著古典長袍。其他雕像我比較不熟悉：聖伊斯特芬、馬提亞•克威納司、亞諾什•匈亞提。他們或揮著權杖，或戴著象徵無比力量的冠冕。

『這些是什麼人？』我問海倫。

『明天再告訴你，』她道。『來吧——已經超過五點了。』

「我們跟著幾個學生模樣，生龍活虎的年輕人一起走進大廳，上了二樓，進入一個極大的房間。我的胃抽搐了一下；這地方滿滿都是穿黑色或灰色斜紋呢西裝、領帶打得歪歪斜斜的教授——他們一定都是教授——吃著裝在小盤子裡的紅椒和乳酪，喝著一種有濃烈藥水味的飲料。這些人都是歷史學家，我在心裡呻吟，雖然我應該是他們之中的一員，我的心卻一直往下沈。海倫立刻被一群她的同行包圍，我瞥見她以充滿同志愛的姿勢，跟一個滿頭白髮都往後高高梳起，令我聯想到某種狗的男人握手。我差點就決心走到窗口，假裝欣賞對面那座華麗的大教堂，海倫的手間不容髮的抓住我手肘——這麼做明智嗎？——把我拉進人群。

『這位是桑多教授，布達佩斯大學歷史系主任，也是我們最偉大的中古史學專家，』她指著那隻白毛狗給我介紹，我急忙上前毛遂自薦。我的手在他鋼鐵的掌握中差點沒被擠碎，桑多教授表示，我來參加討論會他深感榮幸。令我意外的是，他英文說得很清晰，雖然速度有點慢。他親切的告訴我：『這是我們每個人的榮幸。大家都快樂的期待你明天的演講。』

我回答說，對於明天有機會在會議中演講，我也感到榮幸之至，說話時我盡可能不接觸海倫的眼光。

『好極了！』桑多教授用洪鐘般的聲音說。『我們對貴國的大學有很深的敬意。願貴我兩國和平常在，友誼永固。』他舉起那杯溢出藥味的清澈液體敬我，我連忙回敬，因為像變魔術似的，我手中也出現了一杯相同的東西。『說真的，如果有什麼我們可以效勞，使你在我們心愛的布達佩斯居留期間更覺得愉快，請不要客氣。』他又大又黑的眼睛在衰老的臉上格外明亮，跟他的白髮形成古怪的對比，我忽然聯想到海倫的眼睛，對他好感油然而生。

『謝謝你，教授，』我誠懇的對他說，他伸出巨靈之掌拍拍我的背。

『請盡量吃喝，我們再聊。』說完這話，他就消失無蹤，執行其他職責去了，我發現自己面對其他教職員或訪問學者熱切的發問，其中有些人比我還年輕。他們包圍著我和海倫，逐漸我在混亂的聲音中分辨出法文和德文，還有另一種可能是俄文的語言。這是個很活潑的團體，事實上也很迷人，我忘記了自己的緊張。海倫以一種疏遠的親切介紹我，我想這是最適合這種場合的基調，她流暢的解釋我們合作研究的性質，還說我們合寫的那篇論文即將刊登在美國的期刊上。她四周也圍滿了熱切的臉孔，連珠砲似的馬札兒問題，她臉上泛起了紅暈，她跟好多人握手，甚至還親吻了幾個老朋友的面頰。顯然他們都沒有忘記她——這當然不可能，我想道。我注意到室內的女性不多，有些年紀比較大，有些很年輕。但跟她一比，她們都黯然失色。她比較高，比較活潑，更有派頭，肩膀寬，臉形美，頭髮濃密，還有生動的嘲諷表情。我轉向一位匈牙利教授，不讓自己一直盯著她不放；火辣辣的烈酒開始在我血管裡運行。

『這裡開討論會都舉行類似的活動嗎？』我不確定自己問的是什麼，但我把眼光從海倫身上挪開後，總得找些話說。

『是啊，』我的同伴自豪的說。他個子很矮，年約六十歲，穿灰西裝，打灰領帶。『我們大學辦很多國際會議，尤其是最近。』

「我正想問他『尤其是最近』是什麼意思，但桑多教授忽然出現，領著我走到一個似乎有興趣認識我的英俊男子面前。『這位是傑薩•尤瑟夫教授，』他告訴我：『他想認識你。』海倫在同一瞬間出現，令我很意外的，我看到她臉上閃過一抹不悅之色——甚至可說是厭惡嗎？她毫不猶豫向我們走來，好像要干預。

『你好嗎，傑薩？』我還沒來得及跟這人打招呼，她就插進來，很正式、甚至有點冷淡的跟他握手。

『看到妳眞高興啊，艾倫娜，』尤瑟夫教授微微彎腰說，我聽到他的聲音也有點彆扭，可能是嘲弄，但也可能是別種情緒。我不知道他們說英語是否純爲了我的方便。

『彼此彼此，』她無動於衷的說。『請容我爲你介紹我在美國合作的同事——』

『見到你眞太榮幸了，』他說，對我展現一個使他英俊的外貌更顯神彩的微笑。他比我高，有濃密的褐髮，和熱愛自身男子氣慨的自信——我想像他騎在馬上一定英姿颯爽，驅趕著羊群越過平原。他的握手很溫暖，他用另一隻手輕捶一下我的肩膀，表示歡迎之意。我看不出海倫爲什麼討厭他，但我擺脫不了這個印象。『你明天要給我們榮幸，聽你演講嗎？太好了，』他說。然後他頓了一下。『但我的英語不是那麼好。我們交談可以用法文？德文？』

『你的英文說得比我的法文或德文都好，我很確定。』我趕快答道。

『你太客氣了，』他的笑容燦爛如百花盛開的草原。『我聽說你的專長是鄂圖曼統治下的喀爾巴阡？』

「這地方消息傳得還眞快，我想道；就像老家一樣。『哦，是的，』我承認。『不過我相信明天一定還有很多要向貴系同仁學習的。』

『那絕對不可能，』他和氣的低聲說。『不過我自己做過一點研究，很希望跟你討論。』

『尤瑟夫教授興趣很廣泛，』海倫插嘴道。她的聲音可以讓熱水結冰。這一切都很讓人困惑，但我提醒自己，任何學院、每個系內部，都存在不滿情緒造成的動盪，甚至演變成正面衝突，這個系大概也不例外。在我想出排解之道前，海倫就突兀的轉向我說：『教授，我們必須趕去參加下一個聚會了。』我一時之間不知道她在跟誰說話，但她堅定的把手插進我的臂彎。

『哦，我看得出你很忙。』尤瑟夫教授無限遺憾的說。『或許下次有機會我們再討論鄂圖曼的問題吧？我很樂意帶你參觀我們的城市，教授，或請你共進午餐——』

『整個會議期間，教授的行程都排滿了。』海倫對他說。我在她冰冷的凝視下，盡可能和氣的跟尤瑟夫握手告別，然後他把她沒有牽絆的那隻手握在掌心。

『眞高興看到妳回祖國來，』他對她說，然後低頭彎腰，親吻她的手。海倫猛然把手抽回，但她臉上有種奇怪的表情。她多少是被這個動作打動了，我相信，我第一次對這個迷人的匈牙利歷史學家有了反感。海倫把我拉到桑多教授面前，我們爲提早離開道了歉，並熱切表示對第二天的各場演講充滿期待。

『我們也滿心期待你的演講，』他雙手緊握我的手道。匈牙利人眞是個熱情的民族，我微笑著想道，這只有一部份是流動在我血管裡的酒精的效果。我只要不考慮演講的實際後果，就覺得一切都很滿意。海倫抓著我臂膀，我覺得出門前她好像還以敏銳的眼光，把整個大廳搜索了一遍。

『這是怎麼回事？』夜風很涼，讓我頭腦一醒，心情越發舒暢。『妳的同胞是我遇過最誠懇的人，但我有種感覺，妳好像很想砍掉尤瑟夫教授的腦袋。』

『沒錯，』她簡略的說，『他讓人受不了。』

『受不了，才怪，』我指出：『妳爲什麼那樣對待他？他把妳當作多年不見的老朋友呢。』

「『哦，問題不在他身上啦，眞的，只不過他是個吃人肉的兀鷹。根本是個吸血鬼。』她停下腳步，看著我，眼睛瞪得很大。『我不是說──』

『當然不是，』我說：『我仔細觀察過他的犬齒。』

『你也讓人受不了，』她道，悻悻然把手從我臂彎裡抽出來。

我遺憾的看著她。『我不介意妳勾我的手，』我輕輕的說：『但是當著整個大學的面，這麼做好嗎？』

她站定看著我，我無法解讀她眼睛裡深邃的黑影。『不用擔心。在場都沒有人類學系的人。』

『但妳認識很多歷史學家，人家會說閒話。』我堅持道。

『哦，在這裡不會，』她哼哼笑了幾聲。『我們這兒的人都團結一致。不道人長短，也沒有衝突──只背黨八股。明天你就會知道。這兒就像一個小烏托邦。』

『海倫，』我歎道：『妳起碼有一次嚴肅一點好不好？我只不過擔心妳在這裡的名譽──妳的政治名譽。早晚有一天，妳必須回到這裡，面對所有這些人。』

『必須嗎？』她再次挽起我的手臂，我們繼續向前走。我沒有掙脫，我只覺得全世界我最珍惜的就是她的黑外套摩擦著我手臂的那一刻。『不管怎麼說，還是值得。我那麼做不過爲了讓傑薩咬牙切齒。我指的是他的獠牙。』

『好吧，謝謝妳了。』我喃喃道，我不敢放任自己再多說什麼。如果她蓄意要讓某人妒忌，我已經上鉤了。我眼前忽然出現她挽著傑薩強壯手臂的畫面。海倫離開布達佩斯前，他們交往過嗎？他們是很相稱的一對，我想道──兩人都那麼帥氣的自信、高大、優雅、黑髮、寬肩。我忽然嫌自己太矮小，盎格魯味太濃，不是草原騎士的對手。但海倫的臉色讓我無法提出進一步的問題，我唯有滿足於她手臂沈默的重量。

「只恨這段路太短，我們不久就走進旅館的鍍金大門，來到安靜的大廳。一走進去，黑布面的椅子和棕櫚樹盆栽之間，就站起一個孤單的人影，靜靜等我們走近。海倫輕呼一聲，張開手臂向前跑去。『艾娃！』

39

「我跟海倫的艾娃阿姨雖然只有三面之緣，但我卻經常想起她。有些人，相處的時間雖短，留下的印象卻比長期朝夕見面的人更清晰。艾娃阿姨無疑就是這麼一個令人難忘的人，我的記憶與想像一起運作，將她的影像鮮明的保存了二十年。有時我把艾娃阿姨代換成書中角色或歷史人物；比方說，讀到亨利•詹姆斯的長篇小說《仕女圖》（Portrait of a Lady）裡那個風姿綽約、工於心計的墨爾夫人（Madame Merle）時，她就自然而然躍出我眼前。

「事實上，我閒時遐想中，把艾娃阿姨跟太多令人敬畏、心思細膩、手腕圓滑的女性聯想在一起，以致現在追憶一九五四年那個初夏的黃昏，我在布達佩斯跟她初次見面的情景，已經捉摸不到她眞實的自我。我只記得海倫以與她平時迥異的熱情撲進阿姨的懷抱，但艾娃阿姨沒有飛奔，只鎮定而莊嚴的站在那兒，擁抱外甥女，在她面頰上響亮的親了兩下。海倫臉蛋紅通通的轉過身來，爲我們介紹，我看到兩個女人眼中都閃著淚光。『艾娃，這位就是我的美國同事，我跟妳提過的。保羅，這位是我的阿姨，艾娃•歐班。』

「我握了手，努力不盯著人家看。歐班太太長得很高、很漂亮，大約五十五歲。讓我看得目眩神迷的是她跟海倫絕頂相像。她們就像一對年齡差距較大的姊妹花，甚至可說是雙胞胎，其中一個歷盡滄桑而顯得蒼老，另一個卻有魔法加持而青春永駐。事實上，艾娃姨媽只比海倫稍微矮一點，也有海倫那種健康、優雅的風姿。她年輕的時候可能比海倫還更好看一點兒，而且現在也還是很漂亮，有同樣筆挺修長的鼻子，顯著的顴骨和若有所思的黑眼睛。她頭髮的色澤讓我有點困惑，但我終於想通，那種顏色絕不可能是大自然所賜；那是種古怪的紫紅色，髮根又泛出一些白色。我們在布達佩斯停留的那幾天，我看到很多婦女都把頭髮染成這種顏色，但第一眼看到卻讓我嚇了一跳。她戴著小巧的金耳環，身上的黑套裝跟海倫像一個模子做出來的，裡面搭配一件紅襯衫。

「握手寒暄後，艾娃阿姨嚴肅的注視著我的臉，表情很熱切。我想她或許要察看我個性上有什麼弱點，以便警告她的外甥女，然後我又自責：她有什麼理由把我當作潛在的追求者？我看到她眼睛周圍和唇角如蛛網密佈的纖細紋路，那是勾魂攝魄的笑容留下的紀錄。那笑容過了一會就出現了，好像她再也壓抑不住。無怪她有辦法在最後一刻把人插進討論會的議程，申請簽證隨辦隨有，我想道；她散發出來的聰明才智，唯有她的笑容差堪比擬。她的牙齒也像海倫一樣潔白整齊好看，我已注意到，匈牙利人當中有此天賦的並不多。

「『很高興見到妳，』我對她說。『謝謝妳為我安排參加討論會的榮幸。』

「艾娃阿姨哈哈一笑，捏捏我的手。我前一刻以為她冷靜而保守，顯然是被愚弄了；她滔滔不絕說了一大串匈牙利話，我不禁懷疑自己是否應該聽得懂。海倫立刻來解救我。『我阿姨不會說英文，』她解釋道：『不過她聽得懂的比她願意承認的多。這兒老一輩的人都學過德文和俄文，有時還學法文，但學英文的很少見。我會幫你翻譯。噓——』她親熱的摟住阿姨手臂，說了幾句匈牙利話要她暫停。『她說很歡迎你來，希望你別惹麻煩，她可是把整個簽證部門鬧得天翻地覆，才把你弄進來的。她希望你親口邀請她去聽你的演講——她可能聽不大懂，但這是原則——還有，你必須滿足她對你故鄉大學的好奇心，你是怎麼認識我的，我在美國乖不乖，你母親煮什麼樣的菜。等下她會再提出其他問題。』

「我不可思議的看著她們兩個。她們都對著我微笑，這兩個出眾的女人，我在阿姨臉上看到跟海倫一模一樣的嘲弄表情，不過海倫若能多學學艾娃阿姨經常微笑，一定獲益匪淺。在艾娃•歐班這麼精明的人面前，千萬別耍花招；我提醒自己，她有本事從羅馬尼亞的鄉村崛起，在匈牙利的政府中當權，絕對不簡單。『我一定會努力讓令阿姨滿意，』我告訴海倫說。『請告訴她，我母親的拿手好菜是燜肉餅和乳酪烤通心粉。』

『哦，燜肉餅，』海倫道。她給阿姨的說明換來認可的笑容。『她說請你向令堂致意，並恭喜你美國的母親生了個好兒子。』我的臉紅了，眞是頭痛，但我還是答應一定把話帶到。『現在她要帶我們去一家你一定會很喜歡的餐廳，布達佩斯的傳統口味。』

「幾分鐘後，我們三人就坐進了我猜是艾娃阿姨的私人座車——而且是輛不怎麼普羅的車——後座。海倫指點著沿路的風景，阿姨從旁提醒。我得說明，我們三次見面期間，艾娃阿姨從頭到尾沒說過一個英文字，但我有種印象，這好像純屬原則問題——或許是種反西方的社交規範？海倫和我交談的時候，艾娃阿姨似乎不需要海倫翻譯，就至少能聽懂一部份。艾娃阿姨彷彿是透過語言表態：西方的東西碰不得，最好還要表示一點厭惡，但來自西方的個人卻仍然可能是好人，應該發揮匈牙利人的好客作風好好款待。後來我終於習慣透過海倫跟她交談，有時候我甚至覺得，只差一點點就聽得懂那洶湧而來的長短音了呢。

「我們之間有些溝通不需要翻譯。沿著風景旖旎的河邊又兜了一個風，我們穿過一條橋，我後來得知，這座橋就是以十九世紀致力美化布達佩斯的伊斯特芬•塞切尼㉜命名的塞切尼吊橋，是十九世紀一大工程奇觀。車到橋上，夜晚的燈火與多瑙河中的倒影互相輝映，照得一片燦爛，我們正要前往的布達城那邊，精雕細琢的古堡與教堂交疊，宛如一幅金色與棕色的浮雕。橋樑本身是個美輪美奐的巨構，兩端各矗立著一座巨大的拱門，橋頭有臥姿的石獅守護。我忍不住發出讚美的驚呼，逗得艾娃阿姨莞爾微笑，坐在我倆中間的海倫也露出得意的笑容。『這個城市太美了，』我道。艾娃阿姨捏捏我手臂，好像已經把我當成自己的孩子。

海倫解釋說，阿姨希望我了解這座橋重建的歷史。『布達佩斯在第二次大戰中受創慘重，』她道。『我們有條橋還沒有完全整修好，很多建築物也受到損害。你可以看到，全市各地都還有重建工程在進行。但這

㉜譯註：Istvan Szechenyi，1791-1860，是匈牙利政治家與作家，一生推動匈牙利藝文與建設不遺餘力，有「最偉大的匈牙利人」稱號。

座橋早在一九四九年慶祝竣工百年時就修好了，我們非常自豪。我尤其感到驕傲，因爲重建工程是阿姨幫忙籌備的。』艾娃阿姨微笑著點點頭，然後又忽然想起她自己應該聽不懂這番話才對。

「沒多久，我們開進一條好像穿過整個古堡地下的隧道，艾娃阿姨告訴我們，她挑了最喜歡的一家餐廳，一個『眞正匈牙利』的地方，位在約瑟夫•阿提拉街33。我仍然對布達佩斯的街名充滿驚異，其中有一些就是很奇怪，充滿異國風情，好比這條街的名字，散發出一股我原先以爲只殘留在書本裡的往昔氣息。但約瑟•阿提拉街實際上就像市內其他街道一樣，非常高貴典雅，完全看不到野蠻人的營帳羅列在泥濘的街道兩旁，匈奴戰士啃馬鞍充飢的畫面。我們用餐的餐廳環境清幽，裝潢典雅，領班喚著艾娃阿姨的名字，快步前來招呼我們。她似乎也很習慣這種特殊待遇。沒幾分鐘，我們就坐在全餐廳最好的位置，可以眺望老樹和老建築、穿著夏季最好服裝出來散步的行人，偶爾有吵鬧的小汽車在市區飛馳而過。我心滿意足靠在椅背上。

「艾娃阿姨理所當然替我們全體點菜，第一道菜送上來時，伴隨著一種叫做派林卡34的烈酒，海倫說是杏桃蒸餾出來的。『我們有種非常好吃的食物搭配這種酒，』艾娃阿姨透過海倫解釋給我聽。『我們稱之爲hortobagyi palacsinta，用小牛肉做餡的薄餅，是匈牙利低地區牧羊人的傳統食物。你一定會喜歡。』我眞的很喜歡，而且接下來每道菜我都愛吃——蔬菜燉肉、一層層夾著香腸和白煮蛋的馬鈴薯、口味濃郁的沙拉、青豆與羊肉、烤成金黃色的美味麵包。直到這一刻我才發現，自己在長途旅行之後多麼飢餓。我也注意到海倫和她阿姨都痛快的大吃，講究禮貌的美國女人，絕不會在公開場合露出她們那種津津有味的吃相。

「若以爲我們只顧埋頭吃喝，可就大大錯了。艾娃阿姨準備了一大堆傳統知識給我下酒，她負責說，海

33 譯註：這條街道的命名事實上是為了紀念二十世紀詩人（Jozsef Attila，1905-1937）。但保羅的聯想卻是因為西元五世紀時，橫掃歐洲，建立強大帝國的匈奴王也名叫阿提拉（Attila the Hun，406-453）。

34 譯註：palinka，亦譯做杏桃白蘭地。

倫負責翻譯。我偶爾提出一、兩個問題，但就我記憶所及，大部分時間我都忙著吸收食物和資訊。艾娃阿姨似乎堅定的相信我有歷史學家的身份；但或許她懷疑我對匈牙利本國的歷史很無知，所以要確定我不至於在討論會上丟她的臉，也可能是出於對移民地主國的忠心。不論她的動機爲何，她都講得很精彩，我幾乎在海倫翻譯前，就能從她不斷變化的生動表情裡，讀懂她的下一個句子。

「例如，我們剛敬完派林卡酒，祝福我們的國家友誼長存，艾娃阿姨就講了一段布達佩斯起源的故事，爲我們的牧羊人牛肉薄餅捲佐餐——這兒曾經是羅馬帝國的要塞，叫做阿昆岡（Aquincum），現在還看得到羅馬時代遺留的廢墟——她生動的描繪五世紀時，匈奴王阿提拉和他的部下如何從羅馬人手中奪得這個要塞。我暗忖道，原來鄂圖曼不但來得晚，也比較講禮貌。蔬菜燉肉——海倫把這道菜叫做 gulyas，而且狠狠瞪我一眼，讓我知道這不是所謂的匈牙利牛肉，那玩意兒在匈牙利又叫另外一個名字——引起另一個話題，長篇大論的描述九世紀時，馬札兒人如何入侵這地區。馬鈴薯焗烤香腸不消說比燜肉餅或乳酪烤通心粉都好吃太多，艾娃阿姨藉機說明公元一千年，教皇爲史蒂芬一世國王——也就是聖伊斯特芬——加冕的細節㉟。『他是個披獸皮的異教徒啊，』她透過海倫對我說：『但他當上了匈牙利國王，而且使整個匈牙利改信基督教。你在布達佩斯到處都可以看到他的名字。』

「就在我覺得連一口都再也吃不下的時候，兩個侍者端著就算擺在奧匈帝國皇宮裡都很稱頭的甜食和蛋糕出現，每個都堆滿巧克力和鮮奶油，還有一杯杯的咖啡——『濃縮咖啡，』艾娃阿姨解釋道。無論如何，我們還是騰出胃納，把所有的食物都裝了進去。『咖啡在布達佩斯有段悲傷的歷史。』海倫替艾娃阿姨翻譯道。『很久以前——事實上是一五四一年——入侵的蘇里曼蘇丹邀請我們一位將軍，他名叫巴林特•托洛克，到他的帳棚去跟他共進盛宴，用餐完畢，他正在喝他的咖啡——他是第一個喝咖啡的匈牙利人，這你得

㉟譯註：Stephen I，970-1038，是使匈牙利從游牧部落成為封建王國的頭號功臣，並於一〇三八年被封為聖人。

知道——蘇里曼告訴他，土耳其最精銳的部隊，已經趁他們吃飯的時候，攻下了布達堡，你可以想像，那杯咖啡喝起來多苦。』

「這次她的笑容不那麼燦爛，而顯得哀傷。又是鄂圖曼人幹的好事，我想道——他們眞是精明、殘酷，如此精緻美感與野蠻戰術的混合是多麼奇怪啊。一五四一年，他們佔有伊斯坦堡已經將近一個世紀；記得這件事，使我對他們從站穩立足點，向整個歐洲伸出攫奪之掌，直到維也納的大門口才被攔住的持久戰鬥力，有更清楚的概念。伏拉德•卓九勒和他許多的基督徒同胞抵抗土耳其人，就像大衛王力戰巨人歌利亞，但他們遠不及大衛那麼成功。另一方面，不僅在瓦拉基亞，匈牙利、希臘、保加利亞等，包括巴爾幹半島的全歐洲各地，小封建貴族畢竟還是打敗了鄂圖曼佔領者。所有這一切，海倫都成功的灌輸到我腦子裡，現在回想起來，這導致我對卓九勒有種病態的崇拜。他想必知道，他向土耳其武力挑戰，短期之內注定要失敗，但他畢生爲了把侵略者逐出領土而奮戰不屈。

「『那其實是土耳其人第二次佔領這地區，』海倫喝一口咖啡，滿意的嘆了口氣，把杯子放下，好像這裡的咖啡比任何地方都美味。『亞諾什•匈亞提㊱一四五六年在貝爾格勒擊敗他們。他是我們最偉大的民族英雄之一，跟伊斯特芬國王，還有我告訴過你，興建新城堡和圖書館的馬提亞國王齊名。明天中午，你聽到全城的教堂鐘敲響時，要記得那是爲了紀念幾個世紀前匈亞提的勝利。他們直到現在還每天爲他敲鐘。』

「『匈亞提，』我忽然想起來道。『我記得妳昨晚提到過他。妳說他戰勝是在一四五六年？』

「我們面面相對；凡是跟卓九勒在世期間重疊的年份，對我們都具有重大意義。『當時他在瓦拉基亞，』海倫輕聲說。我知道她指的不是匈亞提，因爲我們有個默契，在公共場合絕口不提卓九勒的名字。」

「艾娃阿姨太聰明，不會讓我們的沈默或語言的隔閡，把她擋在局外。『匈亞提？』她問道，又說了幾

㊱譯註：Janos Hunyadi，1387-1456，一四四二年出任外西凡尼亞總督，是匈牙利抵抗鄂圖曼帝國的主要領導者。

句匈牙利話。

「『阿姨在問，你是否對匈亞提在世的時期特別感興趣。』海倫解釋。

「我不確定該怎麼說，所以我答說，我對所有的歐洲歷史都有興趣。這種敷衍的答案，換來艾娃阿姨狐疑的眼光，她幾乎皺起眉頭，我連忙轉換話題。『請問問歐班太太，我能否問她幾個問題。』

「『當然可以，』海倫的笑容似乎同時肯定了我的要求和我的動機。她翻譯之後，艾娃阿姨便以和悅而謹愼的表情轉向我。

「『我想知道，』我道：『我們在西方聽說目前匈牙利自由主義當道，這是否事實？』

「這下子連海倫的表情也變得很謹愼，我猜我會在桌子底下挨她一腳，但她的阿姨已經在點頭，並示意她趕快翻譯。艾娃阿姨聽明白以後，對我露出一個縱容的微笑，她的答案很溫和：『在匈牙利，我們一直都很珍惜我們的生活方式和我們的獨立。所以鄂圖曼和奧匈帝國的統治期間，我們都覺得很痛苦。匈牙利眞正的政府持續漸進的照顧人民的需求。我們的革命使工人階級脫離壓迫和貧窮以後，我們就一直在確立我們的行事方式。』她笑容更深了，我眞的但願能更清楚的解讀其中的意義。『匈牙利共產黨永遠跟著時代的腳步走。』

「『所以妳覺得匈牙利在納吉治理下愈來愈繁榮？』我自從進到這城市，就很想知道匈牙利新上任的自由派總理，從去年令人意外的取代強硬派共黨總理拉柯西以來，做了哪些改變，還有他是否眞有擁有我們在家鄉報紙上讀到的民眾支持。我覺得海倫翻譯時很緊張，但艾娃阿姨的笑容保持不變。

「『我看你對時事很了解，年輕人。』

「『我一直對外交事務很感興趣。我相信研究歷史是爲了解現況做預備，而不是逃避現實。』

「『很睿智。這麼說吧，爲了滿足你的好奇心——納吉很得民心，而且正在進行跟我們光輝偉大的歷史符合的改革。』

「我等了好一會兒才想通，原來艾娃阿姨極盡小心的說了等於沒說，我又想了一會兒，終於能體會蘇維埃控制政策與匈牙利本土改革的勢力消長之間，她運用什麼樣的外交手腕，能夠始終維持在政府機關裡的地位屹立不搖。不論她個人對納吉有什麼看法，他現在控制著雇用她的政府。或許就是他在布達佩斯締造的開放氣氛，使她——一位政府高官——得以請一個美國人外出用餐。她漂亮的黑眼睛裡的閃光可能是讚許，我無法確定，不過後來得知我沒猜錯。

『現在，我的朋友，我們必須讓你有充分的睡眠，面對明天的大場面。我非常期待，事後我會讓你知道我的感想。』海倫翻譯完畢，艾娃阿姨友善的對我點一下頭，我情不自禁回報一個微笑。侍者好像聽見她說話似的，立刻出現在她身後；我勉強做出要付帳的姿勢，雖然我對這兒的規矩毫無概念，也沒把握我在機場兌換的錢夠不夠付這麼精美的菜餚。但即使有帳單，也在我看到它之前就無聲無息的付清了。我在寄物處跟領班爭先，幫艾娃阿姨穿好外套，一行三人就回到等候的汽車上。

「在那座富麗堂皇的橋下，艾娃阿姨低聲吩咐了幾句，司機便停下車。我們下車眺望對岸佩斯城的燈火和下方黑色河面的漣漪。風中有點寒意，跟伊斯坦堡的暖風相較，這兒的風吹在臉上會刺痛，我意識到地平線那頭就是遼闊的中歐平原。眼前是我畢生渴望一見的風景；我簡直不敢相信我已經站在這裡，眺望著布達佩斯的燈光。

「艾娃阿姨低聲說了些什麼，海倫輕聲翻譯道：『我們的城市永遠都很偉大。』後來我對這句話的記憶特別清晰。將近兩年後，它突然浮現我心頭，那時我才得知，艾娃阿姨對新政府事實上是多麼忠貞：她的兩個兒子在一九五六年參加匈牙利學生抗爭，在廣場上被蘇聯坦克打死，艾娃自己逃到南斯拉夫北部，跟其他一萬五千名逃離俄羅斯傀儡政權的匈牙利難民，在荒村裡隱姓埋名。海倫寫過很多封信給她，但艾娃堅決不肯移民，連申請都不願意。幾年前，我再度嘗試找尋她的下落，毫無所獲。我失去海倫後，也就跟艾娃失去了聯絡。」

40

「第二天早晨我醒來時，發現自己的目光正對著硬梆梆小床上方那些鍍金的小天使，一時之間，我完全想不起來自己身在何處。那是種很不舒服的感覺：我發現自己晃晃悠悠，漂泊到一個離家鄉遠到無法想像的地方，不記得這裡是紐約、伊斯坦堡、布達佩斯，還是別個城市。我覺得睡醒前好像剛做了個惡夢。心頭一陣痛楚，強烈的提醒我羅熙已失蹤，這通常是我早晨想到的第一件事，我不知道夢境是否把我帶到某個陰森的處所，如果我在那兒待得夠久，是否就能找到他。

「我發現海倫在旅館餐廳裡吃早餐，面前攤著一份匈牙利報紙——看到這種語言印刷成白紙黑字，使我有種無助的感覺，就連標題我也一個字都看不懂。她愉快的對我招手。失落的夢境、看不懂的標題，加上演講迫在眉睫，綜合的效果一定呈現在我臉上，因爲我走近時，她不解的看著我：『怎麼一張苦瓜臉？又想到鄂圖曼帝國的暴行了嗎？』

「『不是。只想到國際會議而已。』我坐下，自己動手從她的麵包籃裡取麵包，還拿了一條白餐巾。這家旅館雖然簡陋，對餐巾卻是一絲不苟。麵包搭配牛油和果醬，味道很不錯，幾分鐘後端上來的咖啡也很好。一點也不苦澀。

「『別擔心，』海倫安慰我道。『你一定會——』

「『讓他們驚爲天人？』我提議。

「她笑了起來。『跟你在一起，我的英文不知是愈來愈好，』她告訴我：『還是變得愈來愈糟。』

「『昨晚妳阿姨眞是讓我心悅誠服，』我把另一個小麵包抹上牛油。

「『看得出來。』

「『告訴我，她到底怎麼從羅馬尼亞來到這裡，獲得那麼高的地位？如果妳不介意我問。』

「海倫啜飲著咖啡。『我想那是命運的巧合。她的家庭很窮——他們是外西凡尼亞人，住在一個我聽說已經不存在的小村，靠一小塊地過活。我的外祖父母有九個孩子，艾娃排行老三。她六歲就得去工作，因爲他們需要錢，而且餵不飽她。她在某個有錢的匈牙利人家的別墅裡工作，他們擁有村中所有的土地。兩次大戰之間，那兒有很多匈牙利地主——特里亞農條約❸❼簽訂後，國界重劃，他們就困在那裡。』

「我點點頭。『就是在第一次世界大戰後重劃各國國界的那個條約？』

「『答對了。所以艾娃從很小開始，就在那戶人家工作。她告訴我，那家人對她很好。有時他們准她星期天回家，所以她跟自己家人保持親密的關係。她十七歲的時候，那家雇主決定回布達佩斯，把她一起帶走。她在布達佩斯認識一個年輕人，一個名叫雅諾斯•歐班的記者兼革命份子。他們戀愛、結婚，第二次世界大戰他在陸軍服役，也存活下來。』海倫嘆口氣。『第一次世界大戰，那麼多的匈牙利青年到歐洲各地打仗，你知道，他們葬在波蘭、俄羅斯的萬人塚……總之，歐班在戰後的聯合政府中贏得權力，參與我們光輝的革命，得到一個內閣職位作爲報酬。後來他在汽車事故中喪生，艾娃撫養他們的兒子，接收他的政治生涯。她眞是個不可思議的女人。我始終不知道她個人的信念是什麼——有時我覺得她在情感上跟所有政治都保持距離，就好像那只是一種職業。我想我姨丈是個熱情的人，對列寧教條深信不疑，史達林的惡行曝光前，他也很崇拜史達林。我認爲阿姨不是這種人，但她的事業非常成功。她兒子因此擁有一切的特權，她也運用她

❸❼譯註：第一次大戰結束前，奧匈帝國已於一九一八年解體，匈牙利宣告獨立。為制訂匈牙利的國界，協約國與代表戰敗國的匈牙利代表於一九二〇年在法國凡爾賽的特里亞農宮簽訂條約，根據這一條約，匈牙利的領土與人口縮減為原來的三分之一，成為幾乎純馬札兒民族的國家。

的權力幫助我，我已經告訴過你。』

「我專注的聽著。『那麼妳和妳母親又怎麼來到這裡的呢？』

「海倫又嘆了一口氣。『我母親比艾娃小十二歲，』她道。『她在兄弟姊妹之中最得艾娃疼愛。艾娃被帶來布達佩斯的時候，她才五歲。後來我母親十九歲的時候，沒結婚就懷了孕。她很害怕她的父母和村中其他人發現——那麼傳統的文化下，你知道，她可能被逐出家門，甚至可能餓死。她寫信給艾娃求助，我阿姨和姨丈就安排她來布達佩斯。當時邊界上有重兵鎮守，我姨丈親自到邊界去接她，帶她回到城裡。匈牙利恨透了外西凡尼亞，尤其在那個條約簽訂以後。我母親告訴我，我姨丈是她最尊敬的人——不是因爲他救她脫離火坑，而是因爲他從來沒讓她覺得彼此國籍的差異。他去世時她心都碎了。她能安全進入匈牙利，重新生活，都是他的功勞。』

「『然後妳就出生了。』我柔聲問。

「『然後我就出生了，在布達佩斯一家醫院。我阿姨和姨丈幫忙扶養我，教育我。我們跟他們一起住，直到我念高中。戰時艾娃帶我們去鄉下，想盡辦法爲我們大家弄到食物。我母親也在這兒受教育，學會了匈牙利文。她總不肯教我羅馬尼亞文，不過有時我聽見她在睡夢中說羅馬尼亞文。』她怨懟的看我一眼。『你明白你敬愛的羅熙害我們落得什麼地步嗎？』她嘴唇痙攣著說。『要不是阿姨和姨丈，我母親很可能孤伶伶死在荒山野林裡，被狼吃掉。事實上，我們兩個都逃不掉。』

「『我也很感激妳的阿姨和姨丈，』我說。然後我生怕又接觸她那種諷刺的眼光，低頭拿起手邊的金屬壺，替自己又加了一些咖啡。

「海倫沒答腔。過了一會兒，她從皮包裡拿出幾張紙。『我們再復習一遍你的演講好嗎？』

「戶外的晨光和涼風對我充滿威脅，走往大學途中，我滿腦子只想著即將來臨的那一刻，我得上台演講。在此之前，我只發表過一篇論文，去年羅熙主辦的一場荷蘭殖民主義研討會中，我跟他聯名發表。我們各寫半篇論文；我那一半可說一敗塗地，我企圖把所有本來要裝進我那篇尚未動筆的博士論文的資料，濃縮成二十分鐘的講稿；羅熙那部分卻精彩無比，從各種角度探討荷蘭的文化遺產、荷蘭海軍的戰略實力、以及殖民主義的本質。雖然我自知能力還很欠缺，但他找我合作卻讓我受寵若驚。我能撐過那次會議，多虧他穩健、自信的在旁支持，我把現場交給他時，他還友善的輕捶一下我的肩膀。今天我一切得靠自己。前景很不樂觀，甚至很恐怖，唯有設想羅熙碰到這種場合會如何處理，我才稍微鎮定一點。

「我們周圍盡是優美的佩斯城風光，在光天化日下，我更清楚的看見它在戰爭中遭受的破壞，修復與重建尚未完成。很多房屋較高的樓層仍缺少牆壁或窗戶，有時甚至整層樓都消失了，如果仔細觀察，還會發現幾乎所有的表面，不論何種材質，都是彈痕斑斑。我眞巴不得繼續往前走，讓我看完佩斯的全貌，但我們已經承諾，整個上午都要出席研討會的議程，使我們此行獲得批准更顯得合情合理。海倫深思的說：『而且午後我還有件事要做。我們要趁閉館前去一趟大學圖書館。』

「我們到達昨晚舉行歡迎酒會的那棟大建築，她停下腳步說：『幫我個忙。』

『當然，妳說。』

『不要跟傑薩•尤瑟夫談我們的旅行，也不要讓他知道我們在找人。』

『我應該不至於做那種事，』我有點不悅的說。

『我只是提醒你。他會表現得很迷人，』她抬起戴著手套的手，做了個安撫的手勢。

『好吧，』我替她拉開巴洛克式大門，我們走進室內。

「二樓的演講廳裡，昨晚我見過的很多人都已經坐在一排排椅子上，邊翻閱手中的資料邊交談。『我的天，』海倫低聲道。『人類學系的人也來了。』不久她就陷入一片問候寒暄聲中。我看到她微笑，跟老朋友或在共同領域合作多年的同事打成一片，忽然心頭湧起一陣寂寞。她好像在向我招手，試圖從遠處爲我做介紹，但陣陣聲浪中，對我毫無意義的匈牙利語，幾乎在我們之間形成一道實質的藩籬。

「就在這時，有人拍我的手臂，令人害怕的傑薩赫然出現在我面前。他親熱的跟我握手，對我微笑。『在我們的城市愉快嗎？』他問道：『一切順利嗎？』

『都很好，』我同樣欣喜的答道。我牢牢記著海倫的警告，但要不喜歡這個人還眞不容易。

『啊，聽了眞高興。』他說。『你今天下午要演講？』

「我咳了一聲。『是啊，』我說：『是的，正是如此。你呢？你今天要演講嗎？』

『哦，不，我不講，』他說。『事實上，我這陣子都在研究一個我個人非常感興趣的題目。但我還沒準備要發表。』

『你研究什麼題目？』我忍不住問，但這時頂著一頭高聳白髮的桑多教授站上講台，宣布會議開始。眾人像站在電線上的小鳥一般，紛紛落坐，安靜下來。我跟海倫並肩坐在後面，瞥一眼手錶，才不過九點半，我還可以輕鬆一下。傑薩坐前排的位子；我看見他英俊的後腦杓出現在第一排。我四下張望，又看到好幾張昨晚見過的熟面孔。這群稍微有點不修邊幅、但很熱忱的人，目光都集中在桑多教授身上。

「『Guten morgen。』他用德文響亮的道早安，麥克風發出一陣雜音，直到一個穿藍襯衫、打黑領帶的學生把它調整好。『早安，可敬的來賓。Guten morgen，bonjour，歡迎光臨布達佩斯大學。我們很自豪的爲各位介紹歐洲第一個歷史學家的專題研討會，主題是——』麥克風又開始怪響，我們有幾句話沒聽見。桑多教授的英語詞彙顯然暫時用完了，他繼續用匈牙利語、法文、德文說了一會兒。我從德文和法文中大致聽出，十二點鐘供應午餐，然後——我快嚇死了——我是本次會議的大會主講人，是整個議程的焦點，我是一位傑出的美國學者，不僅精通荷蘭歷史，也是研究鄂圖曼帝國經濟和美國勞工運動（這是艾娃阿姨自己想出來的？）的專家，我明年即將出版一本關於林布蘭時代荷蘭商業公會的著作，所以主辦單位實在是幸運之至，得以在上星期十萬火急把我加到議程之中。

「這比我最瘋狂的惡夢還糟糕，我暗中發誓，如果海倫攪和在其中，我一定要叫她付出代價。聽眾中很多位學者都轉頭看我，露出和善的笑容，向我點頭，或把我指給別人看。海倫穩若泰山的坐在我身旁，表情嚴肅，但她黑外套下肩膀的弧度，卻透露出——希望只有我看得出——可說掩飾得相當完美的哈哈狂笑一陣的衝動。我努力裝得很莊嚴，心中叨唸著，這一切，就連這件事也包括在內，都是爲了羅熙。

「桑多教授哇啦哇啦講完，一個禿頭的矮子上台演講，內容似乎跟漢撒同盟㊳有關。接著是個穿藍色洋裝的灰髮婦人，她的題目是布達佩斯歷史，但我完全聽不懂。午餐前還有一位講者，是來自倫敦大學的年輕學者（看來跟我年紀不相上下），他用英文演講，讓我鬆了口氣，現場有位匈牙利語言學學生唸他論文的德文翻譯。（我想道，才不過十年前，德國人差點摧毀布達佩斯，現在在這兒說德文會不會有點奇怪，但我提醒自己，德文可是奧匈帝國的通用語言。）桑多教授介紹這位年輕人，他是東歐歷史的教授，名叫修•詹姆斯。

「詹姆斯教授身材粗壯，穿咖啡色斜紋呢西裝，打橄欖綠色領帶；這副打扮使他顯得十足一個毫無個人特色的典型英國人，我努力克制笑意。他對聽眾眨眨眼，給我們一個和善的微笑。『我從來沒有預期會來到布達佩斯，』他掃視我們一眼說。『但來到這座中歐最大的城市，也是東西之間的門戶，讓我大開眼界。所以現在我想佔用各位一點時間，請大家思考一下，鄂圖曼土耳其人在一六八五年圍攻維也納，失敗撤退後，在中歐留下了哪些遺產。』

「他頓了一下，對那個語言學系的學生微笑，後者正熱切的把第一個句子譯成德文，念給大家聽。他們

㊳譯註：Hanseatic League是十四、十五世紀北歐的商業城市基於政治與商業利益成立的同盟。

就這樣輪番上陣，用兩種語言繼續，但詹姆斯教授顯然經常偏離他的腳本，因爲他往下說的時候，那個學生經常用不知所措的眼神看著他。『我們當然都聽說過發明羊角麵包的故事，那是巴黎廚師爲戰勝鄂圖曼向維也納致敬的作品。羊角麵包當然是代表鄂圖曼旗幟上的新月圖案，西方人直到今天還和著咖啡大口呑嚥這個象徵物。』他笑容滿面環顧全場一週，然後似乎剛剛想到（像我一樣），現場這些求知若渴的匈牙利學者，大多數都沒去過巴黎或維也納。『是的——好吧，我認爲鄂圖曼的遺產可以用一個詞涵括：美感。』

「他繼續描述五、六個中歐與東歐城市的建築、競賽與時尚，香料與室內設計。我聽得入神，不僅僅因爲能聽懂他說的每一個字而已；聽詹姆斯談論布達佩斯的土耳其浴室和塞拉耶佛的奧匈帝國時代建築，我們在伊斯坦堡的所見所聞，紛沓湧進腦海。他描述托普卡匹宮時，我情不自禁用力點頭，然後我才想到動作該收斂一點。

「他講完，掌聲如雷響起，桑多教授邀請我們大家到餐廳用膳。在擁擠的學者與食物之間，我設法趁詹姆斯教授就坐時找到他。『可以跟你坐一起嗎？』

「他笑嘻嘻的跳起身。『當然，當然。我是修•詹姆斯。你好嗎？』我自我介紹，我們握手爲禮。我坐他對面，兩人好奇的互望。他說：『哦，原來你就是大會主講人？我很期待聽你演講呢。』近看他似乎比我年長個十歲，有雙很少見的淺棕色眼睛，水汪汪的，眼球稍微外突，像一頭巴吉度獵犬。我從他演講中已聽出，他口音是英格蘭北部人。

「『謝謝你，』我說，努力不露出畏縮的表情。『我聽你的演講眞是津津有味。它涵蓋的內容眞淵博。不知道你是否認識我的——呃——導師巴特羅繆•羅熙。他也是英國人。』

「『哦，當然認識啊！』詹姆斯以興奮的手勢打開餐巾。『羅熙教授是我最喜歡的作家——我讀過很多本他的著作。你跟他工作？眞幸運。』

「我有一會兒找不到海倫，但就在那一刻，我看到她站在自助餐檯前面，傑薩•尤瑟夫在她身旁。他湊著她耳畔，講什麼事講得很起勁，過了一會兒，她讓他尾隨她走到餐廳另一頭，共坐一張小桌子。我看得很清楚，看到她臉上苦惱的表情，但即使如此，這一幕還是讓我不愉快。傑薩不斷向她靠近，注視著她的臉，但她只低頭看著食物，我急切的想知道他對她說些什麼，急得快瘋了。

「『無論如何』——詹姆斯仍在談羅熙的作品——『我認爲他對希臘劇場的研究眞了不起。這個人是十項全能。』

「『是啊，』我心不在焉的說。『他正在寫一篇叫做〈油壺之鬼〉的文章，討論希臘悲劇使用的舞台道具。』我停下來，忽然想到我可能洩露了羅熙的業務機密。但即使我沒住口，詹姆斯教授的表情也很快就會讓我有所警覺。

「『什麼？』他顯然很驚訝的說。他放下刀叉，把午餐擱在一旁。『你說的是〈油壺之鬼〉？』

「『是啊，』我頓時忘記了海倫和傑薩。『你爲什麼問？』

「『但這太令人意外了！我想我該立刻寫信給羅熙教授。是這樣的，最近我正在研究一份非常有趣的資料，是十五世紀匈牙利的文件。事實上，我就是爲此才來到布達佩斯——我研究那時期的的匈牙利歷史，你知道，後來桑多教授好心讓我參加這個會議。總而言之，這份文件是馬提亞國王手下一位學者寫的，其中就提到油壺之鬼。』

「我想到昨晚海倫曾經提到馬提亞國王；他不就是布達堡大圖書館的創建者嗎？艾娃阿姨也提起過他。我急切的說：『請說得詳細一點。』

「『呃，我——這聽起來很可笑，但我對中歐的民間傳說感興趣已經很多年了。開始的時候只是好玩，我想，但我對吸血鬼的傳說非常著迷。』

「我瞪著他。他看起來還是跟先前一樣平常，愉快紅潤的臉、斜紋呢外套，但我覺得自己好像在做夢。

「『哦，我知道，聽起來很幼稚——卓九勒伯爵什麼的——但只要你深入探究，就會發現這眞的是個精彩的題目。是這樣的，卓九勒眞有其人，雖然他不是個吸血鬼，我感興趣的是，他的歷史跟吸血鬼的民間傳說到底有什麼樣的關係。幾年前，我開始收集這方面的書面材料，我想知道究竟有沒有這方面的材料，因爲吸血鬼主要存在於中歐和東歐農村的口述傳說裡。』

「他往後靠著椅背，手指輕輕敲打著桌子邊緣。『嗯，其實不難找，我在這兒的大學圖書館，找到一份顯然是馬提亞國王委託撰述的文件——他要某人收集較早的吸血鬼知識。不論獲得這份工作的是哪位學者，古典文學的修養都很好，他並沒有像優秀的人類學家那樣，走遍各村挨家挨戶訪問，而是翻遍拉丁文和希臘文古籍——馬提亞國王收藏了不少這種書，你知道——搜尋有關吸血鬼的參考資料，他提出一個古希臘的觀念，我還沒在別處看到過——起碼直到你剛才提起之前——就是油壺之鬼。古希臘和希臘悲劇裡，有時會用油壺盛裝人的骨灰，你知道，無知的希臘民眾相信，如果油壺未經適當的儀式埋葬，就會產生吸血鬼——實際的過程我還不大清楚。或許羅熙教授有點了解，如果他正在寫油壺之鬼。奇妙的巧合，不是嗎？事實上，根據民間傳說，現代希臘仍有吸血鬼存在。』

「『我知道，』我說。『他們稱之爲 vrykolakas。』

「這次輪到詹姆斯瞪著我看了。他突出的棕色眼睛變得很大。『你怎麼會知道？』他喘著氣說。『我是說——請原諒——我眞的很驚訝，竟然碰到其他——』

「『對吸血鬼有興趣的人嗎？』我冷著一張臉說。『是的，過去這種事也會讓我驚訝，但最近我已經習慣了。你怎麼會開始對吸血鬼感興趣的，詹姆斯教授？』

「『叫我修就可以了，』他緩緩道。『請稱呼我修，嗯，我——』他專注的看了我一會兒，我第一次注意到他愉快憨厚的外表底下，煥發著一種火焰似的熱情。『這件事實在太奇怪，我通常不隨便跟人家說，但是——』

「我眞的再也忍受不了這樣的拖延。『你是否，有沒有可能，找到一本古老的書，正中央有條龍？』我道。

「他無法相信的看著我，健康的臉色一下子變得雪白。『是的，』他道。『我找到一本書』他的手抓緊桌沿。『你是誰？』

「『我也有這麼一本書。』

「我們坐著面面相對，沈默良久。要不是有人打擾，我們可能還會啞口無言對坐更久，繼續拖延我們該討論的事。傑薩•尤瑟夫的聲音先傳入我耳鼓，然後我才發覺他的存在；他從我後面走過來，對著我們的桌子彎腰行禮，露出殷勤的微笑。海倫也快步走過來，她的表情很奇怪——我覺得好像帶有罪惡感。『午安，同志，』傑薩眞誠的說。『你們說找到一本書是怎麼回事？』

41

「尤瑟夫教授彎下腰，提出他友善的疑問時，我有一會兒不知道該怎麼回答。我必須盡快跟修•詹姆斯再談談，但必須私下談，不能有這麼多人在旁，尤其不能讓海倫警告我要提防的人——爲什麼？——在旁對著我脖子哈氣。好容易我擠出幾個字。『我們在分享對古董書的愛好，』我說。『所有的學者應該都有這方面的興趣，你覺得呢？』

「這時海倫已經趕過來，看著我的眼神裡似乎混合著警戒與讚許。我起身替她拉開椅子。想必我在尤瑟夫面前力圖掩飾的同時，也透過心電感應將我一部份內心的興奮透露給她，因爲她盯著我和修看來看去。傑薩笑咪咪的打量著我們，但我彷彿覺得他那雙英俊的單眼皮眼睛稍微瞇了一下；我暗想道，匈奴人透過他們皮製頭盔的縫隙看西方的太陽時，想必也是這樣瞇眼睛的。我盡量不再看他。

「要不是桑多教授忽然出現，我們說不定會坐在那兒迴避彼此的眼光一整天。『好極了。』他大聲道。『我看你們午餐吃得很愉快。吃完了嗎？現在，請你們撥冗跟我來，我們要安排你開始演講了。』

「我瑟縮了一下——方才那幾分鐘，我眞的把等候著我的酷刑忘得一乾二淨——但我馴服的站起身。傑薩畢恭畢敬走在桑多教授後面——是否太恭敬了點？我問自己——這給我看海倫一眼的幸運空檔。我睜大眼睛，對詹姆斯使了個眼色，剛才海倫走過來時，他也禮貌的站起身，現在正默默站在桌子旁邊。她皺起眉頭，一臉困惑，讓我慶幸的是桑多教授用力拍拍傑薩的肩膀，把他拉走了。我覺得好像從那個年輕的匈牙利人寬闊的背影裡讀出不情願，但也許我吸收了太多海倫對他的成見。不管怎麼說，這給我們片刻的自由。

『修有一本書，』我悄聲道，無恥的背叛了那個英國人對我的信任。

「海倫瞪大眼，卻聽不懂我在說什麼。『修？』」

「我趕緊對我們的同伴示意，他正盯著我們看。然後海倫的下巴忽然掉了下來。修不由得把目光完全投注在她身上。『難道她也——』」

「『不是的，』我小聲道。『她在幫我忙。這位是海倫•羅熙，人類學家。』」

「修以坦率的熱誠跟她握手，眼光仍沒有離開她。但桑多教授又走回來等我們，除了跟他走之外沒有別的選擇。海倫和修都靠我很近，好像我們是同群的羊。

「演講廳裡漸漸坐滿人，我在第一排站定位，用不算抖得太厲害的手，從手提包裡取出筆記。桑多教授和他的助理又開始修理麥克風，我一相情願的想道，如果聽眾聽不見我講話，我就沒什麼好擔心的。但那套器材很快就恢復正常，好心的教授起勁的搖晃著滿頭白髮，捧著幾條筆記，把我介紹給大家。他重新敘述一遍我不同凡響的履歷，把我在美國念的大學形容得名震全球，還向全體與會人員道賀，因為聽我演講是這麼難能可貴的機會，而且可能為了體貼我，這次他全程說英文。我忽然發現，現場竟然沒有口譯員替我把那疊讀過千百遍的講稿翻成德文，就憑這一點，我通過考驗的信心頓時增加了不少。

「『午安，各位歷史學界的先進與同行，』我開始道，然後覺得這樣措辭有點誇張，放下手中的筆記，我繼續道：『謝謝各位給我這個在各位面前講話的榮幸。我要跟各位談談鄂圖曼帝國侵略外西凡尼亞和瓦拉基亞的時期，如各位所知，這兩個公國都位在目前的羅馬尼亞境內。』海洋般一大片若有所思的臉孔都定睛望著我，我不知道室內的氣氛是否突然變得凝重。外西凡尼亞對匈牙利歷史學家以及許多匈牙利人民而言，是個敏感的話題。『正如各位所知，鄂圖曼帝國自從一四五三年征服君士坦丁堡以來，統治東歐就奠定牢靠的基礎，這地區被他們佔領的時間超過五百年。鄂圖曼一連攻下十幾個國家，可說所向無敵，但仍有少數地區始終不肯完全臣服，它們大多僻處東歐偏遠山區的森林地帶，無論地形或民情，都對外來征服者不利，其中就包括外西凡尼亞。』

「我像這樣說了一陣子，部分靠筆記，部分靠自己的記憶，心頭不時浮現學術的惶恐；雖然海倫給我上的課還歷歷如在眼前，但我對這些材料畢竟還是不夠熟悉。引言之後，我提綱挈領介紹了鄂圖曼帝國在這地區的貿易路線，然後敘述企圖驅逐鄂圖曼勢力的王公貴族。我儘可能若無其事的提到伏拉德•卓九勒，因爲海倫和我都認爲，把他剔除在外，會讓所有知道他消滅鄂圖曼軍隊戰功的歷史學家起疑。在一群陌生人面前提到他的名字，使我付出比原來以爲更高的代價，因爲就在談到他將兩萬名土耳其士兵處以穿心極刑時，我猛然一揮手，打翻了我的水杯。

『哎呀，眞抱歉！』我喊道，可憐兮兮的看著那一大片同情的臉孔——每個人都露出同情之色，只除了兩張臉，海倫的臉蒼白而緊張，尤瑟夫面無笑容，頭略往前傾，好像對看我出紕漏有非常濃厚的興趣。穿藍襯衫的學生和桑多教授都連忙上來，掏出手帕搶救殘局，沒多久我就又可以繼續。我盡可能權威十足的往下說。我指出，儘管土耳其人打敗了卓九勒和他很多同志——我覺得我該設法多用這字眼——但類似的抗爭仍持續了很多世代，直到此起彼落的地方革命終於推翻帝國爲止。這些行動的地區性特質是它們成功的要素，因爲起義者每次出擊後，都可以退守自己的地盤，破壞不斷累積，終於摧毀了龐大的鄂圖曼統治機器。

「我本來打算作一個更鏗鏘有力的結尾，但僅是如此，已經讓聽眾很滿意，掌聲雷動。我才意外發現，原來已經講完了。沒出什麼大紕漏。海倫往後靠在椅背上，明顯鬆了一口氣，桑多教授笑容滿面走過來跟我握手。我迴目四望，看見艾娃阿姨坐在後排，綻開燦爛美麗的笑容，用力拍手。但廳裡似乎少了什麼，我過了一會兒才發現，原來傑薩英挺的身影不見了。我想不起他什麼時候溜走的，或許他覺得我演講的結尾太枯燥了。

「我講完以後，所有的人都站起來，用各種語言交談。三、四位匈牙利歷史學家走上前來跟我握手，恭喜我。桑多教授神采煥發『好極了！』他喊道。『你們在美國這麼了解外西凡尼亞歷史，我眞是太高興了。』眞不知道他如果發現我演講裡提到的每件事，都是在伊斯坦堡一間小餐廳裡，靠一位同行惡補出來的，會作何感想。

「艾娃也走過來，對我伸出手，我不知道該親吻它還是握住它，但最後決定選擇後者。她站在一群衣著寒酸的男人中間，顯得鶴立雞群。她穿一身墨綠色洋裝，戴金色的大耳環，小巧的墨綠色帽子底下，捲曲的頭髮一夜之間就從紫紅色變成了黑色。

「海倫也走過來跟她交談，我注意到她們當著這麼多人面前，相處的態度非常正式；很難相信前一天晚上海倫竟會跑上前去，撲進艾娃懷裡。海倫替我翻譯她阿姨的祝賀：『做得很好，年輕人。我從所有的人臉上看得出，你沒有冒犯任何人，所以你大概沒說出什麼內容。但你在講台上站得很挺，直視聽眾的眼睛——這麼做你就會有前途。』艾娃阿姨亮出貝齒，用令人目眩的笑容，搭配這番教誨。『現在我要回家，我有事要忙，明天我們晚餐見。我們到你們的旅館吃飯。』我還不知道我們會再度跟她共進晚餐，但我很高興。『眞抱歉我不能招待你們來我家吃飯，雖然我很想這麼做。』她對我說。『但我家就跟布達佩斯全城一樣，正處於重建狀態，這麼說你一定會諒解。我不能讓客人看到我的餐廳那麼亂七八糟。』她的笑容讓人分心，但我大致聽懂兩件事——第一，在這個家家戶戶擠小公寓的城市裡，她家有一間獨立的餐廳；第二，不論這間餐廳是否亂七八糟，她都很小心，不會把陌生的美國人請去吃飯。『我得跟我外甥女談談。海倫今晚可以到我那兒去，如果你放她走。』海倫帶著罪惡感，正確的翻譯了這段話。

『當然可以，』我用微笑回應艾娃阿姨。『我相信妳們分開那麼久，一定有很多話要談。我想我也另有晚餐計畫。』我的眼睛已經在人尋中找尋修•詹姆斯的斜紋呢身影。

『很好，』她再次伸出手，這次我像匈牙利人一樣吻手爲禮，這是我第一次吻女人的手，然後艾娃阿姨就離開了。

休息過後，接著是用法文講近代法國的農民革命，然後有德文和匈牙利文的演講。我回到後座，在海倫身旁聽講，重享做個無名小卒的樂趣。研究巴爾幹各國的俄國學者下台後，海倫低聲告訴我，我們參加會議的時間已經夠久，可以離開了。『圖書館開放只剩一小時，我們開溜吧。』

『等一下，』我說。『我要敲定我的晚餐約會。』我花了一點時間才找到修•詹姆斯，他顯然也在找我。我們講好七點在大學旅館的大廳碰頭，海倫要搭巴士去她阿姨家，我從她表情看得出，她很想知道修•詹姆斯會告訴我什麼。

「我們到達大學圖書館時，它的牆壁發出一種完美無瑕的赭紅光澤，我不禁對匈牙利戰後重建的速度再次感到佩服。再怎麼殘暴的政府，只要能在這麼短的時間裡，爲人民重建這麼多美的事物，應該也不至於邪惡得不可救藥。但想到昨晚艾娃阿姨顧左右而言他的應對方式，我猜，重建計畫除了共產黨熱中，可能也有匈牙利民族主義充當原動力吧。『你在想什麼？』海倫問。她已經戴好手套，皮包穩穩勾在手臂上。

『我在想妳的阿姨。』

『你那麼喜歡我阿姨，或許我母親就不會對你胃口。』她露出挑釁的笑容。『不過我們等明天再看。現在我們要在這兒找點東西。』

『找什麼？不要那麼神秘兮兮的。』

「她不理我，我們一起穿過厚重的大門，走進圖書館。『文藝復興時期的建築？』我小聲問海倫，她搖搖頭。

『館舍是十九世紀的仿作。第一批收藏要到十八世紀才來到佩斯，據我所知——它本來跟大學原址一樣都在布達。我記得有位圖書館員告訴過我，這裡最古老的藏書，大多是十六世紀鄂圖曼人入侵時，逃難的家族捐給圖書館的。你瞧，我們欠土耳其人這份情。否則誰知道這些書現在會流落到哪兒去呢。』

「再次在圖書館裡走動的感覺眞好；聞起來就跟老家一樣。這座圖書館是新古典主義的寶庫，到處是精雕細琢的深色原木嵌版、陽台、走廊、壁畫。但最吸引我的還是一排排的藏書，館內有數十萬冊書，從地板排到天花板，紅色、褐色、燙金的書脊，排列得非常整齊，龜裂的封面和蝴蝶頁被手撫平，脊椎骨一般凹凸不平的書背，像陳年的骸骨變成褐色。我很好奇它們戰時被藏在什麼地方，將它們重新擺上這些重建過的書架，又要花多少時間。

「還有幾個學生坐在長桌上看書，一個年輕人在大櫃臺後面將一堆堆的書分類。海倫停下腳步跟他說了幾句話，他點點頭，示意我們進入一間我從敞開的門口可以望到裡面的大閱覽室。他在那兒幫我們找出一本大書，放在桌上，就離開了。海倫坐下來，脫下手套。『是的，』她輕聲說：『我想這就是我記憶中那本。我去年離開布達佩斯前看過這本書，但我當時不覺得它有多麼重要。』她翻開書的扉頁，我看到它是用一種我不懂的語言寫的。那些字有種奇怪的熟悉之感，但我一個字也不認得。

『這是什麼文？』我伸手指著我猜測是書名的一行字。紙張很精緻，也很厚，用棕色油墨印刷。

『這是羅馬尼亞文，』海倫告訴我。

『妳看得懂嗎？』

『當然。』她把手放在書上，跟我的手很接近。我發現我們的手幾乎一樣大，雖然她骨骼比較秀氣，有細長的手指和方形的指甲。『來，』她說：『你學過法文嗎？』

『學過，』我道。然後我看懂她的意思，開始解讀書名：『《喀爾巴阡民謠集》，一七九〇年。』

『很好，』她道。『非常好。』

『我還以為妳不會說羅馬尼亞文，』我道。

『我說得很不好，但我會閱讀。我在學校裡學了十年拉丁文，阿姨教我讀和寫很多羅馬尼亞文。這當然違反我母親的意願。我母親很頑固。她幾乎絕口不提外西凡尼亞，但她心裡卻從來沒有離棄那個地方。』

『這本書寫的是什麼？』

「她輕輕翻開第一頁，我看到很長的一欄文字，乍看之下我一個字也不懂；不但這些字很陌生，用來書寫的拉丁字母還添加了裝飾性的交叉、拖尾、轉音等符號。它看起來不像羅曼語言，反倒像巫術咒語。『我在赴英國前夕的最後一輪研究中，發現這本書。這個圖書館裡跟他有關的資料其實並不多。還是因爲我們的愛書人國王馬提亞對吸血鬼好奇，所以還有一些他們的資料。』

『修也這麼說，』我喃喃道。

『什麼？』

『我等下再解釋。妳講妳的。』

『好吧，我不想遺漏任何在這裡找得到的資料，所以我讀了很大量的瓦拉基亞和外西凡尼亞的歷史材料。我花了好幾個月。我甚至逼自己讀羅馬尼亞文的材料。當然，匈牙利統治外西凡尼亞的時間很長，所以它的文件和歷史大部分都是用匈牙利文寫的，但還是有一部份羅馬尼亞文。這本書蒐集外西凡尼亞和瓦拉基亞的民謠，由一個無名的蒐集家出版。其中有些作品不僅是民謠——該說是史詩。』

「我覺得有點失望；我預期會找到什麼罕見的、跟卓九勒有關的歷史文件。『有哪些提到我們的朋友嗎？』

『沒有，恐怕沒有。但這兒有首歌我一直記在心上。你告訴我沙立姆•艾克壽在伊斯坦堡檔案圖書館找給我們看的東西時，我又想起它——還記得嗎，就是喀爾巴阡僧侶搭騾車進伊斯坦堡那段文字？現在我眞希望當初曾經拜託賓格替我們把譯文寫下來。』她開始仔細的翻閱那本大書。有些較長的作品，會在卷首配一幅木刻版畫的插圖，大多是類似民間刺繡的裝飾圖案，但少數也畫著簡單的樹木、房屋、動物。印刷字體很整齊，但這本書整體有一種手工製作的粗糙感。海倫用手指劃過每首詩的第一行，口中唸唸有詞，然後搖搖頭。『這兒有些詩眞悲傷，』她道。『你知道，我們羅馬尼亞人的想法跟匈牙利人就是不一樣。』

『怎麼說？』

『嗯，有句匈牙利諺語說；「馬札兒人悲傷的面對快樂。」這是事實——匈牙利有很多悲傷的歌曲，農村有很多暴力事件、酗酒、自殺。但羅馬尼亞人更悲傷。我覺得我們的悲傷跟生活苦不苦無關，而是天性。』她低頭看著那本古書，面頰上有長睫毛沈重的陰影。『你聽這一首——典型的哀歌。』她斷斷續續的翻譯，結果大致是這樣的，雖然它跟我目前收藏的一本十九世紀出版的選集，內容上稍有出入：

死去的孩子永遠是寶貝。
笑容多麼像她妹妹。
她說：「哦親愛的媽媽，
死去的姊姊叫我別害怕，
她不能享有的陽壽全給了我，
讓我帶給妳新的快樂。」
沒用啊，母親哭得抬不起頭，
儘爲死去的孩子哀愁。

『我的天，』我不寒而慄說。『可以想見，寫得出這種民謠的民族，當然會相信吸血鬼——甚至製造吸血鬼。』

『是啊，』海倫搖搖頭，又繼續在書中搜索。『慢著，』她忽然停下來道。『可能找到了。』她指著一首短詩，上方有幅比較繁複的木刻畫，畫中好像有些建築物和動物，被包圍在多刺的樹林裡。

「我在懸疑中等了好久，海倫不出聲的閱讀，最後她抬起頭，眼中閃爍著興奮；眼睛發亮。『你聽聽看——我盡力翻譯。』下面就是我保存了二十年的精確翻譯：

他們坐車到城門口，大城的門口。

他們從死亡之地坐車去大城。
「我們是上帝的僕人，來自喀爾巴阡的訪客。
我們是神聖的僧侶，但我們帶來不幸的消息。
我們給大城帶來瘟疫的消息。
爲我們的主人服務，我們來爲他的死哭泣。」
他們坐車到大城的門口，進城後，
全城會跟他們一起哭泣。

「這段奇怪的歌詞讓我全身劇震，但我就是要唱反調：『這太籠統了。雖然提到喀爾巴阡，但老記載裡這個字眼出現的次數，少說也有幾十次，甚至幾百次。何況「大城」也有好多種解釋。說不定指的是「上帝之城」，也就是天國呀。』

「海倫搖搖頭。『我不以爲然，』她道。『對巴爾幹半島和中歐居民而言，不論基督徒或穆斯林，大城就是君士坦丁堡，除非把幾百年來去耶路撒冷或麥加朝聖的人也算進去。還有把瘟疫和僧侶相提並論──我看就是跟艾克壽那個段落有關。歌詞中所謂的主人，有沒有可能就是穿心魔伏拉德呢？』

「『有可能，』我道：『但我希望找到更多資料再下結論。妳認爲這首歌有多古老？』

「『民謠在這方面就是很難斷定。』海倫沈思道。『這本書是一七九〇年印的，這你已經知道了，但它沒有標示出版者的名字和出版地點。民謠流傳兩、三百年，三、四百年都有可能，所以它可能比這本書早上好幾百年。這首歌可以上溯到十五世紀末，或甚至更古老，那就對我們沒有意義了。』

「『這幅木刻版畫很奇怪，』我看得更仔細。

「『這本書裡有很多這種東西，』海倫喃喃道。『還記得第一次翻閱時我覺得很驚訝。這幅畫好像跟詩的內容沒有關係——你會預期看到祈禱的僧人或高高的城牆之類的畫面。』

『是啊，』我慢吞吞說道：『但妳再仔細看看。』我們一起彎腰看那幅小插圖，臉幾乎挨在一起。『真希望有個放大鏡就好了，』我說。『妳不覺得這個樹林——還是灌木叢——裡面藏著什麼東西？這不是什麼大城，但妳仔細看，就會發現有座像教堂的建築物，圓頂上有十字架，它旁邊——』

『有小動物。』她瞇起眼睛。然後：『我的天，』她說：『是一條龍。』

「我點點頭。我們低頭看著圖，幾乎不敢呼吸。那簡單的小圖案熟悉得令人害怕——展開的翅膀，捲成一個小圈的尾巴。我根本不需要從手提包裡把書拿出來比對。『這代表什麼？』看到它，即使那麼小，也讓我心跳得很不舒服。

『等一下，』海倫凝神看著那幅木刻畫，臉跟書的距離不到一吋。『哦，天哪，』她道：『我幾乎看不見，但我相信這兒有個字，分散在樹木之間，所有的字母都被拆開。寫得好小，但我確定這是字母。』

『卓九利亞？』我盡可能小聲的說。

「她搖搖頭。『不是，但可能是個名字——伊維——伊維瑞諾。我不知道它是什麼意思。我沒看過這個字，但羅馬尼亞名字很多尾音都發「諾」。這究竟是怎麼回事？』

「我嘆口氣。『我不知道，但我相信妳的直覺沒錯——這一頁跟卓九勒有關，否則不會出現那條龍。有那條龍就確定了。』

「我們無助的對望。這個半小時前還覺得愉快、友善的房間，現在只讓我覺得陰沈黑暗，像一個埋葬被遺忘知識的墳墓。

『圖書館員對這本書一無所知，』海倫道。『我還記得問過他們這本書的來歷，因爲它太罕見了。』

『也罷，我們解不開這個謎團。』最後我說道。『但我們至少把譯文帶著，把看過的內容抄寫下來。』

我把她口述的翻譯抄在筆記紙上，又大略描下木刻畫的內容。海倫頻頻看錶。

『我得回旅館去了，』她道。

『我也一樣，否則會錯過修•詹姆斯。』我們收拾好東西，以對待聖物的虔敬心情把書放回架上。

「或許是那首詩和它的插圖使我的思路陷於混亂，又或者長途旅行、跟艾娃阿姨在餐廳歡聚到夜深，加上對一群陌生人發表演講等活動，使我比自己意識到的更疲倦，以致於我走進房間後，花了很長的時間才看懂眼前發生了什麼事，又花了更長時間才想到，住得比我高兩層的海倫，或許也遇到相同的事。然後我忽然爲她的安全擔心，來不及停下來察看任何東西，就趕快往樓梯間跑。我的房間被搜索過，所有的角落鉅細靡遺，抽屜、衣櫃、床單，我所有的東西都扔得滿地，遭到破壞，或被不僅倉促而且惡意的撕毀。」

42

「『但你難道不能向警方求助嗎？他們在這座城市裡好像無所不在呢。』修•詹姆斯把一塊麵包，擘成兩半，咬了一大口。『在外國的旅館裡遇到這種事眞太可怕了。』

『我們已經報警了，』我向他保證。『至少我以爲是報了，旅館服務員替我們報的案。他說要等到今天深夜或明天一大早，警方才會派人來，現場所有東西都不能碰。他已經替我們換了房間。』

『什麼？你意思是說，羅熙小姐的房間也遭到破壞嗎？』修的大眼睛瞪得更大。『同一家旅館還有別人受害嗎？』

『我看不會有，』我愁眉苦臉的說。

「我們坐在布達城一家露天餐廳裡，距古堡山不遠，還可以隔著多瑙河眺望佩斯城那邊的國會大廈。天色還很亮，晚霞在水面映出藍色和玫瑰色的粼光。這地方是修挑的——他說是他最喜歡的一家餐廳。老老少少的布達佩斯居民在我們面前的街道上散步，很多人倚著河邊的欄杆佇立，欣賞美麗的風景，好像他們也永遠看不夠似的。修幫我點了幾道匈牙利國菜，嘗嘗口味，我們剛坐定，無所不在的金黃色硬殼麵包，以及詹姆斯說是匈牙利東北部名產的貴腐酒，也都上桌了。我們已經交換了初步資訊——我們的大學、我本來的論文題目（我告訴他桑多教授對我的研究有多麼嚴重的誤解時，他低笑了幾聲），修對巴爾幹歷史的研究和他即將出版、有關鄂圖曼人在歐洲所建城市的著作。

『有失竊什麼嗎？』他替我倒滿酒杯。

『什麼也沒有，』我煩惱的說。『當然，我沒把錢或任何——有價值物品——留在房裡，護照寄放在櫃臺，說不定轉交給警察局。』

『那麼他們要找什麼呢，』修對我做個敬酒的手勢，啜飲了一口。

『這是個很長、很長的故事。』我嘆口氣。『但跟我們要談的其他一些事倒很搭配。』

「他點點頭。『好啊，那就快說吧。』

『說完了輪到你說。』

『當然。』

「我喝了半杯酒，打起精神，從頭開始說。我不需要酒精壯膽，就可以毫不猶豫的把羅熙的故事通通告訴修；如果我不和盤托出，可能他也不會告訴我他知道的一切。他默默聆聽，顯然非常專注，只除了我提到羅熙決定到伊斯坦堡做研究時，他跳起來說：『天啊，我也考慮過要去那兒。我是說，回那兒去——我已經去過兩次了，但都不是爲了尋找卓九勒。』

『讓我替你省點麻煩吧，』這次輪到我替他把酒倒滿，然後告訴他羅熙在伊斯坦堡的歷險，然後說到他失蹤的事，修聽到眼珠子更加突出，但他什麼也沒說。最後我說到我遇見海倫的經過，沒有遺漏她認爲羅熙對她的虧欠，再加上我們截至目前，所有旅行與研究的詳情，包括我們結識竇格的過程。最後我說：『你知道，這個節骨眼上，我的旅館房間被攪得天翻地覆，我一點也不意外。』

『是啊，說得一點不錯。』他似乎考慮了一下。這時我們已經吃了好幾種燉菜和泡菜，他無限悲哀的放下叉子，好像看到最後一道菜送上來是莫大遺憾似的。『眞是太神奇了，我們如此的相遇。但我聽說羅熙教授失蹤的消息眞是難過——非常難過。實在太奇怪了。聽到你的故事之前，我不敢說卓九勒的研究有什麼不平常之處，只除了我那自己那本書，一直讓我有種古怪的感覺。光憑感覺不能採取什麼行動，但它確實存在。』

『我看得出，你並沒有像我擔心的那樣不信任我。』

「『還有這些書，』他思索道。『我算來有四本——我的、你的、羅熙教授的、還有伊斯坦堡那位教授的。四本一模一樣的書，不是奇怪嗎？』

「『你見過竇格•博拉嗎？』我問。『你說你去過伊斯坦堡。』

「他搖搖頭。『沒見過。我連這個名字都沒聽過。不過他的專長是文學，我在那兒的歷史系或討論會中，都不可能遇到他。有朝一日我需要跟他聯繫，到時你若願意幫忙，我會很感激。我從沒有到過你說的那個檔案圖書館，但我在英國讀到有關的報導，很想去看看。你說的不錯，你確實幫我省了不少麻煩。你知道，我從沒有把那個東西當作地圖——我書裡那條龍。眞是個了不起的觀念。』

「『是的，也可能攸關羅熙的生死。』我道。『現在輪到你了。你是怎麼得到那本書的？』

「他臉色很凝重。『我的情形跟你或另兩位都不大一樣，說不出我是從什麼地方，或從誰那兒得到那本書，與其說有人刻意要把書交給我，倒不如說我意外遇到它。或許我該先把背景說清楚。』他沈默了一會兒，我意會到這件事對他而言相當難以啓齒。『是這樣的，九年前，我在牛津取得博士學位，然後到倫敦大學任教。我的家人住在康伯蘭[39]的湖泊區一帶，他們並不富裕。他們克勤克儉——我也一樣——讓我受最好的教育。我總覺得自己是個局外人，你知道，尤其在收費昂貴的寄宿中學就讀期間——我叔叔負擔我的學費。我想我比任何人都更用功，力爭上游。從一開始，歷史是我最愛的科目。』

「修用餐巾壓壓嘴唇，搖著頭，好像在回憶年少輕狂的往事。『讀完大二那年，我就知道自己的功課必須非常好才行，這激勵我格外努力。然後戰爭爆發，一切都被打亂了。我在牛津即將讀完大三。順便告訴你，我在那兒第一次聽到羅熙的名字，雖然我沒有見過他。想必他在我進大學之前幾年，就到美國去了。』

「他用皸裂很嚴重的大手搓搓下巴。『我非常愛我的學業，但我也愛我的國家，所以我立刻志願從軍，

[39] 譯註：Cumberland為英格蘭西北部的一個郡縣。

入了海軍。我被派到義大利，一年後，我因雙臂雙腿受傷，被送回家鄉。』

「他怯怯的碰一下白棉布襯衫的衣袖，袖口上方一點的部位，好像再度被那兒沾染的鮮血嚇了一跳。『我康復得很快，很想再上戰場，但部隊不收我——船爆炸的時候有隻眼睛受損。所以我回到牛津，在警報器響起時盡量聽若不聞，大戰一結束，我學位也拿到了。我想，在學校的最後一星期，可能是我這輩子最快樂的一段時間，雖然樣樣短缺——全世界的可怕詛咒終於解除了，我延宕的課業也差不多完成了，家鄉還有個我畢生最愛的女孩答應跟我結婚。我沒有錢，食物是本來就缺，但我在宿舍裡吃沙丁魚，寫情書回家——我想你不介意我跟你講這些——我發了瘋似的準備考試。我把自己整個兒累壞了。』

「他拿起已經空了的貴腐酒瓶，嘆口氣又把它放下。『我的折磨即將告一段落，我們把婚期訂在六月底。我最後一場考試前夕，我熬夜到凌晨讀我的筆記。我知道我已經把該讀的東西都讀完了，但我就是停不下來。我在我的學院圖書館的一角用功，有點躲在書架後面的意味，因為我不想看到其他瘋子猛K他們自己的筆記的德行。

『學院的小圖書館裡有不少極好的書，我讓自己分心一下，翻翻伸手可及的德萊頓❹⓪十四行詩集。然後又逼自己把它放回原位，盤算著最好到外面去抽根煙，然後再設法集中注意力。我把書放回架上，走到庭院裡。那是個美麗的春天夜晚，我站在那兒想著伊莎佩絲和她為我們準備的小屋，還有我要最好的朋友——本來要當我的伴郎——跟美軍一起戰死在浦羅葉許第❹①油田的往事，然後我又走回圖書館。讓我很意外的是，德萊頓仍躺在桌上，好像我根本未曾把它放回去似的，我想我一定讀書太辛苦，腦筋變漿糊了。所以我轉過身，準備把它放回去，但書架上沒有空位。它本來在但丁的隔壁，我很確定，但現在那兒卻有另一本書，那

❹⓪譯註：John Dryden，1631-1700，英國詩人、劇作家，1670-88被選為桂冠詩人。

❹①譯註：Ploiesti位在羅馬尼亞境內的瓦拉基亞，盛產石油，二次大戰期間是納粹德軍的重要石油來源。

本書的書背很奇怪，雕了一隻小動物。我把它抽出來，一翻開就看到——接下來你都知道了。』

「他友善的臉現在變得很蒼白，他翻遍了襯衫，然後又翻長褲口袋，總算找出一包香煙。『你不抽煙吧？』他點燃一根，深深吸了一口。『我對那本書感興趣，不僅因爲它突如其來的出現，還有它的古色古香和那頭龍猙獰的模樣——你那本書也以同樣的特色引起你注意吧。凌晨三點鐘，圖書館員都不在，所以我就到目錄櫃那兒去自行檢索，但我只查到穿心魔伏拉德的名字和家譜。因爲書上沒有圖書館的戳印，我就把它帶了回家。

『我睡得很不好，第二天早晨考試完全無法集中精神；我滿腦子想著要去其他圖書館，甚至到倫敦去看看能查到什麼資料。但我沒有時間，而且回家籌備婚禮時，我還把那本書帶在身旁，不時抽空看它一眼。伊莎佩絲逮著我做這種事，我解釋給她聽，她非常不高興。距我們的婚禮只剩五天，我還不停的想著那本書，還敢跟她講，直到她勒令我不准這麼做。

『後來有天早晨——距婚禮還有兩天——我忽然心血來潮。是這樣的，距我父母住的村子不遠，有棟大房子，是棟詹姆斯一世時期❹❷的大宅，很多人坐觀光巴士來參觀。從前我們學校辦郊遊去那兒，我總覺得無聊，但我想起當年蓋房子的貴族是個藏書家，他蒐集了世界各地的好東西。既然婚禮舉行前我不能去倫敦，何不到那棟房子有名的書房裡去找找看，說不定能找到什麼與外西凡尼亞有關的東西。我告訴我父母我要去散步，我知道他們準會以爲我是去看伊莎。

『那天早晨下著雨——起了霧，而且很冷。大房子的管家說，那天不開放參觀，但她放我進去看看書房。她在村裡聽說婚禮的事，她也認識我曾祖母，所以還替我沏了一杯茶。我脫掉雨鞋，找到那個十七世紀老貴族周遊世界，深入東方，蒐集來的二十架子書，就把別的事情都忘了。

❹❷譯註：Jacobean時代相當十七世紀初葉，當時英國流行後哥德式建築。

『我一本一本翻閱這些奇妙的書，以及他在英國蒐集的其他作品，那或許是他旅行回來後的事了。最後我找到一本匈牙利和外西凡尼亞的歷史，書中先有一段提到穿心魔伏拉德，然後又有一段，最後讓我大喜過望的是，我找到一篇完整的遊記，敘述參觀伏拉德的埋葬之所、也就是他整修過的斯納格布湖心教堂的經過。這段記載是一個英國人到那兒探險時記錄下來的——他在標題頁上只自稱「旅行者」，跟那位十七世紀藏書家是同時代的人。也就是說距卓九勒死後大約一百三十年。

『「旅行者」在一六〇五年拜訪了斯諾格布修道院。他跟那兒的僧侶聊了很多，他們告訴他，相傳在伏拉德的葬禮舉行時，有一本被視爲修道院鎮院之寶的大書放在祭壇上，凡是出席葬禮的修士都在那本書上簽了名，即使不會寫字的人，也在書上畫條龍，表示對龍騎士團致敬。可惜的是，那本書後來的下落他一字未提。我覺得這一點最值得注意。然後「旅行者」說，他要求看看墳墓，僧侶就讓他看祭壇前地面上的一塊扁平石。石上繪有伏拉德•卓九勒的畫像，還寫著拉丁文——或許也是畫上去的，因爲旅行者沒說是雕刻，他對墓石上沒有十字架感到很驚訝，因爲一般墓碑都少不了十字架。那段拉丁文墓誌銘，我出於某種無以名之的直覺，小心的抄了下來。』修壓低聲音，回頭張望一眼，把煙蒂在我們桌上的煙灰缸裡撳熄。

『我抄下以後，研讀了一會兒，就大聲唸出我的翻譯：「讀者，起他於什麼什麼的」，原文你當然已經知道了。窗外雨還是下得很大，書房某處的窗拴鬆了，砰的打開又猛然關上，我覺得一股濕氣吹到身旁。我大概有點緊張，不小心打翻了茶杯，一滴茶水潑到書上。我邊擦邊爲自己的笨手笨腳感到懊惱時，忽然看到我的手錶——已經一點鐘了，我知道我得回家吃飯。那兒似乎也沒什麼別的相關的資料，所以我把書收拾好，謝過管家，就穿過盛開的六月玫瑰，沿著小路回家去了。

『我回到我父母家，預期會看到他們，說不定還有伊莎一塊兒坐在桌前，卻發現家裡一片混亂。幾個朋友和鄰居都在，我母親在哭泣，我父親顯得非常難過。』說到這兒，修又點上一根香煙，火柴在漸深漸濃的黑暗中抖動。『他把手放在我肩膀上，告訴我，伊莎開一輛借來的車到鄰鎮購物，回程在公路上出了車禍。

雨下得很大，人家猜她是看到什麼，偏了方向。她沒死，謝天謝地，但傷勢很嚴重。她的父母已經立刻趕到醫院，我的父母在家等著通知我。

『我找到一輛車，開的速度之快，差點也要出車禍。我相信你不樂意聽這種事，但——她頭上裹著繃帶躺在那兒，眼睛睜得很大。她就是那副模樣。她現在住在療養院裡，受到很好的照顧，但她不說話，理解力很差，也不會自行進食。最可怕的是……』他的聲音開始顫抖。『最可怕的是，我一直以爲那是一場意外。但現在聽了你的故事——羅熙的朋友賀吉斯，還有你的——你的貓——我不知道該怎麼想。』他用力吸了幾口煙。

「我吁出一口長氣『我非常、非常遺憾。但願我知道該怎麼說。你遇到這種事眞是太不幸了。』

『謝謝你，』他似乎想要恢復一貫的樂天。『事隔多年，你知道，時間可以療傷。只是——』

「我當時並不了解，但我現在可以體會他欲言又止的那句話——言語沒有作用，失去至愛的痛楚無法以言語表達。我們坐在那兒，過去懸宕在我們之間，有個侍者提來一個點著蠟燭的玻璃提燈，放在我們桌上。咖啡館裡坐滿人，我聽見裡面傳來響亮的笑聲。

『你剛告訴我斯納格布那件事，我很驚訝，』過了一會兒我說：『你知道，我從來沒聽說那座墳墓是那樣的——我指的是那段銘文、畫像和缺少十字架。銘文和羅熙在伊斯坦堡檔案中找到的地圖上那些字相同，我相信這一定很重要——這證明斯納格布至少也是卓九勒原始的墓地。』我用手指壓著太陽穴。『但既然如此，爲什麼地圖——書中和檔案中的龍形地圖——跟斯納格布的地形對不起來呢——那個湖、那座島？』

『但願我知道。』

『之後你有繼續卓九勒的研究嗎？』

『隔了好幾年，』修把香煙熄滅。『我沒有心情。不過大約兩年前，我忽然又想到他。我開始撰寫現在這本談匈牙利歷史的書時，就一直留心有關他的資料。』

「這時天色已經很暗，多瑙河反映著橋樑和佩斯建築物的燈光，光采瑩瑩。一名侍者過來問我們要不要濃縮咖啡，我們都滿懷感激的接受。修啜飲一口，放下杯子。『你想看看那本書嗎？』他問道。

「『你正在研究的那本？』我楞了一下。

「『不──我的龍書。』

「我吃了一驚『你帶來了？』

「『我總是帶在身邊。』他嚴肅的說。『呃，幾乎可以說總是。事實上，今天去聽演講時，我把它留在旅館裡，因為我覺得我演講的時候放旅館比較安全。但當我想到它有可能失竊──』他頓住了。『你沒把書留在房間裡，是吧？』

「『沒錯，』我不由得笑出來。『我也隨身攜帶。』

「他小心的把我們的咖啡杯推到一旁，打開他的手提包。從包裡取出一個打磨得很亮的木盒，從裡面拿出一個布包，放在桌上。布包裡的書比我那本小，但卻用相同的舊皮革裝訂。紙張比我那本裡的更黃、更老舊，但正中間那條龍卻一樣印滿，溢出到紙張邊緣，對我們怒目而視。我默不作聲打開我的手提包，取出我那本書，翻出中間那幅龍圖案，放在修的龍旁邊。它們確實一模一樣，我俯身仔細看比較後想道。

「『你看這兒有個污點──連這都一樣。它們是用同一塊版印刷的。』修小聲的說。

「他說得對，我也看到了。『你知道，這讓我想到另外一件事，我剛忘了告訴你。羅熙小姐和我今天下午回旅館前，去了一趟大學圖書館，因為她要查一個她以前看過的資料。』我描述了那本羅馬尼亞民謠集，和那首僧人進大城的奇怪歌詞。『她認為這可能跟我告訴過你的那份伊斯坦堡手稿有關。歌詞不算特別，但那頁上方還有一幅非常有趣的木刻版畫，濃密的灌木叢裡有座小教堂，還有一條龍和一個字。』

「『卓九利亞？』修猜道，就跟我在圖書館裡猜的一樣。

「『不對，伊維瑞諾，』我翻開筆記，讓他看那個字的拼法。

「他瞪大眼睛。『這太奇妙了！』他喊道。

『怎麼說？趕快告訴我。』

『是這樣的，我昨天剛好在圖書館裡看到這個名字。』

『同一個圖書館？哪裡？同一本書？』我已經等不及，顧不得禮貌了。

『是啊，就在大學圖書館，但不是同一本書。我整個星期都在那兒蒐集我做計畫的資料，但因爲我心裡始終惦記著我們那位朋友，所以經常會看到跟他那個世界有關的怪資料。你知道，卓九勒跟匈亞提是死對頭，後來卓九勒跟馬提亞國王也處得不好，所以這兒、那兒，我總是跟卓九勒不期而遇。午餐時我告訴過你，我找到一份馬提亞委託撰寫的文件手抄本，文中提到油壺之鬼的。』

『哦，是啊，』我熱切的說。『你就在那裡頭看到伊維瑞諾這個字？』

『事實上並非如此。馬提亞的手抄本很有趣，但是基於不同的理由。手稿上說——嗯，我在這兒抄錄了一部份。原文是拉丁文。』

「他取出筆記，讀了幾行給我聽。『主後一四六三年，微臣獻上幾句錄自古代經典的資料，以期陛下更深入了解吸血鬼（願他在地獄裡殞滅）詛咒一事。此份資料謹奉陛下御覽。願它襄助吾王治癒本城猖獗的邪惡，掃滅吸血鬼，使瘟疫遠離臣民住所。」云云。然後這位寫報告的老兒，不論他是何方神聖，列出了他在各種古代典籍裡找到的參考資料，包括油壺之鬼的故事。你看，這份手稿的日期是卓九勒被捕，第一次被監禁在布達城附近的次年。你知道，你說你在伊斯坦堡檔案中，看到土耳其蘇丹也面臨相同的困擾，這讓我想到，卓九勒所到之處都製造麻煩。兩處都提到瘟疫，兩處也都有吸血鬼出沒。很類似，不是嗎？』

「他若有所思停頓了一下。『事實上，瘟疫的關連在某種意義上不算太牽強——我在大英圖書館讀到一份義大利文件，說卓九勒用細菌戰對付土耳其人。他一定是第一個使用這種戰術的歐洲人。他喜歡讓自己國內罹患傳染性疾病的老百姓，打扮成土耳其人，派他們進入土耳其營地。』提燈的微光中，修的眼睛瞇成一線，臉色極爲專注。我忽然想到，修•詹姆斯是一位絕頂聰明的盟友。

『這一切都太有意思了，』我道：『但伊維瑞諾這個字又出現在哪兒呢？』

『哦，抱歉，』修微笑道。『我有點離題了。是的，我確實在這兒的圖書館看到過這個字。我想是三、四天前，在一本十七世紀出版的羅馬尼亞文新約聖經裡。我去查那本書是因爲我覺得它的封面受到鄂圖曼設計不尋常的影響。書名頁的下方印有伊維瑞諾字樣——我確定是同一個字。當時我沒多想——說老實話，我經常遇到看不懂的羅馬尼亞文，因爲我對那種語言幾乎一無所知。它會引起我注意其實是因爲印刷的字體看起來很美。我猜那是個地名之類的。』

我呻吟一聲。『就這樣嗎？你沒在別處看過它？』

『恐怕沒有。』修對他剛放棄的咖啡又發生了興趣。『如果再看到，我一定告訴你。』

『也罷，反正它也未必跟卓九勒有關，』我自我安慰的說。『我只希望我們有更多時間到圖書館查資料。不幸的是我們星期一就得飛回伊斯坦堡——我沒有停留到討論會結束後的簽證。如果你找到有趣的資料——』

『當然，』修道。『我還要待六天。如果找到資料，可以寫信到你系上去嗎？』

這讓我一驚；我已經好多天沒有認眞想到家鄉的事了，我也不知道自己什麼時候才會再到系裡去看信箱。『不，不，』我連忙道。『暫時還不要。如果找到你認爲幫得上我們的資料，請打電話給博拉教授。只要告訴他我們交談過。如果我有機會跟他當面談，我會告訴他，你可能會跟他聯絡。』我取出賓格的名片，把電話抄給修。

『很好，』他把電話收進衣袋。『這是我的名片，請收下。希望我們有機會再見。』我們默默對坐了一會兒，他垂下眼簾，看著空掉的杯盤和閃爍的燭光。『這樣好了，』最後他道：『如果所有你說過的話都是眞的——或所有羅熙說過的話，無論怎樣——確實有個卓九勒伯爵，或穿心魔伏拉德，仍然以某種可怕的方式存在這世間，那麼我很願意幫助你們——』

『消滅他？』我低聲幫他完成這句子。『我會記住。』

「好像該說的話到這時候都說完了，雖然我很希望以後還有重逢晤談的機會。我們叫了一輛計程車回佩斯，他堅持步行送我回旅館。我們在櫃臺前面眞誠的互道再見，不料有個稍早跟我聊過的服務員，從辦公室走出來，急切的抓住我手臂說：『保羅先生！』

『什麼事？』修和我同時轉過身，瞪著他看。他個子很高，有點駝背，身穿制式的藍外套，一把八字鬍倒有點像匈奴戰士。他拉著我，壓低聲音說話，我設法向修打個招呼，請他先別離開。四周不見一個人影，我不想獨自面對任何新危機。

『保羅先生，我知道今天下午誰去你房間。』

『什麼？誰？』我問。

『嗯，嗯。』服務員嗯了半天，四下張望，在口袋裡東掏西摸，設法找尋能讓我了解他意思的工具。我不知道他是否是個白癡。

『他要錢，』修輕聲說。

『哦，看老天爺份上，』我氣鼓鼓的說，但那人黯淡的眼神看到我取出兩張大額的匈牙利紙鈔時，忽然亮了起來。他鬼鬼祟祟接過錢，塞進口袋，卻故意裝得若無其事。

『美國人先生，』他小聲道：『今天下午來的人不只一個。我知道。是兩個。一個先來，很大的人物。後來又一個。我把行李送去另一個房間時看見他。後來又看見他們。他們說話。他們一起走出去。』

『難道沒有人攔下他們？』我劈頭問道。『他們是什麼人。匈牙利人嗎？』那人又開始東張西望，我忍住掐死他的衝動。被監視的氣氛給我很大的壓力。想必我滿面怒容，因爲修按著我手臂安撫我。

『大人物是匈牙利人。另外一個不是。』

『你怎麼知道？』

「他把聲音壓得更低。『一個匈牙利人，可是他們說英文。』他只肯說這麼多，雖然我咄咄逼問。顯然他認爲我付的那些錢，只值得這麼多資訊。要不是忽然有什麼東西吸引住他的注意力，我可能再也問不出什麼名堂。他呆瞪著我身後，我馬上轉過身，跟著他的視線望向旅館入口旁邊的大窗。窗外瞬間閃過一張我已經太熟悉的臉，飢餓的眼神，凹陷的臉孔，一張該埋葬在墳墓裡，不該出現在大街上的臉。服務員抓著我手臂結結巴巴的說；『就在那裡，魔鬼的臉——說英文的人。』

「我怒吼一聲，推開服務員，跑到門口；修無比鎮定（我後來才想到這一點），從櫃臺旁邊的架子上拿起一把長雨傘，跟在我後面往外衝。當下我雖然驚慌失措，手中仍牢牢抓著我的手提包，這讓我速度變慢。我們在街上跑來跑去，四下張望，卻是徒勞無功。我沒聽見那人的腳步聲，也無從判斷他往哪個方向逃逸。

「終於我停下腳步，靠著一棟建築物的外牆喘口氣。修氣喘吁吁問道：『那是什麼人？』

「『那個圖書館員，』我終於說得出話時答道。『跟蹤我們去伊斯坦堡那個。我確信那是他。』

「『我的天，』修用袖子擦擦額頭。『他來這裡幹什麼？』

「『想取得我其他的筆記，』我上氣不接下氣的說。『他是個吸血鬼，如果你能相信，我們竟然把他引到這個美麗的城市來。』事實上，我說的不只這麼多，修一定聽到我話中夾雜的很多美國人發洩怒火用的驚嘆詞。想到一路尾隨我而來的詛咒，我幾乎要熱淚盈眶。

「『來吧，』修安慰的說。『這地方以前又不是沒有過吸血鬼，我們都知道的。』但他臉色很蒼白，手中抓著傘，不住四下張望。

「『該死啊！』我用拳頭敲著建築物的牆壁。

「『你得提高警覺，』修清醒的說。『羅熙小姐回來了嗎？』

「『海倫！』我差點把她給忘了，修聽到我驚呼似乎有點好笑。『我趕快回去察看。我還要打電話給博拉教授。聽著，修——你也要多加注意。小心點，好嗎？他看到你跟我在一起，這一點最近好像沒給任何人帶來好運。』

「『別擔心我，』修皺著眉頭端詳手中的雨傘。『你付那個服務員多少錢？』

「我喘著氣笑了起來。『儘夠了，你把傘留著吧。』我們心情好轉起來，握手告別，修往他住的旅館走去，距離不遠，很快就不見了人影。我實在不想讓他一人獨行，但街上還有行人，有的散步，有的聊天。反正我知道他獨來獨往慣了；他就是那麼一個人。

「回到旅館大廳，沒看到那個嚇壞了的服務員。或許只是他值班時間到了，因爲有個鬍子刮得很乾淨的年輕人取代了他的位置，坐在櫃臺後面。他指給我看，海倫新換的房間，鑰匙還掛在鉤子上，所以我知道她一定還在阿姨家。那個年輕人講妥價格後，讓我使用電話，我撥了好幾次，都沒接通竇格的電話。我不喜歡在旅館打電話，我知道這兒的電話會被竊聽，但這種時刻沒有別的選擇。我唯有希望我們的對話夠古怪，別人都聽不懂。終於我聽到有人拿起聽筒，傳來竇格的聲音，他說土耳其話，很遙遠，但很愉快。

「『博拉教授！』我大聲喊道。『竇格，我是保羅呀，從布達佩斯打來的。』

「『保羅，親愛的朋友！』我覺得再沒有比這充滿嗡嗡雜音的遙遠聲音聽起來更親切的了。『這電話線有問題——先把你那兒的電話號碼給我，以防萬一斷線。』

「我跟服務員要了電話，大聲吼給他聽。他也大聲吼叫。『你好嗎？找到他了嗎？』

「『沒有！』我喊道。『我們很好，我又知道一些事，但是有一件很可怕的事發生了。』

「『什麼事？』我在線路上隱約可以聽出他的驚愕。『你受傷了嗎？羅熙小姐呢？』

「『不是——我們很好，但圖書館員跟來了。』我聽見一連串很可能典出莎士比亞的詛咒話，但隔著靜電雜音完全聽不懂。『你認爲我們該怎麼辦？』

「『我還不知道。』竇格的聲音清楚了一點。『我給你的那套小工具，你有隨時帶在身邊嗎？』

「『有啊，』我道。『但我沒辦法接近那個食屍鬼，所以也派不上用場。我猜他今天趁我們去參加會議的時候，來搜索過我們的房間，顯然有人幫助他。』或許這時候有警察在聽我說話。天曉得他們對這一切會有什麼看法？

「『多加小心啊，教授，』竇格聽起來很擔心。『我沒什麼好建議可以提供，但我有新資料要給你看，或許在你回伊斯坦堡之前就可以整理出來。我很高興你今晚打電話來。艾克壽先生跟我發現一份新文件，我們兩個以前都沒有看過，是他在穆罕默德檔案裡找到的。這是一個東正教的僧侶一四七七年寫的，需要翻譯。』

「線路上又傳來靜電雜音，我不得不大聲喊叫。『你說一四七七年嗎？用什麼語言寫的？』

「『聽不見，老朋友！』竇格在遠方吼道。『這兒有暴風雨。我明晚再打給你。』一陣忽嚕忽嚕的語聲——聽不出是匈牙利文或土耳其文——忽然湧現，吞噬了他下面的話。又一陣喀搭喀搭的聲音，線路就不通了。我慢慢掛上電話，不知道該不該再打一次，但服務員已經緊張兮兮的從我手中接過電話，在一張廢紙上把費用計算出來。我悶悶不樂付了錢，在那兒站了一會兒，不想回空無一物的新房間去，他們只准我取走修面用具和一件乾淨襯衫。我的心情不斷下沈——這一天也夠忙的了，大廳裡的鐘顯示，快十一點了。

「要不是有輛計程車開來停下，我心情還會更惡劣。海倫下車，付了車資，從大門走進來。她還沒注意到我站在櫃臺前面，臉色凝重無語，帶著我經常會看到的強烈憂傷。她裹著一件毛茸茸、紅黑二色的披肩，我沒見過這件衣服，或許是阿姨的禮物。這件披肩將她套裝和肩膀的線條烘托得柔和，使她的皮膚即使在大廳粗糙的照明下也顯得白晰而有光澤。她彷彿一位公主，我貪婪的盯著她看了好一會兒，她才發現我。讓我如癡如醉的，不僅因爲柔軟的羊毛烘托出她美麗的輪廓和高貴的臉型，也因爲我心頭驀然一震，憶起竇格書房裡那幅畫——高傲的頭、長而挺的鼻子、又大又黑、眼皮內雙的眼睛。或許是我太累了，我告訴自己，尤其當海倫看見我，露出微笑，我內心那幅畫面就在剎那間一掃而空。」

43

要不是我把巴利搖醒，或要是他獨自旅行，他準會在睡夢中越過西班牙邊界，被西班牙海關官員粗暴的叫醒。現在呢，他半睡半醒，步履蹣跚，走上沛比良的月台，只好我來問路，打聽往巴士站怎麼走。穿藍色制服的車掌皺起眉頭，一副覺得這種時候，我們該待在家中育嬰室的神態，但他心腸夠好，替我們在車站的櫃臺找到跟主人失散的行李。我們要去哪兒？我告訴他，我們要搭巴士去勒班恩，他就開始搖頭。那我們得等到早上——難道我不知道已經快到午夜了嗎？街那頭有家乾淨的旅館，我跟我的——「哥哥，」我趕緊替他補上——可以先去投宿一晚。車掌把我們從頭看到腳，我猜他把我的深色髮膚和年幼看在眼裡，也把巴利的高瘦和金髮白膚看在眼裡，但他只咂了下舌頭就走開了。

「第二天的黎明，比前一天更清新美麗，我跟海倫在旅館餐廳見面，共進早餐，前一晚的不詳預感已是遙遠的夢境。陽光射進灰塵滿布的窗戶，照亮了白色的桌布和沉重的咖啡杯。海倫在桌上用一本小筆記本記東西。『早安，』我坐下替自己倒了杯咖啡，她和顏悅色道。『你準備好跟我母親見面了嗎？』

『自從來到布達佩斯，這就是我最想做的事，』我坦承。『我們怎麼去？』

『她住的村子在本城北區的巴士路線上。星期天早晨只有一班巴士，所以我們一定不能錯過。車程大約一小時，要穿過很無聊的郊區。』

「我不相信這趟旅程會讓我覺得無聊，不過我可不會在這種事情上浪費唇舌。但還有一件事讓我不安。『海倫，妳確定要我跟去嗎？妳可以單獨跟她談。或許那比妳跟一個全然陌生的人——尤其又是個美國人——

——同時出現，她比較不會尷尬。萬一因爲我去，給她惹上麻煩怎麼辦？』

『就因爲有你在，她才比較容易開口。』海倫堅決的說。『你得知道，她在我面前很多事都守口如瓶。你會讓她著迷。』

『嗯，從來沒有人給我冠上過「迷人」這種罪名。』我伸手取了三片麵包和一碟奶油。

『別擔心，你一點也不迷人。』海倫對我露出最嘲弄的笑容，但我覺得在她眼睛裡看到一抹親切。『只是我母親太容易對人著迷了。』

「她倒沒有添一句，羅熙迷得住她，你怎麼不行？不過我想最好不要節外生枝。

『我希望妳已經通知她我們要去。』我隔著桌子好奇的看著她，不知道她會不會告訴她母親，她被圖書館員攻擊的事，那條小絲巾緊緊的裹著她脖子，我盡可能不看它。

『艾娃阿姨昨晚給她送了個信，』海倫泰然自若的把果醬遞給我。

「我們在城北區搭上巴士，正如海倫所言，它在郊區蜿蜒穿梭——先經過在戰爭中泰半遭受破壞的城市外圍地區，然後來到新建社區，只見一棟棟粉刷得煞白的高樓，像一座座巨人的墓碑。我想，這就是備受西方媒體抨擊的所謂共產黨帶來的進步——把數以百萬計的東歐老百姓，圈養在消毒過的高樓集合住宅裡。巴士在好幾個這樣的社區停靠，我不禁猜想，這種地方到底消毒得多徹底呢；每棟大樓底下都有家常的園圃，種滿了蔬菜和香草、色彩鮮豔的花朵引來很多蝴蝶。一棟大樓外面，靠近巴士站的地方擺著長凳，兩個穿白上衣、黑背心的老人在玩一種紙板遊戲——我在遠處看不清玩的是什麼。幾個女人穿著繡有鮮豔圖案的襯衫——星期天的禮服嗎？——上了車，其中有個人，提著一個雞籠，裡面有隻活生生的母雞。司機把雞跟所有其他人都收上車，雞的主人坐在後排打毛線。

「我們離開了市郊，巴士開上顛簸的鄉下道路，我看到肥沃的農田和塵沙飛揚的寬闊道路。有時我們經過馬拉的貨車——車身是用簡單的樹枝編的，形狀像個大籃子——駕車的農夫頭戴黑呢帽，身穿背心。偶爾還會有輛若在美國一定有資格進博物館的汽車超過我們。這片綠意盎然的土地清新而美麗，鵝黃的垂柳俯看著蜿蜒流過的小溪。我們經過好幾個小村落；有時我看到東正教教堂洋蔥形的圓頂，聳立在其他形式的教堂之間。海倫側著身子，也在看風景。『沿著這條路一直走，就會到達伊斯特貢㊸，匈牙利王國的第一個首都。那兒很值得一看，可惜我們沒有時間。』

『下次吧，』我撒謊。『妳母親爲什麼選擇來這裡住？』

『哦，我讀高中的時候她就搬過來了，爲了靠近山區。我不願意跟她來——我留在布達佩斯跟艾娃住。她一向討厭城市，她說北邊的柏松尼山脈讓她想起外西凡尼亞。她每個星期天都跟登山社去爬山，只有下大雪的時候例外。』

我在心中拼湊海倫母親的形象，這番話提供了另一片拼圖。『那她爲什麼不乾脆搬到山裡住呢？』

『那兒沒有工作機會——山裡大多是國家公園。更何況，我阿姨不答應，她有時很嚴格的。她覺得我母親已經太遺世獨立了。』

『妳母親在什麼地方工作？』我看著一個小村旁的巴士站牌，只有一個穿了一身黑的老婦人站在那兒，她頭上包了一條黑巾，手中握著一束紅色和粉紅色的花。我們停車時她沒有上車，也沒有跟任何一個下車的人打招呼。我們開走時，我看見她把花束拿高，從後面望著我們。

『她在村裡的文化中心工作，塡表格、打字，若有更大城鎭的市長來參觀，她替他們煮咖啡。我曾經對她說，這種工作配不上她這麼聰明的人，但她聳聳肩膀，還是照做不誤。我母親把保持生活單純當作一生的事業。』海倫口氣裡有些許怨懟，我猜想她可能覺得，這分單純不僅有損母親的事業，也侷限了女兒的機會。像是艾娃阿姨慷慨提供的那些機會。海倫露出她招牌的輕蔑、讓人涼掉半截的微笑。『等下你就知道

㊸譯註：Esztergom是匈牙利從十世紀到十三世紀中葉的首都，位在布達佩斯西北方五十公里。

了。』

「海倫母親的村子在外圍就有個標示牌，沒幾分鐘，我們的巴士停在一個四周遍植沾染灰塵的梧桐樹的廣場，旁邊有座被木板封住門窗的教堂。一個跟我們在上個村落見到的黑衣婦人活像雙胞胎的老太婆，獨自在候車亭裡守候。我向海倫投出一個疑問的眼色，她搖搖頭，果不其然，老婦人把在我們之前下車的一個軍人抱在懷裡。

「海倫似乎覺得我們受到的冷清待遇理所當然，她帶著我快步走入一條小街，經過窗口有花台，拉上百葉窗遮陽的安靜房舍，一棟房子外面有個老人坐在木椅上，對我們點點頭，用手扶一下帽沿。快到街道盡頭，有匹拴在柱子上的灰馬，正從一個木桶裡大口喝水。兩個穿家居服和拖鞋的婦人，在一家看來沒開張的咖啡廳門口聊天。我聽到田野另一頭傳來教堂鐘聲，近處可以聽到菩提樹上的小鳥鳴囀。風中洋溢讓人昏昏欲睡的營營聲；大自然就在咫尺之外，只要你知道該往哪個方向走。

「然後街道嘎然而止，前面是一片雜草叢生的曠野，海倫敲敲最後一棟房子的門。這是一棟很小的房子，簡陋的黃色灰泥牆、紅瓦屋頂，外牆好像新漆過。前面有片屋簷，自然形成一塊門廊，前門是深色的木材，有個已經生鏽的大門把。這棟房子跟鄰居的房子稍微有點距離，它跟這條街上大多數房子都不一樣，既沒有繽紛的廚房花園，也沒有新鋪的通往花園的曲徑。因爲屋簷下有片濃密的陰影，我好一會才看清應海倫召喚而來的那個婦人的臉孔。我看清楚她沒多久，她就擁海倫入懷，親吻她的面頰，態度很鎮定，甚至可說很正式，然後她轉過身來跟我握手。

「我不知道自己預期什麼；或許受到羅熙遺棄和海倫誕生故事的影響，使我想像一個眼神哀怨的遲暮美人，鬱鬱寡歡，甚至孤苦無依。但站在我面前的這個眞實的女人，身材卻和海倫一樣挺拔，雖然她比女兒矮一點，也胖一點。臉形結實而愉快，面頰豐腴，眼睛黝黑。她把樸素的黑髮在腦後，挽成一個髻，身穿直條紋的棉布洋裝，繫一條花朵圖案的圍裙。她不像艾娃阿姨，既不化妝，也不戴首飾，衣著跟我在街上看到的其他家庭主婦差不多。事實上她正在做家事，衣袖捲到手肘上。她友善的握我的手，沒說話，只直視我的眼睛。那一剎那，我看到二十多年前那個羞澀的女孩，藏在那雙已被魚尾紋包圍的黑眼睛深處。

「她帶我們進到室內，示意我們坐在餐桌旁，她已經擺好了三個有缺口的杯子和一盤小麵包。我聞到煮咖啡的香味。她正在切蔬菜，屋裡滿是生洋蔥和馬鈴薯的嗆鼻氣味。

「雖然我儘可能不太明目張膽的東張西望，但我看出這是她僅有的一個房間——充當廚房、臥室和客廳。室內潔淨得一塵不染，角落裡窄小的床上鋪著白色鋪棉床罩，用幾個繡有鮮豔圖案的白枕頭裝飾。床畔有張桌子，桌上放一本書、一盞有玻璃燈罩的燈，還有一副眼鏡，桌旁擺一張小椅子。床腳有個繪有花朵圖案的木櫃。我們坐在廚房區，有個簡單的煮飯用的爐子、一張桌子和幾把椅子。這兒沒有電力，也沒有浴室（稍後我才得知，後院有個露天廁所）。一面牆上掛著一本月曆，上面有工廠勞工的照片，另一面牆上有件紅白二色的刺繡。花瓶裡插著花，窗口有白色的窗簾。廚房桌旁有個小型的燒柴的烤爐，旁邊堆著木柴。

「海倫的母親對我微笑，仍不脫羞澀，我這才第一次看出她跟艾娃阿姨長得很像，以及她有哪些可能吸引羅熙的特點。她的笑容特別溫暖，像黎明破曉般慢慢開展，直到完全綻放，煥發出一種光華。她坐下繼續切菜，笑容消失也很慢。她抬頭再看我一眼，對海倫說了幾句匈牙利話。

「『她要我幫你倒咖啡。』海倫到爐子前面忙了一會兒，端出一杯咖啡，從錫罐裡舀些糖進去攪拌。海倫的母親放下菜刀，把那盤小麵包推到我面前。我客氣的拿了一個，用我學會的兩個匈牙利字笨拙的向她道謝。那個慢慢展開，卻光輝燦爛的笑容又出現了，她從我看到海倫，又說了幾句我聽不懂得話。海倫漲紅了臉，回頭去攪咖啡。

「『怎麼回事？』

「『沒事。我母親的鄉下觀念，如此而已。』她回來坐在桌前，把咖啡放在她母親面前，又替自己倒了一杯。『現在，保羅，請你原諒。我要問她關於她自己的近況，還有村裡有什麼新聞。』

「在海倫速度極快的女低音和她母親的喃喃回應中，我趁她們交談時又開始打量這個房間。這個女人的生活不僅絕頂單純——或許她的鄰居也都這麼過日子——也非常孤獨。目光所及，只有兩、三本書，沒養動物，連盆栽植物都沒有。這兒像是修女的宿舍。

「目光回到她身上，我才看出她有多年輕，比我母親年輕多了。她頭頂的分髮線裡有幾根白髮，臉上也有歲月的軌跡，但予人一種非常健康、活力的感覺，一種完全與時尚或年齡無關的魅力。我想道，她可以結很多次婚，但她卻選擇這種如修道院般沈寂的生活。她再度對我微笑，我也回報以微笑；她的臉是那麼親切，我幾乎克制不住，想伸手去握住她一隻正靈巧的削著馬鈴薯皮的手。

「我母親想多了解你一點，」海倫告訴我，在她協助下，我儘可能完整的回答每個問題，每個問題都用匈牙利話小聲提出，發問者用搜索的眼光看著我，好像能藉著她凝視的力量使我理解她的問題。我來自美國哪個地方？我爲什麼來這兒？我的父母是什麼人？他們是否介意我到遠方旅行？我如何遇見海倫？在此她提出幾個海倫似乎不願意翻譯的問題，其中有一個還伴隨著慈母輕撫海倫面頰的手勢。海倫顯得有點不高興，我也沒逼她解釋。我們轉而談我的學業、我的計畫、我最喜歡的食物。

「海倫的母親滿意後，便站起身，開始把蔬菜和肉塊放進一個大盤裡，然後從爐子上一個罐子裡，取出一些紅色的東西調好味，放進烤爐。她在圍裙上擦擦手，重新坐下，一言不發把我們兩人看來看去，好像擁有全世界的時間似的。海倫終於有了動作，從她清喉嚨的架勢，我知道她打算開門見山，說明我們這次來訪的目的。她母親靜靜看著她，表情維持不變，直到海倫指著我，說出羅熙二字。我必須使出全部的勇氣，坐在這張遠離我熟悉的一切的荒村的餐桌前面，才能直視那張寧靜的面孔而不退縮。海倫的母親眨了一下眼睛，幾乎像有人威脅要打她，她的目光立刻轉到我臉上。然後她若有所思的點點頭，對海倫提出一些問題。

『她問你認識羅熙教授多久了。』

「『三年，』我道。

「海倫道：『現在我要告訴她關於他失蹤的情形。』海倫對她母親說話的語氣非常溫柔委婉，雖不盡然像是在對小孩說話，卻也是在鼓勵她作違反自己意願的事，她有時用手比著我，有時用手在空中描畫一個圖案。最後我聽見卓九勒這個字，我看到海倫的母親頓時臉色蒼白，用手抓住桌沿。海倫和我都跳起身來，海倫立刻從爐子旁邊的水瓶裡倒了一杯水。她母親用沙啞的聲音很快的說了一句話。海倫轉向我：『她說她早知道會發生這種事。』

「我無助的站在一旁，但海倫的母親喝了幾口水，似乎恢復了一點精神。她抬起頭，然後令我很意外的，她就像我幾分鐘前渴望的那樣，握住我的手，示意我坐下。她疼愛的握住我的手，毫無心機的撫摸著我的手，就像安撫一個孩子。在我出身的文化中，任何女人對第一次見面的男人做這種事，簡直就是匪夷所思，但這一刻我卻覺得她的舉動再自然不過。海倫曾經說，她的兩位女性長輩之中，我一定會比較喜歡她母親，從那一刻起，我就完全懂得了她的意思。

「『我母親要知道，你是否眞的相信羅熙教授是被卓九勒抓去的。』

「我深深吸一口氣：『是的。』

「『她想知道，你是否很愛羅熙教授。』海倫的聲音帶些許輕蔑，但她的表情很熱切。如果我能放心大膽用我空著的那隻手握住她的手，我一定會那麼做。

「『我願意爲他死，』我說。

「她把這句話轉述給她母親聽，她的手忽然像鐵箍一樣抓緊我的後；我後來才想到，她的手因爲無止境的勞動變得很強壯。我可以感覺她手指的粗糙、手掌上的繭、腫大的關節。低頭看那隻小巧而有力的手，我發現它比擁有它的女人更蒼老許多歲。

「過了一會兒，海倫的母親鬆開我，走到她床腳那個木櫃那兒。她慢慢打開它，取出裡面的幾樣東西，然後取出一包東西，我一望即知都是信件。海倫瞪大眼睛，連珠砲似的提出一連串問題；她母親不發一言，只默默回到桌前，把那包東西放到我手中。

「那些信都裝在因歲月久遠而泛黃的信封裡，沒有貼郵票，用一根舊蝕的紅繩綁在一起。海倫的母親把信交給我時，用雙手把我的手指包覆在紅繩四周，好像要我好好珍惜這些信。我只瞥了第一封信上的字跡一眼，就知道那是羅熙的筆跡，再看收信人的名字。那個名字我知道，它藏在我記憶的深處，收信地址是英國牛津大學三一學院。」

44

「我手中拿著羅熙的信，深受感動，但在處理這些信之前，我必須做一件早就該做的事。『海倫，』我轉向她說：『我知道妳有時候覺得我不相信妳的身世。我確實懷疑過。請原諒我。』

『我跟你一樣意外，』海倫輕聲說。『母親從沒告訴過我她有羅熙的信。但這些信不是寫給她的，不是嗎？起碼最上面這封不是。』

『沒錯，』我道。『但我認識這名字，他是一位偉大的英國文學史專家——專攻十八世紀。我在大學部的時候讀過他一本著作，羅熙在他交給我的那些信中也提過他。』

「海倫顯得很困惑。『這跟羅熙和我母親有什麼關係？』

『或許各方面都有關係。妳難道不明白嗎？他一定是羅熙的好朋友賀吉斯——那是羅熙爲他取的化名？羅熙一定曾經從羅馬尼亞寫過信給他，雖然這無法解釋爲什麼這些信會落到妳母親手中。』

「海倫的母親雙手交握坐在那裡，以非常有耐心的眼光，在我們身上看來看去，但我覺得她臉上隱約有興奮的紅暈。然後她開口說話，海倫替我翻譯：『她說她要把整個故事都告訴你，』海倫的聲音有點哽咽，我也摒住呼吸。

「那是個斷斷續續的故事，海倫的母親說得很慢，海倫在翻譯中途經常停下來，對我表示她自己的訝異。顯然海倫只聽過這故事的梗概，所以非常震驚。那天晚上，我回到旅館後，就憑記憶把它盡可能紀錄下來；我印象中，這花掉我大半個晚上。但其間還發生了很多其他的怪事，所以我想必已經非常疲倦，但我還記得我是以一種非常亢奮而鉅細靡遺的心情完成這份紀錄。

『我還是小女孩的時候，住在一個姑且叫它波村的小村裡——它位在外西凡尼亞，距阿結喜河不遠。我有一大堆兄弟姊妹，他們大部分都還住在那個地區。父親常說我們是古老貴族世家的後裔，但我的祖先一直時運不濟，我從小沒鞋穿，也沒有溫暖的棉被。那是個很窮困的地區，唯一生活過得好的人是少數匈牙利家庭，他們住在河下游的大別墅裡。我父親非常嚴格，我們都害怕他的鞭子。我母親經常生病。我很小就在村外我家的田地裡工作。有時神父會送些食物或日用品給我們，但多半時候我們只有自己想辦法。

「我十八歲的時候，有個老婦人從山上一個可以俯瞰河流的村子來到我們村莊。她是個浮拉卡（vraca，就是巫醫的意思），她有預卜未來的法力。她告訴我父親，她有件禮物要送給他跟他的孩子，她聽說過我們的家族，她要給他一種本來就屬於他的魔法。我父親是個很沒有耐心的人，沒時間跟迷信的老太婆窮耗，雖然他總是用大蒜汁塗抹我們茅屋的每一個開口——煙囪、門框、鑰匙孔、窗戶——防範吸血鬼。他很粗暴的把老婦人趕走，說是隨便她賣什麼，他都沒錢給她。後來我到村中的水井去打水時，看見她站在井邊，我給她喝點水，還送她一點麵包。她祝福我，並告訴我，我比我父親仁慈，她會報答我的慷慨。然後她就從腰間的袋子裡取出一枚很小的硬幣，她把硬幣放在我手裡，叫我把它藏好，妥善保管，因爲它屬於我們的家族。她還說，這枚硬幣來自阿結喜河上方的城堡。

「我知道我該把硬幣拿給父親看，但我沒有那麼做，因爲我認爲他會爲了我跟那個老女巫聊天而大發脾氣。所以我轉而把它藏在床鋪的角落裡，也沒跟任何人說。我跟姊妹共睡一張床，有時我會趁附近沒人的時候把它拿出來。我把它捏在手裡，想著那個老婦人把它交給我有什麼用意。那枚錢幣一面是一隻尾巴捲成一個圓圈的怪獸，另一面有隻小鳥和一個非常小的十字架。

「又過了兩年，我還在父親的田裡工作，也幫我母親料理家務。父親對於生了好幾個女兒一直感到很沮喪。他說我們會永遠嫁不掉，因爲他太窮了，辦不起嫁妝，我們會一直給他添麻煩。但我母親告訴我們，村裡每個人都說我們長得太漂亮了，早晚會有人不顧一切跟我們結婚的。我盡量保持衣服清潔，把頭髮梳好，編成整齊的辮子，希望有一天會有人選中我。問題是假日邀我去跳舞的那些年輕男人，我沒一個喜歡的，但我知道我不久就必須嫁給他們之中的一個，免得成為我父母的負擔。我姊姊艾娃跟雇用她的那家匈牙利人去布達佩斯很多年了，有時她會寄一點錢給我們。有次她甚至給我寄了雙好鞋子，一雙城裡人穿的眞皮鞋子，我覺得很自豪。

「這就是我遇見羅熙教授時，我的生活狀況。陌生人到我們村裡來是很不尋常的，尤其是從那麼遠的地方來的人，但有一天全村都在傳說，酒店裡有個從布加勒斯特來的人，還帶來一個外國人。他們在打聽河邊的村落和上游山裡的古堡廢墟，從我們村裡走路去那些地方，大約是一天的路程。跑到我們家來報告這件事的鄰居，都跟坐在門口長凳上的父親說悄悄話。父親在身上畫十字，對地面吐口水。『都是垃圾，胡說八道！』他說：『這種事情不能問。問了等於請魔鬼上門。』

「但我很好奇。我出去打水，為了多聽點消息，我走進村裡的廣場，就看見酒店外面擺的兩張桌子，其中一張就坐著那兩個陌生人，他正在跟成天在那兒打混的一個老頭子講話。陌生人中有一個長得很高大，皮膚很黑，像個吉卜賽人，卻穿著城裡的衣服。另一個人穿一件咖啡色的外套，那種款式我從來沒看過，寬寬的長褲下擺塞在靴子裡，頭上戴一頂寬邊的咖啡色帽子。我停留在廣場另一頭，靠近水井的地方，從那兒看不到那個外國人的臉。我有兩個朋友想看個清楚，小聲叫我一起去。我有點遲疑的跟過去，因為我知道父親一定不會贊成的。

「我們從酒店前面走過，陌生人抬起頭來，我很意外看到他既年輕又英俊，有金色的鬍子和藍色的眼睛，像我們國內住德國村的那些人。他抽著煙斗，低聲跟他的同伴交談。一個有提把的舊帆布袋放在他身旁的地上，他把一些東西寫在一本硬殼書上。他臉上有種我一看就喜歡的神情——有點心不在焉，但同時顯得既溫柔、又靈活。他看到我們，舉手碰一下帽子，很快就把眼神轉開，那個醜男人同樣舉手碰一下帽子，卻盯著我們不放，然後他們就繼續跟老伊凡談話，把事情寫下來。那個大塊頭男人似乎跟伊凡說羅馬尼亞話，然後轉身對比較年輕的男人用另一種我聽不懂得語言說話。我默默跟著我的朋友快步走過，唯恐被那個英俊的陌生人認爲我比她們主動。

「第二天早晨，村裡傳說陌生人付錢給酒店裡的一個年輕人，要他帶他們上山去看那個俯瞰阿結喜河，名叫波奈里的古堡廢墟。他們要去一個晝夜，我聽父親對他一個朋友說，這些人要找伏拉德大公的城堡——他記得那個吉卜賽臉的傻子來找過一次。『傻子永遠學不了乖，』父親氣憤的說。我從來沒聽人提過伏拉德大公。我們村裡的人通常把那個古堡叫做波奈里或艾雷府。父親說帶陌生人到那兒去的人財迷心竅。他發誓說，無論給他多少錢他都不會在那地方過夜，因爲廢墟裡到處是邪靈作祟。他說那些陌生人可能是來尋寶，這很愚蠢，因爲住在那兒的所有大公留下的財寶，都埋在很深的地方，而且都受到可怕的詛咒。父親說，如果有人找到它，而且趕走裡頭的惡魔，就一定得分他一份，因爲這是他的權益。但是他看到我和我姊妹在聽，就閉緊嘴巴不說了。

「父親的話讓我想起那個老婦人給我的小硬幣，我滿懷罪惡感的想著，我把該交給父親的東西私下留著。但我心裡升起一股叛逆，我想那個英俊的陌生人既然要去古堡尋寶，我可以把我的硬幣送給他。一有機會我就把藏著的硬幣取出來，綁在手巾的一角，然後把手巾綁在圍裙上。

「後來的兩天，那個陌生人都沒再出現，然後我又看見他獨自坐在同一張桌上，看起來非常疲倦，他的衣服很骯髒，而且撕破了。我朋友說，城裡來的吉卜賽人當天走了，那陌生人獨自留下。沒有人知道他爲什麼不走。他脫掉了帽子，我看到他蓬亂的淺棕色頭髮。有別的男人跟他在一起，他們在喝飲料。我不敢接近他，跟他說話，因爲他周圍有那麼多男人，所以我站在那兒跟一個朋友聊了一會兒。我們談話的時候，那個陌生人站起身，走進酒店。

「我覺得很難過，我想我再也沒法子把硬幣送給他了。但那天晚上，我的運氣來了。那天我在父親的田裡，跟兄弟姊妹一起幹活，還有做其他雜務，我離開田地的時候，看見那個陌生人獨自在樹林邊緣散步。他垂著頭、手背在背後，沿著河邊的小路向前走。他完全一個人，我有機會跟他說話了。我很害怕。我緊緊揪著手巾裡藏硬幣的那個結，給自己打氣。我向他走去，站在小路上等他走近。

「我站在那兒等待，彷彿等了好久好久。他一定沒注意到我，直到我們幾乎面對面。他忽然抬起頭，顯得非常驚訝。他脫下帽子，閃到一旁，好像要讓我先通過，但我站著不動，鼓起勇氣，對他說了聲哈囉。他微微一鞠躬，露出微笑，我們站在那裡互相注視了一會兒。他的表情和態度都不會令我害怕，但我害羞得不知如何是好。

「在勇氣消失前，我從腰帶上解下手巾，打開結，取出硬幣。我默默把硬幣交給他，他接過硬幣，翻來覆去，仔細察看。忽然他的臉一亮，非常犀利的再次看著我，好像可以看透我的心。他有你想像得到最明亮、最藍的眼睛。我全身一陣顫動。「De unde?（哪兒來的?）」他比手劃腳讓我明白他的問題。我很驚訝他好像懂得一點我們的語言。他敲敲地面，我懂了他的意思。我是從地下挖出來的嗎?我搖搖頭。『De unde?』

「我試著比劃給他看，一個戴頭巾、拄枴杖的老婦人——我比劃她把硬幣交給我。他皺眉點著頭。然後他比劃著老婦人，指指通往村子的小路。『那兒來的?』不是——我再次搖搖頭，指指上游，又指指天空，指著我猜是古堡和老婦人村落所在的地方，我指著他，又做出走路的姿勢——在那上面!他的臉又一亮，然後用手握住那枚硬幣。接著他把硬幣交還給我，但我不肯拿，只是指著他，覺得自己從臉紅到腳。他第一次露出了微笑，向我一鞠躬，我覺得那一刻好像天堂的門爲我而開。他說：『Multumesc（謝謝妳）。』

「『然後我想趕快趁父親還沒發現我晚餐遲到前離開，但那個陌生人以極快的動作攔住我。他指著他自己說：『Ma numesc Bartolomeo Rosse（我名叫巴特羅繆•羅熙）。他重複一遍，然後寫在我們腳下的泥土上。我學著他發音，忍不住笑了起來。然後他指著我。『Voi?（妳叫什麼名字?）』他問。我告訴他，他重覆一遍，又露出微笑。『Familia？（妳姓什麼？）』他每個字都要思索。

「『我姓葛齊，』我告訴他。

「他的表情充滿驚訝。他指指河的方向，又指指我，把一句話說了一遍又一遍，最後那個字是卓九勒，我知道意思是龍之子。我聽不懂他的意思。最後他搖頭嘆氣說：『明天。』他指指我，又指指他自己，再指我們站立的地方，又指著天空的太陽。我知道他的意思是要我第二天黃昏，同一個時間，再到那兒跟他見面。我知道這件事若被父親知道，他一定會很生氣。我指指我們腳下，又把一根手指豎在嘴唇上。我不知道是否還有別的方式可以告訴他，不要跟村裡任何人提到這件事。他看起來有點詫異，但接著他也把手指放在嘴唇上，然後對我微笑。直到那一刻，我還是有點怕他，但他的笑容很和善，他的藍眼睛好亮。他再次嘗試把硬幣還給我，我再次拒絕，他鞠了一躬，戴上帽子，就沿著他來的方向走回林子裡。我知道他要讓我單獨回村子去，我就趕快離開了，不讓自己回頭看他。

「那天晚上，坐在餐桌上和幫母親洗盤子、擦盤子的時候，我都想著那個陌生人。我想著他的外國衣服，他彬彬有禮的鞠躬、他心不在焉反應卻很靈敏的表情、他亮晶晶好看的眼睛。第二天我整天想著他，無論是跟姊妹一起紡紗織布、做飯、汲水、下田工作。好幾次母親責備我沒把心思放在工作上。傍晚，我留下來獨自完成除草的工作，哥哥和父親先回村子去，他們走出視線的時候，我不禁鬆了一口氣。

「他們一離開，我就急忙走到樹林邊緣。陌生人靠著一棵樹坐在那兒，看到我，他立刻跳起身，請我坐在距小路不遠的一根木頭上。但我擔心會有村裡的人經過，所以我把他帶進樹林深處，我的心跳得很快。我們坐在兩塊石頭上，林子裡滿是黃昏的鳥鳴——那時是夏天，到處是綠意，天氣很溫暖。

「陌生人從口袋裡掏出我給他的硬幣，很小心的放在地上。然後他從背包裡拿出幾本書，開始翻閱。我後來知道那都是羅馬尼亞文和其他幾種他懂得的語言的字典。他不時查看著字典，慢慢的問我有沒有看過其他像我給他的那枚一樣的硬幣。我說沒有。他說硬幣上那頭動物是條龍，他問我有沒有在別處看過那條龍，例如建築物或書本。我說我肩膀上就有一條。

「一開始他完全聽不懂我說的是什麼。我很自豪我會寫我們的字母，也能讀一點──我小時候村裡曾經有過一所學校，有位神父來教我們。我不大會用陌生人的字典，但我們一起查到了肩膀這個字。他顯得很迷惑，舉起錢幣又問了一遍，『卓九爾？』我拍拍我襯衫的肩膀部位，點點頭。他看著地面，臉紅了起來，忽然我覺得我是比較勇敢的一個。我解開我的羊毛背心，把它脫掉，然後解開襯衫領口。我的心跳得好劇烈，但我不知中了什麼邪，就一直做下去。他轉開頭，但我拉開衣服，露出肩膀，指給他看。

「我不記得從什麼時候開始，我的皮膚上就有這條綠色小龍的記號。我母親說，父親家族每一代都要有一個小孩紋上這記號，他選中我，是因爲他覺得我長大會最醜。他說他的祖父告訴他，必須這麼做才能讓邪靈遠離我們的家族。我只聽說這件事一、兩次，因爲父親通常不願意談這件事，我甚至不知道他那一輩的親戚誰有這記號，是在他身上或他哪個兄弟姊妹的身上。我的龍跟硬幣上的小龍看起來很不一樣，所以在陌生人問我是否還有別的有龍圖案的東西之前，我一直都沒把它們聯想在一起。

「陌生人仔細觀察我皮膚上的龍，把硬幣拿在旁邊對照，但他沒有觸摸我，也沒有靠太近。他的臉一直紅通通的，我重新把襯衫扣好，穿上背心時，他似乎鬆了一口氣。他翻著字典問我，是誰把龍紋上去的？我說是我的父親請村裡一個會治病的老婦人做的，他問能否跟我父親談這件事，我用力搖頭，他的臉又紅了起來。然後他很費力的告訴我，我的家族是個邪惡大公的後代，河上游的城堡就是他蓋的。這個大公被稱做「龍之子」，他殺過很多人。他說這位大公變成了一個 pricolic（吸血鬼）。我在身上畫個十字，向聖母瑪麗亞祈求保佑。他問我知不知道這個故事，我說不知道。他問我今年幾歲，有沒有兄弟姊妹，村裡有沒有別的跟我們同姓的人。

「最後我指指快要下山的太陽，告訴他我得回家了，他立刻站起身，顯得很嚴肅。然後他伸手給我，扶我站起來。我握住他的手時，心都要跳到手指頭上了。我心頭一陣亂，趕快把手縮回來。但忽然我又想到，他對邪靈太感興趣，可能會遇到危險。或許我該給他一些可以保護他的東西。我指著地面和太陽，說：『明天再來。』他遲疑了一下，終於露出一個微笑。他戴好帽子，舉手碰一下帽沿，然後就消失在林中。

「第二天早晨，我去井旁打水的時候，他跟好幾個老人坐在酒店裡，又在抄寫什麼東西。我覺得好像看到他在看我，但他沒有認識我的表示。我心裡很快樂，因為我知道他守著我們的秘密。下午我趁父親、母親、哥哥、姊姊都在外面的時候，做了一件壞事。我打開我父母的木箱，取出一把我看見過幾次的小銀匕首。母親有次告訴我，這是用來殺吸血鬼的，如果他們來騷擾人類或動物的話。我還從母親的菜園裡採了一把大蒜花。我下田工作的時候，把這些東西都藏在手巾裡。

「這一天，我哥哥在我旁邊工作得特別久，我擺脫不掉他們，但他們終於說要回村裡去，而且叫我一起走。我說我要先到林子裡採些香草，馬上就回來。我趕到陌生人身旁，心情非常緊張。我在林子深處，我們的石塊那兒找到他，他正在抽煙斗，一看到我走來，他就立刻放下煙斗站起身。我跟他一起坐下，把我帶來的東西拿給他看。他看到那把刀吃了一驚，當我解釋說這是用來殺吸血鬼時，他很感興趣。他不肯接受，但我熱烈哀求他收下，他收起笑容，非常嚴肅的用我的手巾把它包好，放進背包裡。然後我把大蒜花交給他，示範給他看，要他放一些在外套口袋裡。

「我問他要在我們村裡待多久，他比五根手指頭給我看——還有五天。他設法告訴我，這幾天他會從我們的村子步行到鄰近的另外幾個村子，向那兒的人打聽古堡的事。我問他，五天過完，他離開我們的村子後會去哪裡？他說他要去一個叫做希臘的地方，我聽說過這個地方，然後他會回他自己的國家他自己的村子。他在林子裡的地面上，畫出他的國家是一個叫做英格蘭的島，距離我們的國家非常遙遠。他畫給我看他的大學在什麼地方——我聽不懂他的意思——他還把大學的名稱寫在地上。我還記得那些字：牛津。後來我經常把它寫出來，只為了再看一眼。那是我見過最奇怪的字。

「忽然我明白，他很快就會離開，我再也看不到他，或任何像他那樣的人了，我眼中滿是淚水。我沒打算要哭——我從沒有爲村裡那些討厭的年輕男人哭過——但我的眼淚不聽使喚，滾下我的臉頰。他不知道怎麼辦才好，只從外套口袋裡掏出一條白手帕交給我。有什麼不對？我搖搖頭。他慢慢站起身，伸手扶我站起來，就像前一天晚上一樣。我起身的時候，不小心絆了一下，跌在他身上，他接住我，我們就開始親吻。然後我轉過身，跑出了樹林。站在小路上，我回頭看，他站著動也不動，靜止得像棵樹，在我身後看著我。我一路跑回村子，一整夜手裡捏著他的手帕沒有闔眼。

「下一個黃昏，他還在同一個地方，好像從我離開後就一直沒動彈過似的。我向他跑過去，他張開手臂接著我。我們吻到不能再吻時，他把外套鋪在地上，我們一起躺下。那個小時，我學會了什麼是愛，一分鐘一分鐘、一步一步的學。在近處看，他的眼睛像天空一樣湛藍。他把花插在我的辮子裡，親吻我的手指。他做的好多事情，還有我做的好多事，都讓我意外，我知道這麼做不對，這是罪，但我覺得天堂的喜悅在我們四周展開。

「那以後，還有三個晚上他就要離開了。我們每個黃昏都提早見面。我在父親和母親面前，用盡心思編各種藉口，我每次都會採些香草回家，好像那才是我到林子裡去的目的。每天晚上，巴特羅繆都對我說他愛我，他求我在他離開村子的時候跟他一起走。我很想這麼做，但我害怕他那個廣大的世界，我也無法想像怎麼逃得過我的父親。每晚我都問他，爲什麼他不能跟我一起留在村裡，他總搖搖頭說，他必須回家，繼續他的工作。

「他在村子裡的最後一晚，我們剛開始親熱，我就哭了起來。他抱住我，吻我的頭髮。我從來沒有碰到過像他這麼溫柔體貼的男人。我停止哭泣的時候，他從手上取下一個小小的銀戒，上面有個徽章。我不是很確定，但我想那是他大學的校徽。他把它戴在左手的尾指。他脫下戒指，戴在我右手的無名指上。然後他向我求婚。他一定好好查過字典，因爲我立刻就聽懂他的意思。

「起初這主意聽來根本沒可能，我又開始哭——我太年輕了——但到底我還是答應了。他解釋給我聽，他會在四星期內回來。他要到希臘去處理一些事——是什麼事，我就聽不懂了。然後他會回來接我，給我父親一些錢，讓他開心點。我努力解釋我沒有嫁妝，但他不肯聽。只微笑著拿我送給他的匕首和硬幣給我看，然後就用手掌兜著我的臉吻我。

「我應該覺得快樂，但我總覺得好像有邪靈在旁作祟，我很擔心發生什麼事使他回不來。那天黃昏我們共度的每一分鐘都好甜蜜，因爲我覺得每分鐘都是最後一分鐘。他那麼自信、那麼有把握，他說我們一定會再見面。一直到樹林裡幾乎全黑了，我還不忍說再見，但我害怕父親發怒，最後我吻了巴特羅繆最後一次，確認他口袋裡放著大蒜花，才離開他。我一遍又一遍回頭，每次回頭看，都看見他站在林中，手裡拿著帽子。他看起來好寂寞。

「我一路走一路哭，我把小戒指從手上拿下來，親吻它，然後把它綁在手巾裡。回到家，我父親非常生氣，要知道我天黑後不問家裡一聲就跑到哪裡去了。我告訴他，我的朋友瑪麗亞丟了一頭羊，我在幫她找。我心情沈重的上床，有時覺得滿懷希望，但過不久又悲傷起來。

「第二天早晨，我聽說巴特羅繆離開了村子，搭一個農夫的牛車往塔戈維斯特去了。那天眞是漫長而悲傷，黃昏時我到樹林裡我們見面的地方去，爲了在那兒獨處。看到那地方我就哭了。我坐在我們的石頭上，後來又躺在我們每個黃昏躺著的地方。我把臉貼在地上哭泣。然後我的手碰到羊齒叢，摸到一樣東西。我很意外發現那兒藏著一包裝好信封的信。我不會讀信封上寫的地址，但每封信封口處都有他美麗的名字，像印書一樣印在那裡。我拆了幾封信，爲了親吻他的字跡，雖然我知道它們不是寫給我的。我考慮了一會兒，想著這些信有沒有可能是寫給別個女人的，但我馬上就把這念頭丟開了。我猜這些信一定是他打開背包，讓我看匕首和錢幣時掉出來的

「我很想替他把這些信寄到英格蘭島的牛津去，但我不知道怎麼做才能不引起注意而辦到這件事。而且我也付不起郵資。寄包裹到他那個遙遠的島要花一筆錢，除了我送他的那枚小硬幣，我從來沒有過錢。我決

定把信保管好，等他回來接我時還給他。

「四個星期過得好慢、好慢。我在我們秘密相會的地方附近一棵樹上，刻下記號。我下田工作，幫母親紡紗、織布，準備下個冬季的衣服、上教堂、注意聽有沒有巴特羅繆的消息。最初那些老頭子還會聊到他一點，提到他對吸血鬼的興趣就猛搖頭。『那不會有好下場的，』他們之中的一個每次都這麼說，其他的人紛紛同意。聽到這種話讓我覺得既開心又痛苦。我很高興聽別人談他，因爲我自己是一個字都不能跟別人說的，但想到他可能會引起吸血鬼注意，我又打從脊椎骨泛起一陣寒意。

「我經常猜想，他回來時會發生什麼事。他會直接走到我家門口，敲敲門，向我父親求親？我想像著我的家人會多麼驚訝。他們會通通圍在門口目瞪口呆，巴特羅繆會分送禮物給他們，然後我就跟他們一一吻別。他會牽著我走到等候的馬車上，甚至是輛汽車。我們開出村外，穿越我無法想像的地方，越過高山，越過我姊姊艾娃住的大城市。我希望我們能停下來看看艾娃，因爲我一直最愛她。巴特羅繆也會愛她，因爲她那麼強壯而勇敢，是像他一樣的旅行家。

「我就這樣過了四個星期，過完四個星期我覺得好疲倦，再也吃不下，睡不著。從樹上刻著的痕跡將滿四星期時，我就開始等待，注意他回來的徵兆。每當馬車進入村子，車輪的聲音就讓我的心狂跳。我每天去打三次水，注意觀察和聽新聞。我告訴自己，他可能不會恰好四個星期回來，我應該再等一個星期。第五個星期過完，我就病了，我確信吸血鬼王子把他殺了。有次我甚至想著，我的愛人會變成吸血鬼回來找我。我大中午跑到教堂去，跪在聖母像前祈禱，請她替我消除這可怕的念頭。

「過完第六週和第七週，我已放棄了希望。到了第八週，根據從已婚婦人那兒聽來的知識，忽然有很多跡象顯示我有了孩子。我夜裡不敢出聲的躺在床上流淚，我覺得整個世界，包括上帝和聖母在內，都把我遺忘了。我不知道巴特羅繆發生了什麼事，但我相信一定很可怕，因爲我知道他眞心愛我。我偷偷採集了據說可以讓孩子不來到世上的藥草和草根，但是都沒有用。我體內的孩子很強壯，比我更強壯，我開始不顧自己的處境，愛上那強壯的小生命。我偷偷把手放在肚子上，就感覺到巴特羅繆的愛，深深相信他不可能忘記我。

「我知道我必須在給全家帶來恥辱、父親把怒氣發洩在我身上之前，離開村子。我本想去找那個送我錢幣的老婦人。或許她會收留我，讓我替她煮飯、打掃。她來自阿結喜河上面的村子，接近吸血鬼城堡，但那兒有好幾個村子，我不知道她住哪一個，甚至也不知道她是否還活著。山裡有熊和狼，還有很多邪靈，我不敢一個人到森林裡流浪。

「最後我決定寫信給艾娃，我曾經寫過一、兩封信給她。我有時到神父的廚房去幫忙，我從他家拿了幾張紙和信封。我跟她說了我的情況，求她回家來接我。又等了五個星期才收到她的回信。感謝上帝，把信和一些用品送來的農夫，是把東西交給我而不是我的父親，我偷偷躲到樹林裡去讀信。我的肚子已經突了起來，雖然還可以用圍裙遮住，但坐在木頭上感覺有點奇怪。

「信裡有些錢，羅馬尼亞錢，我從沒見過那麼多錢，艾娃的信非常簡短而實際。她說我該步行離開村子，走到大約五公里外的下一個村子，然後設法搭馬車或卡車去塔戈維斯特。從那兒我可以搭便車去布加勒斯特，再從那兒坐火車到匈牙利邊界。她的丈夫會在入境辦公室等我，約定的日期是九月二十日，我仍然記得。她說我無論如何必須設法在那天之前趕到。信裡還附了一張有匈牙利政府印鑑的邀請函，讓我可以入境。她說她愛我，叮嚀我要多加小心，祝我旅途平安。讀完了信，我親吻她的簽名，全心全意祝福她。

「我把我的幾樣東西裝在一個小袋子裡，包括我那雙留著坐火車穿的好皮鞋、巴特羅繆遺落的信，還有他的銀戒指。我離開我們的破屋那天早晨，我抱著母親吻她，她愈來愈老，身體也更差了。我希望她日後會明白，我跟她道過別。我猜她有點意外，但她沒多問什麼。那天我沒下田，而是穿過樹林，避開道路。我特別到樹林裡去，向我和巴特羅繆親密過的那個秘密地點告別。樹皮上四個星期的刻印已經褪色了。在那個地方，我把他的戒指戴在手上，用已婚婦人的式樣在頭上綁一條手巾。黃色的樹葉和風中的寒意讓我感覺冬天近了。我在那兒站了一會兒，就出發沿著小徑往鄰村走去。

「我不記得全部的旅程，只記得我很疲倦，有時很飢餓。有天晚上，我睡在一個老婦人家裡，她給我一碗好湯，還說我丈夫不該讓我單獨旅行。又有一次，我睡在一個穀倉裡。終於有人讓我搭便車去塔戈維斯特，然後又有人載我去布加勒斯特。能買到麵包時我就買，但我不知道坐火車要多少錢，所以我非常節省。布加勒斯特是個很大很美的城市，但它讓我害怕，因爲有太多人，都穿著好衣服，還有男人在街上大膽的看著我。我不得不睡火車站。火車也讓我害怕，巨大的黑妖魔。但一旦坐進火車，坐在窗邊，我就覺得心情好了一點。我們經過很多奇妙的風景──山與河，開闊的田野，跟外西凡尼亞的森林很不一樣。

「到了邊境的車站，我才知道那是九月十九日，我睡在長椅上，直到有個警衛讓我到他的崗亭裡去，給我一些熱咖啡。他問我丈夫在哪兒，我說我到匈牙利去看他。第二天早晨，有個穿黑西裝，戴帽子的男人來找我。他有張親切的臉，吻我兩邊面頰，叫我『妹妹』。從那一刻開始，我就愛我的姊夫超過我家裡所有的兄弟。他替我辦妥所有的事，在火車上替我買了一份熱騰騰的晚餐，我們坐在鋪了桌布的桌子上享用。我們可以一邊吃，一邊從車窗裡欣賞經過的風景。

「艾娃到布達佩斯車站來接我們。她穿一身套裝，戴一頂漂亮的帽子，我覺得她看起來眞像一個皇后。她抱了我、親了我好多遍。我的寶寶誕生在布達佩斯最好的醫院。我要給她取名艾娃，但艾娃說她寧願親自爲她取名，所以她叫她艾倫娜。她是個漂亮的孩子，有雙又大又黑的眼睛，很早就會笑，那時她才五天大。人家說從沒有看過這麼小就會笑的孩子。我一直希望她有巴特羅繆的藍眼睛，但她偏就長得只像我們家的人。

「我一直等到我們的孩子出生後才寫信給他，因爲我想告訴他，我們眞正有了個孩子，不是只說我懷孕了而已。艾倫娜一個月大的時候，我拜託我姊夫幫我找到巴特羅繆的大學的地址，我親手把那些奇怪的字寫在信封上。我姊夫替我用德文把信寫好，我自己簽的名。信中我告訴巴特羅繆，我等他等了三個月，然後因爲我知道我會生下他的孩子，所以我離開了村子。我跟他講了我的旅行，還有我姊姊在布達佩斯的家。我跟他說我們的艾倫娜，她長得多可愛，我告訴他我愛他，我好擔心發生了什麼可怕的事，使他無法回去。我問他我什麼時候可以見到他，他能不能來布達佩斯接我和艾倫娜。我說不論發生什麼事，我都會愛他直到生命結束的那一天。

「然後我又開始等，這次等了很久、很久，直到艾倫娜開始走路了，巴特羅繆才來了一封信。那封信是從美國而不是英國寄來的，而且是用德文寫的。我姊夫用非常溫柔的聲音替我翻譯，但我知道他太誠實，不會改動信中任何一個字。巴特羅繆在信中說，我的信先寄到他在牛津的舊住所，然後他才收到。他很客氣的告訴我，他從來沒聽說過我這個人，也沒有見過我，他從來沒去過羅馬尼亞，所以我說的那個小孩，不可能是他的。他聽說這麼一個悲傷的故事，覺得很抱歉，他祝我好運。那封信寫得很短、很和氣，一點也不殘酷，但信裡眞的沒有一點點他認識我的痕跡。

「我哭了很久，我很年輕，我不明白人是會變的，想法和感覺都是會變的。我在匈牙利待了幾年，就開始明白，人在自己家是一個樣子，到外國去又會變一個樣子。我知道像那樣的改變發生在巴特羅繆身上。最後我唯一的希望就是他不曾撒那個謊，不曾說他完全不認識我。我會這麼希望是因爲，我覺得我們在一起的時候，他是個値得尊敬的人、眞誠的人，我不希望對他留下不好的印象。

「我靠親戚幫忙，撫養艾倫娜長大，她長成一個漂亮、聰明的女孩。我知道這是因爲她有巴特羅繆的血統。我講她父親的事給她聽——我從來不對她撒謊。也許我告訴她的不夠多，但她還太小，不明白愛情會使人變得盲目、愚蠢。她能上大學，我非常以她爲榮，她告訴我她聽說她父親是美國一位了不起的學者。我希望有一天她會遇見他。但我一點也不知道他就在妳去的那所大學。」海倫的母親用責備的眼光看著女兒說，然後就這麼突兀的結束了她的故事。

「海倫嘟噥了幾句可能是解釋，也可能是爲自己辯護的話，然後搖搖頭。她跟我一樣吃驚。聽母親的故事時，她一直很沈默，翻譯像呼吸般流暢，只在她母親描述她肩膀上的小龍時低聲說了幾句話。很久以後，海倫才告訴我，她母親從不在她面前寬衣，也從不曾像艾娃阿姨那樣帶她去公共浴室。

「起先我們都圍著桌子一句話也不說，但不久海倫轉向我，有點手足無措的對擺在我們面前的那包信示意。我懂她的意思；我也在想同一件事：『她為什麼不寄幾封信給羅熙，證明他確實到過羅馬尼亞見過她呢？』

「她望著她母親——我覺得她眼光裡有很複雜的遲疑神色——然後很顯然，她自行提出了這個問題。她母親的答案，通過她的翻譯，讓我喉嚨裡不由得打了個結，心頭一痛，一部份為她，一部份也為我那位不忠不義的導師。『我是考慮過這麼做，但從他回信中我知道，他已經完全改變了心意。我覺得寄不寄這些信，對我不會有什麼不同，只會帶給我更多痛苦，而且我還會失去我僅能保存的一點他的東西。』她伸出手，好像要碰觸他的筆跡，然後又縮回去。『我只遺憾不能把眞正屬於他的東西還給他。但他已經擁有那麼多的我——或許我把這些留給自己也不為過？』她看看海倫，又看看我，眼神忽然變得波濤洶湧，但我知道那流露的不是挑戰，而是某種恆久眞情的火花。我掉開了頭。

「但儘管母親心平氣和，海倫卻無法服氣。『那她為什麼不起碼早點把這些信交給我？』她氣勢洶洶的問道，隨即直接對母親提出這問題。海倫的母親搖搖頭。不久海倫繃著臉告訴我：『她說她知道我恨我父親，她要等一個愛他的人。』雖然她仍深愛著羅熙，我自己的心卻十分充實，使我對這間四壁蕭然的小屋裡埋藏著的愛，有份額外的體會。

「我的感受不僅與羅熙有關。坐在桌前，我一手握著海倫的手，一手握著她母親多年操勞的手，握得很緊。在那一刻，我自幼成長的那個堅持含蓄與沈默、習俗與禮貌的世界，那個我在其中求學、追求成就、偶爾也嘗試去愛的世界，遙遠得像天際銀河。即使我想說什麼，也無從表達，或許等我喉嚨暢通以後，就會有辦法告訴這兩個以她們各自不同的方式，對羅熙同樣極為在意的女人：我覺得他與我們同在。

「過了一會兒，海倫默默從我掌中抽出她的手，但她母親像剛才一樣握住我的手，用溫和的聲音問了一句話。『她想知道怎樣能幫助你找到羅熙。』

「『告訴她，她已經幫了大忙，我們一離開這兒，我就會盡快讀這些信，看它們能給我們什麼引導。告訴她，我們找到他的時候會通知她。』

「海倫的母親聽到這話，謙遜的側著頭，然後起身去察看烤箱裡的燜肉。一陣香味撲鼻而來，甚至海倫也露出微笑，好像回這個不盡然屬於她的家，已經獲得回報。這一刻的祥和使我鼓起勇氣：『請問問看，她是否有什麼對我們追尋可能有幫助的吸血鬼知識？』

「海倫一翻譯完這個問題，我就知道脆弱的平靜已經被我粉碎。她母親避開眼光，在身上劃了個十字，過了好一會兒，她有力量說話。海倫專心聽完，點點頭道：『她要你記住，吸血鬼會變形。他可以變成不同形狀，到你身邊來。』

「我想知道這話究竟是什麼意思，但海倫的母親已經開始用顫抖的手，把我們的午餐裝進盤裡。烤箱的熱氣加上麵包和肉的香味，瀰漫在小屋裡，使我們胃口大開，暫時不再說話。海倫的母親不時爲我添些麵包、拍拍我手臂，或給我倒新泡的茶。食物很簡單，但美味而豐盛，陽光從前面的窗戶照進來，成爲這餐飯的最佳裝飾。

「吃飽飯，海倫到外面去抽煙，她母親示意我跟她走到房子旁邊。屋後搭了間棚，幾隻雞在旁爬土，還有個兔籠，養了兩隻長耳兔。海倫的母親抓出一隻兔子，我們站在一起，演出一幕其樂融融的默劇，搔著兔子毛茸茸的腦袋，牠眨著眼，輕微的掙扎。我隔著窗戶聽見海倫在屋裡洗碗。溫暖的陽光照在我頭上，房子另一頭，綠色的原野營營作響、搖曳擺動，散發出無窮的樂觀。

「然後我們就該離開了，得回巴士站搭車，我把羅熙的信放進手提包。我們走出門，海倫的母親在門口就停下腳步，她似乎無意陪我們穿過村子，看我們上巴士。她把我雙手都握住，親熱的搖晃，注視著我的臉。『她說她祝你旅途平安，你能找到你渴望的一切。』海倫解釋道。我注視著她母親黑色的眼眸，發乎內心的向她道謝。她擁抱海倫，有點悲傷的用手掌捧住她的臉一會兒，然後就放我們離開。

「走到小路盡頭，我回頭再看她一眼。她仍站在門口，一隻手扶著門框，好像我們來訪使她變衰弱了。我把手提包放在塵土裡，向她飛奔而去，跑得那麼快，我好一會兒都沒意識到自己移動了位置。然後，想起了羅熙，我把她抱入懷中，親吻她柔軟、佈滿皺紋的臉頰。她抱緊我，比我矮整整一個頭，她的臉整個埋在我胸前。忽然她推開我，消失在屋內。我想她情緒太激動，需要獨處，所以我也轉身，打算離開，但沒會兒她就又回來了。令我意外的，她抓住我的手，把一個小而硬的東西塞在我掌心，然後將它闔攏。

「我再攤開手，看到一枚小銀戒，上面有個很小盾形紋章。我立刻明白這原來屬於羅熙，她要透過我還給他。她的臉在戒指上方粲然發光，她的眼睛黑得發亮。我彎腰再吻她一下，但這次吻的是嘴唇。她的唇溫暖而甜美。我鬆開她，快步轉身回我的手提包和海倫那兒去。我看到她臉上有一滴淚水的閃光。我曾經在書上讀到，淚水絕不會只有一滴，那只是詩意的比喻。或許眞的沒有，因爲她的淚有我的淚作伴。

「我們在巴士上坐定，我就取出羅熙的信，小心的拆開第一封。在此抄錄他的信的時候，我會尊重羅熙保護他朋友隱私的意願，用化名——他稱之爲戰鬥之名——稱呼他。再次在泛黃的紙張上見到羅熙的筆跡——同樣那種比較年輕，不那麼糾葛的筆觸——感覺很奇怪。

『你要在車上讀信？』海倫幾乎湊在我肩膀上，表情很驚訝。

『怎麼，妳等得及嗎？』

『等不及。』她道。」

45

親愛的朋友：

這一刻我在世間沒有可以交談的對象，我手裡握著筆，心裡最盼望的還是有你爲伴——現在我眼前的美景，想必會讓你流露我們慣見的那種溫和的驚喜。我今天一直恍如在夢中，如果你跟我易位而處，一定也會有同感。我坐在火車上，不過光憑這這一點算不上線索——火車吐出陣陣濃煙，駛向布加勒斯特。我的天哪，老友，我在氣笛聲中聽見你說。但這是眞的。我本來完全沒計畫來此，有陣奇妙的風把我吹來了。才不過幾天前，我還在伊斯坦堡，做一點我一直秘而不宣的研究。我在那兒找到一點東西，使我決定來這裡。事實上我並非眞的要來；說得更正確點，我被嚇得不敢來，卻又覺得非來不可。你最愛講理性——那種事你一定不會放在心上，我這一路行來，眞巴不得有你的好頭腦給我做參謀；我必須發揮超乎我所有的一切智慧，才能找到我要找的東西。

火車速度放慢，快到達一個城鎮了，這是個購買早餐的機會——暫時擱筆，稍後再敘。

下午——布加勒斯特

都怪我的心情興奮難安，否則我現在應該睡個午覺。天氣熱得要命——我還以爲這裡會是個涼爽的山城，但我心目中那種地方顯然不存在。旅館挺好，布加勒斯特號稱東歐的小巴黎，華麗、小巧、有點褪色，這些特色同時具備。它在十九世紀的八〇和九〇年代一定很時髦。我等了一輩子才叫到一輛計程車，然後好容易找到一家旅館，好在我的房間相當舒服，我可以休息、洗把臉，思考接下來該怎麼辦。我有點不想把我即將要告訴你的事寫在這裡，但要是不寫，繼續滿口胡言，一定會把你搞糊塗的，所以又非寫不可。就長話短說，嚇你一跳吧，我正從事一項追尋，從歷史學家的角度追獵卓九勒——不是浪漫文學裡的卓九勒伯爵，而是貨眞價實的卓九勒——卓九利亞——伏拉德三世，十五世紀統治外西凡尼亞和瓦拉基亞，矢言不讓鄂圖曼帝國進佔他國土的暴君。我大半個星期耗在伊斯坦堡，察看一批土耳其人蒐藏的與他有關的檔案，我在那兒找到了一批很有價值的地圖，我相信其中含有他墳墓所在地的線索。回國後再詳細告訴你，我涉入這場追逐的前因後果吧，目前只好拜託你寬宏大量，容許我只說這麼多。儘管把我的行徑歸咎於少不更事吧，睿智的老前輩。

總而言之，我在伊斯坦堡停留期間，出了一點你在遠方聽來，可能覺得微不足道的事，但我可是嚇壞了。不過你知道我這個人，已經著手的工作，我絕不會輕言放棄的。所以我硬是帶著我臨摹的地圖副本，來找尋更多與卓九利亞墳墓有關的資料。在此我得先解釋，一般都以爲他應該埋葬在羅馬尼亞西部（瓦拉基亞）斯納格布湖中小島上的修道院，但根據我在伊斯坦堡找到的地圖，他的墳墓雖然標示得很清楚，圖中卻沒有島、沒有湖，而且跟羅馬尼亞西部地形也看不出絲毫類似之處。但我一直相信，最明顯處要先核對，因爲正確答案往往就在最顯而易見之處。於是我決定——相信你讀到這兒，一定會目之爲愚昧的固執，大搖其腦袋吧——帶著地圖直奔斯納格布湖，親眼確認墳墓不在那兒。我要怎麼前往，目前還沒有腹案，但在剔除這一可能性之前，我是不可能放心到別處狩獵的。更何況，說不定我找到的地圖只是古人的騙局，我會找到充分證據，證明那位暴君從頭到尾都安分的長眠在那兒。

我下個月五日必須趕到希臘，所以這次探索的時間很寶貴。我只想知道我的地圖與墳墓周邊景觀是否有一點吻合。爲什麼我要知道這一點，我對你也無從講起，親愛的老友——但願我知道就好了。我打算這趟羅馬尼亞之行，要盡可能多看看瓦拉基亞和外西凡尼亞各地。聽到外西凡尼亞這個字，如果有任何聯想，你會想到什麼呢？沒錯，不出我所料——你這聰明的傢伙，你什麼也沒想到。但我會聯想到粗獷美麗、連綿無盡的山巒，古代的城堡、狼人、女巫——充滿魔法而不爲世人所知的一塊土地。走進這個地方，我還能相信自己身在歐洲嗎？我到了地頭再告訴你，那兒究竟是文明歐洲，還是童話王國。第一站，斯納格布——我明天啓程。

你忠誠的朋友巴特羅繆•羅熙上

一九三〇年六月二十日

親愛的朋友：

我還沒有找到地方寄我的前一封信——是説可以放心投郵，確信它會送達你手中的地方——但我暫且不理會這問題，繼續寫我的信，因爲發生了很多事。昨天我在布加勒斯特花了一整天尋找可靠的地圖——目前我至少有幾幅瓦拉基亞和外西凡尼亞的公路地圖——到大學找所有我能找到，對穿心魔伏拉德的歷史可能感興趣的人交談。這兒似乎沒有人願意討論這題目，我有種感覺，只要提到卓九勒的名字，這些人即使表面上沒有動作，在心裡也會偷偷劃個十字。我承認，經過伊斯坦堡那次事件後，這現象讓我有點緊張，但我還是不輕言放棄。

不管怎麼説，昨天我還是在大學裡找到一位考古系的年輕教授，他好心告訴我，他有位名叫喬傑斯古的同事，專攻斯納格布歷史，今年暑假在那兒發掘古蹟。我聽説這事，不消説非常興奮，就決定把我自己、地圖、行李等一切，都交到一個答應今天帶我去那兒的司機手中；他説從布加勒斯特開車過去只要幾小時，我們一點鐘出發。現在我得趁出發前去吃點午餐——這裡的小餐廳水準都極高，菜肴中帶有東方的奢華情調。

黃昏

親愛的朋友：

我忍不住繼續寫這不知能否寄達的信，把你當作假想的收件人，因爲今天發生的一切實在太精彩了，我非找人訴說不可，但願它有朝一日能到達你眼前。我乘一輛整潔的小計程車，離開布加勒斯特，開車的也是個衣著整潔的小矮個兒，我跟他只靠兩個詞彙溝通（其中之一是斯納格布）。我們看著我的公路地圖，商討了一會兒，很有自信的拍了很多下肩膀（被拍的都是我的肩膀），我們就出發了。花了一整個下午。我們走得很慢，雖然號稱是公路，灰塵還是很大，往斯納格布湖沿路的風景很美，主要是農田，但也有樹林。

我得知到達目的地的第一個信號，來自司機興奮揮舞的手，我望出窗外，只看見樹林。但這只是個楔子，我其實也不知道自己期望看到什麼；我想我滿腦子都是歷史學家的好奇，所以總希望看到特別的東西。但湖水出現的第一刻，我的執念就不攻自破。老友，這地方清麗脫俗，有仙境般的田園情調。如果你願意，試想隔著公路上的濃密樹叢瞥見一大片波光瀲灩的水面。林中散落著精緻的別墅——往往只露出一截優雅的煙囪或弧形的牆壁——看起來很多都是上個世紀初或更早蓋的。

來到樹林開闊處，我們在一個像是餐廳的房子附近停車，屋後停了三艘船，遠眺湖面，可以看到修道院所在的小島，那片幾世紀來想必沒什麼改變的全景終於展現在眼前。搭船去小島花不了多少時間，島上跟湖岸一樣樹木蔥龍。樹梢上露出修道院所屬教堂華美的拜占庭式圓頂，鐘聲從水面上傳來（我後來得知僧人用木槌敲鐘）。蕩漾在水上的鐘聲，牽動了我整個的心；在我聽來，那像是一則來自過去、祈求知音人閱讀的訊息，雖然我不知道它說些什麼。我的司機和我站在水面反射的落日餘暉中，宛然變成了土耳其軍隊派來窺探這座異教堡壘的間諜，而不是站在汽車旁邊，兩個風塵僕僕的現代人。

我可以心無旁騖的站在那兒一直眺望、聆聽下去，但爲了達成在天黑前找到那位考古學家的任務，我轉而走進餐廳。我用了一點手勢和支離破碎的拉丁文，爲我們雇了一艘小船前往小島。老闆告訴我，是的，是的，島上有個來自布加勒斯特的人，拿著鏟子到處挖掘——二十分鐘後，我們就在小島登岸。修道院近看更漂亮，古老的垣牆和多個高聳的圓頂，令人肅然起敬，每個圓頂上都有裝飾繁複的七星十字架（seven-pointed cross）。船夫帶我們踏上很陡的台階向它走去，我迫不及待想立刻進入那幾扇大木門，但他指點我們繞到後面。

繞過那堵美麗而古老的圍牆，我忽然第一次明白，我正走在卓九勒的腳步上。直到那一刻，我都是在迷宮似的資料裡追尋他的足跡，但現在我站在他的腳——穿什麼樣的鞋子？裝著殘酷踢馬刺的皮靴嗎？——應該曾經踏過的地面上。如果我有在身上劃十字的習慣，當下一定會那麼做的；事實上，我忽然有種衝動，很想拍拍船夫披著粗羊毛衣的肩膀，請他儘快把我們安全划回岸上。但你可以想見，我沒那麼做，但願我到頭來不至於後悔沒讓自己把手伸出去。

教堂後面，在一片很大的廢墟中間，我們果然找到了那個拿鏟子的人。他是個相貌忠厚的中年人，有捲曲的黑髮，白襯衫下擺敞開，袖子捲到手肘。兩個年輕人在他身旁工作，用手小心的撥開泥土，他也不時放下鏟子，跟他們一起撥土。他們圍著一塊很小的區域專心工作，好像發現了什麼有趣的東西，我們的船夫高聲打招呼，他們才抬起頭來。

穿白襯衫的男人走上前來，用非常精明的黑眼睛打量我們每個人，船夫做了簡單的介紹，司機也在旁幫腔。我伸出手，在使用英文前先是用我新學會的幾句羅馬尼亞話：「Ma numesc巴特羅繆•羅熙。Nu va suparati……」後半截話很有趣，布加勒斯特旅館一個服務生教我的，用在當街攔下陌生人問路的時候。它的意思很簡單，就是「請別生氣」——你能想像有比這更令人發思古幽情的日常用語嗎？「請不要拔刀，朋友——我只是在樹林裡迷了路，想請你指點我怎麼出去。」我不知道是因爲我用了這個句子，或我的發音太可笑，但這位考古學家握住我的手時，爆發出一陣爽朗的笑聲。

近看他是個壯健的漢子，皮膚曬得很黑，眼睛和嘴唇周圍佈滿紋路。他的微笑洩露上排牙齒少了兩顆，剩下的牙也大都包了金牙套。他的手沈著有力，乾燥粗糙像農夫的手。「巴特羅繆•羅熙，」他仍然笑呵呵的用低沈的聲音說：「Ma numesc維里歐•喬傑斯古。你好嗎？我能爲你做什麼？」有一會兒，我恍惚回到去年我們的徒步旅行；他像極了我們經常問路時遇到的、常年在風吹日曬下討生活的蘇格蘭高地居民，只不過頭髮從褐黃色變成了黑色。

「你會說英文？」我蠢頭蠢腦的感到迷惑。

「一點點，」喬傑斯古說。「我好久沒機會練習了，但慢慢我的舌頭就會習慣的。」他的英語說得很流利，詞彙豐富，發r音還會打舌頭。

「請原諒，」我有點倉促的說。「聽說你對伏拉德三世特別有研究，我很想跟你請教。我是牛津大學來的歷史學家。」

他點點頭。「很高興聽說你也有興趣。你大老遠跑來，就爲了看他的墓？」

「呃，我本來希望──」

「哈，你希望，你希望，」喬傑斯古先生善意的拍拍我肩膀。「我勸你不要希望太高，年輕人。」我心中一喜──難道這位老兄也認爲伏拉德並沒有葬在這兒？但我決定不要操之過急，先聽聽他怎麼說，再提出我的疑問。他板起臉，對我端詳了一會兒，又露出笑容說：「來吧，我給你一個步行導覽。」他簡單吩咐了助手幾句話，好像是要他們停工，因爲他們紛紛拍掉手上的泥土，走到一棵樹下。他把鏟子靠在掘了一半的牆頭，示意我跟他走。我這邊，也讓司機和船夫知道我找到要找的人了。我塞了一枚銀幣在船夫手中，他舉手碰一下帽子，隨即消失不見。司機靠著廢墟坐下，掏出一個小酒壺。

「很好，我們從外面開始繞一圈。」喬傑斯古揮著大手說。「你知道這座島的歷史？一點點嗎？十四世紀這兒已經有座教堂，修道院是稍晚一點蓋的，都在同一個世紀。最早的教堂是木造的，第二座才是石頭。但一四五三年，石頭教堂沈到湖裡去了。眞不可思議，你說是不是？卓九勒一四六二年第二次在瓦拉基亞當權，他很有一套想法。我猜他看中這座修道院是因爲防守小島很容易──他總是在找可以防禦土耳其人的地方。這兒眞不錯，你覺得呢？」

我同意，而且盡量不瞪著他看。這人的英文說得太好，我簡直沒法子專心聽他說話，但他最後那個觀念很有道理。看一眼就不難想像，這兒只需要部署幾個僧人，就足以抵擋入侵者。喬傑斯古滿意的望著我們四周。「所以伏拉德用既有的修道院蓋了一座城堡。他鞏固圍牆，設了監獄和刑房，還有逃生的地道和通往岸上的橋。他眞狡猾，這個伏拉德。橋當然老早不見了，我們在挖掘其餘的部分。現在我們挖掘的這個是監獄。已經找到好幾具骷髏。」他露出得意的笑容，金牙在夕陽下閃閃發光。

「那麼這是伏拉德的教堂囉？」我指著不遠處那座圓頂直指蒼天，牆外綠陰匝繞的美麗建築問。

「不，恐怕不是，」喬傑斯古說。「修道院在一四六二年被土耳其人燒毀了一部分，當時瓦拉基亞是伏拉德的弟弟拉都在統治，他心甘情願做鄂圖曼人的傀儡。伏拉德埋葬在這裡以後，他的教堂又被一陣大暴風雨吹到湖裡去了。」伏拉德埋葬在這裡嗎？我很想問，但我把嘴巴閉得緊緊的。「本地農夫一定認爲這是上帝對他作惡多端的懲罰。教堂在一五一七年重建——花了三年，就是你現在看到的這些。修道院外牆重建更晚，才三十年而已。」

我們來到教堂的邊緣，他拍拍光滑圓潤的石牆，就像拍自家愛馬的屁股。我們站在那兒時，教堂那頭忽然冒出個人，向我們走來——一個鬚髮花白，彎腰駝背的老人，身穿黑袍，戴一頂帽穗垂到肩膀上的黑色小圓帽。他走路拄著枴杖，長袍用細繩繫腰，上頭還掛了一串鑰匙。他脖子上有條項鍊，掛一枚跟我在教堂圓頂上看到一模一樣的十字架，手工很精緻。

這個鬼魂似的人影出現，把我嚇了一跳，差點跌一跤；那種感覺很難形容，只能說好像喬傑斯古召來一個鬼魂。但我的新朋友迎上前去，對這名老僧人彎腰行禮，還親吻他飽經風霜的手，我看到那手上戴著一枚亮閃閃的金戒指。老人似乎也很喜歡他，滿面笑容的把手放在考古學家頭上，按了一會兒，他疲弱憔悴的笑容裡，剩下的牙齒比喬傑斯古更少。我在喬傑斯古的介紹中聽到自己的名字，趕緊擺出最優雅的姿態，向老僧人行禮，雖然我實在提不起勁去親吻他的金戒指。

「這位是院長，」喬傑斯古爲我說明。「他是最後一任院長，現在只剩三位修士跟他住在這兒。他從很年輕就進入這所修道院，對本島的了解遠在我之上。他歡迎你來，給你他的祝福。他說，如果你有問題，他會盡量解答。」我鞠躬致謝，老人慢慢向前走。幾分鐘後，我看見他坐在我們後面的圍牆廢墟上，像一隻烏鴉棲息在午後的陽光裡。

「他們一年到頭都住在這裡嗎？」我問喬傑斯古。

「哦，是啊。即使最難熬的冬天他們也待在這裡。」我的嚮導點點頭。如果你不太早離開，會聽見他們唱彌撒。」我向他保證，我絕不會錯過這樣的經驗。「好，那我們進教堂去吧。」我們繞到前門，非常大的雕花木門，走進門我就進到一個從未接觸過的世界，跟英國國教教堂截然不同。

教堂裡很冷，我在無所不在的黑暗中，什麼都還沒有看見，就先聞到一股煙霧瀰漫的薰香味，感覺到石縫裡吹來一陣濕冷的陰風，好像那些石頭會呼吸。我眼睛適應黯淡的光線後，也只隱約看見黃銅與蠟燭的微光。朦朧的天光從厚重的深色玻璃過濾進來。這兒沒有一般教堂的長椅或單椅，只沿著牆壁排列了幾張高背木椅。靠近入口處有個燭台，點了一大堆蠟燭，燭台上燭淚斑斑，散發出蠟油燒焦的氣味；有些蠟燭插在最上面的黃銅燭座上，有些放在基部鋪有沙子的盆裡。「僧人每天都會點蠟燭，有時也有訪客會點一些。」喬傑斯古解釋。「圍繞頂端的那些是爲生者而點，底部那些是爲死者的靈魂。蠟燭都點到自然熄滅爲止。」

走到教堂中央，他指向上方，我抬頭看見圓頂最高處，有一張黯淡、漂浮的臉。「你熟悉我們拜占庭式的教堂嗎？」喬傑斯古問。「基督永遠在中間，往下看。這種樹枝燈架」——從基督的胸部垂下一大盤蠟燭，佔據了教堂中間的位置，但蠟燭都已經燒完了——「也很典型。」

我們繼續走向祭壇。我忽然自覺像個入侵者，但沒看到僧侶的影子，喬傑斯古以主人的姿態，興高采烈大步向前走。祭壇上披掛著繡花布巾，前面鋪著許多片羊毛地毯，織出我要不是有點概念，一定會歸類爲土耳其民俗的主題。祭壇上擺著幾件花樣繁複的物品，包括一個琺瑯十字架，和一個鑲金框的聖母聖嬰像。祭壇後方的牆上畫滿了眼神哀傷的聖人和更哀傷的天使。他們環繞著兩扇貼金葉片的門，門上掛有紫色天鵝絨帷幔，通往某個全然看不見的神秘所在。

這一切我在暮色中費了很大力氣才看清楚，但那份陰森之美使我深受感動。我轉向喬傑斯古說：「伏拉德在這兒做禮拜嗎？在先前的教堂裡，我是說。」

「那是當然，」他笑道。「他是個虔誠的老殺人魔。他蓋了好多教堂和修道院，確保有夠多的人爲他的救贖祈禱。這是他最喜歡的地方，他跟這裡的和尚關係很親近。我不知道他們對他做的壞事作何感想，但他們喜歡他支持修道院。何況他也替他們擋住土耳其人。不過你在這裡看到的寶物，都是從其他教堂拿來的——上個世紀教堂關閉的時候，農民把所有值錢的東西都偷光了。來——這是我要你看的。」他蹲下，掀開祭壇前面的地毯。我看到祭壇前面有塊長方形的長石頭，非常光滑，沒有任何裝飾，但顯然是墳墓的標誌。我的心加速跳動。

「伏拉德的墓？」

「是的，根據傳說是如此。但幾年前，我幾位同事和我在此挖掘，只找到一個空穴——裡頭只有幾根動物的骨頭。」

我摒住呼吸。「他不在裡面？」

「完全不在。」喬傑斯古的牙齒跟我們周圍的黃金與黃銅一樣發亮。「文字記錄說他埋葬在這裡，在祭壇前面，新教堂蓋在舊地基上，以免驚動他的墓。你可以想像我們沒找到他是多麼失望。」

失望嗎？我想道。墓碑下只有一個空空洞穴的念頭，使我感覺恐懼遠大於失望。

「總之，我們決定在附近再多做些調查。在那兒」——他帶我往回走，沿著教堂中堂走到一個距入口不遠的位置，掀開另一塊地毯——「我們在這兒找到第二塊一模一樣的石板。」我低頭瞪著它看。這塊石板的尺寸形狀確實都跟另一塊一模一樣，也同樣沒有裝飾。「所以我們把這塊也挖開，」喬傑斯古拍拍石板說。

「你們發現——？」

「哦，很好的一具骷髏。」他面露得色說：「裝在棺材裡，還有一部份屍衣覆蓋著——很難相信，經過五個世紀。屍衣是紫色，有金色刺繡，裡面的骷髏保存得很好。穿著也很漂亮，紫色錦緞配暗紅色袖子。最棒的是我們發現一枚小戒指縫在袖子上。戒指款式很簡單，但我一位同事相信它是一個較大裝飾圖案的一部份，那圖案是龍騎士團的象徵。」

此話一出，我的心跳停頓了好幾拍，我承認。「象徵？」

「是啊，一條爪子很長、尾巴打個圈的龍。加入龍騎士團的人，無論何時都要隨身佩戴這個符號，通常是鑲在披風的別針上。我們的朋友伏拉德無疑也是其中一員，可能是透過他父親的安排，在他一成年時就加入了。」喬傑斯古對我微笑道：「不過我有種感覺，你好像早就知道這件事了，教授。」

我內心既懊惱又覺得如釋重負，交戰了一番才說：「原來這就是他的墓，傳說只不過弄錯了位置。」

「哦，我不以爲然，」他把石板上的地毯鋪回原狀。「雖然我的同事不見得同意我的看法，但我認爲證據正好推翻了這種說法。」

我不禁驚訝的瞪著他道：「但骸骨身上的皇服和戒指怎麼說？」

喬傑斯古搖搖頭。「那位老兄可能是龍騎士團的一員，高階貴族，說不定故意穿上卓九勒最好的衣服，就爲了等這麼一天。說不定他還是特別被請來見死神，省得墓穴空在那兒——天曉得在哪個年代。」

「你們把遺骨埋回去了嗎？」我忍不住問；那塊石碑就在我們腳邊。

「啊，沒有——我們把他打包運到布加勒斯特歷史博物館去了，但你去那兒也見不到他——他們把他跟他的好衣服一塊兒鎖在儲藏室裡。太可惜了。」喬傑斯古看起來並不眞正覺得遺憾，好像那具骸骨雖然很有吸引力，但並不特別重要，起碼相對於他眞正追尋的目標而言。

「我不懂，」我仍瞪著他道：「有這麼多證據，你到底爲什麼不相信它是伏拉德•卓九勒？」

「很簡單，」喬傑斯古拍拍地毯，笑瞇瞇的說。「這傢伙的腦袋完好無缺。卓九勒的頭被土耳其人砍掉、帶回伊斯坦堡去了。所有資料來源都肯定這一點。所以我正在發掘老監獄，找尋另一座墳墓。我猜想爲了防範盜墓賊，或保護它免受後來入侵的土耳其人毀損，屍體已經從祭壇前的墓穴移到別處去了。他應該還在這座島上某處，這老狐狸。」

我有一大堆問題想問喬傑斯古，心緒如萬馬奔騰，但他已經站起身，伸個懶腰。「你想到對岸的餐廳去吃晚餐嗎？我餓得可以吞下整頭羊。不過如果你有興趣，我們可以聽聽彌撒開始的部分。你今晚住哪兒？」

我承認我還沒有概念，而且我還要替司機找宿處。「我有很多事想跟你談，」我補充道。

「我也一樣，」他道。「我們可以在晚餐時研究。」

我必須跟司機談談，所以我們走回監獄的廢墟。原來這支考古隊伍有艘小船停在教堂下面，可以渡我們到岸上，喬傑斯古也自告奮勇去跟餐廳老闆商量，替我們安排住房。他把裝備收拾好，打發了助手，我們及時回到教堂去看院長和他的三名僧人，一律全身穿黑，從靜修室的門走進教堂。兩名僧人的年紀都很大，只有一個修士的鬍子仍是褐色，身軀也還挺直。他們慢慢繞行到祭壇正前方，院長帶頭，他手裡捧著十字架和圓球。傴僂的肩膀上披著紫、金二色的斗蓬，映著燭光顯得特別華麗。

他們在祭壇前行禮，所有的僧人都五體投地匍匐在石板地上——剛好在空墓穴上，我注意到。有一瞬，我有種可怕的感覺，好像他們不是在拜祭壇，而是拜穿心魔的墳墓。

忽然傳來一陣奇怪的聲音；這聲音好像發自教堂本身，煙霧般從牆壁和圓頂散發出來。原來是僧人誦經。院長走進祭壇後面的小門——我盡量克制自己伸長脖子，窺視聖所內部的衝動——取出一本有珐瑯封面的大書，高舉空中，對它祝禱，然後把書放在祭壇上。一名僧人遞給他一個繫在長鍊上的香爐；他高舉香爐在書上搖晃，讓香煙繚繞在書的周圍。我們上下左右、四面八方，不諧和的聖頌聲漾起，嗡嗡嗚響、高亢搖曳。我全身起了雞皮疙瘩，因爲我發覺此刻比我在伊斯坦堡時，還更接近拜占庭的核心。這裡的古樂和儀式從君士坦丁堡的皇帝傳承至今，恐怕始終未曾有過改變。

「儀式很長，」喬傑斯古悄聲對我說。「他們不會介意我們開溜。」他從口袋裡取出一根蠟燭，借大門口那座燭台上的蠟燭點燃，放在底座的沙上。

岸上的餐廳是家髒兮兮的小店，我們大吃一個村姑打扮的羞赧女孩端來的燜肉和沙拉。另外還有一整隻雞和一瓶濃郁的紅酒，喬傑斯古不住勸酒。我的司機顯然在廚房裡交到了朋友，所以那間鑲著壁板的餐廳裡，只有我們兩人在眺望暮色中湖面和小島。

民生問題解決後，我問考古學家，他在哪兒學會那麼好的英文。他嘴裡塞滿食物笑著說：「得歸功我的父母，願他們的靈魂安息。」他說：「我父親是蘇格蘭考古學家，專攻中世紀，我母親是蘇格蘭吉卜賽人。我自幼在威廉堡長大，陪我父親工作，直到他去世爲止。後來我母親的親戚邀她一塊兒來羅馬尼亞旅行，這是他們的故鄉。我母親在蘇格蘭西部一個村落出生、成長，但我父親去世後，她一心只想離開。我父親的親戚待她不好，就這麼回事。她帶我來時，我才十五歲，後來就一直留到如今。我來的時候改姓她的姓。比較容易融入。」

這故事聽得我一時說不出話來，他咧嘴一笑說：「我的身世很奇怪，我知道。你呢？」

我大略說明一下我的生活與學業，還有得到那本怪書的經過。他聽得眉頭打結，我說完後，他緩緩點頭說：「奇怪的故事，絕對是的。」

我把書從我的行囊裡拿出來，交到他手中。他仔細翻了一遍，看到中間那幅跨頁插圖，停下來端詳良久。「是的，」他沈思著對我說。「這跟騎士團的很多符號很類似。我曾經在首飾上看到過這樣的龍——比方說，那枚小戒指。但我從來沒看過像這樣的書。你大概不知道它是哪兒來的吧？」

「完全沒有概念，」我承認。「我打算找一天把它送去給專家化驗，或許在倫敦。」

「這是件出色的作品，」喬傑斯古小心的把書交還給我。「你看過斯納格布以後要去哪兒？再回伊斯坦堡？」

「不，」我抖索一下，但我不想告訴他原因。「我得回希臘去參加發掘工作，事實上，兩星期後就得趕到，但我想看一眼塔戈維斯特，因爲那是伏拉德的首都。你去過那兒嗎？」

「哦，當然去過。」喬傑斯古把盤子刮得乾乾淨淨，像個飢餓的孩子。「對所有追尋卓九勒的人而言，那都是個有意思的地方。但最有意思的是他的城堡。」

「城堡？他眞的有座城堡？我是說，它還存在嗎？」

「嗯，已經成廢墟了，不過還是很不錯。以廢墟的城堡而言。從塔戈維斯特往阿結喜河上游走幾哩路就到了，有公路到那兒，交通相當方便，然後徒步到山頂。只要容易防禦土耳其人的地方，卓九勒都中意，這地方是他的最愛。這樣吧——」他在口袋裡掏了半天，摸出一根小煙斗，開始往裡面塡裝芬芳的菸草。我遞火過去。「謝了，伙伴。這樣吧——我陪你去。我只能待一、兩天，但我可以幫你找到城堡。有個嚮導會容易得多。我快一年沒去了，我很想再看它一眼。」

我誠心向他道謝；我得承認，想到要深入羅馬尼亞內地，沒有翻譯隨行，我覺得很不安。我們講妥第二天出發，就看我的司機是否願意載我們到塔戈維斯特那麼遠的地方。喬傑斯古認得一個距阿結喜河很近的村子，在那兒住宿只要花幾個先令；那不是離古堡最近的村子，但那個村子曾經把他趕出來，所以他不想再去。我們熱絡的道了晚安，現在，我的朋友，我得吹熄蠟燭，爲下次冒險好好休息了，我會讓你知道進一步的發展。

至爲思念你的巴特羅繆上
六月二十二日
斯納格布湖

46

親愛的朋友：

我的司機同意今天載我們北上去塔戈維斯特，然後他直接回布加勒斯特的家，晚上我們住一家老客棧。喬傑斯古是絕妙的旅伴；他講沿途經過的鄉村的歷史給我解悶，此君學識淵博，對當地的建築與植物也很有造詣，所以我今天學到的東西不得了的多。

塔戈維斯特是個美麗的城市，仍有中古遺風，起碼還有這麼一家好旅館，提供旅行者乾淨的水洗臉。我們已深入瓦拉基亞核心，這是一片介於山岳與平原之間的丘陵地。伏拉德•卓九勒在一四五〇與六〇年代，數度統治瓦拉基亞；塔戈維斯特是他的首都，他的皇宮廢墟很有看頭，今天下午我們去走了一趟，喬傑斯古把宮中各個房間指給我看，並說明它們可能的用途。卓九勒並非生在這兒，他出生在外西凡尼亞一個名叫希吉修拉的城市。我沒時間去看，但喬傑斯古去過幾次。他告訴我卓九勒父親住的房子——伏拉德的誕生屋——至今仍在。

今天在這裡的老街和廢墟中，看到很多值得一提的景物，但最值得一提的是卓九勒的瞭望塔，或者該說是它十九世紀重建的樣貌。喬傑斯古不愧是位優秀的考古學家，對所有重建工作都翹起他那個蘇格蘭與吉卜賽聯合出品的鼻子嗤之以鼻，解釋說這座塔頂端的箭垛口做得不正確；他尖刻的問我，歷史學家濫用想像力的時候，有什麼對策？不論重建做得正不正確，喬傑斯古告訴我一件與那座塔有關的史事，使我不寒而慄。在土耳其人經常入侵的時代，卓九勒不僅用它做瞭望之用，也用它觀察下面廣場上執行穿心刑的情形。

我們在距市中心不遠的一家小酒店吃晚餐。從那兒可以看到皇宮廢墟的外牆，吃麵包配燜肉的時候，喬傑斯古告訴我，塔戈維斯特是前往卓九勒山區古堡最方便的地點。他解釋道：「他一四五六年第二度奪得瓦拉基亞王位時，就決定在阿結喜河上游蓋一座城堡，萬一平地失守，他還可以逃到那兒去。塔戈維斯特與外西凡尼亞之間的山嶺——以及外西凡尼亞本身的曠野——自古以來一直供作瓦拉基亞人逃難之用。」

他替自己掰了一塊麵包，把盤中湯汁掃光。「卓九勒已經知道山裡有幾座俯瞰河流的堡壘廢墟，最起碼可以回溯到十一世紀。他決定重建其中一座堡壘，也就是古老的阿結喜城堡。他需要廉價勞工——辦這種事怎能沒有好幫手？所以他慷慨的廣發請帖，邀請所有貴族來參加復活節慶典。這些人穿著最好的服飾來到塔格維斯特廣場，他招待他們大吃大喝一頓，然後把所有他認爲不好用的人都殺了，剩下的——包括他們的老婆和孩子——則通通趕到五十公里外的山區，替他重建阿結喜堡。

喬傑斯古在桌上東翻西找，顯然是找另一塊麵包。「嗯，實際情況當然更複雜——羅馬尼亞的歷史總是如此。卓九勒的哥哥米西亞，早在很多年前就在塔格維斯特被政敵所害。卓九勒掌權後，他把哥哥的棺材挖出來，發現這可憐的傢伙是被活埋的。那是他發復活節請帖的同時，所以他不但替哥哥報仇，也弄到在山區建古堡的廉價勞工。他在原始古堡遺址附近蓋了磚窯，凡是熬過上山旅程的人，都被迫日夜工作，搬磚建築圍牆與高塔。那地區的民謠說，工程完成前，貴族的華服已經變成破布，片片從他們身上掉落。」喬傑斯古刮著他的碗。「我發現卓九勒不但殘忍，也很實際。」

所以，老友，明天我們就要踏上那些不幸的貴族走過的山路了，不過我們有馬車可坐，他們卻徒步跋涉入山。

目睹穿傳統服裝的農夫，走在穿著比較現代的城裡人中間，眞是有趣。他們男人穿白襯衫、黑背心，還有難得一見的皮革拖鞋，用皮繩交叉固定，一直綁到膝蓋的高度，就像古羅馬的牧羊人。婦女的皮膚跟男人一樣黝黑，大多長得很漂亮，穿厚重的裙子配襯衫和緊身背心，他們的衣服都有繁複的刺繡。這似乎是個活潑的民族。我昨天早晨剛到時，就看到市場上的人一邊討價還價，一邊大聲說笑。

我寄出這些信的機會越發渺茫，只好暫時將它們收在行囊裡。

你眞摯的巴特羅繆上

親愛的朋友：

我很高興向你報告，我們已順利抵達阿結喜河邊的村落。我們坐著馬車在陡峭的山路上走了一天，我給了趕車的農夫不少銀幣。今天我渾身骨頭痠痛，但心情很好。這村子讓我覺得很稀奇，像格林童話，而非現實人生，我但願你能看見它一小時也好，體會它距整個西歐世界多麼遙遠。這裡的小房子，有的很貧窮破落，但大多數氣氛都很愉快，有低矮的深屋簷、大煙囪，煙囪頂上還有來這兒過夏天的鸛鳥築的大鳥巢。

今天下午我跟喬傑斯古在村裡走了一趟，發現村子中央的廣場是他們聚會的場所，那兒有口井，供全村人取水，還爲每天進出村莊兩次的牲口準備了一個大水槽。有棵搖搖欲倒的樹下開了一間酒店，那是個吵雜的地方，我招待本地所有的酒鬼喝了一輪又一輪這種火辣辣的不神聖之水——你坐在金狼酒店喝溫馴的啤酒時，不妨遙想我的處境！醉漢之中有一、兩個可以跟我稍做溝通。

這些人之中，有的還記得喬傑斯古六年前來過，今天下午我們走進店裡時，他們用力拍他的背，算是打招呼，但也有些人好像躲著他。喬傑斯古說，去古堡來回需要一天，目前還沒有人願意給我們帶路。他們說有狼，還有熊，當然還有吸血鬼——當地語言稱之爲 pricolici。我對羅馬尼亞語漸漸有點概念，在解謎的過程中，我學過的法文、義大利文、拉丁文都很有幫助。今天傍晚訪問幾個白鬍子酒鬼時，全村的人都跑來，不怎麼講禮貌的瞪著我們瞧——家庭主婦、農夫、成群赤腳的小孩、年輕少女，後者都是黑眼睛的美人兒。曾有一次，我被假裝提水，或打掃門口台階，或找酒店老闆問訊的村民包圍，我忍不住哈哈大笑，惹來所有的人瞪著我看。

明天會更精彩。若能跟你聊一個小時該多好，而且是使用我的——我們的——語言。

你忠誠的羅熙上

親愛的朋友：

我們已經去過伏拉德的堡壘，而且回來了，眞是一個令人肅然起敬的地方。我現在知道我爲什麼要去看它；它使我在追尋——或者該說不久就要去追尋，不論以何種手段、到什麼地方，只要我的地圖派得上用場——這個久已死亡的可怕人物之際，更貼近他的生命。我要爲你敘述這趟冒險，不僅因爲我希望你能想像每一個場景，也因爲我想保存一個記錄。

我們黎明出發，搭乘本地一個年輕農夫的馬車，他是一位酒店常客之子，家境似乎很富裕。他顯然是奉父命載我們前去，自己卻不喜歡這項任務。我們在第一道曙光中趕到廣場上車，他對高山指點好幾次，搖著頭說：「波奈里古堡？波奈里古堡？」最後他似乎終於認命，放馬奔馳，那兩匹棕色的高頭大馬今天被豁免了下田的工作。

我們的車伕長相也頗爲魁梧，身材高大、虎背熊腰，戴上帽子足足比我們高兩個頭。這使得他對這趟旅程的畏懼在我看來有點可笑，不過我有過伊斯坦堡那場經驗（這件事我已經提到過，我會當面告訴你），斷不會當著這些農民的面，嘲弄他們的恐懼。喬傑斯古嘗試在我們穿過密林時跟他搭訕，但這個可憐人沈默而絕望（我猜）的抓緊韁繩，像一個被押赴刑場的死囚。他的手不時偷偷伸到襯衫裡面，好像他戴了某種護身符——這是我根據他脖子上的皮繩猜測的，我極力克制向他借來一看的慾望。我很同情他，尤其因爲這觸犯他文化禁忌的一切，都是我們起的頭，因此我暗中打定主意，旅程結束時一定要多給他點錢作爲補償。

我們計畫在外過夜，給自己充裕的時間看個仔細，只要遇上住在古堡附近的農民，就盡量跟他們攀談，基於這重考慮，車伕的父親還提供我們地毯和毛毯，他母親也給了我們大量的麵包、乳酪和蘋果，綁做一包，放在馬車後座。進入森林後，我就萌生一種強烈的、於學者身份不宜的興奮。我想起布蘭姆•史托克書中的主角，如何乘驛車進入外西凡尼亞的森林——當然是虛構的版本——眞是巴不得我們是在夜間出發，讓我也看一眼林中的鬼火，聽野狼長嘯。我想道，喬傑斯古沒看過那本書眞可惜，我回到英國一定要設法寄一本給他，如果我還會回那個單調無聊的地方去的話。直到憶起伊斯坦堡的遭遇，我才總算冷靜下來。

我們在樹林裡走得很慢，因爲道路不平，千瘡百孔，而且幾乎立刻開始爬坡。這裡的森林幽深，即使最炎熱的正午，光線還是很幽暗，帶有教堂內部那種奇異的清涼。坐車穿過森林，完全被樹木包圍，周圍有種煩躁不安的肅靜：車路上連續好幾哩，除了無盡的樹幹和灌木叢，包括濃密的針樅和多種闊葉樹，什麼也看不見。這些樹大多長得非常高，樹冠遮蔽了天空。感覺有點像坐車穿過非常大的教堂，經過許多根立柱，只不過這兒更黑暗，彷彿一個鬧鬼的教堂，沿途的壁龕供奉的是黑色聖母或殉教的聖徒。我觀察到十來個樹種，其中包括高大的栗子樹和一種我不曾見過的橡樹品種。

有一度，地面稍微平坦，我們駛進一片銀色的樹幹中間，在樹木非常茂密的英國莊園——現在已很罕見——也可能遇到類似的情境。你想必看過。這個殿堂充當羅賓漢的結婚禮堂也很稱頭，巨大的樹幹支撐著數百萬片細小綠葉組成的屋頂，去年的落葉在車輪下鋪成一片淡黃色的地毯。我們的車伕卻似乎不把這片美景看在眼裡——或許當你一輩子都在這樣的風景裡度過，就不覺得這是美景，只當它是世界當然的面目而已——照舊以不悅的沈默，拱背縮腰坐在那裡。喬傑斯古忙著將他在斯納格夫的工作寫成筆記，所以沒有人願意跟我談論四周的美。

我們走了將近半天，來到一片開闊的平原，萬物在陽光下閃著綠輝和金光。我發現我們已經爬得相當高，可以越過平原邊緣望見陡坡上濃密的樹海，在那兒一步踏空，可能就墜落深淵。樹林在這兒墜入一道峽谷，這是我第一次看見阿結喜河，像一條銀色的血管。對岸是一大片林木覆蓋的山坡，看起來幾乎不可能攀爬。這是鷹隼的國度，人類無法涉足，想到鄂圖曼人與基督徒在這兒起過多少次衝突，我心中敬意油然而生。不論多麼好勇鬥狠的國家，竟然企圖突破這個地區，在我看來都是愚昧到極點。我更加了解卓九勒爲何選擇這個地方築城堡；這簡直是不需要城堡的天險嘛。

我們的嚮導跳下車，打開我們的午餐，我們在雜生的橡樹和赤楊樹下進食。然後他躺在樹下，拿帽子蓋著臉，喬傑斯古也躺在另一棵樹下，好像這是理所當然之事。他們午睡的一小時裡，我在草原上晃蕩。這兒除了風在無盡的森林裡哀鳴，非常之安靜。燦爛的藍天高掛在眾生之上。走到原野的另一端，我看見遠方低處有片類似的草原，那兒有個穿白袍、戴棕色闊邊帽的牧羊人。他的羊群像雲朵一般簇擁在他四周，我想他也可能眞的從圖拉眞㊹時代開始，就拄著木杖站在那裡。我的心情異常平靜，忘懷了此行任務的血腥本質，我覺得我也可以在那片芬芳草原上一待千萬年，就如同那個牧羊人一樣。

下午我們的路愈走愈陡，終於來到喬傑斯古說是最接近古堡的村落；我們在這兒的酒店裡坐了一下，喝了一杯那種非常能提升勇氣的白蘭地，本地人稱之爲派林卡。我們的車伕明確表示，我們徒步去古堡時，他要留下來看馬；他無論如何都不會爬到山上去，更不要說陪我們在廢墟裡過夜了。我們勸他同行，他嗚咽道：「Pentru nimica in lime，」然後用手捏緊脖子上的皮繩。喬傑斯古告訴我，那句話的意思是「絕對不要。」他的態度是如此頑固，最後喬傑斯古笑笑說，這段路並不難走，而且反正最後一段也只能步行。喬傑斯古要求睡在露天而不回村裡過夜的點子，讓我有點困惑，而且說老實話，我對於在那種地方過夜，實在也沒什麼意願，不過我沒說什麼。

最後我們把車伕留給他的白蘭地，把馬匹留給牠們的飲水，自行扛起食物和毯子，就上路了。我們沿著大街向前走時，我想起塔格維斯特貴族的故事，他們蹣跚走向最初那座古堡的廢墟，然後我又想起我在伊斯

㊹譯註：Trajan是西元98-117年在位的羅馬皇帝。

坦堡所見——或以爲我看見的那一幕——心情又不安起來。

道路不久就縮減成僅容一輛小馬車通行，之後又變爲僅容步行的林中小徑，開始上坡。只有最後一小段路比較陡，我們輕鬆的爬了上去。忽然我們已站在朔風凜冽的山脊上，一道岩石嶙峋的石脊，把樹林一分爲二，這條脊椎的最高處，比其他地方都高的那塊脊椎骨上，攀附著兩座已成廢墟的高塔和斷裂的牆壁，這就是卓九勒城堡的遺址。這兒的風景眞是驚心動魄，讓人讚嘆不置，下面的峽谷裡，阿結喜河的閃光只隱約可見，沿著河邊有東一處、西一處的小村莊。向南望去，我看到喬傑斯古稱之爲瓦拉基亞平原的丘陵，向北望去，只見層峰疊巒，有些山頂積雪終年不化。我們已來到老鷹棲息的地方。

喬傑斯古一馬當先，沿著滾落的岩石往上爬，我們終於站在廢墟中間。我立刻看出，古堡規模不大，而且被拋棄多年，任由風雨侵蝕；各種野花、地衣、青苔、蕈菇和被強風吹得長不高的樹，都已經在這兒找到永久的居所。仍然聳立的兩座塔，瘦伶伶的剪影映著天空。喬傑斯古說，這兒原來有五座塔，以便卓九勒的心腹監看有無土耳其人來犯。我們站立的地方是堡內廣場，這兒曾經有座深井，爲圍城做準備，相傳還有一條秘密通道，通往下方阿結喜河邊的岩洞。一四六二年，卓九勒斷斷續續使用這座堡壘將近五年後，就靠密道從土耳其人手中脫逃。顯然此後他再沒有回來過。喬傑斯古相信他已辨識出位在廣場一端的小教堂，我們湊著半塌的地下室東張西望。鳥雀在塔裡飛進飛出，我們足跡所至，蛇與小動物紛紛逃竄，我有種感覺，大自然不久就會把這座城堡收歸己有。

我們的考古學課程結束後，已是日薄西山，周遭的岩石、樹木、尖塔，都拉出極長的黑影。喬傑斯古思索道：「我們可以回村子去。但那麼我們明天早晨若想再到處看看，就得再爬上來。我寧願在這兒露營，你說呢？」

當時我眞的覺得我寧可不要露營，但喬傑斯古看起來那麼實事求是，那麼科學，手拿著他的速寫簿對我微笑，讓我覺得說不出口。他隨即動手收集附近的枯枝，我也幫他忙，我們細心刮除老廣場石板上的青苔，清理出一塊地面，不久就升起一個劈劈啪啪的火堆。這堆火似乎帶給喬傑斯古莫大的快樂，他對著火吹口哨，調整散落的柴枝，然後搭起一個克難爐灶，把他從背包裡變出來的一口鍋子架在上面。不久他就開始煮燜肉，切麵包，對著火焰微笑，我不禁想起，畢竟他不僅是個蘇格蘭人，也有吉卜賽人的血統。

晚餐還沒好，太陽已經落山了，它一旦消失，廢墟就陷入一片黑暗，唯有微光烘托出光禿禿的塔影。有什麼東西——貓頭鷹？蝙蝠？——拍著翅膀在空洞的窗户裡穿梭，那是從前向土耳其人發射箭矢的垛眼。我取出地毯，在安全範圍内盡可能鋪得離火堆近一點，喬傑斯古盛出滋味美得像個奇蹟的晚餐，我們進食時，他又談起這地方的歷史。「關於卓九勒最悲傷的傳奇故事，都發生在這個地方。你聽説過卓九勒的第一任妻子嗎？」

我搖搖頭。

「這一帶的農民傳頌這故事，我認爲很可能是事實。我們知道一四六二年秋季，卓九勒被土耳其人趕出這座古堡，他雖然在一四七六年奪回瓦拉基亞統治權，但不久就被殺死，沒再回到這裡。本地農村的民謠説，土耳其軍隊開到對面山上那個晚上」——他指著濃密如天鵝絨的森林——「他們在波奈里的舊堡壘那裡紮營，並企圖從對岸發射大砲，擊垮卓九勒的城堡。這一招沒有成功，所以他們的司令官下令，第二天早晨發動全面攻擊。」

喬傑斯古停下來，把火堆撥旺；火光在他黝黑的臉和金牙上跳躍，他的黑頭髮看起來像獸角。「夜間，土耳其營地裡有個跟卓九勒有親戚關係的奴隸，偷偷把一枝箭射入這座高塔的窗口，他知道那兒是卓九勒的私室。箭上綁著一封信，警告卓九勒和他的家人趕快逃走，免得淪爲俘虜。這個奴隸可以看見卓九勒的妻子在燭光下讀信。農民在歌謠裡説，她告訴丈夫，她寧願被阿結喜河裡的魚吃掉，也不願做土耳其人的奴隸。土耳其人對俘虜不好，這你是知道的。」喬傑斯古從燜肉上抬起頭來，露出一個惡魔似的微笑。「然後她爬上高塔——説不定就是那邊那座——從塔頂縱身躍下。卓九勒當然就從他的密道逃走了。」他很實際的點點頭。「這段阿結喜河道現在還被稱做 Ruil Doamnei，意思是王妃河。」

你可以想像，我聽得打了個寒噤——下午我從那片懸崖望下去過。山頂到河面的落差高得難以想像。

「卓九勒跟這位妻子有小孩嗎？」

「有啊，」喬傑斯古又舀了一杓燜肉給我。「他們的兒子人稱壞蛋米雷亞，他在十六世紀初統治瓦拉基亞。也算一號有趣的人物。他的後裔有一大堆叫米雷亞和摩瑟亞的，都滿讓人厭惡的。卓九勒曾經再婚，第二任妻子是匈牙利女人，馬提亞國王的親戚。她們都替卓九勒生了很多孩子。」

「他的後人還有住在瓦拉基亞或外西凡尼亞嗎？」

「我想沒有吧。如果有的話，我應該會知道。」他撕下一大塊麵包遞給我。「第二任妻子的孩子在塞克勒㊺有土地，跟匈牙利人通婚、雜居。最後一代嫁入姓葛齊的貴族世家，後來也消失了。」

我邊咀嚼食物，邊把這些都抄在筆記本裡，雖然我不認爲這會有助於我找到任何墳墓。這讓我想到最後一個問題，但我不太想在那片龐大而深沈的黑暗裡提出。

「有沒有可能卓九勒其實是埋葬在這裡，或他的屍體從斯納格布移到這裡來以免受損？」

喬傑斯古咯咯笑起來。「你還不放棄希望，是嗎？不可能，那個老傢伙一定埋在斯納格布的什麼地方，相信我。不過，那邊的教堂裡有間密室，那兒有個下陷的空間，可以從台階走下去。幾年前，我第一次來的時候，在那兒發掘過。」他咧嘴對我笑。「村民好幾個星期都不願跟我說話。但那兒是空的。連根骨頭都沒找到。」

說完這話不久，他開始張大嘴巴打呵欠。我們把食物用品放在火邊，用毯子緊緊裹著身體，靜靜躺著。夜晚很冷，我很慶幸穿著最保暖的衣服。我抬頭看了一會兒星星——它們似乎離黑色的懸崖特別近——聆聽

㊺譯註：Szekler位於今外西凡尼亞東部。

喬傑斯古的鼾聲。

最後我一定也睡著了，因爲我醒來時，火勢變得很微弱，幾縷浮雲遮住了山頂。我冷得發抖，正打算起身，在火裡添幾根木頭，附近忽然傳來一陣窸窣聲，我的血液差點凝固。廢墟裡不止有我們在，不論那片地面凹凸不平的廣場上，與我們同在的是何方神聖，它已非常接近我們。我非常緩慢的站起身，打算必要時叫醒喬傑斯古，同時又好奇他的吉卜賽行囊裡，除了飯鍋，有沒有攜帶武器。周圍一片死寂，過了幾分鐘，我再也受不了這份懸疑。我從收集來的柴薪裡挑出一根樹枝，放進火裡點燃，做成一支火把，小心的把它高舉起來。

忽然在教堂那個方向的草叢深處，我的火把照見一雙紅色的眼睛。老友，若說我沒有全身汗毛豎立，絕對是撒謊。那雙眼睛逼上前來，我說不出它們距地面多遠。它們對著我看了很長一段時間，我毫無道理的覺得，那眼光中有認識我的表情，它們知道我是誰，正在研判我的性格。接著，草叢裡一陣亂響，一隻很大的動物露出半截身軀，四處張望一下，便快步跑回黑暗中。那是一頭體型驚人的狼；黯淡的光線下，我只瞥見牠蓬鬆的長毛和碩大的頭一眼，牠就溜出廢墟不見了。

我再次躺下，既然危險似乎已遠離，我也不想叫醒喬傑斯古。但一遍又一遍——至少在我心中——我看見那雙銳利而無所不知的眼睛。我想我本來應該還是睡得著，但躺在那兒，我覺得有個遙遠的聲音，彷彿從森林的黝暗處向我們飄過來。最後我心情緊張得無法再躺在毯子裡，我再度起身，悄悄穿過雜草叢生的廣場，從牆頭上往外窺探。懸崖外面就是阿結喜河的深谷，我已經描述過了，但我左方有一小塊區域，樹林的坡度比較平緩，我聽見那個方向有許多聲音在喃喃低語，也看見像是營火的亮光。我不知道是否吉卜賽人在樹林裡野營；打算早晨再問喬傑斯古。但就像是這念頭有某種魔力，我的新朋友忽然從幢幢黑暗中出現在我身旁，他仍帶著睡意，步履蹣跚。

「有什麼不對嗎？」他向牆外張望。

我指著方向：「那是吉卜賽人的營地嗎？」

他笑了起來。「不可能，不會在這麼遠離文明的地方。」他打了個呵欠，但火堆的餘燼卻照見他的眼神既明亮又警覺。「不過確實有點奇怪，我們過去看看。」

我一點也不喜歡這主意，但幾分鐘後，我們把靴子穿上，悄悄沿著小徑，向聲音的來源走去。它愈來愈響亮，忽起忽落，有種奇怪的節奏——不是狼，我想道，是人類的聲音。我儘可能避免採到樹枝。我一度看到喬傑斯古把手放在外套裡——他果眞有把槍，我放心的想。不久我們就從樹縫間看見火光跳動，他示意我壓低身子，跟他一起蹲在樹叢後面。

我們來到林中一片空地前，很令人意外的，這兒有很多人，他們圍繞火堆站成兩圈，面對火堆在唸誦。其中有個顯然是領袖，站得離火堆較近，每當唸誦進入一個高潮，每個人就會高舉一臂，做爲行禮致敬的手勢，同時把另一隻手搭在旁邊的人肩上。他們的臉在火光下都變成奇怪的橘紅色，表情僵硬，沒有人笑，眼睛閃閃發光。他們的穿著類似制服，黑外套、綠襯衫、黑領帶。「這是什麼？」我低聲問喬傑斯古。「他們說些什麼？」

「一切爲祖國！」他湊在我耳畔悄聲道。「別出聲，否則我們死定了。我猜這是天使長米迦勒軍團。」

「那又是什麼？」我嘗試只動嘴唇。那些石頭般的臉孔和硬梆梆舉起的手臂，實在一點都不予人天使的聯想。喬傑斯古示意我離開，我們又悄悄遁回林中。但在我們轉身前，我注意到空地另一頭有動作，令我越發吃驚的是，我看見一個穿斗蓬的高大男子，火光只有一瞬間照到他的黑髮和蠟黃的臉。他站在兩圈穿制服的男人外圍，表情十分欣喜；事實上，他好像在哈哈大笑。一瞬過後，我就看不見他了，我猜想他一定躲進樹林裡去了。然後喬傑斯古就拉著我往山坡上爬去。

等我們安全回到廢墟——奇怪，現在相形之下，這裡感覺好安全——喬傑斯古在火旁坐下，燃起煙斗，好像要藉此讓自己定心。「我的天，老弟，」他喘口氣。「我們都差點送命。」

「那是什麼人？」

他把火柴扔進火裡。「罪犯，」他說得很簡短。「也稱做鐵衛軍。他們在這地區的農村裡聲勢浩大，挑選年輕人，培養他們心中的仇恨。他們最恨猶太人，要使他們在世界上絕跡。吉卜賽人也常被殺害。通常還有很多其他人。」

我把我看到站在圈外的那個人形容給他聽。

「哦，那是一定的。」喬傑斯古恨聲道。「他們吸引各種奇怪的仰慕者。不久整個山區的牧羊人都會加入他們。」

我們花了好些時間才又入睡，但喬傑斯古向我保證，軍團的人開始儀式後就不可能爬上來。我只勉強斷斷續續打盹，感覺很不舒服，看到曙色乍現，眞讓我如獲大赦。現在四周非常安靜，雖然霧氣很濃，樹梢沒有一絲風。等到天色夠亮，我就小心翼翼走到教堂傾頹的地窖那兒去察看狼跡。教堂距我們較近的一側，泥地上有非常明顯的足跡，大而沈重。奇怪的是足跡只有一組，從教堂下陷的密室往外走，看不出那頭狼是怎麼進到裡面去的——也可能我在草叢中辨識足跡的技術不到家。我們吃完早餐，我還感到十分困惑，畫了幾張圖，然後下山。

我又要停筆了，從遠方向你致最親切的問候——

羅熙上

47

親愛的朋友：

我無法想像這些我單方面發出、內容離奇的信件，寄達你手中時，你會作何感想，但我要堅持寫下去，即使只爲我自己留個記錄。我們昨天下午回到阿結喜河邊的小村，也就是卓九勒古堡之行的起點，喬傑斯古回斯納格布去了，臨別時他給我一個熱情的擁抱，捏捏我肩膀，還說希望有機會再聯絡。他眞是個愉快的導遊，我一定會想念他。最後一刻，我有種罪惡感，因爲我沒有把我在伊斯坦堡所見全盤告訴他，然而我實在說不出口。反正說了他也不會相信，多費我的唇舌，對他毫無幫助。我很容易想見他會發出爽朗的笑聲，基於科學立場大搖其頭，對我的奇思怪想嗤之以鼻。

他慫恿我跟他一起回塔戈維斯特，但我已決心在這地區多住幾天，探訪本地的教堂和修道院，或能對伏拉德古堡周邊的地區多一點了解。這是我給自己和喬傑斯古的藉口，所以他推薦了幾處卓九勒在世時無疑一定去過的地點。我想我還有別的動機，老友，就是我覺得我再也不會重遊這麼一個地方，這麼偏遠，這麼遠離我慣常的研究，這麼深得我心的美麗。既然決定把我最後幾天假期耗在這裡，不急著提前趕回希臘，我就輕鬆的流連在酒店裡，設法跟本地耆老聊聊這地區的傳說，提升我羅馬尼亞文的造詣，不過成績乏善可陳。我今天我在村旁的樹林裡散步，樹下看到一個孤伶伶的祭壇。它用石頭砌成，年代久遠，還有個茅草屋頂。我猜它的原始部分，可能在卓九勒的軍隊馳騁在這裡的道路上以前很久就已存在。放在祭壇上的鮮花已經枯萎，十字架底下積了一汪蠟燭油。

回村子途中，我遇到一件同樣令人吃驚的事——有個穿農家服飾的年輕村女，動也不動擋住我的去路，她看起來真像歷史裡走出來的人物。因爲她沒有移動的意思，我就停步跟她打招呼，很意外的，她給我一枚硬幣。那個錢幣看起來非常古老——中世紀的——有一面是龍形圖案。我很確定，雖然毫無證據，這是龍騎士團的錢幣。那女孩當然只會說羅馬尼亞語，但我設法問出，錢幣是一個住在伏拉德古堡附近的老婦人，來到村裡時交給她的。女孩還告訴我，她的家族姓葛齊，雖然她似乎對這姓氏的意義一無所知。你可想像我有多麼興奮：我竟然當面見到一個卓九勒的後代。這想法使人既驚訝又害怕（雖然這女孩純潔的臉和優雅的儀態，跟獸性或殘酷完全沾不上邊）。我想要歸還那枚錢幣，但她堅持要我留下，我暫時把它收著，雖然我一定會設法還給她的。我們已約定明天再談，現在我必須停筆，把錢幣上的龍圖案描下來，然後用功研究字典，希望跟她多談談她的家族和他們的來歷。

親愛的朋友：

昨晚我跟那位向你提過的年輕女子交談，頗有一點進展。她確實姓葛齊，她拼給我看，跟喬傑斯古幫我拼寫在筆記本上的方式一模一樣。談話中她的理解力那麼敏銳，讓我很驚訝，而且我發現她不但天資優異，也能讀和寫，可以幫我查字典。每當有新的理解時，她活潑的臉蛋和明亮的黑眼睛流露滿足的神色，顯得格外可愛。她當然從來沒學過外國語言，但我毫不懷疑，只要有適當指導，她會學得很輕鬆。

我覺得很不尋常，這麼一個偏遠而單純的地方，竟有如此出眾的聰明女子；或許這進一步證明她是貴族或受過良好教育的才智之士的後裔。就我的了解所及，她父親的家族很久以前就來到這裡，確切時間沒有人記得，但其中有些是匈牙利人。她說她父親自認是阿結喜古堡大公的後裔，而且那兒埋有寶藏，這兒的農夫顯然都相信這件事。我很費勁才弄懂，他們相信在某個聖徒的紀念日，會出現超自然的光，顯示藏寶的地點，但村中所有的人都不敢去找。這女孩的天分顯然超出她的環境之上，讓我不斷聯想到哈代筆下美麗的黛絲姑娘，那是個高貴的擠牛奶女郎的故事㊻。我知道你不讀一八〇〇年以後的作品，老友，但我去年才看完那本書，我鄭重推薦你一讀，就算從你例行的功課繞個道，順便告訴你，我很懷疑有寶藏存在，否則喬傑斯古早該找到了。

她告訴我一個驚人的事實，她家族中每一代都有一個成員要在皮膚上紋一條小龍。這件事，就像她的名字和她父親的說法，使我更加相信她是現存龍騎士團的一員。我很想找她父親談談，但我一提到這件事，她就顯得很害怕，如果我堅持就太卑鄙了。此地的文化極端保守，我很小心不讓她的名譽在自己的親人之間受損——我相信她單獨跟我交談，已經冒了很大風險，所以我對她的幫助更加感激。

我要去林中散步了；這地方有那麼多事需要思考，我得讓頭腦清醒一下。

親愛的朋友，我唯一推心置腹的人：

兩天過去了，我不知道該如何落筆，或我是否該讓任何人看到這封信。這兩天之內，我的人生發生徹底的改變。它們讓我滿懷希望，同時有滿懷恐懼。這兩天之中，我好像越逾了一道界線，踏入新的生活。我還不知道這到底代表什麼。我是最快樂的人，但也極端焦慮。

兩天前的晚上，也就是我上次寫信給你之後，我再次見到我告訴過你的那個天使般的年輕女子，我們這次交談導致一個突如其來的改變——事實上是一個吻——然後她就逃跑了。我整晚無法入睡，天亮以後，我離開村子，到樹林裡遊蕩。我在早晨鮮嫩的綠意中散了一會兒步，間或在岩石或樹樁上坐一下，樹上、晨光裡，無處不看見她的臉。我想了好多遍，不知是否該立刻離村他去，因爲我可能已經冒犯了她。

一整天就這樣過去了，我東走走、西走走，只回村裡吃午餐，我很擔心隨時會遇見她，但又希望看見

㊻譯註：見湯瑪斯•哈代（Thomas Hardy）著《黛絲姑娘》（Tess of the D'Urbervilles），英文版一八九一年出版，有多個中譯本。

她。但到處不見她的影蹤，黃昏時，我又回到我們見面的老地方，想著如果她再來赴會，我會盡力向她解釋我很抱歉，此後絕不會再騷擾她。就在我放棄希望，以爲不會再見到她，而且打定主意，既然我冒犯她如此嚴重，第二天一早必須離開時，忽然看到她站在樹木之間。我看到她穿著厚重的長裙、黑色的背心，沒戴帽子，滿頭烏木般黑亮的秀髮，編成辮子垂在肩上。她的眼睛也很黑，而且很驚恐，但最引起我注意的是，她臉上穎慧的神采。

我開口想說什麼，就在那一刻，她飛奔過來，撲進我懷裡。讓我很意外的是，她似乎把自己完全交付給我，我們的感情很快就近入最親密的階段，一切都那麼溫柔純潔，雖然未經規劃。我發現我們可以自由自在交談——不需要再透過我們的語言——我可以在她那雙睫毛濃密、亞洲式眼皮的黑眼眸裡，讀到整個世界，甚至我全部的未來。

她離開後，我懷著顫抖的情緒獨自留下，試著釐清自己究竟做了什麼，我們做了什麼，但我內心那份圓滿和幸福的感覺，總是打斷我的思路。今天我還要去等她，因爲我別無選擇，因爲我全部的生命似乎都繫在那個跟我那麼不同，卻又無比熟悉的女孩身上，我幾乎無法理解發生了什麼事。

親愛的朋友（如果你還是我寫信的對象）：

我已經在樂園裡過了四天，我對那個佔據我的身心的天使的愛，似乎除了一個愛字沒有別的方式可以形容。我置身異國他鄉，體會到一種我從不曾對任何女人產生的感覺。只剩幾天可以考慮，我當然已經從所有的角度思考這件事。把她丟在這裡，從此不再相見，對我而言，就像再也見不到我的家鄉一樣，絕對辦不到。另一方面，帶她跟我一起離開，會發生什麼事，也讓我天人交戰——別的不說，我怎能殘酷的剝奪她自己的家和親人，她跟我去牛津又會有什麼後果。最後一點尤其複雜，但在我看來情況很明顯：如果不帶她走，我們兩個都會心碎，而且我從她那兒得到那麼多，這是懦弱且卑鄙的行徑。

我已經決心儘快娶她爲妻。我們的人生無疑會走一條奇怪的路，但我確信她與生俱來的優雅與才智，可以幫她度過我們會共同面臨的一切。我不能把她丟在這兒，然後一輩子猜測她發生了什麼事，我尤其不能在這種處境下把她拋棄。我打定主意今晚向她求婚，一個月後成婚。我計畫先回希臘，向我的同行借錢（或請親友匯款），湊夠錢給她父親，作爲把她帶走的補償；我身邊的錢所剩不多，所以我不敢輕舉妄動。此外，我覺得我必須出席那邊邀請我參加的發掘活動——克諾索斯附近一個貴族之墓。我未來的工作可能要仰仗這幾位同行，我還指望靠它養活自己和她，建立未來人生呢。

這之後，我會回來接她——四星期的離別多麼漫長啊！我希望斯納格布的修士能爲我們舉行婚禮，由喬傑斯古擔任見證。當然，如果她父母堅持我們離開村子前舉行婚禮，我也願意配合。無論如何，她都會以妻子的身分跟我旅行。我想我會從希臘發電報給我的父母，等我們回到英格蘭，我會帶她到他們那兒暫住。至於你，我親愛的朋友，如果你已經看到這封信，能否麻煩你費心替我們在大學附近找個房間？一切請保密。花費當然是首要考慮。我也希望她盡快開始學英文，我確信她會學得很好。或許時序入秋，你就能來我們的火爐旁促膝而談，老友，到時你就會明白，我爲何這般癡狂。在那之前，你是我唯一放心傾訴這一切的知音，只等我有機會寄出這些信。我祈禱你出於寬大的心胸，會給我一個仁慈的判決。

歡喜與焦慮交加的

羅熙上

48

「那是羅熙最後一封信，或許也是他寫給朋友的最後一封。我坐海倫身旁，一起搭巴士回布達佩斯，我仔細把信折好，輕握一下她的手。『海倫，』我遲疑的說道，因爲我們之中至少要有一個人大聲把話說出來。『妳是伏拉德•卓九勒的後代。』她看著我，然後望向巴士窗外，我覺得她臉上有種不知該如何反應的表情，但這使她血管裡的血液，忽然翻騰洶湧起來。

「海倫和我在布達佩斯下車時，已近黃昏了，想到我們坐巴士離開這同一個車站，不過是當天早晨的事，不禁有種震撼的的感覺。我覺得那一刻彷彿已經距現在好幾年。羅熙的信安全的放在我的手提包裡，它們的內容在我腦海裡映出無數鮮明的影像；我在海倫眼神裡也看到那些故事的投影。她一直挽著我的手臂，好像這一天之中揭露的事實，動搖了她的自信。我很想用手臂攬住她，擁抱她，在街頭吻她，告訴她我永遠不會離開她，而羅熙也不應該——永遠不該離開她母親。我唯有壓住她的手，讓它緊貼我身旁，跟著她回旅館。

「走進旅館大廳，我再度興起離開很久，恍如隔世的感覺——原本不熟悉的地方，待了一、兩天就開始變得這麼熟悉，這是多麼奇怪啊，我想道。海倫收到她阿姨的留言，她高興的立刻看了一遍。『我就知道。她邀我們今晚一起吃飯，就在這家旅館。我想她要利用這機會跟我們道別。』

『妳會告訴她嗎？』

「『那些信嗎?也許吧。我總是什麼事都跟艾娃說,早晚吧。』我很想知道她有沒有告訴艾娃什麼與我有關、我卻不知道的事,但我克制發問的衝動。

「晚餐前,我們沒剩多少時間回房盥洗更衣——我換上兩件髒襯衫中比較乾淨的那件,站在豪華的臉盆前刮鬍子。回到樓下,艾娃已經到了,不過海倫還沒有出現。艾娃站在大廳臨街的窗前,背對著我,她臉朝大街,對著逐漸黯淡的暮色。從這個角度看去,她比較沒有公開場合那種令人望而生畏的靈活與亢奮;她裹在墨綠色外套裡的背部很放鬆,甚至微微駝著背。她忽然轉身,替我省了該不該叫她的猶豫,在她向我展現燦爛的笑容前,我看到她眼中的擔憂。她快步走過來跟我握手,我則親吻她的手。我們沒有交談,但感覺就像我們是分別好幾個月,甚至好幾年的老朋友。

「沒多久,海倫也到了,讓我鬆了口氣,她充當翻譯,我們走進鋪著發亮的白桌布、擺著醜陋瓷器的餐廳。艾娃阿姨替我們點菜,就像上次一樣,我疲倦的靠在椅背上,讓她們聊一會兒。她們剛開始似乎說了幾個親密的笑話,但不久艾娃就沈下臉,我看見她拿起叉子,無精打采的捏在食指和拇指轉動。然後她低聲對海倫說了什麼,海倫的眉頭也開始打結。

『怎麼了?』我不安的問。今天我已經聽夠秘密和悲慘的故事了。

『我阿姨發現一件事,』海倫壓低聲音道,雖然我們四周的食客幾乎都不可能聽得懂英文。『一件對我們可能很不愉快的事。』

『什麼事?』

「艾娃點點頭,說了幾句話,又沈默下來,海倫眉頭揪得很緊。『情況很糟,』她悄聲道。『阿姨因爲你——因爲我們——被找去問話。她告訴我,今天下午有個她認識很久的警探去找她。他先道歉說這是例行公事,但他接著就盤問她,你爲何來匈牙利,你有什麼企圖,還有我們——我們的關係。阿姨處理這種事很精明,她反問他時,他透露他是——怎麼說——奉傑薩•尤瑟夫之命來辦案。』她聲音低到幾乎聽不見。

「『傑薩！』我瞪著她。

「『我告訴過你他是個討厭鬼。他在討論會上也對我提出很多問題，但我不理他。顯然那惹得他比我預期的更生氣。』她頓了一下。『阿姨說，他是秘密警察的一員，對我們可能很危險。他們不喜歡政府的自由改革，想方設法維持舊路線。』

「她語氣中有些什麼，促使我問道：『妳早就知道這件事了嗎？他的地位多高？』

「她有點慚愧的點點頭。『晚點再告訴你。』

「我不確定我想知道多少，但想到那個英俊的大個子在調查我們，讓我覺得很不愉快。『他想要什麼？』

「『他顯然認爲你不僅涉及歷史研究而已。他認爲你此行有其他目的。』

「『很正確，』我低聲指出。

「『他要知道你目的何在。我相信他知道我們今天去了哪兒——但願他不會去偵訊我母親。我阿姨設法把那個警探引到別的方向，但她現在很擔心。』

「『妳阿姨知道我要找的是什麼——人嗎？』

「海倫沈默了一下，她抬起眼睛時，眼中有種類似哀求的表情。

「『知道。我認爲她有可能幫得上忙。』

「『她有什麼建議？』

「『她只說，我們明天就離開匈牙利是好事。她警告我們離開時不可以跟任何陌生人交談。』

「『當然，』我憤怒的說：『也許尤瑟夫有興趣在機場跟我們一起研究卓九勒的資料。』

「『拜託，』她的聲音低到幾乎聽不見。『不要拿這種事開玩笑，保羅。這很嚴重的。如果我還想回來的話——』

「我羞愧的沈默下來。我沒打算要開玩笑，只想宣洩我的憤怒。侍者送上甜點——油酥麵包和咖啡，艾娃阿姨以慈母的殷勤鼓勵我們多吃，好像把我們餵胖一點，就能擋開全世界的邪惡。我們吃吃喝喝的時候，海倫告訴她阿姨有關羅熙的信。艾娃專注的聽，緩緩點頭，但沒說什麼。我們的杯子空掉的時候，她刻意轉過身來對著我，海倫低頭看著桌面幫我翻譯。

『親愛的年輕人，』艾娃就像她妹妹早晨那樣，握著我的手說。『我不知道我們是否還有機會見面，我希望有。這其間，請你好好照顧我最疼愛的外甥女，或者起碼讓她好好照顧你』——她狡猾的看了海倫一眼，海倫顯然假裝沒看見——『要確保你們兩個都平安回學校做你們的研究。海倫告訴我，你有一件崇高的使命，這是好事，但如果你無法在短期內達成，你得知道你已經盡力而爲，你要趕快回家去。然後你必須繼續過你的人生，朋友，因爲你還年輕，大好前程等著你。』她用餐巾壓一下嘴唇，站起身來。走到旅館門口，她默默擁抱海倫，然後湊過身來，親吻我兩邊的面頰。她很嚴肅，眼睛裡沒有淚水閃爍，但我看到她臉上有種深沈、靜止的悲哀。那輛高貴的汽車在等她。我看到她的最後一眼，是她從後車窗鎮靜的向我們揮手。

「海倫好幾分鐘默默無語，她轉身看著我，又把頭轉開。終於她打起精神，果決的看著我。『來吧，保羅，這是我們在布達佩斯最後一段自由的時間。明天我們就要趕到機場。我想去散個步。』

『散步？』我道：『秘密警察對我感興趣，這怎麼成？』

『他們只想知道你知道些什麼，又不會在暗巷裡捅你一刀。少自命不凡吧，』她笑起來。『他們對我的興趣不亞於你呢。我們只待在光亮的地方，走大馬路，但我希望你再看一眼這座城市。』

「我很樂意這麼做，我也知道這可能是我這輩子最後一次看到布達佩斯，所以我們再次走進溫暖的夜晚。我們漫步走向河邊，正如海倫承諾的，不離開大馬路。我們在大橋前停下腳步，然後她走到橋上，伸出一隻手，若有所思的撫摸著欄杆。我們在遼闊的河面上再次駐足，向兩端眺望布達佩斯的風光，我再次體會它的富麗堂皇和在戰爭中受到的傷害。全城燈火通明，在黑色的水面上蕩漾。海倫靠著橋欄站了一會兒，然後彷彿很不情願的轉過身，向佩斯走回去。她脫掉了外套，她轉身時，我看見她襯衫後面有個形狀不規則的東西。仔細一看，才發現是一隻巨大的蜘蛛。它在她整個背上織了一大片網；我很清楚看見閃閃發光的蛛絲。我想起我看到過橋欄杆上她摸過的地方有蜘蛛網。『海倫，』我低聲說。『別緊張——妳背上有東西。』

「『什麼？』她呆住了。

「『我要替妳撣掉，』我柔聲道：『只不過是一隻蜘蛛。』

「她整個人一震，但她聽話的站著不動，讓我把那東西從她背上拂掉。我承認我心裡也發毛，因爲那是我畢生僅見最大的蜘蛛，幾乎有我半個巴掌那麼大。它掉落到我們旁邊的欄杆上，發出清晰可聞的啪一聲，海倫尖叫一聲。我從來沒聽過她表達恐懼，那聲小小的驚呼卻讓我很想抓住她、搖晃她，甚至打她一掌。『沒、事了，』我力持鎮定，趕快拉住她手臂說。讓我很意外的，她只嗚咽了兩聲就穩定下來。我很難想像這個敢開槍射擊吸血鬼的女人，竟然會被蜘蛛嚇成這樣，但也可能這一天發生了很多事，壓力特別大。更令我意外的是，她轉身望著河水，輕聲道：『我答應要告訴你有關傑薩的事。』

「『妳不需要告訴我任何事，』我希望自己的語氣沒有太多惱怒。

「『我不喜歡藉保持沈默撒謊，』她走到幾呎外，好像要把蜘蛛完全忘掉，雖然蜘蛛已經消失不見，說不定掉進多瑙河去了。『我讀大學的時候，曾經跟他談過短暫的戀愛，或我自以爲是那麼回事，他幫我阿姨替我爭取獎學金和護照，讓我離開匈牙利，做爲回饋。』

「我退縮了一下，瞪著她看。

「『哦，沒那麼低俗啦，』她道。『他並沒有說：「妳跟我睡覺，然後就可以去英國。」事實上他滿含蓄的。他也沒有從我身上得到所有他想要的。但我不再對他著迷時，已經拿到了護照。就這麼回事，我清醒的時候，已經取得了通往自由和西方的門票，我不願意放棄。而且我認爲找到父親就值得這一切。所以我跟傑薩虛與委蛇，直到我能逃到倫敦爲止。然後我留給他一封信，切斷我們之間的關係。起碼這一點我要誠實。他一定很生氣，但他沒寫過信給我。』

「『妳又怎麼知道他是秘密警察的人？』

「她笑了起來。『他太虛榮，所以不會保密。他要我佩服他。我沒告訴他，其實我的感覺是害怕大於佩服，厭惡又大於害怕。他告訴我他曾經把多少人送進監獄，酷刑折磨，還暗示有更可怕的後果。老實說，要不憎恨這種人簡直不可能。』

「『我聽到這種話實在高興不起來，因爲他在注意我的動靜，』我道。『但我很高興知道妳對他持這種看法。』

「『你在想什麼？』她質問。『從我們到達的那一分鐘開始，我不是一直都盡可能離他遠遠的嗎？』

「『但我感覺得到，妳在討論會上看到他時，心情很複雜，』我承認。『我不得不猜測，妳說不定愛過他，甚至仍然愛著他。』

「『不，』她搖搖頭，低頭看著湍急的黑色河水。『我不可能愛上一個審訊者——行刑者——甚至殺人者。即使不是基於這些因素拒絕他——現在的動機比過去更強烈——也有別的原因促使我拒絕他。』她稍轉過身，朝著我的方向，但不肯直接看我的眼睛。『那些原因都微不足道，但事實上非常重要。他不夠仁慈。他不知道什麼時候該說安慰的話，什麼時候該保持沈默。他一點也不在乎歷史。他沒有溫柔的灰眼睛、沒有兩道濃眉，也不會把袖子捲到手肘上。』我瞪大眼睛看著她，這時她抬起頭，堅毅而勇敢的正面對著我。『總之，他最大的問題就是，他不是你。』

「她的眼神幾乎無法解讀，但過了一會兒，她情不自禁開始微笑，好像在跟自己作戰，那是她家族中女性特有的美麗笑容。我瞪大眼睛，仍覺得難以置信，終於我擁她入懷，熱烈的吻她。『你在想什麼？』我一放開她，她就喃喃道。『你在想什麼？』

「我們在那兒佇立了好久——可能有一個小時——忽然她呻吟一聲，往後退，伸手去摸她的脖子。『怎麼回事？』我連忙問。

「她遲疑了一下。『我的傷口。』她緩緩道。『已經痊癒了，但偶爾還會作痛。剛才我正好想著——或許我不該跟你靠得這麼近。』

「我們面面相對。『讓我看看，』我道。『海倫，讓我看看。』

「她默默解開絲巾，仰起下巴，迎著路燈的光。我在她強壯的脖子皮膚上，看到兩個紫色的印痕，幾乎已經收口了。我的恐懼消退了一點。自從第一次遭受攻擊後，她顯然沒再被咬過。我湊上去，用嘴唇輕觸那部位。」

「『哎呀，保羅，不要！』她邊喊邊後退。

「『我不在乎，』我說。『我會治好它。』然後我疑惑的探索她的臉色。『還是那樣會痛？』

「『不，很舒服，』她承認，但她以保護的手勢摀住傷口，然後很快把絲巾綁回原位。那時我就知道，她受到的感染雖然輕微，但我必須比以往更加小心看著她。我伸手到口袋裡。『我們早就該這麼做。我要妳把這個戴上。』那是我們在故鄉的聖瑪麗教堂買的小十字架。我把它繫在她的脖子上，藏在絲巾底下。她似乎鬆了一口氣，用手指摸著它。

「『我不是基督徒，你知道，我覺得從學術立場太——』

「『我知道，但聖瑪麗教堂那次是怎麼回事？』

「『聖瑪麗教堂？』她皺起眉頭。

「『老家大學附近那個教堂。那次妳來跟我一起讀羅熙的信，妳在額頭上沾了一些聖水。」

「她思索了一會兒。『沒錯，我是那麼做過。但那跟信仰無關。只是思鄉病發作而已。』

「我們回頭慢慢走過橋，走在黑暗的街道上，沒再碰觸彼此。我仍在回味她手臂纏繞著我的感覺。

「『讓我跟妳一起回妳房間，』旅館在望時，我低聲道。

「『這兒不行，』我好像看到她嘴唇顫抖。『我們被監視著。』

「我沒再度提出要求，旅館櫃臺有事等著我們，我很慶幸可以藉此轉移注意力。我向服務員索取房間鑰匙時，他遞給我一張用德文寫的便條：竇格打過電話來，要我回電。我又重複一遍請求借用電話，並提供值夜員幫助我的誘因的程序，這期間海倫一直在旁等候──住在這兒幾天以來，我眞是過得卑躬屈膝──然後我不抱什麼希望的撥了許多遍電話號碼，終於遠方的鈴聲響起。竇格接起電話時正在喃喃自語，然後很快改用英文：『保羅，親愛的朋友！謝天謝地你打來了。我有消息要告訴你──重要的消息！』

「我的心砰的跳到喉嚨口。『你找到了──』地圖？墳墓？羅熙？

「『不對，老朋友，不是那麼偉大的奇蹟。而是沙立姆找到的信已經翻譯好了，那是一份驚人的文件。是一四七七年伊斯坦堡一個東正教的僧侶寫的。你聽得見嗎？』

「『聽得見，聽得見！』我吼道，櫃臺員瞪著我，海倫也顯得很焦慮。『說下去。』

「『一四七七年。還有更多。我想這封信的情報你一定得知道。等你明天回來我就拿信給你看。沒問題吧？』

「『沒問題！』我喊道。『但信裡有沒有說他們把──他──葬在伊斯坦堡？』海倫拼命搖頭，我知道她的想法──線路可能有人竊聽。

「『從信上看不出來，』竇格嘟噥道。『我仍然不確定他的墳墓在哪裡，但似乎不大可能在這裡。我想你必須準備新的旅行。而且可能還需要那位好阿姨幫忙打點。』隔著靜電，我聽見他聲音不怎麼樂觀。

「『新的旅行？去哪兒？』

「『保加利亞！』竇格在遠方喊道。

「我望著海倫，聽筒從我手中滑落。『保加利亞？』

第三部

卓九勒

有一座大墓比所有其他墳墓都更氣派；不但格局大，氣派也恢弘。上面只刻了一個字：

卓九勒

——布蘭姆・史托克，《卓九勒》，一八九七年

49

幾年前，我在父親的文件裡找到一頁信，這頁信本來不可能在這本書裡有一席之位，要不是因爲它是除了他寫給我的信之外，我所掌握的唯一一件他對海倫愛情的見證。他不寫日記，偶爾寫給自己的便條又完全只跟工作有關──總是與外交困境、歷史、尤其是與國際衝突有關的歷史有關的思維。這些省思，以及從它們發展出來的演講或專文，如今都收藏在他基金會的圖書館裡，留給我的只有這一件是他完全爲自己──爲海倫──而寫的。我知道父親專心致志追求事實與理想，不以詩詞歌賦爲念，所以這頁信對我更加重要。因爲這本書不是兒童讀物，也因爲我希望其中的紀錄盡可能完整，所以我毫不顧忌的把它附在這裡。他很可能寫過其他與此類似的信，但照他的個性，一定會把它們銷毀──或許就在我們阿姆斯特丹那棟房子後面的小花園裡把它們燒掉，我小時候經常在那裡一座石砌的小烤爐裡，找到焦黑無法卒讀的碎紙片──這頁信能保存下來可能純屬意外。信上沒有日期，所以我對於把它編排在這部編年史的哪個位置，也遲疑了很久。我把它安插在這個地方，是因爲它追溯他們相愛的最初時光，雖然其中蘊含的痛苦使我相信，這是他在再也無法把信寄交她手中時寫的。

哦我的愛，我要告訴妳我多麼思念妳。我的記憶完全屬於妳，因爲它不斷回溯到我們單獨相處最初的時刻。我一遍又一遍自問，爲什麼別種親密關係不能取代妳在我身旁，到頭來我總幻想我們仍在一起，然後──很不甘願的──承認我的記憶已經被妳扣押。在最意想不到的時刻，妳言行舉止的回憶把我整個淹沒。我覺得手心裡有妳手的重量，我們兩人的手一起藏在我的外套底下，而我的外套折疊好放在我倆座位中間，妳手指若有若無的輕盈，妳轉過臉時的側影，我們一起進入保加利亞境內，首度飛越保加利亞山區時妳歡喜的輕呼。

性革命在我們年輕的時候就已經展開，親愛的，雖然妳在世時未能目睹這場聲勢浩大的狂歡宴——現在，起碼在西方世界，年輕人兩情相悅顯然已無須計較禮法規範。但我懷念我們當年所受的限制，不亞於懷念很長一段時間後，合法解除這些限制所得到的滿足。像這樣的回憶，我無法跟任何人分享：我們跟彼此衣衫親密的程度，我們必須延宕最終滿足的處境，脫卸衣服是我們之間一個棘手的問題，所以即使在我最不願記憶的時候，我也會特別清晰而痛苦的想起，妳柔嫩的頸根和妳柔軟的衣領，早在我的手指觸及它的質地和珍珠形狀的鈕釦之前，我已經熟知那件襯衫的輪廓。我對於搭火車旅行的氣味、妳黑外套肩頭泛出的刺鼻肥皂味、妳的黑草帽粗糙質感的記憶，就跟我對妳黑髮柔軟觸感的記憶一樣完整。當我們壯起膽子，趁出席又一場無趣的晚宴之前，在我索非亞的旅館房間裡共度半小時，我幾乎被內心的渴望銷形蝕骸。當妳把外套搭在椅子上，又緩慢而刻意的把襯衫搭在外套上，當妳轉過身來面對我，毫無猶豫的眼睛，須臾不離的望著我的眼睛，我便在烈焰中癱瘓。當妳把我雙手環繞在妳的腰上，而它們必須在妳裙子的光滑與妳皮膚更為細膩的光滑之間做一抉擇時，我差點痛哭流涕。

或許就在那時候，我發現妳唯一的瑕疵——我唯一不曾親吻過的部位——妳肩胛骨上那條捲曲的小龍。看見它之前，我的手想必碰觸過它。還記得我發現它，用不甘願又好奇的手指輕觸它時，不禁摒住呼吸——妳也一樣。逐漸，它對我而言，就是妳柔滑的背部地理構造的一部份，雖然它第一次出現的時候，在我的慾望中點燃了敬畏。不論這件事是否發生在索非亞的旅館，我一定是在記憶妳下排牙齒纖巧的鋸齒邊緣，以及妳眼睛周圍的皮膚方興未艾、蛛網狀的歲月遺痕時才知道——

父親的信在此嘎然而止，我只能用他寫給我的那些戒備較嚴密的信繼續。

50

「賓格和沙立姆‧艾克壽在伊斯坦堡機場迎接我們。『保羅！』賓格擁抱我、親吻我、用力拍我的肩膀。『教授女士！』他用雙手握住海倫的手。『謝天謝地，你們都平安健康！歡迎得勝歸來！』

『哎呀，我可不會說這是得勝，』我忍不住笑道。

『再聊，再聊！』賓格喊道，把我的背拍得砰砰響。接著輪到沙立姆比較不那麼誇張的問候我們。不到一小時，我們就來到賓格公寓門口，博拉太太看到我們，高興之情溢於言表。海倫和我看到她，也都歡呼出聲：今天她穿了一件很淺的藍色洋裝，像一朵小巧的迎春花。她迷惑的看著我們。『我們喜歡妳的衣服！』海倫伸出修長的手，緊握住博拉太太的小手。

「博拉太太笑了起來。『謝謝，』她道：『我的衣服都是自己縫的。』她跟沙立姆一起幫我們端咖啡，還有一種她解釋說是波雷克酥的點心，千層酥皮裡面包著鹹味的乳酪餡，外加一頓有五、六道菜的晚餐。

『現在，我的朋友，請告訴我們，你們發現了什麼。』

「這個要求可不容易辦到，但我們合力把布達佩斯的討論會的經過、我如何遇見修‧詹姆斯、海倫母親的故事、羅熙的信，逐一交代清楚。我敘述修得到龍之書的經過時，賓格瞪大了眼睛聽。把這些事都講完，我覺得我們確實知道了很多。可惜的是，我們對找尋羅熙下落仍一籌莫展。

「接著輪到賓格訴說，我們不在伊斯坦堡期間，他們面臨大麻煩；兩天前的晚上，他那位好心的圖書館長朋友，在休養的地方遭到第二次攻擊。他們請來看護他的人值班時打瞌睡，什麼也沒看見。現在他們換了新警衛，希望這個人會更謹慎點。他們已採取所有的防範措施，但可憐的伊羅山先生情況很不好。

「他們還有一則新聞。賓格灌下第二杯咖啡，就急忙走到隔壁那間陰森森的書房去拿一些東西。（我很慶幸他今天沒邀我進去。）他拿出一本筆記，坐在沙立姆身旁，兩人臉色凝重的看著我們：『我在電話上告訴過你，你們不在的時後，我們找到一封信，』賓格道。『原始信件寫的是斯拉夫文，那是從前東正教會的法定語言。我提到過，寫信者是一個來自喀爾巴阡的僧人，信中談到他到伊斯坦堡旅行的情形。我的朋友沙立姆對於這封信沒有用拉丁文寫很感意外，但也許這僧人本來是斯拉夫人。我馬上讀給你們聽好嗎？』

「『當然好，』我道，但海倫舉起手。

「『請等一下。你在哪裡，又是怎麼找到它的？』

「賓格讚許的點點頭。『事實上，是艾克壽先生在我們一起去過的那座圖書館發現的。他花了三天時間，把圖書館裡所有十五世紀留下的手稿通通看完。他在一個關於異教徒教堂——也就是有「征服者」尊號的穆罕默德二世和他的繼任者統治期間，獲准在伊斯坦堡繼續運作的基督教堂——的小型檔案裡，找到這封信。這樣的檔案不多，因爲教會文件通常都收藏在修道院——大多隸屬君士坦丁堡主教座堂。但還是有一部份會落入蘇丹手中，尤其是關於教會與鄂圖曼帝國訂定新協議的資料——例如有種我們稱之爲「教令」的協議。有時蘇丹也會收到與教會事務有關的——怎麼說？——請願書，檔案裡也收藏了這種東西。』

「他以很快的速度，把講給我們聽的內容翻譯給艾克壽知道，艾克壽提出其他細節，要求他爲我們補充。『是的——我的朋友提供一個很重要的訊息。他提醒我們，「征服者」穆罕默德佔領這座城市後，就任命堅納帝烏斯出任基督徒的新主教。』艾克壽邊聽邊用力點頭。『蘇丹與堅納帝烏斯以禮相待——我告訴過你們，「征服者」一旦達成征服的目標，對境內的基督徒就非常寬容。穆罕默德蘇丹要求堅納帝烏斯以書面爲他解說東正教的信仰，然後令臣子翻譯這份文件，收藏在他的私人圖書館。檔案圖書館也收藏了一份這個文件的副本。當時的教會必須向「征服者」申請許可狀，相關資料也都在檔案裡。艾克壽先生是在翻閱安那托利亞一間教堂的許可狀資料時，發現這封信夾在裡面。』

『謝謝你，』海倫向後靠在椅墊上。

『眞可惜，我現在不能拿原始信件給你們看，圖書館裡的東西當然是不能出借的。你們有興趣可以抽時間過去看。信寫在一張小羊皮紙上，書法非常美，但是被撕掉了一角，接著我要念我們的翻譯，已經翻成英文了。請記住，這是翻譯的翻譯，或許有些重點表達不周全。』

「於是他唸道：

尊貴的馬克辛姆•猶普雷蘇斯院長閣下：

卑微的罪人懇請鈞座垂聽。小人前已呈報，自從我等之任務於昨日宣告失敗，隊伍中發生重大爭議。此城對我等並不安全，然則我等相信，未知我等追尋之寶物下落前，我等勢不能離城他去。今晨蒙天主慈悲，新方向出現，小人在此稟報詳情。無垢修道院院長與我等掛單寺院之院長乃至交，聽聞我等受此重挫，他親來聖伊林探望我等。該院長年約五旬，是位慷慨的聖人，早年大部分時間在亞陀斯聖山❹❼的大修道場修道院修行，目前在無垢修道院擔任修士及院長也已有多年。他見到我等之前，先與東道主院長密商多時，然後兩人一起摒開所有見習僧、僮僕、閒雜人等，將我等召入東道主室內秘密商議。他告訴我等，今天早晨始得知我等來到此間之消息，便立刻趕來好友處，通報過去未告知的消息，但願此舉不致爲他本人或他手下僧人帶來危險。簡言之，他向我等透露，我等追尋之物已轉運出城，送至保加利亞境內一庇護所。他秘密指點我等平安前往該處之路徑，並將我等必須找到的聖殿名稱告知我等。我等本想在此多停留一段時日，將消息傳到鈞座手中，等候鈞座進一步指示，但兩位院長透露，蘇丹皇宮近衛隊已造訪主教，盤查有關我等找尋之物失蹤之事。我等多停留一日，危險就多一分，在異教徒土地上繼續前進，也比留在此處安全。懇請鈞座原諒我

❹❼譯註：Athos位在希臘東北部，有二十座東正教修道院，是東正教聖地。

等膽大妄爲，未及請示鈞座聖旨即擅自出發，願上帝與鈞座保佑我等此項決定。如有必要，小人必須在此信送達鈞座之前將它銷毀，就只能靜待日後卑職重返座前，只要一口氣在，必定親口稟報我等追尋的詳情。

卑微罪人基利爾修士
主後六九八五年四月

「賓格讀完信，室內一片沈默，沙立姆和博拉太太坐著不作聲，賓格靜不下來的手抓抓自己滿頭銀髮。海倫和我面面相覷。

『主後六九八五年？』最後我說。『這是什麼意思？』

『中世紀文件的日期是從《創世紀》所載，上帝創造世界的第一天起算，』海倫解釋道。

『沒錯，』賓格道。『所以六九八五年，照現代算法就是一四七七年。』

「我不禁嘆口氣。『這封信很生動，讓我們知道有批人很在意某件東西。但除此之外，我們能知道的有限，』我無限遺憾的說。『寫信的日期當然讓我懷疑它跟艾克壽先生稍早發現的斷片有關。但有什麼證據證明，寫這封信的僧人是來自喀爾巴阡山區？你們又爲什麼認爲，它跟卓九勒有關？』

「賓格微笑道：『你一向提出的問題都非常好，年輕的懷疑者。我來設法解答。我告訴過你，沙立姆對伊斯坦堡瞭若指掌，他找到這封信，對它的內容了解到一個程度後，就知道它可能會有用。他把信拿去給他一個朋友看，那位朋友管理至今仍存在的聖伊林老修道院的圖書館。他替沙立姆把信翻譯成土耳其文，而且對這封信很感興趣，因爲信中提到他的修道院。但是在他的圖書館裡，卻找不到一四七七年這批人來過的記錄——可能沒留下紀錄，也可能相關文件已遺失多年。』

『既然他們的使命那麼秘密而危險，』海倫指出：『不留記錄的可能性很大。』

『一點不錯，親愛的女士。』竇格頷首道。『總而言之，沙立姆的修士朋友在一件很重要的事上幫了忙——他從那所修道院所保存最古老的教會史料中，找到信裡提到名字的那位院長。馬克辛姆•猶普雷蘇斯晚年在亞陀斯聖山做院長。但一四七七年寫這封信的時候，他是斯納格布湖修道院的院長。』竇格以勝利的姿態說完最後一句話。

「我們懷著興奮的心情，默默坐了一會兒。海倫忽然打破沈默道：『我們是上帝的僕人，來自喀爾巴阡的訪客。』

『妳說什麼？』竇格好奇的看著她。

『對了！』我接著海倫起的頭。『「來自喀爾巴阡的訪客」。那是一首民謠，海倫在布達佩斯找到的一首羅馬尼亞民謠。』我告訴他們，我們如何花了一個小時，在布達佩斯大學圖書館翻閱那本古老歌謠集，如何發現這首民謠同一頁上，有一幅精細的木刻版畫，在樹木裡隱藏著龍和教堂。我說到這兒，竇格的眉毛挑高到幾乎跟他的頭髮連成一片，我連忙在我的文件裡東翻西找。『那份資料在哪兒？』沒多久，我就從手提包夾層裡找出那張手寫的翻譯——天啊，我想道，這手提包萬一丟掉怎麼辦！——大聲朗誦給他們聽，然後靜等竇格為沙立姆和博拉太太翻譯：

他們坐車到城門口，大城的門口。
他們從死亡之地坐車去大城。
「我們是上帝的僕人，來自喀爾巴阡的訪客。
我們是神聖的僧侶，但我們帶來不幸的消息。
我們給大城帶來瘟疫的消息。
為我們的主人服務，我們來為他的死哭泣。」

他們坐車到大城的門口，進城後，
全城會跟他們一起哭泣。

『老天爺，多麼奇怪而恐怖啊，』竇格道。『貴國的民謠都像這樣嗎，女士？』

『是啊，大多如此，』海倫笑道。我才想到，興奮之下，我有將近兩分鐘忘記她坐在我身旁。我費了好大力氣克制自己不去握她的手，不瞪著她的微笑或垂在她面頰上的幾綹黑髮。

『還有這是那一頁最上面的插畫，藏在樹叢裡的龍——其中一定有什麼意義。』

『但願我親眼看見就好了，』竇格歎道。他忽然拍了那張銅桌一下，所有杯盤都喀喀作響。他的妻子伸出一手，輕輕壓住他手臂，他拍拍她的手表示安慰。『不對——你看——有瘟疫！』他轉過身，以機關槍的速度跟沙立姆交談起來。

『什麼？』海倫瞇起眼睛，全神貫注。『歌詞裡的瘟疫？』

『是的，親愛的。』竇格用手指把滿頭亂髮往後梳了梳。『除了那封信，我們還發現，正好在那時刻，伊斯坦堡發生了一件大事——事實上，我的朋友艾克壽早就知道這件事。一四七七年夏末，最熱的季節，爆發了一場我們的歷史學家所謂的「小瘟疫」。它在本市的老貝拉區——現在那區叫做加拉塔——奪走許多條人命。屍體在焚化前都先用木棒刺穿心臟。他說這很不尋常，因爲正常情況下，對不幸去世患者的屍體處理方式，就是集中送到城門外火化，以防疫情擴大而已。不過這場瘟疫爲期不久，死的人也不算太多。』

『你認爲這些僧侶就是帶來瘟疫的同一批人？』

『我們當然不知道，』竇格坦承。『但如果貴國民謠敘述同一批僧侶——』

『我想到一件事，』海倫放下手中的杯子。『我不記得是否告訴過你這件事，保羅，但卓九勒是有史以來第一個軍事戰略家使用——怎麼說？——用疾病作戰？』

『細菌戰，』我道。『我聽修•詹姆斯提起過。』

『是的，』她把腿縮到身體下面。『蘇丹攻打瓦拉基亞時，卓九勒喜歡把罹患瘟疫或天花的人，僞裝成土耳其人，送到鄂圖曼陣地。他們在敵營死去前，會盡可能把病傳染給別人。』

「要不是這種事太殘酷，我可能會微笑。這位瓦拉基亞大公的創意就跟他的破壞力一樣令人敬畏，眞是個絕頂聰明的敵人。過了一會兒我才想到，我評價他的時候，根本沒把他當作歷史人物，而是個跟我同時活在世上的角色。

『我懂了，』賓格點著頭說。『妳是說，如果這群僧侶眞的是同一批人，就是他們從瓦拉基亞帶了瘟疫來。』

『但這種說法不合理，』海倫皺起眉頭。『如果他們之中有人患了瘟疫，聖伊林的院長怎麼可能讓他們掛單？』

『女士，妳說得沒錯，』賓格同意。『雖然有可能這不是一般的瘟疫，而是另一種感染——但我們無法證實。』我們垂頭喪氣思考這件事。

『即使在鄂圖曼征服君士坦丁堡以後，仍然有很多東正教的僧侶來這兒朝聖，』最後海倫道。『說不定這只是一個朝聖團體。』

『但他們在找一個顯然沒找到的東西，起碼在君士坦丁堡沒找到，』我指出。『而且基利爾修士不是說，他們要僞裝成朝聖者，前往保加利亞嗎？這是否可以解釋成，他們本來的目的不是朝聖？』

「賓格抓抓頭皮。『這些因素艾克壽先生都考慮過，』他道。『他解釋給我聽，君士坦丁堡教堂裡的很多聖物，在戰爭中都被摧毀或偷走了——神像、十字架、聖人遺骨。可想而知，一四五三年的時候，這裡的寶物就老早不及拜占庭強盛時那麼多了，因爲最美麗的古物，早在一二〇四年就被拉丁十字軍㊽洗劫一空——你們想必很熟悉這場戰爭——帶回羅馬、威尼斯和其他西方城市。』賓格鄙夷的攤開雙手。『我父親給我講過十字軍竊據拜占庭銅馬，裝飾在威尼斯聖馬可大教堂上的故事。你看，基督教侵略者跟鄂圖曼人一樣壞。總而言之，我的朋友，一四五三年的戰爭中，教會的寶物有一部份被藏了起來，甚至趁穆罕默德蘇丹圍城之前就運到城外，藏在城牆外面的修道院裡，或秘密送往其他國家。如果我們想要調查的這批僧侶是朝聖者，或許他們本來預期在這裡看到某件聖物，卻發現它失蹤了。也可能第二家修道院的院長告訴他們，某座偉大的聖像已安全送抵保加利亞。但從這封信裡，我們不可能知道詳情。』

『我現在明白你們爲什麼要我們去保加利亞了，』我再次抗拒握起海倫的手的衝動。『不過我實在不認爲能在那兒找到更多跟這個故事有關的資訊，甚至恐怕連入境都很困難。你們確定我們不需要再在伊斯坦堡找找看嗎？』

「賓格苦惱的搖搖頭，拿起被他忽視已久的咖啡杯。『所有想像能及的管道我都利用過了，包括一部份我不能——很抱歉這麼說——向你們透露的。艾克壽先生也查遍各種資料，包括他自己的藏書、他朋友的藏書，以及大學的檔案。我跟所有我找得到的歷史學家都談過，其中還有人專門研究伊斯坦堡的墓園——你們看到過我們的墓園多麼美。我們找不到那期間有任何外國人以不尋常的方式在此埋葬的紀錄。或許我們遺漏了什麼，但時間這麼急迫，我眞不知道還能做什麼。』他熱切的看著我們。『我知道你們要入境保加利亞非常困難，我很願意親自跑一趟，問題是我比你們更進不去，我的朋友。身爲土耳其人，我連他們的學術會議都參加不了。全世界最痛恨鄂圖曼帝國後裔的國家，就數保加利亞了。』

『哦，羅馬尼亞也在盡力而爲，迎頭趕上呢，』海倫故做安慰他的神態，但她說這話時帶著笑容，賓格也被她逗笑了。

㊽譯註：Latin Crusade亦即第四次十字軍，由教宗英諾森三世發起，主要響應者為法國軍隊，原本要進攻埃及，後因經費不足，轉去攻打君士坦丁堡，搶劫破壞後還血腥屠城，拜占庭帝國並因此被威尼斯佔去八分之三的土地。

「『可是——我的天，』我頹然靠在長榻的椅墊上，一波接一波與現實徹底脫節的際遇，如巨浪般緊迫打來，讓我充滿無力感。『我不知道怎麼能做到。』

「賓格湊過身來，把那封僧人報告的英文翻譯放在我面前。『他也不知道。』

「『誰？』我呻吟道。

「『基利爾修士呀。聽著，我的朋友，羅熙是什麼時候失蹤的？』

「『超過兩星期了，』我答道。

「『不能再讓時間流失。我們知道卓九勒不在斯納格布的墳墓裡。我們認爲他沒有葬在伊斯坦堡。但是』——他拍拍那張紙——『這兒有一件證據。證明什麼，我們不知道，但是在一四七七年，有人從斯納格布到保加利亞去——或試著那麼做。這很值得發掘。如果你什麼也沒有找到，你已經盡了力。然後你可以心安理得回家去，哀悼你的老師，我們作爲你的朋友，會永遠敬重你的勇氣。但如果你不試一下，你會終生不安，懊悔不盡。』

「他再次拿起那張譯文，用手指一行行掃瞄，然後唸道：『我等多停留一日，危險就多一分，在異教徒土地上繼續前進，也比留在此處安全。』拿去，朋友，把它放在你的手提包裡。這份英文本是給你的。另外還有一份斯拉夫文的版本，是艾克壽先生修道院那位朋友抄寫下來的。』

「賓格湊得更近。『更何況，我得知你可以向保加利亞的一位學者求助。他名叫安東•斯托伊契夫。他的研究曾經以多種語言出版，我的朋友艾克壽非常佩服他。』沙立姆聽到這名字就連連點頭。『斯托伊契夫是當代最淵博的巴爾幹半島中古史專家，對保加利亞的研究尤其無人能出其右。他住在索非亞附近——你一定要向他請教。』

「海倫忽然握住我的手，這種公開的動作嚇了我一跳；我還以爲就連在朋友面前，我們的戀情也要保密。我看見賓格的目光落在這個小動作上。他眼睛和嘴唇周圍親切的線條加深了，博拉太太坦然對我們微笑，用那雙秀氣的小手抱住膝蓋。顯然很樂見我們成爲情侶，有這些心地善良的人在旁，使我忽然覺得我們的愛情受到很大的祝福。

『那我來打電話給我阿姨，』海倫捏緊我手指，果斷的說。

『艾娃？她能做什麼？』

『你已經知道，她隨便什麼事都做得到。』海倫對我微笑。『不，我也不知道她能做什麼，或她願意做什麼。但她在我國的秘密警察機關有很多朋友，也有很多敵人』——她好像情不自禁的壓低聲音——『他們又在整個東歐都有朋友。當然也有敵人——他們都互相刺探。這可能會給她帶來危險——這是我唯一會遺憾的事。而且我們需要很大、很大的賄賂。』

『紅包。』賨格點點頭。『當然。沙立姆和我都已經考慮到這一點。我們籌了兩萬里拉，你們儘管用。雖然我不能跟你們同行，我的朋友，我會盡力提供協助。艾克壽先生也一樣。』

「我定睛看著他，以及艾克壽——他們挺直上半身坐在我們對面，把咖啡忘在一旁，態度非常正式而嚴肅。他們的臉——賨格的臉寬闊而紅潤，艾克壽敏感而纖細，兩人目光都非常銳利，神色乍看很平靜，細看之下卻無比的靈活多變——忽然給我一種很熟悉的感覺。我忽然有種非常強烈，卻無以名之的直覺；有一瞬間它讓我勒住衝到嘴邊的問題。然後我把海倫的手握得更緊——那隻強壯、堅硬、我已深愛著的手——直視賨格黑色的眼睛。

『你們是什麼人？』我道。

「賨格和沙立姆互望一眼，很明顯交換了某種默契。然後賨格用低沈、清晰的聲音說：『我們爲蘇丹工作。』」

51

「海倫和我都退縮了一下。一時之間，我猜測賓格和沙立姆必然跟某種黑暗勢力結盟，我猶豫著要不要立刻拎起手提箱，拉著海倫手臂，逃出這間公寓。除非透過邪魔外道，否則這兩個被我當作朋友的人，怎麼可能替死去已久的蘇丹工作呢？事實上，所有的蘇丹都老早辭世，所以不論賓格指的是哪位蘇丹，都不可能是陽世的活人。那麼很多其他方面，他們也一直在對我們撒謊嗎？

「我的困惑被海倫的聲音打斷。她身體向前靠，臉色蒼白，眼睛瞪得極大，但以目前的情況而言，她的問題非常冷靜，也很實際──實際到我花了一段時間才聽懂她的意思。『博拉教授，』她緩緩說道：『你今年幾歲？』

「他向她微笑。『啊，親愛的女士，如果妳要問的是，我有沒有五百歲，答案是，很不幸，沒有。我為全世界最英明睿智、至高無上的庇護者穆罕默德蘇丹二世工作，但我不曾獲得那種無與倫比的光榮，當面晉見他老人家。』

「『那你到底想告訴我們什麼？』我怒道。

「賓格再次微笑，沙立姆也友善的對我點頭。『我根本沒打算告訴你們什麼，』賓格道。『但因為你們在那麼多事情上都信任我們，也因為你們觀察入微，能提出這樣的問題，我的朋友，我們就姑且解釋給你們聽。我以正常人的方式出生在一九一一年，我希望也能以正常人的方式在──嗯，一九八五年好了──死在自己的床上。』他朗聲一笑。『不過我的家族有長壽基因，所以也許上天懲罰我，會讓我老到沒有人尊敬的時候，還坐在這張長榻上。』他伸出手臂，攬住博拉太太的肩膀。『艾克壽先生也就是你們看到他的這個年紀。我們本身一點也不奇怪。我們即將告訴你們的，是我平生最大的秘密，拜託你們無論如何都不可以對外洩露：我們是蘇丹新月衛隊的成員。』

『我好像沒聽說過這個組織，』海倫皺著眉頭說。

『是的，教授女士，妳沒聽過。』竇格看沙立姆一眼，他耐心坐在一旁，顯然在努力設法聽懂我們的談話，他的綠眼睛沈靜得像一泓池水。『我們相信除了我們自己的成員，沒有人聽說過我們。我們是從最精銳的近衛軍裡挑選出來的秘密衛隊。』

我忽然憶起我在托普卡匹宮的繪畫裡看到的那些眼神明亮、堅定如石的年輕臉孔，他們堅強的迴護蘇丹御座四周，近到隨時可以對刺客──或忽然失寵於蘇丹的任何人──發動攻擊。

竇格彷彿能看穿我的心思，因為他點頭道：『你們聽說過近衛隊，我看得出，是這樣的，朋友們，一四七七年，偉大而輝煌的穆罕默德，將他親信部隊裡最受信任、受過最好教育的二十名軍官召到面前，秘密授命他們成立新月衛隊。這支部隊只有一項任務，他們必須完成──即使因此犧牲生命也在所不惜。這任務就是不讓龍騎士團再蹂躪我們偉大的帝國，並追蹤到天涯海角，殺死它所有的成員為止。』

海倫和我都倒抽一口涼氣。但這一次我總算搶在她之先開口。『新月衛隊在一四七七年成立──就是那些僧人來到伊斯坦堡那年！』我盡可能保持說話的語氣有條不紊。『但龍騎士團成立早得多──是席吉斯蒙德大帝在一四〇〇年成立的，對吧？』

『說得精確點，應該是一四〇八年，朋友。當然。一四七七年，龍騎士團以及它對帝國作戰的行動，已經帶給蘇丹很大的困擾。但是在一四七七年，全世界最偉大的庇護者認為，龍騎士團可能在未來發動更可怕的攻勢。』

『怎麼說？』海倫的手在我手掌中僵硬而冰冷。

『就連我們的憲章也沒有說得很清楚，』竇格承認：『但我確信，穿心魔伕拉德死亡沒幾個月，蘇丹就成立新衛隊絕非巧合。』他握緊雙手，彷彿在祈禱——不過，我還記得，他的祖先禱告時要採取五體投地的姿勢。『憲章說，偉大的陛下成立新月衛隊，旨在追殺帝國最卑鄙的仇敵龍騎士團，爲達目的不惜跨越時間、空間、陸地、海洋，甚至死亡。』

「竇格俯過身來，兩眼發光，滿頭銀髮根根豎立。『據我推測，偉大的蘇丹已經意識到，卓九勒死後會對帝國構成何種威脅，甚至已經掌握到確切情報。』他把頭髮往後耙梳。『我們已經看到，蘇丹同時還成立檔案室，收集有關龍騎士團的資料——檔案室本身不是秘密，但我們的成員秘密利用它，直到今天。現在沙立姆找到這封奇妙的信，還有你們的民謠，女士——這都進一步證明偉大的蘇丹的憂慮事出有因。』

「我腦子裡仍有一大堆疑問在攪動。『但是你——還有艾克壽先生——怎麼會成爲衛隊成員的呢？』

「『衛隊的資格父子相傳，由長子繼承。每個長子年滿十九歲時舉行入會儀式。如果父親的兒子不成材，或沒有兒子，就讓這秘密隨他死去。』竇格終於又拿起被他遺忘已久的咖啡杯，博拉太太連忙爲他倒滿。『新月衛士保密工作做得非常好，甚至近衛隊其他成員都不知道他們的同袍還有這樣的身份。我們敬愛的「征服者」在一四八一年駕崩後，新月衛隊仍代代相傳。有幾代蘇丹軟弱無能，近衛隊掌握很大的權力，但我們仍嚴守秘密。帝國基業從伊斯坦堡消失時，沒有人知道我們存在，但我們仍未放棄努力。第一次世界大戰時，沙立姆的父親負責保護憲章，第二次世界大戰時，輪到沙立姆執行這份職責。目前憲章仍由他收藏在安全的所在，保存我們的傳統。』竇格一口氣說完，喘口氣，然後喝了一大口咖啡。

「海倫有點懷疑的說：『我記得你提到過，你父親是義大利人。他怎麼可能加入新月衛隊？』

「『沒錯，女士。』竇格捧著咖啡杯點頭道：『事實上，我的外公是位非常活躍的衛隊成員，他無法想像這傳承到他就終結，但他只有一個女兒。當他目睹帝國在他有生之年即將永遠消逝時——』

「『你的母親！』海倫喊道。

『是的，親愛的，』竇格露出一個無限懷念的笑容。『在這兒，妳不是唯一有資格宣稱有位特立獨行的母親的人。我想我告訴過妳，在她那個時代，她是我國少數受過高等教育的女性——事實上，該說是極少數受過最優秀菁英教育的女性——之一，我外公毫不吝惜的把他所有的知識與抱負傳授給她，為她進入衛隊服務做了完善的準備。當時工程學在我國還是一門新學問，她就對工程發生了興趣，在她正式加入衛隊後，他就讓她到羅馬留學——他在那兒有朋友。我母親精通高深的數學，可以用四種語言閱讀，包括希臘文和阿拉伯文。』他用土耳其語對妻子和沙立姆說了幾句話，他們都同意的點頭。『她的騎術跟蘇丹的騎兵隊一樣好，而且，雖然很少人知道，槍法也是一流。』他對海倫擠擠眼睛，我也想起她的小手槍——她到底把槍藏在哪兒？『她從我外公那兒得知很多吸血鬼的傳說，以及保護活人不受他邪術傷害的方法。我有她的照片，如果你們想看。』

「他站起身，走到角落一張木雕的桌子那兒去把照片拿過來，非常溫柔的放在海倫手中。那是一張予人深刻印象的照片，具有二十世紀初期人像攝影纖毫畢露的特色。照片中的女士為了拍照，想必要在伊斯坦堡的照相館坐很長的時間，但她顯得很有耐心，雍容自在，但躲在大黑布底下的攝影師，卻捕捉到她眼中像是好笑的神情。她褪色成咖啡色的皮膚，襯著黑衣服毫無瑕疵。她的臉跟賓格很像，但鼻子和下巴沒他那麼粗重，像一朵鮮嫩的花盛開在纖細的脖子上——鄂圖曼公主的臉。她將烏雲似的秀髮高高挽起，戴著飾有羽毛的華麗帽子。我接觸到她閃爍著幽默感的眼睛，忽然對歲月遙隔，使我不能親炙這位女士一事，感到非常遺憾。

「賓格非常疼惜的把那個小鏡框拿回去。『我外公打破傳統，把女兒造就成新月衛隊的一員，是非常睿智的決定。她曾經從分散在其他圖書館的檔案裡，找到我們軼失的文件，由檔案圖書館收回。我五歲的時候，她在我們的避暑木屋殺死一頭狼，我十一歲時，她教我騎馬和射擊。我父親非常愛她，雖然她天不怕地不怕的作風常把他嚇到——他經常說，他從羅馬跟她回土耳其來，為的是勸她少冒點險。我父親就像衛隊那些值得信賴的妻子一樣，知道她的身份，經常為她的安全憂慮。他在那兒——』他指著一幅我先前看到過、掛在窗邊的畫像。從畫框裡往外看的男人，健壯而善良、古怪而有趣，穿一套黑西裝，黑髮、黑眼，表情很溫柔；竇格告訴過我們，他父親是研究義大利文藝復興時期的歷史學家。但我不難想像，畫中的男人喜歡趴在地上陪兒子打彈珠，孩子更嚴肅的教育計畫都交由妻子處理。

「海倫在我身旁動了一下，小心的把腿伸直。『你剛才說，你外公是新月衛隊非常活躍的成員。那是什麼意思？你們都從事什麼活動？』

「竇格遺憾的搖搖頭。『這方面，女士朋友，我不能告訴兩位細節。有些事無論如何都得保密。我們告訴你們這麼多，是因爲你們問——你們也幾乎可以猜到——也因爲我們希望你們信任我們協助的誠意。你們如果能去一趟保加利亞，而且儘快出發，對敝衛隊會有很大幫助。如今的衛隊規模很小——我們只剩幾個人。』他嘆口氣：『比方說我，沒有兒子——也沒有女兒——繼承我的任務，不過艾克壽先生正在按照衛隊傳統撫養他的姪兒。不過請兩位相信，鄂圖曼的意志與力量會循所有可能的途徑與你們同行。』

「我努力不讓自己大聲嘆氣。跟海倫爭辯還有可能，但是跟鄂圖曼帝國的秘密勢力爭辯，卻超乎我的能力。竇格豎起一根手指。『我先警告你們，這是個非常嚴重的警告，朋友。我們把一個小心維護——相信也維護得很成功——五百年的秘密交到你們手中。我們有絕對的把握，我們古老的仇敵不知道我們的存在，雖然他活著時對我們的城市極端憎恨和恐懼。偉大的蘇丹在衛隊憲章中定下規矩：任何向敵人洩露衛隊秘密的人，都必須立即處死。就我所知，這種事從來沒有發生過，但我請你們一定要小心，爲我們，也爲你們自己。』

「他的聲音沒有一絲威脅或惡意，只是非常沈重，我從中聽出他對攻克大城，征服這座一度固若金湯、倨傲自大的拜占庭城市的蘇丹，確實是赤膽忠心。他說：『我們爲蘇丹工作』時，一點都沒有誇大，雖然穆罕默德死後將近五百年他才出生。客廳窗外日影西斜，一道玫瑰色的霞光照上竇格莊嚴的大臉，映出一種令人肅然起敬的光輝。我不禁遐想，羅熙看到竇格會多麼著迷，會如何看待他所代表的活生生的歷史，我眞想知道羅熙會向他提出什麼問題——我甚至沒有能力構思的問題。

「但海倫卻做了恰當的回應。她站起身，我們全體立刻跟著起立，她把手伸向賓格。『你告訴我們這一切，我們深感榮幸，』她自豪的看著他的臉說道。『我們會用自己的生命捍衛你們的秘密和蘇丹的意願。』賓格親吻她的手，顯然很受感動，沙立姆也對她躬身爲禮。似乎不需要我再補充什麼；她把自己民族對鄂圖曼壓迫者的傳統仇恨，暫時擱置一旁，她的發言足以代表我們兩個。

「我們本來可能就那麼站上一整天，在流逝的暮色裡相對默默，好在賓格的電話忽然尖聲響起。他彎腰道個歉，就走到房間另一頭去接電話，博拉太太動手把我們吃剩的食物用銅盤收走。賓格聽來電者說了一會兒，有點激動的說了幾句話，就忽然把電話掛上。他轉向沙立姆，連珠砲似的說了一串土耳其話，沙立姆立刻穿上破舊的外套。

「『發生了什麼事？』我問道。

「『是的，天啊。』賓格恨恨的用拳頭捶打自己的胸膛。『是圖書館長伊羅山先生。我留下照顧他的人出去了一會兒，他打電話來說，我的朋友又遭到攻擊。伊羅山昏迷不醒，他要去請醫生。情況很嚴重。這是第三次攻擊，而且剛好又是日落。』

「我震駭莫名，連忙去拿外套，海倫也穿上鞋子，雖然博拉太太哀求的拉住她手臂。賓格吻了妻子一下，我們就匆匆離開。我回了一次頭，看見她蒼白而恐懼的站在公寓門口。」

52

「我們睡哪兒？」巴利懷疑的問。我們在沛比良一家旅館的房間裡，我們仍舊告訴年長的接待員說我們是兄妹，要到了一間雙人房。他二話不說，就給了我們房間，但還是狐疑的把我們兩個打量了半天。我們負擔不起分開的房間，我們兩個都知道。「怎麼樣？」巴利有點不耐煩的問。我們看看那張床。沒有別的地方，裸露而擦得很亮的地板上，連條地毯都沒有。巴利終於做了個決定——起碼是爲他自己。我呆站著不動，他拿了些衣服和牙刷走進浴室，幾分鐘後，他穿著顏色跟他的頭髮一樣淺淡的棉布睡衣走出來。

這幅畫面裡有種什麼，加上他故做無所謂狀卻很失敗，使我雖然臉頰漲得通紅，卻放聲大笑起來，他也跟著哈哈大笑。我們都笑到眼淚縱橫滿臉——巴利笑得直不起腰，用手抱住瘦巴巴的肚子，我緊緊抓著難看的老五斗櫃。我們在歇斯底里的笑聲中，拋開了旅途中一切的緊張，我的恐懼，巴利的不贊成、我父親滿載痛苦的信、我們的爭執。多年以後，我學到一個法文辭彙 fou rire（狂笑）——瘋狂不能遏止的大笑——那家法國旅店裡，就是我的第一次。我的第一次 fou rire 之後，跟著還有很多其他的第一次，就在我們跌跌撞撞撲進彼此的懷抱以後。巴利摟住我肩膀的粗魯，就跟我不久以前抓著五斗櫃的姿勢一樣，但他的吻卻像天使般自然優雅，他稚嫩的經驗輕輕壓在我的全然無知上。就像我們的笑聲，它讓我喘不過氣。

在這以前，我對求愛的知識都來自拘謹的電影和令人困惑的書籍，我完全不知道下一步該怎麼辦。但巴利引導我繼續，我感激又笨拙的跟著做。當我們終於躺在那張有點霉味，但鋪得很整齊的大床上時，我已經學會了一些情人和衣著之間如何協調的招數。在我看來，每一件衣服都是剎那間的決定，最先是巴利的上半截睡衣；脫下它，露出雪花石膏般潔白的身體，和肌肉發達得令人驚訝的肩膀。擺脫我的襯衫和醜陋的白色胸罩，是我的抉擇，也是他的。他告訴我他愛我皮膚的顏色，因爲跟他的截然不同，確實如此，我的手臂在跟巴利雪白的手臂並列之前，從不覺得是那麼深的橄欖色。他用掌心輕撫我，撫過我剩下的衣服，我第一次對他做出同樣的動作，探索陌生的男性身體構造；我好像羞澀的在月球表面的坑洞裡摸索。我的心那麼猛烈的衝擊我的胸腔，我擔心那撞擊會傳導到他的胸膛，他也會有所感覺。

事實上，該做、該處理的事那麼多，所以我們沒再卸除衣服，彷彿經過很長的時間，巴利整個人纏繞著我，發出一聲壓抑已久的嘆息，喃喃道：「妳還只是個孩子，」然後用手臂佔有的把我肩膀和脖子摟住。

他說這句話的時候，我忽然知道，他，也還只是個孩子——一個正直可敬的孩子。我覺得我在那一刻對他的愛超過任何其他時刻。

53

「賽格借來安頓伊羅山先生的公寓，距他家步行——或跑步——大約十分鐘。我們都沒命的往前跑，就連穿高跟鞋的海倫也快步追在後面。賽格一路低聲嘟噥（我猜他是在咒罵）。他帶了一個黑色的小袋子，我以為裡面可能是醫療用品，以防萬一醫生不來，或未能及時趕到。最後我們終於來到一棟老房子，沿著木梯上樓。我們跟著賽格上樓，他把樓梯頂端的門砰一聲推開。

「這棟房子顯然分隔成許多個昏暗的小公寓；這間公寓的主房裡擺著一張床、一把椅子、一張桌子，只有一盞燈照明。賽格的朋友躺在地板上，身上蓋了一條毛毯，旁邊有個約三十歲的男人，結結巴巴的站起身跟我們打招呼。這個人既害怕又羞愧，幾乎歇斯底里；他不斷絞扭著雙手，同樣的話對賽格說了一遍又一遍。賽格把他推到一邊，跟沙立姆一起跪在伊羅山身旁。這可憐的受害者面如死灰，緊閉著眼睛，噓噓的喘著氣。他脖子上有一道醜陋的裂傷，比我們上次看到的大很多，但最可怕的是傷口乾淨得出奇，雖然凹凸不平，卻只在外緣有一縷血痕。我想到這麼深的傷口應該流很多血才對，這念頭使我全身一陣寒戰，頓時感到反胃。我伸臂摟住海倫，我們站在那兒瞠目結舌，無法挪開目光。

「賽格沒有碰觸傷口，把它檢視一遍後，抬頭望著我們。『幾分鐘前，這個該死的傢伙不先請示我，就去請了一個陌生的醫生，好在醫生不在家。這算是不幸中的大幸，因為我們現在也不需要醫生了。可是他在日落時讓伊羅山獨處。』他對沙立姆說了幾句話，後者霍然站起身——以一種完全出乎我意料的強大力量——揍了那個粗心的看護一拳，然後把他趕出房去。那人倒退著離開，我們聽見他恐懼的腳步聲下了樓梯。沙立姆把門反鎖，把臨街的窗戶一一鎖上，好像要藉此確定那人不會再回來。然後他回到賽格身旁跪下，兩人低聲商議。

「過了一會兒，竇格伸手到他帶來的袋子裡，我看見他取出一包眼熟的東西：類似他一星期前在書房裡送給我的那套獵殺吸血鬼的工具，只不過這一套的包裝盒更精緻，外面飾有阿拉伯書法的圖案，還有貝母鑲嵌。他打開盒子，察看一遍裡面的裝備。然後他再次抬頭看著我們。『兩位教授，』他低聲說：『我的朋友至少被吸血鬼咬了三次，他快要死了。如果以這種方式自然死亡，他很快就會變成吸血鬼。』他用大手抹一下額頭。「這是很可怕的一刻，我要請你們離開這個房間。女士，妳不可以目睹這件事。」

「『求求你，有什麼我們可以幫忙的，』我有點遲疑的說，但海倫站上前一步。

「『讓我們留下，』她壓低聲音對竇格說：『我要知道該怎麼做。』我一時之間不明白她爲什麼會想要知道這種事，但我隨即想起——超現實的念頭——她畢竟是個人類學家。他犀利的看她一眼，不發一言，似乎表示默許，隨即繼續俯身看他的朋友。我仍抱著一線希望，也許我猜錯了，但竇格湊在他朋友耳畔，喃喃唸著什麼。他握起伊羅山的手，撫摸著它。

「然後——這可能是接下來發生的所有可怕事件當中最令人難過的一刻——竇格把朋友的手壓在自己心上，發出一聲痛澈心肺的哀嚎，彷彿有我無法辨識的音節，從對我而言不算太古老，卻全然陌生的歷史深處傳來，我們曾經聽過宣禮官在市內宣禮塔上召喚信徒祈禱，跟這悲哀的嘯聲很像，然而竇格的喊聲毋寧更像來自地獄的召喚——彷彿有一連串敲打著恐懼的音符，從成千上萬座鄂圖曼營帳、數以百萬名土耳其士兵的記憶裡升起。我眼前出現飄揚的旗幟，飛濺到戰馬腿上的鮮血，長矛與新月，彎刀與盔甲映日生輝，美麗而支離破碎的頭顱、臉孔、肢體；我耳中傳來投入阿拉懷抱、赴死男人的慘叫，他們的父母哀聲動地自遠方傳來；我彷彿聞到房屋焚燒的臭味和血肉的腥氣，砲彈的硫磺味，帳棚、橋樑、馬匹化爲一片火海。

「更奇怪的是，我在哀嚎中聽見一個只要我願意就能理解的聲音：『Kaziklu Bey！穿心魔！』一片混沌中間，我彷彿看見一個與眾不同的人影，一個全身黑衣，披著斗蓬的男人騎在馬上，在鮮豔的色彩中間迴旋轉動，他的臉靜止在一團團混亂之間，他的劍專事收割鄂圖曼人的頭顱，它們戴著有尖角的頭盔笨重的在地上翻滾。

「竇格的聲音一落，我發現自己已經站在他身旁，低頭看著那個垂死的人。叨天之幸，海倫在我身旁，離我很近——我張口想問她問題，卻看見她已經在竇格的嘯聲中聽到同樣的恐懼。我不由得憶起穿心魔的血胤在她的脈管中流動。她轉身看我一眼，臉色深受震撼，但保持鎮定；我又想到她體內也有羅熙的遺傳——溫和、貴族出身的托斯卡尼和盎格魯血統，我在她眼裡看到羅熙無與倫比的仁慈。我想，就在那一瞬間——不是以後，不是在我家鄉我父母做禮拜的那座乏味的褐色教堂裡，不是在我熟識的牧師面前——我已與她成婚，我在心裡與她結爲夫妻，我允諾效忠於她，今生不渝。

「竇格沈默下來，把一串念珠放在他朋友的脖子上，這動作使那具身體發出一陣顫抖，然後他從盒子裡有斑斑污漬的錦緞上，挑出一件比我的手掌略長、亮銀打造的工具。『託真主庇佑，我這輩子從來沒做過這種事，』他輕聲說。他解開伊羅山的襯衫，我看到他衰老的皮膚，已變成灰白的捲曲胸毛，起伏很不平均。沙立姆沈默而有效率的在房間裡搜索一遍，找來一塊顯然是充當門檔的磚頭，竇格把這件簡陋的工具拿在手裡，掂了一下重量，隨即把銀釘尖的一端抵住老人的左胸，開始低聲唸誦，我從中聽出一些我不知從何處——書本、電影、談話？——記得的字句：『Allahu akbar，Allahuakbar。至高無上的阿拉。』我知道，我不可能強迫海倫離開這房間，就如同我自己也不願離開，但磚頭擊下時，我拉她退後一步。竇格的手大而穩定。沙立姆幫他扶住銀釘，一聲脆響，銀釘立刻穿入人體。鮮血慢慢從釘子周圍湧出，染紅了蒼白的皮膚。伊羅山先生的臉在很短的一瞬間，出現可怕的抽搐，他的嘴唇掀起，像狗一樣露出發黃的牙齒。海倫看得目不轉睛，我也不敢轉開眼睛；我不想讓她看到任何我不能陪她一起看的東西。伊羅山的身體一陣劇抖，銀釘忽然整個沒入他體內，只露出把柄。竇格往後一坐，彷彿在等待。他嘴唇顫抖，滿頭大汗。

「過了一會兒，身體先放鬆，然後是臉部；伊羅山先生嘴唇祥和的合攏，胸腔裡吐出一聲嘆息；穿著破舊得可憐的襪子的腳輕抽一下，就靜止不動了。我牢牢抓住海倫，只覺她在我身旁發抖，但她沒出聲。竇格拿起他朋友鬆垂的手，親吻一下。我看見淚水滾下他的面頰，滴進他的八字鬍，他用一隻手掩住眼睛。沙立姆輕觸一下死去的圖書館長的眉毛，然後站起身，按住竇格的肩膀。

「過了一陣子，竇格稍微振作，起身拿一條手帕擤鼻子。『他是個非常好的人，』他對我們說，聲音很不穩定。『非常慷慨、善良的人。現在他在穆罕默德的平安裡長眠，不至於加入地獄的軍團。』他轉過身擦眼睛。『朋友，我們現在要把屍體移走。有家醫院有位醫生，他──他會幫助我們。我去打電話的時候，沙立姆會鎖好門窗，留在這兒。醫生會帶救護車來，簽署所有必須的文件。』竇格從口袋裡取出幾瓣大蒜，溫柔的放進死者嘴裡。沙立姆取出銀釘，拿到角落的水槽裡清洗，然後小心放回原來那個美麗的盒子。竇格把所有的血跡都清理乾淨，用抹布包住死者的胸部，把襯衫扣好，然後他從床上拿下床單，讓我幫忙罩在屍體上，蓋住那張已經變得很安詳的臉。

『現在，我的朋友，我要請你們幫忙。你們已經目睹不死族的能耐，你們也知道他們在哪裡。你們每一分鐘都要保護自己。接下來幾天，只要安排得成，你們一定要趕到保加利亞，而且愈快愈好。擬訂計畫後，請打電話到我家來給我。』他深深的看著我：『如果你們出發前，我們不能見到面，祝你們一路幸運平安。我會無時無刻想到你們。一回伊斯坦堡，就請你們打電話給我，如果你們回來的話。』

「我但願他說這種話的眞正意思是如果你們選擇經過伊斯坦堡回美國，而不是如果你們沒死在保加利亞。他熱情的跟我們握手道別，沙立姆也有樣學樣，並且害羞的親吻海倫的手。

「『我們走了，』海倫拉起我手臂，簡單的說，於是我們就走出那個悲傷的房間，下了樓梯，走到街上。」

54

「我對保加利亞的第一印象——以及從此以後對它的回憶——就是從空中看見的山，高而深邃的山，鬱鬱蒼蒼幾乎不見道路的山，雖然偶爾在村落之間，或奇峰突起的懸崖邊，也會出現一條褐色的絲帶。海倫安靜的坐在我身邊，定睛從小小的機窗往外看，她的手放在我掌心，用我折疊好的外套蓋在上面掩飾。我感覺她溫暖的掌心，稍微有點涼、沒戴戒指的纖細手指。我們不時看見山的罅隙裡有道閃閃發光的細線，我想那一定是溪流，我努力尋找類似捲曲龍尾巴的地形，破解我們的謎團。但當然找不到任何東西符合我閉著眼睛都看得見的那個輪廓。

「這是不可能的，我提醒自己，藉以克制一看到那些古老的山嶺就不由得升高的希望。它們的默默無聞、與現代歷史脫節的外觀、不可思議的看不到城鎮或工業化的痕跡，都使我滿懷希望。我多少有點覺得，這個國家的過去隱藏得愈是完美，保存至今的機會就愈大。我們現在翱翔在那些僧侶失落的路徑上空，他們可能曾經跋涉過這樣的高山——雖然我們不知他們走哪條路，但未始不可能就是這幾座山峰。我把這些想法講給海倫聽，只爲了聽聽自己大聲說出內心的希望。她大搖其頭。『我們根本不知道他們有沒有眞的抵達保加利亞，甚至不知道他們有沒有眞正出發，』她提醒我，但她在外套底下撫摸我的手，緩和純學術觀點的直率口吻。

「『我對保加利亞歷史一無所知，妳知道，』我說。『我在這兒會很迷惘。』

『海倫露出微笑。『我也不是什麼專家，不過我可以告訴你，六、七世紀，斯拉夫人從北方遷徙到這個地區，七世紀又移來一個叫做保加利亞族的土耳其部落。他們聯合起來對抗拜占庭帝國——迭有所獲——他們的第一位統治者是一個名叫阿斯帕魯的保加利亞族人。九世紀時，國王鮑利斯一世確立基督教爲國教，但他的同胞還是把他當作大英雄。拜占庭從十一世紀到十三世紀初統治這裡，然後保加利亞人變得非常強盛，直到一三九三年被鄂圖曼人征服。』

『鄂圖曼人是什麼時候被趕出去的？』我興趣盎然的問。我們好像到處都碰到他們。

『直到一八七八年吧，』海倫道。『俄國人幫助保加利亞人趕走他們。』

『後來保加利亞兩次世界大戰都支持軸心國。』

『是的，然後戰爭一結束，蘇聯軍隊就發動光榮的革命。沒有蘇聯軍隊我們怎麼辦？』海倫給我一個最燦爛，也最苦澀的微笑，但我捏一下她的手。

『小聲一點，』我說。『妳可以不小心，但是我得替我們兩個著想。』

「索非亞的機場很小；我本來預期看到一座現代共產主義的樣版宮殿，但我們降落的地點只有一條簡單的瀝青小跑道，同機旅客一起徒步穿過跑道。我試著聆聽其中一些人的對話，判定他們幾乎都是保加利亞人。這些人都長得很好看，有些人容貌極爲出眾，他們的長相從黑眼白膚的斯拉夫人到棕色皮膚的中東人不等，形成色彩豐富的萬花筒，他們長著濃密、粗黑的眉毛，有朝天鼻、懸膽鼻也有鷹鉤鼻，有黑髮捲曲、天庭飽滿的年輕女子，也有精力充沛、牙幾乎掉光的老頭子。有人露齒微笑，有人笑聲洪亮，都在熱切的交談；有個高個子男人拿著折起來的報紙對同伴比手劃腳。他們的穿著與西方服飾有明顯的差異，雖然我實在說不出，那些外套和裙子的剪裁，爲什麼一看就覺得有異國情調，那些笨重的靴子和深色的帽子，究竟什麼地方讓我覺得陌生。

「我另外還有個印象，這些人好像腳一踏上保加利亞的泥土——或柏油路面——就有種隱藏不住的快樂，這推翻了我對蘇聯盟國千篇一律的負面印象，尤其直到史達林一年前去世爲止，保加利亞始終是他倚爲左右手的盟邦，我總以爲它會是一個陷於永遠無法清醒的幻滅、與歡樂絕緣的國家。在伊斯坦堡取得保加利亞護照的高難度——大部分靠寶格得自蘇丹的資金，和艾娃阿姨在索非亞的對等人士多通電話才打通關節——使我對這個國家更加畏懼，那些面無笑容、滿心不甘願的官僚，認可我們從布達佩斯取得的護照、蓋印放行時，個個都像壓迫人民的能手。海倫私下告訴我，保加利亞大使館竟然同意給我們簽證這件事，就讓她心情不安。

「但眞正的保加利亞人，卻似乎是截然不同的種族。走進機場大廈，我們就排隊通過海關，這兒的笑語喧嘩聲更響，我們看見親戚隔著欄杆揮手，高聲打招呼，我們四周的人都申報小額金錢或購自伊斯坦堡或前一站的紀念品，輪到我們時，我們也如法炮製。

「年輕的海關官員看到我們的護照，眉毛一挑就縮進帽子裡看不見，他把護照拿到一旁，跟另一位官員商議了幾分鐘。『不是好預兆，』海倫跟我耳語。幾個穿制服的人聚集在我們四周，其中年紀和架子都最大的一個，開始問我們問題，先是用德語，然後用法語，最後用支離破碎的英語。我按照艾娃阿姨指點，鎭定的取出布達佩斯大學的非正式公函，信中請求保加利亞政府批准我們入境，從事重要的學術研究，以及另一封艾娃阿姨向保加利亞大使館友人要到的介紹信。

「我不知道那位官員對那封誇張的綜合了英文、匈牙利文、法文的學術函件作何感想，但大使館那封信可是用保加利亞文寫的，還蓋了大使館的關防。那官員默默讀完信，粗大的黑眉毛在鼻梁上打了好大一個結，然後他臉上露出一個意外，甚至很驚訝的表情，他用一種類似不可思議的的眼神看著我們。這比他先前的敵意更讓我緊張，我想到艾娃阿姨對於大使館那封信的內容，態度一直很曖昧。這個節骨眼上，我當然不便詢問信中到底寫些什麼。正當我如墜五里霧中，不知如何是好的時候，那位官員忽然露出微笑，還拍了我的肩膀時。他排開眾人，走到海關櫃臺裡去打電話，經過一番可觀的努力，似乎找到了某人。我不喜歡他對著聽筒諂笑，同時每隔幾秒鐘就瞟我們一眼的德行。海倫不安的在我身旁挪動兩腳的重心，我知道她對這一幕的解讀一定比我更複雜。

「那名官員終於以誇張的手勢掛上電話，幫我們找到風塵僕僕的行李，把我們帶到機場附設的吧台，請我們喝一種會讓腦子變得空空如也，名叫瑞吉亞（rakiya）的白蘭地，完全由他掏腰包。他用好幾種破碎的語言問我們，投身革命多少年，何時加入共產黨之類的問題，我愈聽愈覺得不放心。這一切讓我對介紹信的內容有多少正確性更加懷疑，但我學海倫的樣，保持微笑，儘說些不關痛癢的話。他舉杯祝福世界各國勞工的友誼，把我們和他自己的酒杯再度斟滿。我們之中隨便哪個人說什麼話——好比訪問他美麗的國家之類的陳腔濫調——他都咧嘴微笑搖頭，好像不贊成。我心情越發慌亂，直到海倫附耳告訴我，她曾經讀到這種文化上的怪癖：保加利亞人用搖頭表示贊成，點頭表示反對。

「我們喝瑞吉亞喝到一個我不至於出洋相的極限時，一個穿深色西服、戴帽子、臉色冷竣的男人現身，解救了我們。他看起來年紀只比我略大幾歲，如果表情愉快一點，應該會是個帥哥。然而，黑色的八字鬍幾乎遮不住他非難而嘟起的嘴巴，垂在額前的黑髮也掩飾不了惱怒而皺起的眉頭。海關官員畢恭畢敬上前迎接他，介紹他說是派給我們的保加利亞導遊，並解釋說這是我們的殊榮，因爲克拉席米爾•拉諾夫在保加利亞政府深受器重，受聘於索非亞大學，這個古老光輝的國家凡是值得一看的風光，他都瞭若指掌。

「我在白蘭地的朦朧中，握了這個男人冷得像魚的手，並祈禱上蒼讓我們不需要透過導遊就能參觀保加利亞。海倫對這一切似乎沒那麼意外，很得體的以摻雜厭煩與輕蔑的態度跟他打招呼。拉諾夫仍然沒對我們說一個字，但他似乎打從那位官員以過大的音量報告說，海倫是匈牙利人，而且在美國讀書之前，就打從心底不喜歡她。這番解釋使他的鬍子在冷漠的笑容裡輕輕抽搐一下。『教授，女士，』他道——他第一次開口說話——然後就轉身背對我們。海關官員微笑跟我們握手，捶一下我的肩膀，好像我們已經是老朋友了，然後示意我們必須跟好拉諾夫。

「拉諾夫在機場外面叫了一輛計程車，車子內部有我畢生僅見最古老的裝潢，黑色的布椅墊裡，塞的可能是馬毛。他坐在前座，告訴我們，已爲我們安排了最有名旅館的房間。『我相信你們會住得很舒適，旅館裡有極好的餐廳。明天我們用早餐時在那兒見面，你們可以向我說明你們研究的性質，以及希望我如何幫你們安排、完成你們的工作。你們當然要會見索非亞大學的同行，以及適當的行政部門。然後我們會安排短程觀光，參觀保加利亞的歷史古蹟。』他露出一個做作的笑容，我看著他，心頭的恐懼不斷加深。他英文說得太好了；雖然有明顯的口音，卻帶有那種號稱可以讓你在三十天內學會一種語言的唱片，缺乏抑揚頓挫的正確發音。

「他的臉也有種熟悉之感。我當然從來沒見過他，但是他讓我聯想到某個我認識的人，更讓人沮喪的是，我怎麼也想不起來那究竟是誰。在索非亞的第一天，我一直有這種感覺，在我們接受太多嚮導的市容觀光行程中，讓我困惱不已。但索非亞有種奇異的美——綜合了十九世紀的優雅、中世紀的輝煌，和社會主義風格光彩奪目的新紀念碑。我們在市中心參觀了一座令人不愉快的豪華陵墓，墓中是五年前去世的史達林主義獨裁領袖喬治•季米特洛夫經防腐處理的屍體。拉諾夫入內參觀前脫下帽子，並示意我和海倫走在他前面。我們加入一群寂靜無聲，列隊從季米特洛夫敞開的棺材前通過的保加利亞人。這位獨裁者臉色如蠟，蓄著跟拉諾夫相同式樣的八字鬍。我聯想到史達林，據說從一年前開始，他的遺體就跟列寧一起陳列在紅場一個與此處類似的神壇上。這些持無神論的文化，對於保存它們的聖人的遺骨倒是挺努力的。

「我詢問我們的導遊，是否能安排我們跟安東•斯托伊契夫聯絡，卻見他神色大變，這使我對他的不祥預感更爲加深。『斯托伊契夫先生是人民的敵人，』他用令人不快的聲音對我們說。『你們爲什麼要見他？』接著他的語氣又奇怪的一轉：『當然可以，只要你們想見他，我就來安排。他已經不在大學教書了——以他那種宗教觀點，不能把年輕人交給他照顧。但他很有名，或許你們是基於那個原因想見他。』

「『拉諾夫接到命令，隨便我們要求什麼，都要盡量滿足我們。』趁我們在旅館外有短暫的獨處機會，海倫低聲道：『為什麼會這樣？為什麼會有人認為這是個好主意？』我們惶恐的對望。

『但願我知道，』我說。

『我們在這兒必須非常小心，』海倫的臉色很凝重，她聲音很小，我也不敢在公開場合吻她。『從現在開始，我們要有個協議，除了學術上的興趣，我們絕不透露任何事，即使學術方面，如果必須在拉諾夫面前談論我們的工作，也盡可能談得愈少愈好。』

『同意。』

55

「最近幾年，我經常憶起第一眼看到安東•斯托伊契夫寓所的感覺。或許它給我的第一印象太深刻，因為那棟剛好位於都會區邊緣的住宅，跟索非亞市區建築之間的對比太強烈，但也可能是因為斯托伊契夫本人——他有種獨特而難以言喻的氣質。不過在我看來，每當斯托伊契夫家大門的畫面浮現眼前，我之所以都會產生那種強烈到氣都透不過來的期待，乃是因為見到他，是我們找尋羅熙下落的轉捩點。

「我在很久以後讀到，拜占庭統治之下，有些修道院故意設在君士坦丁堡的城牆之外，如此一來，政府頒佈某些與教會儀式有關，全城必須一體遵行的敕令時，這些神聖殿堂的居民就可以豁免，他們雖然得不到城牆庇護，卻能逃脫政府專橫的箝制，這時我就會想起斯托伊契夫——他的房子建在庭院深處，花園裡有歪歪斜斜開滿星辰般白花的蘋果樹和櫻桃樹，新綠的嫩葉與藍色的蜂巢，以及把我們擋在外面的老舊門框和雙爿木門，充滿寧靜、虔誠和退隱的氛圍。

「我們站在大門外，塵土漸漸在拉諾夫的車上落定。海倫第一個去推老門上的門栓，拉諾夫悶悶不樂的故意落在後面，好像生怕被人（包括我們）看到他來這種地方，有種奇怪的感覺，使我一時之間抬不起腳步。晨間樹葉與蜂群的營營震動，以及一種出乎意料、令人反胃的恐懼感，彷彿把我催眠了。我想著，說不定斯托伊契夫終究還是幫不上忙，我們白白繞了一大圈，還是撞進一條死胡同，只能徒勞無功的回家。我已經想像過一百遍：從索非亞或伊斯坦堡——我很想再見竇格一面——飛回紐約，一路無言；回家以後，沒有了羅熙，我必須重新整頓自己的生活，面對我去了什麼地方的質疑，跟系上解決長期缺席的問題，回歸撰寫荷蘭商人——安靜而平淡的人——論文的生活，接受一位大為遜色的新教授指導，還有緊閉著門的羅熙辦公室。最讓我無法忍受的其實是那扇緊閉的門，以及後續的調查，警方抓不住重點的訊問——『那麼——大名——呃——可以稱呼你保羅嗎？你的指導教授失蹤兩天後，你就出門遠行？』追悼會上一小撮困惑不解的出席者，最後會有人問到羅熙的作品、他的版權、遺產。

「能跟海倫手牽手回去，當然是很大的安慰。等恐懼淡去，我會向她求婚；我得盡可能先存點錢，然後帶她回波士頓，跟我的父母見面。是的，我會牽著她的手回去。但沒有父親可作爲求親的對象。我在一波波湧起的傷痛裡，看著海倫把大門推開。

「走進花園，斯托伊契夫的房子建在一片不很平坦的基地上——部分是庭院，部分是果園。屋基採用一種灰褐色的石塊，靠白色的灰泥糊在一起；我後來得知，那種石塊是一種花岡岩，保加利亞絕大多數老建築都以它爲建材。基礎上的牆壁是磚砌的，那是一種最最柔和、圓熟的金紅色，好像在陽光裡浸泡了許多個世代。屋頂採用有凹槽的紅色磁磚。屋頂和牆壁都有點破舊。整棟房子看起來像是慢慢從泥土裡生長出來，現在又慢慢回歸泥土，而這片土地之所以長出樹木，只爲了遮蔽這一過程。一樓的一側，加蓋了一片房屋，另一側搭了一座花架，架上爬滿葡萄藤，周圍開滿淺色的玫瑰花。花架下面擺一張木桌，四把粗糙的椅子，不難想像，夏日來臨時，葡萄葉的陰影會更濃郁。再過去一點，最年高的蘋果樹下，吊著兩座幽靈似的蜂巢；蜂巢附近有一畦陽光全面照射的小菜園，已經有人悉心培養出整齊的一排排半透明的新綠。我聞到香料草，以及可能是薰衣草、新鮮嫩草和炒洋蔥的味道。有人很用心的照顧這個地方，我幾乎期待看到斯托伊契夫身穿僧袍，拿著小鏟子跪在菜園裡。

「然後有個聲音在屋裡唱歌，可能是在那根搖搖欲墜的煙囪與一樓的窗戶附近。那不是隱士在用男中音唱讚美詩，而是甜美、高亢的女聲，充滿活力的旋律，就連站在我旁邊愁眉苦臉抽香煙的拉諾夫，也露出感興趣的模樣。『Izvinete！』他喊道：『Dobar den！』歌聲嘎然而止，接著傳來啪的一聲和咚的一響。斯托伊契夫的前門開了，一個年輕女子站在那兒瞪著我們，好像以爲她家院子裡最不可能出現的就是訪客。

「我本想上前一步，但拉諾夫搶在我前面，脫下帽子，點頭，鞠躬，用一連串保加利亞話向她問候。那名年輕女子一手摀住自己的臉頰，用帶有戒心的好奇看著拉諾夫。再看一眼，她其實不像我方才以爲的那麼年輕，但她全身散發一種能量與活力，使我認爲她可能就是那座璀燦的小花園和廚房香味的創造者。她有張圓臉，頭髮全梳到腦後，額頭上有顆黑痣；眼睛、嘴巴和下巴，長得都像個美麗的小孩。她穿白襯衫、藍裙子，繫著圍裙。她打量我們的犀利眼光，跟她那雙天眞無邪的眼睛好像全然不相干，我看到在她快捷的質問下，拉諾夫甚至翻開皮夾，拿一張卡片給她看。不論她是斯托伊契夫的女兒或管家——共產國家的退休教授有管家嗎？——她都不是傻瓜。拉諾夫以一種在他而言很不典型的努力在取悅她；他掛著微笑，轉過身來把我們介紹給她。我們握手時，他介紹道：『這位是依麗娜•赫里絲托娃。她是斯托伊契夫教授的織女。』

「『修女嗎？』我問，心想這其中一定有什麼複雜的宗教隱喻。

「『他妹妹的女兒，』拉諾夫道。他又點了一根煙，並敬一根給依麗娜，她重重點一下頭表示拒絕。他解釋說我們來自美國時，她瞪大眼睛，非常仔細的再次把我們從頭到腳看上一遍。然後她笑了起來，我始終不知道那代表什麼。拉諾夫又面露不豫之色——好像他令人愉快的外表每次都維持不到幾分鐘——她轉過身，請我們入內。

「這棟房子再次讓我感到很意外；它外部是甜美的老式農莊，室內的暮氣沈沈卻與陽光普照的前院成強烈的對比，活脫是座博物館。門一開就是個有壁爐的大房間，照在石壁上的陽光取代了爐火。家具——雕工考究、嵌有鏡子的深色五斗櫃、富麗堂皇的桌椅——本身就很引人注目，但眞正吸引我目光，也使得海倫喃喃讚美的，卻是那批罕見的民俗紡織品與原始繪畫。這批以神像爲主的作品，在我看來，大部份的水準都遠在我們參觀索非亞的教堂所見。這兒有眼神明亮的聖母和嘴唇單薄、神情悲哀的聖徒，大大小小，有的以金漆描邊，有的鑲著純銀箔片，有站在船上的使徒，也有承受生死考驗、堅忍不拔的殉教者。周圍編織出幾何圖案的掛毯與圍裙，甚至還有一件繡花背心和兩條邊緣縫綴錢幣的圍巾，從四面八方呼應著畫中繁複、泛黑、古舊的色彩。海倫指著那件從上到下縫著一排排水平口袋的背心，『裝子彈用的，』她簡單的說。

「背心旁邊掛著一對匕首。我很想問誰穿過這件背心？誰挨了那些子彈？誰帶那對匕首？它們下方的桌上，放了個瓷瓶，有人在瓶裡插滿玫瑰花和綠色的大葉片，在褪色的古物之間顯出一種超自然的生氣勃勃。地板擦得雪亮。我可以看到地上映出另一個一模一樣的房間。

「拉諾夫也在東張西望。他哼了一聲道：『我看，斯托伊契夫教授獲准保留太多國家財產了。應該把這些東西拿去賣掉，爲人民謀福利才對。』

「不知依麗娜是聽不懂英文，或不屑回應，她轉個身，帶我們走出這房間，上了一條狹窄的樓梯。我不知道該期待在樓上看到什麼。或許我們會找到一間凌亂的書房，充當老教授冬眠的洞穴，或者——一陣現在對我而言已經很熟悉的傷痛襲來——我心頭一緊，想道，我們會看到一個井然有序的房間，整潔的程度與羅熙教授用來隱藏他波濤洶湧、高人一等的智慧的辦公室不相上下。我剛興起這意念，樓梯頂端的一扇門就開了，一個滿頭白髮，身材矮小，但背脊很挺的男人走到樓梯口。依麗娜急忙走到他面前，雙手抓住他手臂，對他說了一大串夾雜著興奮的笑聲，連珠砲似的保加利亞話。

「老人鎮定而沈著的轉向我們，他的表情很內斂，所以我有一會兒以爲他在低頭看地板，但事實上他是直接看著我們。於是我上前一步，伸出手。他嚴肅的跟我握手，然後轉向海倫，也握了她的手。他很客氣，也很正式，他的謙恭其實不是眞正的謙恭而是威嚴，他用黑色的大眼睛把我們打量了一番，然後注視著站在後面觀察這一幕的拉諾夫。這時拉諾夫才走上前來，跟他握手，他那種降尊紆貴的德行，讓我對這位導遊越發不滿。我全心全意希望他離開，讓我們單獨跟斯托伊契夫教授談話。我眞不知道有拉諾夫這隻蒼蠅叮在背後，怎麼可能推心置腹的交談，從斯托伊契夫取得任何情報。

「斯托伊契夫慢慢轉過身，帶我們走進房間。這是樓上幾個房間之中的一間。我們雖兩次到訪，但我始終沒有搞清楚這棟房子裡的人究竟睡哪兒。就我所知，樓上只有這間狹長的起坐間，和從這房間出入的另外幾個較小的房間。其他房間的門都半掩，陽光從窗外的綠樹縫隙間照進來，輕拂著不計其數書本的封面，這些書或羅列在牆上，或裝在地上的木箱裡，或堆在桌上。其中有大量各種形狀與尺寸的散張文件，很多一望即知非常古老。不，這兒一點也不像羅熙整潔的的書房，而是一個亂七八糟的實驗室，收藏家的心靈閣樓。放眼放去，盡是受到陽光撫慰的古老皮革封面、陳年牛皮、壓印圖案的裝訂、殘缺不全的燙金、碎裂的頁角、凹凸不平的書脊——紅色、褐色、灰白的珍本書——書與捲軸與手稿，因爲使用而分散在各處。所有的物品都一塵不染，笨重的東西不會壓在脆弱易碎的東西上，然而這些書和手稿卻又在斯托伊契夫的房間裡堆得到處都是，我有種被它們包圍的感覺，但又不像是在博物館，因爲在博物館裡，這些珍貴的資料會以更分散、更有條理的方式展示。

「起坐間有面牆上掛了一幅原始的地圖，我很意外它是印在皮革上。我情不自禁走到它前面，斯托伊契夫微笑道：『你喜歡這幅圖嗎？是一一五〇年的拜占庭帝國全圖。』這是他第一次開口說話，他說的是文雅而正確的英語。『當時保加利亞還是帝國的一部份，』海倫道。

「斯托伊契夫看她一眼，顯然很高興。『是的，完全正確。我想這幅地圖是在威尼斯或熱那亞製作，被人帶到君士坦丁堡，或許是送給皇帝或朝廷命官的禮物。這是一位朋友替我做的複製品。』

「海倫報以微笑，若有所思的用手托住下巴。然後她彷彿對他擠了一下眼睛。『當時的皇帝是曼努埃爾一世，對吧？』

「我吃了一驚，斯托伊契夫也顯得很吃驚。海倫笑了起來。『拜占庭是我的嗜好，』她道。老歷史學家也笑了，然後忽然臉色一整，優雅的向她鞠了一躬。他對起坐間正中央一張桌子周圍的幾把椅子比了個手勢，我們陸續就坐。從我坐的角度，可以看見這棟屋子的後院，沿著山坡斜斜而下，直到樹林的邊緣，有幾棵已經結了綠色小果實的果樹。窗子都開著，蜜蜂嗡嗡和樹葉沙沙的聲音傳進來，我想到斯托伊契夫即使遭到流放，還能坐在他收藏的手稿之間，閱讀、寫作、聆聽這種任何政府的鐵腕都無法扼殺的的聲音，至今還沒有官僚強迫他遠離這一切，是何等的愉快。以監禁而言，這算是相當的幸運，甚至可能帶有我們無法確知的志願成分呢。

「斯托伊契夫有一陣子沒再說話，但他專注的看著我們，我不知道他對我們在此出現作何感想，他是否有興趣知道我們什麼人。過了一會兒，我猜想他可能永遠不會主動跟我們攀談，於是對他說：『斯托伊契夫教授，請原諒我們打擾你的隱居生活。我們非常感激你和你的外甥女同意我們來訪。』

「他看著自己放在桌上的手——那雙手很細緻，長了許多老人斑——然後看著我。他的眼睛，正如我說過，又大又黑，是一雙年輕人的眼睛，雖然他鬍子刮得很乾淨的橄欖色臉孔顯得蒼老。他的耳朵大得出奇，從頭部兩側理得很整齊的白髮中間翹出來；在窗口射入的光線照映下，耳緣呈透明的粉紅色，像兔子耳朵一樣。那雙結合了溫馴與機靈的眼睛，也令人聯想到動物。他的牙齒泛黃而扭曲，前面有一顆鑲了金牙套，但所有的牙齒都在，他微笑時的變化很驚人，好像一頭野獸忽然幻化出人類的表情。那是一張奇妙的臉，年輕時一定煥發著不尋常的光輝，明顯可見的熱忱——那一定是張令人無法抗拒的臉。

「斯托伊契夫開始微笑，強大的感染力使我和海倫也微笑起來。依麗娜對我們露出酒渦。她挑了一張在某幅聖像下方的椅子，我猜畫中是聖喬治，猛力用長矛刺穿一頭營養不良的龍。『我很高興你們來看我，』斯托伊契夫道：『我們的客人不多，說英文的訪客更是少見。我很高興有機會跟兩位練習我的英文，雖然恐怕我現在說得不及以前好。』

「『你英文說得很好，』我道。『你在哪兒學的，如果你不介意我問？』

「『哦，我不介意，』斯托伊契夫道。『我很幸運，年輕的時候有機會出國留學，我在倫敦讀過書。我有什麼可以效勞的，或你只想看看我的書房？』他說得這麼簡單，我有點意外。

「『兩者都要，』我道。『我們想參觀書房，也想請教幾個跟我們的研究有關的問題。』我頓了一下，找尋適切的字眼。『羅熙小姐和我對貴國中世紀的歷史很感興趣，雖然我的知識遠不及應有的那麼豐富，我們寫了一些——呃——』我開始支吾，因爲我忽然意識到，除了海倫在飛機上給我惡補的那點東西，我對保加利亞歷史事實上是一無所知，在這位身爲他國家歷史守護者的淵博學者面前賣弄，只會顯得荒唐可笑；同時也因爲我們要討論的內容至爲私密，極端匪夷所思，當拉諾夫坐在在桌子另一頭冷笑時，我是無論如何都不願意透露的。

「『原來你們對保加利亞中世紀歷史有興趣？』斯托伊契夫道，我覺得他好像也看了拉諾夫一眼。

「『是的，』海倫趕快來搭救我。『我們對中世紀保加利亞的寺院生活很有興趣，我們想寫幾篇論文，也盡力做了一些研究。說得更清楚點，我們想了解中世紀晚期保加利亞的寺院生活，以及朝聖者進入保加利亞的若干路線，還有保加利亞的朝聖者到其他國家會採取的路線。』

「斯托伊契夫眼睛一亮，搖著頭，滿臉得色，他的大耳朵也被陽光照得閃閃發光。『這個題目非常好，』他道。他的眼光穿過我們，我覺得他好像能看到遙遠的過去，像望進一口深不可測的光陰之井，比全世界任何人都更清楚的看到我們提及的那個時代。『你們要寫的題目有什麼特定的方向嗎？我這兒有很多手稿都可能對你們有幫助，如果你們有興趣，我很樂意借你們一讀。』

「拉諾夫在椅子上動了一下，我想到我多麼討厭他這樣盯著我們。幸好他大部分注意力都放在房間另一頭依麗娜美麗的側影上。『這樣吧，』我道。『我們想多知道一點十五世紀——十五世紀晚期的資料，羅熙小姐對於這期間，她家族的祖國的情形，做了相當的研究——也就是——』

「『羅馬尼亞，』海倫插嘴道。『但我是在匈牙利成長和受教育的。』

「『哦，是的——妳是我們的鄰居，』斯托伊契夫教授轉向海倫，給她一個溫柔無比的微笑。『所以妳來自布達佩斯大學？』

「『是的，』海倫道。

「『或許妳認識我在那兒的一位朋友——桑多教授。』

「『哦，是啊。他是歷史系的系主任。我跟他很熟。』

「『太好了——非常好，』斯托伊契夫教授道。『請代我致最熱誠的問候，如果妳有機會。』

「『我會的，』海倫對他微笑。

「『還有誰呢？我想現在那兒沒有別的我認識的人了。但妳的姓很有趣，教授。我看過這個姓。美國有一位』——他看看我，又看看海倫；我忽然很不安，因爲我發現拉諾夫正盯著我們看——『很有名的歷史學者也姓羅熙。你們是親戚？』

「我很意外，海倫一下子脹紅了臉。我想她可能還不習慣在公開場合承認，或對於這麼做感到遲疑，或她沒注意到拉諾夫忽然開始注意我們的談話。『是的，』她簡短的說。『他是我父親，巴特羅繆•羅熙。』

「我想，一位英國歷史學家的女兒自稱是羅馬尼亞人，而且在匈牙利長大，斯托伊契夫如果感到好奇，應該很自然，但他沒有透露任何疑慮。『對了，就是這個名字。他寫過很多好書——而且範圍非常廣泛！』他拍一下自己的額頭。『我讀他早年的論文時，還以爲他會成爲優秀的巴爾幹歷史學家，但據我所知，他已經放棄這個領域，轉去做很多其他方面的題目。』

「我聽說斯托伊契夫讀過羅熙的作品，而且予以肯定，不禁鬆了一口氣；這可能使他對我們產生較高的評價，也可能更容易搏取他的同情。『是的，確實如此，』我道。『事實上，羅熙教授不僅是海倫的父親，也是我的指導教授——我跟他寫我的博士論文。』

「『多麼幸運啊，』斯托伊契夫把青筋暴露的手合在一起。『你的論文題目是什麼呢？』

「『呃，』這下子輪到我臉紅了。但願拉諾夫不要太注意我們臉色的變化。『有關十七世紀的荷蘭商人。』

「『好極了，』斯托伊契夫道。『那眞是個有趣的題目。那麼你爲什麼來保加利亞呢？』

「『說來話長，』我說。『羅熙小姐和我對於研究鄂圖曼帝國征服伊斯坦堡之後，保加利亞與伊斯坦堡的東正教社群之間的關係很感興趣。雖然這跟我的論文題目有相當差距，但我們已經在這方面寫了幾篇論文。

事實上，我不久前才在布達佩斯大學發表一篇論文，是關於——羅馬尼亞在土耳其統治下的歷史。』我立刻發現自己犯了錯；或許拉諾夫還不知道我們除了伊斯坦堡，還到過布達佩斯。但海倫神態自若，我也鎮定下來。『我們很希望能完成在保加利亞的研究，我們認爲你或許能幫助我們。』

「『當然，』斯托伊契夫耐心的說。『或許你們可以告訴我，關於敝國中世紀寺院的歷史以及朝聖者的路線，尤其是十五世紀的部分，你們到底對哪些方面最感興趣。十五世紀那是保加利亞歷史上驚心動魄的一百年。你們知道，一三九三年以後，我國大部分地區都受鄂圖曼人支配，雖然保加利亞有些地區直到十五世紀中、晚期才遭到征服。從那時起，我們本土的知識文化大多靠寺院保存。我很高興你們對寺院有興趣，因爲那是保加利亞文化傳承最豐富的資源。』他頓了一下，再次把雙手交疊在一起，好像要觀察我們對這項資訊究竟有多熟悉。

「『是的，』我道。實在無法可想。我們就是必須在拉諾夫虎視眈眈下說明我們研究的某些細節。如果我請他離開，他反而會立刻懷疑我們來此的目的。唯一的出路就是盡可能使我們的問題聽起來有學術性而不涉及私人。『我們相信十五世紀伊斯坦堡的東正教社群跟保加利亞寺院，有某些耐人尋味的關係。』

「『是的，這當然是事實，』斯托伊契夫道：『尤其因爲征服者穆罕默德把保加利亞的教會置於君士坦丁堡主教管轄之下。在那以前，我們的教會當然是獨立的，在維力科有自己的主教。』

「我對這位學富五車，耳朵靈敏的長者，興起一份由衷的感激。我說的話當然近乎白癡，但他卻繞著圈子客氣的作答，順便還提供了很多資訊。

「『正是如此，』我道。『我們特別感興趣的是——我們找到一封信——是這樣的，我們最近在伊斯坦堡——我努力不讓自己偷看拉諾夫的反應——『我們找到一封跟保加利亞有關的信——有一群僧侶從君士坦丁堡旅行到保加利亞的一所寺院。我們感興趣是因爲我們有篇論文的題目，就是追溯他們行經保加利亞的路徑。他們很可能是朝聖——我們並不確定。』

『我明白了，』斯托伊契夫道。他的眼睛變得格外機警而明亮。『那封信有日期嗎？你可以告訴我一點信的內容、你在什麼地方找到它，寫信的人是誰、收信的人又是誰，如果你知道這些資料的話？』

『當然，』我道。『事實上，我們這兒有份副本。信的原稿是用斯拉夫文寫的，伊斯坦堡有位修士替我們抄錄下來。原始文件保存在穆罕默德二世的御用檔案裡。或許你願意親自讀一讀這封信？』我打開手提包，取出副本，交給斯托伊契夫，暗中指望拉諾夫不會要求也看一眼。

斯托伊契夫接過信，只見他一看到第一行，眼睛就一亮。『有趣，』他道，然後令我很失望的，他把信放在桌上。或許他不打算幫我們忙，甚至也不打算看信。『親愛的，』他轉向他的外甥女說：『既然要看古代的信，就不能不拿些飲料和食物招待客人。妳好不好替我們端些瑞吉亞白蘭地和午餐上來？』他特別客氣的對拉諾夫點點頭。

依麗娜立刻起身微笑。『當然好，舅舅，』她以悅耳的英語答應。我不禁想道，這家人令人意想不到的事還眞多。她用嫵媚的眼睛瞟了拉諾夫一眼：『可是我端上樓來得有人幫忙才行。』拉諾夫隨即起身，還掠了幾下頭髮。『我很樂意幫年輕小姐的忙，』他道。他們一起下樓。拉諾夫的腳步聲特別響亮，依麗娜一路跟他說保加利亞語。

他們一關上門，斯托伊契夫就湊在桌上，迫不及待的開始閱讀那封信。讀完以後，他抬頭看著我們。他的臉好像年輕了十歲，表情非常緊張。『太奇妙了，』他低聲說。我們不約而同站起身，走到長桌他所在的那一端，貼著他坐下。『看到這封信讓我很驚訝。』

『是啊——怎麼樣？』我熱切的說。『你知道它的意義嗎？』

『知道一點。』斯托伊契夫的眼睛瞪得很大，專注的看著我。『是這樣的，』他又說：『我也有一封基利爾修士寫的信。』

56

我對沛比良車站的記憶太清晰了，去年我才跟父親站在這裡，等候搭灰塵滿佈的巴士到鎮上去。巴士再次停下來，巴利和我上了車。去勒班恩沿途都是寬闊的鄉下道路，我也還記憶猶新。一路經過的小鎮，周邊都是四四方方，修剪過的梧桐樹。樹木、房屋、田野、老爺車，好像都是用同一把泥土做的，咖啡牛奶的雲霧籠罩在所有的東西上面。

勒班恩的旅館也跟我記憶中一模一樣，四層樓的白灰泥房屋，窗戶上的鑄鐵欄杆，種植粉紅色花朵的木箱，我不由得想念父親，想到不久就能看到他，說不定再幾分鐘就能如願，我不禁摒住呼吸。這一次我一馬當先，帶著巴利推開沈重的門，走到大理石檯面的櫃臺前，放下我的行李。然而那櫃臺顯得太高、太威嚴，我再次覺得膽怯，必須強迫自己去告訴櫃臺後面那個談吐圓滑的老男人，我認爲我父親可能住在這裡。我不記得上次在這兒看過這個老男人，但他很有耐心，過了一會兒他說，確實有位叫這個名字的外國先生住在這兒，但他的鑰匙不在，所以他一定出去了。他讓我看空蕩蕩的掛勾。我的心開始狂跳，過不久，有個我記憶中的男人打開櫃臺後方的門，我的心越發踴躍。他就是餐廳的經理，架勢十足，謙和得體，但他有急事。老男人用一個問題拉住他，他意外的轉身向我，立刻便說，小姐也來了，她長大了好多，長大了，也更漂亮了。還有這位是她的——朋友嗎？

「表哥，」巴利道。

但先生沒提到她的女兒和外甥要來呢，多好的驚喜。我們當天晚上一定要去光顧吃晚餐。我問我父親在哪兒，有沒有人知道，但沒有人知道。他出門很早，老男人提供消息，也許散步去了。經理說，房間客滿，不過如果我們有需要，他會想辦法。我們何不先到我父親的房間去，至少可以把行李放在那兒？我父親要了一間套房，視野很好，還有個小客廳可以坐坐。他——經理——可以給我們備份鑰匙，替我們做些咖啡。我父親應該很快就會回來。我們滿懷感激的接受了所有這些建議。嘎吱嘎吱響的電梯送我們上樓的速度那麼慢，我不禁懷疑經理是否親自在地窖裡拉扯鍊條。

我們把門打開，進了父親寬敞而舒適的房間，要不是因爲我一個星期之內第三度侵犯他的隱私，心情愧疚，否則一定更能享受這房間的每一個優點。更讓我難過的是，我忽然在房裡看見父親的行李箱、散落在各處的熟悉的衣服、陳舊的皮製修面用具包，和最好的鞋子。才不過幾天前，我還在牛津詹姆斯院長的寓所、安排給他的房間裡，看過這些東西，一陣陣熟悉感襲來，令我如受雷殛。

但隨即有另一個更大震撼，凌駕了前一波打擊。父親天生愛整潔；他待過的房間或辦公室，不論時間多麼短暫，都會成爲整齊和秩序的模範。不像我後來遇到的很多單身漢、鰥夫或離婚男子，父親從來就不是那種會把口袋裡的東西全倒出來，堆在茶几或五斗櫃上，或把衣服胡亂搭在椅背上的單身男人。在此之前，我從來沒見過父親的物品這麼亂七八糟過。他的行李箱開了一半擱在床畔。顯然他翻找過什麼東西，取出一、兩樣物品，沿路把襪子、內衣丟在地板上。他的薄帆布外套橫陳在床上。事實上，他在匆忙中換過衣服，西裝也隨手丟進行李箱。我也曾想到，或許這不是父親幹的好事，而是有人乘他不在的時候搜索過房間。但那堆衣服像蛇蛻皮似的脫在地板上，讓我確信並非如此。他走路穿的鞋子沒放在行李箱裡固定的位置，通常塞在鞋裡的香柏木鞋撐也扔在一旁。顯然這是他一生中最倉促的時刻。

57

「斯托伊契夫告訴我們，他也持有一封基利爾修士的信，海倫和我都難以置信，面面相覷。『你是什麼意思？』最後她問道。

「斯托伊契夫用興奮的手指輕敲一下竇格做的副本。『我有份手稿，是我的朋友阿塔納斯•安吉羅夫一九二四年給我的。我相信其中描述的是同一趟旅行、不同的階段。我沒想到這趟旅行還有任何其他文獻存在。事實上，我的朋友把它送給我之後不久，就忽然去世了，可憐的傢伙。且慢——』他站起身，因倉促而身形搖晃不定，海倫和我都連忙跳起身扶他，免得他跌倒。但他不需要協助就穩住自己，走進一個較小的房間，示意我們跟過去，並小心不要碰翻堆疊在房間周圍的書。他對著書架打量了一會兒，伸手要取一個盒子，我幫他拿下來。他從盒子裡拿出一個用磨損的繫帶綁住的硬紙板檔案夾。他把這件東西拿回外面的大桌上，在我們熱切的目光下將它打開，取出一份脆弱到我連看他拿起來都提心吊膽的文件。他站在那兒對著它看了很長的時間，好像麻痺了一般，然後歎道：『這是原件，你們看得出來。這簽名——』

「我們彎下腰，果然在那兒，我手臂和脖子湧起一片雞皮疙瘩，我看到一個字跡非常端正的古斯拉夫字母寫的名字，就連我也讀得出來——基利爾——旁邊還有年份：六九八五。我望向海倫，她咬緊下唇。這名僧人褪色的名字眞實無比。他曾經跟我們一樣生活在這個世界，用溫暖、活生生的手，拿著羽毛筆，在這張羊皮紙上簽下他的名字，這是不爭的事實。

「斯托伊契夫感受的震撼幾乎跟我一樣，雖然檢視這樣的老手稿想必已成爲他的日常活動。『我曾經把這篇東西翻譯成保加利亞文，』過了一會兒，他說，然後取出另一頁紙，這是一張打字的航空信紙。我們重新坐下。『我試著念給你們聽。』他清清喉嚨，給我們一個不算精確但大致正確的版本。

尊貴的馬克辛姆•猶普雷蘇斯院長閣下：

鈞座睿智英明交代小人的任務，謹此執筆稟報目前進展的詳情。願天主助我，使小人的報告公正翔實，不負鈞座所託。今晚我等在維比亞斯城附近的聖維拉迪米爾修道院過夜，距鈞座處僅兩天行程，此寺的聖潔修士以鈞座之名歡迎我等。正如鈞座指示，小人單獨覲見院長閣下，摒退所有見習僧、僕人後，把我等秘密任務的內情向他稟報。他下令將我等馬車鎖在庭院的馬廄裡，派兩名他手下的僧人和兩名我等同行的僧人守衛。但願能經常遇到如此通情達理、保護周到之配合，起碼直到我等進入異教徒地域爲止。如鈞座指示，小人將一本書交到院長閣下手中，並轉達鈞座訓令，親眼目睹他片刻不耽擱把書藏好，甚至未在小人面前翻閱。

翻山越嶺跋涉後，馬匹已疲憊不堪，今晚以後，我等還會在此歇息一夜。我等在此間教會做過禮拜，精神已大爲振作，僅八十年前，此間有兩尊純潔無比的聖處女聖像行使奇蹟。其中之一至今仍爲罪人流下奇蹟之淚，淚珠都變成珍貴的珍珠。我等向她潛心禱告，保佑我等此行的任務，使我等安全抵達大城，在敵人的首都找到庇護所，完行任務。

以聖父、聖子聖靈之名，鈞座最謙卑的僕人

基利爾修士

主後六九八五年四月

「斯托伊契夫高聲朗讀這封信時，我想我和海倫都幾乎不敢呼吸。他緩慢而有條理的翻譯，花了相當的技巧。我正想爲兩封信之間不容置疑的關係高聲歡呼時，樓下木梯傳來腳步聲，我們不約而同抬起頭來，

『他們回來了，』斯托伊契夫低聲說。他把他的信收起來，我們的版本也暫時跟它放在一起，交給他保管。『拉諾夫先生──他被派給你們做導遊？』

『是的，』我立刻答道。『他似乎對我們在此的工作太感興趣。關於我們的研究，還有很多事必須告訴你，但都非常私密，而且──』我頓了一下。

『危險？』斯托伊契夫問道，把他那張蒼老而無所不知的臉轉向我們。

『你怎麼猜到？』我不由得吃驚。截至目前，我們談到的事都不涉及危險。

『唉，』他搖搖頭，我在他歎聲中聽到深不可測，我甚至無從捉摸的閱歷與遺憾。『我也有些事要告訴你們。沒想到，我還會看見另一封像這樣的信。盡量不要跟拉諾夫先生說什麼。』

『別擔心，』海倫搖搖頭，他們互望了一眼，相視微笑。

『稍安勿躁，』斯托伊契夫輕聲說。『談話的事我來安排。』

依麗娜和拉諾夫端著碗盤乒乒乓乓走進起坐間，依麗娜把杯子和一瓶琥珀色的液體擺出來，拉諾夫走在後面，拿來一條麵包和一盤白豆做的菜肴。他滿臉笑容，看起來幾乎被馴服了。我真希望能向斯托伊契夫的外甥女道謝。她安排她舅舅舒適的坐在他慣用的椅子上，要我們坐下，我才發覺一個早晨忙碌下來，我已經非常飢餓。

『請用，貴客，一切請自便，』斯托伊契夫以君士坦丁堡皇帝的派頭對桌面比個手勢。依麗娜倒出一杯杯白蘭地──光憑那股酒味就足夠殺死體型較小的動物──他豪邁的向我們敬酒，露出滿口黃牙，真摯的笑道：『祝全世界學術界的友誼。』

「我們都滿懷誠意的回敬，只除了拉諾夫，他嘲弄的舉起酒杯，輪流看著我們。

「『祝你們的學術研究能增進黨與人民的知識，』他對我微微一躬身，說道。此舉差點讓我胃口全失；他這是泛泛之言，或其實是想利用我們取得某些情報，增進黨的知識？但我也回鞠一躬，乾掉我的白蘭地。我發現這種酒必須以最快的速度吞下去，喉嚨裡的三度灼傷很快會被一種熱烘烘的愜適取代。我想，如果喝得夠多，我說不定會陷入連對拉諾夫這種人都發生好感的危險狀態。

「『我很高興有機會跟任何對敝國中世紀歷史有興趣的人交談，』斯托伊契夫對我說。『正好有個紀念敝國中世紀兩位重要人物的慶祝活動，或許你和羅熙小姐有興趣參加。明天是偉大的斯拉夫字母的發明者基利爾（Kiril）與梅塔迪（Methodii）的紀念日。他們的名字若用英文發音，就是塞利爾（Cyril）和梅塔迪烏斯（Methodius），你們把古斯拉夫字母稱做塞利克字母（Cyrillic），不是嗎？我們稱之爲基利利札（kirilitsa），因爲發明者是一位名叫基利爾的僧侶。』

「我聽得一頭霧水，只想著我們信裡的基利爾修士，但斯托伊契夫繼續往下說，我終於聽懂他的用意，也領教到他臨機應變的能力多麼厲害。

「『我今天下午必須寫作，會很忙，』他道：『但如果你們願意明天再來，有幾位我過去的學生會來慶祝這個日子，到時我可以多告訴你們一點基利爾的事。』

「『你太客氣了，』海倫道。『我們不想佔用你那麼多時間，但能參加你們的活動是我們的榮幸。這可以安排嗎，拉諾夫同志？』

「拉諾夫對同志這個稱呼似乎不很受用，他捧著第二杯白蘭地，皺起眉頭看著海倫。『當然可以，』他道。『只要對你們的研究有好處，我都很樂意協助。』

「『好極了，』斯托伊契夫道：『我們一點半在這裡見面，依麗娜會爲我們準備豐盛的午餐。這種聚會每次都很愉快。你們可以跟幾位學者見面，相信你們會發現他們的研究很有意思。』

「我們熱烈道謝，並聽從依麗娜的敦促開始用餐，不過我注意到，海倫也盡量避免碰剩下的瑞吉亞。吃罷簡單的午餐，海倫隨即起身，我們也都跟著站起來。『叨擾了，教授，』她握著斯托伊契夫的手說。

「『完全沒有，親愛的，』斯托伊契夫熱忱的跟她握手，但我覺得他確實顯得很疲倦。『我眞的很期待明天見到你們。』

「依麗娜陪我們穿過翠綠的庭院，送到門口。『明天見，』她道，並說了幾句俏皮的保加利亞話，使拉諾夫在戴上帽子前，又用手掠了好幾下頭髮。『她眞是個美人兒，』我們走向他的汽車途中，他志得意滿的說，海倫在他背後對我翻翻眼睛。

「直到黃昏，我們才有幾分鐘時間獨處。在乏味的旅館餐廳吃完那頓好像永遠不會結束的晚餐後，拉諾夫終於離開。海倫和我一起走上樓——電梯又壞了——然後流連在距我們房間不遠的走廊裡，從我們奇異的際遇中偷得幾分鐘甜蜜時光。等我們確定拉諾夫已經離開，就又回到樓下，走路到附近巷子裡的一家咖啡廳，坐在露天的樹下。

「『這裡有人監視我們，』我們在鐵桌旁落座時，海倫低聲道。我謹愼的把手提包放在腿上；我甚至不再把它放在咖啡桌下面。海倫微笑道：『但至少這裡沒有人竊聽，不像在我們的房間。』她抬頭看一眼頭上的綠色枝葉。『菩提樹，』她道。『再過幾個月，這些樹就會開花。我們在老家用它泡茶——或許這兒的人也一樣。坐在這樣的露天座位上，坐下之前必須先清理桌面，因爲落花和花粉飄得到處都是。那氣味像蜂蜜，非常清新甜美。』她做了個很快的動作，好像拂掉幾千朵淡綠色的花。

「我握住她的手，把它翻過來，看見她掌心優雅的紋路，我希望那代表她會長壽、幸福，而且兩者都能跟我分享。『妳對斯托伊契夫那封信有什麼看法？』

「『說不定是我們的運氣來了，』她考慮道。『最初我以爲這只是歷史大拼圖中的一片——我們拿到很不錯的一片，但它能怎麼幫助我們？但斯托伊契夫既然猜得出我們的信有危險，就有可能知道某些重要的線索，所以我抱著很大的希望。』

「『我也這麼希望，』我承認。『但我認爲也有可能，他只是說，這份文件在政治上很敏感，就跟他大部分的研究一樣——因爲它牽涉到教會的歷史。』

「『我知道，』海倫嘆口氣。『也許就是那麼簡單。』

「『光是那樣，就足夠他提高警覺，不在拉諾夫面前談論了。』

「『是啊，我們唯有等明天才能知道他眞正的意思。』她把手指跟我的手指交纏在一起。『每一天的等待都讓你很痛苦，不是嗎？』

「我緩緩點頭。『如果妳認識羅熙，』我道，然後停了下來。

「她定睛注視著我的眼睛，然後把一綹從髮夾裡溜出來的頭髮拂到腦後。這個動作是那麼的悲哀，使她接下的話更加沈重。『透過你，我已經開始認識他了。』

「這時，一個穿白上衣的女侍走過來，問了幾句話。海倫轉向我。『你要喝什麼？』那女侍好奇的看著我們，說外國話的生物。『妳會點飲料嗎？』我逗海倫。

「『Chai，』她指指自己，又指著我。『我們要喝茶。Molya（請）。』

「『妳學得眞快，』女侍走回裡面後，我說。

「她聳聳肩膀。『我學過一點俄文，跟保加利亞文很接近。』

「女侍把我們的茶送上來後，海倫悶悶不樂攪著它。『沒有拉諾夫在旁，眞是太舒服了，想到明天還會看見他，我簡直受不了。有他釘在我們背後，眞無法想像我們能做什麼有意義的研究。』

「『如果能知道他對我們的研究有什麼確切的懷疑就好了。我會好過一點。』我承認。『奇怪的是，他讓我聯想到某個見過的人，但我好像得了失憶症，怎麼也想不起來那是誰。』我看一眼海倫嚴肅而美麗的臉，就在那一刻，我忽然覺得大腦摸索到什麼東西，環繞著某個謎團的邊緣撲騰跳動，但那與拉諾夫可能是誰的雙胞胎無關。那是暮色中海倫的臉孔、我舉杯飲茶的動作、以及我選擇的奇怪字眼觸動的聯想。我的思緒曾經在這件事情上徘徊過，但這次卻如電光石火，有了突破。

「『失憶症，』我說：『海倫——失憶症。』

「『什麼？』她皺著眉頭看我，顯得很困惑。

「『羅熙的信！』我差點喊叫起來。我迫不及待打開手提包的動作，使杯中的茶潑灑在桌上。『他的信，他到希臘去那次！』我花了幾分鐘才在文件中找出那份該死的東西，然後一段一段找尋，把那段話唸給海倫聽，她的眼睛慢慢愈睜愈大，形成一片黑色的震撼。『妳還記得，信中說，他在伊斯坦堡被奪走地圖後，就回到希臘——克里特島——然後他的運氣變壞，每件事都不對勁嗎？』我拿著那頁信紙在她面前搖晃。『妳聽這一段：「克里特島酒館裡的老頭子，似乎寧可講他們兩百一十個吸血鬼的故事，而不願為我解釋哪兒可以找到相同的陶瓷碎片，或他們的祖父曾經打撈過哪艘古代沈船，把哪些寶物據為己有。有天傍晚，我讓一個陌生人請了一杯當地特產，取了個怪名字叫做失憶症的酒，結果次日我病了一整天。」』

「『哦，我的天，』海倫輕聲道。

「『我讓陌生人請我喝了一杯叫做失憶症的酒，』我重述一遍，盡量壓低聲音。『妳想那個陌生人可能會是誰？就因為這樣，羅熙才會忘記——』

「『他忘記——』海倫好像被這個字催眠。『他忘記羅馬尼亞——』

「『——完全不記得去過那兒。他寫給賀吉斯的信提到，他要從羅馬尼亞回希臘，籌一些錢，參加一個古墓的開挖工作——』

「『而且他忘了我母親，』海倫把話續完，聲音低得幾乎聽不見。

「『妳的母親，』我重複道，眼前忽然出現海倫的母親站在門口，注視我們離開那一幕。『他從來沒有真的不要回去。他忽然忘記了一切。那就是——那就是為什麼他告訴我，他有時會想不起自己做過的研究。』

「海倫的臉色煞白，下巴抽搐，她眼神冰冷，盈滿淚水。『我恨他，』她很小聲的說，我知道她指的不是她父親。」

58

「第二天，我們準時在一點半抵達斯托伊契夫家門口。海倫無視拉諾夫在旁，握著我的手，甚至拉諾夫的心情也很愉快；他皺眉的次數比平時少，還穿了一身厚重的褐色西裝。我們聽見門裡傳出談話與笑聲，還聞到柴火的煙味和烤肉的香氣。只要暫時把羅熙的問題擱在一旁，我也能感染節慶的歡樂。我覺得今天一定能得到有助於找尋他的線索，所以我也打定主意，盡可能全心全意慶祝基利爾與梅塔迪烏斯的節日。

「我們在院子裡看到許多男性和少數女性三三兩兩站在花架下。依麗娜在桌子後面忙個不停，幫大家在盤裡添滿食物，斟滿一杯杯那種威力強大的琥珀色液體。她看見我們，連忙走過來，伸開手臂，好像我們已經是多年的朋友。她跟我和拉諾夫握手，又親吻海倫的面頰。『眞高興你們能來。謝謝賞光，』她道。『自從你們昨天離開以後，我舅舅一直睡不著，吃不下。我希望你們勸他吃點東西。』她美麗的臉蛋有愁色。

「『請別擔心，』海倫說。『我們一定盡力勸他。』

「我們找到斯托伊契夫，發現他坐在蘋果樹下，談興正濃。有人在樹下排了一圈木椅，他坐在最大的椅子上，身邊有幾個比較年輕的人。『啊，哈囉！』他掙扎著起身說。其他人立刻站起來扶他，然後等他爲我們引見。『歡迎，我的朋友。請見過我其他的朋友。』他有氣無力的揮揮手，指著周圍的面孔。『這幾位都是我在戰前教過的學生，承蒙他們好心回來看我。』這些人都穿著白襯衫和寒酸的深色西裝，跟拉諾夫比，都已經不算年輕；大部分都起碼五十幾歲了。他們對我們微笑，熱烈的跟我們握手，其中有一位還隆重的親吻海倫的手。我喜歡他們靈活的黑眼睛、含蓄的笑容和偶爾閃現的金牙。

「依麗娜走過來；她似乎在慫恿大家多吃一點，不久我們就被其他客人簇擁到花架下面的長桌前。桌子被沈重的負荷壓得幾乎要呻吟，所有好聞的香味都來自這裡，距房子不遠處起了篝火，正在烤整隻全羊，桌上堆著陶製的盤子，裝滿切片的馬鈴薯、番茄黃瓜沙拉、堆成小山的白乳酪、一條條金黃的麵包、一盤盤類似我們在伊斯坦堡吃過的那種乳酪餡的酥皮點心。還有燉肉、一碗碗冰鎮過的優格、碳烤的茄子和洋蔥。依麗娜非要我們把盤子裝得滿到端不動，才放我們離開，然後她端著倒滿瑞吉亞白蘭地的酒杯，跟我們走回果園。

「在這同時，斯托伊契夫的學生顯然也在比賽誰替老師端來的食物最多，他們還替他把酒滿斟到杯口，然後他慢慢站起來。庭園裡所有的人都喊著要大家安靜，他向大家敬酒，並簡短的致詞，我只聽得懂基利爾、梅塔迪烏斯，還有我自己和海倫的名字。他話聲才落，人群中就掀起一片歡呼：『斯托伊契夫！Za zdraveto na Profesor Stoichev！Nazdrave！』歡呼聲此起彼落，每個人都爲斯托伊契夫高興；每張臉孔都朝對他微笑、舉杯，還有人熱淚盈眶。我想起羅熙，那次慶祝他在大學任教滿二十年的場合，他是那麼謙遜的面對我們的祝賀與讚美。我喉頭一陣哽咽，情不自禁別過頭去。我注意到拉諾夫手拿一杯酒，在花架下晃蕩。

「大家又恢復吃喝、交談時，海倫和我才發現我們被安排坐在斯托伊契夫身旁貴賓的位子。他對我們點頭微笑道：『眞高興你們今天來參加我們的聚會。要知道這是我最喜歡的節日。我們教會的曆法上有很多聖人的紀念日，但所有從事教職、從事研究的人都覺得這一天最親切，因爲這一天紀念我們的字母與文學的斯拉夫傳統，以及許多世紀以來，從基利爾和梅塔迪的偉大發明衍生出來的教與學的成果。更重要的是，這一天，所有我最喜歡的學生和同事都會回來，打斷他們老教授的工作。我很感激他們來打斷我。』他帶著親切的笑容環顧四周，然後拍拍距他最近的一位同行的肩膀。我看到他的手多麼衰弱、削瘦得近乎透明，心頭不禁一陣難過。

「過了一會兒，斯托伊契夫的學生逐漸散開，有的向餐桌走去，那兒正在切割剛烤好的全羊，有的三五成群在果園裡閒逛。他們都離開後，斯托伊契夫殷切的轉向我們。『來吧，』他道。『趁這個機會，我們談談。我甥女答應盡可能絆著拉諾夫先生。我有幾件事要告訴你們，我知道你們也有很多事要告訴我。』

「『當然。』我把椅子拉到他身旁，海倫也跟著做。

「『首先，我的朋友，』斯托伊契夫道：『我仔細讀了你們昨天留給我的信。這是你們那一份。』他從前胸口袋裡把信取出來。『我現在物歸原主。我讀了很多遍，我相信它跟我持有的那封信，是出自一個人——基利爾修士，不論他是誰，寫了這兩封信。我當然沒法子看到你們的原始文獻，但只要這份資料夠正確，就看得出寫作風格完全符合，名字和日期也一致。我想我們就可以確定，這些信有相同的淵源，它們可能是因爲分開遞送，或遇到我們永遠無法得知的變故，如今分散兩地。我還有些別的想法要告訴你們，但你們必須先告訴我更多你們研究的內容。在我看來，你們來保加利亞並非單純因爲要了解我國的寺院。你們是怎麼找到這封信的？』

「我告訴他，我們展開研究的動機實在很難說明，因爲它聽起來很不理性。『你說你讀過海倫的父親，羅熙教授的著作。他最近在非常離奇的狀況下失蹤了。』

「我以最快的速度，儘可能清楚的解釋。我敘述我如何發現那本有龍插畫的書、羅熙的失蹤、我們帶在身邊的信件內容和那幾幅奇怪的地圖的複製本、我們在伊斯坦堡和布達佩斯的研究，包括我們在布達佩斯大學圖書館看到那首民謠和上端隱藏有伊維瑞諾字樣的木刻版畫。我只保留了新月衛隊的秘密沒有告訴他。我不敢當著那麼多人取出手提包裡的文件，但我詳細說明那三幅地圖的內容，以及第三幅地圖與書裡龍圖案的類似。他以無比的耐心和興趣傾聽，他的眉毛在稀疏的白髮下糾成一團，黑色的眼睛瞪得很大。只有一次他打斷我，急切想知道那幾本有龍圖案的書——我的、羅熙的、修・詹姆斯的、竇格的——之間有何不同。我知道因爲他對手抄本與古代出版品的知識，這幾本書一定特別引起他的興趣。『我把我那本帶來了，』我輕拍一下放在腿上的手提包說。

「他震了一下，看著我。『可能的話，我很想看一眼那本書。』

「但我說到竇格與沙立姆發現，基利爾修士寫信的對象，原來當時是在瓦拉基亞斯納格布修道院當住持，這一點似乎更引起他的興趣。『斯納格布，』他喃喃道，蒼老的臉泛起一陣紅暈，我差點擔心他會當場昏倒。『我早該知道。那封信在我的圖書館裡保存了三十年！』

「我也很想知道他的信又是從哪兒得來的。『你知道，有相當充分的證據顯示，基利爾修士一行從瓦拉基亞先到君士坦丁堡，然後才來保加利亞的，』我道。

「『是的，』他搖著頭。『我一直以爲信中說的是一群來自君士坦丁堡的僧人，他們到保加利亞朝聖。我從來沒有想到——馬克辛姆•猶普雷蘇斯——斯納格布的院長』他彷彿沈入高速倒帶的回憶，紛至沓來的記憶在他不斷變幻的蒼老臉孔上飛逝而過，像一陣暴風雨掃過，使他飛快的眨著眼睛。『還有你們，以及詹姆斯先生，在布達佩斯找到的*伊維瑞諾*這個字——』

「『你知道那個字的意思嗎？』我急切的問。

「『是的，是的，孩子。』斯托伊契夫的目光穿過我望向遠方。『安提姆•伊維瑞諾是十七世紀晚期，斯納格布的一位學者和印刷業者——距穿心魔伏拉德的時代已很遙遠。我曾經讀到關於伊維瑞諾作品的介紹。他是當代的著名學者，很多名人慕名到斯納格布去看他。他印製過羅馬尼亞文和阿拉伯文的福音書，他擁有羅馬尼亞第一部印刷機。但——天啊——也許那不是第一部，如果這些有龍插圖的書更古老的話。我有好多東西要給你看！』他瞪大眼睛搖搖頭。『我們到我房間去，趕快。』

「海倫和我四下張望一眼。『拉諾夫正忙著糾纏依麗娜，』我低聲道。

「『好極了，』斯托伊契夫站起身。『我們從旁邊這扇門進去。拜託，動作快點。』

「我們不需要他催促。光是他臉上的表情就足夠讓我們跟隨他爬上懸崖。他舉步維艱的爬上樓梯，我們慢慢跟在後面。他在大書桌前坐下休息，我注意到桌上散落著我們前一天沒看到的書本與手抄本。『關於那封信，以及其他的信，我一直收集不到什麼資料。』斯托伊契夫喘息稍定，就告訴我們。

「『其他的信？』海倫在他身旁坐下。

「『是的，另外還有兩封基利爾修士寫的信，加上我的信和伊斯坦堡那封，一共四封。我們必須立刻趕到李拉修道院去看另外兩封信。這眞是驚天動地的發現，把這些信兜攏在一起。但我要給你們看的不是那個。我一直沒銜接起來——』他再次因話說太多而恍惚起來。

「休息了一會兒，他走到另一個房間，取來一本用紙包著的書，那是一本用德文印刷的古老學術筆記。『我有一位朋友——』他停下來。『如果他能活著看到這一天！我告訴過你們——他名叫阿塔那斯•安吉羅夫——是的，他是一位保加利亞歷史學家，也是我很早的一位老師。一九二三年，他在李拉的圖書館做研究，那是我國中世紀文獻最大的藏寶庫。他在那兒找到一份十五世紀的手稿——藏在一本十八世紀對開本大書的木板封面裡。他想出版那份手稿——那是一篇從瓦拉基亞到保加利亞的旅行記錄。他在爲那本書做註疏時去世，我接手完成，將書付梓。原稿仍保存在李拉——我一直不知道——』他用無力的手自責的敲一下額頭。『來吧，快點。書是用保加利亞文印刷的，但我們一起來從頭到尾看一遍，我把最重要的部分講給你們聽。』

「他用顫抖的手翻開那本褪色的遊記，在替我們提綱挈領，挑出安吉羅夫所發現的重點時，他的聲音也在顫抖。後來他根據安吉羅夫的註解寫的論文，以及這份文獻本身，都翻譯成英文出版，增補了很多新材料，並附加數不清的註釋。但即使到現在，每次我看到那本書，都還會想起斯托伊契夫上了年紀的臉，垂掛在招風耳上的稀疏頭髮，以燃燒的專注盯著書頁的大眼睛，尤其他斷斷續續的聲音，會再度在我耳畔響起。」

59

索格拉佛的撒卡利亞斯「異聞記」

——阿塔納斯・安吉羅夫與安東・斯托伊契夫合著

前言

撒卡利亞斯的「異聞記」是一篇歷史文獻

撒卡利亞斯的「異聞記」雖以殘缺不全，難以卒讀聞名，但這份資料及夾帶其中的〈流浪者史蒂芬的故事〉，是確認十五世紀巴爾幹半島基督徒朝聖路線的重要資源，也提供了有關瓦拉基亞綽號「穿心魔」的伏拉德三世遺體下落的資訊，雖然多年以來，一般都相信他埋葬在斯納格布湖（今羅馬尼亞境內）的修道院。它也提供一份瓦拉基亞新殉教者（雖然除了「異聞記」的主角史蒂芬之外，我們無法確認斯納格布這些僧人的國籍）的稀有紀錄。除了他們，原籍瓦拉基亞的新殉教者只有七人留下記錄，而且殉教地點都不在保加利亞。

這份沒有標題，但被後人稱做「異聞記」的紀錄，是一位名叫撒卡利亞斯的僧人，在一四七九或一四八〇年用斯拉夫文撰寫的。撒卡利亞斯在亞陀斯聖山的索格拉佛修道院出家，這是一家保加利亞籍修道院。索格拉佛即「畫家修道院」㊾，最初建於十世紀，一二二〇年代被保加利亞教會收編，雖然它的位置在亞陀斯

㊾譯註：Zographou即希臘文「畫家喬治」（George the Painter）之意，相傳這位喬治也就是修道院的創辦人。

半島中部，但就像塞爾維亞籍的奚蘭達修道院或俄羅斯籍的潘特雷孟修道院，這兒的僧人國籍不受修道院宗主國的局限㊿；基於這一點，再加上撒卡利亞斯所有其他資料都從缺，遂不可能判定他的國籍；他可能是保加利亞人、塞爾維亞人、俄羅斯人或希臘人，雖然他用斯拉夫文寫作這一點，足證他出身斯拉夫族裔。「異聞記」只告訴我們，他生在十五世紀某個年代，他的文字技巧很受索格拉佛院長重視，因爲院長特別選中他去聽流浪者史蒂芬親自告解，並留下記錄，提供官方參考，甚至作爲神學的文獻。

史蒂芬在他的故事裡提及的旅行路線，跟幾條眾所周知的朝聖路線都有關。君士坦丁堡是瓦拉基亞朝聖者最喜愛的參拜地點，整個東方的基督教世界莫不如此。但到瓦拉基亞朝聖的也不乏其人，斯納格布修道院的香火尤其興旺，還有一條爲人熟知的朝聖路線，是往來於斯納格布與亞陀斯之間。因此這群僧侶前往巴赫科伏途中，會經過哈斯科伏，代表他們可能是走陸路，從君士坦丁堡出發，經埃德恩（今土耳其）進入保加利亞東南部；若照一般走法經過黑海岸的港口，他們的路線就會偏北，不會到哈斯科伏去。

撒卡利亞斯的「異聞記」中出現傳統的朝聖目的地，引起一個疑問，即史蒂芬的故事究竟算不算朝聖文獻。然而史蒂芬自稱的兩個流浪的理由——一四五三年因君士坦丁堡淪陷後就被迫流亡，以及從一四七六年開始，在保加利亞境內「尋寶」——都使它起碼可稱爲古典朝聖異聞記的變奏。更有甚者，史蒂芬以年輕僧侶的身份離開君士坦丁堡，似乎主要動機就是到去外國追尋聖地。

「異聞記」幫助吾人了解的第二件事，就是民間稱做穿心魔伏拉德的瓦拉基亞大公伏拉德三世（1428?-76）——或卓九勒——的死亡之謎。雖然他同時代多位歷史學家都記載他抵抗鄂圖曼人，以及他爲了爭奪與

㊿譯註：亞陀斯聖山雖然是希臘的一部份，但因為是宗教聖地，長期以來享有完全自治權。山上二十座歷史悠久的僧院中，索格拉佛修道院是保加利亞僧人創建、奚蘭達修道院由塞爾維亞僧人興建，潘特雷孟修道院由俄羅斯僧人建造，至今仍保有其祖國特色，接受其祖國的經濟支援，收容的僧侶也以同國籍為主，有各自為政的意味。

保有瓦拉基亞王位，屢仆屢起的奮鬥，但迄未有人討論他的死亡與下葬的詳情。史蒂芬的故事確認，伏拉德三世三番兩次慷慨捐錢給斯納格布修道院，重建當地的教堂，所以很可能他也遵守整個東正教世界所有寺院奠基大施主的傳統，遺命在那兒埋葬。

「異聞記」中，史蒂芬確認伏拉德在一四七六年，他生命的最後一年，可能是他死前幾個月，到過修道院，伏拉德三世的王位承受鄂圖曼蘇丹穆罕默德二世極大的壓力，伏拉德約從一四六〇年開始，就斷斷續續與蘇丹作戰。同時，瓦拉基亞的貴族中又有一批人，隨時準備在穆罕默德再度入侵時變節投靠，使他的統治權岌岌可危。

如果撒卡利亞斯的「異聞記」可信，那麼伏拉德三世未載於其他史籍的造訪斯納格布一事，對他個人必然極度危險。「異聞記」聲稱伏拉德把寶藏帶到修道院；他冒重大危險這麼做，可見他多麼重視自己與斯納格布的關係，他對自己經常面臨的生命威脅，想必非常了解；威脅不僅來自鄂圖曼帝國，也來自這期間他在瓦拉基亞的主要敵人，亦即在他死後曾短暫坐上瓦拉基亞王位的巴斯拉布•雷歐塔。既然訪問斯納格布對他毫無政治利益可言，那麼若說斯納格布這個地方對伏拉德三世具有靈性或私人的重要性，似乎是合理的推測，或許他計畫以這個地方作為最後長眠之所。總而言之，撒卡利亞斯的「異聞記」確認他在生命接近終點時，對斯納格布特別關注。

伏拉德三世在何種情況下死亡，始終是個懸案，許多互相抵觸的民間傳說和濫竽充數的學術研究，徒然增加困惑。一四七六年十二月底，或一四七七年一月初，他遭到伏擊，敵方可能是瓦拉基亞境內的一支土耳其部隊，他在接下來的衝突中喪生。有些傳統說法認為，他事實上是在爬上山頭，企圖看清戰場情況時，被自己的部下誤會為土耳其軍官而遭到誤殺。這一傳說的另一版本更說，他有些部下本來就在找機會行刺他，以懲罰他聲名狼籍的殘酷惡行。但討論他死亡的資料來源絕大多數都認為，伏拉德的屍體被砍下首級，他的頭顱被送往君士坦丁堡，向穆罕默德蘇丹證明，他的心腹大患已除。

根據史蒂芬的故事，兩種情形不論何種爲眞，伏拉德都還有部分部下對他效忠，因爲他們冒險將他的屍體送到斯納格布。據信這具無頭屍體被葬在斯納格布教堂的祭壇之前。

如果流浪者史蒂芬的故事屬實，伏拉德三世的屍體秘密從斯納格布運往君士坦丁堡，從那兒又運到保加利亞一座叫做聖喬治的修道院。如此輾轉運送的目的何在，而且這批僧侶先到君士坦丁堡、後來又去保加利亞尋找的「寶藏」爲何，都令人不解。史蒂芬的故事指出，寶藏能「加速大公靈魂的救贖」，暗示院長一定認爲此舉在神學上有其必要。或許這批僧侶在君士坦丁堡找尋的是某件歷經拉丁十字軍與鄂圖曼征服後，保存下來的聖物。但也有可能，院長不願負起在斯納格布銷毀屍體的責任，也不願依照民間預防吸血鬼的傳統手法破壞屍體，或承擔附近村民可能逕自進行此種儀式的風險。以伏拉德的地位，以及東正教嚴禁神職人員毀傷屍體的事實，他不願這麼做實爲合情合理。

遺憾的是，在保加利亞始終未找到伏拉德三世遺骸可能的埋葬地點，甚至聖喬治的遺址也找不到，也像那家名叫帕羅利亞的保加利亞修道院一樣不爲人知；它很可能在鄂圖曼統治時期被放棄或破壞，「異聞記」是唯一提及其大略位置的文獻。「異聞記」聲稱，他們從位於恰普拉司卡河畔的阿斯諾弗鎮南方約三十五公里的巴赫科伏修道院出發，只走了很短的距離——「不多遠」——就到了。顯然聖喬治位在保加利亞中南部。這一包括洛達普山脈的地區，最晚被鄂圖曼人征服。這一帶有些特別崎嶇的區域，始終沒有完全向鄂圖曼帝國臣服。如果聖喬治位在這片山區，可能一部份就是因爲它在地理上相對而言比較安全，所以被選來安置伏拉德三世的遺骨。

雖然「異聞記」聲稱，斯納格布僧人在聖喬治安頓下來以後，它就成爲一個朝聖地，但同時期及後來的其他一手資料，均未提到聖喬治，這可能代表史蒂芬離開後，在很短時間內，聖喬治就解散或被廢棄了。但我們對聖喬治創設的過程略有所知，因爲有碩果僅存的一份它的教會奉事規定，保存在巴赫科伏修道院的圖書館。根據這份文獻，聖喬治是在一一〇一年由喬治•康尼諾斯創建，他是拜占庭皇帝阿列西奧斯一世的遠房堂兄。撒卡利亞斯的「異聞記」指出，斯納格布一行人抵達時，該地的僧人「年老且人數不多」；我們假設這少數幾位僧侶仍遵守奉事規定的規範，並同意瓦拉基亞僧人加入他們。

值得一提的是，「異聞記」從兩方面呈現瓦拉基亞僧人穿越保加利亞的旅程：文中以相當多的細節描述兩名僧人在鄂圖曼軍官手下殉教，也記錄了保加利亞人民對他們在這個國家境內的進程給與相當的關注。鄂圖曼人對基督徒的宗教活動一般而言都很寬容，我們無法得知是何種因素激怒了他們，使他們把這群通過保加利亞的瓦拉基亞僧侶視爲威脅。史蒂芬透過撒卡利亞斯指出，他的朋友在哈斯科伏鎮遭到「訊問」，然後被刑求和處死，這顯示鄂圖曼官方相信他們持有某種政治敏感的情報。哈斯科伏位在保加利亞東南部，該地區十五世紀已完全落入鄂圖曼掌握。奇怪的是，殉教的僧人被處以鄂圖曼傳統對竊盜的懲罰（截去雙手）以及對逃跑的懲罰（砍斷雙腳）。鄂圖曼統治下的很多新殉教者，遭受的酷刑和處死方式都與此不同。根據這些懲處方式，以及史蒂芬在故事中談到的搜索僧侶馬車的行徑，都足證哈斯科伏官員起訴的罪名是偷竊，雖然他們顯然無法加以證實。

史蒂芬提到此行引起沿途保加利亞人民廣大的關切，鄂圖曼人好奇可能就因此而起，但僅僅八年前，亦即一四六九年，李拉修道院的隱士創建者聖伊萬•李爾斯基的聖骸，從維力科轉運到李拉，委拉迪斯拉夫•葛拉馬諦克曾親眼目睹移靈的行列，並在他所著《聖伊萬遺骨移靈記》中加以描述。移骨途中鄂圖曼官方對地方上保加利亞民眾關注聖骨的表現，都持寬容的態度，而這趟旅程卻是保加利亞基督徒團結一致的重要行動與象徵。撒卡利亞斯和史蒂芬兩人可能都聽說過伊萬•李爾斯基遺骨的著名旅行，到了一四七九年，索格拉弗的撒卡利亞斯可能也有機會看到若干相關的文字記載。

與稍早——時間非常接近——穿越保加利亞的類似宗教行列獲得的寬容待遇相較，鄂圖曼人對瓦拉基亞僧侶此行的忌憚，就有特殊的意義。搜索他們的馬車之舉——可能由地方長官手下的衛隊軍官執行——顯示保加利亞境內的鄂圖曼官員已多少知道他們此行的目的。鄂圖曼官方當然不願意主要政敵的遺骸葬在保加利亞境內，或容忍對此種遺骸致敬的舉動。但他們搜索馬車一無所獲這一事實，卻更令人困惑，因爲果如史蒂芬的故事後來所云，屍體被埋在聖喬治修道院的話，他們如何藏匿一整具屍體（即使缺少頭顱），甚至他們是否眞的攜有這具屍體同行，我們唯有猜測。

最後値得歷史學家與考古學家關心的一點，就是「異聞記」提到斯納格布的僧人的信仰，與他們在那所教堂看到的幻影。對於在爲伏拉德三世守靈時，屍體究竟發生了什麼事，他們無法達成共識，他們提出幾種傳統上認爲會使屍體變成不死族——吸血鬼——的方式，顯示他們一般都相信，他有發生這種改變的危險。他們之中有人相信，有動物從屍身上跳過，其他人則認爲，有超自然的力量化爲霧或風，進入教堂，使屍體坐起來。動物的案例，或吸血鬼能化身成霧的信仰，都在巴爾幹民間傳說中有大量紀載。伏拉德聳人聽聞的血腥殺戮，以及他與匈牙利國王馬提亞結爲姻親，皈依羅馬天主教一事，可能都爲這些僧侶所熟知，前者在瓦拉基亞早已家喻戶曉，後者則是因爲，當地的東正教社群必然會關切這種事（尤其在伏拉德三世寵幸的寺院，他可能找這裡的院長做告解）。

手抄本

撒卡利亞斯「異聞記」藉由兩份手抄本流傳下來，編號分別爲《亞陀斯一四八〇》與《R.VII.132》；後者又叫做「主教版」。《亞陀斯一四八〇》是四開本的手抄本，從頭到尾是同一個人寫的半安色爾字體，收藏在保加利亞李拉修道院的圖書館，一九二三年被發現。這是「異聞記」兩個版本中較早的一個，幾乎可以確定是索格拉弗的撒卡利亞斯親筆所寫，可能以史蒂芬臨終的紀錄爲藍本。雖然他宣稱他「記錄了每一個字」，但撒卡利亞斯想必下了很多功夫重新組織整理；文中反映很多他不可能當場完成的潤飾痕跡，而且只有一處修改。這份原始手抄本起碼直到一八一四年爲止，可能都收藏在索格拉弗圖書館，因爲索格拉弗該年製作的館藏十五世紀與十六世紀手抄本目錄中，還保存了它的題名。一九二三年，它在保加利亞重新出土，當時保加利亞歷史學家阿塔納斯•安格羅夫，在李拉修道院圖書館發現它藏在一個十八世紀出版、論述聖喬治生平的對開本（喬治 1364.21）的封面裡。安格羅夫在一九二四年確認，索格拉弗的版本已不存在。無從得知這份原稿究竟在何時，以何種方式從亞陀斯轉到李拉，不過十八與十九世紀希臘沿海的海盜爲患，可能是導致它（以及許多其他珍貴的文獻與手工藝品）離開聖山，變換收藏地點的部分原因。

第二份，也是僅有的另一份撒卡利亞斯「異聞記」手抄本或版本——R.VII.132或「主教版」——收藏在君士坦丁堡牧首辦公室，抄寫日期以古文書學判定爲十六世紀中期或晚期。這可能是撒卡利亞斯尚在世時，索格拉弗院長送呈大主教的一個稍晚的版本。這一版本的原件，應該還附帶一封院長呈大主教的信，請大主教注意保加利亞的聖喬治修道院出現的異端邪說。原信今已不存，但索格拉弗院長可能基於效率與保密的考慮，要求撒卡利亞斯把他的異聞記重新抄寫一份，將後者送往君士坦丁堡，原稿仍保存在索格拉弗圖書館。「異聞記」送達目的地一百五十年後，主教圖書館仍認爲它具有相當重要性，以重新謄寫的方式予以保存。

「主教版」除了可能是根據某份索格拉弗公文書抄寫的較晚版本外，跟《亞陀斯一四八〇》在另一方面還有一個重要差異：它刪除了斯納格布教堂負責守靈的僧侶宣稱目睹事件的一部份，也就是從「一個僧人看見一頭動物」到「大公的無頭屍身動了起來，試圖起身」。較晚的版本刪去這段落，可能爲了避免使用主教圖書館的人，非必要的接觸史蒂芬描述的異端邪說，也可能爲了盡量不讓他們聽到教會主事者一般都持反對立場的，有關行屍起源等迷信論調。「主教版」的日期很難決定，雖然幾乎可以確定，這一版本從一六〇五年就已列入牧首圖書館的書目。

「異聞記」的兩份現存手抄本，還有最後一個很驚人，也很令人困惑的相似之處。兩者都在故事的同一段落被人用手撕斷。《亞陀斯一四八〇》以「我得知」結束，而「主教版」也只多一句「這並非尋常瘟疫，而是」，兩者都在一行文字結束處被整齊的切斷，應是爲了將史蒂芬在故事中提出，聖喬治修道院有異端邪說或其他邪魔存在的證據刪去。

要鑑定這一破壞發生的時間，可以從上述的圖書館目錄找到線索，其中已列出「主教版」為「不完整」。因此吾人可假設，這一版本的後半段在一六〇五年以後就已經被撕掉。但無從得知兩起破壞文物的行為是否發生在同一時期，或其中之一啓發較晚的讀者，對另一版本也採取相同手段，或兩份文獻的結尾實際上是否雷同。「主教版」對索格拉弗手抄本亦步亦趨，僅前面文稿提及將守靈的段落刪除，是唯一的例外，顯示兩個版本中，故事的結尾可能會一模一樣，或起碼非常類似。更有甚者，「主教版」縱使刪除斯納格布教堂超自然事件的段落，仍難逃被撕毀的下場，足以證明它結尾時仍不免描述聖喬治的異端或邪惡。截至目前為止，巴爾幹半島的中世紀手抄本之中，存放地點相距數百哩的兩個版本，內容同樣遭到蓄意變更的實例，僅此一樁。

版本與翻譯

索格拉弗的撒卡利亞斯「異聞記」，之前曾經出版過兩次。第一個版本是附少許註釋的希臘文翻譯，收集在山鐸司・康斯丹狄諾斯一八四九年出版的《拜占庭教會史》中。一九三一年，君士坦丁堡牧首辦公室曾以它的斯拉夫原文印行一本小冊子。一九二三年發現索格拉弗版本的安塔納斯・安格羅夫，計畫將它加上大量註釋出版，卻不幸在一九二四年去世而無法完成這一計畫。他做的部分註釋在他死後，於一九二七年刊登在學術期刊《巴爾幹歷史學報》。

索格拉佛的撒卡利亞斯「異聞記」

我是懺悔者撒卡利亞斯，這個故事是主內修士，來自京城的流浪者史蒂芬講給我聽的。他在六九八七年【一四七九年】來到我們索格拉弗的修道院。他在這兒給我們講他一生遇到的怪異有趣之事。流浪者史蒂芬來時已五十三歲，是個智慧而虔誠的人，走過許多國家。感謝聖母指引他到我們保加利亞來，他是跟一群僧侶從瓦拉基亞漂泊到此，在土耳其異教徒手底下吃了不少苦頭，還在哈斯科伏鎮目睹他的兩個朋友殉教。他跟他的修士同道護送一具有神奇力量的骸骨，穿過異教徒的土地。他們帶著這具聖骨，深入保加利亞鄉間，名聲四播，基督徒不分男女老少，都夾道歡迎他們通過，向他們鞠躬，親吻馬車的邊緣。這具聖骨後來送到一座名叫聖喬治的修道院，供奉在那兒。儘管那座修道院很小、很安靜，但從此以後，就有很多人從李拉、巴赫科伏或神聖的亞陀斯等地的修道院，趕去朝聖。但流浪者史蒂芬是我們認識的第一個到過聖喬治的人。

他跟我們住了幾個月以後，就聽說他不敢談聖喬治修道院的事，雖然他講了很多他去過的其他天主保佑的地方的故事；他本於虔敬的天性，跟我們分享這些故事，讓我們這些一輩子都待在同一個地方的人，也能知道其他國家的基督教會是何等奇妙。有次他給我們講到威尼斯海域中，瑪麗亞灣一座小島上的教堂，那座島小到海浪直接拍打著教堂的圍牆，從那兒往南，兩天的行程外，有另一座在小島上的修道院，叫做聖史蒂芬修道院，他在那兒放棄了本來的名字，改成與守護修道院的聖人同名。他告訴我們這些及其他很多故事，包括在大理石海看見可怕的怪獸。

他最常講給我們聽的，就是君士坦丁堡的教堂和修道院，遭到蘇丹的異教徒軍隊褻瀆前的情形。他滿懷敬意的給我們描述那兒能行使奇蹟、無價之寶的聖像，好比聖蘇菲亞大教堂裡的聖母像，還有布拉契奈聖堂那尊罩著布幕的聖母像。他見過金口約翰[51]和歷代皇帝的墳墓，在無垢聖母堂看過聖巴瑟爾[52]的頭，以及不計其數的其他聖物。他和我們這些有機會聽他講故事的人，是何等幸運啊，他還年輕的時候，就又離開君士坦丁堡，再度到處流浪，所以當可惡的穆罕默德建立惡魔般強大的城堡，準備攻打這城市，而且不久就攻破

[51] 譯註：Saint John Chrysostom，347-407，是一位主教，在敘利亞和君士坦丁堡等地傳教，他口才極好，常抨擊教會與羅馬帝國內部濫權的弊端，死後被封為聖人，Chrysostom意即「金口」，是他的封號。

[52] 譯註：Saint Basil，330-379，曾在小亞細亞任主教，死後封為聖人。

城牆，將君士坦丁堡的貴族殺死或貶為奴隸時，他已經到了很遠的地方。史蒂芬在遠方聽到這消息，他跟所有其他的基督徒一起為這座殉教的城市哭泣。

他帶到我們修道院來的，還有鞍囊裡許多罕見而奇妙的書。他精通希臘文、拉丁文、斯拉夫文，可能還有其他語言；他收集這些書，從中汲取神聖的靈感。他告訴我們這麼多事情，還把書捐給我們的圖書館，增添它永遠的光榮，雖然我們大多數人只能用一種語言閱讀，有些人完全不能閱讀，但書確實使圖書館增光。他送我們這些禮物，並說，他的旅行也已結束，他要像他的書一樣，永遠留在索格拉弗。

只有我和另一位修士注意到，史蒂芬直到去世為止，除了提到他曾經在瓦拉基亞當過見習僧之外，幾乎絕口不提他在瓦拉基亞的情形，他也不談那座叫做聖喬治的保加利亞修道院。他來到我們這兒的時候，已經生病了，四肢發燒使他非常痛苦，來此未及一年，他就告訴我們，既然救世主寬恕眞心懺悔的罪人，只要他大部分的罪惡能蒙赦免，他不久就能在我主寶座前頂禮膜拜了。臨終前，他請求院長聽他懺悔，因為他曾目睹邪惡，死前不能讓惡念繼續盤據腦海，院長聽了他的懺悔，非常震驚，便要我請他再敘述一遍，並將他的話記錄下來，因為院長希望將這事通知君士坦丁堡。我以最快的速度，正確的完成紀錄，坐在史蒂芬床畔，懷著恐懼的心情，聽他耐心告訴我這故事，之後他領完聖餐，在睡夢中去世，葬在我們的修道院。

斯納格布的史蒂芬的故事，由罪人撒卡利亞斯全文照錄

我，史蒂芬，經過多年流浪，也因為我摯愛的出生聖城君士坦丁堡淪陷之變，就到分隔保加利亞與達西亞的大河以北去找尋休息之所。我流浪到平原，又流浪到山區，最後我找到一條路，通往斯納格布湖中央島上的修道院，那是個絕頂美麗、與世隔絕、容易防禦的地方。修院的好院長歡迎我，我與寺內其他僧人平起平坐，他們跟我在旅途中遇見的所有其他僧侶一樣謙卑而專心致志禱告。他們稱呼我弟兄，毫不吝惜的與我分享三餐的食物與飲水，我在他們虔敬的沈默之間，找到了許多個月來最大的平安。因為我工作努力，謙遜

聽從院長所有的指示，他不久就允許我留下。他們的教堂不大，卻無比美麗，以迴盪水面的鐘聲馳名。

這座教堂和修道院，大部分的經費與保護都仰賴統治該地區的伏拉德三世大公，他曾經二度被蘇丹和其他仇敵趕下王位。他還曾有一度被馬札兒人的國王馬提亞監禁很長的時間。這位卓九勒大公非常勇敢，在奮不顧身的戰爭裡，他洗劫異教徒的土地，也奪回很多被他們搶走的土地，他把戰利品奉獻給寺院，也不斷要求我們爲他、他的家人和他們的安全祈禱，我們都照辦。有些寺僧說，他過份的暴行是罪惡，而且他成爲馬札兒人國王的階下囚時，還曾同意改宗拉丁信仰。但院長不許任何人說他壞話，還不止一次，當其他貴族搜捕他，企圖殺害他時，把他和他的手下藏在聖堂裡。

卓九勒在世的最後一年，像他早年習以爲常那樣來到修道院。那次我沒見到他，因爲院長派我和其他僧人，到另一所跟他有來往的教堂去辦事。我回來的時候，聽說卓九利亞老爺來過，留下新的寶物。有位負責跟當地農民交易，備辦日用品的弟兄，在鄉間聽到很多傳聞，他悄聲說，卓九勒很可能拿一袋耳朵和鼻子來當寶物，但是院長聽到這種話，非常嚴厲的懲罰說話的人。以後我就再也沒有看到活生生的伏拉德•卓九勒了，但我卻看到他死去的樣子，下面很快就會講到。

大約四個月後，傳來消息說，他跟異教徒作戰時被包圍，先用他的長劍殺了四十多個敵軍，終於被擒遇害。他死後，蘇丹的士兵割下他的頭，帶回去給他們的主子看。

卓九勒大公陣營裡的人都知道這件事，雖然很多人在他死後逃走躲起來，但還是有些人把這消息和他的屍身，送到斯納格布的修道院，然後他們也都逃光了。院長看到屍體從船上抬下來時，不禁流下眼淚，並高聲爲卓九勒的靈魂祈禱，也禱告上帝保佑我們，因爲異教徒的新月旗已逼得很近。他下令把屍體放入不加蓋的棺材，放在教堂裡任人憑弔。

那是我見過最可怕的景象，這具身穿紅紫二色袍服的無頭死屍，包圍在許多跳動的燭光中間。我們在教堂裡守靈，一共三天三夜。我輪第一班，教堂裡除了這具慘不忍睹、遭到殘害的屍體，一切平安無事。第二夜守靈的時候，仍是平安無事——輪班看守的修士是這麼說的。但第三個晚上，有幾位疲倦的修士打了瞌睡，發生了一些事，使其他修士心生恐懼。究竟怎麼回事，大家事後各說各話，莫衷一是，每個人看到的東西都不一樣。一個僧人看見一頭動物從座位的陰影中跳出來，又從棺材上跳過去，卻無法確定那是什麼樣的動物。其他人覺得一陣陰風吹過，看見濃霧湧入教堂，許多根蠟燭都因而燭淚奔流。他們願意以聖名起誓，尤其是以天使長米迦勒和加百列之名，黑霧中大公的無頭屍身動了起來，試圖起身。教堂裡好多修士連聲驚叫，有些人害怕得大呼小叫，所有的人都被吵醒了。僧人們跑到室外，敘述各自看到的景象，互相爭論，吵得不可開交。

然後院長趕來了，我在他手執火把的光線中，看見他聽大家轉述事情經過時，臉色變得非常蒼白而畏懼，在身上畫了無數個十字。他警告在場的每一個人，這位貴族的靈魂在我等手中，我們必須照吩咐行事。他領我們走進教堂，重新點燃所有的蠟燭，我們看見屍體像先前一樣靜靜躺在棺材裡。院長令人搜索教堂，但搜遍所有的角落，也沒找到半隻動物或惡魔。然後他囑咐我們鎮靜下來，回各自的房間。舉行第一次追思彌撒時，一切如常進行，風平浪靜。

但第二天黃昏，院長召集八名僧人，也給我參加他們的榮幸，他說我們只僞裝把大公的屍體葬在教堂裡，事實上必須儘快將它運離這個地方。他說他只把秘密告訴我們之中的一個，我們要把它送到何處去，原因何在，其他人能保持無知，就沒有安全的顧慮，然後他依言選了一名跟隨他多年的僧人，並命令我們其他人只要服從，不要多問。

就這樣，本來根本沒打算再出外流浪的我，再次踏上旅途，走了很遠的路，跟我的同伴一起進入我出生的城市，它已經變成異教徒王國的首都，我發現那兒的一切都有很大的改變。聖蘇菲亞大教堂變成了清眞寺，我們不能入內。很多教堂都被摧毀，或化爲廢墟，其他則改成土耳其人做禮拜的地方，甚至無垢聖母堂也未能倖免。我在那兒得知，我們要找一件可能加速大公靈魂救贖的寶物，但這件寶物已經被救世主修道院兩位聖潔而勇敢的僧人冒極大的風險取走，而且已秘密離開了這座城市。但蘇丹的近衛隊中有人起了疑心，我們因而陷於險境，不得不再次出發流浪去找它，這次要旅行到古老的保加利亞王國境內。

我們穿過這個國家時，似乎已經有保加利亞人知道我們此行的任務，因為沿路有愈來愈多的人跑出來，默默對我們的隊伍行禮，有些人跟著我們走了很多哩路，用手觸摸馬車，還親吻它的邊緣。這趟旅行遇到許多可怕的事。我們經過哈斯科伏鎮時，有一名鎮上的警衛騎著馬衝出來，強制把我們攔住，還說了很多兇狠的話。他們搜索我們的馬車，宣稱要找出我們載的是什麼貨物，結果找到了兩捆東西，他們把這兩捆東西沒收、打開。結果發現裡面不過是食物，這群異教徒怒氣沖天的把它們丟到馬路上，並逮捕了我們的兩名同伴。這兩位好僧人抗議說，他們什麼也不知道，因此激怒了這群惡人，將他們的手腳都砍掉，他們死前還在他們的傷口上抹鹽。他們放我們其他人離開，但還是用詛咒和鞭子驅逐我們。事後我們設法取回了我們親愛的朋友的屍體和截去的四肢，將他們的全屍葬在巴赫科伏修道院，那兒的僧侶為他們虔誠的靈魂祈禱了許多個日夜。

這次事件後，我們心情悲痛，也很害怕，但我們繼續前進，沒走多遠，也沒出什麼事，就抵達了聖喬治修道院。那兒的僧人雖然年老且人數不多，仍很歡迎我們，並告訴我們，確實有兩位朝聖者，幾個月前就把我們找尋的寶物送到這裡來，一切都沒有問題。經過這麼多危險，大家都不想再回達西亞，於是就在那兒安居下來。我們送去的遺骸被秘密供奉在聖喬治，它們的名聲不久就在基督徒中間傳開，吸引了很多人去那兒禮拜，但他們都嚴守秘密。我們平安的在這個地方住了一段時間，修道院靠大夥兒的努力蒸蒸日上。但不久，附近的村落爆發瘟疫，剛開始時，寺院沒有受到感染。我得知【這不是尋常瘟疫，而是】

【手抄本到此，後面的部分被截斷失蹤了】

60

「斯托伊契夫讀完，海倫和我默然坐了幾分鐘。斯托伊契夫自己不時搖搖頭，用手撫著臉，好像要把自己從夢中喚醒。最後海倫道：『是同一趟旅行——一定是同一趟旅行。』

「斯托伊契夫轉向她。『我也相信是如此。而且基利爾修士手下的僧人運送的是穿心魔伏拉德的遺體。』

「『也就是說，除了被鄂圖曼人殺害的那兩個僧人，其他人都安全抵達保加利亞的修道院。聖喬治——在哪裡？』

「這也是壓在我心上的許多疑問當中，我最想知道答案的。斯托伊契夫手扶著眉毛。『但願我知道就好了，』他喃喃道。『沒有人知道。巴赫科伏地區沒有一家修道院叫聖喬治，也沒有叫這個名字的修道院曾經存在的蛛絲馬跡。保加利亞中世紀倒是有一座叫聖喬治的修道院，但鄂圖曼人奴役的最初一、兩百年，它就消失了。很可能被焚燬，石頭地基被拆去作了其他用途。』他悲傷的望著我們。『如果鄂圖曼人基於任何原因，憎恨或懼怕這座修道院，它就可能被徹底摧毀。當然他們也不可能像李拉修道院那樣准許它重建。我一度很有興趣找出聖喬治的位置。』他沈默了一會兒。『我的朋友安吉羅夫去世後，我花了一段時間繼續他的研究。我去過巴赫科伏修道院，訪問過那兒的僧人以及很多當地居民，但沒有人聽過聖喬治修道院。我研究過很多古地圖，都沒見到它的蹤跡。我不得不懷疑流浪者史蒂芬是否故意告訴撒卡利亞斯一個假名字。我想，如果有像伏拉德•卓九勒這麼重要的大人物葬在這附近，起碼也該留下一些民間傳說吧。戰前，我曾經打算去斯納格布，看看能查出些什麼——』

「『如果你去了，豈不就會遇見羅熙，或至少那位考古學家——喬傑斯古，』我訝道。

『或許吧，』他露出一個古怪的微笑。『如果羅熙當眞跟我見面，說不定可以結合我們當時的知識，趁太遲之前。』

「我不知道他的意思是否：趁保加利亞還沒有爆發革命之前，趁我被放逐到這裡之前，我不想問。但沒多久，他就自動解釋。『是這樣的，我相當突兀的結束了研究。我從巴赫科伏回來那天，我滿腦子都是前往羅馬尼亞的計畫，但回到我在索非亞的公寓，我看到一幕可怕的景象。』

「他又停頓下來，閉上眼睛。『我盡可能不去回想那一天。我必須先告訴你，我在索非亞的羅馬牆古蹟附近有間小公寓，我很愛那個地方，因爲整個城市的歷史都圍繞在它四周。我出門去買菜，把我的資料和關於巴赫科伏及其他修道院的書都攤在書桌上。回來的時候，我發現有人翻過我所有的東西，把書架的書全抽出來，還搜索我的櫥櫃。書桌上，我所有的文件上，有一條細細的血跡。你知道墨水怎麼——玷污——紙張——』他停下來，鋒利的眼光盯著我們。『書桌正中間擺著一本我從來沒看過的書——』他忽然起身，再次蹣跚走到隔壁房間，我們聽見他走來走去，搬動書籍。我本來應該站起來去幫忙，但我卻無助的坐在那兒望著海倫，她也好像動彈不得。

「過了一會兒，斯托伊契夫拿著一本大對開本走回來。那本書的封面是很陳舊的皮革。他把書放在我們面前，我們注視著他用蒼老、遲疑的手翻開書，無言的翻給我們看，許多空白頁，正中間那個巨大的形象。那條龍在此顯得比較小，因爲對開本的頁面在它周圍留下很多空白的空間，但絕對是同一塊木刻板印製的版畫，就連我在修•詹姆斯那本書上看到的污痕都一模一樣。這幅畫上還有另一塊污漬，在靠近龍爪的泛黃書頁邊緣。斯托伊契夫指著那兒，但似乎有某種強烈的情緒——厭惡、恐懼——使他一時之間忘了要對我們說英文。『**Kr'v**，』他道。『血。』

我湊上去看。那褐色的污痕裡有清楚的指紋。

『我的天，』我憶起我可憐的貓，還有羅熙的朋友賀吉斯。『房裡有其他人或別的東西嗎？那你怎麼處理，看到這種事？』

『房間裡沒有人，』他用很小的聲音說。『門上了鎖，我回來的時候，鎖也仍然好好的，但我開門就看到這可怕的景象。我報了警，他們到處察看了一遍，最後他們──怎麼說──他們分析了那灘鮮血的樣本，做了一些比較。他們至少知道血型跟什麼人相符。』

『什麼人？』海倫湊上來。

斯托伊契夫道：『我自己。』他的聲音變得更小，我也得靠過去才聽得見。汗水從他縐紋密佈的臉上冒出來。

『但是──』

『不，當然不是。我不在房裡。警方以爲我故弄玄虛。他們唯一兜不攏的是那個指紋。他們說從來沒見過這樣的人類指紋──紋路太少了。他們把我的書和資料還給我，還以戲弄執法單位的罪名科了我罰金。我差點丟掉教書的工作。』

『你就放棄了這個研究？』我猜測道。

斯托伊契夫無助的聳一下單薄的肩膀。『這是我唯一不曾完成的計畫。但即使那時候，我也可能堅持到底，要不是因爲這個。』他慢慢翻開那冊對開本的第二頁。『這個，』他重複道，我們看到那頁上寫了一個字，非常漂亮而古典的書法，墨水色澤古老而飽滿。我現在對基利爾修士使用的字母有點認識，能夠發音，不過第一個字母還是讓我楞了半晌。海倫搶先大聲唸道：『斯托伊契夫。』她壓低了聲音：『啊，你看到自己的名字寫在書上。眞可怕。』

『是啊，我自己的名字，而且寫字的書法和墨水都很明顯來自中世紀。我一直懊惱自己在這個計畫中做了懦夫，但我眞的害怕。我擔心自己會出事──就像令尊的遭遇，女士。』

『你擔心是有道理的，』我對這位老學者說。『但我們希望還來得及幫助羅熙教授。』

「他在椅子上挺起身。『是的，如果我們能設法找到聖喬治。首先，我們必須到李拉去，找出基利爾修士另外兩封信。正如我說過的，我從來沒有把它們跟撒卡利亞斯「異聞記」聯想在一起。我這兒沒有它們的副本，李拉的負責人又不同意將它們出版，雖然有幾位歷史學家——包括我自己——徵求過許可。李拉還有個人，我希望你們能談談。雖說他未必幫得上忙。』

「斯托伊契夫好像還有別的話要說，但就在這一刻，樓梯上傳來精力十足的腳步聲。他奮力想站起身，但只能用求助的眼神看著我。我立刻抓起那本龍書，抱著它衝進隔壁房間，設法把它藏在一個箱子後面。我回到斯托伊契夫和海倫身旁時，正好拉諾夫打開書房的門。

『啊哈！』他道。『歷史學家在開會。你錯過你自己的派對了，教授。』他大模大樣拿起桌上的書和文件翻閱，最後拿起斯托伊契夫爲我們朗讀撒卡利亞斯『異聞記』片段的那本古代筆記。『這就是你們研究的主題？』他幾乎對我們微笑起來。『或許我也該讀讀這本書，教育一下我自己。中世紀保加利亞還有很多我不知道的東西。況且你那位讓人分心的外甥女，也不像我以爲的那麼對我有興趣。我在府上花園最美麗的角落裡，向她提出一個嚴肅的邀請，她卻很不配合。』

「斯托伊契夫憤怒的脹紅了臉，正要開口，但令我很意外的，海倫解救了他。『你那雙官僚的髒手少碰那個女孩，』她直視拉諾夫的眼睛說。『你在這兒的任務是騷擾我們，不是騷擾她。』我碰一下她的手臂，希望她儘可能不要激怒這傢伙；我們目前最不需要的就是一場政治災難。但她跟拉諾夫怒目對視良久，然後同時別開頭。

「同時斯托伊契夫也回過神來。『如果你能安排帶我們的訪客去一趟李拉，對他們的研究會很有幫助，』他冷靜的對拉諾夫說。『我也想跟他們一起去，能親自帶他們參觀李拉的圖書館是我的榮幸。』

『李拉？』拉諾夫把那本筆記掂在手中。『很好。我們就把它排在下一個行程。可能要到後天。我會通知你，教授，讓你知道什麼時間在那兒跟我們碰頭。』

『不能明天去嗎？』我儘量用若無其事的聲音問。

『你趕時間？』拉諾敷挑起眉毛。『安排這麼大規模的要求，要花時間的。』

「斯托伊契夫點點頭。『我們會耐心等候，在那之前，兩位教授可以欣賞索非亞的風光。現在，我的朋友，交換意見很愉快，但基利爾和梅塔迪不會介意我們同時吃吃喝喝，找點樂子。來吧，羅熙小姐——』他向海倫伸出軟弱的手，海倫扶他站起。『讓我挽著妳的手臂，我們去慶祝這個教導與學習的節日。』

「其他賓客絡繹聚集在花架底下，我們很快就明白原因何在：有三個年輕人從袋子裡取出樂器，在桌子附近就坐。一個滿頭亂蓬蓬黑髮的瘦高個子，正在給一具銀黑二色的手風琴試音。另一個人拿著豎笛。他吹了幾個音，第三位音樂家取出一個大型皮鼓和一根一端有襯墊的長棍。他們坐在三張並排擺著的椅子上，相視一笑，奏了幾個音，調整座位。吹豎笛的人脫下了外套。

「然後他們再次互望一眼，就開始演奏，無中生有，吹奏出我所聽過天底下最活潑的音樂。斯托伊契夫從他位在烤全羊後面的寶座上莞爾微笑，坐我身旁的海倫，抓緊我的手臂。樂曲在空中迴轉，猶如一場龍捲風，隨即轉換到一種我雖然不熟悉，我腳趾頭聽了卻開始發癢的旋律。手風琴一搖一擺，在手風琴家手指間飛躍出來的音符之間喘氣。我對他們演奏的速度與活力感到很驚訝。人群中不時發出歡樂或鼓勵的采聲。

「過了沒幾分鐘，在旁聆聽的男人就有好幾個跳起身來，互相從身後抓住對方的腰帶，開始跳一種跟音樂一樣活潑的舞蹈。他們擦得晶亮的鞋子踢得高高，在草坪上頓足踏步。不久，幾個穿著樸素洋裝的女子加入他們。這些人跳舞時上半身挺直不動，腳步卻快得看不清。跳舞的人容光煥發；每個人都好像情不自禁在微笑，手風琴家也露齒微笑回應他們。第一排的男人取出一條白色手帕，舉得高高的帶領大家，把手帕不停的轉來轉去。海倫的眼睛發亮，她用手敲著桌面，好像怎麼也坐不住。音樂家不斷的演奏，我們其他人向他們歡呼、敬酒、飲酒，跳舞的人沒有停下來的意思。音樂終於結束，跳舞的隊伍散開，每一位舞者都在擦拭滿身大汗，縱聲大笑。男人重新倒滿酒杯，女人忙著找手帕，撫平頭髮，咯咯笑做一團。

「接著手風琴家又開始演奏，但這次奏的是一連串緩慢的顫音，拖得老長像在哭泣的音調。他把一頭蓬髮往後一甩，張口唱起歌來。事實上，那是半歌半嚎，肝腸寸斷的男中音旋律，使我心中充滿了哀傷，想起我這一生所有的失意。『他在唱什麼？』我問斯托伊契夫，藉此掩飾自己的情緒。

「『一首很古老的歌，非常古老——我想起碼有三、四百年。講一個美麗的保加利亞少女被土耳其侵略者追逐的故事。他們要把她送給當地的大官做妾，她不答應。她跑到村子附近的一座高山上，他們騎著馬在後面追趕。山頂有座懸崖。她高聲喊道，寧願死也不願成爲異教徒的玩物，就跳下了懸崖。後來山腳下湧出一泓清泉，是整個山谷裡最純淨、甜美的水。』

「海倫點點頭：『我們在羅馬尼亞也有類似主題的民謠。』

「『我想巴爾幹半島上所有曾經受鄂圖曼人奴役的地區，都有類似的歌謠，』斯托伊契夫沈重的說。『保加利亞民謠裡有幾千首這樣歌，主題只有些許不同——都是我們的同胞反抗奴役的呼聲。』

「手風琴家似乎覺得已經傷夠了我們的心，歌曲結束的時候，他露出一個淘氣的笑容，再次奏出歡樂的舞曲。這一次，有更多賓客下場跳舞，舞蹈的隊伍在坡地上蜿蜒前進。有個男人慫恿我們加入，不久海倫就跟了過去，我雖然留守斯托伊契夫身旁的椅子，但我很喜歡看她跳舞。經過一小段示範，她就跟得上舞步；她的血管裡一定流著跳舞好手的基因，她有種天生的高貴風韻，腳步很有自信的跟上變化多端的節拍。我眼光追隨著她穿淺色襯衫、黑色裙子款擺的身影，黑色捲髮飛揚、神采煥發的臉蛋，心中默禱她永遠不受任何傷害，也很想知道，她是否願意讓我保護她。」

61

「如果第一眼看到斯托伊契夫的房子時，讓我突如其來滿懷希望與期待，那麼看到李拉修道院的第一眼，就使我心中充滿了敬畏。這家修道院位在一個深谷，幾乎把整個山谷填滿，山勢陡峭、長滿高大針樅的李拉山脈高高在上，俯視它的圍牆與圓頂。拉諾夫把車停在大門外的陰影裡，我們跟另外幾撥旅客一起走到裡面。天氣乾燥炎熱；巴爾幹半島的夏季已經很接近，走在光禿禿的泥土地上，每個人的腳邊都有團塵雲。寬大的木門開著，走進門裡看到的那幕景象，我永遠都不可能忘記。修道院古堡的圍牆聳峙在我們四周，白灰泥壁上飾有紅黑交錯的條紋圖案，懸空搭出很長的木板走廊。一座比例優美的教堂佔滿第三進的大院，教堂的前廊畫滿壁畫，淺綠色的圓頂在正午的陽光下閃閃發光。它旁邊是一座非常厚實、灰岩砌成的方塔，一望即知比周圍所有的建築都古老。斯托伊契夫告訴我們，這是赫雷利歐塔，是一位中世紀貴族建來逃避政敵、藏身之用。這是這塊地基上最古老的那座修道院，唯一保存下來的遺跡，原來的修道院被土耳其人燒毀，荒廢幾世紀後才重新蓋成如今華麗的條紋外貌。我們站在那裡時，教堂的鐘聲敲響，把一群鳥驚飛到空中。牠們在驚慌中不斷高飛，我跟著向上望去，再次看到我們上方不可思議的高峰──起碼要爬一整天。我吁口氣：羅熙在附近嗎，這麼一個古老的地方？

「海倫站在我身旁，頭髮用一條薄絲巾束起，挽著我的手臂，我不禁想起她在聖蘇菲亞大教堂緊緊握著我的手那一刻，伊斯坦堡的那個黃昏，好像已成爲歷史，其實才不過幾天前。鄂圖曼人佔領君士坦丁堡之前，早已征服這片土地；照理來說，我們的旅程的起點應該在這裡，而不是聖蘇菲亞大教堂。另一方面，早在鄂圖曼人之前，拜占庭的教義、優雅的藝術與建築，已經從君士坦丁堡傳到這裡，影響了保加利亞的文化。現在聖蘇菲亞混跡清眞寺之間，已改成博物館，但這座與世隔絕的幽谷裡，拜占庭文化卻俯拾皆是。

「站在我們旁邊的斯托伊契夫，看到我們驚訝的表情顯然樂在其中。戴一頂闊邊帽的依麗娜，緊抓著他手臂。只有拉諾夫落單，對美麗的風景嗤之以鼻，當一群黑袍僧人從我們身旁經過、往教堂走去時，他還狐疑的轉頭打量。我們費了好一番唇舌，才說服他開車去接斯托伊契夫和依麗娜，載他們同來；他說，他願意給斯托伊契夫爲我們導遊李拉的殊榮，但斯托伊契夫沒有理由不能像一般保加利亞老百姓一樣搭巴士。我克制著自己，沒對他說，他自己似乎也不怎麼喜歡搭巴士。我們好容易佔了上風，但仍無法阻止拉諾夫從索非亞開車到斯托伊契夫住所途中，一路對老教授抱怨個不停。斯托伊契夫利用他的名聲推廣迷信和反愛國觀念啦，人人都知道他不肯捨棄不科學的東正教信仰啦；而且他還有個在東德讀書的兒子，幾乎跟他一樣壞。但我們總算贏得這場戰爭，斯托伊契夫可以跟我們一起坐車。途中在一家山區小酒店停下來吃午餐時，依麗娜感激的低聲說，如果必須搭巴士，她一定得設法阻止舅舅出門；他無法承受這麼熱的天氣裡旅途的辛苦。

「『這排廂房還有僧人居住，』斯托伊契夫道。『另一邊，靠圍牆那頭，是我們要住的客房。晚上你們就會知道，這裡多麼安靜，雖然白天訪客不斷。這是我國最偉大的國寶之一，很多人專程來參觀，尤其是夏季。但晚上它又恢復寧靜。來吧，』他道：『我們到裡面去見院長。我昨天已經打電話通知他，他正等著我們呢。』他以出人意表的精力，一馬當先往前走，起勁的東張西望，好像這地方給了他新生命。

「院長的會客室在僧院區的一樓。有個蓄褐色長鬚的黑袍僧人替我們拉著門，歡迎我們入內。斯托伊契夫脫下帽子，第一個走進去。院長從靠牆的長椅上站起身，迎上前來。他跟斯托伊契夫熱誠的互相問候，斯托伊契夫吻了院長的手，院長爲他祝福。院長是個瘦子，背脊挺直，年約六十歲，鬍子已開始花白，有雙非常安詳的藍眼睛——我很訝異保加利亞人會有藍眼睛。他以現代化禮節跟我們一一握手，跟滿臉不屑之色的拉諾夫也握了手。然後他示意我們坐下，一名僧人端來一盤玻璃杯，這種地方當然不喝瑞吉亞白蘭地，杯裡盛的是清涼的水，小碟子裡裝的是我們在伊斯坦堡吃過、玫瑰口味的糖飴。我注意到拉諾夫沒喝水，好像懷疑被人下毒。

「院長對斯托伊契夫來訪顯然很高興，我想這種會面對他們兩人可能都是人生樂事。他透過斯托伊契夫詢問我們，從美國哪個地方來，在保加利亞有沒有參觀過別家修道院，他能幫我們什麼忙，我們可以停留多久。斯托伊契夫跟他談了很久，客氣的翻譯對話內容，讓我們可以回答院長的問話。院長說，我們可以隨意使用圖書館；我們可以睡客房；我們應該參加教堂的禮拜儀式；除了僧人宿舍（他特別示意海倫和依麗娜），我們到處都可以走動。既然是斯托伊契夫教授的朋友來住宿，他們絕不能收費。我們感激的向他道謝，斯托伊契夫站起身。『好啦，』他道：『既然院長恩准，我們就到圖書館去吧。』他吻一下院長的手，行個禮，就蹣跚向門口走去。

『我舅舅很興奮，』依麗娜小聲告訴我們。『他告訴我，你們帶來的信是保加利亞歷史上的大發現。』我不確定她是否知道研究的內情，我們的道路上橫梗著多大的陰影，但我從她的表情看不出什麼。她扶她舅舅走到門外，我們尾隨他穿過環繞庭院的寬大木造走廊。拉諾夫拿著根香菸，遠遠跟在後面。

「圖書館是一個長形的大房間，位在一樓，幾乎是院長室正對面的位置。門口有個黑鬍鬚僧人帶我們入內；他個子很高，臉形瘦削，我覺得他在跟我們打招呼之前，先深深看了斯托伊契夫一會兒。斯托伊契夫對我們說：『這位是儒曼修士，他目前擔任館長。他會把我們要看的東西拿給我們。』

「展示用的玻璃盒裡放著幾本書和一些手抄本，附有說明標籤，供遊客參觀；我很想看個仔細，但我們已經被帶著往圖書館後半截的房間走。修道院深處出奇的清涼，就連幾盞沒有燈罩的電燈泡，也無法完全驅散角落裡深邃的黑暗。裡面這間藏書室，木造的櫥櫃和書架上，堆滿了一箱箱、一盒盒的書。角落有座小神龕，供奉著聖母和倔強而早慧的聖嬰，兩側各有一位紅翼天使，神龕前方掛一盞鑲有珠寶的金燈。年代久遠的牆壁上，抹著灰泥，刷著白粉，撲鼻而來一股羊皮紙、皮革、絲絨慢慢腐朽的味道。我很高興看到拉諾夫還知道起碼的禮儀，在跟我們進入這間寶庫之前，先把香煙熄滅。

「斯托伊契夫在石板地上跺了幾下腳，好像在召喚鬼魂。『這裡，』他道：『你們正看著保加利亞人民的心——這是幾百年來的僧侶，暗中保存我們傳統的地方。無數世代的僧侶，忠實的抄寫這些手抄本，或在寺院遭異教徒攻擊時把它們藏起來。這是我們同胞遺產的一小部分——大部分當然都毀滅了。但能有這些保存下來，我們已經很感激。』

「他對圖書館長說了幾句話，儒曼就開始仔細的察看架上貼了標籤的箱子。過了幾分鐘，他搬下一個木箱，從裡面取出幾本書。最上面一本繪有一幅令人驚異的耶穌基督像——起碼看起來像基督——一隻手拿一個圓球，另一隻手拿一根權杖，他臉色晦暗，滿是拜占庭式的憂鬱。讓我失望的是，基利爾修士的信並非藏在這本裝訂得美輪美奐的書裡，而是在它下面一本比較樸素，看起來像枯骨的書裡。圖書館長把書拿到桌上，斯托伊契夫迫不及待坐下來，喜不自勝的把書翻開。海倫和我都掏出了筆記本，拉諾夫在圖書館的書架間晃來晃去，好像無聊得站不定似的。

「『我的記憶沒錯，』斯托伊契夫道：『這裡有兩封信，我們不知道是否還有更多——基利爾修士有沒有寫過其他沒寄到的信。』他指著第一頁。信上密密麻麻寫著一種筆畫呈圓弧狀的書法，羊皮紙已非常陳舊，幾乎變成了咖啡色。他轉頭向圖書館長提出一個問題。『是的，』他滿意的告訴我們。『他們已經把這些信的內容用保加利亞文打字，同時期還有一部份其他珍貴文件，也已做過同樣的處理。』圖書館長把一個資料夾放在斯托伊契夫面前，他默坐一會兒，檢查打字的內容，比對古老的書法。『他們做得非常好，』最後他道。『我儘量給你們做最好的翻譯，好讓你們做筆記。』然後他斷斷續續把這兩封信念給我們聽。

尊貴的馬克辛姆•猶普雷蘇斯院長閣下：

我等沿著拉歐塔往衛恩的大路已走了三天。有一晚，我等在一位善心農民的馬廄裡過夜，另一晚睡在聖米迦勒隱修所，該處目前已無僧人居住，但至少提供我等乾燥可棲身的洞穴。昨晚我等首度被迫在林中紮營，把毛毯鋪在粗糙的地面，馬匹和馬車圍成圓圈，我等睡在圈內。夜裡野狼逼近，狼嗥四起，馬匹驚慌欲逃。我等費盡九牛二虎之力，方使牠們安靜下來。如今小人誠爲慶幸有伊萬與席多希烏斯兩位修士同行，他們人高力大，感謝鈞座英明，安排他們參加此行。

今晚，我等在一名家境小康且虔誠的牧羊人家中受到歡迎；此人聲稱他在本區有三千頭羊，並囑我等睡在柔軟的羊皮和床墊上，但以小人而言，寧可選擇與我等虔敬之心更相稱的地板。我等一路至此，已走出森林，進入綿延不盡的山區，無分晴雨均可步行。此宅的善心主人告訴我等，他們曾二度遭到來自河對岸的異教徒突襲，我等再步行數日便抵達河岸，所慮者安其路斯修士能否恢復健康，跟上我等腳步。小人曾考慮撥一匹馬給他騎，但馬匹拖拉的神聖負荷已相當沈重。所幸我等在路上未見到異教徒軍隊的蹤跡。

主內鈞座最謙卑的僕人
基利爾修士
主後六九八五年四月

尊貴的馬克辛姆•猶普雷蘇斯院長閣下：

我等離開大城已數星期，現下在異教徒佔領區內公然策車前進。小人不敢寫出現在位置，以防萬一被捕。或許我等應該選擇海路，但天主會在我等選擇的道路上做我等的保護者。我等見到兩座修道院和一座教堂的廢墟。教堂餘煙仍在繚繞。該處有五名僧侶以陰謀叛亂罪名處以吊刑，倖存的修士已分散到其他修道院。這是我等獲得的唯一消息，因不便與前來探視馬車的居民交談太久。但可以確定，這幾所修道院絕非我等找尋之處。該處會有明顯的記號，惡魔與聖徒勢均力敵。但願此信能儘快送往鈞座處。

主內鈞座最謙卑的僕人
基利爾修士
主後六九八五年六月

「斯托伊契夫翻譯完，我們沈默的坐著。海倫還在寫筆記，神情非常專注，依麗娜雙手交疊而坐，拉諾夫滿不在乎的靠在一座書櫃上，伸手到領子裡面抓癢。以我而言，我根本放棄了抄寫信中所描述事件的企圖；反正海倫會把一切記錄下來。信裡沒有特定目的地，沒有提到墳墓或埋葬的場面——我覺得說不出的失望。

「但斯托伊契夫一點沒有沮喪的表示。『有趣，』他隔了很久才說道。『眞有趣。看吧，你們從伊斯坦堡帶來的那封信，照時間順序，一定介於這兩封信之間。寫第一封和第二封信的時候，他們從瓦拉基亞往多瑙河前進——從地名就看得出來。然後是你們那封信，是基利爾修士在君士坦丁堡寫的，可能他打算在那兒把那封信和前一封信送出去。但他遇到困難或因爲害怕，無法把信寄走——除非這些信都是副本——我們無法知道。最後一封信的日期是六月，他們走的路線正如撒卡利亞斯「異聞記」中描述的是陸路。事實上，這一定是同一條路線，從君士坦丁堡經埃德恩與哈斯科伏，因爲那是京城進入保加利亞的主要路線。』

「海倫抬起頭。『但我們能確定信裡描述的是保加利亞嗎？』

「『不是絕對能確定，』斯托伊契夫承認。『但我認爲可能性很大。如果這批人在十五世紀末，從京城——君士坦丁堡——來到一個修道院和教堂都被燒毀的地方，那麼就極有可能是保加利亞。而且你們從伊斯坦堡帶來的信提到，他們打算要去保加利亞。』

「我忍不住宣洩心中的沮喪。『就假定他們要找的修道院就是聖喬治吧，還是沒有透露它在哪兒呀！』

拉諾夫跑來跟我們坐同一張桌子，正在欣賞他的大拇指；我不知道該不該在他面前透露我對聖喬治有興趣，但要不然怎麼向斯托伊契夫提出疑問呢？

『當然。』斯托伊契夫搖頭道：『基利爾修士絕對不會把目的地寫在信裡，就像每封信的抬頭，他都沒有在猶普雷蘇斯的敬稱裡提到斯納格布。萬一他們被捕，這些修道院都會連帶受迫害，最起碼也會遭到搜索。』

『我聽到一句話很有意思，』海倫終於抄完了筆記。『你能否再說一遍——就是說在他們要找的修道院，會看到惡魔與聖徒勢均力敵的記號？你認爲這有什麼意義？』

「我立刻轉頭看斯托伊契夫；我也注意到這句話。他嘆口氣。『可能指那座修道院裡的壁畫或聖像——聖喬治，如果那眞的是目的地。很難想像那樣的形象會以何種方式呈現。即使我們能找到聖喬治，十五世紀的聖像保存至今的可能性也不大，尤其因爲那家修道院可能至少被焚燬過一次。我不知道這句話的意義。說不定這是個只有院長看得懂的神學典故，他們之間聯絡的暗語，我們無法理解。但我們必須記住它，因爲基利爾修士說，看到這個記號，他們就會知道來對了地方。』

「失望的情緒仍在我胸中翻騰；我終於明白，我一直期待這兩封裝訂在褪色檔案裡的信，藏有這趟追尋的終極答案，最起碼也要有助於解讀那幾幅我仍希望派得上用場的地圖。

『有個非常奇怪的大問題，』斯托伊契夫托住自己的下巴。『伊斯坦堡那封信說，他們找尋的寶物——可能是本來保存在京城的聖骨——在保加利亞一座特定的修道院，所以他們必須儘快趕去。教授，請幫個忙，把那段話再唸一遍給我聽。』

「研讀基利爾修士其他信件時，我已經取出伊斯坦堡那封信的譯文，放在手邊。『信上寫著：「我等追尋之物已轉運出城，送至保加利亞境內之一庇護所。」』

『就是這一段，』斯托伊契夫道。『問題是』——他用修長的食指敲敲面前的桌面——『就算是聖骨吧，爲什麼要在一四七七年把它偷運出君士坦丁堡呢？這座城市從一四五三年就落入鄂圖曼人控制，大部分聖骨都在入侵時遭到破壞。無垢聖母堂的修道院爲什麼要在二十四年後，把保存下來的聖骨送到保加利亞，這群僧人又爲什麼專程到君士坦丁堡來找這批聖骨呢？』

『別忘了，』我提醒他：『我們從信中得知，近衛軍也在找同一批聖骨，所以它對蘇丹也很有價值。』

斯托伊契夫思索道：『沒錯，但近衛軍卻是在它從修道院安全送走以後，才開始找它。』

『一定是一件對鄂圖曼人有政治影響力，斯納格布的僧侶卻把它當作精神瑰寶的神聖物品，』海倫皺起眉頭，用筆輕敲自己的面頰。『一本書，說不定？』

『是啊，』我精神大振。『如果是一本書，書裡有鄂圖曼人想要，僧侶也需要的資訊，怎麼樣？』坐在桌子對面的拉諾夫，忽然狠狠的瞪著我。

斯托伊契夫緩緩點頭，我過了一會兒才想到，點頭代表否定。『那時代的書裡，通常不會有什麼政治資訊——都是宗教文本，抄寫了很多遍，保存在修道院，或伊斯蘭神學校和清眞寺裡應用。僧侶們不可能爲了一本福音書，冒這麼大的險。而且他們在斯納格布已經有這類的書了。』

『等一下，』海倫睜大了眼睛在思索。『且慢。這一定跟斯納格布的需求，或龍騎士，或甚至伏拉德•卓九勒的復活有關——還記得「異聞記」嗎？院長要把卓九勒埋在別的地方？』

『對呀，』斯托伊契夫沈思道。『他要把卓九勒的屍首送到京城，即使讓他手下僧侶冒生命危險也在所不惜。』

『是的，』我道，我正要提出另一個觀點，換一個不同的角度繼續抽絲剝繭，但忽然間海倫轉身面對我，搖晃我手臂。

『什麼？』我說，但她立刻恢復正常。

『沒事，』她輕聲道，沒有看我，也沒有看拉諾夫。我祈禱上帝快點讓他聽煩了我們的對話，或煙癮發作，走到外面去，以便海倫暢所欲言。斯托伊契夫機智的看著她，過了一會兒，他開始用單調的聲音，解釋中世紀手抄本製作與抄寫的情形——有時抄書的修士根本不識之無，所以相同的錯誤會一代一代傳抄下去——現代學者又如何編纂與整理這些人不同的字跡。我很不解他為何要如此不厭其煩的解釋，雖然他談論的內容我很感興趣。幸好他長篇大論時我一直保持沈默，因為沒多久拉諾夫就開始打呵欠。最後他終於起身走出圖書館，半路上就從西服口袋裡掏出一包香煙。他一離開，海倫就又抓住我手臂。斯托伊契夫熱切的望著她。

「『保羅，』她道，她的表情太古怪，我立刻攬住她肩膀，以為她會昏倒。『他的頭！你不懂嗎？卓九勒回君士坦丁堡去取他的頭。』

「斯托伊契夫咳嗽一聲，但已經來不及了。我立刻看一眼四周，只見儒曼修士的四方臉在書架邊緣一閃而過。他無聲無息的走回藏書室，雖然背對著我們在收拾東西，但那確實是個正在竊聽的背影。過了一會兒，他又悄無聲息走了出去，我們都默默坐著。海倫和我無助的相望，我站起身，把房間好好檢查了一遍。那人離開了，但過不了多久，就會有別人——比方拉諾夫——聽到海倫方才的宣言。拉諾夫會如何利用這則情報？」

62

「從事研究、寫作、思考多年，我很少碰到像海倫在李拉圖書館大聲發表她的猜測那一刻那樣，思路霍然而通，一切變得清晰無比。伏拉德•卓九勒回君士坦丁堡取他的頭——或者該說，斯納格布的院長把他的遺體送到君士坦丁堡，跟他的頭重聚。這是否卓九勒事先做好的安排，因爲他在世時就知道，他的頭值得一大筆懸賞，他也知道蘇丹習慣將敵人梟首示眾，以儆效尤？或這是院長賦予自己的使命，把這位很可能構成異端——或危險——施主的無頭屍體，運出斯納格布？沒有頭的吸血鬼不會構成任何威脅，道理不言自明——這副畫面簡直就是可笑——但僧侶之中出現騷動，可能足以說服院長，應該把卓九勒葬在別處，並爲他舉行合宜的基督徒葬禮。也可能院長不忍心親手銷毀他的大公朋友的死屍。但誰又知道，院長事先是否對卓九勒做了什麼承諾呢？

「一個畫面忽然回到我眼前：我不久前才在一個陽光普照的早晨，在伊斯坦堡托普卡匹宮漫步，鄂圖曼劊子手把蘇丹敵人的頭都展示在王宮的大門上。卓九勒的頭想必會掛在最高的釘子上，我想——穿心魔也有被別人穿釘子的時候。多少人會去觀賞這個蘇丹勝利的證據？海倫有次告訴我，就連伊斯坦堡的居民也怕卓九勒，擔心他一路攻到他們的城市來。再沒有土耳其營地會因他逼近而戰慄了；蘇丹終於弭平叛亂地區，在瓦拉基亞王位上部署鄂圖曼的傀儡，這是他多年來的心願。穿心魔成了一件血肉模糊的戰利品，剩下萎縮的眼珠、鮮血結塊的頭髮和八字鬍。

「我們的同伴似乎也想到相同的一幕景象。確定儒曼修士不在附近後，斯托伊契夫就壓低聲音說。『是的，這非常可能。但無垢聖母院的僧人怎麼可能從蘇丹的宮殿取得卓九勒的頭顱呢？這確實是件寶物，如果史蒂芬故事裡說的就是它。』

『就像我們取得入境保加利亞的簽證，』海倫挑起眉毛說。『紅包——很大筆的。君士坦丁堡被征服後，修道院變得很窮，但可能還有幾座藏匿了財物——黃金、錢幣、珠寶——連蘇丹的衛兵也會被打動的東西。』

「我提出另一種可能性：『伊斯坦堡的導覽手冊說，蘇丹的敵人的頭顱展示一段時間後，會被扔進博斯普魯斯海峽。也許無垢聖母院的人在這時候插手——比起直接從王宮大門口摘下頭顱，危險性小一點。』

『像這種事，我們實在無從查究眞相，』斯托伊契夫道：『但我認爲羅熙小姐的猜測很合理。他的頭極可能就是僧人到京城找尋的寶物。這種行動在神學上也站得住腳。東正教有保存全屍的觀念——我們不舉行火葬——因爲最後審判之日，所有的人都要用本來的肉身復活。』

『那些骸骨分散各處的聖人怎麼辦呢？』我不解的問。『他們怎麼可能以全屍復活呢？我五年前在義大利，還看過五隻聖法蘭西斯的手的遺骨呢。』

「斯托伊契夫笑了起來。『聖人享有特權，』他道。『但伏拉德•卓九勒雖然很會殺土耳其人，卻不是聖人。事實上，猶普雷蘇斯很擔心他不朽的靈魂，至少史蒂芬的故事裡是這麼說的。』

『或者是他不朽的肉身，』海倫提醒。

『所以，』我道：『無垢聖母院的僧侶冒生命危險取得他的頭顱，也許是爲了妥善掩埋，但近衛軍發現頭顱失竊，展開搜索，院長不敢把它埋在伊斯坦堡，只好送往別處。說不定君士坦丁堡經常有去保加利亞朝聖的隊伍』——我注視著斯托伊契夫，確認他同意我的說法——『他們把頭顱送走——不論是去聖喬治，或別家跟他們互通消息的保加利亞修道院——希望以適當的方式把它埋葬。所以後來斯納格布的僧人趕到時，已經錯失了整合屍體跟頭顱的良機。無垢聖母院的院長聽說，就告訴他們這情形，斯納格布的僧人決定帶著屍體追上去，完成使命。況且他們本來就必須在引起近衛隊注意之前離開。』

『好極了，推論得很好，』斯托伊契夫對我親切的微笑。『但正如我說的，我們無法確定，因爲我們持有的文獻只用暗示的方式，傳達事情的經過。但你的描述很有說服力。相信你將來的成就絕不止研究荷蘭商人而已。』我覺得自己臉紅了，一半是高興，一半是難過，但他的笑容讓我覺得很溫暖。

『然後，鄂圖曼的警網接到斯納格布僧侶出現和離開的消息，提高戒備』──海倫繼續推演可能的發展──『他們很可能搜索各修道院，發現這些僧侶曾經在聖伊林掛單，於是他們通令這批僧侶旅行路線上的城鎮，先是埃德恩，後來是哈斯科伏。哈斯科伏是這批僧人進入的第一座保加利亞的大型城鎮，結果他們在那兒遭到──怎麼說──拘留。』

『是的，』斯托伊契夫做結語。『鄂圖曼官員刑求他們之中的兩人，但這兩個勇敢的僧人什麼也沒有招。官員搜查馬車，只找到食物。這兒留下一個問題──爲什麼鄂圖曼士兵找不到屍體？』

「我有點遲疑的說：『也許他們要找的不是屍體。說不定他們還在找頭顱。也許近衛軍在伊斯坦堡蒐集到的情報不周全，以爲斯納格布僧人運送的是頭顱。撒卡利亞斯的「異聞記」提到，鄂圖曼人打開捆包，只找到食物。如果僧人事先得到警告，可能會把屍體藏在附近的樹林裡。』

『或者他們改變了馬車的結構，做了一個藏東西的暗格。』海倫揣測道。

『但屍體會發臭呀，』我理直氣壯的反駁。

『那就得看你相不相信了。』她給我一個揶揄的迷人微笑。

『相信什麼？』

『嗯。你得知道，有可能成爲、或已經成爲不死族的屍體，不會腐敗，或者以非常緩慢的速度腐敗。傳統上，東歐農村每當懷疑有吸血鬼出沒，居民會把屍體挖出來察看腐敗的情形，所有未腐敗的屍體都要用對付吸血鬼的儀式銷毀。這種事即使到現在還時有所聞。』

「斯托伊契夫打了個寒噤。『很奇怪的儀式。我在保加利亞也聽說過，雖然現在這麼做是違法的。教會禁止褻瀆墳墓，政府也在破除迷信——非常努力。』

「海倫幾乎要聳肩膀。『這種事會比肉身復活更奇怪嗎？』她道，但她對斯托伊契夫露出一個迷人的微笑，他顯然沒法子生她的氣。

『女士，』他道：『我們對傳統的闡釋很不一樣，但我佩服妳思路敏捷。現在，朋友們，我需要一點時間研究你們的地圖——我想起這個圖書館裡有些材料，或許能幫助我們解讀它們。給我一個小時——我現在要做的事，會讓你們覺得很無聊，解釋又會花掉我很多時間。』

「拉諾夫剛回到裡面來，毛手毛腳的在圖書館裡東摸摸、西看看。我希望他沒聽到跟地圖有關的那段話。

「斯托伊契夫清清喉嚨：『也許你們有興趣欣賞一下教堂之美。』他略微瞄一眼拉諾夫，海倫立刻站起身去找拉諾夫東拉西扯，我謹慎的從手提包裡取出地圖。看到斯托伊契夫那麼熱切的接過它們，我心中再次升起希望。

拉諾夫似乎沒興趣尾隨我們，他寧願旁觀斯托伊契夫工作、跟圖書館長竊竊私語，雖然我實在很希望能把他拉到別處去。『你能幫我們找到晚餐嗎？』我問他。圖書館長默默站在一旁，用心的觀察我。

「拉諾夫微笑道：『你已經餓了嗎？還不到這裡的用餐時間呢，晚餐六點鐘開飯。我們必須等到那時候。眞不幸，我們得跟這些僧人一起吃。』他轉身背對我們，開始研究整架子皮革封面的書，沒有轉圜的餘地。

「海倫跟我走到門口，捏一下我的手。『我們去散個步吧。』一走到室外，她就說道。

「『這個節骨眼上，沒有拉諾夫我簡直不知道該怎麼辦，』我愁眉苦臉的說。『他不在旁，我們要談什麼？』

「她笑了起來，但我看得出她也很擔心。『要我再回去分他的心嗎？』

『不要，』我道。『最好不要。我們愈是這樣，他就愈想知道斯托伊契夫在看什麼。他就像隻蒼蠅，我們趕不走他。』

『他會是一隻好蒼蠅，』海倫挽起我的手臂。陽光灼熱的照著庭院，走出廣大的修道院圍牆和迴廊的陰影，就感覺到它的熱力。抬頭望去，修道院四周都是林木茂密的山坡和垂直的岩石峭壁。頭頂高處有隻老鷹，盤旋滑翔。身穿繫腰帶的厚重黑袍、頭戴黑色高帽、蓄黑色長鬚的僧侶，在教堂和修道院一樓之間來走來走去，或打掃木迴廊的地板，或坐在教堂門口附近一片三角形的陰影裡。我不知道他們穿那種衣服怎麼受得了夏季的酷熱。但走進教堂，我就有了點概念；這裡面像乳酪工廠的牛奶冷卻室一樣清涼，只靠搖曳的燭光和黃金、黃銅、珠寶的反光照明。內牆用鍍金裝飾，繪有聖徒與先知的像──『十九世紀作品，』海倫很有把握的說──我在一幅特別寶相莊嚴的畫像前停住腳步，畫中有一位白色長髯、滿頭白髮梳得特別整齊的聖徒，注視著我們。海倫唸出他寫在光環附近的名字：『伊萬•李拉斯基。』

『就是我們那群瓦拉基亞朋友，到保加利亞旅行的八年前，遺骨被送到這裡來的那位聖人嗎？「異聞記」提到過他。』

『是的，』海倫定睛看著那幅畫，好像以為只要在那兒站得夠久，畫像就會開口對我們說話似的。

「沒完沒了的等待讓我疲倦。『海倫，』我道：『我們到外面走走。我們可以爬上山上去看風景。』如果不讓自己耗點體力，盡是想著羅熙，會讓我發瘋。

『好啊，』海倫同意，她狠狠瞪我一眼，好像看出我的缺乏耐性。『可別跑太遠。拉諾夫不會讓我們走遠的。』

「上山的路蜿蜒穿過濃密的樹林，遮擋午後的炎熱的效果幾乎跟教堂一樣好。能擺脫拉諾夫幾分鐘的感覺眞好，一路走著，我拉著海倫手前後甩動。『妳覺得他在我們跟斯托伊契夫之間作抉擇會困難嗎？』

『哦，不會的，』海倫興趣索然的說。『他一定會安排別人跟蹤我們。過一會兒，我們就會知道那是誰，尤其如果我們離開超過半小時的話。他一個人看不住我們，爲了要知道我們研究的眞正目的何在，他又必須盯著斯托伊契夫。』

「『妳說得好簡單，』她沿著小徑大步向前走，我看一眼她的側面說。她又戴上了帽子，臉色微微泛紅。『我無法想像被這麼多憤世嫉俗的觀念包圍，在無時無刻受到監視的環境裡成長。』

「海倫聳聳肩。『感覺並不那麼可怕，因爲我不知道還有別種可能。』

「『但是妳要離開自己的國家到西方去。』

「『是啊，』她瞥我一眼道。『我一直想離開我的國家。』

「我們停下來，坐在路旁一棵倒下的樹幹上，休息幾分鐘。『我一直在想，他們爲什麼讓我們進入保加利亞。』我對海倫說，即使在樹林裡，我也壓低嗓音說話。

「『還有他們爲什麼讓我們自己出來亂跑，』她點點頭。『你考慮過這一點嗎？』

「『在我看來，』我緩緩對她說：『如果他們放任我們找尋我們要找的東西，不阻撓我們──要做到這一點太容易了──那是因爲他們要我們找到它。』

「『說得好，福爾摩斯，』海倫用手搧搧我的臉。『你學會了很多東西。』

「『所以，就假定他們知道或懷疑我們要找的是什麼。他們爲什麼會認爲伏拉德•卓九勒有可能是不死族，或這件事有價值？』我費了很大勁，才把這念頭大聲說出來，雖然事實上我的聲音跟說悄悄話差不多。『妳告訴過我很多遍，共產政府瞧不起農村迷信。他們爲什麼要這樣鼓勵我們，不阻撓我們？難道他們以爲，我們如果在這裡找到他的墓，他們就可以獲得某種超自然的力量，用來控制保加利亞的老百姓？』

「海倫搖搖頭。『不是這樣的。他們當然對所有的力量都有興趣，但一定會採取科學的手段。再者，如果有任何發現是有價值的，他們都不願意讓美國人居首功。』她思索了一會兒。『試想──還有比發現死人可以復活（變成不死族也可以）更了不起的科學力量嗎？更何況是在酷愛把偉大領袖做成木乃伊、裝在棺材裡面展示的東歐國家？』

「索非亞那座陵墓裡，喬治•季米特洛夫蠟黃的臉忽然浮現我眼前。『那我們更有理由要摧毀卓九勒，』我道，但我自己都感覺到額頭上湧出大滴汗水。

『我不知道，』海倫嚴肅的說：『摧毀他與否，對未來會有多大影響。想想史達林如何對待人民，還有希特勒。他們不需要活五百年就做出那麼多恐怖的暴行。』

『我知道，』我說。『我也想到這一點。』

「海倫點點頭。『有件事很奇怪，你知道，就是史達林公開表示他最佩服「恐怖的伊凡」❺❸。他們身為國家領導人，都為了鞏固自己的權力不擇手段，不惜壓迫和殺害自己的臣民。你想恐怖伊凡又最佩服誰？』

「我覺得熱血衝上腦門。『妳說過。俄國有很多卓九勒的故事。』

『答對了，正是如此。』

「我看著她。

『你能想像一個史達林活了五百年的世界嗎？』她用指甲刮除樹幹上一塊柔軟的部分。『甚至他永遠不死？』

「我不禁握緊雙拳。『妳想我們有可能找到一個中世紀的墳墓，卻不至於把別的人引到那兒去？』

『很困難，說不定沒有可能。我確信他們到處都派了人監視我們。』

「就在這時，一個男人從小徑轉角處走過來。他如此突然出現，嚇了我一跳，差點要高聲咒罵。但他看

❺❸譯註：Ivan the Terrible 即俄國沙皇伊凡四世（1530-1584），他是第一個使用「沙皇」頭銜的俄羅斯君主，有強烈的政治使命感和宗教狂熱，俄國實力在他治下大幅擴張。一五四七至一五八四年在位期間，他建立特務機構，大量屠殺異己。

來很單純，穿著粗布衣服，背著一捆柴枝，他對我們揮手爲禮，就走了過去。我看海倫一眼。

『現在你知道了？』她低聲說。」

「爬到半山腰，我們看到一塊突出的巉岩。『看啊，』海倫道。『我們到那兒去坐個幾分鐘。』

「陡峭而林木茂盛的山谷，就在我們正下方，幾乎完全被修道院的圍牆和紅瓦佔據。我清楚的看見它連綿的房舍規模多麼龐大。它以教堂爲軸心，形成一個有角度的貝殼，教堂的圓頂在午後的陽光裡閃耀，赫雷利歐方塔矗立在正中央。『從這兒可以看出這地方的防禦多麼堅強。試想有多少次，敵人從這兒往下俯瞰。』

「『還有朝聖者。』海倫提醒我。『在他們心目中，這裡代表靈性的提升，不是軍事的挑戰。她往後靠在樹幹上，撫平裙子。她已經放下手提包，脫下帽子，淺色襯衫的長袖也捲了起來散熱。她額頭和臉頰都冒出細密的汗珠，臉上帶著我最愛的表情——迷失在思緒之中，同時觀看內心和外在世界，眼睛睜得很大，非常專注，緊抿著嘴唇；不知什麼緣故，我覺得這比她直接看著我更動人。她脖子上仍圍著絲巾，雖然那個圖書館員的牙印只剩兩點淤青，小小的十字架在圍巾下面輕輕晃動。她粗獷的美讓我整個人震動，不盡是肉體的渴望，還有一種因她的完全自足而起的敬畏。她是那麼不可碰觸，屬於我，卻又遙不可及。

「『海倫，』我道，沒有握她的手。我並不想說話，但我又忍不住要說。『我要問妳一個問題。』

「她點點頭，眼神和思維都還牽繫著我們腳下那座非凡的教堂。

「『海倫，妳願意跟我結婚嗎？』

「她慢慢向我轉過頭來，我不知道她臉上那種表情是驚訝、好笑或愉快。『保羅，』她嚴肅的說。『我們認識多久了？』

「『二十三天，』我承認。我這才明白，我沒有考慮周全，萬一她拒絕怎麼辦，但現在話已出口，要留待下次再問也來不及了。如果她拒絕，我總不能在找尋羅熙的中途跳崖，雖然我會很想那麼做。

『你覺得你了解我嗎？』

『一點也不了解。』我老老實實回答。

『你覺得我了解你嗎？』

『我不確定。』

『我們交往的時間不長。我們來自兩個截然不同的世界。』這次她露出微笑，好像要減輕這幾句話造成的傷害。『更何況，我一直認爲我不會結婚。我不是結婚的材料。還有，這個怎麼辦？』她摸摸脖子上的絲巾。『你要娶一個有地獄印記的女人。』

『我會保護妳，不讓地獄靠近妳。』

『那不是一個負擔嗎？我們又怎麼生兒育女』——她的眼神嚴厲而直接——『知道他們可能受這種污染的不良影響？』

「我唇乾舌燥，幾乎說不出話。『那妳的意思是說不行，還是我另外找個時間再問妳？』

「她的手——我無法想像失去那雙手我怎麼活，那些四四方方的指甲，覆蓋在堅硬骨頭上的柔軟皮膚——握住我的手，我恍惚想到，我沒有戒指可以套在她手上。

「海倫莊嚴的看著我。『我的回答是，我當然願意跟你結婚。』

「幾個星期以來，找尋我最愛的另一個人挫折不斷，現在一切來得如此輕易，讓我震驚得啞口無言，也沒想到要吻她。我們就沈默的依偎在一起，看著下面金、紅、灰三色的大修道院。」

63

父親的旅館房間裡，巴利站在我身旁，看著房裡的亂象，他比我先發現我忽略的東西——床上的紙張與書本。我們找到一本破舊的布蘭姆・史托克寫的《卓九勒》，一本全新的中世紀流傳法國南部的異端邪說的歷史，還有一本看起來很老的歐洲吸血鬼民間故事集。

跟這些書堆在一起的紙張裡，有他親手寫的筆記，還有各式各樣的明信片，上面的筆跡我很陌生，黑墨水寫的字，字體整潔而秀氣，字跡很小。巴利和我不約而同——我多麼慶幸自己不是孤單一人——先把所有的東西搜查一遍，我的第一個直覺，就是把所有的明信片收成一堆。它們五花八門的貼著來自不同國家的郵票：葡萄牙、法國、義大利、摩納哥、芬蘭、奧地利。郵票都是新的，沒蓋過郵戳。有時一封信用了四、五張明信片才寫完，每張都編了號。更令人驚訝的是，每張明信片的署名都是「海倫・羅熙」。每封信都是寫給我的。

在我背後看到這些信的巴利，很能體會我驚訝的心情，我們一塊兒在床沿坐下。第一張明信片寄自羅馬——是一張只剩骨架的市集廢墟的黑白照片。

我心愛的女兒：

我該用哪種語言寫信給妳？我的心我的肉我的孩兒，我已經超過五年沒見到妳了。這段時間，我們本來應該經常在一起說著話兒，不能稱之爲語言的小聲音、小親吻、小眼神、喃喃的小呢噥。想到我錯過的事，想起來就讓我很難過，今天不能再寫了，雖然我才剛開始嘗試。

摯愛的母親
海倫・羅熙
一九六二年五月

第二封明信片是彩色的，但已經褪色，有花朵和陶甕——「波波里花園」。

我心愛的女兒：

我要告訴妳一個秘密：我討厭英文。英文是文法練習，是文學課。我心裡覺得用我自己的語言，匈牙利語，最適合跟妳交談，或者也可以用流動在我的匈牙利語裡的另一種語言——羅馬尼亞語。羅馬尼亞語是我正在找尋的一個惡魔的語言，但即使如此，我對這種語言還是沒有惡感。如果今天早晨妳坐在我懷裡，望著這片花園，我會教妳第一課：「Ma numesc……」然後我們會一遍又一遍，用妳母語柔和的聲調，小聲唸妳的名字。我會講給妳聽，羅馬尼亞語是一個勇敢、仁慈、悲傷的民族的語言，有牧羊人和農夫，還有妳的外婆，他從遠方毀了她的一生。我會教妳她教過我的那些美麗的事物，晚上照耀她村落的星星，河上的燈籠。「Ma numesc……」光教妳這句話就會讓我一整天都快樂得不得了。

摯愛的母親
海倫・羅熙
一九六二年五月

巴利和我對望一眼，他用手臂輕輕摟住我脖子。

64

「我們發現斯托伊契夫心情興奮的坐在圖書館桌前，拉諾夫坐他對面，用手指打鼓般的敲著桌面，不時瞥一眼這位老學者放在一旁的那份資料。我從來沒見過他這麼不悅的表情，顯然斯托伊契夫始終沒回答他的問題。我們走進去時，斯托伊契夫迫不及待抬起頭。『我想我找到了，』他悄聲道。海倫在他身旁坐下，我湊過頭去看他正在閱讀的手抄本。它的形制與格式都跟基利爾修士的信很像，整齊美觀的書法，字寫得很密，紙張邊緣褪色、脆裂。我認出信是用斯拉夫字母寫的。他把我們的地圖放在手抄本旁邊。我氣也不敢喘，滿懷希望他會告訴我們一些眞正重要的消息。我忽然想道，說不定墳墓就在李拉——說不定斯托伊契夫就是因爲有這樣的懷疑，所以才堅持前來。但他竟然願意在拉諾夫面前做任何宣布，讓我既驚訝又不安。

「斯托伊契夫看看周圍，看一眼拉諾夫，用手揉揉自己滿佈皺紋的額頭，很小聲的說：『我認爲那座墳墓不在保加利亞。』

「我一下子涼了半截。『什麼？』海倫定睛看著斯托伊契夫，拉諾夫轉頭不看我們，手指敲打著桌面，要聽不聽的模樣。

『很抱歉讓你們失望了，朋友，但這份我多年前看過的文件寫得很清楚，有一批朝聖者，大約一四七八年，從聖喬治回到瓦拉基亞。這是一份關防文件——核准他們把某種原屬於瓦拉基亞的基督教聖物帶回瓦拉基亞。我很抱歉。或許你們有朝一日可以到那兒去做進一步的研究。但如果你們有興趣繼續研究保加利亞境內的朝聖路線，我很樂意協助你們。』

「我瞪著他，說不出話來。經過這一切，我們不可能再到羅馬尼亞去，我想道。能來這麼遠，已經是奇蹟了。

『我建議你們申請許可去參觀這條路線上的別家修道院，尤其是巴赫科伏修道院。那是保加利亞拜占庭建築一個美麗的樣本，那座修道院比李拉更古老。而且有非常罕見的手抄本，都是路過的朝聖僧侶贈送的禮物。你們一定可以收集到對你們的論文有用的資料。』

「令我很意外，海倫完全接納他的建議。『可以安排嗎，拉諾夫先生？』她問道。『或許斯托伊契夫教授還願意陪我們去？』

『哦，恐怕我必須回家了，』斯托伊契夫遺憾的說。『我還有很多工作要做。但願我能到巴赫科伏去幫你們忙，不過我可以幫你們寫一封介紹信給院長。拉諾夫先生可以幫你們做口譯，如果有資料需要翻譯，院長也可以幫忙。他熟知那家修道院的歷史，是一位優秀的學者。』

『沒問題，』拉諾夫看起來很高興讓斯托伊契夫離開。我們對這可怕的情況無法置一詞，我想道；我們只好假裝到另一家修道院去做研究，路上再決定下一步怎麼走。羅馬尼亞嗎？學校裡羅熙研究室的門再次浮現我眼前：門緊緊閉著，上了鎖。羅熙再也不會打開那扇門了。我麻木的跟著斯托伊契夫把手抄本收回盒內，蓋上蓋子。海倫替他把盒子放回架上，然後扶他出門。拉諾夫一言不發尾隨我們──我覺得他在沈默中帶著幸災樂禍。我們尋找的東西已非我們能力所及，我們又只剩下這位導遊。他會逼我們儘速完成研究，早日離開保加利亞。

「依麗娜一直待在教堂裡，我們走出圖書館，她便穿過熱烘烘的庭院向我們走來。一看到她，拉諾夫就閃到一旁，到迴廊去抽煙，然後走到正門外，消失了人影。我看見他快到門口時，加快了腳步，或許他也需要擺脫我們一下。斯托伊契夫蹣跚的在正門旁一張木凳上坐下，依麗娜迴護的手扶著他肩膀。『聽著，』他說話聲很小，並抬起頭對我們微笑，好像在閒聊。『趁著我們的朋友聽不見，我們趕快把話說完。我並不是故意要嚇你們。根本沒有所謂朝聖者把聖物帶回瓦拉基亞的文件。很抱歉我撒了謊。伏拉德•卓九勒毫無疑問是埋葬在聖喬治，不論它在何處，我找到一件非常重要的資料。史蒂芬在「異聞記」裡提到，聖喬治距巴赫科伏很近，我看不出巴赫科伏附近的地形，跟你們帶來的地圖有什麼關連，但有一封十六世紀初，巴赫科伏院長寫給李拉院長的信。我不敢在我們那位同伴面前，把信拿給你們看。信上說，巴赫科伏院長已不需要李拉院長或任何其他神職人員協助，壓抑聖喬治的異端了，因爲那座修道院被焚燬，僧侶也都遣散了。他警告李拉院長，要注意從那裡來的任何僧人、任何散播毒龍殺死聖喬治的觀念的僧人，因爲這就是他們的異端的標記。』

『毒龍殺死──且慢，』我道。『你是說惡魔與聖徒那段話？基利爾說過，他們要找的修道院，會有聖徒與惡魔勢均力敵的記號。』

『聖喬治在保加利亞神像中，有非常重要的地位，』斯托伊契夫低聲說。『如果毒龍能制服聖喬治，那眞是很奇怪的反常現象。你們還記得，瓦拉基亞僧人找尋一座已經有那種記號的修道院，他們奉命把卓九勒的屍體送到那兒，跟他的頭顱重新結合。我現在好奇的是，是否有某種我們不知道的更大異端──它可能在君士坦丁堡、瓦拉基亞流傳，卓九勒對它也很熟悉。龍騎士團是否在教會規範之外，另外有一套他們自己的精神信仰？他們是否自創異端？今天之前，我不曾考慮過這種可能性。』他搖搖頭。『你們必須去巴赫科伏請教院長，看他對這種惡魔與聖徒平等、顚倒勝負的說法了解多少，但這種問題你們只能偷偷問他。我寫給他的信──你們的導遊一定會拿去看──只會提到你們要研究朝聖的路線，所以你們要想辦法私下跟他討論。另外有一位學者出身的僧人，是研究聖喬治歷史有名的專家。他曾經跟著阿塔納斯・安吉羅夫工作，也是第二個看到撒卡利亞斯「異聞記」的人。我認識他的時候，他本名叫龐迭夫，但我不知道他出家以後的法號。院長會幫助你們找到他。還有一件事。我沒有巴赫科伏地區的地圖，但我印象中，那座修道院東北方有條狹長曲折的山谷，裡面可能還有一條河。從前我到那一帶的時候，曾經去看過一次，還跟僧人談過，但我不記得他們給它取的名字了。有沒有可能那就是我們的龍尾巴？但那樣的話，龍翼又是什麼呢？或許是山峰？這你們也必須自己去看。』

「我眞想親吻斯托伊契夫的腳。『但你不跟我們一起去嗎？』

「『我實在很想去，甚至不惜違抗我的外甥女，』他看著依麗娜微笑道。『但我擔心這麼做會引起更多懷疑。你們的導遊如果以爲我對這項研究仍有興趣，就會更加注意。回到索非亞的時候，如果能夠，再來看我吧。我會一直想念你們，祝福你們旅途平安，找到你們要的東西。來——妳一定要收下這個。』他把一樣小東西塞進海倫掌心，她立刻合攏手掌，我沒看見那是什麼，也不知道她把它收在哪裡。

「『拉諾夫先生離開了還眞久，這不像他的爲人，』她輕聲說。

「我立刻看她一眼。『要我去看看嗎？』我已經學會信任海倫的直覺，不等她回答，我就向門口走去。就在寺院門外，我看見拉諾夫跟一個男人站在一輛車身很長的藍色汽車旁邊。另外那人個子很高，穿著剪裁優雅的夏季西服，戴著帽子，一看到他，我就在大門的陰影裡停下腳步。他們熱烈的談話嘎然而止。那名英俊的男子拍拍拉諾夫的背部，便跳上汽車。我彷彿也感覺到那友善的一拍，我還記得——我認識那手勢——我也被那隻手拍過。沒有錯，雖然難以置信，開著車快速駛出停車場的那個人，就是傑薩•尤瑟夫。我連忙退回庭院，回到海倫和斯托伊契夫那裡。海倫犀利的看我一眼，或許她也學會了信任我的直覺。我把她拉到一旁，斯托伊契夫雖顯得有點困惑，但他太客氣，不會多問。『我想尤瑟夫在這裡，』我很快的悄聲說道。『我沒看見他的臉，但剛才有個長得很像他的男人跟拉諾夫談話。』

「『渾蛋，』海倫低聲罵道。我想那是我第一次，也是最後一次聽她罵人。

「沒多久，拉諾夫匆匆走來。『吃晚餐時間到了，』他面無表情的說，我不知道他是否後悔留我們跟斯托伊契夫獨處。從他的口氣，我很確定他在外面沒有看到我。『跟我來。我們去吃飯。』

「在沈默中享用的修道院晚餐十分美味，兩名僧人負責上菜，都是家常口味。少數幾位遊客顯然要跟我們一起住客房，我注意到他們說的不是保加利亞語。我猜那幾個說德文的是從東德來此度假，另一種語言聽起來像捷克話。我們共坐一張長條木桌，縱情大吃，僧侶們列坐旁邊另一張桌子，我愉快的期待上床就寢。海倫和我沒有機會獨處，但我知道她一定想著尤瑟夫出現的事。他要找拉諾夫做什麼？或者該說，他要找我們做什麼？我想起海倫提到有人跟蹤我們的警告。誰告訴他我們的行蹤？

「這一天很疲倦，但我已急著想去巴赫科伏，只要能早點趕到那兒，走路去都可以。不過我們可以睡個好覺，準備迎接明天的旅行。在東柏林和布拉格的鼾聲裡，我彷佛聽見羅熙的聲音，談論著我們作品中的若干矛盾之處，還有海倫對我的缺乏觀察力一臉的又好氣又好笑，她說：『我當然願意跟你結婚。』

65

我心愛的女兒：

我們很富有，妳知道，因爲我和妳父親遇到一些可怕的事。那些錢我大部分都留給你父親，用來照顧妳，但我身邊還有足夠的錢執行漫長的搜索，長期作戰。將近兩年前，我在蘇黎世兌換了一些錢，用一個我永遠不會告訴任何人的名字開了一個銀行帳户。我的帳户資金充裕。我每個月提一筆錢出來，付房租、使用檔案室的費用、在餐廳用餐。我盡量省著花，這樣我才能有一天把剩下的錢交給妳，我的小不點，等妳長成一個女人的時候。

摯愛的母親
海倫•羅熙
一九六二年六月

我心愛的女兒：

今天是個壞日子。（我不打算寄出這張明信片。如果我當眞把它們寄出去，也不會包括這一張。）今天是一個那種我想不起來自己是在追捕那個魔鬼還是在逃避他的日子。我站在鏡子前面，我在愛斯特旅館房間裡的一面老鏡子；玻璃上有像是青苔的斑點，攀爬在凹凸不平的表面上。我取下絲巾，我站在這兒，用手指撫摸我脖子上的疤痕，永遠不會完全痊癒的紅腫。我不知道妳會不會在我找到他之前先找到我。我不知道他會不會在我找到他之前先找到我。我不知道他爲什麼還沒有找到我。我不知道我還會不會再找到他。

摯愛的母親
海倫•羅熙
一九六二年六月

我心愛的女兒：

剛出生的時候，妳頭髮是黑色的，捲捲的黏在妳滿是黏液的小腦袋四周。人家替妳洗乾淨，擦乾，它就變成柔軟的茸毛，圍繞著妳的小臉蛋，像我一樣的黑頭髮，但又像妳父親，帶一點兒紅棕。我躺在麻醉的餘效裡，抱著妳，看著妳新生的髮色從吉卜賽黑變淺，然後又變回黑色。妳身上的一切都打磨得好亮、發光；我在自己體內塑造你、打磨妳，卻不自知在做些什麼。妳的手指是金色的，妳的臉頰是玫瑰色的，妳的睫毛和眉毛是烏鴉寶寶羽毛的顏色。即使麻藥的效力讓我到最後還有點頭昏，我的快樂仍滿溢而出。

摯愛的母親
海倫•羅熙
一九六二年八月

66

「我在李拉的男生宿舍很早就睡醒了，陽光剛射進開向庭院的狹小窗戶，其他觀光客還在床上熟睡。我方才在黑暗裡聽見教堂最早的鐘聲，喚僧人起床，現在鐘聲再度響起。這種時候醒來，我想到的第一件事，就是海倫說她願意跟我結婚。我好想再看到她，儘快看到她，找機會問她，昨天是否一場夢。外面灑滿陽光的庭院，彷彿回應我突如其來的快樂，早晨的空氣讓我覺得清新得難以置信，累積了幾世紀的新鮮。

「但海倫沒來吃早餐。拉諾夫倒來了，照舊端著一張臭臉，還吸煙，直到有個僧人客氣的請他到外面去抽。一吃完早餐，我就沿著走廊到女生宿舍去，昨晚我和海倫在這裡的門口分手。我看見門開著，來自德國和捷克的女客都已經走了，她們的床都已鋪得整整齊齊。海倫還在睡；我看見她躺在最接近窗口的舖位上。她面對牆壁，我一聲不響走進去，替自己辯護說，既然她已經是我的未婚妻，我就有權吻她道早安，即使是在修道院裡。我把門在身後關上，希望不要有僧人剛好經過。

「海倫背對整個房間而臥，躺在窗下的床位。我接近時，她稍微朝我這方向翻過身來，好像意識到我的存在。她頭往後仰，眼皮緊閉，黑色的捲髮散落枕上。她睡得很熟，唇間發出清晰可聞，幾乎可說是鼾聲的呼吸聲。我想，經過這麼多天旅行，加上前一天爬山，她一定很疲倦了，但她那種什麼都不管的睡姿，讓我有點不安，我又走上前一步。我俯身看著她，想著我可以趁她醒來前，先吻她一下，但我立即恐懼萬狀的看到，她臉色發青，沒有一點血色，以及她脖子上新鮮的血跡。她頸根處原本已經痊癒的傷口上，綻裂兩個新的血洞，傷口殷紅而有血絲滲出。白色的床單邊緣沾了少許血跡，看來很廉價的白色睡衣袖子上，染了更多血，顯然她睡夢中那隻手臂壓著了傷口。她睡衣的前襟被拉開，有一小處撕裂，一邊乳房袒露出來，幾乎可以看到深色的奶頭。目睹這一幕，我幾乎無法動彈，心臟也彷彿停止了跳動。然後我伸出手，溫柔的把床單拉上，掩住她裸露的身體，好像替熟睡的孩子蓋被。那一刻，我想不出還能做什麼別的事。我的喉嚨哽咽欲泣，我心裡燃起一股當下不自覺的怒火。

「『海倫！』我輕輕搖晃她的肩膀，但她臉色毫無變化。我才發現她變得多麼憔悴，好像在睡夢中也承受絕大的痛苦。十字架在哪兒？我忽然想起它，四下張望，發現它掉落在我腳旁；細細的繫鍊斷了。有人把它扯斷，還是她自己在睡夢中拉斷的？我再次搖晃她。『海倫，醒來！』

「這次她有了反應，但非常不悅，我不知道逼她這麼快恢復意識，是否對她是一種傷害。但過了一會兒，她終於皺著眉頭睜開了眼睛。她動作很衰弱。夜間她失了多少血，我卻隔著一條走廊呼呼大睡？我怎麼可以丟下她一個人獨處，前一天晚上或任何一個晚上？

「『保羅，』她困惑的說。『你來這裡做什麼？』然後她試圖坐起身，卻發現衣衫不整。她伸手去摸脖子，我不知該說什麼，只能痛苦的望著她。她慢慢抬起手，手指上有黏膩、半乾的血跡。她看著自己的手，然後看著我。『哦，天啊，』她道。她坐直身子，我第一次鬆了一口氣，雖然她滿臉恐懼；如果她失血過多，就會衰弱到連這個動作都做不出來。『哦，保羅，』她低聲道。我坐在床畔，把她另一隻手握在掌中，緊緊握住。

「『妳完全清醒了嗎？』我問道。

「她點點頭。

「『妳知道自己在什麼地方嗎？』

「『是的，』她道，但接著她就把臉埋在那隻染血的手掌心，低聲哀哭起來，哭聲極其淒涼。我從未聽她放聲哭過。她的哭聲像一波苦澀的寒冷，穿透了我的身體。

「『我在這兒，』我親吻她那隻乾淨的手。

「她捏捏我手指，又哭了一下，然後努力打起精神。『我們得想辦法——那是我的十字架嗎？』

「『是啊，』我把它舉起來，仔細觀察她，讓我大為放心，她臉上並沒有瑟縮的表情。『妳有把它拿下來嗎？』

「『沒有，當然不會。』她搖搖頭，一顆留在眼眶裡的淚水從面頰上滾下來。「我也不記得把項鍊弄斷。我想他們——他——不敢做這種事，如果傳說沒有錯。」她擦乾臉，小心不讓手碰到脖子上的傷口。『一定是我睡熟的時候弄斷的。』

「『我也猜是這樣，從我撿到它的地方判斷。』我把地板上那個位置指給她看。『有它在附近，不會讓妳覺得——不舒服？』

「『不會，』她有點困惑的說。『起碼，還沒有。』那個冰冷的字眼，讓我摒住呼吸。她伸手去摸十字架，最初有點猶豫，隨即把它捏在手中。我吁出一口氣。海倫也嘆了口氣。『我入睡的時候，想到我母親，還有一篇我打算要寫的，關於外西凡尼亞刺繡圖案的論文——那很有名，你知道——然後我就一直睡到現在，中間都沒醒。』她皺著眉頭。『我做了一個夢，但夢裡我母親一直跟別的東西纏夾不清。她先是要趕走一隻大黑鳥，鳥被嚇走以後，她彎腰吻我的額頭，我小時候每天臨睡前，她都會那麼做，然後我看見那個記號』——她頓了一下，好像這念頭讓她痛苦——『我看見她赤裸的肩膀上有那條龍的記號，但在我看來，那就是她的一部份，不是什麼可怕的東西。她吻我額頭的時候，我也不覺得害怕。』

「有種奇怪的怖畏刺著我的心，我想起我在宿舍裡閱讀我喜愛的荷蘭商人傳記那個晚上，顯然殺害我愛貓的那個惡魔也無法越過雷池一步。某種東西也保護了海倫，起碼在一定程度上；她受到殘酷的傷害，卻沒有被吸乾全身鮮血。我們默默望著對方。

「『情況可能更惡劣，』她道。

「我用手臂抱住她，感覺到她平時堅強的肩膀在顫抖。我自己也在發抖。『是啊，』我低聲說。『但我們必須保護妳，不能再出事。』

「她忽然搖搖頭，一臉想不通的表情。『但這裡是修道院啊！我不懂。不死族應該對這種地方敬而遠之。』她指著門上的十字架，掛在角落裡的神像和長明燈。『當著聖母的面？』

「『我也想不通，』我緩緩道，在手心裡把她的手翻轉過來。『但我們知道有僧侶護送卓九勒的遺體旅行，他很可能也葬在修道院裡。那種事確實夠奇怪的。海倫』——我緊握她的手——『我想到另外一件事。家鄉那個圖書館員——他追著我們到伊斯坦堡，又追到布達佩斯。有沒有可能他也跟我來到這裡？昨晚攻擊妳的會是他嗎？』

「她瑟縮了一下。『我知道。他在圖書館裡咬過我，所以他很可能會想再咬我，不是嗎？但我在夢裡很清楚的意識到，那是不一樣的東西——更強大得多。問題是，即使他們不怕修道院，又怎麼混進來的呢？』

「『哪倒簡單，』我指著最近的一扇窗，窗戶微開，距海倫的床僅五尺遠。『哦，我的天，我爲什麼要讓妳一個人睡這裡？』

「『我才不是一個人，』她提醒我。『另外還有五個人跟我睡這個房間。但你說得對——他會變形，就像我母親說的——蝙蝠、煙霧——』

「『或一隻大黑鳥，』她的夢境浮現在我腦海。

「『現在我被咬兩次了，這不算少，』她像做夢一般說。

「『海倫，』我搖晃她。『我再也不讓妳獨處了，一小時也不行。』

「『一小時也不能獨處嗎？』她典型的笑容，含著嘲弄與撒嬌的笑，又出現了一下。

「『我要妳答應我——如果妳有什麼我無法感覺的感覺，如果妳覺得有什麼東西要找妳——』

「『我一定告訴你，保羅，只要我有一丁點那樣的感覺。』她現在說話很有勁了，這承諾似乎也使她決心採取行動。『請跟我來吧。我需要食物，也需要一點紅酒或白蘭地，如果找得到的話。拿條毛巾給我，在那兒，還有臉盆——我要洗洗脖子，包紮起來。』她務實的熱情很有感染力，我立刻服從。『然後我們到教堂去用聖水清洗傷口，要趁沒人在看的時候。如果我受得了那種事，我們就可以抱很大的希望。多麼奇怪啊』——我很高興又看到她憤世嫉俗的笑容——「我一直覺得教會的儀式都是胡說八道，而且我仍然這麼想。」

「『但很顯然他不認爲這是胡說八道，』我嚴肅的說。

「我幫她把脖子擦拭乾淨，小心不去碰裂開的傷口，在她更衣的時候看守房門。近看那傷口讓我很難過，有一剎那我很想跑出房間，到外面痛哭一場。但海倫的動作雖有點衰弱，我從她臉上看得出，她已下定決心。她照例綁上絲巾，在行李裡找出一根細繩，替十字架做了一根新的繫繩——我希望會比原來那根結實。床單上的污漬無法處理，但範圍很小。『就讓那些和尚去想吧——哼，他們宿舍裡有女人住過。』海倫直率的說。『反正這絕不會是他們第一次清洗血跡。』

「我們從教堂走出來時，拉諾夫正無精打采的在庭院裡徘徊。他瞇起眼睛看著海倫說：『妳睡得還眞晚。』語氣帶著控訴。他說話的時候，我仔細觀察他的犬齒，但它們並沒有特別尖利；如果眞要說有什麼特殊之處，它們磨得很平，而且在他令人不快的笑容中呈灰色。」

67

「當初拉諾夫不願帶我們來李拉，我氣得要命，但看到他那麼熱心要帶我們去巴赫科伏，我心情更加煩亂。駕車途中，他爲我們介紹沿路各種名勝古蹟，其中很多雖然被他批得一文不值，其實都很有吸引力。海倫和我盡量不看彼此，但我確定她也同樣覺得悲慘的恐懼。現在我們還得提防傑薩•尤瑟夫。過了普羅伕迪夫開始，路就變窄了，道路一邊是條亂石飛湍的溪流，另一邊是陡峭的山崖。我們再度往山區走。我對海倫提起這一點，她坐在拉諾夫背後，往窗外看了一會兒，點點頭說：『巴爾幹這個字，在土耳其話裡就是山的意思。』

「那座修道院沒有宏偉的入口——我們就把車停在路旁權充停車場的泥地上，從那兒走一小段路，就來到修道院門口。巴赫科伏修道院在草木不生的崇山峻嶺間，樹木稀少，大部分是裸露的岩石，靠近一條狹窄的河；雖然是初夏，景色已呈現旱象，不難想像，僧侶們一定很珍惜附近的水源。外牆跟四周的山嶺一樣是糞土色的岩石堆砌而成。修道院的屋頂採用有凹槽的紅色磁磚，就跟斯托伊契夫家的老屋，和沿途經過的上百棟房屋與教堂一樣。修道院入口是道敞開的拱門，像個地洞般黝黑。『我們可以直接走進去嗎？』我問拉諾夫。

「他搖搖頭，意思是可以，我們就走進拱門裡清涼的黑暗。走了一會兒，我們才慢慢摸索到前往陽光普照的中庭的路徑，在修道院牆裡這段時間，除了我們的腳步聲，我什麼也聽不見。

「或許因爲我期待的是像李拉那樣大開大闊的公共空間；巴赫科伏正院的隱密之美，讓我不由得發出一聲驚嘆，海倫也大聲嘟噥了一句什麼。修道院的教堂佔據了院落裡大部分的空間，有一座紅色、四方形的拜占庭式高塔。這裡沒有金碧輝煌的圓頂，只有古典的優雅——最簡單的材料布置出和諧的形式。藤蔓攀爬到教堂的塔上；樹木依塔而立；有一棵壯麗的柏樹矗立宛如一座尖塔。三個穿黑袍、戴黑帽的僧人站在教堂外交談。刺眼的陽光下，樹木在院落裡投下一片片陰影，迎面吹來一陣微風，搖動著樹葉。我很意外的是，這兒有很多隻雞滿地跑，抓扒著古老的石板地磚，一隻小虎斑貓把什麼東西趕進了牆壁的縫隙裡去。

「就像李拉修道院一樣，這兒的圍牆內側，也用石塊和木板搭起懸空的迴廊。一部份迴廊低處的石壁，以及教堂的門廊，都佈滿褪色的壁畫。除了那三名僧人、雞群和小貓，看不見其他生物。我們彷彿脫離原來的時空，走進了拜占庭的世界。

「拉諾夫走到僧人面前，跟他們交談，海倫和我留在後面。不久他走回來說：『院長不在，但圖書館長在這兒，他可以幫助我們。』我很不高興他說我們，但我沒表示什麼。『你們先參觀一下教堂，我去找他。』

『我們跟你一起去，』海倫很堅決的說，我們就隨著一名僧人走進迴廊。圖書館長在一樓的一個房間裡工作；我們進門時，他從書桌前站起身打招呼。這裡四壁光禿禿的，只有一個鐵製的火爐，和地上一條色彩鮮豔的地毯。我很好奇書或手稿放在什麼地方。只有書桌上擺著兩本書，這兒連書房都稱不上。

「這位是伊萬修士，」拉諾夫解釋道。那名僧人對我們一鞠躬，沒有伸出手來；事實上，他兩手交疊在身前，藏在長衣袖裡，根本看不見。我猜想他不願意碰觸海倫。海倫可能也有相同的想法，因爲她立刻退後一步，幾乎站在我背後。拉諾夫跟他談了幾句。『伊萬修士請你們坐。』我們服從的坐下。伊萬修士的長鬍子上露出一張嚴肅的長臉，他仔細打量了我們一會兒。『你們可以問他任何問題，』拉諾夫鼓勵道。

「我清清喉嚨。沒有別的辦法：我們必須當著拉諾夫的面發問。我必須使所有的問題聽起來都純屬學術性。『請你幫我們問伊萬修士，他是否知道來自瓦拉基亞的朝聖者來到這兒的事。』

「拉諾夫向僧人發問，伊萬修士一聽到瓦拉基亞這個字，臉色就一亮。『他說這家修道院從十五世紀末開始，就跟瓦拉基亞有密切的關係。』

「我的心跳開始加速，雖然我盡量安靜的坐著。『是嗎？是怎樣的情形？』

「他們又交談了一會兒，伊萬修士伸出一隻長手，朝門口揮手示意。拉諾夫點點頭。『他說大約在那時候，瓦拉基亞和摩爾多瓦的大公開始給修道院很多支持。這裡的圖書館有很多文獻記載他們支持的情形。』

『他知道大公們爲什麼要這麼做嗎？』海倫輕聲問。

「拉諾夫詢問僧人。『不知道，』他道。『他只知道文獻裡有他們支持的紀錄。』

「我說：『請你問他知不知道，那時期有任何來自瓦拉基亞的朝聖團體到這兒來。』

「伊萬修士露出了笑容。拉諾夫回報道：『他知道。這種團體很多。這裡是來自瓦拉基亞的朝聖路線上一個重要的休息站。很多朝聖者從這兒轉往亞陀斯或君士坦丁堡。』

「我暗地裡咬牙切齒。『但是有一批特殊的、來自瓦拉基亞的朝聖者，帶著——某種聖物，或找尋某種聖物——他聽說過這樣的故事嗎？』

「拉諾夫似乎努力把一個勝利的微笑吞下去。『沒有，』他道。『他沒有看過像這樣的朝聖隊的記載。那個世紀的朝聖者很多。巴赫科伏修道院當年的地位很重要。鄂圖曼人佔領我國時，把保加利亞大主教從宗教中心維力科貶謫到這裡。他一四〇四年在這裡去世，埋葬在這裡。修道院最古老的部分，也是唯一保存下來的原始建築，就是納骨堂。』

「海倫再次發問。『請你問他，這兒是否有一位俗家名字叫龐迭夫的修士？』

「拉諾夫轉達了這個問題，伊萬修士先是有點困惑，然後變得戒備。『他說，想必是安琪兒老修士，他本名叫瓦錫爾•龐迭夫，是一位歷史學家。但是他——頭腦已經不正常了。你們跟他談也不會有什麼收穫。現在院長才是我們最偉大的學者。眞可惜你們來的時候他不在。』

「『我們還是想跟安琪兒修士談談，』我告訴拉諾夫。於是這件事就在圖書館長皺著眉頭之下辦妥了，他帶我們走回烈日下的院落，然後穿過第二道拱門的入口。我們走進另一進院落，這兒的院子中間有幾座非常古老的建築。第二進院落維護得不像第一進院落那麼好，房屋和鋪地的石板都顯得年久失修。腳下雜草叢生，我還看到一棵樹從屋頂的角落長出來；如果不除掉它，早晚等它長大，那部分結構就會被破壞。我很容易想像得到，修理這棟上帝的房屋，不在保加利亞政府的首要考慮之列。他們有李拉做樣板，那是純粹的保加利亞歷史，跟抵抗鄂圖曼人的叛變有關連。這個老地方雖然美，卻是拜占庭統治下打的根基，跟後來的鄂圖曼人一樣是侵略者，佔領者，後來還陸續落入亞美尼亞人、喬治亞人、希臘人之手——我們不是聽說過，它在鄂圖曼人統治的時代獨立，跟其他保加利亞修道院都不一樣嗎?難怪政府要放任樹在它屋頂上生長了。

「圖書館長把我們帶到一個角落的房間。『醫院，』拉諾夫解釋道。拉諾夫表現得愈是配合，我就愈覺得緊張。圖書館長打開搖搖欲墜的木門，我們在裡面看到那幕悲慘的景象，我眞不願意回憶。房裡住著兩個老修士，房間裡僅有的家具就是他們的床、一把木椅，以及一個鐵製火爐；即使有火爐，山區冬季來臨時，這兒一定還是冷得難以忍受。地面鋪著石板，光禿禿的牆壁刷著白粉，只有角落陳設一個小神龕：吊燈、雕刻精美的木架上，有一尊黯淡無光的聖母像。

「有個老人躺在床上，我們進來時，他看也不看我們一眼。我隔了一會兒才看出，他的眼睛浮腫且發紅，已經永遠睜不開了，他不時把下巴轉來轉去，好像企圖靠它看東西似的。他大半身都蓋著白色的床單，一隻手沿著床沿不停的摸索，好像在找尋這塊空間的極限，如果他不小心，滾到哪個位置會跌下去，他另一隻手則不停撫摸著自己脖子上鬆垂的皮肉。

「房間裡另一個住戶生活機能比較好，筆直的坐在椅子上，他旁邊的牆上斜倚著一根木杖，好像從床鋪走到椅子，是一段漫長的跋涉。他穿著黑色的僧袍，沒有繫腰帶，袍子從突出的肚皮上垂下來。他睜著眼睛，眼睛極大，而且是藍色的，我們走進來時，他的眼睛轉過來，以怪誕的眼神望著我們。他的鬍子和頭髮亂得像一堆白色的雜草，頭上也沒戴帽子。某種意義上，在這麼一個所有其他僧侶都無時無刻戴著帽子的世界裡如此不修邊幅，使他看起來比所有其他人都病得更厲害、更不正常。這個沒戴帽子的修士，活脫像十九世紀聖經插畫裡走出來的先知，問題是他的表情一點都不高瞻遠矚。他皺著鼻子仰起頭，好像覺得我們很臭，嘴角不斷嚼動，每隔幾分鐘就瞇起眼睛，然後再把眼睛睜大。我說不出他的表情是恐懼、譏誚或惡毒的幸災樂禍，因爲他表情不斷在改變。他的身體和手安靜的放在簡陋的椅子上，好像它們所有的情緒，都被上面那張抽搐不已的臉吸收去了。我把頭別開。

「拉諾夫跟圖書館長交談，後者對房間各處比著手勢。『坐在椅子上的就是龐迭夫，』拉諾夫面無表情的說。『圖書館長警告說，他幾乎不說什麼正常的話。』拉諾夫小心翼翼走到安琪兒修士面前，好像唯恐他會咬人似的，注視著他的臉。安琪兒修士——龐迭夫——把頭扭過來看他，姿勢像一頭關在動物園裡的動物。拉諾夫似乎嘗試做介紹，不久安琪兒修士那雙藍得超現實的眼睛，飄忽到我們的臉上。他自己的臉不斷扭曲、抽搐。接著他開始講話，字句以極快的速度湧出，然後變成一陣刺耳的雜音與咆哮。他的一隻手伸到空中，做了一個又像畫半截十字架，又像要把我們趕開的手勢。

『他說什麼？』我低聲問拉諾夫。

『都是胡說八道，』拉諾夫起勁的說。『從來沒聽過這種話。有點像禱告——跟聖餐儀式有關的迷信——又提到索非亞的電車系統。』

『你能否問他一個問題？告訴他，我們像他一樣是歷史學家，我們要知道，十五世紀末，是否有一個來自瓦拉基亞的朝聖團體，帶著一件聖物，經由君士坦丁堡來到這裡。』

「拉諾夫聳聳肩膀，試著照辦，但安琪兒修士回了一串狺狺吠叫的音節，同時拚命搖頭。這種動作究竟代表是或否？我眞不知道。『更多胡說八道，』拉諾夫回報。『似乎是說什麼土耳其人侵略君士坦丁堡之類的，這證明他起碼聽得懂一些。』

「忽然老人的眼神變得清澈起來，好像他眼睛裡的水晶體焦點第一次對準我們。從他嘴裡湧出的奇怪聲音當中——那是語言嗎？——我清楚分辨出阿塔納斯•安吉羅夫的名字。

「『安吉羅夫！』我喊道，直接對那老僧人說：『你認識阿塔納斯•安吉羅夫？你記得跟他一起工作？』

「拉諾夫仔細聆聽。『大部分仍然是胡說八道，但我試著告訴你，他說了些什麼。好好聽著。』他開始做口譯，翻譯得很快，不帶絲毫私人情緒；我雖然不喜歡他，也不得不佩服他的技巧。『我爲阿塔納斯•安吉羅夫工作。很多年前，恐怕好幾百年有了。他是個瘋子。把那邊那盞燈關掉——會讓我的腿作痛。他要知道過去的每一件事，但過去不想讓他知道。他說不行不行不行。他會跳起來傷害你。我想要十一號，但它已經不到我們住的那一帶去了。總而言之，季米特洛夫同志取消我們應得的薪水，爲了人民的利益。善良的人民。』

「拉諾夫喘口氣，這期間他一定遺漏了什麼，因爲安琪兒修士仍滔滔不絕，沒有停頓。這位坐在椅子上的老僧人，雖然不停的搖頭晃腦，擠眉弄眼，從脖子以下卻是文風不動。『安吉羅夫發現一個危險的地方，他發現一個叫做聖喬治的地方，他聽見歌聲。那就是他們埋葬一個聖人、在他墳墓上跳舞的地方。我可以請你喝點咖啡，但它其實是麵粉，麵粉加泥土。我們連麵包都沒有。』

「我跪在老僧人面前，握住他的手，雖然海倫好像想阻止我。他的手像死魚般疲軟，蒼白腫脹，指甲發黃，長得很詭異。『聖喬治在哪裡？』我哀求道。我覺得我隨時會當著拉諾夫、海倫和這兩個被榨乾了生命的囚犯面前，痛哭失聲。

「拉諾夫蹲在我身旁，試著捕捉老人飄忽不定的眼神。『K'de e聖喬治？』但安琪兒修士又跟著他自己的眼光到遠方的世界去了。『安吉羅夫到亞陀斯去，看到了奉事規定，他在山裡找到了那個可怕的地方。我把十一號送到他的公寓。他說：「趕快來，我找到了東西。我要回去，發掘過去。」我要請你喝咖啡，但它只是泥土。哦，哦，他死在他的房間裡，然後他的屍體不在殮屍所。』安琪兒修士露出一個讓我駭然退縮的笑容。他只有兩顆牙齒，他的牙齦潰爛。從他嘴裡噴出的氣息連魔鬼都會被薰死。他開始用顫抖的高音唱歌。

龍來到我們的山谷。
燒毀了作物，擄走了姑娘。
他恐嚇土耳其異教徒，保護我們的村落。
他的氣息燒乾河流，我們徒步過河。

「拉諾夫翻譯完，圖書館長伊萬修士有點激動的說了幾句話。他的手仍藏在袖子裡，但他神情喜悅，顯得很感興趣。『他說什麼？』我連忙問。

「拉諾夫搖搖頭。『他說他曾經聽過這首歌。他是從一個叫做狄莫夫的小村，向一個名叫楊卡婆婆的老婦人採集來的，她是村裡首屈一指的歌手，那兒的河流很多年前就乾涸了。他們在那兒舉辦過好幾次慶典，唱古老的歌謠，楊卡婆婆領導所有的歌手。兩天後就有一場這樣的慶典，聖彼特科節，或許你們會想去聽她唱。』

「『更多民謠，』我呻吟道。『請你問龐迭夫先生──安琪兒修士──他知不知道這首歌的意思？』

「拉諾夫以相當大的耐性提出這問題，但安琪兒修士只一味坐在那兒擠眉弄眼，一句話也不說。過了一會兒，我的情緒被沈默繃得非常緊張。『那就請你問他，知不知道伏拉德•卓九勒的事！』我喊道。『穿心魔伏拉德！他是不是埋在這一帶？他有沒有聽過這個名字？卓九勒這個名字？』海倫拉住我手臂，但我已經失控了。圖書館長瞪著我，雖然他似乎不覺得驚慌，拉諾夫對我投來一個我若願意用心體會，或可稱之爲憐憫的眼色。

「但這對龐迭夫的影響卻非常可怕。他臉色一下子變得煞白，眼珠子直往腦後翻，像兩顆藍色的大彈珠。伊萬修士跳起身來，趁他從椅子上摔下來前扶住他，他跟拉諾夫合力把他抬回床上。他真是一團糟，蒼白浮腫的腳從床單底下露出來，手臂軟綿綿的搭在他們脖子上。他們終於把他放平躺好，圖書館長從水壺裡取了些水，灑在那可憐人的臉上。我站著嚇壞了，我沒打算引起他這麼大的痛苦，說不定我已經害死了我們唯一僅餘的消息來源。經過非常漫長的時間，安琪兒修士動了一下，睜開眼睛，但現在他眼神變得充滿野性，像一頭被追獵的野獸般警覺，恐懼的四下看來看去，好像完全看不見我們。圖書館長拍拍他胸口，試著讓他在床上躺得更舒服一點，但老僧人顫抖著把他的手推開。『我們離開他吧，』拉諾夫冷靜的說。『他死不了的——起碼這一次。』我們跟著圖書館長走出房間，大家都沈默不語，受到了懲戒。

「『眞抱歉，』走到讓人心安的明亮院落裡，我說。

「海倫轉向拉諾夫。『請你問圖書館長，他對那首歌還知道些什麼，或它來自哪一座山谷？』

「拉諾夫與圖書館長商議了一會兒，圖書館長看我們一眼。『他說這首民歌來自凱斯拿波良納，也就是東北方山嶺後面的一個山谷。你們可以在這裡住兩天，然後跟他一起去參加聖人祭典。那位老歌手可能知道一點它的來歷——至少她可以告訴你們，她在哪兒學會這首歌。』

「『妳覺得那會有幫助嗎？』我低聲問海倫。

「她嚴肅的看我一眼。『我不知道，但我們只有這條路。既然歌詞裡提到龍，我們應該追查下去。同時我們可以徹底探索一下巴赫科伏，如果圖書館長肯幫忙，也可以使用圖書館。』

「我疲倦的坐在迴廊邊的石凳上。『好吧，』我道。」

68

我心愛的女兒：

這該死的英文！但是當我嘗試用匈牙利文給妳寫信，才幾行，我就知道妳沒在聽。妳在英語中成長。妳父親以爲我已經死了，他把妳舉起來，讓妳坐在他肩頭的時候，總跟妳說英文。他替妳穿鞋子的時候，也跟妳說英文——現在妳穿眞正的鞋子已經好幾年了——他在公園裡牽著妳也說英文，我覺得妳聽不懂我的話。我有很長一段時間沒寫信給妳，因爲我聽不見妳用任何語言聽我說話。我知道妳父親以爲我死了，因爲他從來沒有設法找尋我。如果他嘗試，一定會成功。但他隨便用哪種語言，都聽不見我。

摯愛的母親
海倫•羅熙
一九六二年九月

我心愛的女兒：

不知道多少遍，我一直在默默的對妳說明，妳跟我在一起的開頭幾個月，我們都非常快樂。看到妳睡午覺醒來，妳小身體其他部分開始動作前，小手就開始動，接著妳黑色的睫毛開始拍動，然後妳伸懶腰，妳微笑，把我的心裝得滿滿的。然後有些事情發生了。那不是我身體以外的事，不是外來對妳的威脅。那是我裡面的某種東西。我開始一遍一遍的檢查妳完美的小身體，搜索受傷的痕跡。但傷害其實是在我身上，甚至早在我脖子被刺穿之前，而它怎麼也不可能完全痊癒。我開始害怕碰觸妳，我完美的天使。

我心愛的女兒：

我好像一天比一天更想妳。我在羅馬大學的檔案室裡。過去兩年來，我來過這兒六次。警衛認識我，檔案管理員認識我，對街咖啡廳的侍者也認識我，而且還想多認識我一點，但我冷漠的掉頭就走，假裝不知道他有興趣。這裡的檔案裡有一五一七年瘟疫的紀錄，病故者身上只有一個病灶，就是脖子上紅色的傷口。教皇下令，將他們下葬前要用木棒打穿心臟，嘴裡塞滿大蒜。一五一七年，我試圖把他——實在無從分辨或他僕人行動的軌跡，繪成一幅地圖。這幅地圖，事實上是我筆記本裡的一張清單，已經寫滿了好多頁。但我還不知道能利用它做什麼。我一邊工作，一邊等著找出答案。

摯愛的母親
海倫•羅熙
一九六三年五月

我心愛的女兒：

我已經，差一點就要放棄，回到妳身邊。這個月是妳的生日。我怎能再錯過一個生日？我要馬上回到妳身邊，但我知道如果這麼做，同樣的事還會發生。我會意識到自己的不潔，就像六年前那樣——我會意識到其中的恐怖，我會看到妳的完美。明明知道自己被玷污，怎麼還能接近妳？我有什麼權利碰觸妳光滑的面頰？

摯愛的母親
海倫•羅熙
一九六三年七月

摯愛的母親
海倫‧羅熙
一九六三年九月

我心愛的女兒：

我在阿西西。這些壯濶的大小教堂，攀爬在它們的山上，讓我覺得很絕望。我們本來可以來這兒，妳穿戴著妳的小洋裝、小帽子，我和妳父親，我們牽著手來觀光。然而我卻在修道院圖書館的塵埃裡工作，閱讀一份一六〇三年的文獻。那年的十二月，有兩名僧人死在這裡。他們在雪地裡被發現，僅脖子上有點小傷。我的拉丁文還很夠用，我的錢也可以買到所有口譯、翻譯、洗衣的服務。正如同它可以買到簽證、護照、火車票、假證件。我成長期間完全沒有錢。我母親在農村的時候，連錢長什麼樣子都沒看過。現在我學會，它可以買到所有的東西。不對，不是所有的東西。我想要的東西，不見得都買得到。

摯愛的母親
海倫‧羅熙
一九六三年十月

69

「在巴赫科伏度過的兩天，可說是我這一生最漫長的兩天。我眞想立刻趕去參加預定的慶典，巴不得它馬上到來，於是我們就可以追蹤那首民謠裡的關鍵字——龍——直搗牠的巢穴。但我也害怕我以爲必定是無可避免的那一刻，這條可能的線索也會化爲烏有，跟什麼東西都沾不上邊。海倫已經警告過我，民謠是出了名不可靠的素材；經過許多個世紀，它們的來源無法考證，文本不斷改變演化，歌者通常都不知道歌曲的來歷、有多麼古老。『它們因此成其爲民謠，』她若有所思的說，並替我撫平襯衫的領口。我們坐在修道院的庭院裡，已經是來此的第二天了。她不常做這種家常的親暱小動作，所以我知道她很擔心。我眼睛如火燒，頭也很痛，看看四周的石板地，只見雞群在陽光下覓食。這是個罕見而美麗的地方，對我而言充滿異國情調，我們看著它的生命向前流動，從十一世紀以來都沒什麼變化：雞在啄蟲，小貓在我們腳邊打滾，周圍施作細膩、紅白相間的砌石上，刺眼的陽光在脈動。我卻好像再也不能體會它的美。

「第二天早晨，我醒得很早。我覺得好像聽見教堂的鐘聲，卻無法確定那是否夢境的一部份。隔著稀疏的窗簾，我看見四、五名僧侶經過我房間的窗口，往教堂走去。我穿上衣服——天啊，它現在眞髒，但我沒有心思洗衣服——悄悄沿著迴廊的樓梯，向庭院走去。時間確實很早，外邊天色灰濛濛的，月亮還掛在山頭上。我猶豫著要不要進教堂，在它敞開的門口徘徊著；裡面流洩出燭光和燃蠟燒香的味道，中午看起來黝暗的教堂內部，這種時刻卻顯得溫暖親切。我聽見僧人在念經。憂傷的聲音湧起，像一把匕首刺進我心裡。他們可能也是這麼做的，一四七七年某個朦朧的清晨，基利爾修士、史蒂芬和其他僧人，告別了他們不幸殉難的朋友的墳墓——在納骨堂嗎？——出發，翻山越嶺，捍衛他們馬車上的寶物。但他們走的是哪個方向？我面對東方，然後西方——月亮在那個方向很快的消失了蹤影——然後南方。

「一陣輕風拂動了菩提樹的葉子，過了幾分鐘，我看見第一道陽光從遠方越過山坡而來，照在修道院的牆上。這時公雞才慢半拍的在修道院內某處開始啼叫。這本來應該是極為愉快的一刻，我一直夢想能如此沈浸在歷史之中，然而我已沒有心情享受。我慢慢轉過身，強迫自己用直覺揣想，基利爾修士的行程會選擇哪個方向。外面某個地方有座墳墓——可能——它的位置失傳這麼久，所有相關的知識都已散失。說不定只要徒步一天，或三小時，或一星期。『沒走多遠，也沒出什麼事，』撒卡利亞斯寫道。沒走多遠是多遠？他們究竟去了哪兒？大地開始騷動——蒼翠的山丘、突露的岩石、我腳下的石板庭院、修道院的牧場與農場——但它不肯洩露它的秘密。

「早晨約九點，我們坐拉諾夫的車出發，伊萬修士坐前座，負責帶路。我們沿著河邊的公路走了約十公里，河水就好像消失了，只見一條長而乾涸的峽谷，從路面垂直下降，在山間盤旋曲折。這片風景觸動我的記憶。我推推海倫，她皺著眉頭看我。『海倫，河谷。』

「她臉色一展，伸手拍拍拉諾夫的肩膀。『請你問伊萬修士，河流通往何處。我們在什麼地方，已經過河了嗎？』

「拉諾夫頭也不回，跟伊萬修士說了幾句話，然後回報我們。『他說河到這兒就乾涸了——現在河在我們後面，到我們剛才經過的那條橋為止。這裡很久以前是一條河谷，但現在山谷裡沒有水。』海倫和我默默對望。在我們前方，山谷的盡頭處，我看見兩座山峰鮮明的矗立在群山之上，兩座孤峰，宛如一對稜角明顯的翅膀，在兩峰之間，距我們仍有一段距離，露出一座小教堂的尖塔。海倫猛然抓住我的手。

「幾分鐘後，我們轉進一條泥土小路，四邊只見重山疊巒，跟隨路牌指示，開往那個姑且稱之狄莫夫的村莊。路愈來愈窄，拉諾夫只好把車停在教堂前面，雖然仍然看不見狄莫夫的蹤影。

「殉教者聖彼特科的教堂規模很小，用灰泥建造，滿身風吹雨打日曬的滄桑，孤伶伶佇立在一片草原上，這塊空地在下半年的收穫季，可能要用來曬乾草。兩棵長得彎彎曲曲的橡樹，在教堂上方撐開一點陰涼，教堂旁邊擠著一堆墳墓，我從未見過像這樣的墓園——農夫的墳墓，有的日期可追溯到十八世紀。拉諾夫自豪的解釋道：『這很傳統——類似這樣的地方很多，農村勞工直到今天還葬在這裡。』墓碑有石頭也有木頭，頂端都設計成三角形，很多墓碑下面還擺一盞小燈。『伊萬修士說，慶典要到十一點半才開始。』我們在附近徘徊時，拉諾夫告訴我們。『負責人忙著布置教堂。他可以先帶我們去見楊卡婆婆，然後再回來觀賞其餘的節目。』他緊盯著我們，好像想知道我們對何者比較感興趣。

『他們在做什麼？』教堂旁邊的田野裡，有群男人在忙碌，我指著他們問道。有人拖來木頭——樹幹和粗大的樹枝——集成一堆，有人把磚塊和石頭砌在木材周圍。他們已從樹林裡收集了一大批柴薪。

『過火！』海倫驚呼。

『是的，』拉諾夫面無表情道。『妳知道這種風俗？現代化的保加利亞已經很少見這種儀式了，在這個地區尤其罕見。我只聽說黑海地區還在舉行過火。不過像這種貧窮而迷信的山區，黨仍在致力改善之中。我毫不懷疑，只要假以時日，一定可以完全消除這種行爲。』

『我聽說過這種事，』海倫興奮的轉向我說。『它本來是異教徒的風俗，在巴爾幹半島居民改信基督教以後，成爲基督教風俗的一部份。通常以跳舞爲主，也有步行。我眞高興有機會親眼觀察這樣的儀式。』

「拉諾夫聳聳肩膀，催著我們向教堂走去，但我已看見一個男人站在火堆前面，俯身點火。木柴乾燥易燃，一點就著，火苗竄動，發出呼呼吼聲。不一會兒，火焰就攀升到整堆乾柴的頂端，每根柴薪都冒出熊熊烈焰。連拉諾夫也不由得停下腳步。負責生火的男人退後幾呎，接著又退了幾呎，站著往褲子上擦手。火勢急急竄升，顯得生氣勃勃。烈焰差一點衝到跟旁邊的教堂一樣高，雖然距離尚遠，不至於發生危險。我們看著火舌吞噬豐盛的大餐，直到拉諾夫再次轉身往前走。『他們會讓它燒幾個小時，直到熄滅，』他道。『再怎麼迷信的人也不會趁現在就跳進去。』

「我們走進教堂，一個看來像神父的年輕男人，上前來跟我們打招呼，他臉上堆著殷勤的笑容，跟我們一一握手，並跟伊萬修士誠懇的鞠躬爲禮。『他說，你們來參加他們爲聖人舉行的慶典，他感到很榮幸。』拉諾夫刻板的對我們說。

『請你告訴他，我們能在旁觀禮，也覺得很榮幸。能否請你問他，聖彼特科是什麼人？』

「神父告訴我們，彼特科是本地的殉教者。土耳其人佔領期間，他因不肯放棄信仰而被殺害。當年有另一座教堂，蓋在這片基地上，由彼特科擔任神父，那座教堂被土耳其人燒掉了。但即使在教堂焚毀後，彼特科仍拒絕改信伊斯蘭教。現在這座教堂是後來重建的，他的聖骨保存在老墓窖裡。如今還有很多人到那兒去跪拜。他的聖像和另外兩尊法力強大的聖像，等下要抬去參加環繞教堂和過火的遊行。教堂前面的牆上就有聖彼特科的畫像，他指著身後褪色的壁畫要我們看。畫裡那張滿是鬍子的臉，跟他自己長得其實滿像。等他一切都準備好以後，請我們再來參觀教堂。也歡迎我們參觀墓園，並接受聖彼特科的祝福。從外國來此，請他解除疾病或痛苦的朝聖者大有人在，我們並非第一批呢。神父對我們露出親切的微笑。

「我透過拉諾夫問他，有沒有聽說過一個叫聖喬治的修道院。他搖搖頭。『最近的修道院是巴赫科伏，』他道。『有時其他修道院的僧人會來朝聖，但是不常見——那是很久以前的事了。』我猜他的意思是說，共黨掌權後，朝聖活動就中斷了。我打算等回到索非亞之後，再向斯托伊契夫請教這方面的情形。

『我請他幫我們找楊卡婆婆，』聊了一會兒，拉諾夫道。神父知道楊卡婆婆的住處。他很願意陪我們同去，但教堂已關閉了好幾個月——他只有假日來此——所以他和他的助手還有很多事要忙。

「村子就在教堂所在的草原下方一個小山凹裡，這是我在東歐僅見最小的社區：充其量十五棟房屋，密集的擠在一塊兒，周圍種著蘋果樹，還有茂盛的蔬菜園，僅容馬車通行的狹窄泥土路，搭著木欄的古井上掛了一個水桶。這個地方完全看不見現代化或二十世紀的痕跡，使我非常驚訝。顯然新的世紀還沒有來到這裡。我在一棟石頭房子旁，看見小菜園裡有個白色的塑膠水桶時，竟然有受騙的感覺。這些房屋都好像從成堆的灰色岩石裡長出來的，上層結構雖糊上灰泥，卻像是事後才想到的補救措施，家家戶戶屋頂鋪著光滑的石板瓦。不過有幾棟房子的牆面，用古老而美麗的木柱裝飾，帶有濃厚的都鐸式建築風情。

「我們走上狄莫夫唯一的街道，很多人從住宅或穀倉走出來，跟我們打招呼——主要是老人，他們的體型大多因辛苦勞動而嚴重的變形，婦女長著奇形怪狀的羅圈腿，男人背脊向前彎，好像永遠扛著看不見的重擔。這些人有棕色的臉，紅色的面頰——他們露出微笑或高聲問好時，我看見沒有牙齒的牙齦或閃爍的金牙。起碼有牙醫照顧他們，我想道，雖然很難想像牙醫在哪兒、如何作業。有幾個人走上前來，對伊萬修士鞠躬，他祝福他們，同時問了幾個問題。我們在一小群人簇擁下，走到楊卡婆婆家，這些人之中最年輕的，可能都有七十歲了，不過後來海倫告訴我，這些農民實際上可能比我估計的要年輕個二十歲。

「楊卡婆婆的房子很小，充其量能稱之爲一棟小茅屋，斜斜倚靠著一個小穀倉。她自己也跑到門口來看外面有什麼事；我第一眼看到的就是她紅花頭巾上的亮點，然後是她的條紋背心和圍裙。她探頭出來看我們，有幾個其他村民喊她的名字，使得她用很快的速度不斷點頭。她臉上的皮膚呈桃花心木的顏色，長著尖尖的鼻子和下巴，她的眼睛——我們愈走愈近，看得愈清楚——應該是褐色，卻藏在無數層皺紋裡看不見。

「拉諾夫高聲對她吆喝了幾句話——我只能希望他沒說什麼頤指氣使或不敬的話——她瞪著我們看了幾分鐘，便把木門關上。我們靜靜在門外等候，門再打開時，我發現她並不像我想像的那麼嬌小；她有海倫肩膀那麼高，謹慎的臉上有雙快樂的眼睛。她先親吻伊萬修士的手，我們則跟她握手，最初她似乎對這種動作有點困惑。然後她就發著噓噓聲，把我們通通趕進屋裡去，好像我們是一群亂跑的雞。

「她的房子內部非常簡陋，但很乾淨，我注意到她在刷洗、打磨過的桌子上，插了一瓶新鮮的野花做裝飾，心中油然掀起一陣同情的悸動。海倫母親的房子，跟這間整潔、破舊的房子比起來，可以算是華廈了。

牆上釘著一具通往二樓的梯子，我很好奇楊卡婆婆怎麼爬樓梯，但她精神奕奕的在屋裡走來走去，我不久就覺悟她其實並不老。我悄聲告訴海倫我的心得，她微微頷首，也低聲答道：「頂多五十歲吧。」

「這對我是一種全新的衝擊。我自己的母親在波士頓，現年五十二歲，但她看起來像這個婦人的孫女。楊卡婆婆的手粗糙而扭曲，腳步卻很輕盈；我看著她爲我們端來蓋著布的盤子，在我們面前排放玻璃杯，眞不知道她一輩子用那雙手做了什麼事，使它們變成那種樣子。砍樹，有可能，劈柴、收割、無分寒暑不斷操勞。她在忙碌中還偷眼看我們一、兩次，每看一眼都送上一個一閃即逝的微笑，終於她爲我們倒飲料——一種濃稠的白色液體——拉諾夫一飲而盡，用手帕擦擦嘴，對她點點頭。我有樣學樣，卻發現這玩意兒差點要了我的命；它喝起來微溫，滋味跟穀倉的地板一樣。我盡量不在楊卡婆婆對我眨眼睛的時候，露出明顯的噁心表情。海倫雍容自如的把她那一份喝掉，楊卡婆婆拍拍她的手。『羊奶調水，』海倫對我說。『把它當作奶昔就沒錯了。』

『我現在要問她願不願意唱歌，』拉諾夫對我們說。『那是你們要的，不是嗎？』他跟伊萬修士商量了一會兒，伊萬轉向楊卡婆婆。她向後退縮，拼命的點頭。不要，她不要唱歌；很明顯，她不願意。她對我們示意，並把手藏在圍裙底下。但伊萬修士很堅持。

『我們先請她唱任何她想唱的歌，』拉諾夫解釋。『然後你們可以向她詢問你們感興趣的那首歌。』

「楊卡婆婆好像終於屈服了，我不知道她所有的抗拒是否都是種表示謙遜的儀式，因爲她已經又開始微笑了。她嘆口氣，從破舊的紅花襯衫底下挺起肩膀。她毫不做作的看我們一眼，張口便唱。從她嘴裡發出的聲音令人吃驚；一開始時無比的洪亮，桌上的杯子喀喀作響，門外的人——似乎半個村子的人都聚集了——也紛紛探頭進來。歌聲在牆壁之間和我們的腳下來回震盪，破舊的爐子上方掛的一串串洋蔥和辣椒也搖來晃去。我偷偷握住海倫的手。第一個音符讓我們震撼，接著第二個，每個音都悠長緩慢，聲聲都是受盡剝削的絕望哀嚎。我憶起那個寧願跳下懸崖，也不要做巴夏妾侍的少女，不知這首歌是否有相同的背景。但奇怪的是，楊卡婆婆唱每個音符都面帶笑容，一邊大口吸氣，一邊面露得色看著我們。我們在驚異中沈默，靜靜聆聽，直到她忽然停止；最後一個音符卻似乎仍在小屋裡縈繞迴盪，停不下來。

「『請你要她告訴我們歌詞，』海倫道。

「經過明顯的掙扎——但笑容不減——楊卡婆婆才同意複述歌詞，讓拉諾夫翻譯。

垂死的英雄躺在青山上。
垂死的英雄，身上有九處傷。
哦老鷹，請你飛到他身旁告訴他，
他的部下都平安，
英雄身上有九處傷，
唯有第十個人能殺死他。

「楊卡婆婆講完，幫拉諾夫釐清了一些疑點，仍帶著微笑，並豎起一根手指，對著他搖晃。我覺得如果拉諾夫在她家做錯任何事，她就會打他屁股，勒令他直接上床睡覺，不准吃晚餐。『問她這首歌有多古老，』海倫提醒他：『還有她是在哪兒學會的。』

「拉諾夫提出問題，楊卡婆婆笑得前仰後合，對著肩膀後面比手勢，用力揮手。拉諾夫也笑了起來。『她說這首歌跟山一樣老，連她的曾祖母都不知道它有多老。她是跟她的曾祖母學的，她曾祖母活到九十三歲。』

「接著楊卡婆婆有個問題要問我們。她定睛看著我們，我發現她有雙漂亮的眼睛，久經風吹日曬成爲杏仁的形狀，眼珠是金棕色，幾乎是琥珀色，被紅色的頭巾襯托得格外明亮。我們告訴她，我們來自美國時，她點著頭，顯然不怎麼相信。

「美國？」她思索著。『一定是在山的那一頭。』

「『她是個很無知的老婦人，』拉諾夫補充道。『政府正在盡力提升這裡的教育水準。這是非常重要的優先政策。』

「海倫早已取出一張紙，這時她握住老婦人的手。『問她是否知道一首像這樣的歌——你必須翻譯給她聽；「龍來到我們的山谷。燒毀了作物，擄走了姑娘。」』拉諾夫把話傳給楊卡婆婆。她專注的聽了一會兒，忽然露出恐懼和不悅的神色；她瑟縮在木椅上，以很快的速度在身上畫十字。『Ne！』她大聲說，從海倫手中把自己的手抽回去。『Ne，ne。』

「拉諾夫聳聳肩膀。『妳懂吧。她不知道這首歌。』

「『她當然知道，』我低聲說。『問她爲什麼害怕告訴我們這首歌的詳情？』

「這次老婦人的表情變得很嚴肅。『她不要談，』拉諾夫道。

「『告訴她，我們會給她獎賞。』拉諾夫再度挑起眉毛，但他還是對楊卡婆婆開出條件。『她說我們必須把門關起來。』他默不作聲站起來，關上門，拉起木製遮陽版，擋住站在街上的觀眾的視線。『現在她可以唱了。』

「楊卡婆婆唱第一首歌時的表現，和唱這首歌時可說有天壤之別。她坐在椅子上，整個人好像萎縮了，縮在椅子的一角，眼睛看著地板。看不到愉快的笑容，琥珀色的眼睛盯著我們的腳。她唱出來的旋律非常悲傷，雖然最後一句歌詞在我聽來有反抗的意味。拉諾夫翻譯得很仔細。我不禁再次懷疑，他這麼配合的動機何在？

龍來到我們的山谷。

燒毀了作物，擄走了姑娘。
他嚇跑土耳其異教徒，保護我們的村落。
他的氣息燒乾河流，我們徒步過河。
現在我們必須保護自己，
龍曾經保護我們，
但現在我們要提防他。

「『怎麼樣？』拉諾夫道。『你們就是要聽這個？』
「『是的，』海倫拍拍楊卡婆婆的手，老婦人開始嘰哩咕嚕的咒罵。『問她這首歌從哪裡來，爲什麼她害怕它。』海倫要求。
「拉諾夫花了好一會兒，才從楊卡婆婆的埋怨聲中整理出答案。『這首歌是她偷偷跟她曾外婆學的，她告訴楊卡，絕不可以在天黑以後唱這首歌。這是一首帶來厄運的歌。它聽起來很幸運，事實上很不幸。這裡沒有人唱這首歌，只除非是聖喬治節。唯一那一天，可以安全的唱這首歌，不會招來厄運。她希望你們這麼做不會害死她的母牛，或發生更可怕的事。』
「海倫微笑道：『告訴她我要給她獎勵，一件可以把所有厄運趕走，帶來好運的禮物。』她打開楊卡婆婆的手，把一枚銀幣放進她手心。『這本來屬於一位非常虔誠的智者，他把它送給妳，讓它保護妳。上面有偉大的保加利亞聖人伊萬•李拉斯基的像。』我一聽就知道，這一定是斯托伊契夫塞到海倫手裡的那件東西。楊卡婆婆對著它看了一會兒，用粗糙的手拿著它翻來覆去察看，然後把它湊到唇邊，親吻一下。她把銀幣塞進圍裙的某個秘密口袋。『Blagodarya，』她道。她也吻了海倫的手，然後就坐在那兒撫摸那隻手，好像找到一個失散多年的女兒。海倫再度轉向拉諾夫道：『請你問她，是否知道這首歌的意義，它來自何處。

爲什麼他們要在聖喬治節唱它。』

「楊卡婆婆聽了問題，聳聳肩膀。『這首歌沒有意義。就只是一首帶來厄運的老歌。我曾外婆告訴我，有人相信它來自一所修道院。但那是不可能的，因爲僧侶不唱這種歌——他們唱歌都是爲了讚美上帝。我們在聖喬治節唱它是因爲它邀請聖喬治來屠龍，結束龍對人民的折磨。』

「『哪座修道院？』我喊道。『問她有沒有聽過一座叫做聖喬治的修道院，很久以前消失的那座。』

「但楊卡婆婆一味的點頭——沒有——然後咂咂舌頭。『這裡沒有修道院。修道院在巴赫科伏。我們只有一座教堂，我跟我妹妹今天下午要在那裡唱歌。』

「我呻吟一聲，要求拉諾夫再試一遍。這次連他也開始嘖嘖有聲咂舌頭。『她說她不知道什麼修道院。這裡從來沒有修道院。』

「『聖喬治節是哪一天？』我問。

「『五月六日，』拉諾夫傲視我道。『你們晚來了幾個星期。』

「我默然無言。但這時楊卡婆婆又高興起來了。她跟我們握手，吻了海倫，逼我們承諾下午一定去聽她唱歌——『有我妹妹會更好。她唱第二部。』

「我們告訴她，我們一定到場。她堅持要請我們吃午餐，從我們進門開始，她就在做飯；那頓飯包括馬鈴薯和一種粥，加上更多我估計只要再多住幾個月、我就一定會漸漸適應那種怪滋味的羊奶。我們盡可能滿懷感激的進食，再三稱讚她的烹飪技術，直到拉諾夫告訴我們，如果不想錯過慶典的開頭，就必須回教堂去爲止。楊卡婆婆依依不捨跟我們分手，用力捏我們的手和手臂，還拍拍海倫的臉。

「教堂旁邊的篝火已經差不多燒完了，焦炭上只剩幾根木頭還冒出火焰，被午後的陽光照成白色。早在鐘聲響起以前，村民已開始在教堂附近聚集。小小的石砌鐘塔頂端，傳出連綿不絕的鐘聲，年輕的神父走到門口。他換上金、紅二色的法袍，袍子上罩一件繡花披肩，帽子上垂下一條黑色的披巾。他手拿一個繫著金鍊、煙霧裊裊的香爐，站在教堂門外，向三方搖盪。

「人已聚集了很多——跟楊卡婆婆一樣穿條紋配大花圖案的服飾，或從頭到腳一身黑的婦女，穿褐色粗羊毛背心與長褲、領口繫繩或扣鈕釦的白襯衫的男人——神父出現時，他們紛紛後退。他走到人群中間，畫著十字祝福他們，有些人在他面前低下頭或躬著腰。從他身後走出一個年紀較大的人，僧人打扮，穿一身黑，我猜是他的助手。那個人手中抱著一尊披掛紫色絲綢的神像。我瞄了一眼——僵硬、蒼白、黑眼睛。我想那一定是聖彼特科。村民默默跟著神像繞著教堂遊行，形成一道川流不息的人環，很多人拄著枴杖，或靠較年輕的人扶持。楊卡婆婆找到了我們，驕傲的挽著我手臂，好像向她的鄰居炫耀她的關係多麼好。所有的人都瞪著我們看；我想我們獲得的注意至少跟神像一樣多。

「兩名神父不發一言，帶著我們繞到教堂後面，然後轉往另一側，在那兒我們可以看到不遠處的火圈，聞到餘燼裡升起的煙味。火焰無人照顧，逐漸熄滅，最後幾塊大木頭和樹枝燒成了暗橘紅色，其他木柴都燒成了焦炭。我們一共繞教堂走了三圈，然後神父再次在教堂門口停下腳步，開始誦經，有時他年長的助手會跟他應答，有時會眾喃喃附和，在身上畫十字或鞠躬。楊卡婆婆放開我手臂，但仍站在我們附近。我注意到，海倫懷著濃厚的興趣觀察這一切，拉諾夫也一樣。

「這場戶外儀式結束時，我們跟著會眾走進教堂，看過外面燦爛的田野與樹林，裡面黑得就像墳墓一樣。這座教堂很小，但室內的比例很精緻，遠非我們看過的一些較大教堂所能及。年輕的神父把聖彼特科的神像安放在台前的木雕基座上，那是個尊榮的位置。我看到伊萬修士在祭壇前躬身行禮。這兒照例沒有設長椅，大家或站或跪在冰冷的石板地上，幾個老婦人在教堂中間行五體投地之禮。兩側牆上有很多神龕，裡面畫著壁畫，或供著神像，其中有一處，只見一個黑洞洞的開口，我想大概是通往墓窖。不難想像許多世紀以來，農民都在這座教堂，以及在它之前佇立這塊土地上、更古老的那座教堂裡做禮拜。

「經過彷彿永恆那麼久的時間，誦經聲終於停下來。會眾再度躬身行禮，陸續走出教堂，有些人在各處停下腳步，親吻聖像或點燃蠟燭，他們將蠟燭插在入口附近的燭台上。教堂的鐘響起，我們又隨著村民走到戶外，出乎意料的迎面撞見陽光、微風和明亮的田野。幾棵樹下已布置好一張長桌，婦女掀開桌上一盤盤食物的蓋子，從陶壺裡倒出一些東西。這時我才看到，教堂這一側還有第二個篝火，這個規模比較小，烤肉叉上掛著一頭羊。兩個男人不斷讓它在炭火上轉動，香氣使我不由得唾液加速分泌。楊卡婆婆親自替我們盛滿盤子，把我們帶到一塊遠離人群的毯子上就坐。我們在那兒見到她妹妹，長得跟她一模一樣，只是比較高一點、瘦一點，我們一起大啖美味的食物。就連小心翼翼把穿著都市服裝的雙腿擱在毛毯上的拉諾夫，也顯得很滿足。其他村民走過來，跟我們打招呼，詢問楊卡婆婆和她妹妹什麼時候唱歌，她們以歌劇名伶的派頭，揮手擋開這些人的關注。

「羊肉通通吃完，婦女在木桶裡洗碗時，我注意到有三個男人取出樂器，準備演奏。其中有個人拿著一種我在近距離見過最古怪的樂器——一個用清潔的白色動物毛皮縫製的袋子，伸出許多根木頭管子。那顯然是一種風笛，拉諾夫告訴我，那是保加利亞的古樂器，用山羊皮製作，名叫蓋伊達（gaida）。把它抱在懷裡的老人，慢慢將它吹成一個大氣球；這段過程足足花了十分鐘，完成時他已經滿臉通紅。他把它夾在腋下，然後對管子中的一根吹氣，在場的人紛紛鼓掌叫好。它的聲音也很像動物鳴叫，羊咩鳥鳴雞啼，海倫不禁笑了起來。『你知道，』她告訴我說：『全世界凡是有畜牧業的文化都有各自的風笛。』

「老人隨即開始演奏，過了一會兒，他的朋友陸續加入。一個人吹一支很長的橫笛，笛聲像一條流動的絲帶，圍繞著我們打轉，另一個人用一根有襯墊的小棍，敲一面軟皮小鼓。有些婦女跳起身，排成一列，一個男人拿著一條白手帕，像我們在斯托伊契夫家看到的那樣，帶領她們在草原上舞動。太老或病弱無法跳舞的人，坐著露出一口爛牙或空空如也的牙齦微笑，有人拍打身旁的地面，也有人用枴杖打拍子。

「楊卡婆婆和她妹妹安靜的待在原位，好像還沒到她們出場的時機。她們一直等到吹奏橫笛的人叫她們過去，對她們招手、微笑，接著觀眾也開始召喚她們，然後她們裝出不情願的樣子，好一會兒才立起身，牽著手登場，站在樂手旁邊。所有的人都安靜下來，蓋伊達奏了一段前奏。兩名老婦人開始歌唱，她們的手環抱著對方的腰，她們發出的聲音——一種讓人迴腸盪氣的和諧聲音，粗獷而美麗——彷彿來自同一具身體。蓋伊達的音量圍繞著它逐漸升高，這三種聲音，兩個女人和一頭山羊的聲音，一起向上提升，散落在我們四周，像是大地本身的吟哦。海倫的眼睛裡忽然盈滿淚水，這非常不像平日的她，我當著所有人的面，伸臂攬住她。

「兩個女人唱了五、六首歌，每首歌結束的時候，大家都會喝采，但忽然所有人都站起身來——我看不出有什麼特別的信號，直到看到神父再次走過來。他手中抱著換上紅絲絨披掛的聖彼特科神像，身後跟著兩個男孩，他們都穿深色長袍，手中各抱一尊披掛白色絲綢的聖像。這個行列排開眾人，向教堂的一側走去，樂隊跟在後面，奏出一首憂傷的樂曲，他們在教堂與大火圈之間停下腳步。火已經完全熄滅；只剩滿滿一圈的餘燼，像地獄般紅熱深沈。幾縷青煙不時升起，好像底下有某種活物在呼吸。神父和他的幫手站在教堂外牆旁邊，把他們的鎮堂之寶捧在面前。

「最後音樂家開始演奏一首新的曲子——在我聽來是既活潑又莊嚴——一個接一個，能跳舞，或最起碼能走路的村民，排成一長列，慢慢的繞火而行。人龍盤繞到教堂前面時，楊卡婆婆和另一名婦人——這次不是她妹妹，而是一個看起來更受歲月摧殘，翳障的眼睛幾乎已經瞎了的婦人——走上前來，向神父和聖像躬腰行禮。她們脫下鞋襪，慎重其事放在教堂台階上，親吻聖彼特科凜然不可親近的臉，接受神父的祝福。神父的年輕助手把聖像分別交到婦人手中，取下絲綢蓋布。樂聲更響亮；蓋伊達樂手滿身大汗，臉色通紅，臉頰鼓得老大。

「接著，楊卡婆婆和那名眼睛長翳的婦人舞動著向前，腳步一點沒有差錯，然後，就在我摒住呼吸，不敢動彈，凝神觀看的當兒，她們光著腳跳進了火堆。兩個女人進入火堆時，都把神像捧在面前；兩人都高抬著頭，莊嚴的望向另一個世界。海倫的手抓緊我的手，直到我的手指作痛。她們的腳在熱炭裡忽上忽下，撩起點點紅豔的火星；我看到楊卡婆婆的條紋長裙邊緣一度冒煙。她們跟著鼓聲與風笛的神秘節奏，從餘燼中舞過，在火圈裡分別走不同的方向。

「她們進入火圈時，我一直沒機會看清她們手中的聖像，但現在我看到其中的一尊，盲婦人手捧的是聖母瑪麗亞，懷中抱著孩子，頭被沈重的冠冕壓得向一邊微側。我還看不見楊卡婆婆捧持的聖像，直到她繞行完火圈一周回頭。楊卡婆婆的臉令人吃驚，她眼睛睜得極大，眼神呆滯，嘴唇鬆弛下垂，粗糙的皮膚因高熱而閃閃發亮。她捧在手中的神像想必非常古老，跟聖母像一樣，但隔著煙薰的污痕和蒸騰的熱氣，我還是清楚的看見它的形狀：它顯示兩個形體，面對面，以它們自己的方式舞踊，兩個同樣怵目驚心、令人畏懼的生物。一個是身穿盔甲、披紅斗蓬的武士，另一個是一條有捲曲長尾巴的龍。」

70

我心愛的女兒：

我現在在拿坡里。今年我要嘗試用更有系統的方法搜尋。拿坡里在十二月很溫暖，我很慶幸這一點，因爲我得了重感冒。離開妳以前，我從不知道寂寞的滋味，因爲沒有人像妳父親愛我那麼愛過我——妳也會一樣的愛我，我想。現在我孤伶伶的在圖書館裡，邊擤鼻涕邊做筆記。我不知道可曾有人像我在那個圖書館，或在我旅館房間時一樣的孤單。我在公共場所都圍上絲巾或穿高領襯衫。我獨自吃午餐時，有人對我微笑，我也微笑回應。然後我就把頭轉開了。不適合跟我接近的人不僅是妳而已。

摯愛的母親
海倫
一九六三年十二月

我心愛的女兒：

雅典又髒又吵，我在中世紀希臘研究所取得我需要的文獻遇到困難，那個機構簡直跟它的藏書一樣中世紀作風。但今天早晨，我坐在衛城上，幾乎可以想像有朝一日我們的分離會結束，我們一塊兒——說不定妳已經長大成女人——坐在這些倒落的石塊上，遠眺市區。我來猜猜看：妳會長得很高，就像我，像妳的父親，一頭烏雲似的黑髮——剪很短或編一條粗粗的辮子——戴太陽眼鏡，方便走路的鞋子，說不定頭上綁條絲巾，如果風跟今天一樣大。我會變成滿臉皺紋的老太婆，以妳爲榮。咖啡廳的侍者不會再看我，而是盯著妳看，我會得意的呵呵笑，而妳父親會從報紙上方怒目瞪著他們。

摯愛的母親

海倫

一九六四年二月

我心愛的女兒：

昨天衛城給我太多想像，所以今天早晨我又去了一趟，只爲了寫信給妳。但我一在那裡坐下，眺望城市，脖子上的傷口就開始抽搐，我猜想附近有那魔頭的爪牙快要追上我了，害我只能不斷在遊客群中張望，找尋可疑對象。我不懂那惡魔怎麼隔了這麼久都還沒有找到我。我等於已經是他的獵物，受了污染，對他隱約有點期待。他爲什麼還不行動，讓我不要再受這種苦？但一想到這一點，我就知道我必須繼續抵抗他，把所有的符咒帶在身上，防禦我自己，找到他無數的藏身之所，希望在其中某個地方找到他，趁他完全沒有防備時逮著他，或許我能破天荒的消滅他。我失去的天使，妳，就是我這麼拼命努力背後的原動力。

摯愛的母親

海倫

一九六四年三月

71

「一看到楊卡婆婆手中的神像，我不知道是誰先發出驚呼，我或海倫，但我們都立即壓抑住自己的反應。拉諾夫在不到十呎外，靠著一棵樹站著，讓我鬆口氣的是，他面對遠處的山谷，一副很無聊又看不起這場面的模樣，手裡正忙著點煙，顯然沒注意到那尊神像。不一會兒，楊卡婆婆就轉身背對我們，跟另一名婦人一起，以那種充滿活力而莊嚴的舞步，跳出火圈，向神父走去。她們把神像交還給兩個男孩，他們立刻把布巾蓋回去。我繼續留心拉諾夫。神父爲兩名老婦祝福，然後由伊萬弟兄把她們帶開，給她們喝水。楊卡婆婆從我們面前走過時，對我們投來自豪的眼光，紅著臉，滿面笑容，好像想要擠眉弄眼，海倫和我出於相同的敬畏之情，對她一鞠躬。她經過時，我注意看她的腳；粗糙的赤腳完全沒有受傷，另一名婦人也一樣。只有她們的臉色在火堆熱度下，透出陽光曝曬過度般的焦紅。

『龍，』我們注視她們時，海倫低聲對我說。

『是的，』我道。『我們必須查出他們把那座神像收藏在哪兒，它的年代有多老。來吧，神父答應要帶我們參觀教堂的。』

『拉諾夫怎麼辦？』海倫沒有轉頭張望。

『只好禱告他不會想跟我們來了，』我道。『我想他沒看見那尊神像。』

「神父走回教堂，人群也開始散開。我們慢慢跟在他後面，看見他正要把彼特科聖像放回它專屬的基座上。其他兩尊聖像不見蹤影。我鞠躬向他致謝，用英語告訴他這儀式很美，加上揮手和指向外面的動作。他似乎很高興。然後我比著周圍的教堂，挑起眉毛。『可以帶我們參觀嗎？』

『參觀？』他皺了一下眉，再次露出笑容。等一下——只需等他換下法袍。他換上日常穿的黑袍回來，愼重其事的帶我走到每一個凹龕，指著每一尊「ikoni（神像）」、「Hristos（基督）」和其他我們勉強可以理解的東西。他好像對這地方和它的歷史非常熟悉，只可惜我們聽不懂。最後我問他，其他聖像放在哪裡，他指著我稍早看到過的，教堂一側的小禮拜堂牆上，那個黑黝黝的門洞。神像顯然已經放回地窖裡，那是儲藏它們的地方。他熱心的取來燈籠，帶著我們往下走。

「石階很陡，從底下吹上來的陣陣冷風，使教堂相形之下覺得很溫暖。尾隨神父的燈籠，小心翼翼往下探路時，我緊緊握住海倫的手，燈籠的光線照見我們四周古老的石塊。但下面那個小房間並非全然那麼黑暗；兩座燭台在祭壇前照耀，過了一會兒，在黯淡的光線下，我們逐漸看出，那不是什麼祭壇，而是一具雕琢精美的聖骨箱，上面鋪著一幅繡工繁複的紅色織錦，但沒有把它完全罩住。那兩座聖像就擺在箱上的銀盒裡，聖母和——我走上前一步——龍與武士。『聖彼特科，』神父輕觸一下聖骨箱，愉快的說。

「我指著聖母，他告訴我們一些事，話中提到巴赫科伏修道院字樣，但我們只聽得懂那麼多。然後我指向另一尊神像，神父露出微笑。『聖喬治，』他指著武士說。然後又指著龍說：『卓九勒。』

『那個字本來的意思就是龍，』海倫提醒我。

「我點點頭。『我們怎麼問他這件神像有多老？』

「『Star？Staro？』海倫亂猜。

「神父搖搖頭表示聽懂了。『Mnogo star，』他表情肅穆的答道。我們看著他。我舉起一隻手，一根一根指頭比著數字。三？四？五？他露出微笑。五。五根手指——大約五百年。

「『他認為那可能是十五世紀的作品。』海倫到。『天啊，怎麼問他這件神像是從哪裡來的呢？』我指指神像，對周圍的地窖做個手勢，再指指上面的教堂。但他理解之後，做出一個全世界通行、表示不會作答的姿勢；他的肩膀和眉毛一起抬起，然後落下。他不知道。他好像想要告訴我們，這尊神像放在聖彼特科已經好幾百年——除此之外，他就不知道了。

「最後，他微笑著轉過身，我們準備跟著他和他的燈籠，一起沿著陡峭的階梯走回上面。這時我們本來已經宣告完全放棄，準備永遠離開這地方，但海倫高跟鞋的細跟卻卡在石板縫隙裡。她氣惱的低呼一聲——我知道她這趟出門沒有帶別雙鞋子——我連忙蹲下身去幫忙。神父幾乎走不見了，但聖骨箱旁邊的蠟燭，提供足夠的光線，讓我看見就在海倫腳邊，最後一級台階的立面上，雕刻了一個圖案。那是一條小小的龍，雕工很粗糙，卻一望即知不會錯，絕對跟我書裡那條龍一模一樣。我跪在石板上，用手撫摸它的線條。我對它已經那麼熟悉，那條龍好像我親手雕刻的一般。海倫也在我身旁蹲下，忘了她的高跟鞋。『我的天，』她道。『這是什麼地方？』

『聖喬治，』我緩緩道。『這裡一定就是聖喬治。』

「她在幽晦的光線裡凝神看我，頭髮垂在眼睛前面。『但這座教堂是十八世紀興建的，』她反駁道。然後她臉色一展：『你認爲——』

『很多教堂都蓋在古老的地基上，不是嗎？我們知道，這座教堂是在土耳其人焚燬原始的教堂後重建的。但它難道不可能是修道院的教堂，隸屬一座很久以前，被所有人遺忘的修道院？』我在興奮中仍悄聲低語。『它可能在好幾十年，甚至好幾百年後重建，重新根據人們記得的殉教者命名。』

「海倫驚懼的轉過身，看著我們身後的黃銅聖骨箱。『你也認爲——』

『我不知道，』我說得很慢。『在我看來，他們把一具聖骨跟另一具混淆的可能性不大，但是依妳看，那個箱子有多久沒打開了？』

『看起來不夠大，』她道。她好像再也說不出話來。

『確實不夠大，』我同意：『但我們必須試試看。起碼我一定要試。我要妳置身事外，海倫。』

「她質疑的瞪我一眼，好像對於我竟然會有把她遣開這種念頭，感到十分不解。『闖入教堂，褻瀆聖人墓穴，是非常嚴重的罪名。』

「『我知道，』我道。『但萬一這根本不是聖人的墓穴怎麼辦？』

「燭光明滅，陰森、冷，散發出熱蠟和泥土氣味的渾沌裡，有兩個我們叫不出口的名字。其中一個是羅熙。

「『現在動手嗎？拉諾夫恐怕正在找我們，』海倫道。

「我們從教堂走出來時，周圍的樹影拉得很長，拉諾夫果然在找我們，臉色很不耐煩。伊萬修士站在一旁，不過我注意到他們幾乎互不交談。『你午覺睡得好吧？』海倫客氣的問道。

「『該回巴赫科伏了，』拉諾夫說話又恢復簡單扼要；我不知道此行看來一無所獲，是否讓他很失望。『我們明天一早回索非亞。我在那裡還有事。希望你們的研究做得很滿意。』

「『差不多了，』我道。『我想再去拜訪一下楊卡婆婆，謝謝她的幫忙。』

「『好吧，』拉諾夫顯得很不高興，但他還是一馬當先，帶我們回到村裡，伊萬修士默默走在我們旁邊。金色夕照裡的街道很安靜，到處傳來烹煮食物的味道。我看到一個老人走到村子中央的抽水機那兒，裝滿一桶水。楊卡婆婆居住的小巷盡頭，有群山羊和綿羊正被趕回柵欄；牠們哀婉的咩咩叫著，在房舍之間挨挨擦擦，跟著牧羊童繞過街角而去。

「楊卡婆婆看到我們很高興。我們透過拉諾夫向她道賀，稱讚她美妙的歌聲和過火的舞技。伊萬修士默默的用手勢為她祝福。『妳為什麼不會被灼傷？』海倫問她。

「『哦，那是上帝的力量，』她輕聲道。『之後我完全不記得發生了什麼事。有幾次，事後我會覺得腳很熱，但我從來沒有燙傷過。這對我而言，是一年當中最美好的一天，雖然大部分過程我都不記得。以後的好幾個月，我都會像湖水一樣平靜。』

「她從碗櫃裡取出一個沒有標籤的瓶子，替我們倒了幾杯清澈的褐色液體。瓶子裡泡著一根長長的草，拉諾夫解釋說那是一種香草，用來加味。伊萬修士謝絕不喝，但拉諾夫接過去一杯。喝了幾口，他就用荊棘般充滿敵意的口吻，向伊萬修士質問一些事。他們不久就爭執起來，我們聽不懂，不過我常聽到 politicheski 這個字。

「我們坐著旁聽了一會兒，我打斷拉諾夫，請他幫忙詢問能否借用楊卡婆婆的廁所。他嘿嘿冷笑幾聲。我看他已經完全恢復本性了。他道：『我恐怕這裡的廁所不怎麼好用。』楊卡婆婆也笑了幾聲，指指後門。海倫說她也要去，她要跟我一起去。楊卡婆婆後院裡的廁所，比她的茅屋更破落，但足夠寬敞，可以掩飾我們閃過樹木與蜂巢，竄出後門的身影。四下無人，但我們走在路上，仍裝出散步的模樣，然後躲到樹叢後面，一溜煙爬上山坡。叨天之幸，已籠罩在黑暗中的教堂，附近也沒半個人影。只有樹下的過火坑，還透出隱約的紅光。

「我們根本沒費事去試前門，因爲從大路上看得見那兒；我們轉到後門去。那兒有扇矮窗，窗裡紫色窗簾是拉上的。『從這裡可以進到教堂，』海倫道。木窗只是拴著，沒有上鎖，我們花點力氣就把它弄開，爬了進去，然後把身後的窗戶和窗簾都小心關好。腳步站定，我就發現海倫說得沒錯，我們進入的地方是聖壇的後進。『這兒女人不准進來，』她壓低聲音道，但她邊說邊用學者的好奇眼光四下打量。

「聖壇的後進幾乎完全被一座很高的祭壇佔據，祭壇上鋪著精美的布罩，布置著蠟燭。兩本看起來非常古老的書，放在旁邊一座黃銅架上，牆壁上有掛鉤，掛著我們稍早看見神父穿的那套華麗禮服。每一件東西都安靜無聲，讓人油然感到畏懼。我找到神父走到會眾面前使用的小門，我們滿懷罪惡感的推開門，走進黑暗的本堂。狹長的窗戶裡透進來些許光線，但所有的蠟燭都已熄滅了，可能是爲了預防火警。我摸索了一會兒，才在架上找到一盒火柴。我爲我們兩人各挑了一個枝狀燭台，將上面的蠟燭一一點燃。然後我們小心翼翼的摸著樓梯，拾級而下。『眞不喜歡這樣，』我聽見海倫在身後喃喃道，但我知道她無論如何都不會放棄。『你想拉諾夫要等多久才會開始想念我們？』

「那個地窖是我畢生到過最黑暗的地方，所有的蠟燭全都熄滅了，我非常慶幸我們帶來了兩個光圈。我用帶來的蠟燭，點亮了這地方原來的蠟燭。燭光亮起，映著聖骨盒上的金色刺繡反光。我的手開始顫抖得很厲害，但我還是打起精神，從口袋裡掏出賽格送我的那柄連鞘的小匕首，從我們離開索非亞以來，我一直隨身帶著它。我把匕首放在聖骨箱旁邊的地上，海倫和我輕手輕腳把兩尊聖像捧開——我情不自禁轉開目光，避免看那條龍和聖喬治——把它們靠在牆角。我們卸下厚重的織錦罩單，海倫把它折好，放在一旁。這期間，我繃緊全身每一根纖維，聆聽無論在這裡或上面的教堂，有沒有任何動靜，到頭來寂靜本身開始在我耳鼓裡敲打哀鳴。有一次海倫拉住我衣袖，我們一起傾聽，但什麼響動也沒有。

「聖骨盒完全暴露在外，我們低頭端詳它。上面有幅製作得非常精美的浮雕——有個長頭髮聖徒舉起一隻手，祝福我們，可能就是納骨此處的殉教者的畫像。我不由得衷心希望，箱裡眞的只找到幾片神聖的骨頭，把這整件事做個了結。但如果當眞如此，接下來就是一片很大的空虛——找不到羅熙，復仇無門，只有失落。聖骨箱的蓋子好像被釘住了，或哪兒被拴住了，我使出渾身力氣也弄它不開。我們搬弄的過程中，聖骨箱稍微歪了一下，裡面傳出什麼東西滾動的聲音，很恐怖，它好像撞擊到箱壁。這箱子眞的小到只容得下孩童的身體，或人體的一部份，但它非常沈重。我忽然有個可怕的念頭，也許折騰了半天，這兒只有伏拉德的頭顱，雖然這麼一來，會有很多其他事情無法解釋。我全身冒出冷汗，不知是否該退回教堂去找些趁手的工具，雖然我並不期待那兒會有可用的工具。

「『我們把它搬到地上試試看，』我咬牙切齒說，我們合力，好容易把箱子安全的拖下來。這樣我或許能把頂蓋上的搭扣和鉸鍊看個清楚，我想，或甚至靠蠻力把它硬勁扯開。

「我正打算這麼做時，海倫忽然小聲喊道：『保羅，快看！』我立刻轉身，看到原來放置聖骨箱，滿是塵埃的大理石座，原來不是一整塊實心的石頭，它的頂蓋因我們移動聖骨箱的奮鬥，有一點移位。我相信我的呼吸已經整個停頓了，但我們還是不發一言，合力搬開那片大理石板。它並不厚，但非常沈重，好容易把它搬開，靠牆直立時，我們都不禁氣喘吁吁。石板底下，還有一片長方形的石板，材質跟地面和牆壁相同，長度跟一個男人的身高相仿。這塊石板上的畫像，可說粗製濫造之極，是直接在堅硬的表面上鑿出來的——這不是聖徒的畫像，而是一個眞實的人，一個臉色陰狠的男人，杏仁形的眼睛直視前方，修長的鼻子，兩撇長長的八字鬍——殘忍的臉孔，頭上戴著三角形的帽子，線條雖然粗枝大葉，卻別有一種威嚴的氣概。

「海倫退後一步，嘴唇在燭光下顯得煞白，我努力壓抑著牽起她的手，往樓梯上逃跑的衝動。『海倫，』我低聲道，但我不知道接下來要說什麼。我撿起匕首，海倫伸手到衣裙裡——我始終沒看清楚在哪裡——掏出一把很小的手槍，她把槍放在牆邊，伸手可及的地方。然後我們一起把手伸到墓碑底下，往上掀起。石板的設計非常精巧，應手滑開。我們兩個都很顫抖得很厲害，沒能把它抓緊。石板整個滑開後，我們同時低頭，看著裡面的一具人體：緊閉的眼睛、發黃的皮膚，紅得不自然的嘴唇，輕淺無聲的呼吸。那人是羅熙教授。」

72

「但願我能說，我做了什麼勇敢、有用的事，至少也要把海倫抱住，免得她昏倒，但我沒有。幾乎沒有比目睹深愛的人臉孔被死亡、肉體的衰朽或可怕的疾病改變，更令人難過的事。那樣的臉孔是最令人害怕的魔障——摯愛的人變得無法忍受。『哦，老羅，』我道，突如其來的眼淚奪眶而出，我甚至沒有自覺。

「海倫走上前一步，低頭看著他。我現在看出，他仍穿著我去找他談話那天晚上的那身衣服，將近一個月了；衣服撕裂，變得很髒，好像他出過車禍。領帶也不見了。他一側的脖子上有片血污，血痕嵌在皮膚上的紋路裡，還有一道腥紅的血跡流到骯髒的衣領上。他嘴唇鬆垮垮下垂，吐出的氣息很微弱，還有點浮腫，除了襯衫下的胸脯隨著呼吸一起一落，他完全不動彈。海倫伸出手。『別碰他，』我斷然道，但心情卻更爲恐懼。

「海倫卻好像跟他一樣陷入了出神狀態，過了一會兒，她嘴唇顫抖，用手指輕輕拂過他的臉頰。我不知道他睜開眼睛是否令情況更糟，但他確實睜開了眼睛。即使在昏濛的燭光下，他的眼珠還是非常藍，但眼白滿是血絲，眼皮腫得很厲害。那雙眼睛活生生的力道令人害怕，它們帶著迷惑，在眼眶裡橫衝直撞的轉來轉去，好像試圖要看清我們的臉，但他的身體仍然像死屍般靜止不動。最後他的目光彷彿固定在低頭看著他的海倫身上，他眼珠的藍色以一股無比強大的力量，一下子變得極其清澈，睜得老大，好像要把她整個人收攝進去。『哦，我的愛，』他非常溫柔的說。他的嘴唇乾裂腫脹，但他的聲音仍是我愛聽的那個聲音，帶有活潑明快的口音。

「『不——那是我母親，』海倫好像在摸索適當的字句。她把手放在他臉上。『父親，我是海倫——艾倫娜。我是妳的女兒。』

「他終於抬起一隻手，好像他連控制自己的手的力量，都是時有時無的。他握住她的手，他手上滿是淤青，指甲長得很長，已經開始發黃。我想告訴他，我們會馬上把他救出這裡，我們要回家去，但我已經知道，他受的傷害已沒有藥救。『老羅，』我俯身更近一點。『我是保羅，我來了。』

「他的眼睛狂亂的從我轉到海倫，又轉向我。然後他閉上眼睛，用整個腫脹的肉體發出一聲嘆息。『哦，保羅，』他道。『你來找我了。你不該這麼做的。』他再次看著海倫，眼睛上起了一層霧，好像要說些別的什麼。『我還記得妳，』過了一會兒，他喃喃道。

「我在外套內層的口袋裡摸索了半天，取出海倫的母親交給我的戒指。我把它湊在他眼前，但並沒有太近，然後他鬆開海倫的手，笨拙的觸摸戒指的表面。『送給妳，』他對海倫說。海倫接過它，戴在手指上。『我母親，』她道，她的嘴唇抖動得很厲害。『你記得嗎？你在羅馬尼亞遇見她。』

「他好像恢復了過去的智慧，微笑著看她，雖然表情有點扭曲。『是的，』最後他低聲道。『我愛她。她到哪裡去了？』

『她在匈牙利很安全，』海倫道。

『妳是她的女兒？』現在他的語氣裡帶著些好奇。

『我是你們的女兒。』

「淚水極緩慢湧現在他眼睛裡，好像流淚變成一件很困難的事，眼淚沿著眼角的紋路滑落，留下的軌跡在燭光裡閃閃發亮。『請你好好照顧她，保羅。』他有氣無力的說。

『我要跟她結婚，』我告訴他。我把手放在他胸前，那裡面傳出一種不像人類的嘶嘶聲，但我強迫自己跟他保持這樣的接觸。

『那——很好，』他終於說。『她母親還活著嗎，還好嗎？』

『是的，父親，』海倫的臉顫抖著。『她在匈牙利很安全。』

『是的，妳說過了，』他再次閉上眼睛。

『她仍然愛著妳，羅熙，』我用發抖的手輕撫他的胸口。『她要我帶戒指給你，還有——一個吻。』

『我試過好多遍要記起她在哪兒，但是有什麼東西——』

『她知道你努力過，休息一下吧。』他的呼吸急促得讓人提心吊膽。

「忽然他瞪大眼睛，努力想要坐起。看他這麼嘗試眞讓人心痛，尤其因爲他幾乎完全徒勞無功。『孩子們，你們得馬上離開。』他氣喘吁吁。『你們在這裡非常危險。他會回來殺死你們。』他眼珠子驚慌的轉來轉去。

『卓九勒？』我低聲問。

「一聽到這名字，他臉色立刻變得極爲恐懼。『是的。他在圖書館。』

『圖書館？』我道，無視羅熙恐懼的臉就在眼前，我還是驚訝的四下張望。「什麼圖書館？」

『那裡面是他的圖書館——』他奮力指著一堵牆。

『老羅，』我急切的說。『告訴我們事情的經過，我們該怎麼辦。』

「他好像跟自己的視力奮鬥了一會兒，把目光集中在我臉上，快速的不停眨著眼睛。他脖子上的血跡因爲努力呼吸而跟著扭動。『他忽然來找我，到我辦公室，帶我經過一段很長的旅程。我——有些過程我失去意識，所以我不知道這裡是哪裡。』

『保加利亞，』海倫道，溫柔的握著他浮腫的手。

「他的眼神顯示一抹興趣，閃現舊日的好奇火花。『保加利亞？原來如此——』他試圖潤濕自己的嘴唇。

『他對你做了什麼？』

『他把我帶到這兒來照顧他的——惡魔圖書館。我用我能想到所有的方式抗拒。是我的錯，保羅。我又開始做一些研究，爲了寫一篇論文——』他掙扎著呼吸。『我想把他塑造成一個——偉大傳統的一部份。從希臘開始——我聽說學校裡有一位年輕的學者在寫與他有關的論文，但是我查不到那位年輕人的名字。』

「這時，我聽見海倫深深吸一口氣。羅熙的眼光閃向她。『我覺得，似乎我終究還是應該出版——』他呼吸變得很急促，閉上眼睛休息了一會兒。海倫握著他的手，依偎著我的身軀劇烈的顫抖；我緊緊攬住她的腰。

『沒事了，』我說。『你休息吧。』但羅熙似乎決心把話講完。

『不會沒事的，』他嗆咳著說，眼睛仍然閉著。『他給你那本書。我就知道他會來找我，他果然來了。我抵抗他，但他也讓我——喜歡他——』他好像沒法子抬起另一隻手，只好笨拙的轉動脖子和頭部，讓我們突如其來的看見，他脖子一側有極深的穿孔。傷口還很新鮮，他移動時，血洞被撐開，鮮血汨汨流出。我們那麼目瞪口呆的望著他的傷口，似乎又使他意識混亂起來，他哀求的看著我。『保羅，外面天黑了嗎？』

「一陣恐懼和絕望淹沒我，又從我指尖穿透出去。『你能感覺到，老羅？』

『是的，我知道什麼時候天黑，我會變得——飢餓。求求你。他不久就會聽見你們。快點——離開。』

『告訴我們，怎麼才能找到他，』我急切的說。『我們現在就去殺死他。』

『是啊，殺死他，如果那麼做不會帶給你們危險。替我殺死他，』他低聲道，我第一次看到他仍然保有感覺憤怒的能力。『聽著，保羅。這裡有一本書。一本聖喬治的傳記。』他的呼吸又變得困難。『非常古老，有一個拜占庭式的封面——沒有人看過這樣的書。他有很多很棒的書，但這一本是——』他好像暈厥了一會兒，海倫輕輕搓揉他的手，開始忘形的哭泣起來。他甦醒時，低聲說道：『我把它藏在左邊第一個櫃子裡。能夠的話，請把它帶走。我寫了一些東西——我放了一些東西在裡面。快點，保羅。他醒來了。我跟他一起醒轉。』

『哦，天哪。』我四下張望，找尋援助——能找什麼，我實在也不知道。『老羅，拜託——我不能讓他控制你。我們殺死他，你就會好。他在哪裡？』但現在海倫已變得比較鎮定，她撿起匕首，拿給羅熙看。

「他好像吁出一口長氣，混合了一個微笑。這時我才看到，他的牙齒已經變長了，像狗一樣，他的嘴角也已經因摩擦而綻裂。淚水肆無忌憚的湧入他眼中，沿著淤青的臉頰留下來。『保羅，我的朋友——』

「『他在哪裡？圖書館在哪裡？』我更加急切的問，但羅熙再也說不出話來。

「海倫比了一個很快的手勢，我會意，立即著手從地板的邊緣挖起一塊石頭。我花了好一會兒才把它挖鬆，就在那一刻，我好像聽見上面的教堂有聲音，讓我心頭一悸。海倫解開他的襯衫，輕輕把衣服拉開，然後把竇格匕首的尖端，對準他的心臟。

「『他睜著眼睛，對我們看了一會兒，眼神裡充滿信任，像孩子似的澄藍，然後閉上了雙眼。他閉上眼睛那一剎那，我使出全身力氣，用那塊古老的石頭，那塊早在十二或十三世紀、藉由某個不知名僧人或農夫雇工的手，鋪設在牆角的石頭，猛擊匕首的握柄。很可能那塊石頭靜靜躺在角落，幾百年來任由搬運骨骸到納骨堂，或把酒送進地窖的僧侶踐踏。那位來自異國的土耳其人殺手，屍體被秘密運來，藏入附近地板下的新墳時；當瓦拉基亞的僧人在墳上舉行異端的新彌撒儀式時，當鄂圖曼偵探來此搜索屍體卻無功而返時；當鄂圖曼騎兵執著火把蹂躪教堂時；當新教堂在上方興建時；當聖彼特科的骸骨盛進聖骨箱，供奉在附近時；當朝聖者跪在上面領受新殉教者的祝福時，那塊石頭都不曾移動過。它在那兒躺了那麼多個世紀，直到我粗暴的將它掘起，賦予它新的功能，關於它，我能寫的也就言盡於此。』

73

一九五四年五月

我寫下這些，沒有特定的對象，我也不期望有人找到它，但在我看來，在我還有能力的時候，不設法將我所知之事記錄下來，是一種罪惡，只有上帝知道，我還能維持這種狀態多久。

好幾天前，我從我在大學的研究室被擄走，我不確定已經過了多少天，姑且假設現在還是五月。那天晚上，我跟我最疼愛的學生，也是我的好朋友道了再見，他得到一本多年來我一直試圖遺忘的惡魔之書，他把書拿來給我看。我把所有我能提供的協助都交給他，目送他離開。然後我關上辦公室的門，滿心懊悔與恐懼，呆坐了一會兒。我知道我該受譴責。因爲我又偷偷開始研究吸血鬼的歷史，這一次我打算改絃更張，漸次擴充我對卓九勒傳奇的知識，甚至徹底解決他墳墓所在地的謎團。時間、自圓其說與傲慢，使我忘了記取教訓，以爲重新展開研究不必擔心後果。早在那獨處的最初時刻，我已經承認了自己的罪愆。

把研究筆記和記錄我個人經驗的信件交給保羅，我的心情實在很痛苦，倒不是因爲我還想保留這些資料——他把他那本書拿給我看時，我所有繼續研究的慾望都消失了。我只是對於必須把如此恐怖的知識交到他手中，感到深刻的遺憾，雖然我確信他了解得愈多，就愈有能力保護自己。我唯有希望，如果接下來受到任何懲罰，受苦的會是我，而不是年輕樂觀、腳步輕快、聰明才智尚待磨練的保羅。保羅頂多二十七歲吧；我已經活了好幾十年，享受過很多我不應得的快樂。這是我的第一個念頭。我接下來的想法很實際。即使我想保護自己，也不是馬上就辦得到，我只有自己對理性的信念。我保留了我的筆記，卻沒有任何對抗邪惡的傳統工具——沒有十字架或銀子彈，也沒有成串的大蒜。我從不依賴這些東西，即使在研究最投入的那段時間，但我剛剛才建議保羅只利用他自己智慧上的資源，現在卻已經開始後悔了。

這些意念掠過我心頭，只花了一、兩分鐘，後來發現，這一、兩分鐘就是我僅剩的時間。說時遲那時快，一陣冰冷、惡臭的風襲來、一個無比龐大的形體將我籠罩，我什麼也看不見，在恐懼中，我整個人從椅子上凌空而起。某種東西圍繞著我，我一下子喪失了視力，我想我一定要死了，雖然不知道是被什麼東西殺死。在這同時，我眼前出現一幕青春美麗的景象，與其說是景象，不如說是感覺，覺得自己變得更年輕，對某種東西或某個人充滿熱愛。或許這就是死亡。如果是這樣，但願我的死期來臨時——它很快就會來臨，不論採取何種可怕的面貌——能在最後一刻再次看到這幕景象。

這以後我什麼也不記得，這段虛空持續了多長的時間，我到現在仍然不知道。我逐漸甦醒時，發現自己還活著，不禁很詫異。最初那幾秒鐘，我看不見，也聽不見。這就像動了大手術後甦醒，我清醒後立刻就覺得疼痛，我全身都非常衰弱，而且很難受，右腿、喉嚨、頭都在灼痛。空氣陰冷而潮濕，我躺在一個冰冷的東西上面，全身都快要凍僵了。接下來的感覺是光線——很微弱的光線，但足夠讓我確定自己沒有瞎，而且眼睛是張開的。這光線和這種痛苦，比任何其他事情更讓我確定自己還活著。我開始憶起我一開始以爲必定是前一天晚上發生的事——保羅帶著他驚人的發現到我辦公室來。然後我的心突然一沈，明白我已落入邪惡的魔掌；所以我的肉體才會受到殘酷的對待，所以我周圍才會充滿邪惡的氣息。

我盡可能小心的移動四肢，雖然全身無力，我還是設法轉動頭部，把頭抬起來。我的視線被不到四吋外的一堵牆擋住，但我看到的微弱光線來自它的上方。我嘆口氣，也聽到自己的嘆息；這讓我知道，我的聽力也還在，只不過我所處的地方寂靜到我以爲自己耳朵聾了。我加倍努力聆聽，卻什麼也沒有聽見。我小心的抬起身體，換成坐姿。這一動作讓我渾身上下疼痛不堪，更覺虛弱，而且我的頭劇烈的抽痛。採取坐姿，讓我的觸覺恢復了些，我發現自己躺在石頭上，兩旁的矮牆讓我可以把身體撐起來。我腦袋裡迴盪著一種可怕的蜂鳴聲，這聲音彷彿充滿我周圍所有的空間。這地方很暗，我說過，光線寂靜的向著角落裡漸次減弱。我用手到處觸摸。我竟然坐在一具石棺裡面。

這發現讓我一陣噁心想吐，但同時我又發現，我還穿著辦公室裡那套衣服，只不過襯衫和外套都有一邊袖子被撕裂，領帶也不見了。我仍然穿著自己的衣服這一事實，讓我有了點信心；我沒有死，也沒有發瘋，我沒有在另一個時代醒來，除非我連衣服一起被轉運過來。我摸了摸衣服，在長褲前面的口袋裡找到皮夾。把這件熟悉的東西拿在手裡，有一種震撼之感。讓我覺得可惜的是，我的手錶不在手腕上，外套內層口袋裡的一枝好鋼筆也不見了。

然後我用手摸摸自己的脖子和臉。我的臉好像沒什麼改變，不過前額有處瘀傷，一碰就痛，但我在頸部肌肉上摸到一處嚴重的穿孔傷口，觸手黏瘩瘩的。我轉頭或吞口水太用力時，傷口就會發出吸吮的怪聲，把我嚇得魂不附體。穿孔處腫了起來，觸摸時一陣陣抽痛。我恐懼得幾乎又要昏倒，而且覺得很絕望，然後我想到，既然我還有力量坐起來，或許失血沒有我一開始擔心的那麼嚴重，或許那代表我只被咬過一次。我覺得自己並不像個惡魔；我沒有吸血的慾望，內心也沒有惡念。隨即我又感到非常悲痛。還沒有嗜血的慾望又怎樣？不論我身在何處，完全被腐化只是早晚問題。除非，當然，我能逃跑。

我慢慢轉動我的頭，四下張望，努力看清周遭的環境，終於我看到亮光的來源。黑暗中的很遠處，有種紅色的火光——到底有多遠，我實在無法分辨——介於我跟那火光中間，有好些陰森、巨大的形體。我用手觸摸我的石頭居所周圍。石棺好像很接近地面，或石板鋪的地板，我整個摸了一圈，確定我可以爬進暗影裡，不虞從高處墜落。踩到地面非常費力，我的腿抖得很厲害，以至於一爬出石棺，就雙膝一軟，跪倒在地面上。這時我的視線也比較清楚了。我雙手伸在前面，慢慢向發出柔和紅光的地方前進，途中我碰到一個似乎是另一具石棺的東西，我發現裡面是空的，還有一件木製家具。我撞上木頭時，聽見有什麼東西墜落的聲音，聲音不大，但我看不見那是什麼。

在黑暗中摸索前進眞是令人害怕，我無時無刻不在提心吊膽，帶我到這兒的那個「東西」會突然撲到我身上。我再次懷疑自己有沒有可能已經死了——這兒是否一種恐怖的死後世界，暫時被我誤會是生命的延續。但是沒有東西撲到我身上，腿上的痛楚已有足夠的說服力，我也愈來愈接近那火光，它在這個長形房間的另一端跳躍閃爍。我現在看見，火光前面有一個絲毫不動的巨大黑影。我接近到幾碼開外時，終於看清那是一座石砌的拱形壁爐，火勢很微弱，變成了紅色，光線照見幾件體積龐大的老家具——一張大書桌，桌面上攤了些文件，一座雕刻的五斗櫃，幾把四四方方的高背椅。背對我、面對火爐的一張椅子上，坐著一個完全靜止的人——椅背上露出一點他的人影。我眞盼望自己當初是朝相反方向摸索而行，遠離火光，說不定有機會逃走。但那個黑色的人影、那張有皇家氣派的椅子和柔和的紅色火焰，對我都有強大的吸引力。一方面，向它走去耗掉了我全部的意志力，另一方面，即使我想掉頭走開，也辦不到。

我拖著淤青的腿，慢吞吞走進火光裡，我繞過那張大椅子時，有個人影緩緩起身，向我轉過來。因爲他現在背對火光，也因爲我們之間的光線非常黯淡，我看不見他的臉，雖然我彷彿覺得，在第一瞬間，我瞥見骨頭般蒼白的臉頰和閃閃發光的眼睛。他留著很長的黑色捲髮，披在肩上，像一件短披風。他的動作予人一種幾乎無法察覺的，與活人有異的感覺，但究竟是因爲他的動作比較快，或比較慢，我實在說不出來。他只比我略高一些，卻給人一種高大雄偉的印象，火光烘托下，我覺得他的肩膀寬闊異於常人。這時，他伸手拿起一個東西，彎腰就火。我不知道他是否要殺我，我唯有力持鎭定，希望不論以何種方式赴死，都能不失尊嚴。但他不過是把一枝細長的蠟燭湊到火上，點燃以後，他轉身把他座椅旁邊一座燭台上的所有的蠟燭一一點燃，然後轉身面對我。

現在我可以把他看個清楚，雖然他的臉仍藏在暗影中。他戴一頂金、綠二色的尖角帽，眉心的上方，別著一枚鑲了很多珠寶的別針，穿一件肩膀墊得又寬又厚的金色絲絨長袍，搭配繡著層層花邊，堆疊到他寬闊下巴的綠色衣領。佩戴在眉間的珠寶和領子上的金線，映著爐火閃閃發光。他披著一件白色皮草斗篷，用銀色的龍形徽章扣住。他的衣著與眾不同，我畏懼他這身打扮，不亞於害怕他詭異的不死族氣息。那都是眞正的衣服，活生生、新鮮的衣服，不是博物館展示的褪色古董。他在穿著上表現出一種非凡的富裕與從容，默默站在我面前，那件斗蓬像一捧雪，環繞著他。燭光照出一隻手指粗短、滿佈疤痕的手，握著匕首的把柄，再往下，是裹著綠色緊身褲、粗壯有力的腿，和穿在靴子裡的腳。他挪移一下重心，在光線裡稍微轉過身，但仍保持沈默。現在我可以比較清楚的看見他的臉，那種殘忍的力量讓我瑟縮——糾結的眉毛底下，黑色的大眼，筆挺修長的鼻梁，寬闊蒼白的面頰。他的嘴唇，我現在看見，緊抿成一抹無情的微笑，在黑色鋼絲般的八字鬍底下，呈上彎的弧形，發出紅寶石般的鮮豔光澤。我看見他一邊嘴角還掛著一滴未乾的血跡——哦，天啊，我是多麼恐懼。看到它已經夠恐怖了，而即刻想到那很可能就是我的血，更讓我差一點暈倒。

他更爲自豪的挺起胸膛，隔著我們中間的黝暗，正面對著我。「我是卓九勒，」他道。這幾個字冰冷而清晰。我意識到他說的是一種我不知道的語言，雖然我完全能聽懂。我說不出話，因爲恐懼而癱瘓，只能站在那兒瞪著他。他的肉體距我不過十呎，千眞萬確的眞實而強大，不論它實際上是死亡或活著。「來吧，」他用同一種冰冷、純粹的語調說。「我們旅行之後，你累了，也餓了。我爲你準備了大餐。」他的手勢非常優雅，有王者之風，粗大的白色手指上的寶石一閃即逝。

我看到火旁有一張桌子，擺滿了加蓋的盤子。現在我可以聞到食物——美味、眞實的人類的食物——香味使我越發頭暈。卓九勒悄無聲息走到桌子前面，從一個容器裡倒出一杯紅色的液體，我一時之間以爲那是血液。「來吧，」他把聲音放得更溫柔說。他離開餐桌，坐回他的椅子上，好像他認爲，如果他站在一段距離外，我會更願意接近那兒。我遲疑的走向餐桌前那把空椅子，我的腿抖個不停，一部份出於虛弱，一部份出於害怕。我坐在深色的椅墊上，有種崩潰的感覺。我看著那些盤子，想道，爲什麼這種隨時會送命的時刻，我還會想吃東西？這是一個只有我的身體能理解的謎團。卓九勒盯著爐火看；我可以看到他悍猛的側面，長長的鼻子和堅定的下巴，黑色的捲髮披在肩上。他沈思的把雙手疊合在一起，斗蓬和繡花的衣袖不再擋住視線，露出綠色絲絨的袖口，靠我比較近的那隻手背上，橫過一條粗大的疤痕。他的態度安靜而深沈；

我開始覺得自己是在作夢而非遭受脅迫，於是我鼓起勇氣，掀開幾個盤子上的蓋子。

忽然我覺得好餓，我完全控制不住自己，左右開弓就瘋狂大吃起來，不過我還是使用了桌上擺著的金屬叉子和骨刀，先把烤雞切開吃掉，然後吃了一些肉色較深的野味。那兒有裝在陶碗裡的馬鈴薯和麥片粥、一種硬麵包、一種滿是蔬菜的熱湯。我狼吞虎嚥，雖然我盡量吃慢一點，免得腸胃抽筋。我手邊的銀杯盛的是一種濃烈的紅酒，不是鮮血，我把它全都喝了下去。我進食的時候，卓九勒毫無動靜，雖然我忍不住每隔幾秒鐘就偷看他一眼。吃完以後，我有好一會兒都覺得心滿意足，雖死無憾。我想道，難怪死刑犯行刑前會有一頓最後的晚餐。這是我在石棺裡醒來以後，第一次清晰的思考。我把吃空的盤子一一蓋好，盡可能不發出聲音，然後坐回椅子上，等候著。

過了很長一段時間，我的同伴在他的椅子上轉過身來。「你吃完了晚餐，」他輕聲說。「或許我們可以談一談，我會告訴你，我爲什麼要把你帶到這裡來。」他的聲音又恢復了清晰和冷漠，但這次我注意到，在他聲音深處，有種隱隱約約的嘰嘎聲，好像製造聲音的機器已非常衰老、破舊。他凝重的看著我，我覺得自己在他的凝視下萎縮。「你知道自己在什麼地方嗎？」

我很想不要跟他交談，但我覺得保持沈默也沒有什麼意義，說不定還會惹怒他，雖然目前他看起來很冷靜。我也忽然想到，回答他的問話，設法讓他分心，或許能爲自己爭取一點時間，了解周遭的環境，找機會脫逃，如果我能鼓起勇氣，說不定還能找到毀滅他的方法，甚至兩者都能辦到。如果傳說沒有錯，現在一定是晚上，否則他不會醒來。早晚要天亮的，只要我能活到白天，屆時他必須睡覺，而我會醒著。

「你對自己現在身在何處，有概念嗎？」他可說是很有耐心的重複道。

「有啊，」我道。我沒法子用任何頭銜稱呼他。「至少我以爲我知道。這是你的墳墓。」

「其中之一，」他微笑道。「我最喜歡的一個，不論從哪個方面來說。」

「我們在瓦拉基亞嗎？」我情不自禁問。

他搖搖頭，爐火在他的黑頭髮上與明亮的眼睛裡閃動。這種姿勢有種不像是人類的意味，看了使我的腸胃打結。他的動作不像活人，然而——再一次——我說不出有什麼地方不一樣。「瓦拉基亞太危險了。應該讓我在那裡永遠安息的，但現在已經不可能了。你想——我爲了爭王位、爲了爭取我族的自由，艱苦奮戰那麼久，結果連我的骨頭都不能葬在那裡。」

「那麼我們在哪兒呢？」我再次嘗試把我們的對話當成平常的閒聊，但顯然是白費力氣。這時我才想到，我不僅想要以最快的速度平安度過這個晚上，如果有機會，我也想多了解一點卓九勒。不論這個生物到底是什麼，他已經活了五百年。我當然無法把他的答案散播到外界，但這一事實卻無法遏阻我的好奇心蠢蠢欲動。

「哦，我們在哪兒，」卓九勒重複道。「哪兒都一樣，我想。我們不在瓦拉基亞，那地方仍然被蠢蛋統治。」

我瞪著他。「你——你了解現代歷史嗎？」

他看著我，露出既驚訝又好笑的表情，可怕的臉變得有點扭曲。我第一次看到他的獠牙，萎縮的牙齦，使他笑起來活像一隻老狗。那幕景象一現即逝——不，他的嘴很正常，除了黑色的八字鬍底下沾到我的——或別人的——一滴血。「是的，」他道，有一會兒，我眞擔心會被迫聽他縱聲大笑。「我了解現代歷史。它是我的生活重心，我最喜愛的工作。」

我覺得正面出擊可能對我有利，只要能引起他跟我鬥嘴的興致，都是好的。「那你找我做什麼？我已經很多年不碰現代歷史了——不像你，我生活在過去。」

「哦，過去。」火光中，他又把手指交叉疊在一起。「過去很有用，但只因爲它能教我們更了解現在。現在是最豐富的。但我很喜歡過去。來吧。何不現在就讓你看看，既然你吃飽了，也睡足了？」他再次站起身，他的動作彷彿不靠身體四肢，而是受另一種力量支配，我立刻跟他一起站起來，生怕這是一個詭計，他可能當場撲到我身上。但他慢慢轉過身，從座椅旁邊的燭台上，取了一根蠟燭，高高舉起。「你也帶個火，」他道，便離開火爐，往大房間的黑暗裡走去。我拿了第二支蠟燭，跟在他後面，盡量跟他奇怪的服裝和令人心裡發毛的動作保持距離。我希望他不至於把我帶回我的石棺去。

藉著手中蠟燭的微光，我看見很多原先看不見的東西——都是好東西，我現在看到前面有好多張長桌，古代式樣的結實桌子，桌上有一堆堆的書——皮革封面碎裂的書，封面的燙金反射我手中燭火的光焰。還有別的東西——我從來沒有看過那樣的墨水瓶、那麼奇形怪狀的鵝毛筆和鋼筆。還有一疊疊的羊皮紙，在燭光下閃閃發亮，一台夾著薄紙的老式打字機。我看到鑲有珠寶的封面和盒子，銅盤裡有捲起來的手抄本。還有很大的對開本和四開本的書，用光滑的皮革裝訂，還有成排比較現代的書，排列在很長的書架上。事實上，我們被包圍了；好像每面牆上都排滿書。我高舉蠟燭，我開始辨認每本書的書名，有的在紅色皮面上綻開一片花朵般優雅的阿拉伯文，有時是我可以閱讀的西方語言。但大多數的書都古老得沒有書名。這是個無與倫比的倉庫，我情不自禁渴望能翻閱幾本書，觸摸那些放在木盤裡的手抄本。

卓九勒轉過身，高舉著手中的蠟燭，他帽子上的寶石被照得熠耀生輝——黃玉、翡翠、珍珠。他的眼神非常明亮。「你覺得我的圖書館怎麼樣？」

「看起來是一個——可圈可點的收藏。像個寶庫，」我道。

他可怕的臉上閃過喜悅的神色。「你說得對，」他柔聲道。「這個圖書館是全世界同類圖書館中最好的。它是幾百年來精心挑選的成果。你會有足夠的時間探索我收集在這兒的好東西。現在我先要你看別的東西。」

他帶路，朝我們還沒有接近過的一面牆走去，我在那兒看到一台古老的印刷機，就像中世紀晚期的插圖裡會看到的那種——用黑色金屬和深色木頭做的一個笨重的裝置，頂端有極大的螺絲。因沾滿油墨而更加光亮的黑曜石滾筒，映著我們手中的燭光，像一面惡魔的鏡子。有一張厚紙鋪在印刷機的檯面上。我湊近一看，它已經印刷了一部份，是一頁被拋棄的英文作品。標題是〈油壺之鬼：從希臘悲劇到現代悲劇裡的吸血鬼〉。作者名字是「巴特羅繆•羅熙」。

卓九勒顯然在等我發出驚呼，我沒有讓他失望。「是這樣的，我密切注意當代優秀的研究著作——可說做到所謂『零時差』的程度。如果某件已出版的作品拿不到，或我等不及想看，我就自己印。這兒還有一件東西，你應該也會感興趣。」他指著印刷機後面的一張桌子。那兒有一整排的木刻版。其中最大的一件是豎著放，所以我第一眼就看到它，正是我們書裡的那條龍——我和保羅的書——圖案當然是顚倒的。我好不容易克制自己，沒有大聲驚呼。「你覺得意外，」卓九勒把燭光湊近那條龍說。我對它的線條眞的太熟悉了，那塊版就跟我親手雕刻出來的無異。「我想你對這圖像很熟悉。」。

「是的，」我緊緊握住手中的蠟燭。「那本書是你自己印的嗎？一共印了多少本？」

「我手下的僧侶印了一部份，我繼續他們的工作，」他輕輕的說，低頭看著那塊木刻版。「這幅畫我打算印一千四百五十三張，快要達成目標了。我的工作進度很慢，這樣我才有時間一邊工作，一邊把它們分發出去。這數字對你有意義嗎？」

「是的，」我頓了一下說。「那是君士坦丁堡淪陷的年份。」

「我就知道你會知道，」他帶著諷刺的笑容說。「那是歷史上最壞的一年。」

「在我看來，有資格角逐這頭銜的年份很多，」我道，但他搖晃著寬肩膀上的大腦袋。

「不對，」他道。他把蠟燭高高舉起，在燭光中，我看到他的眼睛燃燒起來，眼底冒出紅光，像野狼的眼睛，充滿了仇恨。那感覺就像看到一雙死氣沈沈的眼睛忽然活起來；我早先也曾認爲他的眼睛很有神采，但現在它們卻明亮得瘋狂。我無言以對，也無法轉開眼睛。過了一會兒，他又轉過身，仔細端詳那條龍。

「牠是個好信差，」他沈吟道。

「我那本是你給我的嗎？我的書？」

「就說是我安排的吧，」他伸出滿佈作戰創傷的手，觸摸那塊雕刻版。「我對它們流通的方式很謹愼。只有最具潛力的學者，以及那些我認爲最有毅力、會不屈不撓追蹤龍的巢穴的人，才能得到它。你是第一個眞正辦到的人，我要恭喜你。其他助手都被我留在外界，做我的研究。」

「我沒有追蹤你，」我冒險指出。「是你把我帶來的。」

「哦——」紅寶石的嘴唇再度一抿，長長的八字鬍輕輕抖動。「要不是你自己想來，你就不會在這裡。所有其他人都不曾在有生之年，兩次忤逆我的警告。是你自己把自己帶來的。」

我看著那台極其古老的印刷機，以及龍的木刻版。「你爲什麼要我來這裡？」我不想用我的問題激怒他；明天晚上他可能會殺死我，只要他高興，而且我沒能在白天逃走的話。但我非得問這個問題不可。

「我等了很久，我需要一個人替我把圖書館的書編目，」他簡單的說。「明天你可以隨心所欲把所有的書看一遍。今晚我們聊一聊。」他一馬當先，用虎虎生風的緩慢步伐走回我們先前的位子。他的話給我很大的希望——顯然他今晚眞的無意殺我，更何況我的好奇心不斷升高。看來我不是在作夢；跟我說話的這個人，生活在歷史之中那麼長的時間，他的閱歷是任何一位歷史學家窮畢生之力、即使只做很粗淺的研究，也學習不完的。我小心的保持一段距離，跟在他身後，我們又回到爐邊坐下。我坐下以後，發現擺我吃空的晚餐盤的桌子不見了，取而代之的是一張很舒服的擱腳凳，我小心的把腳翹在上面。卓九勒挺直脊樑，威嚴的坐在他的大椅子上。雖然他自己坐著又高又硬的中世紀木椅，卻安排了舒服的靠墊椅和腳凳給我使用，似乎他考慮周詳，懂得迎合現代客人的弱點。

我們相對默默，坐了很久，我正開始好奇，他是否打算就這麼坐上一整晚時，他開口道：「活著的時候，我很愛書。」他稍微轉向我，所以我可以看見他眼睛的閃光和頭髮的反光。「或許你不知道，但我滿有學術傾向。這件事知道的人似乎不多。」他冷漠的說。「你知道，我那個時代的書很有限。我有生之年，讀的書都要經過教會批准——例如福音書和東正教對它們的評註。到頭來，這些作品對我一點用也沒有。我第一次登基爲王，坐上本來就該屬於我的寶座時，君士坦丁堡的大圖書館已經被摧毀了。殘餘的書收藏在修道院，我永遠不可能進去親自翻閱。」他深深注視著爐火。「但我有其他管道。商人替我從很多地方帶來神奇、美妙的書——埃及、聖城，還有西方的大修道院。從這些書裡，我學會了古代的神秘魔法。我知道我不可能進天堂」——又恢復漠然的口氣——「爲了永遠保存我的歷史，我就做了歷史學家。」

他又沈默了一段時間，我也沒有勇氣再提出問題。最後，他好像自動醒轉，用他的大手拍了拍椅子的扶手，說道：「我的圖書館就是這麼開始的。」

好奇心不肯讓我保持沈默，雖然我覺得構思恰當的問題是件艱苦的工作。「你在——死後，還繼續收集這種書？」

「哦，是啊，」他轉過身來看著我，露出一個陰沈的微笑，或許因爲我是出於自己的意志，提出這個問題。他的眼睛在火光中瞇成三角形，令人不敢逼視。「我告訴過你，我有學者的心靈，但我也是個戰士，這些書在漫長的歲月裡跟我作伴。從書本裡也可以學習很多實用的知識——例如治理國家，或偉大將領的戰術。但我的書種類很多。你明天就會知道。」

「你希望我爲你的圖書館做什麼事？」

「我說過了，編目。我從來沒有把我所有的藏書做成完整的紀錄，說明它們的來源和書況。這是你的第一份工作，你會比任何其他人都做得更快、更好，因爲你精通多種語言，學識淵博。從事這份工作的過程中，你會處理到若干有史以來最美麗的書——以及最有力量的書。其中很多在任何其他地方都找不到了。或許你知道吧，教授，人類出版的文獻保存至今的大約只有千分之一？幾百年來，我一直把提高這個比例當作自己的責任。」他說話的時候，我再次注意到他的聲音有種奇怪的清晰與森冷，還有那藏在深處的嘰嘎聲——像響尾蛇，或冷泉流過石板的聲音。

「你的第二份任務範圍大得多。事實上，它會持續到永恆。等你像我一樣熟悉我的圖書館和它的目標後，你要遵照我的命令，到世界各地去蒐購新的書籍——舊的也要，因爲我永遠不會停止蒐集過去的作品。我會授意多位檔案專家供你差遣——最優秀的人選——你也必須招募更多人供我們使喚。」

這一遠景的規模，以及他眞正的企圖（如果我理解沒有錯），讓我冒出一身冷汗。我好容易說出話來，但帶著顫音。「爲什麼你自己不繼續做這件工作？」

他對著火爐微笑，我再次看見那張不一樣的臉——狗的臉，狼的臉。「現在我有別的事要處理。世界在改變，我要跟它一起改變。或許不久我就不再需要靠這具皮囊」——他慢慢指著自己中世紀的華麗服飾，以及蘊藏強大死亡力量的肢體——「貫徹我的野心。但圖書館對我很珍貴，我要看它繼續成長。更有甚者，有時我覺得這個地方越來越不安全。好幾位歷史學家都差點就發現它，如果我給你足夠的時間放手去做，你一定也會找上門來。但我需要你立刻到這裡來。我嗅到危險逼近，圖書館搬遷之前，一定要先編好目錄。」

再度假裝自己在作夢，暫時對我有點幫助。「你打算把圖書館搬到哪裡？」而且連我一起搬去？我很想補充一句。

「到一個很古老的地方，比這兒更老，我在那兒有很多美好的回憶。一個偏遠的地方，但距離上更接近現代化大都會，我可以輕易來去。我們把圖書館安頓在那兒，然後你可以將它大幅擴充。」他信任的看著我，那種表情在人類臉上，或可解釋爲寵愛。然後他以那種充滿活力的怪異動作站起身。「我們一個晚上談這麼多夠了——我看你也累了。我們來利用這幾個小時讀點書，我通常都這麼做，然後我要出去。早晨來臨時，你必須拿起放在印刷機附近的紙和筆，開始編目的工作。我的書都已經分類整理過，不是照世紀或年份排列。你看了就知道。那兒也有打字機，是我替你準備的。你可能希望用拉丁文編目，這方面我讓你全權決定。還有，當然，你現在自由了，隨時可以閱讀任何你想讀的書。」

話畢他就站起身，在桌上挑了一本書，然後坐回椅子裡看書。我不敢不跟著他做，就拿了手頭最近的一本書。結果那是馬基維利《君王論》的一個早期的版本，附有連續好多篇我從未見過也未曾聽過的道德論證。以我當時的心理狀態，完全讀不懂，只能呆瞪著書上的字體，隨便翻個幾頁。卓九勒似乎深深沈浸在他的書裡。我偷眼看他，心裡不由得好奇，經過充滿戰爭與行動的一生，他如何適應這種晝伏夜行的地底生活，這種學者的生活方式。

最後他站起身，靜靜把書放在一旁，一言不發的走到大廳的暗處，我再也分辨不出他的形影。然後我聽見一種低啞的擦刮聲，好像動物抓扒鬆軟的泥土，或打火柴的聲音，只是沒有火花出現，我忽然覺得完全孤獨了。我豎起耳朵聆聽，卻聽不出他往哪個方向離開。起碼今晚他不會拿我充饑了。我恐懼的想不懂他留下我要做什麼，他大可以用更快的方法把我變成他的爪牙，同時又可以解決他的飢渴。我在椅子上坐了好幾個小時，不時站起身，舒展一下酸痛的身體。因爲現在是晚上，所以我不敢睡覺，但黎明前我還是忍不住打了個盹，忽然醒覺時，我發現氣氛又有了改變，雖然黑暗的大廳沒有變得比較光亮，我卻看見卓九勒披著斗蓬的身影，向火爐旁走來。「早安，」他低聲說，便轉身向擺著我的石棺的那面黑色牆壁走去。我看到他連忙站起身來。但我只看到他再度消失，深沈的寂靜包圍了我的耳朵。

我等了很久才拿起蠟燭，重新點燃燭台以及我從羅列在牆上的燭架取下來的更多蠟燭。我在很多桌子上都找到陶燈或鐵製的小提燈，我把它們也都一一點燃。光線變亮對我是一種安慰，但我不知道是否還有機會見到白天。或我已經注定永遠生活在黑暗和閃爍的燭光下——這樣的前景想來真像是地獄。不過至少我現在可以把室內看得清楚一點；它向四面八方延伸到好遠，牆沿排滿了大櫃子和大書架。放眼望去到處是書、箱子、捲軸、手抄本，一堆堆、一排排卓九勒的龐大收藏。一面牆下有三具石棺的幢幢陰影。我拿著燭光走過去。比較小的兩具是空的——其中之一想必我曾經睡過。

然後我看見最大的那具石棺，一座比其餘更有王者氣派的巨墓，在燭光下顯得格外龐大，架構宏偉。側面用拉丁字母雕著一個字：卓九勒。我強自違反自己的意願，舉起蠟燭往裡面看。他高大的身軀躺在那兒，毫不動彈。我第一次看清楚他閉著眼睛的殘忍臉孔，雖然內心充滿反感，我仍目光不瞬的站在那裡，把他看個清楚。他的眉頭鎖得很緊，彷彿正在做一個不愉快的夢，眼睛睜開直視，使他看來與其說是在睡覺，反而更像個死人，他的皮膚蠟黃，又長又黑的睫毛文風不動，他修長而可說是很英俊的五官有點透明。濃密的黑色長髮散落肩頭，塡滿了石棺上半截。最讓我心驚膽戰的是他臉頰和嘴唇的色澤特別紅潤，他的氣色和精神都比方才在火爐前面飽滿。他暫時饒過我，沒錯，但他還是趁著黑夜到外面某處饜足了自己。他嘴角那一小滴來自於我的血已經不見了；現在他的嘴唇在黑色的八字鬍底下顯得鮮紅而豐潤。他看起來那麼的散發一種人工化的生命與健康，當我看到他根本沒在呼吸時，全身的血都涼了——他的胸膛完全看不出一丁點起伏。另一點很奇怪的是，他換了一套不同的衣服，這套跟我看過的那套一樣豪華精緻，暗紅色的長袍和靴子，紫色絲絨披風。披風在肩膀處有點磨損，帽子是褐色的皮革質料。衣領上鑲滿了珠寶。

我站在那兒凝視他，直到這幕景象讓我頭暈，然後我退後一步，試著整理自己的思緒。這一天才剛開始，時間還很早——日落之前我有很多個小時。我要先找到脫逃的方法，然後再找一個趁這怪物沈睡時殺死他的方法，這樣不論我能否成功消滅他，都可以立刻逃跑。我牢牢握緊蠟燭。然而我在那個石砌的大房間裡，整整找了兩小時，都沒找到任何出口。在房間一端，跟火爐相對的那頭，有一扇極大的木門，裝了個鐵鎖，我又推又拉跟它奮鬥了半天，直到渾身疼痛，疲憊不堪。這扇門卻連條縫都不開；事實上，我相信它已經很多年沒開過——說不定好幾百年。除此之外，沒有別的出口——沒有別的門户、甬道、鬆動的石塊，或任何可稱之爲開口的東西。窗户當然是沒有的，我也很確定我們在地下很深的地方。牆上僅有一個凹龕，就是放那三具石棺的地方，那兒的石頭也一樣無法移動。一邊看著卓九勒大眼圓睜靜止的臉，一邊在牆上摸索，對我是場折磨；雖然那雙眼睛動也不同，我還是覺得它們擁有監視與詛咒的神秘法力。

我再次坐在爐邊，等失去的精力恢復。我注意到火勢永遠不會減弱，我把手伸到火焰上方，雖然它燃燒眞正的木柴，也會發出明顯可覺、令人舒適的溫暖，但我第一次發現它不會冒煙；它整晚都這麼燒著嗎？我用手摸摸自己的臉，警告自己，我需要每一分清醒的神智。事實上——就在這一刻我下了個決心——我必須努力維繫自己心智與道德的完整，直到最後一刻，就是我最重要的任務。這是我碩果僅存，最後的支撐。

我恢復精神後，再次展開搜尋，非常有系統的找尋摧毀我的惡魔主人的方法。如果我做到這一點，沒有出路，當然還是得孤獨的死在這兒，但他也再不能離開這個房間，到外界去找獵物。我的思想飄忽，不只一次考慮自殺的安逸——但我不能讓自己那麼做。我本來就有變成卓九勒同類的風險，傳說又認爲，自殺者不需要經歷我受到的污染就會變成不死族——這眞是殘酷的傳說，但我不能不相信。那條路對我行不通。我找遍了房間裡所有的角落、打開抽屜、箱子，檢查書架，高舉蠟燭。這位聰明的大公似乎不可能留給我任何可以用來對付他的武器，但我還是得找找看。我什麼也沒有找到，甚至連塊可以削尖做成穿心棒的舊木頭都沒有。我試圖從火爐裡抽出一根木柴時，火焰忽然騰湧而起，燙傷了我的手。我試了好幾次，但總是出現同樣可怕的結果。

最後我回到中央那巨大石棺前面，滿懷戒懼的考慮最後一種可能：卓九勒自己佩戴在腰間的匕首。他滿佈疤痕的手握著匕首的把柄。那把匕首很可能是銀製的，這樣我就可以把它刺進他的心臟，只要我能鼓起勇氣從他身邊拿到它。我坐下一會兒，爲這件事集中勇氣，同時也克服內心的厭惡。然後我站起身，小心的把手放在匕首附近，蠟燭則換到另一隻手裡。我看到，我輕微的碰觸沒有讓那張僵硬的臉出現任何生命跡象，雖然那猙獰的表情，皺縮的鼻子，好像都變得更兇惡。最令我恐懼的是，那隻大手握著匕首的柄是有原因的。我必須把它扒開才能拿到匕首。我伸手碰到卓九勒，那種感覺極其恐怖，我不想在這裡多談，即使這封信只是寫給我自己，根本不會有別人看到。他的手像石頭般包覆著匕首的柄。我完全無法扒開它，或使它移動分毫；我倒不如嘗試從雕像手中移動一柄大理石匕首。他死沈沈的眼睛彷彿充滿恨意。他醒來的時候會記得這件事嗎？我一屁股跌坐地上，精疲力盡，無計可施，我捧著蠟燭坐在地板上，愣了好一會兒。

最後，我情知所有詭計都不可能成功，決定採取新的行動方針。首先，我要讓自己睡上片刻，趁現在充其量不過是中午，這樣我就能搶先在卓九勒醒來前很久就醒來，他醒來後就不至於發現我在睡覺。這麼做花了我一、兩個小時，我猜——我一定要在這片眞空裡找到估計或測量時間的方法——我把外套墊在頭下，躺在火爐前面。隨便什麼都不能說服我回到那具石棺裡，但爐邊的石塊帶給我酸痛四肢暖意，讓我稍覺舒服一點。

我醒來時，小心聆聽有沒有聲響，但整個房間一片死寂。我發現我椅子旁邊的餐桌上，再度供應美味的食物，雖然卓九勒仍以同樣癱瘓的姿勢躺在他的墳墓裡。接著我就去找我稍早見到的打字機。從那時起我就在這兒寫作，以盡可能最快的速度，把我觀察到的一切記錄下來。這樣我總算找回一點計算時間的方法，因為我知道自己打字的速度，以及我每小時可以打幾頁。我即將在燭光下寫完最後這幾行；我熄滅了其他蠟燭，把它們省下來。我處於遠離爐火的潮濕環境中，覺得很餓，而且冷得要命。現在我要把這些記錄藏起來，吃點東西，完成一點卓九勒指派給我的工作，這樣他睡醒時就會發現我正在工作。明天我會嘗試多寫一點，前提是我還活著，還維持我的本性，有能力做這種事。

第二天

寫完前面的紀錄後，我把寫完的紙折好，塞在最近的一個櫃子後面，這樣我可以拿得到它們，但別人從任何角度都看不見。然後我取了一根蠟燭，慢慢在桌間穿梭。這個大房間裡有成千上萬本書，我估計——如果把所有的捲軸和其他手抄本算進去，恐怕有數十萬本。它們不僅堆在桌子上，笨重的老櫃子和沿牆那些粗糙的架子上，也堆了許多。中世紀的書好像跟精美的文藝復興時期對開本及現代出版品混在一起。我在湯瑪斯•亞奎納斯❺❹的作品旁邊，看到一本早期的莎士比亞四開本——歷史劇。還有卷帙浩繁的十六世紀鍊金

❺❹譯註：Thomas Aquinas，1225-1274，義大利神學家。

術，跟一整櫃有插圖的阿拉伯文捲軸——我猜是鄂圖曼作品——放在一起。有清教徒關於巫術的講道詞，也有小本的十九世紀詩集和我自己這世紀的哲學與犯罪學的磚頭書。不，看不出依時代排列的模式，但我很清楚的看到有另一種模式。

把這些書依照正常圖書館歷史類圖書的方式重新排列，得花好幾個星期，甚至幾個月，但既然卓九勒認爲它們已經照他個人的興趣做好分類，我就讓它們保持原貌，只要弄明白分類的原則就好了。據我研判，第一類是從靠近那扇動不了的門附近的牆壁開始，跨越三個書櫃和兩張大桌子；我暫且把這一類稱做治國之道和用兵策略。

我在這兒找到更多本馬基維利作品，在帕多瓦和翡冷翠印製的精美對開本，我找到一本十八世紀英國人寫的漢尼拔[55]傳記，還有一整套紙張都已捲曲的希臘文手抄本，是希羅多德[56]的雅典戰爭史，抄寫的年代或可上溯到亞歷山卓[57]圖書館。我逐一翻閱這些書籍和手抄本，心中泛起一陣陣新的寒噤，每本書都比前一本更令人吃驚。有一本讀到書角都捲起來了的《我的奮鬥》[58]，還有一本法文的日記——手寫的，到處有褐色的黴斑，從開頭的日期和內容，可推測是某政府官員關於恐怖時期[59]的實錄。我以後要把它看個仔細——寫日記的人似乎從頭到尾都沒提到他自己的姓名。我找到一大本拿破崙早年軍事行動的策略，我估計是在他被

[55] 譯註：Hanibal是紀元期前二、三世紀迦太基人的將領，曾率軍越過阿爾卑斯山，大舉擊敗羅馬軍隊。
[56] 譯註：Herodotus是紀元前五世紀的希臘歷史學家，有「歷史之父」的美譽。
[57] 譯註：Alexandria是亞歷山大大帝於紀元前三三二年所建城市，位於埃及北部，瀕臨地中海，以藏書豐富的圖書館著稱，是希臘文明的中心，後來也是東正教的教廷所在地。
[58] 譯註：Mein Kompf是希特勒一九二五年出版的自傳，書中並敘述他的理念，是納粹的聖典。
[59] 譯註：Reign of Terror指一七九三至一七九四年法國大革命期間，革命法庭大量處決貴族與反革命份子，人人自危的時期。

囚禁於厄爾巴島時印行的。我在桌上的一個箱子裡，找到一本發黃的斯拉夫字母的打字稿；我只會一點基本的俄文，但是根據文件的抬頭，我判斷這是史達林給俄羅斯某位軍事官員的內部備忘錄。我大部分都讀不懂，但裡頭有一份很長的名單，列的都是俄羅斯人和波蘭人的名字。

有幾樣東西我根本無法辨識；還有很多書和手抄本的作者或主題，我都從來沒聽過。我剛開始著手把所有我能辨識的書籍列出來，把它們大致照世紀分門別類時，就覺得一股寒氣襲來，無風而有風，我抬起頭就看見約十呎外一張桌子對面，站著他詭異的人影。

他穿著那身我在石棺裡看到的紅色與紫色絲絨的華服，顯得比我前一晚記憶中更高大、健壯。我無言等待，不知他是否會立刻攻擊我——他還記得我企圖取走他的匕首嗎？但他只微微點一下頭，像是打招呼。「我看到你已經開始工作了。你一定有問題要問我。我們先吃個早餐，然後再來談我的收藏。」我在大廳的暗影中看到他臉上掠過一點閃光，或許只是眼神一閃。他以那種不似人類，卻威風凜凜的步伐，帶頭走回我們的爐火旁，我在那裡再次看到熱食和飲料，還有熱騰騰的茶，使我凍得僵硬的四肢覺得舒服一點。卓九勒坐在那兒，注視著無煙的火，他的頭豎立在寬闊的肩膀上。我並不想那麼做，但我不由得想起他的屍體被砍掉頭顱的往事——關於這一點，所有他死亡的記述都完全一致。他現在又怎麼得回他的頭了呢，或這只是幻象？他華麗的長袍有直達下巴的立領，他黑色的捲髮圍繞著下巴，披在肩上。

「來吧，」他道：「我帶你參觀一下。」他再次點起一根蠟燭，我跟著他從一張桌子走到另一張桌子，看他把桌上的提燈通通點燃。「我們先找本書來讀。」我不喜歡他低頭點燃燭火燈時，光線在他臉上搖曳的感覺，我盡量轉過頭去看那些書的封面上的名字。我正打量一排我先前看過的阿拉伯文捲軸與書籍時，他走到我身旁。他在五呎外就停下腳步，讓我鬆了一口氣，但他周圍仍散發出一種刺鼻的味道，我極力壓抑一種幾乎要昏倒的感覺。我必須保持神智清醒，我想道；完全無從得知今晚會發生什麼事。「我看到你已經找到我一批最珍貴的寶藏，」他說。他冰冷的聲音裡帶有滿意的迴音。「這些是我收藏的鄂圖曼書籍，有的非常古老，從他們惡魔帝國出現的第一天就已存在，還有這一架書，是他們最後十年出版的。」他在閃爍的燭光下露出微笑。「你無法想像我看到他們的文明滅亡感到多大的滿足。他們的信仰當然還沒有死亡，但他們的蘇丹都死絕了，而我活得比他們都久。」我有一會兒以爲他會放聲大笑，但他接下來的話卻非常嚴肅。「這些都是特地爲蘇丹而寫，介紹他廣大疆土的偉大作品。這一本」——他輕觸一個捲軸——「是穆罕默德本紀，願他在地獄裡腐朽，作者是個背離基督信仰的馬屁精歷史學家。願他也在地獄裡腐朽。我本想親自去對付他，那個歷史學家，但他在我找到他之前就死了。這裡有穆罕默德打過的每場戰爭的紀錄，是他自己的馬屁精寫的，也提到大城的淪陷。你不會閱讀阿拉伯文？」

「只會一點點。」我承認。

「啊，」他似乎覺得很有趣。「我有機會學習他們的語言和文字。你知道我做過他們的人質。」

我點點頭，盡可能不去看他。

「是的，我的父親把我交給穆罕默德的父親，做爲我們不再對帝國作戰的承諾。試想，卓九勒是異教徒手中的抵押品。我在那兒沒浪費時間——我盡可能學會所有與他們有關的知識，這樣我才能超越他們。從那時起，我就發誓要創造歷史，不做歷史的受害者。」他的聲音是那麼凶猛，我不由得看他一眼，看到他臉上可怕的火焰，那種仇恨，嘴唇在八字鬍底下畫出一道清晰無比、向上弓起的弧。然後他眞的縱聲笑了，那聲音也是同樣的恐怖。「我勝利了，他們都死了。」他把手放在一本精心雕琢的皮革封面上。「蘇丹怕死了我，他組織了一個騎士團專門追殺我。他們還剩下幾個，躲在京城的什麼地方——討厭的東西。但他們的人數愈來愈少，幾近於無，我的僕人卻在全球各地不斷增加。」他挺起強壯的身軀。「來吧。我讓你看我其他的寶藏，你必須爲我說明，你打算怎麼把它們通通編進目錄。」

他帶領我從一區走到另一區，指出有特色的珍藏品，於是我知道我對他分類模式的假設沒有錯。他有滿滿一大櫃子嚴刑拷打的行刑手冊，其中有幾本可以上溯到古代。這些書從中世紀英國的監獄，到宗教審判的刑房，乃至希特勒第三帝國做的實驗，包羅萬象。若干文藝復興時期的書裡，有行刑的木刻版畫，其他的書也把人體繪製成圖。這裡還另闢一區，專門收藏被教會判爲異端的份子，遭受手冊中所述酷刑經過的詳盡紀錄。有個角落收藏的書都與鍊金術有關，另一角專收藏巫術，還有一區的書談的都是極其讓人不安的哲學。

卓九勒走到一座大書架前面，停下腳步，疼惜的用手搭著書架說：「我特別重視這一架書，相信你也一樣。這裡都是我的傳記。」那兒的每本書都或多或少跟他的一生沾上點邊。有拜占庭與鄂圖曼歷史學家的作品——一部分是罕見的原始寫本——以及許多年來的各種重印版本。中世紀在德國、俄國、匈牙利、君士坦丁堡出版的小冊子，全都條陳他犯下的罪行。我做了多年研究，但其中很多內容卻是聞所未聞，我起了不合邏輯的強烈好奇心，直到我想起，現在我已沒有完成研究的動機了。另外還有許多十七世紀以來的民間故事集，涵蓋各式各樣的吸血鬼傳奇——他毫不避諱把這些書跟他自己的傳記擺在一起，讓我覺得怪異而恐怖。他的大手輕撫布蘭姆•史托克那本小說的一個早期版本，微微一笑，但沒說什麼，然後步履無聲的向另一塊區域走去。

「這一區你應該也會感興趣，」他道。「這都是與你的世紀有關的歷史作品。那是個很好的世紀——我迫不及待想看到它其餘的部分。在我的時代，當政者要除掉惹麻煩的壞份子，一次只能對付一個。你們做這種事的效率好太多了。舉例說好了，打破君士坦丁堡城牆那尊可恨的大砲，跟你後來選擇定居的國家前幾年扔在日本的神聖烈焰相較，眞是相去不可以道里計。」他微微向我一點頭，威儀堂堂的表示恭賀之意。「這些書你應該大部分都讀過了，教授，但或許你可以用全新的角度再瀏覽一遍。」

最後他囑咐我再回到爐邊坐下，我發現有更多熱氣騰騰的茶等在我肘邊。我們都在椅子上就坐後，他轉向我。「不久我也要去用些點心，」他柔聲道。「但首先我要問你一個問題。」我的手情不自禁開始顫抖。截至目前爲止，我一直儘量避免在他面前開口，以免惹他發怒。「你來此享受我的款待，我也算盡力而爲，你從中可以知道，我對你的才幹有無比的信心。你以後會獲得只有少數生物可以享有的永恆生命。你可以任意使用這個在全世界同類收藏中首屈一指的圖書館。這些隨你取用的珍本圖書，很多在任何其他地方眞的都看不到了。這一切都屬於你，」他在椅子上挪了一下位置，好像他巨大的不死之軀長時間保持靜止不動很困難似的。「再說，你這個人有舉世無雙的想像力，思想精確，高瞻遠矚。在研究方法、綜合資料、運用想像力等方面，我有很多要向你學習之處。因爲你有這些長處，還有你經年累月的學術涵養，所以我把你帶到這裡來，進入我的藏寶庫。」

他再度頓住。我盯著他的臉，無法移開目光。他凝視著爐火。「以你的果敢、誠實，你會看到歷史的教訓，」他道。「歷史告訴我們，人性本惡，邪惡到極點。善無法臻於完美，惡卻可以。爲什麼不投入你偉大的心靈，使它到達完美之境？我邀請你，我的朋友，自動自發加入我的研究。你這麼做，可以讓自己少受很多苦，也可以替我省很多麻煩。我們攜手，可以把歷史學家的工作推展到全世界前所未有的境界。歷史的痛苦是純粹的極致。你可以擁有所有歷史學家夢寐以求的東西：歷史將成爲你的眞實。我們一起來用鮮血洗滌我們的心靈。」

然後他轉過身，所有的目光都凝聚在我身上，蘊藏古老知識的眼睛熊熊的燃燒，鮮紅的嘴唇分開。我忽然想道，那張臉本來應該散發最高智慧的光芒，要不是因爲有那麼多仇恨將它扭曲。我努力不讓自己昏倒，不在這一刻向他臣服，拜倒他面前，雙膝跪地，不把自己交到他手中。他是一位領袖，一位大公。絕不容人抗命。我唯有凝聚這一生曾經擁有過的一切的愛，盡可能堅決的說了三個字：「不可能。」

他的臉燃起怒火，臉色蒼白，鼻孔和嘴唇都在抽搐。「你一定會死在這裡，羅熙教授，」他好像在努力控制自己的聲音。「你永遠也別想活著離開這個房間，但你也可以從這裡踏入全新的生活。爲什麼不給自己選擇的機會？」

「不必，」我儘量壓低聲音說。

他站在那裡微笑，充滿威脅。「那你還是要違反自己的意願爲我工作，」他道。我眼前一陣發黑，我在心裡緊緊把持自己的一點——什麼呢？我的皮膚開始刺痛，眼前金星亂閃，出現在晦暗的牆壁上。他踏上前一步，我看到他卸除了面具的臉，那副景象恐怖到我現在完全想不起來是怎麼回事——我嘗試過。然後有很長一段時間，我失去了知覺。

我在石棺中醒來，四周一片黑暗，我以爲又回到了第一天，我第一次在那裡醒來的情境，直到我發現自己根本就知道自己身在何處。我很衰弱，這次比上次衰弱得多，我脖子上的傷口在流血，傳來陣陣劇痛。我失了血，但沒有多到使我完全喪失行動能力的地步。過了一會兒，我設法移動，渾身顫抖的爬出我的監獄。我憶起失去知覺的那一刻。藉著剩下的燭光，我看見卓九勒再次熟睡在他的大墳墓裡。他的眼睛圓睜像玻璃，他的嘴唇紅豔，他的手緊握著匕首——我的肉體與靈魂都懷著最深的恐懼，我轉身去蹲在火旁，盡量把我在那兒找到的食物吃掉。

顯然他打算慢慢毀滅我，或許留待最後一分鐘，再給我一次選擇接受他昨晚提出的建議的機會，希望我心甘情願奉獻所有力量爲他效命。我現在只剩一個目標——不，兩個；盡可能在死時保持完整的自我，希望這麼做能對我變成不死族以後的可怕行爲有所節制，其次就是盡可能活久一點，盡量留下一點記錄，雖然它可能等不到被人閱讀就化爲塵土。這兩點野心是我現在僅有維持生命的動力。我已經不知道怎樣爲這種命運哀泣。

第三天

我再也無法確定日期是否正確；我開始覺得好像已經過了好幾天，或我已經做了好幾個星期的夢，或我被綁架是一個月之前的事。總之，這是我的第三筆記錄。我花了一整天察看圖書館，不是爲了執行卓九勒要我爲他編目的任務，而是盡可能從中學習可能對任何人有益的東西——但這是沒有希望的。我就記錄我今天的發現，拿破崙當上皇帝的第一年，就派人刺殺他手下兩名將領，這樣的死亡記事，我不曾在別處看到過。我也閱讀了拜占庭歷史學家安娜•康尼納[60]的短篇作品，題目叫〈皇帝授意之酷刑對人民有益〉——如果我對希臘文的理解沒出錯的話。我在鍊金術區找到一本有精彩插圖的猶太教秘典，可能來自波斯。在談論異端邪說的架上，我遇到一位拜占庭的聖約翰，但他的經文從一開始就有點不對勁——它談的是黑暗，而不是光明。我以後要再仔細閱讀這本書。我還找到一本一五二一年出版——書上有日期——的英文書，書名叫《懼怕的哲學》，是一本關於喀爾巴阡山的著作，我曾經看到別的書提起它，但我一直以爲它的文本已經失傳了。

我太疲倦，受傷太重，無法像我本來做得到（或應該做到）的那樣研讀這些作品，但一看到特殊的新資料，我都會以一種與我目前這種全然無助狀態不成比例的熱誠，把它挑出來。現在我必須去睡了，趁卓九勒睡眠的時候睡一會兒，這樣我才能在面對下一次磨難前多少休息一下，不論會發生什麼事。

第四天？

我的心智開始崩潰，我有這種感覺；再怎麼努力，我都無法建立時間的觀念，也記不住我瀏覽群書的進度。我不僅覺得衰弱而已，我好像生病了，今天出現一種前所未有的感覺，使我殘餘的理智更覺得悲痛。我正在翻閱卓九勒舉世無雙的藏書中一本有關酷刑的著作，我在這本製作精美的法文四開本裡，看到一種能使人立刻身首異處的新機器。附有插圖說明——機器的各部分，穿著華服的人，他理論上的頭跟他理論上的身

[60] Anna Comnena，1083-1153，拜占庭皇帝亞歷克西烏斯一世之女，公認是西方世界第一位女歷史學家。

體剛剛分開。我看著這幅畫面，不僅對它的作用感到厭惡，不僅對這本書保存得如此完善感到驚訝，也忽然渴望目睹眞實的場面，聽群眾歡呼，看大量鮮血噴灑到綴滿花邊的襯衫前襟和天鵝絨外套上。所有歷史學家都會渴望目擊過去事實的現場，但這是一種全新的、不一樣的飢渴。我把那本書丟在一旁，把劇痛的頭靠在桌上，從我被囚禁以來第一次放聲大哭。我已經很多年沒哭過了，自從我母親的葬禮以來，我就沒哭過。我自己的淚水的鹹味讓我稍覺安慰——它是那麼的平常。

……天

那惡魔睡了，但他昨天一整天沒跟我說話，只除了問我編目的工作進度如何，並花了幾分鐘檢視我完成的部分。現在我太疲倦，無法繼續工作，甚至也打不了多少字。我要去坐在爐火前面，試著在那兒振作一下過去的自我。

……天

昨晚他再次叫我到爐火旁坐下，好像我們之間仍可以做文明的對話，他告訴我，他不久就要把圖書館搬走，比他本來預定的時間提前，因爲有某種威脅逼近。「這是你的最後一夜，然後我要把你留在這裡一段時間，」他道：「但我召喚你的時候，你就要來到我面前。然後你可以在比較安全的新地方繼續工作。以後我們會考慮派你到世界各地去。盡量想想你能把哪些人帶來給我，幫我們推展我們的工作。暫時，我要把你擺在一個別人無論如何都不可能找到你的地方。」他露出微笑，我頓時感到眼花，趕快把目光轉到爐火上。

「你眞是頑固到極點。或許我們把你僞裝成聖骨好了。」我一點都不想問他這句話是什麼意思。

所以他過不了多久就要結束我塵世的生命。現在我把所有的精力都用於鞏固自己，準備面對最後一刻。我會小心不去想我愛過的人，希望如此能讓我在以後受天譴的狀態，也比較不容易想到他們。我要把這份記錄藏在我在這兒找到最美的一本書裡——目前圖書館裡少數不會讓我產生那種可怕的愉悅感的書之一——然後我要把書也藏起來，這樣它就不再隸屬這批檔案。但願我能把自己跟它一起交付給塵土。我覺得日落將至，外面的世界裡仍然有光明與黑暗，我要振作起不斷衰退的精力，直到最後一分鐘仍然做我自己。如果在生命、歷史、我自己的過去之中，有任何的善與好，我都要請它們助我一臂之力。我用我過去全副的生活熱情，向它們求援。

74

「海倫用兩根手指輕點一下她父親的額頭，好像在爲他祝福。她努力壓抑淚水。『我們怎麼把他搬出去？我要埋葬他。』

『來不及了，』我痛苦的說。『他寧願我們活著離開，我很確定。』

「我脫下西裝外套，溫柔的蓋在他身上，遮住他的臉。石板太沈重，無法再蓋回原位。海倫拿起她的小手槍，在激動的心情下沒忘了檢查它的狀況。『圖書館，』她悄聲道。『我們必須馬上找到它。剛才你有沒有聽見響動？』

「我點點頭。『我想聽見了。但我聽不出是從哪兒傳來的。』我們站在那裡凝神聆聽。無盡的沈默包圍著我們。海倫開始測試牆壁，一手拿槍，另一手沿著牆壁觸摸。燭光黯淡得令人沮喪。我們繞了一圈又一圈，不斷按觸敲打。這兒沒有秘龕，沒有突出的石塊，沒有可能開啓的入口，完全沒有可疑之處。

『外面恐怕天黑了，』海倫道。

『我知道，』我說。『我們大概還有十分鐘，然後就必須離開，我很確定。』我們又沿著小房間繞了一圈，檢查每一吋地面。這裡面很冷，尤其我現在又脫掉了外套，但汗水開始從我背上流下來。『說不定圖書館在教堂另一個部分，或在地基下面。』

『它必須完全不被人看見，應該在地下，』海倫低聲說。『否則早就被人發現了。還有，如果我父親在這座墳墓裡——』她沒把話說完，但是從最初的震撼開始，我也受同樣的問題折磨：既然羅熙在這裡：那麼卓九勒在哪裡？

「『這兒眞的沒有一點異常？』海倫看著低矮的拱形天花板，想要用指尖碰觸它。

「『我看不出什麼。』然後我突然想到一個念頭，立刻從燭台上抓了根蠟燭，趴下身去。海倫立刻跟上來。

「『有了，』她輕吁一口氣。我在摸索最低一級台階立面上的那個龍紋雕刻，前一次進入墓窖時，我曾經用手觸摸過它；現在我用力推它、壓它，使出全身力氣。但它固定在牆上，動也不動。海倫也在用她敏感的手指觸摸周圍的石塊，她忽然找到一塊鬆動的石頭；它位在龍紋雕刻旁邊，像顆牙齒般一抽即起。它原來的位置出現一個黑暗的小洞；我伸手進去一撈，只抓到一大把空氣。但海倫伸手進去，彎肘探到龍紋雕刻後面，『保羅！』她低呼一聲。

「我順著她的手在黑暗中摸去，那兒果然有個把手，一個巨大、冰冷的鐵製把手，我用力一推，那塊龍紋石板就輕易的卸下來，完全沒有影響到它周圍的石塊或上層的台階。我們現在看出，這個機關做得非常精緻，石板上鎖著一個長角怪獸的鐵製把手，使用者沿著我們面前打開的狹窄石級下去之前，輕易可以把它拉回原位，封閉入口。海倫取了第二根蠟燭，我負責拿火柴。我們手腳並用爬進去——我忽然想到羅熙身上的淤青、擦傷和撕裂的衣服，不知他是否數度在這個入口被拖進拖出——但不久我們就能在台階上站立。

「迎面而來的空氣冰冷、潮濕到極點，我努力克制來自內心深處的顫抖，在陡峭的梯階上緊緊牽住海倫，她也在發抖。走完十五級階梯，底部是一條黑得像地獄的甬道，我們手中的燭光照見牆上高處嵌有鐵製的燭台，似乎這兒曾經有過照明。甬道盡頭——我沒忘記計算，似乎長十五步——有扇沈重而且顯然非常古老的木門，底部的木頭都已碎裂，門上同樣安裝著那種鑄鐵的奇形怪獸門把。我不用回頭看，就意識到海倫已舉起手槍。門關得很緊，但仔細檢查一下，就發現門栓裝在我們這頭。我使出全身力量托起沈重的木拴，然後以一種凝聚到骨頭都幾乎要融化的戒懼心情，緩緩將門推開。

「走進門內，我們的蠟燭光線雖然微弱，仍照見一個極大的房間。門口附近擺著幾張式樣古老、非常結實的長桌，以及空空如也的書架。跟甬道裡的陰濕相較，房間裡的空氣出乎意料之外的乾燥，好像這片保護周詳的地層深處，埋設了秘密的通風管道。我們緊緊相擁，站在那兒，豎起耳朵聆聽，但房間裡一點聲音也沒有。我誠摯的祈禱讓我們看穿眼前的黑暗。我們的燭光照見的第二樣東西，是一座枝狀燭台，插滿燒了一半的蠟燭，我把它全部點燃。照亮了好幾座高櫃，我小心的搜索一個櫃子，裡面是空的。「這就是圖書館嗎？」我道。「這裡什麼也沒有。」

「我們再度站著聆聽，海倫的手槍在比較明亮的光線裡閃閃發光，我覺得我應該自告奮勇拿槍，在必要時使用它，但我從來沒拿過槍，而她呢，我知道她是神槍手。『你看，保羅，』她用空下來的那隻手指著前方說，我也看到了引起她注意的那個東西。

『海倫，』我道，但她已經向前走去。不一會兒，我的燭光就照到一張先前沒照到的桌子，一張大石桌。但我立刻看出那不是桌子，而是一座祭壇——不，不是祭壇，而是一具石棺。附近還有另一具——這兒是否修道院墓窖的延伸，提供歷代院長一個遠離拜占庭火炬與鄂圖曼弩砲的安息之所？然後我們看到，這兩具石棺後面，還有一具巨大無匹的石棺，側面有個字刻在石頭裡：卓九勒。海倫舉起手槍，我也抓住我的木棒。她踏上前一步，我亦步亦趨。

「就在這一刻，我們聽見身後傳來一片嘈雜，還在一段距離外，雜沓的腳步聲和攀爬聲，幾乎掩蓋了墳墓另一端黑暗中傳來的微弱聲音，一種乾燥泥土落下的聲音。我們宛如一體，向前跳去，往棺裡看——最大那具石棺沒有蓋子，裡面是空的，其他兩具也一樣。而那聲音：從黑暗中某處傳來，像是什麼小動物從樹根裡竄過。

「海倫對著黑暗開槍，有泥土與碎石崩落的聲音；我拿著蠟燭跑上前去。圖書館另一端是封死的，只見幾條樹根從拱形的天花板垂掛下來。我看到後方牆壁上的凹龕裡，原來可能是供奉神像的地方，光禿禿的石頭上流下一道黑色的黏液——血？或泥土裡滲下來的濕氣？

「後面那扇門砰的撞開，我們立即轉身，我握住海倫空著的那隻手臂。強光燈、手電筒、奔跑的人影和喝叱聲，闖進我們的燭光。來者是拉諾夫，跟他一起出現的還有一個高大的男人，他踏上前一步，我和海倫就籠罩在他的黑影裡：傑薩•尤瑟夫，他身後跟著滿臉驚慌的伊萬修士。再後面有個瘦小的公務員，穿一套黑西裝，戴帽子，蓄濃密的黑色八字鬍。另外還有一個步履蹣跚的人，我想他遲緩的動作一定拖累了他們的每一步行動：斯托伊契夫。他的表情怪異，混合了恐懼、懊惱、好奇，臉頰上還有道淤傷。他蒼老的眼睛接觸我們的眼睛，悲哀的凝望了很長一段時間，然後他輕輕蠕動嘴唇，好像因爲發現我們還活著而感謝上蒼。

「傑薩與拉諾夫以最快速度撲向我們。拉諾夫用槍指著我，傑薩的槍對準海倫，伊萬張口結舌站在一旁，斯托伊契夫安靜而警醒的在他們身後等待。黑衣官員則站在光線剛好照不到的地方。『丟下妳的槍，』拉諾夫對海倫說，她順從的讓槍落到地面。我伸手攬住她，但動作盡可能放慢。昏暗的燭光下，他們都臉色猙獰，只有斯托伊契夫例外。我看得出，他若非眞的嚇壞了，一定會冒險對我們微笑。

「『你見鬼的來這個地方做什麼？』我還來不及阻攔，海倫就對傑薩說。

「『妳又見鬼的來這裡做什麼，我親愛的？』他只回了這句話。他看起來比什麼時候都高，穿淺色的襯衫和長褲，厚重的步行靴。我在討論會上竟然沒發現，原來我打從心底討厭他。

「『他在哪兒？』拉諾夫咆哮。他從我看到海倫。

「『他死了，』我說，『你們從墓窖下來。你們一定看見他了。』

「拉諾夫皺起眉頭。『你在說什麼？』

「某種因素，或許是從海倫承襲來的直覺，使我不再多言。

「『你說的是誰？』海倫冷冷問道。

「傑薩把槍口對準她。『妳明明知道我的意思，艾倫娜•羅熙。卓九勒在哪裡？』

「這可不容易回答，我讓海倫先發言。『他不在這裡，很明顯，』她用一貫的諷刺口吻說。『你們可以搜查這座墳墓。』就在這時，那名官員上前一步，好像有話要說。

『看住他們，』拉諾夫對傑薩說。拉諾夫在桌子之間小心翼翼前進，四下打量每一個方向；我很容易看出，他從沒有到過這個地方。黑衣官員一言不發跟在他身後。他們走到石棺那兒，拉諾夫高舉起提燈和手槍，好奇的向裡面窺探。『空的，』他回頭對傑薩說。他轉向另兩具較小的石棺。『這是什麼？過來，幫我忙。』官員和修士馴服的走上前去，斯托伊契夫以較慢的腳步走過去，我覺得他看著四周空蕩蕩的桌子和櫃子時，臉色忽然一亮。他對這個地方作何判斷，我只能臆測。

「拉諾夫已經看過了那兩口小石棺。『空的，』他憂心忡忡說：『他不在這裡。搜索整個房間。』傑薩大步走到桌子之間，舉起手電筒到處照射，還把櫃門都打開。『你們有看見或聽見他嗎？』

『沒有，』我道，多少也算實話。我告訴自己，只要他們不要傷害海倫，只要他們放她走，這次的冒險對我而言就算是成功。我對人生再也別無所求。我也暗中慶幸，羅熙不必再面對這一切情況，承受磨難，也算一種恩典。

「傑薩說了幾句話，想必是用匈牙利語咒罵，因爲海倫差點笑出來，雖然有把槍正瞄準她胸口。過了一會兒，他說：『沒有用的，墓窖裡那座墓是空的，這座也一樣。他不會再回這裡來，因爲已經被我們發現了。』我花了一會兒才理解這句話。外面墓窖裡那座墓是空的？我們不是剛剛才把羅熙的屍體留在那裡，怎麼會不見呢？

「拉諾夫轉身對斯托伊契夫說：『給我們解釋一下這地方是怎麼回事。』他們終於把槍放下，我把海倫拉過來，傑薩酸溜溜的看了我一眼，但什麼也沒說。

「斯托伊契夫把提燈舉高，好像早就在等待這一刻。他走到最近的桌子前面，用手輕敲桌面。『我想這是橡木，』他慢慢道。『款式很像中世紀的作品。』他低頭察看桌腳接榫的情形，又敲敲一個櫃子。『但我對家具的了解不多。』我們沈默的等著。

「傑薩踢一下老桌子的腳。『我要怎麼跟文化部長說？那個瓦拉基亞的鬼是我們的。他活著時是匈牙利的囚犯，當年他的國家也是我國的領土。』

『我們何不等找到他再吵，』拉諾夫低聲咆哮。我忽然明白，他們唯一共通的語言是英語，而且他們彼此憎恨。那一瞬間，我也想起拉諾夫讓我聯想到誰。他臉上的橫肉和濃密的黑色八字鬍，像極了我見過的史達林年輕時的照片。拉諾夫和傑薩這種人危害不嚴重，只不過因爲他們只握有最起碼的權力。

『叫妳阿姨以後打電話小心點，』傑薩怨毒的看了海倫一眼，我覺得她抵著我的身軀整個僵硬起來。『現在叫這個該死的修士守衛這地方，』他又對拉諾夫說，拉諾夫便下了一個讓可憐的伊萬修士渾身發抖的命令。就在這時，拉諾夫手中的提燈忽然照射到一個新方向。他一直高舉著燈東照照、西照照，一張張檢查那些桌子。現在他的燈一歪，光線掃過那個穿深色西裝，始終戴著帽子的矮小官員，他正一言不發站在卓九勒空掉的石棺旁邊。要不是他臉上的表情那麼古怪，或許我還不會注意他的臉——燈光忽然照見他正在暗自悲傷。我很清楚的看見他不合宜的八字鬍下面那張瘦骨嶙峋的臉，還有眼睛理熟悉的閃光。『海倫！』我喊道。『妳看！』她也瞪大了眼睛。

『什麼？』傑薩立刻轉身戒備她。

『那個人——』海倫說不出話來。『那邊那個人——他是——』

『他是個吸血鬼，』我沈著氣說。『他從我們美國的大學就一直跟蹤我們。』我話還沒說完，那妖魔就拔腿逃跑。他要離開這房間，必須先從我們面前通過，他撞倒正打算抓住他的傑薩，然後推開拉諾夫。拉諾夫反應很快；他撲上去，抓住那名圖書館員，兩人撞在一起，然後拉諾夫慘叫一聲，猛然後退，圖書館員一脫身就繼續狂奔。拉諾夫對他的背影開了很多槍，但他還是跑掉了，而且腳步絲毫沒有慢下來——拉諾夫可能只射中空氣。邪惡的圖書館員就這麼消失了，事情發生得那麼突兀，我甚至不確定他是眞的跑到甬道口，或直接從我們眼前消失。拉諾夫一直追出大門外，但幾乎立刻又轉回來。我們都站在那兒看著他；他臉色蒼白，一手壓著撕破的外套，已經有一道血跡從他指縫間流下來。他隔了很久才開口說話。『這到底是怎麼回事？』他的聲音在顫抖。

「傑薩搖搖頭。『我的天，』他道。『他咬了你。』他從拉諾夫面前後退一步。『我竟然還跟那個矮子單獨相處過幾次。他說他可以告訴我們，去哪兒可以找到美國人，但他從沒有告訴我他是——』

『當然不會告訴你，』海倫輕蔑的說，雖然我試著叫她安靜。『他要找他的主人，他跟蹤我們是為了找他，不是為了要殺你。你這樣對他比較有用。他有沒有把我們的筆記交給你？』

『閉嘴，』傑薩作勢要打她，但我聽出他色厲內荏，不作聲把海倫拉開了。

『來吧，』拉諾夫又開始用槍口驅趕我們，一隻手仍摀住受傷的肩膀。『你們眞是不幫忙。我要你們回索非亞，儘快上飛機離境。我們沒有獲准讓你們失蹤，算你們走運——那樣會太不方便。』我以為他會像傑薩剛才踢桌腳那樣踢我們，但他轉過身，粗魯的把我們帶出圖書館。他要斯托伊契夫走第一個；我想到那老人被迫參加這場追蹤，一路受到的待遇，心頭很是不忍。很明顯斯托伊契夫沒想到我們會被跟蹤；我從第一眼看到他的愁容，就知道那是怎麼回事。他被迫來跟蹤我們之前，是否已返回索非亞？我希望斯托伊契夫的國際聲望，能像過去一樣保護他，免於進一步受虐待。但拉諾夫——這是最糟的部分。受到感染的拉諾夫可能會回到秘密警察的岡位。我不知道傑薩是否會對此採取什麼行動，但這位匈牙利人的臉色使我噤若寒蟬，不敢跟他說話。

「我走到門口，再回頭看一眼那具在這兒躺了五百年的王者之棺。如今它的主人可能在任何地方，或正在去任何地方的途中。我們一個接一個從石階下的洞口爬出——我祈禱那幾把槍千萬不要走火——看到一幕奇怪的景象。聖彼特科的聖骨箱放在底座上，被打開了。他們一定帶了工具來，把我們打不開的聖骨箱弄開了。聖骨箱底下的大裡石板已經歸位，鋪好了繡花布罩，看不出曾被擾亂。海倫給我一個不摻雜任何情緒的眼色。從聖骨箱前面經過時，我往裡面看了一眼，見到少數幾根骨頭和一個擦得很光亮的骷髏頭——本地殉教者全部的遺骸。

「走出教堂，夜幕已深，外面有許多汽車和人——看來傑薩帶了一大批隨從同行，其中兩人看守教堂大門。卓九勒逃走當然不會選這條路，我想。包圍著我們的群山，比黑色的天空更黑。有些村民聽說有外人到達，拿著火把前來；他們看到拉諾夫出現，紛紛後退，瞪著他撕破染血的外套，臉色在搖曳的火光下十分緊張。斯托伊契夫拉住我手臂，他的臉貼在我耳畔。『我們把它封閉了，』他悄聲道。

『什麼？』我彎腰聽他說。

『修士跟我先下去，我們先進墓窖，而那些人——那些流氓先到教堂和森林裡去搜索你們。我們看到墳墓裡那個人——不是卓九勒——我知道你們已經來過。所以我們把墓穴封閉了。他們下來的時候，只開了聖骨箱。他們氣壞了，我差點以為他們要把可憐的聖彼特科的骨頭扔掉。』伊萬修士看起來夠強壯，但斯托伊契夫教授柔弱的外表底下，一定藏有非凡的氣力。斯托伊契夫精明的看著我。『但下面那座墳墓裡的人到底是誰，如果不是——』

『是羅熙教授，』我悄聲道。拉諾夫打開車門，喝令我們上車。

「斯托伊契夫飛快的看我一眼，千言萬語盡在其中。『我很遺憾。』

「就這樣，我們讓我親愛的朋友長眠在保加利亞，願他在那兒一直安息到世界末日。」

75

「墓穴冒險之後，博拉家的客廳就像人間天堂。再次來到這兒，感覺真是輕鬆無比，手裡捧著熱茶——雖然已是六月，這個星期卻突然變冷——竇格坐在長椅另一頭的墊子上對我們微笑。海倫把鞋脫在公寓門口，換上博拉太太拿來的、綴流蘇穗子的紅拖鞋。沙立姆•艾克壽也來了，安靜的坐在角落，竇格負責翻譯，讓他和博拉太太聽懂所有對話。

『你們確定那座墓是空的？』竇格已經問過一遍，但似乎忍不住再問。

『非常確定，』我看一眼海倫。『我們所不知道的是，我們聽見的怪聲是否我們進去時，卓九勒逃走的聲音。當時外面可能已經天黑了，他要行動很方便。』

『他當然也會變形，傳說是正確的，』竇格嘆口氣。『算他命不該絕。你們差一點就抓到他，我的朋友，比五百年來新月衛隊任何一次行動都更接近目標。我很高興你們沒被殺害，但我也非常遺憾你們沒能消滅他。』

『你想他去了哪兒？』海倫湊向前，眼神因專注而格外黝黑。

「竇格撫摸他的大下巴。『老實說，親愛的，我猜不出。他可以走得又快又遠，但我不知道他要走多遠。我相信他一定是要搬到另一個古老的根據地，某個幾世紀來未被騷擾的藏身之所。離開聖喬治對他一定是個打擊，但他也知道，那個地方會有很長一段時間受到密切監視。我願意用我的右手交換，只要能知道他是仍留在保加利亞或已徹底放棄那個國家。國界和政治對他沒什麼意義，我很確定。』竇格用力蹙起和善的臉，顯得很煩惱。

『你認爲他不會來追獵我們？』海倫直接了當的問，但她肩膀形成的角度使我覺得，她費了很大力氣才提出這麼一個簡單的問題。

「竇格搖搖頭。『我認爲不會，教授女士。我認爲他現在有點怕你們兩位，別人都找不到他，你們卻能。』

「海倫沈默了，我不喜歡看到她臉上懷疑的表情。沙立姆・艾克壽和博拉太太都以特別溫柔的表情看著她；也許他們都不能理解，我爲什麼一開頭會讓她涉入這麼危險的事，雖然我們畢竟還是全身而退。

「竇格轉過來對我說。『我對貴朋友羅熙的遭遇感到非常遺憾。我但願有機會認識他。』

「『我相信你們一定會相處很愉快，』我很誠心的說，同時握住海倫的手。一提到羅熙的名字，她眼中就盈滿淚水，現在她掉開頭，好像這樣就能保護她的隱私。

「『我也希望能見到斯托伊契夫教授，』竇格再次嘆口氣，把手中的杯子放在我們面前的銅桌上。

「『那一定很精彩，』我微笑著，眼前出現這兩位學者比較筆記的畫面。『你跟斯托伊契夫可以爲彼此說明鄂圖曼帝國和中世紀巴爾幹半島的情況。說不定你們有一天會見面的。』

「竇格搖搖頭。『我想很難，』他道。『我們之間的障礙不但高而且──滿佈荊棘──就跟當年拜占庭的皇帝跟鄂圖曼的巴夏一樣。但如果你們有機會再跟他交談，或寫信給他，請一定要代我向他致意。』

「這很容易答應。

「沙立姆・艾克壽要求竇格向我們提出一個問題，竇格嚴肅的聽他說。『我們想知道，』他對我們說：『在所有的危險與混亂中，你們有沒有看到羅熙教授說的那本書──聖喬治傳，對吧？保加利亞人把它拿到索非亞大學去了嗎？』

「海倫眞正開心的時候，發出的笑聲會令人意外的像小女孩一樣，我差點就在眾人面前響亮的親她一下。自從我們離開羅熙的墳墓，她就幾乎沒笑過。『在我手提包裡，』我道。『就是現在。』

「竇格目瞪口呆，他花了好一會兒才想起自己的翻譯任務。『它又怎麼跑進去的呢？』

「海倫微笑不語，所以我來解釋。『直到我們回到索非亞，住進旅館，我才又想起這件事。』不，我不能告訴他們全部的事實，所以我給了一個含蓄的解釋。

「全部的事實是，當我們終於來到海倫的旅館房間，有十分鐘獨處的時間，我把她擁入懷裡，吻她烏黑的秀髮，讓她貼著我的肩膀，隔著我們因長途旅行而骯髒不堪的衣服，讓她整個人貼著我，就像我身體的一部份——我想柏拉圖所謂戀人是彼此失落的一半，一定就是這個意思——當時我感覺到的，不僅有我們一起死裡逃生、患難與共的寬慰，她修長的骨架的美，她吹噓在我頸根的氣息，我也發現她的身體非常不對勁，長出一大塊又厚又硬的東西。我鬆開手，瞪著她，十分擔憂，卻見她露出狡猾的笑容。她把手指豎在唇上。那只是提醒：我們都知道房間裡很可能裝了竊聽器。

「過了一會兒，她把我的手放在她襯衫的鈕釦上，她的襯衫經過這麼多事，已經變得又皺又髒。我解開扣子，不敢胡思亂想，只把那東西取出來。我說過，那年頭女人的內衣比現在複雜得多，有秘密的鋼絲、鈕釦、暗袋——穿在衣服裡的盔甲。有本書包了一條手巾，帶有海倫皮膚的溫度——不是羅熙告訴我們關於它的存在時，我聯想到的那種大型對開本，而是一本可以放在我掌心的小書。它有一個做工繁複的黃金外盒，襯著繪有圖案的木頭和皮革，黃金盒上鑲嵌有翡翠、紅寶石、藍寶石、琉璃石、上等珍珠——為了烘托中間的聖人畫像而鑲金嵌玉的背景。他清秀的拜占庭式臉孔，看起來就像幾天前才畫好的，而不是數百年前的作品，那雙連龍都寬恕了的悲傷大眼，彷彿會跟著我移動。上面是彎彎的金色眉毛，鼻子修長而挺拔，嘴唇有種悲傷的嚴肅。這幅畫像有種我從未在拜占庭藝術中見到過的圓熟、渾厚、寫實，反而比較像古羅馬的作品，那是拜占庭人的祖先。要不是我已經在戀愛，我一定會說，那是我所見過最美的一張臉，充滿人性，但也具有神性，或者該說，充滿神性但不缺乏人性。他的長袍衣領上有一排小字。『希臘文，』海倫道。她說話比悄悄話還小聲，湊在我耳畔。『聖喬治。』

「裡面是許多張極小的羊皮紙，保存的狀況好得難以想像，每一頁都以中世紀的筆觸抄寫得盡善盡美，寫的也是希臘文。每一頁都有精美的插畫：聖喬治把長矛刺進痛苦扭曲的龍腹，一群貴族在旁觀；聖喬治接過一頂鍍金的小皇冠，是坐在天國寶座上的基督伸手下來交給他的；聖喬治臨終躺在床上，有紅翅膀的天使在旁哀悼。每幅畫都塡滿纖小而驚人的細節。海倫點點頭，再次把嘴湊到我耳邊，氣息幽幽的說：『我不是這方面的專家，但我想這是爲君士坦丁堡皇帝製作的東西——到底哪個皇帝還有待研究。這兒有後代皇帝的御璽。』果然沒錯，封面裡畫了一隻雙頭鷹，一個頭回望拜占庭輝煌的過去，另一個展望它無盡的未來；它眼光不夠犀利，未能預見帝國被剛起步的異教徒推翻的下場。

「『也就是說，它的年代至少可以溯及十五世紀前半，』我悄聲道。『在土耳其征服之前。』

「『哦，我相信更古老得多，』海倫輕觸一下御璽，悄聲道。『我父親——我父親說它很古老。你看這裡的徽章代表的是君士坦丁七世[61]。他統治的時間是』——她搜索內心的檔案——『十世紀前半。他在巴赫科伏修道院興建前就掌權了。那頭老鷹是後來添加的。』

「我幾乎說不出話來。『妳是說，這本書超過一千年？』我小心翼翼用雙手捧著書，把它放在床上，海倫的身旁。我們都沒出聲；我們用眼神交談。『它的狀況幾近完美。妳打算把這樣一件寶物走私出保加利亞？海倫，』我嚴肅的看著她：『妳瘋了，而且它應該屬於全體保加利亞人民。』

「她親吻我，把書從我手裡取走，翻到最前面。『這是我父親給的禮物，』她輕聲說。封裡內側有個很深的皮革夾層，她小心的把手伸進去。『我一直等著，想跟你一起看這個。』她取出一疊極薄的紙，上面字打得密密麻麻。然後我們一起默默閱讀羅熙痛苦的日記。讀完以後，我們都沒有說話，但我們都在哭泣。最後海倫用手帕再次把書包好，小心的塞回原位，貼肉收藏。

61 譯註：Constantine Porphyrogenitus，905-959

「我講完這故事摻水的版本，竇格露出微笑。『但我還有事要告訴你，這非常重要。』我道。我敘述了羅熙被囚禁在圖書館的可怕遭遇。他們嚴肅而不動聲色的聆聽，當我說到卓九勒知道蘇丹派新月衛隊追獵他，而且這支隊伍仍有後人時，竇格倒抽一口涼氣。『很抱歉，』我道。

「他很快把內容翻譯給沙立姆聽，沙立姆低下頭，低聲說了幾句話。竇格點點頭。『他的話我非常贊同。這可怕的消息只代表我們必須更努力追蹤穿心魔，不讓他對我們的城市不利。英明睿智的征服者陛下如果還在世，也一定會命令我們這麼做。一定的。你們回家以後打算怎麼處理這本書呢？』

「『我認識一些跟古董拍賣公司有來往的人，』我說。『當然我們會很小心，我們也會等一段時間再採取行動。我想早晚會有博物館把它買下。』

「『錢怎麼處理麼？』竇格搖搖頭。『那麼多錢你們拿了怎麼用？』

「『我們會好好考慮，』我說。『做些善事。我們還不知道。』

「我們回紐約的班機五點起飛，我們坐在長椅上吃完最後一頓豐盛的午餐，竇格就開始看錶。他晚上有課，唉，眞可惜，但艾克壽先生會用計程車送我們去機場。我們起身告辭時，博拉太太取出一條銀線刺繡、絕頂精緻的奶油色絲巾，圍在海倫脖子上。它遮掩了她破舊的黑外套和骯髒的衣領，我們都眼睛一亮——起碼我是如此，而且開心的不只我一人。海倫露出在絲巾上的臉蛋燦爛有如皇后。『送你們的結婚禮物，』竇格太太說，然後踮起腳尖吻她。

「竇格吻了海倫的手。『那是我母親的，』他簡單的說，海倫感動得說不話。我替我們兩個回答，跟他們一一握手。我們會寫信來，我們會想念他們。人生還很長，我們會再見面的。」

76

「我故事的最後一部份，對我而言可能最難敘述，因爲它開始時有那麼多快樂。我們悄悄回到大學，繼續我們的研究。警方又把我找去訊問了一次，但他們認爲我出國是做研究，與羅熙失蹤無關。當時報紙正對他的失蹤大肆報導，掰了一套當地的神秘事件，校方盡力不予理會。系主任當然也找我去問話，我什麼也沒告訴他，只說我跟大家一樣爲羅熙難過。那年秋季，海倫和我在我父母習慣去做禮拜的波士頓教堂結了婚——即使在婚禮進行中，我也無法不注意到這裡的教堂的布置多麼空洞、樸素，連支香都沒有。

「我父母對這一切，不消說有點驚訝，但他們自然而然就對海倫產生好感，而且非常喜歡她。她在他們面前收斂起冷嘲熱諷的本性，我們去波士頓探望他們時，海倫經常在廚房裡陪我母親說笑，教她煮匈牙利風味的菜餚，或在我父親擁擠的書房裡跟他談人類學。我自己雖然對羅熙的死十分難過，也感覺到海倫經常爲這件事悲傷，但我們婚後第一年還是充滿著幾乎滿溢出來的快樂。我在第二位指導教授監督下完成博士論文，整個過程當中，我總覺得他的臉容很模糊。其實我對荷蘭商人已不感興趣；只想快點取得學位，以便好好安頓下來。海倫出版了一篇很長的文章，討論瓦拉基亞農村的迷信，學術界的反應很好，她並以匈牙利境內殘留的外西凡尼亞風俗爲題，著手寫博士論文。

「我們剛回到美國時，還寫了另一樣東西：一封給海倫母親簡短的信，請艾娃阿姨轉交，海倫不敢在信裡寫太多，只用幾句簡單的話交代，羅熙已去世，他至死仍記得她，也還愛著她。她滿臉絕望的把信封口，說道：『總有一天，我會告訴她全部的經過，只等我能湊在她耳邊說話的時候。』我們始終不知道那封信有沒有寄達目的地，因爲艾娃阿姨和海倫的母親都沒有回信，而不到一年後，蘇聯部隊就入侵匈牙利了。

「我全心全意指望從此快樂的度過一生，婚後不久，我就對海倫提起我希望有小孩。最初她搖頭反對，輕輕用手撫摸脖子上的傷疤。我知道她的意思。但我指出，她受的傷害很小，康復情況也很好、既強壯又健康。隨著時間過去，她似乎也因身體完全復元而逐漸釋懷，走在街上，我看到她開始用期待的眼神，窺視那些跟我們擦身而過的嬰兒車。

「我們婚後那年春季，海倫取得人類學博士學位。她寫論文的速度讓我相形見慚；那一年，我經常在清晨五點醒來，發現她已起床，坐在書桌前面。她顯得蒼白而疲倦，她博士論文口試的第二天，我醒來發現床單上有血跡，海倫躺在我身旁，已痛昏過去：小產。她本來等著向我宣布好消息。事後她病了好幾個星期，人變得很安靜。她的論文得到最高的榮譽，但她絕口不提這事。

「我找到的第一份教書工作是在紐約市，她鼓勵我接受，於是我們搬了家。我們住在布魯克林高坡一棟老舊、但很宜人的磚造房屋。我們沿著步道散步，看拖船在港口裡領航，巨型載客輪船——這種輪船的最後一批——航向歐洲。海倫在一所聲譽跟我的學校不相上下的學校任教，她的學生都很崇拜她；我們的生活有種美妙的平衡，我們都從事自己最喜歡的工作謀生。

「我們不時取出《聖喬治傳》慢慢翻閱，等時機成熟，我們把書送到一家口風很緊的拍賣公司，那個英國人翻開這本書時差點昏倒。它以不公開方式出售，最後由位在曼哈坦上城的修道院博物館收藏，一大筆錢則轉進我們特地爲這個目的開立的帳戶。海倫跟我一樣不喜歡奢華的生活，所以除了設法寄小筆款子給她在匈牙利的親戚外，我們暫時沒動用這筆錢。

「海倫第二次小產，情況比第一次更驚心動魄，也更危險；有天我回到家裡，發現門廳的拼花地板上有成排的血腳印。她自己設法叫了救護車，我趕到醫院時，她已幾乎脫離險境。事後，那排腳印的記憶一再讓我午夜從惡夢中驚醒。我開始懷疑我們永遠生不出健康的孩子，尤其擔心這會影響海倫的生活。就在這時，她又懷孕了，小心翼翼過了幾個月，都沒有事故發生。海倫的眼神變得像聖母般柔和，藍色羊毛洋裝裡的身材變得渾圓，她的腳步有點不穩。她總是在微笑；她說，這一個，我們要留下這一個。

「妳在一家可以眺望哈德遜河的醫院裡誕生。我看到妳像妳母親一樣皮膚黝黑，有纖細的眉毛，像一枚新鑄的錢幣般完美，海倫眼睛裡滿溢快樂和痛苦的淚水。我把緊緊裹在襁褓裡的妳抱起，讓妳看一眼下面的船舶。這麼做一部份是爲了掩飾我自己的眼淚。我們爲妳取跟海倫母親一樣的名字。

「海倫深深爲妳著迷；這是我最希望妳了解的一點，我們生活中任何其他事都沒有這麼重要。她懷孕期間就放棄教職；對於能夠一連好幾個小時，在家玩弄妳的小手、小腳（她掛著淘氣的笑容說，妳的手腳完全是外西凡尼亞土產），或坐在我買給她的大椅子上搖妳，似乎覺得心滿意足。妳很早就會笑，妳的眼睛到處跟著我們打轉。有時我會衝動的突然離開辦公室，只爲了回家察看妳們兩個——我的黑頭髮的女人——是否仍一塊兒躺在沙發上打瞌睡。

「有一天，我提前回家，大約四點鐘，買了一點中國食物，還有幾朵逗妳瞪著眼睛看的花。客廳裡沒有人，我發現妳在睡午覺，而海倫趴在妳的小床邊。妳睡夢中的小臉安詳無比，但海倫卻滿臉淚痕，而且她有一會兒沒認出我來。我把她抱入懷中，忽然打個寒噤，因爲我覺得有什麼東西使她的身體良久才開始對我的擁抱有反應。她不肯告訴我什麼事讓她煩心，問了幾次沒有結果，我也不敢再問。那天晚上，她拿外賣的食物和康乃馨玩得很開心，但接下來那個星期，我發現她又哭過了，又沈默寡言了，她翻閱羅熙的著作，其中有本是他剛開始指導我時送給我的，上面有他的簽名。她把那本關於邁諾斯文明的大部頭書攤在腿上，翻開到羅熙自己拍攝的克里特島上祭壇的照片。『孩子在哪兒？』我問。

「她慢慢抬起頭看我，好像要提醒自己今年是何年。『她睡了。』

「很奇怪的，我壓抑下立刻衝到臥室裡察看妳狀況的衝動。『親愛的，怎麼了？』我把書拿開，抱著她，但她搖搖頭，一言不發。我終於進房去看妳時，妳在小床上剛睡醒，露出甜美的笑容，翻身趴倒，撐起上身，仰頭看我。

「不久海倫就開始每天早晨都不說話，每天黃昏都沒來由的哭泣。既然她不肯跟我談，我堅持她去看醫生，然後去看心理醫生。醫生說，查不出她有什麼問題，女人初爲人母的前幾個月有時會有點憂鬱，等她適應可能就會改善。我發現時已經太遲，還是因爲有位我們共同的朋友在紐約公立圖書館撞見海倫，原來她根本沒去作心理分析。我質問她時，她只說，她認爲倒不如做點研究，更能讓她心情好轉，所以她就這麼利用把孩子交給保姆照顧的時間。但有些傍晚，她的情緒眞的低落到極點，我最後認爲她迫切的需要換個環境。我從我們的金庫裡提出一點錢，買了早春赴法國的飛機票。

「海倫從來沒去過法國，雖然她一輩子都在讀與法國有關的書，學校教的那種四平八穩的法文她也說得很好。她在蒙馬特顯得很快樂，用從前的刻薄口吻批評說，聖心堂比她夢想中更加醜不可言。她喜歡推著妳的嬰兒車去逛花市和塞納河畔，我們流連河畔舊書攤，東翻西檢尋寶時，妳就披著柔軟的連帽小紅斗蓬，坐在一旁看著河水發怔。九個月大的妳，已經很會旅行了，海倫告訴妳，旅途才剛開始呢。

「我們租住的那棟短期公寓，女管家已兒孫繞膝，有時我們把妳交給她照顧，溜到有銅欄的酒吧對飲，或戴上手套，在戶外喝咖啡。海倫——還有眼睛亮晶晶的妳——最愛的還是聖母院發出回音的穹頂，最後我們繼續浪跡到南方，去欣賞其他幽深的美景——沙特爾[62]和它燦爛的玻璃；異端邪說的發源地阿爾比[63]和它奇形怪狀的紅色堡壘教堂；卡爾卡松[64]的大廳。

62 譯註：Chartres是法國中部大城，有著名的沙特爾大教堂。

63 譯註：Albi是法國南部古城，十二世紀在當地崛起的阿爾比教派（Albigensian），或稱卡塔爾教派（Cathar），本是巴爾幹半島上的一個基督教流派，信徒反對神職人員自稱「完人」和擁有財產，與當時羅馬教會發生強烈衝突。一一七九年教皇亞歷山大三世宣佈阿爾比教派為異端，動員西歐各國加入討伐異端的十字軍，整個法國南部都遭到屠殺和劫掠。

64 譯註：Carcassone 法國古城，扼守庇里牛斯山的重要關隘，以堅固的堡壘與城牆聞名，也是中世紀的貿易重鎮。

「海倫提議去看庇里牛斯山東麓的聖馬太修道院，我們決定，回巴黎搭機返家前，到那兒住個一、兩天。我覺得她的氣色經過這趟旅行有明顯的好轉，我喜歡她橫躺在我們沛比良旅館的床上，瀏覽那本我在巴黎購買的法國建築史的模樣。她告訴我，這座修道院建於西元一千年，雖然她知道我已經讀完這一段。那是歐洲保存至今、最古老的羅馬式建築。『幾乎就跟《聖喬治傳》一樣古老，』我評論道。她一聽到這話，就闔上書，板起臉，躺下來，充滿渴望的看著在她旁邊小床上玩耍的妳。

「海倫堅持我們要像朝聖者一樣，步行走去修道院。一個涼爽的春天早晨，我們從勒班恩的小路登山，身體逐漸熱起來後，我們把毛衣繫在腰間。海倫用一條燈心絨包巾，把妳抱在她胸前，她疲倦時，我用手臂抱著妳。那個季節，山路上空無遊客，只有一個黑頭髮的農夫騎馬上山，默不作聲從我們身旁經過。我告訴海倫，我們應該請他搭載我們一程，但她沒答腔；那天早晨，她低落的情緒又回來了，我焦慮又沮喪的注意到，她眼裡經常滿含淚水。我已經知道，問她有什麼不對勁，她只會搖頭不理我，所以我只好溫柔的抱著妳爬山，以此爲足，走到峰迴路轉處，指點風景給妳看，大片開闊的景觀，可以看到籠罩在塵埃裡的原野和下面的小鎮。山頂上，路變成一片泥土地面的廣場，停著一、兩輛老爺車，農夫的馬——應該是牠——綁在一棵樹上，但騎馬的人卻不見影蹤。修道院矗立在前方，厚重的石牆連綿到山頂，我們從正門入內，由僧侶接待。

「那年代，聖馬太的運作比現在更像正式的修道院，大概有十二、三位僧人住在那裡，按照他們的前輩千年來留下的方式過活，唯一的例外是他們偶爾爲觀光客做導覽，大門外還停了一輛汽車供他們自己使用。兩位僧人帶我們參觀設計精巧的迴廊——我還記得我走到庭園開放的盡頭，看到裸露的岩石外，就是一落千丈的壁立懸崖，下方就是平原，眞感到大吃一驚。修道院四周的山，比它立足的這座山峰更高，我們看到遠處山壁上，彷彿了掛幾疋白紗，端詳了半天，才發現原來是瀑布。

「我們在靠近這片懸崖的長凳上，坐了一會兒，妳夾在我們中間，我們眺望無垠的正午的天空，聆聽修道院正中間那座紅色大理石水甕的淙淙流水——只有老天爺知道，幾個世紀前，他們怎麼把那個東西扛到這麼高的地方。海倫的心情彷彿又好了起來，我很高興看到她臉色恢復平靜。雖然有時她仍然會難過，這趟旅行畢竟是值得的。

「最後海倫說，她要多看看這個地方。我們把妳放進背袋，繞經廚房和僧侶仍來此用餐的膳堂，朝聖者仍來睡通舖的客房，還有這片建築中年代最老的繕經室，許多偉大的手抄本都在此抄寫、繪圖。玻璃板底下有樣本展示，一頁翻開的馬太福音，邊緣畫著成群小妖魔在折磨墜入地獄的罪人。海倫看了露出眞正的微笑。下一站是小教堂——確實很小，就跟這座修道院其他部分一樣，但它的比例猶如用石頭創作的樂曲；我從來沒有看過這麼親切可人的晚期羅馬式建築。我們的導覽指南宣稱，教堂東側的半圓形後殿，是晚期羅馬式建築的起點，以突如其來的姿勢引進陽光，照亮祭壇。狹窄的長窗上有一部份十四世紀的玻璃，紅白二色祭壇已爲舉行彌撒做好完美的布置，插妥金色的蠟燭。我們悄悄離開。

「最後，爲我們導遊的年輕僧人說，除了墓窖我們什麼都看過了，於是我們尾隨他走下迴廊旁邊一個潮濕的小洞穴，靠幾根矮柱撐起穹頂，擺了一具陰森而有華麗雕飾的石棺，年代可上溯至修道院成立的第一百年（我們的導遊說，這是第一任院長的埋骨所），這是晚期羅馬式建築與建地窖的最初範本，很值得注意。石棺旁，有位老僧趺坐沈思；我們進入時，他慈祥而有點困惑的抬頭看一眼，沒有起身，坐在椅子上向我們微微欠身行禮。『好幾個世紀以來，我們都維持著派人陪院長坐坐的傳統，』導遊解釋道。『通常是由一位畢生享有這份殊榮的老僧人執行。』

「『很特別，』我說，但這地方有點什麼，或許是寒冷，讓妳開始在海倫懷裡嗚咽掙扎，我看到她面有倦容，便自告奮勇抱妳上去呼吸新鮮空氣。走出那個潮濕的冬窟，我不禁鬆了一口氣，就帶妳去看迴廊裡的噴泉。

「我以爲海倫會馬上跟出來，但她流連在地下很久，她終於出來時，臉上的神色大爲改變，我心底立刻湧起戒心。她看起來充滿活力——是的，我好幾個月沒看到她這麼活潑了——但臉色卻很蒼白，眼睛瞪得很大，專注的看著某種我看不見的東西。我盡可能若無其事的迎上前去；我問她，下面有什麼有趣的東西。『也許吧，』她說，但她好像沒聽見我說話，因爲她心裡有太多意念在奔馳。然後她忽然轉向妳，把妳接過去，緊緊擁抱妳，親吻妳的頭和面頰。『她還好嗎？她害怕嗎？』

『她很好，』我說：『或許有點餓。』海倫在長凳上坐下，取出一罐嬰兒食品，開始餵妳，在妳吃東西的時候唱一首我聽不懂的兒歌——匈牙利文或羅馬尼亞文。『這地方眞美，』過了一會兒，她說。『我們在這裡住兩天吧。』

『我們星期四晚上得趕到巴黎，』我反對。

『其實在這裡住一晚，跟在勒班恩住一晚，沒什麼差別，』她鎮定的說。『我們可以明天走路下山搭巴士，如果你覺得有必要那麼早離開。』

「我同意了，主要因爲她的表現很奇怪，但我去跟我們的導遊僧討論這件事時，還是覺得很遲疑。他去請示寺院高層，他們說，客房反正空著，歡迎我們留宿。簡單的午餐和更簡單的晚餐之間，他們撥給我們廚房旁邊的一個房間，我們在玫瑰園裡散步，沿著圍牆外陡峭的果園爬坡，坐在教堂後面聽僧侶唱彌撒，妳在海倫懷裡睡著了。有個僧人替我們在木板床上鋪了清潔、粗糙的床單。我們把三張床併在一起，以防妳跌落，妳在床上睡著後，我就躺在床上讀書，假裝沒在注意海倫。她穿著黑色的棉布洋裝，坐在床沿，向著黑夜的方向眺望。我很慶幸窗簾已經拉攏了，但結果她還是起身把窗簾掀開，往外望去。『外面一定很黑，』我道：『附近都沒有城鎭。』

「她點點頭。『確實很黑，但這裡一直都是這樣，你不認爲嗎？』

『爲什麼不來床上？』我伸手越過妳，拍拍她的床。

『好吧，』她說，沒有要抗拒的意思。事實上，她還對我微笑，伸頭過來親我，然後才躺下。我擁抱了她一會兒，撫摸她有力的肩膀、柔滑的頸部。然後她伸個懶腰，蓋上毛毯，早在我讀完一章書，吹熄提燈前，就睡著了。

「我在黎明時分醒來，覺得有陣微風穿過房間。房裡很安靜，妳蓋著妳的嬰兒毛毯，在我身旁輕輕打呼，但海倫的床是空的。我悄無聲息爬起床，穿上鞋子和外套。外面的迴廊很暗，庭園灰濛濛的，噴泉只見暗沈沈的黑影。我想陽光要隔一段時間才會照到這裡，因爲它必須先爬上東方那幾座高大的山峰。我四下尋找海倫，卻沒有出聲喊叫，因爲我知道她喜歡早起，可能挑一張長凳，坐著沈思，等待黎明。但到處看不見她的蹤跡，天空稍微亮一點的時候，我開始以更快的速度搜尋，找過我們前一天坐過的那張長凳，也找過毫無動靜、只有幽靈般餘香繚繞的教堂。

「終於我開始喊她的名字，先是很小聲，聲音逐漸提高，最後變成緊張的大叫。過了幾分鐘，有個僧人從膳堂走過來，他們想必在那兒沈默的食用今天的第一餐，他問我有什麼事需要幫忙。我解釋說我妻子失蹤了，他開始幫我一起找。『也許夫人去散步了？』但果園、停車場、黑暗的墓窖，都沒有她的影子。太陽升到峰頂時，我們已經把所有地方都找遍了，然後他去叫別的僧人，他們之中的一個說，他要開車到勒班恩去打聽。我出於直覺，請他帶警察回來。然後我聽見妳在客房裡哭；我急忙跑回去，唯恐妳從床上摔下來，但妳不過是睡醒了。我很快餵了妳，把妳抱在懷裡，我們在同樣那些地方找了又找。

「最後，我要求把所有僧人召集到一起問話。院長很快表示同意，把僧人集合在迴廊裡。自從前一天晚上，我們離開廚房回客房後，沒有人看到過海倫。每個人都很擔心——「La pauvre（法文：可憐的女人），」一個老僧人說，這讓我覺得很不高興。我問前一天有沒有人跟她談過話，或注意到異狀。『我們不跟女性說話，這是清規，』院長溫和的對我說。

「但有個僧人走上前，我認出他是職掌在墓窖裡靜坐的那個老人。他臉色平靜而慈祥，就跟前一天在墓窖裡的提燈照耀下一模一樣，帶著些許苦惱。『夫人停下來跟我說過話，』他道。『我不想打破清規，但她是位安靜、有禮貌的淑女，所以我回答了她的問題。』

『她問妳什麼？』我的心已經跳得很快，但現在它以令我痛苦的速度衝刺。

『她問我棺裡葬的是什麼人，我說那是本寺早年的一位院長，我們緬懷他。然後她問，這位院長有什麼功績，我說我們有一則傳說』——這時他看一眼院長，院長點頭示意他繼續——『我們傳說他過著神聖的生活，但很不幸遭到死亡的詛咒，所以他從棺材裡出來傷害其他僧人，他的屍體必須淨化。淨化完成後，從他的心臟長出白玫瑰，象徵聖母原宥了他。』

『所以才需要有人看守他嗎？』我兇狠的問。

「院長聳聳肩。『這只是我們的傳統，向他的回憶致敬。』

「我眞想掐住那名老僧人的脖子，讓他那張和善的臉發青，我轉向他問：『你就講這個故事給我妻子聽？』

『是她問我本寺的歷史，先生。我不認爲回答她的問題有什麼錯。』

『她聽了有什麼反應？』

「他微笑道：『她用甜美的聲音向我道謝，還問我怎麼稱呼，我告訴她，Frère Kiril。』他雙手交疊，放在腹部。

「我怔了一會兒，才理解他說的是什麼，英文與法文的『修士』字形全然不同，加以這個名字用法文發音，重音移了位置，我一時辨認不出。我趕快把妳抱緊一點，免得脫手讓妳掉下來。『你說你的名字叫基利爾？你是這麼說的嗎？請拼給我聽。』

「驚訝的老僧照辦了。

『這名字從哪兒來的？』我質問道。我無法控制聲音不發抖。『這是你眞正的名字嗎？你是誰？』

「院長出面干預，或許因爲老僧人眞的顯得很狼狽。他解釋道：『這不是他出生時取的名字。我們受戒時都有法號。基利爾是代代相傳的法號——就像米迦勒修士——是這邊這位——』

『你的意思是說，』我把妳抱得更緊：『這位基利爾修士之前還有別的基利爾修士，一直都有？』

『哦，是的，』院長顯然對我惡狠狠的質疑感到很迷惑。『本寺有史以來一直是如此。我們以我們的傳統為榮——我們不喜歡新的方式。』

『這個傳統又是從哪裡來的？』我幾乎是在尖叫。

『我們不知道，先生，』院長耐心的說。『我們就一直照著做就是了。』

『我踏上前一步，鼻子幾乎頂到他臉上。『我要你打開墓窖裡的石棺，』我道。

『他退後一步，驚駭的說：『你說什麼，我們不能那麼做。』

『跟我來。你接著——』我很快把妳交給前一天帶我們到處參觀的那名年輕僧人。『請抱一下我的女兒。』他接過妳，並不像預料之中的那麼笨拙，把妳抱在懷中。妳開始大哭。『跟我來，』我對院長說，我拉著他往墓窖走，他示意其他僧侶不必跟隨。我們快步走下階梯。在寒冷的地洞裡，基利爾修士留了兩支蠟燭，我轉身對院長說：『你不需要跟別人說，但我必須看一眼石棺內部。』我頓一下，加強語氣。『如果你不幫我忙，我會藉助法律強制你的修道院配合。』

『他看我一眼——恐懼？怨恨？憐憫？——不發一言就站到石棺的一頭。我們合力把沈重的棺蓋移開一道縫隙，剛好足夠看到裡面。我高舉一根蠟燭。石棺裡是空的。院長瞪大眼睛，他用無比的力量把棺蓋推回原位。我們面面相對。他有一張清秀、精明、典型高盧人的臉，若在不同的處境下，我可能會很喜歡他。『請不要告訴其他修士這件事，』他低聲道，然後就轉身爬出墓窖。

『我跟在他身後，努力尋思下一步怎麼辦。我決定立刻帶妳回勒班恩，確定警方接獲通報。或許海倫決定在我們之前回巴黎——為什麼原因，我無法想像——或甚至單獨搭機回家。我覺得耳鼓隆隆作響，心幾乎跳到喉頭，血液衝到嘴裡。

「我再次走進迴廊，陽光照耀著噴泉，鳥兒歡唱，在古老的石板地上蹦跳，我終於明白發生了什麼事。我奮鬥了一個小時，不肯考慮這件事，但現在我幾乎不需要別人把消息告訴我，兩名僧人大叫著向院長跑去。我想起這兩個人奉命到修道院圍牆外面去搜索，包括果園、菜園、枯樹林、突出的岩石。他們剛從最陡峭的那面回來——其中一人指著前一天海倫和我帶著妳坐在長凳上，眺望下方萬丈深淵的方向。『院長大人，』其中一人喊道，好像他沒法子直接對我說話似的。『院長大人，岩石上有血跡！就在那裡，下面！』

「這眞是讓人無言以對的時刻。我衝到迴廊邊緣，緊緊抱著妳，感覺妳花瓣般柔嫩的小臉頰貼著我的脖子。第一滴眼淚湧進我眼眶，我從來沒嘗過這麼熱辣苦澀的滋味。我從矮牆望出去。下方十五呎的一塊巉岩上，濺了一片殷紅——面積不大，但在早晨的陽光下怵目驚心。下面的深淵張開大口，有雲霧升起，有鷹隼獵食，山勢向根柢墜落。我奔向大門，沿著圍牆外緣，跌跌撞撞向前跑。懸崖那麼陡峭，要不是因爲抱著妳，我一定不可能安全爬到第一塊突岩上。我站在那兒，望著一波波的失落感從天而降，穿過美麗的早晨，鋪天蓋地向我襲來。然後悲傷進入我的心，像一把無以名之的火。」

77

「我在那兒住了三個星期，住勒班恩，也住修道院，跟當地警方，以及一個從巴黎召來的搜救隊，搜遍了懸崖與森林。我母親和父親飛到法國來，花很多時間陪妳玩、餵妳、推著妳的娃娃車在鎮上逛——我猜他們是在做這些事。我在效率緩慢的小辦公室裡填表。我打沒有用的電話，搜盡枯腸用法文辭彙表達我焦慮的哀傷。一天又一天，我踏遍了懸崖底下每一吋樹林，有時一位臉色冰冷的警官和他的小組與我同行，有時只有眼淚爲伴。

「起初我只想看到海倫活著，帶著她慣有的嘲弄微笑向我走來，但最後我只剩最淒楚的希望，只要看到她支離破碎的屍體就好，只要能在岩石或樹叢裡與它不期而遇。如果我能把她的屍首帶回家——有時我也考慮讓她歸葬匈牙利，雖然怎麼進入蘇聯控制的匈牙利是個矛盾的大難題——我就有件她的東西可以紀念、可以埋葬、可以結束這一切，開始哀悼。我幾乎無法對自己承認的是，我要她的屍體還有另一個目的——確認她的死因完全出於自然，或者她需要我爲她執行像我爲羅熙做的儀式。爲什麼找不到她的屍骨？有時，尤其在早晨，我覺得她只是失足，她不可能故意離開我們。這種時候，我就願意相信她在林中某處，被大自然掩埋，有一座無害的天然墳墓，即使我找不到。但到了下午，我就只記得她的沮喪和種種怪異的情緒。

「我知道我終此一生都注定哀悼的命運，但連她的屍骨都找不到，卻讓我痛苦萬分。當地的醫生給我開了鎮靜劑，我每晚服用才能入睡，蓄積精力，第二天繼續到林中搜索。警方轉去忙其他事務時，我獨自搜索。有時我會在灌木叢裡找到其他紀念品：石頭、煙囪碎片，有次還找到一個斷裂的鬼頭承霤——它是從跟海倫一樣的高處墜落的嗎？現在修道院牆上剩下的承霤不多了。

「最後我母親和父親勸我，不能永遠這麼下去，我應該帶妳回紐約住一段時間，我隨時可以再回來搜索。透過法國警網，全歐洲的警察單位都接獲通告；如果海倫還活著——他們用安慰的口吻說——會有人找到她的。最後讓我決定放棄的不是因爲這些保證，而是因爲森林本身：流星墜落般峭直的懸崖、每當我硬行闖越就劃破我長褲和外套的濃密灌木叢、粗壯高大令人望而生畏的樹木、以及每當我暫停前進、摸索，站著不動幾分鐘，四面八方湧來的無邊沈默。

「我們離開前，我請求院長在迴廊盡頭，海倫跳崖的地點，爲她做一點祝福。他把所有僧人召集到身邊，舉行一個正式的儀式，他把一件件法器高高舉起——我根本不在乎那些法器實際上是什麼——對著頓時就把他的聲音吞噬的虛空，高聲吟誦。我父親和母親站在我身旁，我母親不斷拭淚，妳在我懷裡扭動。我把妳抱得很緊；幾個星期來，我都幾乎忘了妳的黑頭髮多麼柔軟，妳抗議的小腿多麼強壯。最重要的是，妳是活生生的；妳的呼吸吹拂在我臉上，妳的小手臂親暱的環繞著我的脖子。一陣啜泣撼動我全身，妳抓住我的頭髮，拉著我的耳朵。抱著妳，我發誓我要重返人生，無論如何都要活下去。」

78

巴利和我隔著我母親寫的明信片相對而坐，瞪著彼此。就像我父親的信，它們突然中斷，不能幫我了解目前的狀況。然而最重要的一件事，深深烙印在我腦海中，就是明信片的日期。這些明信片是她死後寫的。

「他到修道院去了，」我說。

「是的，」巴利道。我收拾起所有的明信片，放在五斗櫃的大理石面板上。

「我們走吧，」我道。我看看我的小皮包，取出那柄帶鞘的銀製小刀，小心的放進我的口袋。

巴利湊過來，親吻我的面頰。這動作讓我有點意外。「我們走吧，」他道。

往聖馬太的路比我記憶中更長，沿路灰塵滿天，雖然已近黃昏，還是很熱。勒班恩沒有計程車——起碼目前看不到——所以我們只好步行，快步穿過綿延的農田，直到森林邊緣。走進這座雜植著橄欖樹、松樹、高大橡樹的林子，就像走進一座大教堂；裡面黝暗、清涼，我們情不自禁壓低了音量，雖然我們本來說的就不多。我滿懷焦慮中，肚子餓了起來；我們甚至沒有等到喝餐廳經理的咖啡。巴利脫下棉布遮陽帽，擦拭額頭的汗水。

「她掉下來一定活不成，」我哽著喉嚨說。

「絕無機會。」

「父親從來沒有懷疑過——起碼在他的信裡——有別人推她。」

「確實如此，」巴利把帽子戴回去道。

我沈默了一會兒。這兒只聽見我們走在高低不平水泥路——到這裡爲止，路面還是鋪設過的——的腳步聲。我不想說話，但句子自己會湧出來。「羅熙教授寫過，自殺會讓人變成——變成——」

「我記得那段話，」巴利直接了當說。我真希望自己沒開口。盤旋的山路已來到相當高的地方。「說不定會有人開車經過，」他又道。

但沒有汽車出現，我們愈走愈快，所以沒多久我們就都氣喘吁吁，說不出話來。走出樹林，繞過最後一個轉彎，修道院的圍牆突然出現眼前，把我嚇了一跳；我不記得有這個轉彎，也不記得山頂有這麼一塊突兀的空地，廣大的暮色籠罩在我們四周。我只隱約記得山門外有一小塊沙塵飛揚的平地，那兒今天沒停半輛車。觀光客哪去了？我很想知道。不久我們就走得夠近，看到一塊告示牌——修理中，本月不接待訪客。但這不足以延緩我們的腳步。「來吧，」巴利說。他牽起我的手，我非常感激他這麼做；我的手已經開始顫抖。

大門兩旁的圍牆都搭上了鷹架。一台移動型的水泥攪拌器——水泥？用在這兒？——迎面擋住我們去路。正門的兩扇木門關得很緊，但我們謹慎的用手測試鐵製的門環，發現它沒有上鎖。擅闖入內讓我不安；看不見父親蹤跡這一事實更讓我不放心。說不定他還在山下的勒班恩，或其他地方。會不會他還在懸崖下面，就像多年前那樣，在我們腳下好幾百呎、某個看不見的地方搜索？我開始後悔這麼衝動的直接趕到修道院來。更何況，雖然眞正的日落可能還要等一個小時，太陽已迅速的向西面的庇里牛斯山背後移動，明顯可見的沿著最高的山峰滑落。我們剛經過的森林已籠罩著幢幢暗影，不久，修道院牆上就連晚霞最後一抹色彩都看不見了。

我們躡足走進去，沿著庭院和迴廊往裡走。正中間的紅色大理石噴泉傳來淙淙流水聲，我記憶中螺旋形的柱子、長長的迴廊、盡頭的玫瑰園，都還在原地。金色的餘暉不見了，取而代之的是深琥珀色的陰影。四處不見人跡。「你覺得我們該回勒班恩去嗎？」我低聲問巴利。

他正要回答，我們忽然聽到聲音——誦經聲，從迴廊另一側的教堂傳來。教堂門關著，但我們可以清楚的聽見裡面彌撒的過程，中間夾雜一段一段的寂靜。「他們都在裡面，」巴利說。「說不定妳父親也在。」

但我不以爲然。「如果他來了這裡，可能會下到——」我遲疑了一下，看著庭院。我上次跟父親來這兒——現在我知道，那是我第二度來訪——已經是兩年前的事，我一時之間想不起來墓窖的入口在哪裡。忽然我看見那扇門，好像有人趁我不注意，忽然在迴廊牆壁上開了一扇門。這下我憶起它周圍石頭上雕刻的奇禽異獸：鷹馬、獅子、龍、鳥，我不認得的怪獸，善與惡的混種。

巴利和我一起看著教堂，但大門仍然緊閉，我們低身潛行，穿過庭園，到達墓窖入口。站在那兒，被那些凝固的鳥畜凝視，我只看得見我們即將進入多麼黑暗的所在，我的心不斷往下沈。然後我想道，父親可能在下面——事實上，可能陷於某種重大的困境。巴利仍握著我的手，站在我身旁，高瘦而桀傲不馴。我差點以爲他會喃喃抱怨，爲什麼我的家人會牽涉到這麼奇怪的事，但他繃緊每一根神經守著我，像我一樣準備面對任何事。「我們沒帶燈，」他悄聲道。

「嗯，我們可不能進教堂去借燈，」我多此一舉的說。

「我有打火機，」巴利從口袋裡取出打火機，我甚至不知道他抽煙。他把打火機打亮，對著階梯照一下，我們就一起走進暗影裡。

起初四周眞的很黑，我們在古老而陡峭的階梯上摸索著往下走，然後我看見地窖深處有一點明滅搖曳的光——與巴利每隔幾秒鐘就打亮一下打火機無關——我覺得害怕極了。那個渺茫的亮光比全然的黑暗更糟。巴利緊握我的手，直到我覺得生命都從手裡流逝。樓梯在底部有幾個迴旋，我們繞完最後一個圈，我忽然想起父親告訴過我，這兒本來是最早在此興建的教堂的正堂。院長的大石棺放在這裡。古早那個雕有一個陰森的十字架的後堂也在這裡，我們頭上低矮的穹頂，是全歐洲保存迄今、最古老的晚期羅馬式建築的遺跡。

但我只恍惚看見這一切，因爲就在這時，石棺另一頭有個黑影，擺脫它周圍更深邃的陰影，直起身來：原來是個手拿提燈的男人。他就是我父親。他的臉映著搖曳的光影，彷彿受了重創。他在我們看見他的同時看見我們，我想，他咒罵一聲——「耶穌基督！」我們面面相對。「你們來這裡做什麼？」他低聲質問，看著我，又看著巴利，舉起提燈，照著我們的臉。他的語氣很兇惡——充滿憤怒、恐懼、愛。我放開巴利的手，繞過石棺，奔向父親，他把我抱進懷裡。「天啊，」他撫摸幾下我的頭髮說。「這是妳最不該來的地方。」

「我們在牛津檔案裡讀了那一章，」我低聲說。「我很擔心你——」我無法把話說完。既然我們找到他，而且他還活著，看起來也沒有迷失本性，我整個人都在顫抖。

「快離開這裡，」他說，同時把我抓得更緊。「不，已經太遲了——我不要你們獨自離開。日落前我們還有幾分鐘。拿去」——他把提燈塞給我——「拿著這個，還有你，」——對著巴利——「幫我弄這個蓋子。」巴利立刻站上前，雖然我覺得他的膝蓋也在發抖。他幫助父親慢慢把棺蓋推開。這時我看到父親準備了一根很長的木棒，靠在近處的牆上。他一定已做好心理準備，預期會在石棺裡見到追尋已久的可怕景象，但他實際看到的狀況卻出乎他的意料。我替他舉高燈光，想看又不敢看，我們都瞪著空空如也的棺材，只有灰塵。「哦，天啊，」他道。我從來沒聽見他用這種口吻說話過，完全絕望的聲音，我憶起他曾經看過同樣的空棺。他蹣跚向前走，我聽見木棒匡啷一聲倒在石板上的響聲。我以為他會趴在空蕩蕩的墳墓上嚎啕大哭，撕扯自己的頭髮，但他在悲傷中一動也不動。「天啊，」他重複一遍，幾乎在耳語。「我還以為我終於選對了地方，選對了時間——我以為——」

他沒把話說完，因為就在那一刻，不透一絲光線的古老耳堂的陰影裡，走出一個形體，他跟我們之中任一個人這輩子見過的任何東西都不一樣。他是那麼一種詭異的魔物，即使我的喉嚨當下沒有被封鎖，我也叫不出聲。我的提燈只照見他的腳和腿、一隻手臂和肩膀，卻照不到陰影裡的臉孔，我嚇得不敢再把提燈舉高。我瑟縮著向父親貼近，巴利也一樣，所以我們幾乎都以空石棺為屏障，躲在它後面。

那形體再走近一點，就停下腳步，他的臉仍籠罩在暗影裡。我可以看出，他具有男人的外型，但他走動的方式並不像人類。他腳上穿著一種無法形容，跟我看過的任何靴子都不一樣的黑色窄靴，他向前走動時，靴子在石板上發出很輕的腳步聲。靴子周圍有一襲斗蓬，但毋寧像是一片更大的陰影，他的腿粗壯有力，穿著黑色天鵝絨緊身褲。他不及父親高，但他的肩膀在沈重的斗蓬底下顯得特別寬，他模糊的輪廓也予人比實際高大得多的印象。斗蓬一定附有帽子，因爲他的臉始終只見一片黑影。第一波震撼退潮後，我看見了他的手，映著他的黑衣服，像骸骨一樣蒼白，有根手指戴著一枚鑲珠寶的戒指。

他是那麼眞實，那麼逼近我們，我簡直無法呼吸；事實上，我開始覺得，我唯有強迫自己靠近他，才能重新呼吸，於是我開始渴望接近他一點。我意識到我口袋裡那把銀刀，但說什麼我都不會去拿它。好像是他臉孔的部位，有什麼東西在閃爍——紅色的眼睛？牙齒？微笑？——然後他以一種噴射出來的語音開始說話。我稱之爲噴射，因爲我從來沒有聽過這樣的聲音，一種由許多單字組成，急湧而出的喉音，可能混合多種語言，但也可能是一種我從未聽過的陌生語言。過了一會兒，它逐漸變成我能理解的字句，我知道，我能聽懂這些話是因爲血緣，而不是靠聽覺。

晚安，恭喜你。

父親聽到這話，好像又恢復了生氣。我不知道他怎麼還有力量說話。「她在哪裡？」他喊道，他的聲音因恐懼和憤怒顫抖。

你是一位了不起的學者。

我不知道爲什麼，但就在這時，我的身體好像有它自己的意志，稍微向他靠過去。父親幾乎同時舉起手，非常用力的抓住我手臂，提燈劇烈晃動，一片可怕的光影在我們四周舞動。在短暫閃過的光亮裡，我看見一部份卓九勒的臉，就只是一彎下垂的黑色八字鬍和看起來像骷髏骨的顴骨。

你是他們之中最有決心的。跟我來，我會給你一萬輩子學不完的知識。

我仍然不明白爲什麼我能聽懂他的話，但我想他是在召喚我父親。「不要！」我喊道。直接對那個形體說話，讓我恐懼萬分，我覺得我的意識彷彿在體內搖擺了好一會兒。我覺得我們面前的魔物好像在微笑，雖然他的臉再度隱藏在黑暗裡。

跟我來，否則就讓你的女兒來。

「什麼？」父親用幾乎聽不見的聲音問我。這時我才知道他完全聽不懂卓九勒的話，甚至可能根本聽不見卓九勒。父親回應的是我的叫聲。

那形體似乎在沈默中考慮了一會兒。他的怪靴子在石板上挪移了幾次。他穿著古代服飾的形體，不僅恐怖，也有一種優雅、慣於指揮別人的權力氣息。

我等待一個有你這種天賦的學者已經很久了。

那聲音變得很低柔，而且充滿危險。我們站在彷彿從它黑暗的形體湧出來，將我們吞沒的黑暗裡。

你要發乎自己的意願跟我來。

現在父親似乎有點向他靠過去，他仍抓著我的手臂。他即使無法理解，好像也能感覺。卓九勒的肩膀抽動一下；他把可怕的重量從一條腿挪到另一條腿。他的形體予人的感受就像死亡，然而他卻是活生生、能行動的。

不要讓我等。如果你不過來，我就到你那裡去。

父親似乎集結起他所有的勇氣。「她在哪裡？」他吼道。「海倫在哪裡？」

那形體昂起頭來，我看見憤怒的牙齒、骨頭、眼睛閃閃發光，然後帽兜的陰影再次遮住他的臉，他不似人類的手在光圈的邊緣緊握成拳。我有種可怕的感覺，彷彿面對一頭蓄勢待撲的野獸，早在他行動之前，我們已意識到即將降臨的撲噬，但這時他身後樓梯的陰影裡，傳來一陣腳步聲，我們只覺得一陣動作在空氣中閃過，因爲我們看不見。我尖叫著舉高燈籠，那叫聲彷彿來自我體外。我看見了卓九勒的臉——我永遠也不會忘記——然後，令我無比驚訝的，我看見另一個人影，剛好站在他身後。這個人顯然剛從樓梯上下來，一個像他一樣黝黑而模糊的人影，但更魁梧些，有活人的輪廓。那人動作極快，高舉的手中拿著一個亮晃晃的東西。但卓九勒已意識到他的出現，伸出手臂，一個急轉身，將那人掃開。卓九勒一定力大無比，因爲那個看起來非常粗壯的人影橫飛出去，撞上墓窖的牆壁。我們聽見砰的一聲，然後一聲呻吟。卓九勒的頭轉過來，轉過去，一時之間拿不定主意，先看看我們，再看看那個呻吟的人。

忽然樓梯上又傳來一陣腳步聲——這次聲音比較輕盈，隨之而來還有一道強烈的手電筒光柱。卓九勒慌了手腳——他轉身太遲，一片黑霧湧起。但有人很快的用光柱掃過全場，一隻手臂舉起，開了一槍。

卓九勒並未如我稍早預期的那樣，躍過石棺，向我們撲來；反而自己倒了下去，先是仰天後翻，再度露出他那張宛如刀削斧鑿的蒼白臉孔，然後向前仆倒，再向前仆倒，最後砰的一聲摔在石板地上，發出像骨頭被扔到地面脆裂的聲音。他在地上抽搐了幾下，終至完全靜止。然後他的身體似乎化爲塵土，化爲烏有，就連他古老的衣服也在他周圍迅速腐朽，在令人眼花的強光裡枯萎。

父親放開我的手臂，奔向手電筒的光源，繞過一片亂糟糟的地面。「海倫，」他喊道——但或許他哭著叫她的名字，也可能他是輕聲低喚。

但巴利也向前撲去，他劈手奪過父親的提燈。一個大塊頭男人躺在石板上，他的匕首掉在身旁。「哦，伊莎，」他用微弱的英國口音說。從他頭部流下一灘深色的血，我們驚恐幾近癱瘓，眼睜睜看著他的目光逐漸渙散、靜止。

巴利跪倒在那個重傷不治的人身旁，彷彿被驚訝與悲傷扼住了喉嚨：「詹姆斯院長。」

79

勒班恩的旅館有一間挑高天花板、附壁爐的客廳，經理生好了火，並頑固的關上客廳的門，不讓其他客人入內。他只說：「你們這趟修道院之行一定累壞了。」他在父親手邊放了一瓶干邑白蘭地，還有杯子——我注意到有五個杯子，好像我們缺席的伙伴還在場與我們同飲——但我從父親跟他交換的眼色看出，他們還做了其他心照不宣的安排。

經理整晚都在打電話，他不知用什麼方法擺平了警方，他們只在旅館問了我們幾句話，就在他關愛的眼神底下開脫了我們。我猜測他也打了電話給殯儀館或葬儀公司，看法國鄉下習慣用哪一種。現在所有官方人員都已離開，我跟海倫並肩坐在不怎麼舒服的織錦緞面沙發上，她每隔幾分鐘就伸手摸摸我頭髮，我則努力不去想詹姆斯院長慈祥的臉和壯碩的身體，已動也不動躺在被單底下。父親坐在火旁一張很深的單人沙發上，注視著她，注視著我們。巴利把腿翹在一張鄂圖曼式擱腳凳上，我覺得他盡量不去看那瓶白蘭地，直到父親回過神來，替我們每個人倒了一杯。巴利已經默默哭紅了眼睛，但他似乎不願人家干擾。我每次看他，也不禁淚如泉湧，無法控制。

父親看著坐他對面的巴利，有一會兒，我覺得他好像也要流淚。「他眞勇敢，」父親低聲說。「你知道他的攻擊使海倫有機會命中。如果不是那個惡魔分心，她就不可能命中心臟。我相信詹姆斯在最後那一刻，一定知道他的貢獻多麼大。而且他爲所愛的人——還有很多其他人——報了仇。」巴利點點頭，仍然說不出話來，我們大家都沈默下來。

「我答應過，等我們可以一起坐下靜靜談時，我會告訴你們一切經過，」最後海倫放下酒杯道。

「妳確定不需要我迴避，讓你們獨處嗎？」巴利有點勉爲其難的說。

海倫笑了起來，我很驚訝她的笑聲那麼悅耳，跟她說話的聲音那麼不同。即使在這種半被憂傷淹沒的氣氛裡，她的笑聲並不覺得不得體。「不用，不用，親愛的，」她對巴利說。「我們少了你是不成的。」我好愛她的口音，我覺得好像從我已不復記憶的很久以前，我就熟悉了那種略帶沙啞，卻很甜美的英語口音。她身材高瘦，穿黑色洋裝，滿頭鬈髮已轉爲花白。她的臉很引人注目——有皺紋和風霜，但眼神非常年輕。每次轉頭看到她，我都覺得訝異——不僅因爲她在場，是個眞實的人，而是因爲我想像中只有年輕的海倫。我從不曾把她遠離我們生活的那麼多年，包含在我對她的想像裡。

「全部的故事要很長、很長的時間才講得完，」她柔聲道，「但我現在起碼可以講一部份。首先，我很抱歉。我害你受了很多苦，保羅，我知道。」她隔著火光望著父親。巴利動了一下，有點尷尬，但她用堅定的手勢攔住他。「我帶給自己更大的痛苦。其次，我早該告訴你這件事，但現在我們的女兒」——她笑得很甜，但淚光在她眼中閃爍——「我們的女兒和我們的朋友可以作證。我還活著，沒有變成不死族。他沒有咬到我第三次。」

我很想看看父親，但我實在不忍心回頭。這是他的私密時間。不過我聽見他並沒有哭得很大聲。她停下來，好像吸了一口氣。「保羅，我們第一次到聖馬太，我得知他們的傳統——死後復起的院長和基利爾修士負責看守他——心裡充滿絕望，又有非常強烈的好奇心。我覺得我之所以會想看那個地方，渴望到那裡去，絕非巧合。在我們去法國之前，我在紐約做了更多研究——我沒告訴你，保羅——希望找到卓九勒第二個藏身處，爲我父親報仇，但我從來沒讀到關於聖馬太的資料。我之所以想去那地方，是在看到你的旅遊指南對它描述以後的事。那只是一種渴望，沒有任何學術基礎。」

她望我們每個人一眼，垂下頭，只露出美麗的側面。「我在紐約重拾研究，因爲我覺得我父親的死都是我引起的——因爲我超越他、揭發他背叛我母親的願望——我無法忍受這念頭。然後我開始覺得，是我邪惡的血緣──卓九勒的血緣──促使我做出這種事，接著我就知道，我已經把這種血緣傳給我的寶寶，雖然表面上我被不死族攻擊的傷口好像已經復原。」

她頓了一下，撫摸我的臉頰，握住我的手。我在她的觸摸下顫抖，這個既陌生又熟悉的女人如此親近，跟我坐同一張長沙發，肩膀挨著肩膀。「我越來越覺得自己是個可恥的人，我聽到基利爾修士解說聖馬太傳奇時就覺得，除非能知道更多，否則我永遠不會安心。我認爲，只有找到卓九勒，並且消滅他，我才會完全痊癒，從此做一個好母親，擁有新的生活。」

「你睡著以後，保羅，我就走到迴廊裡。我考慮要帶著我的槍，再度回到墓窖去，設法打開石棺，但我覺得我一個人成不了事。就在我猶豫不決，該不該叫醒你，求你幫我忙的時候，我坐在迴廊的石凳上，望著下面的懸崖。我知道我不應該一個人到那裡去，但我情不自禁被它吸引。那天晚上月色很美，霧沿著山壁慢慢湧上來。」

海倫的眼睛瞪得極大，顯得很詭異。「我坐在那裡的時候，忽然頸背上起了一陣雞皮疙瘩，好像有什麼東西站在我後面。我立刻回頭，迴廊的另一頭，月光照不到的地方，我隱約看見一個黑影。他的臉在暗影裡，但我感覺得出，而不是看見，他燃燒的眼睛落在我身上。一瞬間，他展開翅膀就可以抓到我，我完全孤單的站在矮牆旁。忽然我好像聽見聲音，我自己腦子裡傳出的痛苦聲音，告訴我，我永遠不可能打倒卓九勒，這是他的世界，不屬於我。那聲音叫我趁還沒有迷失心智，趕快跳下去，於是我就像夢遊一般站起來，跳了下去。」

她坐得非常筆挺，凝視著火光，父親用手摀住自己的臉。「我想要自由墜落，像魔鬼，像天使，但我沒看見那塊突岩。我摔在上面，割破了頭和手臂，但那兒有一大片柔軟的草叢，所以這一摔沒讓我送命，也沒折斷骨頭。我想大約過了幾小時，我在夜晚的寒氣裡醒轉，覺得滿臉滿脖子都是血，月已西沈，下面是萬丈深谷。天啊，要是我沒昏倒，說不定會滾下去──」她頓了一下。「我知道我無法對你解釋我企圖做什麼，我羞愧得發狂。我覺得經過這種事，我再也配不上你或我們的女兒。一等我可以站起，我就趕快起身，發現失血情況其實不嚴重。雖然我全身酸痛，但沒有折斷什麼，我也可以確定他沒有趁勢撲過來攻擊我，我往下跳的時候，他一定也以爲我就此完蛋了。我非常衰弱，幾乎走不動，但我掙扎著繞過修道院圍牆，摸黑沿著山路下山。」

我以爲父親會再哭泣，但他很安靜，盯著她的眼睛一刻也不離開。

「我走進了外面的世界。這並不困難。我把我的皮包帶著——我想這是習慣，同時我的槍和銀子彈也都放在裡面。我記得我發現皮包還掛在手臂上時，差點哈哈大笑，就在那座懸崖上。皮包裡也有錢，內襯裡放了很多錢，我很小心的花用。我母親也總把所有的錢隨身攜帶。我想那是她村子裡農民的作風。她從不信任銀行。一段時間以後，當我需要更多錢，我從我們紐約的銀行提了一些，存進瑞士的銀行。然後我儘快離開瑞士，以防萬一你設法追蹤我，保羅。哦，原諒我！」她忽然喊道，同時握緊我的手。我知道她指的是失蹤這件事，與錢無關。

父親把兩隻手緊握在一起。「那筆提款讓我抱了好幾個月希望，或至少讓我心上打個問號，但我的銀行追查不到線索。錢後來還給我了。」但沒有人把妳還給我，他本來可以說，但他沒有說。他臉上有光，雖很疲倦，卻很歡喜。

海倫垂下眼簾。「總之，離開勒班恩以後，我找到一個地方住了幾天，等傷勢痊癒。我東躲西藏，直到我可以到外面的世界去。」

她手指停留在脖子上，我看見那個我已經注意到很多遍的白色小疤痕。「我從骨子裡知道，卓九勒沒有忘記我，他可能會再度搜尋我的下落。我在口袋裡裝滿大蒜，在心裡貯滿力量。我隨身帶著槍、匕首和十字架。無論走到哪裡，我都會在小村的教堂停留，請求祝福，雖然有時光是走進這些教堂的大門，我的舊創就會抽痛。我很小心的把脖子遮住。後來我剪短頭髮，染成別的顏色，換了衣服，戴上墨鏡。有很長一段時間，我都遠離城市，然後我開始前往各個我一直想去做研究的圖書館，一點一點的查閱檔案。

「我的調查很徹底。我去的每個地方都有他的蹤跡——一六二〇年代的羅馬、梅迪奇統治時期的翡冷翠、馬德里、大革命時代的巴黎。有時是奇怪的瘟疫的報導，有時是大墓園出現吸血鬼——例如巴黎的拉歇斯神父墓園。他好像偏愛抄寫員、檔案專家、圖書館員、歷史學家——任何用書本處理過去的人。我嘗試從他的行動推論他的新墳墓在哪裡，我們打開他位於聖喬治的墳墓後，他會藏身在哪兒，但我找不到任何模式。我一直想著，只要等我找到他，殺死他，我就要回來告訴你們，這世界變得多麼安全。我就賺回了你們。我日夜生活在他會在我找到他之前，搶先找到我的恐懼之中。我不論到哪裡都想念著你們——唉，我好寂寞啊。」

她再次拿起我的手，像看手相似的輕輕撫摸，我忽然不由得憤怒起來——這麼多年沒有她的生活。「最後我想，即使我不配，我也要看你們一眼。你們兩個。我在報章上讀到你基金會的消息，保羅，我知道你們住在阿姆斯特丹。要找到你們並不難，或坐在你辦公室附近的咖啡館，或尾隨你們的一、兩趟旅行——非常小心的——非常、非常小心。我絕不讓自己跟你們面對面，因爲怕被你們看見。我來來去去。如果研究的進展順利，我就讓自己去一趟阿姆斯特丹，從那兒開始跟蹤你們。然後有一天——在義大利，蒙地沛杜托——我在廣場上看見他。他也在跟蹤你們，監視你們。那時我發現，他已經強大到有時可以在大白天現身。我知道你們有危險，但我想，如果我去找你們，警告你們，可能只會使危險更加逼近。不管怎麼說，可能他要找的是我，不是你們，或者他企圖讓我帶他去找你們。眞是痛苦啊。我知道你們一定又在做某種研究——你一定又對他發生興趣了，保羅——引起他的注意了。我打不定主意該怎麼辦。」

「是我——都是我的錯。」我囁嚅道，握住她樸素而有皺紋的手。「我找到那本書。」

她頭轉過來，對著我看了一會兒。「妳是個歷史學家，」過了一會兒，她道。那不是個疑問句。然後她嘆口氣。「好幾年來，我一直寫明信片給妳，我的女兒——當然沒有寄。有一天，我覺得我可以在一段距離外跟你們兩個聯絡，在沒有別人看到我的情況下，讓你們知道我還活著。我把它們寄到阿姆斯特丹你們的家，裝在一個署名給保羅的包裹裡。」

這一次，我不可思議而憤怒的轉向父親。「是的，」他悲傷的對我說。「我覺得我不能拿給妳看，不能在無法替妳找回母親的情況下，讓妳更難過。妳可以想像，那段時間對我是何等的煎熬。」我可以。我想起他在雅典突如其來變得疲憊不堪，那天晚上，我看到他像半死人一樣倒在房間的書桌上。但他對我們微笑，我知道從今而後，他天天都可以微笑了。

「啊。」她也在微笑。我看到她嘴唇底下有很深的紋路，她的眼角也有綴紋。

「我開始尋找妳——也要找他。」他的笑容變得沈重。

她望著他。「然後我知道，我必須放棄研究，純粹監視他追蹤你們的情形。有時我看見你，看見你又開始自行做研究——看著你走進圖書館，保羅，或走出來，我多麼希望能把我已經知道的一切告訴你。後來你到牛津去。我之前的整個研究過程，都沒有去過牛津，雖然我讀到那兒在中世紀晚期，曾經爆發過一起吸血鬼事件。你在牛津讀一本書，沒把書闔起來就丟在桌上。」

「他看到我就把書闔起來了，」我插嘴道。

「還有我，」巴利帶著一閃即逝的微笑道。這是他第一次說話，我看到他還笑得出來，不禁鬆了一口氣。

「是這樣的，他第一次看那本書的時候，忘了把書闔上，」海倫差點要對我們眨眼睛。

「妳說得對，」父親道。「回想起來，我真的忘了。」

海倫掛著可愛的笑容回頭看他。「你知道我從來沒看過那本書嗎，《中世紀的吸血鬼》？」

「經典之作，」父親道。「但非常罕見。」

「我想詹姆斯院長一定也看到了這本書，」巴利慢吞吞的說。「你知道，先生，我們意外打斷你的研究之後不久，我就在那兒看到他。」父親顯得有點困惑。「是的，」巴利說。「我把我的雨衣留在圖書館的大廳，不到一小時候，我回去拿，就看見詹姆斯院長從樓上的善本書庫走出來，但他沒看見我。我覺得他看起來非常憂慮，有點暴躁，又有點心不在焉。我後來決定打電話給他，也是考慮到這一點。」

「你打電話給詹姆斯院長？」我很意外，但已經不需要爲此生氣了。「什麼時候？爲什麼你要那麼做？」

「我從巴黎打電話給他，因爲我想起一些事，」巴利舒展雙腿，簡單的說，我很想走過去，用手臂摟住他脖子，但不能當著我父母的面。他看著我繼續道：「我在火車上告訴過妳，有件事跟詹姆斯院長有關的事，我一時之間想不起來，火車抵達巴黎後，我想起了那是什麼事。有次他整理文件時，我在他桌上看到一封信——事實上是個信封，我很喜歡上面的郵票，所以仔細看了一眼。

「信是從土耳其寄來的，時間是很久以前——所以我才特意去看郵票——哇，蓋的是二十年前的郵戳，寄件人是一位博拉教授，當時我就想道，有一天我也要擁有一張大書桌，收到來自世界各地的信。即使在那時候，博拉這個姓氏也讓我留下深刻的印象——它聽起來就很像外國人。我沒打開信閱讀裡面的內容，當然，」巴利趕快補了一句。「我不會做那種事。」

「當然不會，」父親輕輕嗯了一聲，我覺得他眼裡閃過一抹親切感。

「後來呢，在巴黎下火車的時候，我在月台上看見一個老人，我猜他是個穆斯林，戴一頂綴流蘇的暗紅色帽子，穿長袍，像一位鄂圖曼帝國的官員，我忽然就想起了那封信。然後我又想到妳父親信中的故事——妳知道，那位土耳其教授的名字」——他看了我一眼——「於是我就去打電話。我知道詹姆斯院長在某種程度上，一定也還沒有放棄這場追獵行動。」

「當時我在哪裡？」我妒忌的問。

「在廁所吧，我想。女孩子總是在廁所，」他不如給我一個飛吻，但總不好當著其他人的面。「詹姆斯院長接起電話，劈頭就罵了我一頓，但當我告訴他發生了什麼事，他就改口說，他總算沒有白疼我一場。」

巴利殷紅的嘴唇顫抖了幾下。「那時我沒敢問他打算怎麼辦，但現在我們知道了。」

「是的，我們知道了，」父親哀傷的回應。「他一定也根據那本古籍做了計算，發現距卓九勒上次去聖馬太，到這星期正好滿十六年。然後他一定猜到我要去什麼地方。事實上，他到善本書庫去，很可能就是想察看我的行動。他在牛津好幾次逼我告訴他，究竟發生了什麼事，他很替我的健康和精神狀態擔心。我不想拖他下水，因爲風險實在太大了。」

海倫點點頭。「是的，我想我是剛好在他之前去到那兒。我也找到那本書，自行做了計算，然後我聽見樓梯上有人，就往別個方向開溜了。就跟我們的朋友一樣，我知道你會去聖馬太，保羅，設法找到我和那個惡魔，我就儘快趕來了。我不知道你會坐哪班火車，我更沒想到我們的女兒也會試圖跟蹤你。」

「我看見過妳，」我驚訝的想起。她瞪著我，我們暫時擱置這話題。要談將來有的是時間。我看得出她很疲倦，我們都累到骨髓裡，今晚我們都還來不及互相訴說，這是多麼大的成功。是因爲我們同心協力，或因爲他的殞滅，使這世界變得更安全？我瞻望一個我從前完全不了解的世界。海倫會跟我們一起生活，吹熄餐廳裡的蠟燭。她會參加我的高中畢業典禮，以及我大學入學的第一天，如果我結婚，她會幫我換穿新娘禮服，晚餐後，她會在客廳裡爲我們高聲朗讀，她會重新投入現實世界，重執教鞭，她會帶我去買鞋子、買上衣，我們一起走路時，她會攬著我的腰。

當時我無從知道，她還是會不時從我們身邊飄走、一連好幾小時不說話、摩挲著自己的脖子，更無從得知九年後，一場癆病會奪走她的生命——早在我們適應她回來的事實之前，雖然我們可能永遠無法適應這件事，也可能永遠不會對她的暫時失蹤感到不耐煩。我無從預知，我們獲得的最後一份禮物，竟然是在事態很可能朝另一個方向發展的情況下，知道她能在平安祥和中長眠；對我們而言，這絕對是既令人心碎，又有療傷意義的。如果我多少能未卜先知這些發展，可能就會知道，她的葬禮之後，父親也會失蹤一整天，家中放在門廳櫥櫃裡的那柄小匕首，也跟他一塊兒失蹤，而我永遠、永遠不會問他，這是怎麼回事。

但在勒班恩的壁爐邊，展望我們即將跟她共度的歲月，只見到無限的祝福。幸福就在幾分鐘後開始，就從父親起身親吻我，以瞬間即逝的熱烈握一下巴利的手，把海倫從長椅上拉起的那一刻。「來吧，」他道，她依偎在他身旁，她的故事講完了，她的臉容疲倦，卻非常快樂。他用手把她兩隻手都兜住。「來床上睡吧。」

尾聲

兩年前，我到費城參加一場討論會，一個中世紀歷史學專家的國際大會串時，有一個奇怪的機會送上門來。在這之前，我沒有去過費城，我們這種鑽研封建與僧院歷史的會議，與周遭這個曾經在啓蒙時期的共和主義與美國大革命的近代歷史中，扮演重要角色的活潑大都會之間的對比，讓我很感興趣。從我位於市中心的旅館，十四樓的房間望出去，摩天大樓與相形之下活像模型的十七、八世紀房屋的街區交錯，形成奇異的風景。

趁著幾小時閒暇，我拋開沒完沒了關於拜占庭手工藝品的對談，溜到有精美收藏的美術館去看點眞貨。我在那兒拿了一份市區一家小型文學博物館兼圖書館的簡介，好幾年前，我聽父親提過這個機構的名字，它的收藏我應該有所了解。它的重要性不亞於很多歐洲的檔案圖書館，是研究卓九勒的學者——自從父親最初做研究以來，這個領域的人數有顯著增加——必訪的重鎭。我印象中，研究者可以在那兒看到布蘭姆•史托克寫《卓九勒》的筆記，是從大英博物館的圖書館摘選出來的，另外還有一份重要的中世紀小冊子。這機會讓人無法抗拒。父親一直想來看這裡的收藏；爲了他，我決定在那兒消磨一小時。他參與調停歐洲數十年來最大的戰禍時，在塞拉耶佛誤觸地雷去世，已超過十年了。我直到事故後一個多星期才接到消息；新聞傳到我耳裡，使我足足一整年都處於孤立無助的沈默之中。到現在我還是天天想念他，有時每個小時都想。

就這樣，我來到市區一座十九世紀褐色磚造房屋，在一個有溫濕度控制的小房間裡，翻閱不僅散發出迢遙過往的氣息，也帶有父親做研究的迫切感的文獻。窗外可望見幾株羽狀葉的行道樹，對街有更多褐色磚造房屋，現代增建的部分並未使原來優雅的立面失色。那天早晨，小小的圖書館裡只有另外一位學者，一個義大利婦人，她先低聲講了一會兒手機，才翻開某人手寫的日記——我盡可能不伸頭過去看——開始閱讀。我拿著一本筆記和一件抗冷氣的毛衣坐定以後，圖書館員陸續爲我取來史托克的筆記和一個用絲帶繫住、硬紙板製的小盒。

史托克的筆記讀來饒有趣味，筆記雖然抄得亂，卻有其獨特的風格。有的筆跡龍飛鳳舞，有的打字在古舊的半透明薄信紙上。其中還有神秘案件的剪報和他私人行事曆上撕下的日曆。我想父親若能讀到這批資料，會覺得多麼有趣，他看到史托克如此無知的涉獵秘法魔術，一定會莞爾微笑。但過了半小時，我就把這些筆記小心的放在一旁，把注意力轉向那個紙盒。裡面只有一本很薄的小書，裝訂很雅致，可能是十九世紀的作品——四十頁，印刷在幾乎沒有瑕疵的十五世紀羊皮紙上，中世紀的瑰寶，活字版的奇蹟。封面裡有張木刻版畫，畫中是我因長期以來的研究，已非常熟悉的一張臉，透著狡獪的大眼睛，彷彿能刺透人心似的看著我，沈重的八字鬍下垂，掛在方正的下巴兩側。修長的鼻子形狀端正，卻仍具一種威脅感，豐潤的嘴唇大部分都被遮住。

這是一四九一年紐倫堡印行的小冊子，條列卓九爾•瓦伊達[65]罄竹難書的罪狀，他的殘酷、他舉行的嗜血盛宴。我對這種東西太熟悉，第一行中古德文我幾乎一看即知寫的是什麼：「主後一四五六年，卓九勒犯下許多可怕怪異之暴行。」事實上，圖書館提供一份翻譯稿，我以震顫的心情重讀卓九勒殘害同爲人類的罪

[65]譯註：Dracole Waida是另一種拼寫卓九勒名字的方式。

行。他把人活烤、剝皮、脖子以下埋在土裡、他曾經在母親胸脯上以穿心刑對付她們的稚齡孩兒。父親曾讀過其他類似的小冊子，當然，但這一本提出的駭人新資料、羊皮紙保存的完善、幾近完美的書況，一定會得到他重視。經過五個世紀，它看起來就像剛剛印好的，它潔淨完整的狀態讓我不敢任意翻動，沒多久我就如釋重負的把它收好，重新繫上絲帶，對於自己爲何會想親眼看到這種東西感到不解。封面裡那傲慢的凝視固定在我身上，直到我把書闔上爲止。

我帶著完成朝聖大業的感覺，收拾好隨身物品，向和氣的圖書館員致謝。她似乎很高興我去參觀，這份小冊子是本館她最喜歡的收藏品之一；她還以此爲題寫了一篇論文。我們友善的聊了幾句，握手爲別，我下樓穿過禮品店，走到溫暖的街道上，外面有汽車廢氣，還有我正盤算著去哪兒享用的午餐的香味。博物館內部淨化的空氣和外面繁忙的都市成強烈的對比，也使我身後那扇橡木大門彷彿一道禁忌的封印，所以看到那位圖書館員匆匆跑出來，我更加嚇了一跳。「我想這是妳忘了帶走的，」她道。「眞高興追上妳了。」她對我露出一個像是把稀世寶物歸還原主時那種自豪的微笑——妳一定不想失去這個吧？——錢包、鑰匙、昂貴的手鍊。

我向她道謝，再次吃驚的接過她交給我書和筆記本，點頭認可，她就跟剛才出現一樣，很快消失在那棟古老的建築裡。那本筆記是我的，沒錯，但我記得離開前我已經把它妥善的收在手提包裡。至於那本書——我現在眞的說不出第一眼看到時我把它當作什麼，只知道它的封面是磨損的古老天鵝絨，非常、非常古老，觸手有種既熟悉，又不熟悉的感覺。內頁的羊皮紙完全沒有我方才在圖書館裡看過的那本小冊子那種新鮮的感覺——雖然每一頁都是空白的，它卻泛出幾百年不斷被人觸摸的手澤。我還來不及克制自己，就翻到中央跨頁的插圖，然後又以最快的速度把它闔上。

我完全靜止的站在街道旁，從每一個細胞湧起不眞實的感覺；從我身旁經過的汽車，就像先前一樣堅實，某處有人按喇叭，一個男人牽著一隻狗，想從我我和一棵銀杏樹之間通過。我靜靜的抬頭仰望博物館的窗戶，想著那名圖書館員，但窗戶只反映對街的房屋。我四下張望，沒有蕾絲窗紗拂動，也沒有門悄悄關上。街道上看不出任何問題。

回到旅館房間，我把書放在玻璃面的桌子上，洗了臉跟手。然後我走到窗口，站在那裡眺望整座城市。下面同一條街上，我看到費城市政大樓模仿貴族狀裝腔作勢的醜陋，屋頂上豎著愛好和平的威廉•賓恩[66]雕像。從這兒望去，公園是一塊塊方正的綠樹陰。林立的銀行大樓反映著陽光。在我左側可以看見上個月被炸的聯邦大樓，紅黃二色的吊車在廢墟中間清運瓦礫，還聽見重建的嘈雜。

但塡滿我視線的不是這些景象。我不由自主的想著另一幕從前好像看過的景象。我靠在窗上，感覺夏季的陽光，雖然站在離地那麼遠的地方，卻有一種奇怪的安全感，好像只在一個截然不同的世界裡，才有危機對我虎視眈眈。

我想像一四七六年，一個晴朗的秋天早晨，天涼剛好到湖面上會起霧的程度。划來一艘船，停靠在島上。圍牆與那些豎著鐵十字架的圓頂下方，傳來木船頭摩擦岩石輕微的聲音，兩名僧人匆匆從樹叢中跑過來，把船拉到岸上。下船來的男人只有單獨一人，腳踩在石堤上，穿著手工精緻的紅色皮靴，兩隻靴跟上都釘著尖利的馬刺。他個頭雖然比兩名僧人都矮，卻好像矗立在他們之上。他身穿紅、紫二色的錦緞，外罩黑色天鵝絨長斗篷，在寬闊的胸膛上用一枚花樣繁複的別針扣住。他頭戴黑色尖頂三角帽，前面插一根紅羽毛。他手背上滿是傷痕，手中玩弄著掛在腰上的短劍。他眼睛是綠色的，不可思議的大，而且分得很開，他

[66]譯註：William Penn，1644-1718，英國在北美洲賓夕維尼亞殖民地的建立者，他提倡的民主原則對美國憲法有重大啓發。賓夕維尼亞州名 Pennsylvania 意即「賓恩的森林」（Penn's woods），讀者還可注意的是，sylvania 字根與卓九勒的發源地外西凡尼亞（Transylvania）相同。

嘴唇與鼻子的線條都很殘忍，黑色的頭髮與八字鬍已出現縷縷白絲。

院長已接到通知，匆忙趕到樹下來接駕。「我們深感榮幸，王爺，」他伸出手道。卓九勒親吻他的戒指，院長在他身上畫個十字記號。「祝福您，我的孩子，」他以自然流露的感恩之心說。他知道大公到訪幾乎是奇蹟；卓九勒可能必須通過土耳其佔領區才能到這裡來。這不是院長這位施主第一遭宛有神助的出現，院長聽說，阿結喜河邊的庫提亞市不久就要重新擁戴卓九勒為瓦拉基亞的統治者，屆時龍騎士團至少會把瓦拉基亞境內出沒的土耳其人全部趕走。院長以手指輕觸大公寬闊的額頭，為他祝福。「您春天沒出現，我們都做了最壞的打算。讚美上帝。」

卓九勒微微一笑，甚麼話也沒有說，長長注視了院長一會兒。他們曾經就死亡辯論過，院長還記得；卓九勒在懺悔時問過院長好幾遍，他身為神職人員，是否相信所有的罪人只要眞心懺悔，都能進天堂。院長特別擔心的是，他這位施主能否在最後一刻舉行聖禮，雖然他不敢這麼告訴他。但在院長溫和的堅持下，卓九勒重新接受他眞正信仰的洗禮，證明他已悔改一度改宗異端的羅馬天主教的行為。院長私底下原諒了他的一切——所有的一切。卓九勒難道沒有奉獻生命，打退異教徒，以及推翻君士坦丁堡城牆的惡魔蘇丹？但也同樣在私底下，他不敢確定全知全能的天主是否會獎勵這個怪人。他希望卓九勒不要提起天堂這個話題，當大公要求看看他不在時工程的進度，他不禁鬆了一口氣。他們一起繞過修道院廣場，雞群在他們前方驚飛逃散。卓九勒以滿意的表情，打量新完工的建築和新綠綻放的菜園，院長急忙帶他去看他上次到訪以後才建的步道。

他們在院長會客室裡喝茶，卓九勒把一個天鵝絨袋子放在院長面前。「打開它，」他捋著鬍鬚道。他坐在椅子上，伸長肌肉發達的腿；從不離身的短劍仍掛在身旁。院長希望卓九勒能以比較謙卑的態度送出他的贈與，但他默不作聲打開那布袋。「土耳其財寶，」卓九勒說。他微笑的嘴咧得更大。他下排的牙齒少了一顆，但其他牙齒都完好而潔白。院長看到袋子裡有美麗絕倫的珠寶、大量的翡翠與紅寶石、鄂圖曼打造的沈重金戒與別針，其中還有別的好東西，包括一個黃金雕鏤、鑲深藍寶石的精緻十字架。院長不想知道這些東西的來歷。「我們要添置聖器室的家具，安裝一個舉行洗禮用的新聖水盆，」卓九勒道。「我要你從任何你中意的地方雇工匠來。這足夠所有的開銷，剩下的錢還可以建造我的墳墓。」

「您的墳墓，王爺？」院長謙敬的看著地面。

「是的，閣下。」他的手又滑到劍鞘上。「我一直在考慮這件事。我希望安葬在祭壇前面，上面放一片大理石。你當然會爲我安排最完善的歌唱彌撒。記得要找兩個唱詩班來。」院長低頭服從，但他不敢看對方的臉，那雙綠眼睛裡閃爍著算計的光芒，令他膽寒。「此外我還有些要求，你要小心記著。我要在墓石上畫我的畫像，但不要十字架。」

院長驀然抬起頭，吃了一驚。「不要十字架嗎，王爺？」

「不要十字架，」大公篤定的說。他正面逼視院長，好一會兒，院長不敢再多問。但他畢竟是這個人靈性上的顧問，又等了一會兒，他說道：「每座墳墓都要加上救主受苦的標記，您的墓也應享有這樣的榮耀。」

卓九勒臉色一黯。「我不打算長期受制於死亡，」他低聲道。

「逃避死亡只有一條路，」院長義正辭嚴的說：「那就是透過救主，只要他賜給我們救恩。」

卓九勒盯著他看了好幾分鐘，院長努力不移開眼光。「或許吧，」最後他道。「但最近我遇到一個商人，他曾經旅行到西方的一所修道院。他說高盧有個地方，是他們那裡最古老的教堂，那兒的拉丁僧人用秘密的手段愚弄了死亡。他願意把他們的秘密賣給我，這秘密他寫在一本書裡。」

院長十分震駭。「上帝保佑我們遠離這種異端邪說，」他倉促的說。「孩子，我相信你一定拒絕了這個誘惑。」

卓九勒微笑。「你知道我最喜歡書。」

「眞正的書只有一本，就是那本我們必須用全部的心和全部的靈魂去愛的書。」院長說，但同時他卻無法使眼神離開大公滿佈疤痕的手，和它正在玩弄的那把鑲金嵌玉的劍柄。卓九勒小指上戴了一枚戒指；院長對此很熟悉，不需要仔細看，他就知道上面雕有一個猙獰的捲尾巴圖案。

「來吧，」院長鬆了一口氣，卓九勒顯然對這樣的辯論感到厭煩，他忽然威風凜凜的站起身。「我要看看你的抄寫員，不久我就要派給他們一項特殊的任務。」

他們一起走進窄小的抄經室，三名僧人坐在那裡，按照自古相傳的方式，抄寫手抄本，還有一名僧人在雕刻字母，準備印刷聖安東尼傳記的一頁。印刷機放在房間的一腳。這是瓦拉基亞第一台印刷機，卓九勒自豪的伸出一隻厚重、四方形的手撫摸它。抄經室裡最年長的一名僧人站在印刷機旁的桌子前面，雕刻一塊木版。卓九勒湊上去看。「這是什麼，長老？」

「聖米迦勒屠龍，閣下，」老僧人喃喃道。他抬起的眼睛上有白翳，被不整齊下垂的白眉毛覆蓋。

「還不如讓龍殺異教徒，」卓九勒咯咯笑道。

老僧點點頭，院長的心卻又震了一下。

「我有一件特別任務給你，」卓九勒對他說。「我會留一副草圖給院長。」

他在陽光普照的庭院裡停下腳步。「我要留下來望彌撒，跟你領聖餐。」他對院長微笑。「你今晚可以為我預備一間僧舍和床鋪嗎？」

「永遠沒問題的，王爺。這座上帝之家就是您的家。」

「那麼，我們一起到我的塔頂上去吧。」院長熟知施主的這個習慣；卓九勒總喜歡從教堂的最高點，瞭望湖面和周邊的湖岸，好像察看有沒有敵人。他有充分的理由這麼做，院長想道。鄂圖曼人年復一年追逐他的頭顱，匈牙利國王對他深惡痛絕，他手下的貴族對他既恨又怕。除了這座小島上的居民，世上有誰不是他的敵人？院長慢慢跟著他爬上迴旋的樓梯，打起精神準備因應即將響起的鐘聲，在這兒鐘聲會特別響亮。

高塔的圓頂四面八方都有長條形的開口。院長爬到塔頂，卓九勒已站在他最喜歡的位子上，眺望著水面，他的手背在背後互握，擺出典型的沈思和運籌帷幄的姿勢。院長見過他以這種姿勢站在手下戰士面前，發號施令，指揮第二天的突擊。他看起來完全不像經常處於危機之中——一個隨時可能喪命、必須時時刻刻考慮救贖問題的領袖。院長想道，他反而像一個滿懷自信可以征服全世界的人。

誰是歷史學家？（代跋）

張定綺

《歷史學家》是一個高潮迭起的吸血鬼卓九勒的故事，但它又不單純是個吸血鬼故事。這麼說主要的線索來自書前的「致讀者」，以及書末看似畫蛇添足的「尾聲」。「致讀者」中，敘述者（亦即書中保羅與海倫的女兒）說：「最近一件驚人之事促使我回顧我這一生」，經過六百多頁娓娓道來她與卓九勒的夙世恩怨後，直到了「尾聲」，我們才發現，原來所謂「驚人之事」是指卓九勒生生不息的力量，已經不需要依賴他可怕的軀殼就能存在。

「致讀者」故弄了一個玄虛，這本書最早出版明明是在二〇〇五年，「致讀者」署的日期卻是二〇〇八年一月，明示給我們閱讀的是一本未來之書，也把尾聲裡敘述的「驚人之事」發生的時間拉近到此時此刻（閱讀的當下）。但我們卻看到敘述者獲得龍之書後，站在旅館高樓的窗口遠眺，心情並不害怕，反而心神似乎與五百多年前的卓九勒合而為一。隱隱然，她/他的故事（history與herstory）糾纏在一起。

基於這一點，再看看「致讀者」末尾提到：

我把這個故事公諸於世，最大的心願就是它能找到至少一位讀者了解它實際上是什麼：它是發自內心的呼喊。觀察入微的讀者，我留下我的歷史給你。

我們不禁要問：敘述者既然不恐懼，她吶喊什麼？尤其「留下」（bequeath）這字眼有「遺贈；傳承」之意，如果她不覺得（或不畏懼）卓九勒的殺機，爲何出此不祥之言？

破解這個謎團，該從本書的書名說起。中文書名「歷史學家」雖然是英文書名 The Historian 的直譯，但基於文法上的先天缺憾，無法充分表達英文書名的意義。英文單數詞前面加上「定冠詞」The，實際的意思應該是「一位特定的歷史學家」，也可視爲對某位卓越歷史學者的敬稱。書中有很多歷史學家，這究竟是指誰呢？

第一個進入腦海的也許是羅熙教授。書中一再強調他是一位好老師，也是一位聞名國際的傑出學者。書中第二章我們就看到，他開的課有五百個學生聽講，而他控制龐大的場面得心應手。他評論亞瑟•伊凡斯爵士建構的克里特島古文明時指出：「記錄很少，大部分材料不可知。他不囿於有限的確定材料，而是發揮想像，創造了完整得令人嘆爲觀止——卻也錯誤百出——的宮殿風格。」他提出一個非常重要的問題：「這麼做錯了嗎？」

對歷史學家而言，這麼做非但沒有錯，還是研究必經的過程。學術研究與推理偵探使用的是同一套分析、歸納的邏輯工具，先是解讀現有的材料，包括文獻、考古發掘的文物等，透過這些知識浸淫在古文明之中，與當時的材料發生感情的互動，再加上想像力的衝激，建構出有血有肉的古代生活。這樣的建構包含大量歷史學家的個人風格，靠優美的文筆呈現，說服其他人。但週而復始，後起的研究者，會循同樣的途徑，以前人的研究成果爲素材，加上更多、更新的考古、文獻資料，建構更完整的拼圖。

歷史學家是一種危險的行業，危險的程度有時不亞於千里緝凶、與藏身幕後的龐大黑暗勢力對抗的偵探。歷史學家的危險來自他們以記錄事實眞相爲己任，眞相要從許多角度解讀，而有些角度不受歡迎，甚至是某些人刻意要消滅的。

眞相有什麼用？唐太宗說以史爲鑑，鑑就是鏡子。愈是逼近眞相的鏡子讓我們看見安全與危險，幫助我們避兇趨吉，找到出路。當歷史的眞相因環境或人爲因素被湮沒的時候，歷史學家還會設法留下線索，期許後之來者在條件比較好的時候，發掘眞相。這增加了研究歷史的難度，但也使歷史研究更饒趣味。

如果覺得羅熙在本書中只是個配角，第二個人選也許可以考慮本書的敘述者。雖然她也不是主角，但全書以「致讀者」和「尾聲」呈現她學術生涯成熟後的心境，像括弧般涵括全書。她在「致讀者」中提到，必要時她也會依賴想像力。這觀點與羅熙類似，想像力在書中是一個不斷被強調的元素。

第三個、也是我認爲最有可能的人選是卓九勒。或許你會困惑。怎麼可能？他不是一個罪大惡極的吸血鬼嗎？他不是毀了羅熙、海倫、修•詹姆斯以及其他很多人的一生幸福嗎？不是人人恨不能得而誅之嗎？請聽我慢慢道來。

從更深的層次看，《歷史學家》毋寧是一本浮士德小說。浮士德是西方文學一個重要的原型，以他爲主題的文學作品與電影多不勝數，不亞於吸血鬼。浮士德是個跟魔鬼做交易的人。他出賣自己的靈魂，在不同版本中，換來的有時是青春、有時是知識、有時是愛情。與魔鬼交易的惡行，使浮士德註定遭天譴，有時他悔改獲得救贖，有時他被打入地獄。

基督教文化中，與魔鬼打交道是通敵，這是浮士德的第一樁罪。但他更大的罪，卻是企圖逾越人類的局限，這是「傲慢」之罪，是不可饒恕的死罪（Unpardonable Sin）。他追求青春，企圖使時光逆轉，他追求愛情，企圖操縱人的心志，他追求知識，無視當初亞當與夏娃的原罪就是因爲吃了善惡樹的果子，甚至企圖以不死之身，在無垠的知識之海裡縱橫馳騁，「究天人之際，通古今之變」。這是惡。這也是《歷史學家》中卓九勒邪惡的核心。

《歷史學家》透過很多二手、三手資料描述卓九勒令人髮指的殘暴行徑，有的是生死存亡戰爭中的戰術，使土耳其軍隊聞之色變，有的是奪權鬥爭的慘烈手段，似乎是他那個時代的普遍現象。但當卓九勒本人出現時，我們看到的是他酷愛讀書；他收藏善本古籍之豐，全世界的圖書館無出其右；他以歷史學家自居；他也頗富幽默感的收集自己的傳記與稗官野史；他甚至邀請羅熙與他一起坐在他圖書館的火爐前讀書——這可能是所有吸血鬼故事中最匪夷所思的一幅畫面。

書中的角色與卓九勒面對面的時候，卓九勒都沒有傷害他們的企圖，而是哀求他們協助他，爲他工作。他給的承諾非常誘人：「跟我來，我會給你一萬輩子學不完的知識。」

對於能享受追求知識之樂的人，鑽研學問而不以功名利祿爲念，獲得的快樂是所有物質或肉體的滿足無可比擬的。這是《歷史學家》背後的故事，五百多年來，卓九勒四處分發他的龍之書，不知多少位歷史學家爲卓九勒貢獻他們頂尖的才學，卓九勒也提供他們千載難逢的誘因，與他們相濡以沫。在這麼一個人類向外太空、向基因和細胞內部研究開發的時代，傳統價值標準面臨重新評價，獲得不死之身的卓九勒，不再靠武藝與軍隊攻城掠地，但並沒有放棄征服世界的野心，而且他選擇了歷史知識這個奇妙的畛域。追隨他究竟是不是惡，身爲卓九勒直系後裔的敘述者沒有直接給我們答案。但她雖然過了三十多年獨身生活，不生育子女，藉以擯斥體內卓九勒的血胤，最後的選擇卻是留下（bequeath）卓九勒的故事與代代相承對歷史的熱情。

國家圖書館出版品預行編目資料

歷史學家 / 伊麗莎白.柯斯托娃(Elizabeth Kostova)著 ; 張定綺譯. -- 初版. -- 臺北市 : 大塊文化, 2006[民95]
面 ; 公分. -- (R ; 12)
譯自 : The Historian
ISBN 978-986-7059-34-5(平裝)

874.57 95014278

冷戰時期的歐洲
0 Miles 100 200 300
0 Kilometers 200 300
20°E
30°E
莫斯科
瑞典
波羅的海
柏林
東德
波蘭
蘇維埃社會主義
共和國
50°N
捷克斯洛伐克
多瑙河
維也納
奧地利
伯松尼山脈
布達佩斯
匈牙利
喀爾巴阡山脈
外西凡尼亞
塞吉斯奧拉
羅馬尼亞
普羅葉許帝
塔戈維斯特
斯納格布湖
布加勒斯特
瓦拉基亞
阿結齊河
布雷德湖
朱利安阿爾卑斯山
朱布亞納
斯洛維尼亞
札格瑞布
威尼斯
克羅埃西亞
波士尼亞
赫塞哥維納
貝爾格勒
塞爾維亞
塞拉耶佛
多瑙河
保加利亞
黑海
斯普利特
南斯拉夫
巴爾幹山脈
索非亞
蒙地普齊亞諾
阿西西
蒙特內哥羅
普羅伏迪夫
李拉
李拉山脈
哈斯科伏
巴赫科伏
埃德恩
博斯普魯斯
杜布羅夫尼克
恰普拉斯卡河
洛達普山脈
伊斯坦堡
(君士坦丁堡)
馬其頓
馬摩拉海
40°N
亞德里亞海
阿爾巴尼亞
義大利
拿坡里
希臘
土耳其
愛琴海
雅典
西西里
地中海
克里特島
克諾索斯
20°E
30°E

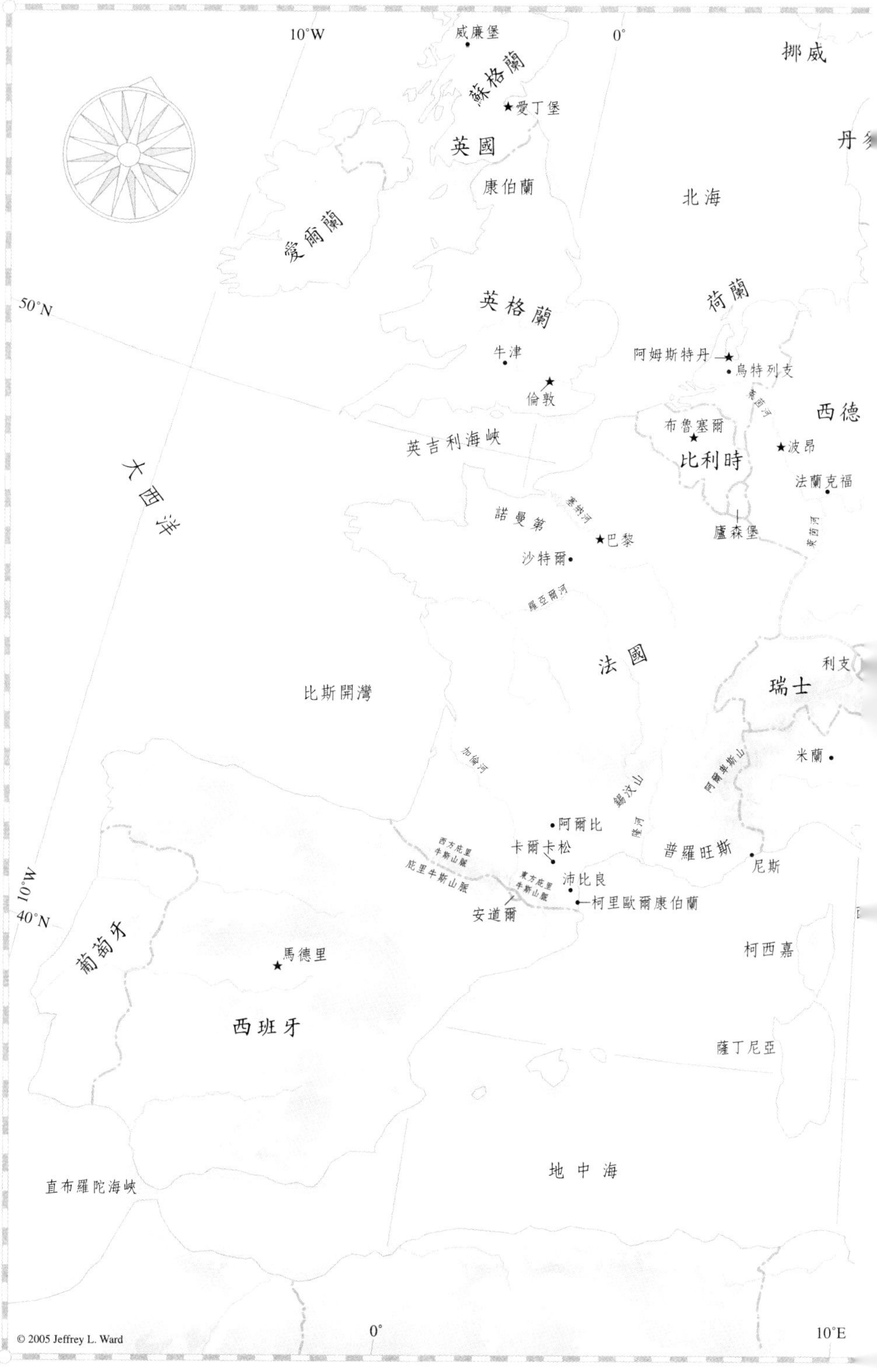
10°W
0°
威廉堡
蘇格蘭
愛丁堡
挪威
英國
丹麥
康伯蘭
北海
愛爾蘭
50°N
英格蘭
荷蘭
牛津
阿姆斯特丹
烏特列支
倫敦
萊茵河
西德
布魯塞爾
英吉利海峽
波昂
比利時
大西洋
法蘭克福
諾曼第
塞納河
巴黎
盧森堡
萊茵河
沙特爾
羅亞爾河
法國
利支
瑞士
比斯開灣
米蘭
加倫河
阿爾卑斯山
錫汶山
阿爾比
隆河
西方庇里牛斯山脈
卡爾卡松
普羅旺斯
尼斯
庇里牛斯山脈
東方庇里牛斯山脈
沛比良
安道爾
柯里歐爾康伯蘭
10°W
40°N
葡萄牙
馬德里
柯西嘉
西班牙
薩丁尼亞
直布羅陀海峽
地中海
0°
10°E